LE COUSIN PONS

Du même auteur
dans la même collection

ANNETTE ET LE CRIMINEL.
BALZAC JOURNALISTE.
BÉATRIX.
CÉSAR BIROTTEAU.
LE CHEF-D'ŒUVRE INCONNU — GAMBARA — MASSIMILLA DONI.
LES CHOUANS.
LE COLONEL CHABERT.
LE COLONEL CHABERT *suivi de* L'INTERDICTION.
LA COUSINE BETTE.
LA DUCHESSE DE LANGEAIS.
EUGÉNIE GRANDET.
LE FAISEUR.
LA FEMME DE TRENTE ANS.
FERRAGUS — LA FILLE AUX YEUX D'OR.
GOBSECK — UNE DOUBLE FAMILLE.
ILLUSIONS PERDUES.
LE LYS DANS LA VALLÉE.
LA MAISON DU CHAT-QUI-PELOTE — LE BAL DE SCEAUX — LA VENDETTA — LA BOURSE.
MÉMOIRES DE DEUX JEUNES MARIÉES.
NOUVELLES.
LA PEAU DE CHAGRIN.
PEINES DE CŒUR D'UNE CHATTE ANGLAISE ET AUTRES SCÈNES DE LA VIE PRIVÉE ET PUBLIQUE DES ANIMAUX.
LE PÈRE GORIOT.
LA RABOUILLEUSE.
LA RECHERCHE DE L'ABSOLU.
SARRASINE.
SPLENDEURS ET MISÈRES DES COURTISANES.
UN DÉBUT DANS LA VIE.
UNE FILLE D'ÈVE.
URSULE MIROUËT.
LA VIEILLE FILLE — LE CABINET DES ANTIQUES.

BALZAC

LE COUSIN PONS

Préface, notes, annexes, chronologie et bibliographie mise à jour en 2015
par
Gérard GENGEMBRE

GF Flammarion

ISBN : 978-2-0813-3183-9

PRÉFACE

« Qui n'a pas rencontré sur les boulevards de Paris [...] un être à l'aspect duquel mille pensées confuses naissent en l'esprit ! [...] Nous sommes tentés d'interroger cet inconnu, et de lui dire — Qui êtes-vous ? Pourquoi flânez-vous, de quel droit avez-vous un col plissé, une canne à pomme d'ivoire, un gilet passé ? [...] pourquoi conservez-vous la cravate des muscadins ? » : citant ces lignes extraites de la conclusion de *Ferragus* (1833), Jeannine Guichardet montre justement le rapport qu'elles entretiennent avec le début du *Cousin Pons*[1]. Véritable spectacle, vestige archéologique, le personnage anonyme nous apparaît comme un survivant, une butte-témoin de l'Empire, et rappelle le colonel Chabert, qui, lui aussi, ressemblait à « ces grotesques qui nous viennent d'Allemagne ». Au crépuscule de sa propre vie, Balzac oppose à la gloire des années héroïques ce débris. Et l'on se prend à penser à ces autres moments de *La Comédie humaine*, où le soleil impérial illuminait encore la scène parisienne ou fascinait les personnages : *La Paix du ménage* (1830), *La Femme de trente ans* (1831-1842), *Une ténébreuse affaire* (1841), *La Rabouilleuse* (1841-1842). Ce contraste caractérise à lui seul les années grises, pour ne pas dire noires, de la monarchie de

1. *Balzac « archéologue de Paris »*, SEDES, 1986, p. 341.

Juillet. Notons que dans *La Cousine Bette*, le maréchal Hulot est lui aussi un « homme de l'Empire », « habitué au genre Empire ».

La faillite de la gloire, la retombée du siècle dans les eaux troubles de l'intérêt, la prosaïsation des rapports entre les individus : tel se définit le contexte historique de *Cousin Pons*. La créature humaine y exhibe ses traits les moins ragoûtants. De là une répartition simple mais efficace entre les prédateurs et les proies innocentes. Sylvain Pons prend rang parmi ces martyrs ignorés dont *La Comédie humaine* met en scène les souffrances inconnues, dues aux tortures infligées « aux âmes douces par les âmes dures, supplices auxquels succombent tant d'innocentes créatures » (*Les Martyrs ignorés*, 1836-1837). Comme Pierrette, héroïne éponyme du roman (1840) dont un chapitre s'intitule « Histoire des cousines pauvres chez leurs parents riches », comme l'abbé Birotteau dans *Le Curé de Tours* (1832), le héros sera victime d'un lent assassinat impuni perpétré par de sournois tortionnaires. Et Balzac de reprendre le thème de la captation d'héritage, déjà utilisé dans *Gobseck* (1830), *La Rabouilleuse* ou *Ursule Mirouët* (1841).

Un héros condamné à mort

Homme du passé, Pons se rapproche du père Grandet, du vieux Séchard (*Illusions perdues*), qui imposent à leurs familles une vie de pauvre, mais surtout du père Goriot, avec qui il partage l'excentricité du vêtement et celle — géographique — du logement. Vaincus, victimes de l'Histoire, ils finissent malades et ruinés. S'établit ainsi une communauté de destin. Une différence notable cependant. Si Goriot et Pons ont en commun la passion (celle de l'art, celle de la paternité), ils ne meurent pas de la même façon, en dépit de leur égal dépouillement. Goriot meurt d'aimer, et de l'ingratitude de ses filles. Pons évoque plutôt d'autres agneaux ou d'autres brebis de *La Comédie humaine*, telle madame Grandet, et fait de sa mort un moment édifiant. Il a pourtant découvert lui aussi la noirceur du monde. Au terme de son chemin de croix, dont la première station est l'échec du mariage de Cécile qui lui ferme la table des Camusot, Sylvain Pons, cet amant du Beau, accomplit l'inéluctable destin des êtres faibles détenteurs d'un trésor convertible en or. Dès le moment où il passe pour riche aux yeux de la société qui ne voyait en lui qu'un pauvre ennuyeux, Pons est perdu. Il a éveillé l'implacable cupidité des gens positifs. Ces voraces ont tous la même médiocrité et la même mesquinerie. Les flibustiers en gants jaunes à la Maxime de Trailles qui sillonnent le boulevard des Italiens font place à des petites gens ou à des bourgeois sans moralité. Nous retrouvons un processus de grignotage analogue à celui qu'illustrent *Les Petits Bourgeois* (inachevé et posthume, 1854) ou *Les Paysans* (inachevé, 1844 et 1855). On a souvent souligné le côté sordide, ignoble de cette concierge qui rêve d'être couchée sur un testament, de ce brocanteur qui ambitionne une boutique sur les boulevards, de ce médecin qui veut sortir de son misérable quartier, de cet homme de loi véreux qui louche vers une justice de paix. Tous composent une galerie de monstres, un catalogue des espèces sociales de l'ombre, qui redupliquent dans leurs profondeurs les bourgeois envieux. Maintes fois défini comme ouvrage pessimiste, comme roman noir, où se déploient dans leur hideur un univers cruel, une jungle hantée par ces fauves inquiétants que sont la Cibot au regard de tigre ou le Fraisier au regard de vipère, par toute cette faune venimeuse pleine de fiel et tous ces suppôts de l'enfer, *Le Cousin Pons*, « roman de la cruauté » selon André Lorant[1], nous présente un monde criminel, « en haut » comme « en bas », du salon à la loge de concierge. La fiction construit un univers de mort.

La métaphore de la gravelle qui se file tout au long

1. Voir sa préface à l'édition de la Pléiade, *La Comédie humaine*, tome X, p. 480.

du roman exploite cette veine sinistre. Maurice Ménard en a bien dégagé la signification[1]. Gravelle, gravier, grain de sable : il s'agit d'une maladie réelle et symbolique à la fois. Frottement douloureux, lèpre, obstruction : tout dit le mal d'un siècle sordide et le supplice des faibles ou des idéalistes. *Le Cousin Pons* se fait alors roman nosologique. Son héros lui-même se voit qualifié de « gravier », antithèse du grain semé et promis à la germination ou du grain de sel qui relève un peu la médiocrité ambiante. Là sans doute serions-nous fondés à parler de « réalisme » noir. Ce serait oublier la contrainte générique dont Balzac joue en maître, celle du roman-feuilleton.

Un roman-feuilleton ou un roman grotesque ?

On peut suivre Ruth Amossy[2] dans son analyse du grotesque dans le roman. Signalé d'emblée à propos du visage, le grotesque imprime sa marque sur le texte. La laideur cocasse du héros se dissémine dans de nombreux personnages et affecte « tous les détails de l'intrigue ». Cette coloration générale doit être mise en rapport avec l'utilisation systématique des procédés du feuilleton.

Selon René Guise[3], l'année 1846 voit le « retour enfin triomphant [de Balzac] dans le domaine du roman-feuilleton ». Paradoxalement, il semble bénéficier d'une certaine lassitude du public gavé de feuilletons historiques et de l'effacement d'Eugène Sue. Sa production tranche sur les stéréotypes des feuilletonistes. Encouragé par Véron, Balzac adopte le rythme du feuilleton et écrit au jour le jour. Le succès de *La Cousine Bette* contraint les directeurs de journaux à se rapprocher de Balzac, qui jubile : « Il y a une immense

1. Préface à l'édition du Livre de Poche, p. XIV.
2. « L'esthétique du grotesque », dans *Balzac et « Les Parents pauvres »*, SEDES, 1981.
3. « Balzac et le roman-feuilleton », *L'Année balzacienne*, 1964.

réaction en ma faveur. J'ai vaincu », écrit-il à Mme Hanska le 18 octobre. Au début de 1847, il fournit simultanément de la copie à trois journaux : *Le Constitutionnel* (*Le Cousin Pons*), *La Presse* (*La Dernière Incarnation de Vautrin*, 17 feuilletons du 13 avril au 4 mai), *L'Union monarchique* (*Le Député d'Arcis*, 16 feuilletons du 7 avril au 2 mai). Mieux encore, les quotidiens rééditent en feuilleton des œuvres antérieures. Incontestablement, cette victoire balzacienne rend en partie compte de la composition du *Cousin Pons*. Rythme, changements d'éclairage, agencement de l'intrigue : l'écriture feuilletonesque conditionne ces paramètres. A commencer par les titres des chapitres, dont le fonctionnement est en partie parodique, on relèverait sans peine bien des éléments appartenant à l'esthétique du feuilleton : péripéties, rebondissements, captation de l'intérêt du lecteur grâce aux prédictions, persécution des justes ou complot des traîtres. L'on pourrait également analyser la psychologie des personnages en fonction des simplifications et des schématisations imposées par le genre. Il s'agit d'opposer les bons aux méchants : la naïveté des deux amis tranche sur la noirceur de leurs ennemis. On tracerait ainsi un véritable organigramme de stéréotypes, agencé selon une dichotomie simple.

Une différence essentielle ne doit cependant pas être négligée : le dénouement. Un roman populaire se doit de ménager un rétablissement final du système des valeurs. Or, dans *Le Cousin Pons*, les méchants l'emportent, sans encourir de châtiment, si ce n'est la fin de Rémonencq, tué par l'ironie du sort. Et peut-on vraiment voir s'exercer une justice immanente dans le renoncement de la Cibot à sa retraite campagnarde par peur des prédictions de Mme Fontaine ? De plus, cette dérogation aux règles idéologiques du modèle est en quelque sorte préparée par la présentation initiale sous les auspices du grotesque du « bon », de la pitoyable et innocente victime.

Si Maurice Ménard souligne justement la dimension « comi-tragique » du roman[1], rappelant les nombreux mots, calembours et descriptions grotesques qui jaillissent tout au long du texte, ainsi que la métaphore théâtrale ou l'humour noir, on pourrait insister sur le brouillage généralisé opéré par le fonctionnement du grotesque dans *Le Cousin Pons*. Présentation du couple des héros, dont l'angélisme se double d'un corps monstrueux ou ridicule, d'un corps soumis au désir, désignation constante de leur incompréhension des mécanismes économiques et juridiques du monde moderne, tout conspire à mettre en scène leur difformité et leur inadéquation. Ils se définissent dès lors comme êtres marginaux, coupés des circuits de l'échange — dont celui de la sexualité, car l'amitié entre Schmucke et Pons semble bien évacuer toute ambiguïté. Ancrant les personnages dans la matérialité et les plaçant sous l'emprise du corporel (de là l'intérêt présenté par la gourmandise de Pons), le roman met à distance critique leur innocente pureté.

Le rapport entre le goût esthétique et la passion pour la collection, d'une part, et la gourmandise du pique-assiette, d'autre part, illustre cette contradiction. Doublement consommateur (d'objets d'art et de repas fins), Pons est un jouisseur dont la passion double génère une économie strictement individuelle en marge de la circulation générale. On rejoindra derechef Ruth Amossy : « La monomanie du collectionneur se trouve dès lors exposée dans sa logique propre et expliquée sur la base, non pas d'un quelconque idéalisme psychologique, mais bien d'un matérialisme réaliste[2]. » Le Musée-Pons tient lieu à la fois d'évasion, car Pons s'y réfugie hors du monde réel, et d'espace de jouissance, où il éprouve l'équivalent d'un plaisir érotique. Lui-même pièce de musée, puisque témoignage vivant de l'époque Empire, Pons ne peut vivre que dans le cadre de sa collection. Schmucke, de son côté, ne trouve à s'investir que dans la

1. Voir ses commentaires dans l'édition du Livre de Poche (pp. 376-380).

2. *Op. cit.*, p. 142.

musique et dans l'espace du sentiment. Leur amitié est la conjonction de deux solitudes et de deux handicaps.

Du magot à Magus : La collection, sa valeur et son sens

Comme le rappelle Pierre Barbéris[1], on trouve trois musées dans *La Comédie humaine* : celui de l'antiquaire dans *La Peau de chagrin* (1830-1831), celui du négociant Vervelle dans *Pierre Grassou* (1840), celui de Sylvain Pons. Le premier, un véritable capharnaüm, est anarchique, le second est « dérisoire et factice », le troisième authentique, ordonné, est le résultat d'un amour pour l'art. La vie intense et chaotique, le faux, le sommet de l'art et de l'esprit. Entre 1831 et 1846, cette trilogie muséographique inscrit l'histoire d'un rapport entre la bourgeoisie en train de triompher et l'art.

L'anachronisme de Pons ne tient pas seulement à ces caractéristiques Empire, mais aussi au système de valeurs qui est le sien. Artiste et amateur d'art, il vit pour le goût et le sens du beau. Le plaisir qu'il prend à ne rien payer plus de cent francs ne procède pas de l'avarice, mais d'un refus de faire s'équivaloir valeur vénale et valeur esthétique. A la valeur marchande, il oppose la valeur d'usage, à une époque où tout devient marchandise. De là sa portée éminemment critique. L'Art demeure la plus haute expression d'une humanité non aliénée par l'argent. En outre, il célèbre un art de vivre, où l'amateur devient inventeur — au sens propre — de l'œuvre qu'il a choisie, et dont chaque détail lui procure une ineffable jouissance.

Face à lui, Mme Camusot et sa fille ne voient dans les œuvres que des objets réduits à une somme monétaire. Convertis en argent, ces chefs-d'œuvre attisent

1. « L'affaire du Musée Pons » dans *Mythes balzaciens*, Armand Colin, 1972.

leur convoitise. Le trésor de Pons devient pur moyen, pur instrument d'une stratégie sociale. L'or de l'art se transmue en plomb vil de l'ambition. Le mariage Popinot, qui confère un titre de comtesse à Cécile, l'achat d'une propriété par les Camusot, tout cela sort de la collection Pons, désormais installée chez le pair de France Popinot — dont la pente ascendante symbolise l'époque. En dépit de ses prétentions culturelles, l'ancien commis de César Birotteau n'y voit rien d'autre qu'un élément supplémentaire de son statut social. Comme le dit P. Barbéris, c'est l'« histoire de l'argent, devenu la puissance, s'emparant de l'œuvre d'art pour en faire à nouveau de l'argent[1] ».

Le rôle décisif que joue la collection dans l'organisation et la signification du roman va de pair avec la résolution d'un problème littéraire. Comment « écrire » la collection ? Cette gageure l'emporte même sur une autre, résolue dans les *Études philosophiques*[2] : comment écrire l'œuvre d'art ? Décrire la collection implique nécessairement un inventaire. Celui-ci se trouve rapporté au caractère unique du rassemblement opéré par Pons. Surtout, chaque élément, présenté comme un chef-d'œuvre, peut représenter à lui seul la totalité sublime dont il fait partie. Le Musée-Pons se définit alors comme somme harmonieuse de chefs-d'œuvre, où le tout se résume emblématiquement dans la partie[3]. Ensemble de signes sûrs, conforté par toute une série de garanties, le Musée-Pons force le respect bourgeois, à défaut de provoquer son enthousiasme esthétique.

Est-ce à dire que Pons est totalement étranger à la question d'argent ? Pierre-Marc de Biasi apporte ici un correctif important. Montrant que « le cas Sylvain Pons sert à élaborer l'intelligibilité d'un sujet neuf : le collectionneur moderne[4] », P.-M. de Biasi définit le

1. *Op. cit.*, p. 261.
2. Voir *Le Chef-d'œuvre inconnu*, *Gambara* et *Massimilla Doni*.
3. Voir Franc Schuerewegen, « Muséum ou Croutéum ? Pons, Bouvard, Pécuchet et la collection », *Romantisme*, n° 55, 1987.
4. « Système et déviances de la collection à l'époque romantique », *Romantisme*, n° 27, 1980, p. 82.

collectionneur comme un sujet qui serait à la fois connaisseur, prospecteur, inventeur, acquéreur, possesseur, amateur. C'est dire que Pons, dont le statut de héros s'efface alors au bénéfice de celui de modèle, fonctionne comme machine à collectionner obéissant à des normes précises. Les objets acquis aux moindres frais prennent une forte valeur d'échange. Pons est bien aussi un homme d'argent. Si ces objets sont certes captés, détournés de l'espace social et dévolus à une jouissance toute personnelle, ils valent également comme trésor. La collection acquiert dès lors une importance considérable, qui dépasse sa fonction de symbole.

Pons, cet homme-Empire, a de la collection une pratique résolument moderne. C'est vers 1810 que cette conception neuve de la collection — à la de Sommerard, à la Sauvageot, etc. — fait son apparition. Ce nouveau modèle culturel, qui se substitue au cabinet d'amateur, va progressivement tenter la bourgeoisie des années 1840. Mode confirmée par la multiplication des boutiques d'antiquaires qui s'ouvrent à Paris, rage du bric-à-brac dont parle Balzac dans une lettre à Mme Hanska du 6 décembre 1846, processus d'accroissement de la valeur vénale des collections qui risque par inflation des prix de détruire la possibilité de la collection elle-même, placée hors d'atteinte : la collection mise en scène par le roman est bien une réalité culturelle inédite et datée. De là l'invention d'un nouvel espace narratif qui rende compte en l'intégrant de cette radicale nouveauté.

Or, par un phénomène étonnant, le roman condamne cette nouveauté. Le mouvement de l'Histoire, en rendant impossible la constitution même d'une collection analogue à celle d'un Pons, se combine à la logique romanesque, qui voue à l'échec l'entreprise du héros. Celui-ci ne peut que jouir de façon précaire de sa collection, vouée à passer sous l'emprise du monde bourgeois. C'est dans le cabinet Popinot que la collection devient paradoxalement ce qu'elle était potentiellement, c'est-à-dire à la fois un trésor à forte plus-value vénale et un symbole de liberté. Arrachée à la jouissance intérieure de Pons, elle accède à l'authenticité plutôt qu'à la stérilité que semblait lui promettre ce transfert sacrilège.

C'est ici qu'intervient idéologiquement le personnage d'Élie Magus. Il apparaît comme un double de Pons. Incarnant lui aussi l'amour de l'art et la manie de collectionner, en lui ajoutant le goût du lucre, il constitue avec Schmucke et son frère en collection un singulier trio. Pons se dédouble alors en une figure de la passion et une figure de la générosité, comme si on pouvait établir une équation : Magus + Schmucke = Pons. Plus profondément, Magus, tout pirate qu'il est, ne saurait être confondu avec le clan des Camusot. S'il entre dans la conspiration Rémonencq-Cibot, c'est pour s'approprier des tableaux qui lui causent un plaisir identique à celui de leur légitime propriétaire. Ne met-il d'ailleurs pas en pratique les mêmes principes que Pons en tentant d'acheter au plus bas ces œuvres ? Magus, dont P. Barbéris fait le continuateur de l'Antiquaire de *La Peau de chagrin* et de Gobseck, vit dans l'austérité. Mais sa force, son énergie contrastent avec la faiblesse de Pons. On énumérerait sans peine leurs similitudes et leurs dissemblances. Magus participe du système de la gémellité, en lui apportant un caractère nouveau. Jumeau antithétique, Magus affecte ses trésors artistiques d'un coefficient vénal. Jalousement gardée et protégée, sa collection est invulnérable, cachée dans un espace secret. Magus appartient au royaume de l'Avoir. Il incarne une autre conception de l'Art. Mais sa place dans le roman procède également d'un dispositif général qui organise les rapports de tous les personnages.

L'empire du double ou le système des personnages

On le sait, Balzac a conçu *Les Parents pauvres* comme un diptyque représentant « deux jumeaux de sexe différent ». Il suffit de se rapporter à la déclaration liminaire, ainsi qu'à la structure même des titres isomorphiques, qui programment explicitement cette gémellité et cette différence sexuelle. Solidarité des deux romans donc, qui invite à en pratiquer une lecture conjuguée. A propos de *La Cousine Bette*, P. Barbéris rappelle que le titre se veut délibérément modeste, anti-épique[1]. Préférant souvent ériger le nom ou le surnom en titre, Balzac suggère d'emblée l'existence d'un réseau familial, mais un réseau qui privilégie le détail où se donne à lire et à décrypter tout un monde. En outre, le thème des parents pauvres se retrouve dans l'œuvre balzacienne depuis *Annette et le criminel* (1824)[2], et, quel que soit le classement des romans dans les *Scènes de la vie privée* ou les *Scènes de la vie parisienne*, il appartient en propre au roman moderne de la famille et des rapports sociaux. Il acquiert une nouvelle ampleur à mesure que devient sans cesse plus évident l'enfermement des sujets dans l'égoïsme des intérêts privés. La famille balzacienne s'apparente de plus en plus à un nœud de vipères.

Les Parents pauvres présentent une structure parallèle, le « parent pauvre » occupant une place centrale, alors que les cercles concentriques de la famille, des voisins ou des relations se dessinent autour de lui. Mais si *La Cousine Bette* montre l'action délétère de l'héroïne titulaire, qui, telle l'araignée au milieu de sa toile, dirige ses attaques mortelles contre la famille à partir de sa position centrale, *Le Cousin Pons* présente le schéma inverse. Le cousin est bel et bien assiégé par la double conspiration qui vise à le déposséder. On sera d'accord avec Alain Henry et Hilde Olrik : « *Le Cousin Pons* est un roman de la concentration, de la conservation de l'énergie[3]. » En effet, à l'inverse de *La Cousine Bette* où triomphent la disparition ou la dilapidation, la famille sort renforcée et la collection, si

1. Préface à *La Cousine Bette*, Gallimard, coll. « Folio », 1972, p. 7.
2. Dans la même collection, n° 391.
3. « Deux jumeaux de sexe différent... » dans *Balzac et « Les Parents pauvres »*, *op. cit.*, p. 210.

elle change de mains, se maintient quasi intacte. Une analyse plus fine montre qu'existe une « constante contamination d'un texte par l'autre[1] », et que la présence d'un certain irrationnel irréductible dans les deux fictions présente une intéressante analogie. D'un côté, Rémonencq meurt, ce qui maintient une irrationalité contradictoire avec le mécanisme du complot ; de l'autre, les calculs de Bette sont déjoués par des forces mystérieuses et incontrôlables.

La gémellité présente un autre caractère : Bette et Pons sont des célibataires. Cette solitude ne fonctionne pas de la même manière. Si Bette s'ingénie à détruire la cellule familiale, Pons reforme une union sublime sur le mode de l'amitié. *Le Cousin Pons* sera aussi l'histoire d'un petit ménage casanier et d'une puérilité touchante. On ne confondra pas cette amitié douillette installée dans un nid « conjugal » avec l'amitié virile et dynamique dont *La Comédie humaine* reproduit parfois le modèle d'après Pierre et Jaffier de *La Venise sauvée*. Notons à cet égard que Balzac a souvent mis en scène l'amitié : Rastignac et Bianchon (*Le Père Goriot*), Grévin et Malin (*Une ténébreuse affaire, Le Député d'Arcis*), Lucien de Rubempré et David Séchard (*Illusions perdues*), Louise de Chaulieu et Renée de l'Estorade (*Mémoires de deux jeunes mariées*), sans oublier les amitiés de Vautrin. *Le Cousin Pons* met en scène les vertus intimistes de la douceur du foyer, et ce petit bonheur succombe sous les assauts du monde. L'entente des âmes, la communion des êtres ne résistent pas à l'ambition d'autrui.

L'organisation privilégiée à l'œuvre dans le roman semble bien être celle du couple. Anne-Marie Meininger souligne avec justesse que la création par double est, chez Balzac, l'un des « mécanismes créateurs principaux de son œuvre[2] ». Deux parents pauvres, deux musiciens, et même Paris qui se dédouble entre Marais et Madeleine. Quant à l'intrigue, elle

1. *Op. cit.*, p. 210.
2. Préface à l'édition Garnier, *op. cit.*, p. LXXII.

duplique ses épisodes initiaux : deux ruptures entre Pons et sa famille, Pons se lève deux fois pour vérifier son Musée, et tombe deux fois. Il fait deux testaments, et meurt en quelque sorte deux fois : de sa jaunisse (châtiment de la gourmandise), des persécutions dont il est l'objet (résultat de son autre passion, la collection). On continuerait sans peine l'énumération de cette « diplopie créatrice[1] ». Si *Le Cousin Pons* proclame le règne du Deux, au centre du roman trône le duo amical que forment Schmucke et Pons, ces âmes jumelles, angéliques et grotesques, dignes des *Deux Amis* de La Fontaine.

Les amis, ou de la musique avant toute chose

Être sublime et déchu, musicien et parasite, Pons rappelle le neveu de Rameau, sans en posséder la verve ou l'esprit. Fou pour les autres, poète, il n'en est pas moins un estomac. Nous l'avons vu à propos du grotesque, Pons participe du registre haut et du registre bas. Comme le dit J. Guichardet, il est « perdu entre la pesanteur et la grâce[2] ». S'il évoque le personnage de Diderot, Sylvain Pons se rapproche d'une autre forme célèbre d'étrangeté. Tel Don Quichotte, le collectionneur ne peut comprendre du monde réel que la poésie de l'art. Inadapté comme son glorieux modèle littéraire, il s'affiche comme l'envers de la société et de l'histoire contemporaines. Mais il trouve dans sa vie terrestre un trésor dans l'amitié de Schmucke, dont le nom signifie en allemand « bijoux, parure ».

Schmucke est un personnage reparaissant. Connu des lecteurs depuis *Une fille d'Eve* (1838-1839), où il était déjà un « Allemand catholique, un de ces hommes nés vieux, qui auront toujours cinquante ans, même à quatre-vingts », à la figure « creusée, ridée,

1. *Ibid.*
2. *Op. cit*, p. 360.

brune » qui « conservait quelque chose d'enfantin et de naïf dans ses fonds noirs ». Le bleu de l'innocence dans les yeux, le gai sourire du printemps sur les lèvres, des cheveux gris arrangés comme ceux du Christ : tout composait un personnage extatique, dont les yeux « allaient trop haut dans les nues pour jamais se commettre avec les matérialités ». Si Pons est pétri de sa passion esthétique, Schmucke est tout entier à la musique attaché, et touche au ciel de l'ineffable. Tourné du côté de Dieu, il n'appartient pas au monde des hommes. On comprend pourquoi il s'avérera incapable de gérer l'héritage que lui lègue son ami.

Il est un moment particulier où Schmucke atteint au sublime de l'art, où il devient véritablement artiste (comme cet autre musicien, Gambara, dans la nouvelle qui porte ce titre, 1837) : cela se produit quand il fait entendre à Pons les concerts du Paradis. En ce sens, Schmucke représente une idée balzacienne de l'artiste romantique allemand[1]. Schmucke s'oppose à cet autre Allemand qu'est Fritz Brunner, dénaturé, diabolique, engagé tout entier dans le processus de l'ascension sociale (ce qui explique la tentative de mariage avec Cécile Camusot).

Doté d'une naïveté originelle, Schmucke vaut d'abord comme enfant. Du côté de la bonne nature, l'Allemand artiste se trouve néanmoins tiré vers le ridicule. Un sentimentalisme outré le constitue comme figure grotesque du romantisme. Si l'on se souvient que Pons est qualifié de Français troubadour, l'on comprend encore mieux la nature du lien qui unit ces deux amis. L'on peut parler d'affinités électives. Le tableau de ces affinités se complète par la religion. Catholiques tous deux, Pons et Schmucke participent d'une spiritualité profondément artiste, tournée vers le sublime, comme le XIXe siècle le sait depuis *Le Génie du christianisme*. La musique devient expression trans-

1. Voir Philippe Mustière et Patrick Née, « De l'artiste et du pouvoir : l'Allemagne comme horizon mythique du romantisme dans *Le Cousin Pons* », dans *Balzac et « Les Parents pauvres »*, *op. cit.*, pp. 47-59.

cendante de l'Idée, une mélodie qui renvoie à la création tout entière. L'amour réciproque que se vouent les deux musiciens s'inscrit dans cette extase, dans cette communion avec l'au-delà. Rien ne saurait contraster plus nettement avec l'esprit bourgeois qui inspire leurs ennemis. *Le Cousin Pons* prend alors les accents d'un chant de douleur. Les roulades de Schmucke, qui nous évoquent tout ce que nous dit du chant *Massimilla Doni* (1839), apparaissent dès lors comme le moment paroxystique du sublime, et le chant du cygne des artistes condamnés. Comment de tels êtres pourraient-ils échapper à leur destin de faciles proies toutes désignées pour les prédateurs ? Horizon de ce couple, la mort projette son ombre sur la face illuminée de l'amitié.

Cette mort prend les divines couleurs du martyre. Elle sanctifie la victime, abolissant la dichotomie qui l'avait déchirée entre le corps grotesque et l'âme sublime, entre l'appétit gastrolâtre et les élévations du goût, entre la valeur idéale de l'art et la comptabilité marchande. Comme Véronique Graslin dans *Le Curé de village* (1839), Sylvain Pons, qui retrouve la pureté originelle de la nature inscrite dans son prénom sylvestre, meurt de manière édifiante. Sa mort est une fête chrétienne, et le fait accéder au Ciel que ses chefs-d'œuvre reflétaient. Dans sa béatitude promise, le collectionneur échappe ainsi à la loi délétère de l'Histoire, toute de dégradation, de compromission et d'avilissement. Mais cet avènement présente un envers hideux. Pons a été assassiné légalement, et avec lui disparaît une figure archéologique, qui emporte avec elle une part d'humanité, la dernière peut-être, comme le montre la disparition de Schmucke. Celui-ci disparaît en silence, tué par l'absence de son compagnon d'infortune, par la méchanceté des hommes et par un gravier qui lui a bouché le cœur. Avec ces deux cadavres enterrés côte à côte, une époque déjà morte sombre définitivement.

Cependant, inquiétant Janus, l'amitié comporte un

double visage. En effet, toute une série d'indices en sapent la validité et l'exemplarité. Après la face lumineuse, contemplons maintenant la face sombre.

En son titre, *Le Cousin Pons* dit aussi la pierre ponce, donc une force abrasive, et le poncif. Il y a de la stérilité dans ce patronyme, stérilité à rapprocher du célibat. Se trouve déjà annoncée l'activité de copiste ou de répétiteur qui sera celle des deux musiciens, interprètes et professeurs, condamnés à la routine. Selon José-Luis Diaz, « leur vie n'a plus qu'à s'organiser selon la répétition[1] ». Le duo se compose de doublons. Pons et Schmucke sont des hommes-doublets. Voilà qui jette une lumière nouvelle sur la manie du collectionneur et la compulsion du pique-assiette : il s'agit de pratiques essentiellement répétitives. Au terme de cette logique de la répétition dégradée et exacerbée en manie — donc en folie potentielle — se profile toujours la mort, qui change de sens, et sanctionne une mécanisation de l'être aliéné.

Annonçant peut-être Bouvard et Pécuchet, ce couple se reproduit déformé dans d'autres paires d'amis : Schwab et Brunner, Poulain et Fraisier. Remarquons d'abord qu'aux deux « casse-noisettes » (ainsi nommés en raison de leur physionomie[2]) s'opposent deux groupes de personnages qui vont tout mettre en œuvre pour les exploiter et les gruger. Fomenteurs de « crimes d'en haut » et de « crimes d'en bas », ils composent un diptyque social. La tromperie généralisée dans *Les Parents pauvres* implique la duplicité, indice parmi tant d'autres de la dégradation, et forme de la dualité. Les avatars du double affectent bien des personnages, à l'innocence perdue, et qui ont étouffé en eux l'humanité.

1. « Destins du deux. Oxymore, ironie, répétition dans « *Les Parents pauvres* », dans *Balzac et « les Parents pauvres »*, *op. cit.*, p. 205.

2. « Familièrement : figure, menton de casse-noisette, menton qui se relève et se porte vers le nez » (Littré). Nous sommes bien dans la catégorie du grotesque.

Les Camusot

Et pour commencer, honneur aux bourgeois, dont le roman narre la réussite. Camusot de Marville explique le titre, car il est le cousin de Sylvain Pons. A vrai dire, il s'agit d'un petit cousin, puisque Pons est en fait le cousin germain de la première femme du député Camusot, riche marchand de soieries, père du magistrat. Par alliance, Pons se considère aussi cousin des Cardot, car la seconde femme de Camusot était une demoiselle Cardot, dont le frère, le notaire Cardot, est lié à Popinot, le droguiste comte et pair de France. Pons apparaît donc comme le cousin de tout le monde, par une généreuse extension du lien de parenté. Remarquons à ce propos que tout le schéma du roman pourrait tenir dans la progressive restriction de l'espace où circule Sylvain Pons. Telle une peau de chagrin, l'aire du musicien se réduit jusqu'à sa chambre, elle-même investie par les vautours. Schmucke finira de même, assiégé par Fraisier, et finalement accueilli dans la soupente de Topinard : et voilà notre bon ange allemand transformé en taupe...

Plus que son mari, Mme Camusot incarne le tenace appétit bourgeois pour l'ascension sociale. A elle revient le rôle d'organisatrice des crimes d'en haut. Et c'est à elle que revient le droit de métamorphoser l'histoire de Pons, narrée *in fine* du point de vue de la respectabilité bourgeoise, transmuée en légende dorée qui abolit les souffrances du collectionneur et le martyre du parent pauvre, enfin reconnu, parce que disparu. Cécile, sa fille, Madeleine Vivet, sa femme de chambre, complètent un tableau féminin singulièrement peu attirant. La Camusot et la Cibot ont plus que trois lettres en commun. Elles sont quasi jumelles. Même médiocrité, même avidité, même monstruosité. Toutes deux caressent une chimère. Pour sa part, Mme Amélie Camusot de Marville rêve de richesse et de riche mariage pour sa fille, rêve d'expansion et d'ascension qui la rend si proche des gueux avec qui elle fait affaire.

Le gang du Marais

Dans le Marais nagent les animaux venimeux. Ils parviendront à s'élever au-dessus de leur condition modeste, à l'exception de Cibot, lentement empoisonné par Rémonencq, et de son assassin. Eux aussi auront donc usé de Pons comme d'un moyen de promotion. Cette faune monstrueuse mérite d'être détaillée.

Type du brocanteur, le ferrailleur Rémonencq se présente d'entrée comme un contraire de Pons, car sa profession le voue à l'accumulation d'objets hétéroclites. Il passe du croutéum au muséum grâce à la monarchie de Juillet, et ne voit dans les choses que leur valeur marchande. Type de l'Auvergnat, il a l'intelligence de la cupidité. Être de désir (que l'on songe à son fétichisme attisé par les bras de la Cibot), il concentre son énergie dans la satisfaction de sa libido, et son âme est tout aussi vert-de-grisée que la rondelle de cuivre dont il fait l'arme de son crime.

Tout en rassemblant les traits définitionnels de la portière selon Henry Monnier et Eugène Sue, tout en représentant le fantasme obsédant chez Balzac de la mauvaise mère[1], tout en reprenant certaines caractéristiques de Mme de Brugnol, la « gouvernante » de Balzac, la Cibot est avant tout une femme médiocre saisie par la tentation de l'or. Fascinée par le serpent tentateur qu'est Rémonencq, elle entre dans le royaume des chimères, où Rémonencq lui-même finit par entrer, n'hésitant pas à tuer pour posséder la Cibot, érigée en objet de collection libidinal acheté au terme d'une transaction criminelle. Notons que la Cibot se reproduit dans des doubles : Madeleine Vivet et Mme Sauvage. Cerbères femelles et servantes-maîtresses hantent un roman peu flatteur pour les femmes.

Poulain et Fraisier forment un infernal couple

1. André Lorant insiste sur ce point dans son Introduction au roman dans l'édition de la Pléiade (pp. 469-474).

d'amis. Bien peu fidèles à leurs patronymes, du moins en ce qui concerne leurs connotations agréables, ils sont bien, l'un une plante poussant sur le fumier des basses convoitises, l'autre un animal fringant rêvant de quitter sa pauvre écurie. Tous deux déterminés par Paris, ici instance maléfique, ils vont de conserve, comprenant les ressorts et mécanismes de la société, attendant l'occasion qui leur permettra de sortir de leur bourbier. Amis, ils deviendront complices.

Les traits nationaux

A ce dispositif d'ensemble, on pourrait ajouter un autre principe de classement, qui serait fonction de l'origine nationale. On est frappé par le nombre des références aux qualités ethniques ou nationales de plusieurs personnages. Nous avons déjà vu comment Schmucke et Brunner proposaient deux visages de l'Allemand. En approfondissant, l'on constate qu'en Brunner se combine une double origine. Fils d'un protestant et d'une juive, il apparaît comme un métis. Dans le système balzacien, son ascendance juive explique sans doute sa rupture avec la naïveté constitutive de l'Allemand. Comme le prouvent un Nucingen ou un Gobseck, le Juif balzacien est « le prototype même de l'homme de pouvoir[1] ». Il consacre son énergie à la fructification de l'or. Installé au cœur de la société moderne, il domine et oriente la force de l'argent. Cette capacité à mobiliser la vitalité au service de la fortune se double chez Brunner de la vertu protestante à mettre en valeur le monde concret.

Un autre Juif circule dans *Le Cousin Pons* : Elie Magus, dont l'énergie est tout entière consacrée au service de la collection, est un usurier de l'art. Si, comme nous l'avons vu, son rapport aux chefs-d'œuvre n'est pas marchand, il les capte et les emmagasine, tel un Gobseck des valeurs esthétiques. Alors

1 Cf. Philippe Mustière et Patrick Née, *op. cit.*, p. 50.

que Brunner s'investit dans le monde, Magus vit de manière entropique. En cela, il est proche de l'Auvergnat Rémonencq, parenté d'ailleurs signalée dans le roman : « Riche, [Magus] vivait comme vivaient les Rémonencq », parenté de comportement, qui signale une sorte de cousinage ethnique : « Tous les Juifs ne vivent pas en Israël », nous est-il dit à propos du brocanteur.

Le narrateur

L'importance des interventions du narrateur impose que l'on examine leur fonction et leur mode d'expression. Aux habituelles fonctions de régie de communication ou d'évaluation, s'ajoute un métadiscours qui les explicite et qui « porte sur la structuration du texte et/ou sur sa signification[1] ». La fonction de régie se manifeste dans toutes les formulations du type « voici comment » ou « voici pourquoi ». Elles servent à rendre le récit vraisemblable, à en légitimer les attendus, mais aussi à marquer les étapes de la narration, et souligner le principe de la composition. Ainsi, la complexité de l'intrigue se trouve-t-elle relativisée et simplifiée par ces notices hiérarchisantes, qui classent les différents niveaux de l'histoire. La fonction de communication en procède directement. Le narrateur se désigne comme conteur, et s'adresse à tout un réseau de destinataires : les lecteurs, les observateurs, les connaisseurs ou les savants ès sciences sociales. Renforçant la « vraisemblabilisation » du roman, Balzac l'inscrit aussi dans les conditions mêmes de sa réception.

Le narrateur qualifie fréquemment les étapes du récit ou le récit dans son ensemble. Il privilégie alors les termes de théâtre. Comme l'a justement souligné M. Ménard, le monde du théâtre joue un rôle im-

1. Françoise Van Rossum-Guyon, « Redondance et discordances : métadiscours et autoreprésentation dans *Les Parents pauvres* », dans *Balzac et « les Parents pauvres »*, *op. cit.*, p. 147.

portant dans *Le Cousin Pons*[1]. Introduit dans l'économie générale du texte par la profession des deux amis, cet univers qui fascine Balzac imprime à l'atmosphère romanesque une couleur théâtrale sans cesse désignée. Jacques Neefs explique fort bien comment le roman articule « deux régimes de représentation, l'un comme l'extériorité d'une mise en place, d'une disposition de personnel, l'autre comme l'intériorité du drame lui-même[2] ». Le narrateur, en effet, après avoir installé l'avant-scène du drame, nous en indique le commencement : « ici commence le drame ». On montrerait par exemple les progrès de la dramatisation en comparant deux visites du Musée-Pons, aux chapitres 34 et 56. Dans le deuxième cas, nous parvenons jusqu'à la chambre de Pons alité, où pénètrent les oiseaux de proie. Le malade sent les « rayons diaboliques » de leurs regards. La tension parvient alors à son degré maximum.

Drame, voire mélodrame — feuilleton oblige — multipliant les accessoires, procédés et rituels du genre, *Le Cousin Pons* prend aussi l'allure d'une tragédie, où la pitié se trouve constamment sollicitée. Le pathos s'y allie au sublime, et, comme nous l'avons vu, le comique au tragique. Le code théâtral permet donc de comprendre la complexité des ressorts mis en œuvre, et notamment leur discordance. S'il est banal d'évoquer la composition dramatique du *Cousin Pons*, procédé fréquent dans *La Comédie humaine*, il est plus intéressant de constater que plusieurs interventions du narrateur perturbent le codage qu'il a lui-même mis en place. A la tragédie, donc au genre éminemment sérieux, s'opposent tous les effets grotesques. La terreur va de pair avec le ludisme, la dépréciation, la satire. La programmation de la lecture mise en place par la nomination générique subit donc des distorsions, qui introduisent une distanciation ironique. La fin de Rémonencq est en cela embléma-

1. Commentaires de l'édition du Livre de Poche, p. 385.
2. « Les foyers de l'histoire », dans *Balzac et « Les Parents pauvres »*, *op. cit.*, p. 172.

tique. Ajoutons le monument funéraire de Pons, dont la circulation, tout en signifiant la dégradation générale des valeurs dans la société, vaut aussi comme élément comique. Dernière fonction remarquable du narrateur, la justification vise à légitimer la présence ou l'absence d'éléments dans le récit. Logique des événements, rapports avec d'autres textes de *La Comédie humaine*, commentaire didactique, rappel d'une mission (être l'historien des mœurs et le secrétaire de la société), pointage d'intérêts divers (moral, archéologique, artistique, etc.) : il s'agit d'un discours auctorial fragmentaire, lacunaire et parfois despotique (pourquoi faut-il développer une si longue digression sur la chiromancie ?) qui oriente l'interprétation. L'autorité de l'auteur-narrateur s'impose donc à nous de manière redondante. Mais cela procède d'une intention didactique visant à mettre en place un réseau de significations idéologiques.

Pouvoir et langage

Désignée à la fin du roman comme héroïne de l'histoire, la collection est bien l'objet d'une quête, mais celle-ci procède d'un rapport de force. Si l'intrigue s'organise autour d'elle, en fonction d'elle, la collection permet en définitive aux gens en place de confirmer leur situation dominante. Comme le montre Lucienne Frappier-Mazur[1], la Cibot, si elle prend une part active à la mort de Pons, n'a d'autre objectif que de se faire coucher sur son testament. Elle se contente en fait d'un pot-de-vin extorqué à Magus et à Rémonencq et d'un petit tableau de Metzu. Grâce à Fraisier, la mort de Pons produit de l'argent, mais l'avoué doit se mettre au service de la présidente pour en tirer bénéfice. Il montera de nombreux échelons dans la société, alors que les Camusot de Marville

1. « Le discours du pouvoir dans *Le Cousin Pons* », dans *Balzac et « Les Parents pauvres »*, *op. cit.*

parviennent au faîte. Encore a-t-il fallu pour cela que Schmucke soit à ce point ignorant de la loi qu'il se laisse gruger.

Cette impuissance dont font preuve les deux amis tient d'abord à leur rapport au langage et au pouvoir. Leurs ennemis partagent l'autorité, la volonté, la maîtrise d'un langage performant. Aucun épisode ne montre mieux cette connivence que la conversation entre la présidente Camusot et Fraisier, cet être retors, prêt à tout, et qui rappelle le Cerizet d'*Illusions perdues* (1837-1843) ou le Goupil d'*Ursule Mirouët*. L'avoué parvient à convaincre par la force de sa rhétorique : celle du raisonnement juridique, celle de la persuasion. Parlant net, Fraisier parle vrai. La vérité de ses propos — vérité construite, vérité conçue comme arme — repose sur l'usage de la loi. Si elle n'est pas moralement légitime, son argumentation n'en est pas moins légale. Puisqu'il s'agit de rendre la loi conforme au désir de la présidente, le recours à la Cibot, considérée comme auxiliaire, comme instrument, s'impose. Ayant ainsi gagné la partie « en haut », Fraisier va la remporter « en bas ». Il s'agit d'abord de placer la portière sous sa coupe, en déployant toutes les ressources du discours d'autorité. Ensuite, il n'est besoin, pour dominer Schmucke, que de recourir aux terrifiants prestiges de la langue juridique, qui ne peut être que du grec pour l'Allemand.

Il serait possible de hiérarchiser les personnages selon leur rapport au langage. *Le Cousin Pons* multiplie les idiolectes. Au souci de pittoresque, au rappel d'un procédé cher aux auteurs de romans-feuilletons, s'ajoute chez Balzac le désir de situer socialement et institutionnellement les protagonistes. Bien parler, c'est savoir. Les déformations phonétiques marquent chez la Cibot le manque d'instruction et l'infériorité sociale. Prodiguant les N — comme Mme Poulain parle en S — la Cibot en reste à un stade infantile du langage. Il est logique qu'elle ne sache pas vraiment profiter du trésor Pons. Rémonencq use d'un charabia auvergnat. Ce provincialisme ne lui confère cependant pas une infériorité comparable à celle de la portière. Rusé, sournois, le ferrailleur en restera néanmoins à un niveau inférieur, et sera exclu des bénéfices les plus consistants.

Le cas de Schmucke est encore plus exemplaire. Si son patois tudesque rappelle celui de Nucingen, sa fonction sémantique diffère. Là où un Nucingen (tel un Grandet bégayant) cache ses manœuvres sous l'opacité d'un jargon obscur, Schmucke manifeste par sa parlure l'incapacité où il est de véritablement communiquer avec un monde dont il ne maîtrise pas les signes. De même que sa propension à tout prendre au pied de la lettre, les difformités de son langage disent son exclusion. Tout en cumulant les traits stéréotypés de l'Allemand sentimental, Schmucke déploie les marques de l'aliénation sociale.

Le discours légal s'impose comme la manifestation la plus puissante de l'institution. A cette prééminence s'ajoute la densité du réseau de surveillance sociale qui épie le malheureux Pons. De là l'importance stratégique de la portière, dont la fonction dépasse la personne même. Cerbère, elle est aussi Argus, et prompte à alerter ces figures de l'autorité que sont l'avoué, le médecin ou le prêtre. Véritable agent de renseignements, entremetteuse, la Cibot dispose d'un pouvoir, dont elle use sans vergogne, au point de le rendre despotique. En fait, l'espionne fait régner la terreur sur le couple des casse-noisettes, tout en gérant leur nourriture, dont on connaît la valeur libidinale pour le collectionneur. On sera d'accord avec L. Frappier-Mazur pour voir en elle une mère phallique à la sexualité agressive[1]. Détentrice de pouvoir, l'ex-écaillère va consulter une voyante, qui représente une autre version de la féminité inquiétante, liée au savoir occulte et aux voies mystérieuses du surnaturel. Nous voici donc en présence d'un nouveau couple, qui complète le système gémellaire d'ensemble.

1. *Op. cit.*, p. 29.

Le couple Mme Camusot/Fraisier illustre de la plus exemplaire façon le jeu subtil des pouvoirs dans *Le Cousin Pons*. Tous deux savent exploiter l'aliénation sociale des casse-noisettes. Tous deux sont animés d'une pulsion désirante. Tous deux semblent désexualisés, Fraisier par dessèchement physique (voir son portrait), la présidente par dessèchement moral et affectif — elle n'aime que sa fille. Leur alliance achève leur ressemblance. Elle se concrétise par un partage des tâches et des dépouilles, une complémentarité des intérêts et des situations sociale et professionnelle.

Le triomphe d'un tel couple assène les leçons du roman. Outre celles déjà énoncées, il convient d'en examiner une, plus souterraine, mais présente également dans *La Cousine Bette* et décisive pour l'économie générale de *La Comédie humaine*. Nicole Mozet fait de l'autre volet des *Parents pauvres* un roman où se dessine le menaçant « pouvoir féminin[1] ». Il serait possible de tracer au sein de *La Comédie humaine* un axe de progressive dévalorisation du père. Si le thème de la paternité parcourt la production balzacienne, tout semble se passer comme si le principe patriarcal perdait de sa vigueur, voire de sa réalité. Quand le romancier met en chantier *Les Parents pauvres*, l'argent prend le relais de l'autorité paternelle comme valeur fondatrice ou de référence. Une part notable de l'investissement symbolique et idéologique effectué sur la figure du père — héroïque, créatrice, autoritaire — se reporte sur l'Avoir. De nouveaux rapports « familiaux » — entendons de familiarité ou de complicité — se substituent partiellement à ceux de la Famille. La déchéance du cousin Pons renvoie aussi à cette marginalisation du lien familial biologique au bénéfice de la volonté de puissance servie par les différentes fonctions du Pouvoir moderne.

1. « *La Cousine Bette*, roman du pouvoir féminin ? », dans *Balzac et « Les Parents pauvres »*, *op. cit.*, pp. 33-46.

On mesure la réussite de Balzac dans *Le Cousin Pons*. Tout ce qui avait fait le succès des œuvres antérieures se trouve rassemblé : invention des personnages, agencement de l'intrigue, art du portrait, de la description, du dialogue, intrication des significations. A ces valeurs sûres, mais que l'épuisement du romancier ne pourra plus réunir pour mener à bien une nouvelle œuvre, s'ajoutent l'atmosphère particulière et la tonalité d'ensemble où baigne le roman. Composée d'amertume, de pessimisme, de satire cruelle, d'ironie corrosive, d'humour noir, l'ambiance du *Cousin Pons* distille le désespoir tout en annonçant la « blague supérieure » flaubertienne. Il faut revenir aux titres des chapitres pour mieux apprécier cette distance ménagée avec les faciles séductions de la sentimentalité et de l'apitoiement. Ne reculant ni devant les jeux de mots obligés (« Le fraisier en fleurs »), ni devant les clins d'œil au lecteur attentif (« Pons enseveli sous le gravier »), Balzac répartit savamment ses effets, et place ses signes de piste. La pirouette finale du texte (« Excusez les fautes du copiste ! »), qui conclut l'ultime revue des personnages et le sauvetage plaisant de la Providence (la mort de Rémonencq), déjoue le drame, renvoie le roman au monde de l'illusion autant qu'à celui du réel « copié ». On ne saurait mieux signaler l'ambiguïté de la fiction.

Gérard GENGEMBRE.

LA GENÈSE DU *COUSIN PONS*

Sur cette naissance compliquée, Anne-Marie Meininger a tout dit. C'est un Balzac malade qui entreprend au printemps 1846 la rédaction de son ultime chef-d'œuvre. Depuis la fin de 1843, il n'a pu commencer pour l'achever qu'un seul récit, *Modeste Mignon*, publié en 1844. L'essentiel de son activité d'écrivain se consume en continuations ou en parachèvements de textes antérieurs. Ainsi Balzac écrit-il la deuxième partie de *Splendeurs et misères des courtisanes* (publiée en septembre 1844) et termine-t-il *Béatrix* (décembre 1844 et janvier 1845). Il commence également d'autres romans, qui resteront inachevés : *Les Paysans, Les Petits Bourgeois*, tout en recomposant des ouvrages à partir de publications plus ou moins anciennes : *Autre étude de femme* (1842), *Gaudissart II* (octobre 1844), *Un homme d'affaires* (septembre 1845), *Les Comédiens sans le savoir* (avril 1846). Il accumule aussi des projets et des titres qui ne seront jamais développés. En juillet 1844, Balzac dresse un catalogue complet des ouvrages que devra comporter *La Comédie humaine* : 125 romans, dont 40 restent à faire.

Les tribulations d'un amoureux

Balzac s'est rendu à Saint-Pétersbourg le 21 juillet

1843, y a séjourné en compagnie de Mme Hanska du 29 juillet au 7 octobre et, via l'Allemagne et la Belgique, est rentré à Paris le 3 novembre. Amer retour : sa dulcinée ne semble pas disposée au mariage. Balzac souffre d'une arachnitis, sorte de méningite chronique. Sa santé ne cessera de se dégrader, et les nombreux symptômes de cette maladie (névralgies, étourdissements, maux oculaires, sommeil invincible) ajouteront leurs tourments à l'attente du romancier, pétri d'amour, convaincu d'être aimé, et soucieux d'éteindre les dettes qui le poursuivent depuis si longtemps.

Alourdi, fatigué, angoissé, Balzac connaît une épouvantable année 1844. Depuis 1840, il vit avec Louise Breugnot, dite Mme de Brugnol, simple « gouvernante » pour Mme Hanska. Cette femme ne saurait compenser l'absence de la lointaine comtesse, à qui Balzac écrit lettre sur lettre : « Vous êtes ma vie, ma force, ma lumière. » Il y développe des sujets de roman, des plans d'assainissement financier, des déclarations passionnées. En fait, il passe une bonne partie de son temps à toujours conquérir son Ève. Une jaunisse en été, un projet avorté de rencontre en Allemagne, une bricabracomanie frénétique : l'énergie balzacienne s'épuise. Et Balzac d'avouer : « J'ai usé mes facultés à l'œuvre désespérante de l'attente ! »

En 1845, pourtant, Mme Hanska semble moins distante. Elle lui propose un périple européen, qui les emmènera à travers l'Allemagne, la Belgique, la Hollande et la France pour s'achever à Naples. Comprenant Balzac, Mme Hanska, sa fille Anna et son fiancé, le comte Georges Mniszech, la cavalcade dure de mai à novembre, avec quelques interruptions. Ayant « tout envoyé promener », Balzac est en vacances, et ne rêve que de bonheur conjugal : « J'ai la triste certitude de ne pas pouvoir faire une œuvre littéraire jusqu'à ce que nous soyons mariés et dans notre ménage. » Cette tendre obsession fait de 1845 une année exceptionnelle, dont Balzac gardera un souvenir lyrique : « Il y a pour moi, mon chéri louloup, vingt-trois villes qui sont sacrées. »

Malgré sa mère, qui entend se faire rembourser les sommes prêtées, malgré Mme de Brugnol qui exige des compensations si elle doit partir, l'année 1846 s'annonce sous d'excellents auspices. La situation financière de Balzac s'est améliorée, grâce à un liquidateur efficace, Sylvain Gavault. Mme Hanska a confié à son amant une forte somme, qu'il place en actions. Balzac continue ses achats d'œuvres d'art, se remet au travail avant de rejoindre Mme Hanska à Rome en mars. Nouveaux achats, retour par la Suisse et l'Allemagne. En mai, Balzac est à Paris. Enceinte, Mme Hanska ne se décide toujours pas au mariage. De plus, les éditeurs et directeurs de journaux ne se manifestent plus : les publications ralentissent. Pensant enfin obtenir par ce moyen le « oui » de Mme Hanska, Balzac cherche une maison.

Pourtant, le lundi 15 juin 1846, Balzac annonce un projet : « Voici ce que je vais écrire : 1° : l'*Histoire des Parents pauvres*, *Le Bonhomme Pons*, qui fait 2 à 3 feuilles de *La Comédie humaine*, puis, *La Cousine Bette*, qui en fera 16. » Il pense donc à une antithèse, Pons le parent pauvre « accablé d'injures, plein de cœur », Bette, la parente pauvre « accablée d'injures et prenant vengeance de toutes ses douleurs ».

D'un Pons à l'autre

Au départ, *Pons* se présente comme une nouvelle. Deux à trois feuilles représentent trente-deux à quarante-huit pages. Le roman en fera deux cent soixante-dix de l'époque. Mais cette mutation va s'opérer de façon complexe. Du 16 juin au 14 août 1846, Balzac travaille à la nouvelle. Il s'arrête alors, pour entreprendre *Bette*, se rendre à deux reprises en Allemagne et effectuer un achat immobilier. Il se remet à *Pons* vers le 13 novembre, afin que la publication suive celle de *Bette*, en cours. Mais le directeur du *Constitutionnel* reporte la publication de *Pons*. En décembre, alors que s'achève la parution de *Bette*, Balzac apprend que Mme Hanska a fait une fausse couche. Il est effondré. Après avoir enfin congédié Mme de Brugnol, Balzac va chercher Mme Hanska à Francfort. Au retour, en février, Balzac se replonge dans *Pons*, qui est enfin publié du 18 mars au 10 mai. Comment en est-on arrivé là ?

« Le moment exige que je fasse deux ou trois œuvres capitales qui renversent les faux dieux de cette littérature bâtarde, et qui prouveront que je suis plus jeune, plus frais, et plus grand que jamais » : cette lettre du 16 juin donne le ton. Balzac veut frapper un grand coup pour remettre à leur place les auteurs de romans-feuilletons, qui dominent la scène littéraire. Les précisions abondent dans la correspondance adressée à Mme Hanska. Le 20 juin, Balzac affirme : « Je suis très content du *Vieux musicien* » ; il récidive le 28 : « Je viens de terminer *Le Parasite*, car tel est le titre définitif de ce qui s'est appelé le Bonhomme Pons, le Vieux musicien, etc. C'est pour moi du moins, un de ces chefs-d'œuvre d'une excessive simplicité qui contiennent tout le cœur humain, c'est aussi grand et plus clair que le Curé de Tours, c'est aussi navrant » ; et le 29 : « C'est l'un de mes plus beaux. »

Dans l'euphorie retrouvée de la création, Balzac s'est préoccupé de la publication. Véron, le directeur du *Constitutionnel*, déjà preneur de *Bette*, accepte ce qui est devenu *Les Deux Musiciens*. Dès le 14 juillet la correction des premières épreuves commence. Balzac est toujours aussi enthousiaste : « Ce sera vraiment un grand chef-d'œuvre, extraordinaire parmi mes œuvres les plus belles. » Le 17, il rapporte ses épreuves corrigées au journal. Le 26, il annonce qu'il doit corriger toute sa nouvelle composée. Il va vite redescendre de son nuage.

L'été est étouffant, Mme de Brugnol, qui est décidément encore là, est malade. La correction tarde, Balzac, qui se « bourre » de café, entasse les projets, reprend d'anciennes idées. Surtout, il relit *Pons* et le trouve mauvais, « sans esprit ni intérêt ». Il bouleverse tout, ajoute des feuillets, envisage d'en écrire trente-six nouveaux. *Pons* est devenu un pensum. Le 18 août il écrit : « J'ai fait aujourd'hui 24 feuillets de *La Cousine Bette.* » Il y travaille en fait depuis plusieurs jours. Changeant de cheval, Balzac abandonne ses musiciens, au grand dam de Véron, qui se trouve devant un nouveau roman, alors qu'il escomptait pouvoir publier *Pons* : « Expliquez-moi donc toute cette histoire » demande-t-il désemparé le 19 août. Balzac ne reviendra à ce texte arrêté en plein remaniement que dans plusieurs mois. Cette volte-face s'explique en partie par la transformation de la nouvelle en ce que Balzac appelait dans une lettre du 13 août un roman, peut-être encouragé par Véron lui-même qui, s'il faut en croire une lettre du 5 août, aurait dit qu'il accepterait autant de feuilles que Balzac pourrait lui en fournir.

Un élément décisif est sans doute l'idée qu'a eue Balzac de faire de son héros un collectionneur, ce qui a entraîné celle d'une conspiration née de la valeur même de cette collection. C'est à cette adjonction capitale qu'il nous faut maintenant nous attacher.

Aux origines du roman

On ne refera pas ici la brillante démonstration d'A.-M. Meininger, développée dans les pages XII à LXIX de son introduction. En voici les conclusions essentielles.

Dès 1844, certaines idées et ébauches constituent en quelque sorte la préhistoire de *Pons* : les articles pour *Le Diable à Paris* publié par Hetzel, *Le Théâtre comme il est, Histoire d'un parent pauvre, La Fin d'un dandy, Les Deux Cousins, Les Méfaits d'un Procureur du Roi* (dont l'un des titres envisagés était *La Présidente*), *Les Petits Bourgeois, Le Tableau de Paris*. La plupart de ces projets se retrouvent sur la page de titre de *La Fin d'un dandy*.

Aux sources de la nouvelle, se trouvent les mauvaises relations de Balzac avec la famille, notamment avec sa mère et, fait nouveau, avec sa sœur Laure. S'y ajoutent les angoisses d'un homme vieilli et épuisé. Constatant l'égoïsme, la vanité de ses proches obsédés par la question d'argent, Balzac se voit comme un « parent pauvre », et le diptyque apparaîtra comme la projection de ses hantises, sous la double figure romanesque de 1846 : Mme Balzac dans *La Cousine Bette*, les Surville — qui inspirent les Marville — dans *Le Cousin Pons*. Le 20 février 1844, Balzac écrit à Mme Hanska : « Vous êtes devenue depuis quelques jours surtout, le seul être qu'il y ait pour moi dans le monde... Ma sœur, ma mère, le beau-frère et Sophie [fille du couple Surville et nièce de Balzac] ont comblé la mesure. » La coïncidence des dates montre que la rédaction de Pons-roman est contemporaine des manœuvres engagées par Laure pour marier Sophie. Ajoutons la nullité de Surville, un authentique parent pauvre, Théodore Midy, une femme de chambre-femme de charge, qui donnera Madeleine Vivet, un professeur de piano, des notaires, un entourage bourgeois, un magistrat raté, Antoine-Victor Michelin de Berny, Véron, le directeur du *Constitutionnel*, modèle de Gaudissart : Balzac emprunte à la réalité, et souvent à la plus proche, les éléments qu'il va métamorphoser en fiction.

Quand Balzac écrit *Les Deux Musiciens*, il réutilise le personnage de Schmucke, connu des lecteurs depuis *Une fille d'Ève* (1838-1839). Parmi les multiples raisons qui peuvent avoir motivé ce réemploi, il faut souligner la lecture d'Hoffmann (le maître de chapelle Kreisler), et celle d'une nouvelle d'Albéric Second, *Les Deux Bassons de l'Opéra*, histoire de deux musiciens vivant en commun. Quant à la Cibot, elle emprunte bien des traits à *La Portière* et à *La Garde-malade* mises en scène par Henry Monnier. Ne pourrait-on évoquer aussi la Mme Pipelet dans *Les Mystères de Paris* d'Eugène Sue ?

La transformation de Pons en collectionneur passionné marque celle de la nouvelle en roman, et constitue le héros en véritable personnage balzacien : un monomane. Selon A.-M. Meininger, cette considérable modification impliquait un plus long mûrissement, et expliquerait l'arrêt de *Pons* pendant plusieurs mois.

Aux sources du roman, se trouve évidemment la tableaumanie de Balzac, cette crise qui se manifeste après le retour de Saint-Pétersbourg (le goût du bric-à-brac signalé dans une lettre à Mme Hanska du 23 décembre 1843) et qui naît véritablement en février 1846, lorsque Balzac fait la connaissance du « peintre-philosophe » Chenavard, pour durer jusqu'en août. Le voyage à Rome, la rencontre avec le restaurateur de tableaux Moret y jouent un grand rôle. A partir d'août, tant que l'histoire du collectionneur Pons prend forme, Balzac n'achète plus un tableau, « comme si la création avait marqué la fin de la passion » (A.-M. Meininger, p. L). Le catalogue du Musée-Pons trouve son origine dans une liste de soixante et un noms de peintres, esquissée sur une page de titre d'*Adam-le-Rêveur* au début d'août 1846. Les douze premiers sont des peintres dont Balzac possédait des toiles, les quarante-neuf autres sont déjà ceux du musée imaginaire. L'achat de la Chartreuse Beaujon fera entrer la bricabracomanie dans le roman.

Après la tableaumanie, Mme de Brugnol, à partir de laquelle la Cibot fut créée. Plutôt que d'y voir un simple démarquage, A.-M. Meininger propose d'y voir « un simulacre caricatural, poussé au paroxysme, de l'image fausse que Balzac fabriquait à l'usage de Mme Hanska » (*op. cit.*, p. LIII) depuis que celle-ci avait découvert en 1845 la vérité sur les relations de Balzac avec sa « gouvernante ».

Enfin, les sources du roman comportent également tout ce que Balzac observateur et historien peut glaner dans la réalité. Une énumération serait oiseuse. Contentons-nous de citer une dernière fois A.-M. Meininger : « C'est à condition d'être vrais que les personnages de Balzac peuvent agir. »

LES ÉTATS SUCCESSIFS DU *COUSIN PONS* *TABLEAU RÉCAPITULATIF*

15 juin 1846. Projet : *Le Bonhomme Pons*, 1re partie de l'*Histoire des parents pauvres*.

16 juin. Premier changement de titre : *Le Vieux Musicien*.

28 juin. Deuxième changement de titre : *Le Parasite*.

Début juillet. Troisième changement de titre : *Les Deux Musiciens*.

Août : la nouvelle devient roman.

9 novembre. Quatrième changement de titre : *Le Cousin Pons*.

18 mars 1847. Début de la parution dans *Le Constitutionnel*.

HISTOIRE D'UN TEXTE

I. LES ÉDITIONS

MANUSCRIT ET ÉPREUVES

Du manuscrit, il ne reste de connu qu'un long fragment et quelques feuillets dépareillés conservés à la Bibliothèque Lovenjoul, à Chantilly (dossier A 47). Ce même dossier contient vingt-neuf placards d'épreuves corrigées, correspondant à la nouvelle initiale, dont les éléments ont été repris au début du roman.

TEXTE PRÉ-ORIGINAL

Le Cousin Pons ou les Deux Musiciens, deuxième partie de l'*Histoire des Parents pauvres*, paraît dans *Le Constitutionnel*, du 18 mars au 10 mai 1847, en trente feuilletons. La présentation typographique est identique à celle de *La Cousine Bette*. Les feuilletons sont paginés de 245 à 364 de telle façon que, détachés et réunis en volume, ils fassent suite à la première partie des *Parents pauvres*.

Dans cette version, *Le Cousin Pons* est divisé en trente et un chapitres titrés, et précédé d'un *Avertissement quasi littéraire* et d'une *Note éminemment commerciale* (voir Documents, p. 391-392). Le texte n'est pas identique à celui des placards. On ne dispose pas de l'autre jeu d'épreuves sur lesquelles Balzac a remanié son roman.

Afin de l'offrir en prime aux abonnés de 1847, *Le Constitutionnel* fit réimprimer le feuilleton par Moussin, à Coulommiers.

ÉDITION ORIGINALE EN LIBRAIRIE

Datée de 1848, l'édition dite de « Cabinet de lecture » paraît chez Pétion en six volumes, faisant suite aux six volumes de *La Cousine Bette* parus chez Chlendowski en1848. L'ensemble constitue *Les Parents pauvres*, pour lesquels Balzac avait traité avec Chlendowski en octobre 1846, contrat complété en mars 1847 (le nom de Pétion, probable prête-nom de Chlendowski, est ajouté à cette occasion).

Balzac a apporté des corrections au texte du *Constitutionnel*, modifiant notamment le découpage des chapitres, qui se comptent désormais au nombre de soixante-dix-sept. Toutes ces corrections ne seront pas reportées dans l'édition.

DEUXIÈME ÉDITION

En octobre 1847, *Le Cousin Pons* paraît de nouveau à la suite de *La Cousine Bette* dans le *Musée littéraire* du *Siècle*, sous le titre *Les Parents pauvres. Deuxième épisode. Le Cousin Pons. Deuxième partie. Les Deux Musiciens*. Balzac avait signé une convention avec le directeur du *Siècle* le même jour que le traité Pétion. Le texte reproduit la version Pétion, puis, à partir du chapitre XXVI, celle du *Constitutionnel* (seconde moitié du chapitre XI). Les chapitres ne portent pas de titre.

LA COMÉDIE HUMAINE

En octobre 1848, *Le Cousin Pons* prend place au tome XVII de *La Comédie humaine*, à la suite de *La Cousine Bette*. *Les Parents pauvres* entrent dans les *Scènes de la vie parisienne*, et constituent un volume complémentaire de l'édition en seize volumes publiée de 1842 à 1846 par Furne, Dubochet, Hetzel et Paulin. Ce volume, publié sous le nom de Furne et Cie, l'est en réalité par Alexandre Houssiaux qui, le 27 juillet 1846, avait acquis le stock et la propriété de *La Comédie humaine.*

Balzac a corrigé le texte du *Musée littéraire* du *Siècle*, resserré la matière des vingt-cinq premiers chapitres et supprimé les divisions en chapitres. On ne sait si Balzac a corrigé ce volume comme les seize autres, et aucun exemplaire corrigé ne nous est parvenu. On ne connaît donc pas de « Furne corrigé » pour *Les Parents pauvres.*

II. DE LA NOUVELLE AU ROMAN

Les travaux d'André Lorant, de Donald Adamson et d'Anne-Marie Meininger permettent de répondre à toutes les questions importantes que l'on peut se poser pour comprendre la transformation de la structure même de l'œuvre, nouvelle devenue roman.

Le texte primitif est celui du dernier stade de la nouvelle, une ultime épreuve d'août 1846. Balzac le reprend en février 1847 (entre-temps, il a rédigé *La Cousine Bette*). Puis, le manuscrit correspond véritablement au roman, dont la publication commence le 18 mars. L'intrigue se développe, et Balzac établit le lien entre la conspiration Cibot-Fraisier-Poulain-Rémonencq-Magus et celle des Camusot.

Il ne reste aucun document nous permettant de suivre la dernière phase de la création. On peut imaginer que les derniers chapitres ont été écrits, comme ceux de *La Cousine Bette*, la veille pour le lendemain. L'ampleur de la tâche effraye, si l'on songe que Balzac écrit et publie en même temps *La Dernière Incarnation de Vautrin* et *Le Député d'Arcis* ! S'expliqueraient ainsi certaines fautes ou contradictions qui subsistent dans le texte. L'histoire du texte est bien celle de difficultés, vaincues pour la plupart, « rencontrées tout au long d'une création disjointe par la conception et par le temps » (A.-M. Meininger, *op. cit.*, p. 367).

Quelques exemples significatifs de ces coutures mal agencées et de ces évolutions suffiront pour illustrer cette formule. Ainsi Pons collectionneur ignore-t-il au début la valeur de son trésor, avant de s'ingénier à payer l'éventail offert à Mme Camusot la « centième partie de son prix ». De même, Balzac ajoute-t-il l'ambition au caractère de l'orgueilleuse présidente, ce qui motive ses agissements criminels. La Cibot, d'abord portière moustachue et dévouée, devient une séduisante voleuse, qui excite le désir de Rémonencq. Enfin, les passages appartenant à la nouvelle se situent en 1844, alors que les additions du roman nous placent en 1846.

III. MODIFICATIONS DU TEXTE

De nombreuses modifications affectèrent à des degrés divers la construction et les détails (noms des personnages, lieux, dates...), ainsi que les sommes, les objets d'art. Il faudrait y ajouter les additions, suppressions, corrections et changements de graphie ou de typographie. A.-M. Meininger en a dressé une liste très complète, accompagnée d'un abondant choix de variantes.

NOTE SUR LA PRÉSENTE ÉDITION

Nous reproduisons le texte retenu par Anne-Marie Meininger pour son édition dans les Classiques Garnier. Il s'agit de la version du Furne avec les titres des chapitres de l'édition Pétion et quelques corrections d'erreurs typographiques. Nous avons en outre tenu compte des remarques faites dans sa recension critique par Thierry Bodin (*L'Année balzacienne*, 1975).

LE COUSIN PONS

A DON MICHELE ANGELO CAJETANI, PRINCE DE TEANO[1].

Ce n'est ni au prince romain, ni à l'héritier de l'illustre maison de Cajetani qui a fourni des papes à la Chrétienté, c'est au savant commentateur de Dante que je dédie ce petit fragment d'une longue histoire.

Vous m'avez fait apercevoir la merveilleuse charpente d'idées sur laquelle le plus grand poète italien a construit son poème, le seul que les modernes puissent opposer à celui d'Homère. Jusqu'à ce que je vous eusse entendu, la *Divine Comédie* me semblait une immense énigme, dont le mot n'avait été trouvé par personne, et moins par les commentateurs que par qui que ce soit. Comprendre ainsi Dante, c'est être grand comme lui ; mais toutes les grandeurs vous sont familières.

Un savant français se ferait une réputation, gagnerait une chaire et beaucoup de croix, à publier, en un volume dogmatique, l'improvisation par laquelle vous avez charmé l'une de ces soirées où l'on se repose d'avoir vu Rome. Vous ne savez peut-être pas que la plupart de nos professeurs vivent sur l'Allemagne, sur l'Angleterre, sur l'orient ou sur le Nord, comme des insectes sur un arbre ; et, comme l'insecte, ils en deviennent partie intégrante, empruntant leur valeur de celle du sujet. Or, l'Italie n'a pas encore été exploitée à chaire ouverte. On ne me tiendra jamais compte de ma discrétion littéraire. J'aurais pu, vous dépouillant, devenir un homme docte de la force de trois Schlegel ; tandis que je vais rester simple docteur en médecine sociale, le vétérinaire des maux incurables ne fût-ce que pour offrir un témoignage de reconnaissance à mon cicerone, et joindre votre illustre nom à ceux des Porcia, des San Severino, des Pareto, des di Negro, des Belgiojoso, qui représenteront dans la *Comédie humaine* cette alliance intime et continue de l'Italie et de la France que déjà le Bandello, cet évêque, auteur des contes très drolatiques, consacrait de la même manière, au seizième siècle, dans ce magnifique recueil de nouvelles d'où sont issues plusieurs pièces de Shakespeare, quelquefois même des rôles entiers, et *textuellement*.

Les deux esquisses que je vous dédie constituent les deux éternelles faces d'un même fait. *Homo duplex*, a dit notre grand Buffon, pourquoi ne pas ajouter : *Res duplex* ? Tout est double, même la vertu. Aussi Molière présente-t-il toujours les deux côtés de tout problème humain ; à son imitation, Diderot écrivit un jour : *ceci n'est pas un conte*, le chef-d'œuvre de Diderot peut-être, où il offre la sublime figure de mademoiselle de Lachaux immolée par Gardanne, en regard de celle d'un parfait amant tué par sa maîtresse. Mes deux nouvelles sont donc mises en pendant, comme deux jumeaux de sexe différent. C'est une fantaisie littéraire à laquelle on peut sacrifier une fois, surtout dans un ouvrage où l'on essaie de représenter toutes les formes qui servent de vêtement à la pensée. La plupart des disputes humaines viennent de ce qu'il existe à la fois des savants et des ignorants, constitués de manière à ne jamais voir qu'un seul côté des faits ou des idées ; et chacun de prétendre que la face qu'il a vue est la seule vraie, la seule bonne. Aussi le Livre Saint a-t-il jeté cette prophétique parole : *Dieu livra le monde aux discussions*. J'avoue que ce seul passage de l'Écriture devrait engager le Saint-Siège à vous donner le gouvernement des deux Chambres pour obéir à cette sentence commentée, en 1814, par l'ordonnance de Louis XVIII.

Que votre esprit, que la poésie qui est en vous protègent les deux épisodes des *Parents pauvres*.

De votre affectionné serviteur,

DE BALZAC.

Paris, août-septembre 1846.

I

UN GLORIEUX DÉBRIS DE L'EMPIRE

Vers trois heures de l'après-midi, dans le mois d'octobre de l'année 1844, un homme âgé d'une soixantaine d'années, mais à qui tout le monde eût donné plus que cet âge, allait le long du boulevard des Italiens, le nez à la piste, les lèvres papelardes, comme un négociant qui vient de conclure une excellente affaire, ou comme un garçon content de lui-même au sortir d'un boudoir. C'est à Paris la plus grande expression connue de la satisfaction personnelle chez l'homme. En apercevant de loin ce vieillard, les personnes qui sont là tous les jours assises sur des chaises, livrées au plaisir d'analyser les passants, laissaient toutes poindre dans leurs physionomies ce sourire particulier aux gens de Paris, et qui dit tant de choses ironiques, moqueuses ou compatissantes, mais qui, pour animer le visage du Parisien, blasé sur tous les spectacles possibles, exige de hautes curiosités vivantes. Un mot fera comprendre et la valeur archéologique de ce bonhomme et la raison du sourire qui se répétait comme un écho dans tous les yeux. On demandait à Hyacinthe[2], un acteur célèbre par ses saillies, où il faisait faire les chapeaux à la vue desquels la salle pouffe de rire : « — Je ne les fais point faire, je les garde ? » répondit-il. Eh bien ! il se rencontre dans le million d'acteurs qui composent la grande troupe de Paris, des Hyacinthes sans le savoir qui gardent sur eux tous les ridicules d'un temps, et qui vous apparaissent comme la personnification de toute une époque pour vous arracher une bouffée de gaieté quand vous vous promenez en dévorant quelque chagrin amer causé par la trahison d'un ex-ami.

En conservant dans quelques détails de sa mise une fidélité *quand même*[3] aux modes de l'an 1806, ce passant rappelait l'Empire sans être par trop caricature. Pour les observateurs, cette finesse rend ces sortes d'évocations extrêmement précieuses. Mais cet ensemble de petites choses voulait l'attention analytique dont sont doués les connaisseurs en flânerie ; et, pour exciter le rire à distance, le passant devait offrir une de ces énormités à crever les yeux, comme on dit, et que les acteurs recherchent pour assurer le succès de leurs *entrées*. Ce vieillard, sec et maigre, portait un spencer couleur noisette sur un habit verdâtre à boutons de métal blanc !... Un homme en spencer, en 1844, c'est, voyez-vous, comme si Napoléon eût daigné ressusciter pour deux heures.

Le spencer fut inventé, comme son nom l'indique, par un lord[4] sans doute vain de sa jolie taille. Avant la paix d'Amiens, cet Anglais avait résolu le problème de couvrir le buste sans assommer le corps par le poids de cet affreux carrick qui finit aujourd'hui sur le dos des vieux cochers de fiacre ; mais comme les fines tailles sont en minorité, la mode du spencer pour homme n'eut en France qu'un succès passager, quoique ce fût une invention anglaise. A la vue du spencer, les gens de quarante à cinquante ans revêtaient par la pensée ce monsieur de bottes à revers, d'une culotte de casimir vert-pistache à nœud de rubans, et se revoyaient dans le costume de leur jeunesse ! Les vieilles femmes se remémoraient leurs conquêtes ! Quant aux jeunes gens, ils se demandaient pourquoi ce vieil Alcibiade avait coupé la queue à son paletot. Tout concordait si bien à ce spencer que vous n'eussiez pas hésité à nommer ce passant un homme-Empire, comme on dit un meuble-Empire ; mais il ne symbolisait l'Empire que pour ceux à qui cette magnifique et grandiose époque est connue, au moins *de visu* ; car il exigeait une certaine fidélité de souvenirs quant aux modes. L'Empire est déjà si loin de nous, que tout le monde ne peut pas se le figurer dans sa réalité gallo-grecque.

Le chapeau mis en arrière découvrait presque tout le front avec cette espèce de crânerie par laquelle les administrateurs et les pékins essayèrent alors de répondre à celle des militaires. C'était d'ailleurs un horrible chapeau de soie à quatorze francs, aux bords intérieurs duquel de hautes et larges oreilles imprimaient des marques blanchâtres, vainement combattues par la brosse. Le tissu de soie mal appliqué, comme toujours, sur le carton de la forme, se plissait en quelques endroits, et semblait être attaqué de la lèpre, en dépit de la main qui le pansait tous les matins.

Sous ce chapeau, qui paraissait près de tomber, s'étendait une de ces figures falotes et drolatiques comme les Chinois seuls en savent inventer pour leurs magots. Ce vaste visage percé comme une écumoire, où les trous produisaient des ombres, et refouillé comme un masque romain, démentait toutes les lois de l'anatomie. Le regard n'y sentait point de charpente. Là où le dessin voulait des os, la chair offrait des méplats gélatineux, et là où les figures présentent ordinairement des creux, celle-là se contournait en bosses flasques. Cette face grotesque, écrasée en forme de potiron, attristée par des yeux gris surmontés de deux lignes rouges au lieu de sourcils, était commandée par un nez à la don Quichotte, comme une plaine est dominée par un bloc erratique. Ce nez exprime, ainsi que Cervantes avait dû le remarquer, une disposition native à ce dévouement aux grandes choses qui dégénère en duperie. Cette laideur, poussée tout au comique, n'excitait cependant point le rire. La mélancolie excessive qui débordait par les yeux pâles de ce pauvre homme atteignait le moqueur et lui glaçait la plaisanterie sur les lèvres. On pensait aussitôt que la nature avait interdit à ce bonhomme d'exprimer la tendresse, sous peine de faire rire une femme ou de l'affliger. Le Français se tait devant ce malheur, qui lui paraît le plus cruel de tous les malheurs : ne pouvoir plaire !

II

UN COSTUME COMME L'ON EN VOIT PEU

Cet homme si disgracié par la nature était mis comme le sont les pauvres de la bonne compagnie, à qui les riches essaient assez souvent de ressembler. Il portait des souliers cachés par des guêtres, faites sur le modèle de celles de la garde impériale, et qui lui permettaient sans doute de garder les mêmes chaussettes pendant un certain temps. Son pantalon en drap noir présentait des reflets rougeâtres, et sur les plis des lignes blanches ou luisantes qui, non moins que la façon, assignaient à trois ans la date de l'acquisition. L'ampleur de ce vêtement déguisait assez mal une maigreur provenue plutôt de la constitution que d'un régime pythagoricien ; car le bonhomme, doué d'une bouche sensuelle à lèvres lippues, montrait en souriant des dents blanches dignes d'un requin. Le gilet à châle, également en drap noir, mais doublé d'un gilet blanc sous lequel brillait en troisième ligne le bord d'un tricot rouge, vous remettait en mémoire les cinq gilets de Garat[5]. Une énorme cravate en mousseline blanche dont le nœud prétentieux avait été cherché par un Beau[6] pour charmer les *femmes charmantes* de 1809, dépassait si bien le menton que la figure semblait s'y plonger comme dans un abîme. Un cordon de soie tressée, jouant les cheveux, traversait la chemise et protégeait la montre contre un vol improbable. L'habit verdâtre, d'une propreté remarquable, comptait quelque trois ans de plus que le pantalon ; mais le collet en velours noir et les boutons en métal blanc récemment renouvelés trahissaient les soins domestiques poussés jusqu'à la minutie.

Cette manière de retenir le chapeau par l'occiput, le triple gilet, l'immense cravate où plongeait le menton, les guêtres, les boutons de métal sur l'habit verdâtre, tous ces vestiges des modes impériales s'harmonisaient aux parfums arriérés de la coquetterie des Incroyables, à je ne sais quoi de menu dans les plis, de correct et de sec dans l'ensemble, qui sentait l'école de David, qui rappelait les meubles grêles de Jacob[7]. On reconnaissait d'ailleurs à la première vue un homme bien élevé en proie à quelque vice secret, ou l'un de ces petits rentiers dont toutes les dépenses sont si nettement déterminées par la médiocrité du revenu, qu'une vitre cassée, un habit déchiré, ou la peste philanthropique d'une quête, suppriment leurs menus plaisirs pendant un mois. Si vous eussiez été là, vous vous seriez demandé pourquoi le sourire animait cette figure grotesque dont l'expression habituelle devait être triste et froide, comme celle de tous ceux qui luttent obscurément pour obtenir les triviales nécessités de l'existence. Mais en remarquant la précaution maternelle avec laquelle ce vieillard singulier tenait de sa main droite un objet évidemment précieux, sous les deux basques gauches de son double habit, pour le garantir des chocs imprévus ; en lui voyant surtout l'air affairé que prennent les oisifs chargés d'une commission, vous l'auriez soupçonné d'avoir retrouvé quelque chose d'équivalent au bichon d'une marquise et de l'apporter triomphalement, avec la galanterie empressée d'un homme-Empire, à la charmante femme de soixante ans qui n'a pas encore su renoncer à la visite journalière de son *attentif*. Paris est la seule ville du monde où vous rencontriez de pareils spectacles, qui font de ses boulevards un drame continu joué gratis par les Français, au profit de l'Art.

III

LA FIN D'UN GRAND PRIX DE ROME

D'après le galbe de cet homme osseux, et malgré son hardi spencer, vous l'eussiez difficilement classé parmi les artistes parisiens, nature de convention dont le privilège, assez semblable à celui du gamin de Paris, est de réveiller dans les imaginations bourgeoises les jovialités les plus mirobolantes, puisqu'on a remis en honneur ce vieux mot drolatique. Ce passant était pourtant un grand prix, l'auteur de la première cantate couronnée à l'Institut, lors du rétablissement de l'Académie de Rome[8], enfin monsieur Sylvain Pons !... l'auteur de célèbres romances roucoulées par nos mères, de deux ou trois opéras joués en 1815 et 1816, puis de quelques partitions inédites. Ce digne homme finissait chef d'orchestre à un théâtre des boulevards. Il était, grâce à sa figure, professeur dans quelques pensionnats de demoiselles, et n'avait pas d'autres revenus que ses appointements et ses cachets. Courir le cachet à cet âge !... Combien de mystères dans cette situation peu romanesque !

Ce dernier porte-spencer portait donc sur lui plus que les symboles de l'Empire, il portait encore un grand enseignement écrit sur ses trois gilets. Il montrait gratis une des nombreuses victimes du fatal et funeste système nommé Concours qui règne encore en France après cent ans de pratique sans résultat. Cette presse des intelligences fut inventée par Poisson de Marigny, le frère de madame de Pompadour, nommé, vers 1746, directeur des Beaux-Arts. Or, tâchez de compter sur vos doigts les gens de génie fournis depuis un siècle par les lauréats ? D'abord, jamais aucun effort administratif ou scolaire ne remplacera les miracles du hasard auquel on doit les grands hommes. C'est, entre tous les mystères de la génération, le plus inaccessible à notre ambitieuse analyse moderne. Puis, que penseriez-vous des Égyptiens qui, dit-on, inventèrent des fours pour faire éclore des poulets, s'ils n'eussent point immédiatement donné la becquée à ces mêmes poulets ? Ainsi se comporte cependant la France qui tâche de produire des artistes par la serre-chaude du Concours ; et, une fois le statuaire, le peintre, le graveur, le musicien obtenus par ce procédé mécanique, elle ne s'en inquiète pas plus que le dandy ne se soucie le soir des fleurs qu'il a mises à sa boutonnière. Il se trouve que l'homme de talent est Greuze ou Watteau, Félicien David ou Pagnest, Géricault ou Decamps, Auber ou David d'Angers, Eugène Delacroix ou Meissonier, gens peu soucieux des grands prix et poussés en pleine terre sous les rayons de ce soleil invisible, nommé la Vocation.

Envoyé par l'État à Rome, pour devenir un grand musicien, Sylvain Pons en avait rapporté le goût des antiquités et des belles choses d'art. Il se connaissait admirablement en tous ces travaux, chefs-d'œuvre de la main et de la Pensée, compris depuis peu dans ce mot populaire, le Bric-à-Brac. Cet enfant d'Euterpe revint donc à Paris, vers 1810, collectionneur féroce, chargé de tableaux, de statuettes, de cadres, de sculptures en ivoire, en bois, d'émaux, porcelaines, etc., qui, pendant son séjour académique à Rome, avaient absorbé la plus grande partie de l'héritage paternel, autant par les frais de transport que par les prix d'acquisition. Il avait employé de la même manière la succession de sa mère durant le voyage qu'il fit en Italie, après ces trois ans officiels passés à Rome. Il voulut visiter à loisir Venise, Milan, Florence, Bologne, Naples, séjournant dans chaque ville en rêveur, en philosophe, avec l'insouciance de l'artiste qui, pour vivre, compte sur son talent, comme les filles de joie comptent sur leur beauté. Pons fut heureux pendant ce splendide voyage autant que pouvait l'être un homme plein d'âme et de délicatesse, à qui sa laideur interdisait *des succès auprès des femmes*, selon la phrase consacrée en 1809, et qui trouvait les choses de la vie toujours au-dessous du type idéal qu'il s'en était créé ; mais il avait pris son parti sur cette discordance entre le son de son âme et les réalités. Ce sentiment du beau, conservé pur et vif dans son cœur, fut sans doute le principe des mélodies ingénieuses, fines, pleines de grâce qui lui valurent une réputation de 1810 à 1814. Toute réputation qui se fonde en France sur la vogue, sur la mode, sur les folies éphémères de Paris, produit des Pons. Il n'est pas de pays où l'on soit si sévère pour les grandes choses, et si dédaigneusement indulgent pour les petites. Bientôt noyé dans les flots d'harmonie allemande, et dans la production rossinienne, si Pons fut encore, en 1824, un musicien agréable et connu par quelques dernières romances, jugez de ce qu'il pouvait être en 1831 ! Aussi, en 1844, l'année où commença le seul drame de cette vie obscure, Sylvain Pons avait-il atteint à la valeur d'une croche antédiluvienne ; les marchands de musique ignoraient complètement son existence, quoiqu'il fît à des prix médiocres la musique de quelques pièces à son théâtre et aux théâtres voisins.

Ce bonhomme rendait d'ailleurs justice aux fameux maîtres de notre époque ; une belle exécution de quelques morceaux d'élite le faisait pleurer ; mais sa religion n'arrivait pas à ce point où elle frise la manie, comme chez les Kreisler d'Hoffmann ; il n'en laissait rien paraître, il jouissait en lui-même à la façon des *Hatchischins* ou des Tériakis[9]. Le génie de l'admiration, de la compréhension, la seule faculté par laquelle un homme ordinaire devient le frère d'un grand poète, est si rare à Paris, où toutes les idées ressemblent à des voyageurs passant dans une hôtellerie, que l'on doit accorder à Pons une respectueuse estime. Le fait de l'insuccès du bonhomme peut sembler exorbitant, mais il avouait naïvement sa faiblesse relativement à l'harmonie : il avait négligé l'étude du Contrepoint ; et l'orchestration moderne, grandie outre mesure, lui parut inabordable au moment où, par de nouvelles études, il aurait pu se maintenir parmi les compositeurs modernes, devenir, non pas Rossini, mais Hérold. Enfin, il trouva dans les plaisirs du collectionneur de si vives compensations à la faillite de la gloire, que s'il lui eût fallu choisir entre la possession de ses curiosités et le nom de Rossini, le croirait-on ? Pons aurait opté pour son cher cabinet. Le vieux musicien pratiquait l'axiome de Chenavard[10], le savant collectionneur de gravures précieuses, qui prétend qu'on ne peut avoir de plaisir à regarder un Ruysdaël, un Hobbéma, un Holbein, un Raphaël, un Murillo, un Greuze, un Sébastien del Piombo, un Giorgione, un Albert Durer, qu'autant que le tableau n'a coûté que cinquante francs. Pons n'admettait pas d'acquisition au-dessus de cent francs ; et, pour qu'il payât un objet cinquante francs, cet objet devait en valoir trois mille. La plus belle chose du monde, qui coûtait trois cents francs, n'existait plus pour lui. Rares avaient été les occasions, mais il possédait les trois éléments du succès : les jambes du cerf, le temps des flâneurs et la patience de l'israélite.

Ce système, pratiqué pendant quarante ans, à Rome comme à Paris, avait porté ses fruits. Après avoir dépensé, depuis son retour de Rome, environ deux mille francs par an, Pons cachait à tous les regards une collection de chefs-d'œuvre en tout genre dont le catalogue atteignait au fabuleux numéro 1907. De 1811 à 1816, pendant ses courses à travers Paris, il avait trouvé pour dix francs ce qui se paye aujourd'hui mille à douze cents francs. C'était des tableaux triés dans les quarante-cinq mille tableaux qui s'exposent par an dans les ventes parisiennes ; des porcelaines de Sèvres, pâte tendre, achetées chez les Auvergnats, ces satellites de la Bande-Noire[11], qui ramenaient sur des charrettes les merveilles de la France-Pompadour. Enfin, il avait ramassé les débris du dix-septième et du dix-huitième siècle, en rendant justice aux gens d'esprit et de génie de l'école française, ces grands inconnus, les Lepautre, les Lavallée-Poussin, etc., qui ont créé le genre Louis XV, le genre Louis XVI, et dont les œuvres défraient aujourd'hui les prétendues inventions de nos artistes, incessamment courbés sur les trésors du Cabinet des Estampes pour faire du nouveau en faisant d'adroits pastiches. Pons devait beaucoup de morceaux à ces échanges, bonheur ineffable des collectionneurs ! Le plaisir d'acheter des curiosités n'est que le second, le premier c'est de les brocanter. Le premier, Pons avait collectionné les tabatières et les miniatures. Sans célébrité dans la Bricabraquologie, car il ne hantait pas les ventes, il ne se montrait pas chez les illustres marchands, Pons ignorait la valeur vénale de son trésor.

Feu Dusommerard[12] avait bien essayé de se lier avec le musicien ; mais le prince du Bric-à-Brac mourut sans avoir pu pénétrer dans le musée Pons, le seul qui pût être comparé à la célèbre collection Sauvageot[13]. Entre Pons et monsieur Sauvageot, il se rencontrait quelques ressemblances. Monsieur Sauvageot, musicien comme Pons, sans grande fortune aussi, a procédé de la même manière, par les mêmes moyens, avec le même amour de l'art, avec la même haine contre ces illustres riches qui se font des cabinets pour faire une habile concurrence aux marchands. De même que son rival, son émule, son antagoniste pour toutes ces œuvres de la Main, pour ces prodiges du travail, Pons se sentait au cœur une avarice insatiable, l'amour de l'amant pour une belle maîtresse, et la *revente*, dans les salles de la rue des Jeûneurs, aux coups de marteau des commissaires-priseurs, lui semblait un crime de lèse Bric-à-Brac. Il possédait son musée pour en jouir à toute heure, car les âmes créées pour admirer les grandes œuvres ont la faculté sublime des vrais amants ; ils éprouvent autant de plaisir aujourd'hui qu'hier, ils ne se lassent jamais et les chefs-d'œuvre sont, heureusement, toujours jeunes. Aussi l'objet tenu si paternellement devait-il être une de ces trouvailles que l'on emporte, avec quel amour ! amateurs, vous le savez !

Aux premiers contours de cette esquisse biographique, tout le monde va s'écrier : « — Voilà, malgré sa laideur, l'homme le plus heureux de la terre ! » En effet, aucun ennui, aucun spleen ne résiste au moxa[14] qu'on se pose à l'âme en se donnant une manie. Vous tous qui ne pouvez plus boire à ce que, dans tous les temps, on a nommé *La coupe du plaisir*, prenez à tâche de collectionner quoi que ce soit (on a collectionné des affiches !), et vous retrouverez le lingot du bonheur en petite monnaie. Une manie, c'est le plaisir passé à l'état d'idée ! Néanmoins, n'enviez pas le bonhomme Pons, ce sentiment reposerait, comme tous les mouvements de ce genre, sur une erreur.

Cet homme, plein de délicatesse, dont l'âme vivait par une admiration infatigable pour la magnificence du Travail humain, cette belle lutte avec les travaux de la nature, était l'esclave de celui des sept péchés capitaux que Dieu doit punir le moins sévèrement : Pons était gourmand. Son peu de fortune et sa passion pour le Bric-à-Brac lui commandaient un régime diététique tellement en horreur avec sa *gueule fine*, que le célibataire avait tout d'abord tranché la question en allant dîner tous les jours en ville. Or, sous l'Empire, on eut bien plus que de nos jours un culte pour les gens célèbres, peut-être à cause de leur petit nombre et de leur peu de prétentions politiques. On devenait poète, écrivain, musicien à si peu de frais ! Pons, regardé comme le rival probable des Nicolo, des Paër et des Berton, reçut alors tant d'invitations, qu'il fut obligé de les écrire sur un agenda, comme les avocats écrivent leurs causes. Se comportant d'ailleurs en artiste, il offrait des exemplaires de ses romances à tous ses amphitryons, il *touchait le forté* chez eux, il leur apportait des loges à Feydeau[15], théâtre pour lequel il travaillait ; il y organisait des concerts ; il jouait même quelquefois du violon chez ses parents en improvisant un petit bal.

IV

OÙ L'ON VOIT QU'UN BIENFAIT EST QUELQUEFOIS PERDU

Les plus beaux hommes de la France échangeaient en ce temps-là des coups de sabre avec les plus beaux hommes de la coalition ; la laideur de Pons s'appela donc *originalité*, d'après la grande loi promulguée par Molière dans le fameux couplet d'Éliante[16]. Quand il avait rendu quelque service à quelque *belle dame*, il s'entendit appeler quelquefois un homme charmant, mais son bonheur n'alla jamais plus loin que cette parole.

Pendant cette période, qui dura six ans environ, de 1810 à 1816, Pons contracta la funeste habitude de bien dîner, de voir les personnes qui l'invitaient se mettant en frais, se procurant des primeurs, débouchant leurs meilleurs vins, soignant le dessert, le café, les liqueurs, et le traitant de leur mieux, comme on traitait sous l'Empire, où beaucoup de maisons imitaient les splendeurs des rois, des reines, des princes dont regorgeait Paris. On jouait beaucoup alors à la royauté, comme on joue aujourd'hui à la Chambre en créant une foule de Sociétés à présidents, vice-présidents et secrétaires ; Société linière, vinicole, séricicole, agricole, de l'industrie, etc. On est arrivé jusqu'à chercher des plaies sociales pour constituer les guérisseurs en société ! Un estomac dont l'éducation se fait ainsi, réagit nécessairement sur le moral et le corrompt en raison de la haute sapience culinaire qu'il acquiert. La Volupté, tapie dans tous les plis du cœur, y parle en souveraine, elle bat en brèche la volonté, l'honneur, elle veut à tout prix sa satisfaction. On n'a jamais peint les exigences de la Gueule, elles échappent à la critique littéraire par la nécessité de vivre ; mais on ne se figure pas le nombre des gens que la Table a ruinés. La Table est, à Paris, sous ce rapport, l'émule de la courtisane ; c'est, d'ailleurs, la Recette dont celle-ci est la Dépense. Lorsque, d'invité perpétuel, Pons arriva, par sa décadence comme artiste, à l'état de pique-assiette, il lui fut impossible de passer de ces tables si bien servies au brouet lacédémonien d'un restaurant à quarante sous. Hélas ! il lui prit des frissons en pensant que son indépendance tenait à de si grands sacrifices, et il se sentit capable des plus grandes lâchetés pour continuer à bien vivre, à savourer toutes les primeurs à leur date, enfin à *gobi-*

chonner (mot populaire, mais expressif) de bons petits plats soignés. Oiseau picoreur, s'enfuyant le gosier plein, et gazouillant un air pour tout remerciement, Pons éprouvait d'ailleurs un certain plaisir à bien vivre aux dépens de la société qui lui demandait, quoi ? de la monnaie de singe. Habitué, comme tous les célibataires qui ont le chez soi en horreur et qui vivent chez les autres, à ces formules, à ces grimaces sociales par lesquelles on remplace les sentiments dans le monde, il se servait des compliments comme de menue monnaie ; et, à l'égard des personnes, il se contentait des étiquettes sans plonger une main curieuse dans les sacs.

Cette phase assez supportable dura dix autres années ; mais quelles années ! Ce fut un automne pluvieux. Pendant tout ce temps, Pons se maintint gratuitement à table, en se rendant nécessaire dans toutes les maisons où il allait. Il entra dans une voie fatale en s'acquittant d'une multitude de commissions, en remplaçant les portiers et les domestiques dans mainte et mainte occasion. Préposé de bien des achats, il devint l'espion honnête et innocent détaché d'une famille dans une autre ; mais on ne lui sut aucun gré de tant de courses et de tant de lâchetés. — Pons est un garçon, disait-on, il ne sait que faire de son temps, il est trop heureux de trotter pour nous... Que deviendrait-il ?

Bientôt se déclara la froideur que le vieillard répand autour de lui. Cette bise se communique, elle produit son effet dans la température morale, surtout lorsque le vieillard est laid et pauvre. N'est-ce pas être trois fois vieillard ? Ce fut l'hiver de la vie, l'hiver au nez rouge, aux joues hâves, avec toutes sortes d'onglées !

De 1836 à 1843, Pons se vit invité rarement. Loin de rechercher le parasite, chaque famille l'acceptait comme on accepte un impôt ; on ne lui tenait plus compte de rien, pas même de ses services réels. Les familles où le bonhomme accomplissait ses évolutions, toutes sans respect pour les arts, en adoration devant les résultats, ne prisaient que ce qu'elles avaient conquis depuis 1830 : des fortunes ou des positions sociales éminentes. Or, Pons n'ayant pas assez de hauteur dans l'esprit ni dans les manières pour imprimer la crainte que l'esprit ou le génie cause au bourgeois, avait naturellement fini par devenir moins que rien, sans être néanmoins tout à fait méprisé. Quoiqu'il éprouvât dans ce monde de vives souffrances, comme tous les gens timides, il les taisait. Puis, il s'était habitué par degrés à comprimer ses sentiments, à se faire de son cœur un sanctuaire où il se retirait. Ce phénomène, beaucoup de gens superficiels le traduisent par le mot égoïsme. La ressemblance est assez grande entre le solitaire et l'égoïste pour que les médisants paraissent avoir raison contre l'homme de cœur, surtout à Paris, où personne dans le monde n'observe, où tout est rapide comme le flot, où tout passe comme un ministère !

Le cousin Pons succomba donc sous un acte d'accusation d'égoïsme porté en arrière contre lui, car le monde finit toujours par condamner ceux qu'il accuse. Sait-on combien une défaveur imméritée accable les gens timides ? Qui peindra jamais les malheurs de la Timidité ! Cette situation, qui s'aggravait de jour en jour davantage, explique la tristesse empreinte sur le visage de ce pauvre musicien, qui vivait de capitulations infâmes. Mais les lâchetés que toute passion exige sont autant de liens ; plus la passion en demande, plus elle vous attache ; elle fait de tous les sacrifices comme un idéal trésor négatif où l'homme voit d'immenses richesses. Après avoir reçu le regard insolemment protecteur d'un bourgeois roide de bêtise, Pons dégustait comme une vengeance le verre de vin de Porto, la caille au gratin qu'il avait commencé de savourer, se disant à lui-même : — Ce n'est pas trop payé !

Aux yeux du moraliste, il se rencontrait cependant en cette vie des circonstances atténuantes. En effet, l'homme n'existe que par une satisfaction quelconque. Un homme sans passion, le juste parfait, est un monstre, un demi-ange qui n'a pas encore ses ailes.

Les anges n'ont que des têtes dans la mythologie catholique. Sur terre, le juste, c'est l'ennuyeux Grandisson[17], pour qui la Vénus des carrefours elle-même se trouverait sans sexe. Or, excepté les rares et vulgaires aventures de son voyage en Italie, où le climat fut sans doute la raison de ses succès, Pons n'avait jamais vu de femmes lui sourire. Beaucoup d'hommes ont cette fatale destinée. Pons était monstre-né ; son père et sa mère l'avaient obtenu dans leur vieillesse, et il portait les stigmates de cette naissance hors de saison sur son teint cadavéreux qui semblait avoir été contracté dans le bocal d'esprit-de-vin où la science conserve certains fœtus extraordinaires. Cet artiste, doué d'une âme tendre, rêveuse, délicate, forcé d'accepter le caractère que lui imposait sa figure, désespéra d'être jamais aimé. Le célibat fut donc chez lui moins un goût qu'une nécessité. La gourmandise, le péché des moines vertueux, lui tendit les bras ; il s'y précipita comme il s'était précipité dans l'adoration des œuvres d'art et dans son culte pour la musique. La bonne chère et le Bric-à-Brac furent pour lui la monnaie d'une femme ; car la musique était son état, et trouvez un homme qui aime l'état dont il vit ? A la longue, il en est d'une profession comme du mariage, on n'en sent plus que les inconvénients.

Brillat-Savarin a justifié par parti pris les goûts des gastronomes ; mais peut-être n'a-t-il pas assez insisté sur le plaisir réel que l'homme trouve à table. La digestion, en employant les forces humaines, constitue un combat intérieur qui, chez les gastrolâtres, équivaut aux plus hautes jouissances de l'amour. On sent un si vaste déploiement de la capacité vitale, que le cerveau s'annule au profit du second cerveau, placé dans le diaphragme, et l'ivresse arrive par l'inertie même de toutes les facultés. Les boas gorgés d'un taureau sont si bien ivres qu'ils se laissent tuer. Passé quarante ans, quel homme ose travailler après son dîner ?... Aussi tous les grands hommes ont-ils été sobres. Les malades en convalescence d'une maladie grave, à qui l'on mesure si chichement une nourriture choisie, ont pu souvent observer l'espèce de griserie gastrique causée par une seule aile de poulet. Le sage Pons, dont toutes les jouissances étaient concentrées dans le jeu de son estomac, se trouvait toujours dans la situation de ces convalescents : il demandait à la bonne chère toutes les sensations qu'elle peut donner, et il les avait jusqu'alors obtenues tous les jours. Personne n'ose dire adieu à une habitude. Beaucoup de suicides se sont arrêtés sur le seuil de la Mort par le souvenir du café où ils vont jouer tous les soirs leur partie de dominos.

V

LES DEUX CASSE-NOISETTES

En 1835, le hasard vengea Pons de l'indifférence du beau sexe, il lui donna ce qu'on appelle, en style familier, un bâton de vieillesse. Ce vieillard de naissance trouva dans l'amitié un soutien pour sa vie, il contracta le seul mariage que la société lui permît de faire, il épousa un homme, un vieillard, un musicien comme lui. Sans la divine fable de La Fontaine, cette esquisse aurait eu pour titre *Les Deux Amis*. Mais n'eût-ce pas été comme un attentat littéraire, une profanation devant laquelle tout véritable écrivain reculera ? Le chef-d'œuvre de notre fabuliste, à la fois la confidence de son âme et l'histoire de ses rêves, doit avoir le privilège éternel de ce titre. Cette page, au fronton de laquelle le poète a gravé ces trois mots : *les Deux Amis*, est une de ces propriétés sacrées, un temple où chaque génération entrera respectueusement et que l'univers visitera, tant que durera la typographie.

L'ami de Pons était un professeur de piano, dont la vie et les mœurs sympathisaient si bien avec les siennes, qu'il disait l'avoir connu trop tard pour son bonheur ; car leur connaissance, ébauchée à une distribution de prix, dans un pensionnat, ne datait que de 1834. Jamais peut-être deux âmes ne se trouvèrent si pareilles dans l'océan humain qui prit sa source au paradis terrestre contre la volonté de Dieu. Ces deux musiciens devinrent en peu de temps l'un pour l'autre une nécessité. Réciproquement confidents l'un de l'autre, ils furent en huit jours comme deux frères. Enfin Schmucke ne croyait pas plus qu'il pût exister un Pons, que Pons ne se doutait qu'il existât un Schmucke. Déjà, ceci suffirait à peindre ces deux braves gens, mais toutes les intelligences ne goûtent pas les brièvetés de la synthèse. Une légère démonstration est nécessaire pour les incrédules.

Ce pianiste, comme tous les pianistes, était un Allemand, Allemand comme le grand Listz[18] et le grand Mendelssohn, Allemand comme Steibelt, Allemand comme Mozart et Dusseck, Allemand comme Meyer, Allemand comme Doelher, Allemand comme Thalberg, comme Dreschok, comme Hiller, comme Léopold Mayer, comme Crammer, comme Zimmerman et Kalkbrenner, comme Herz, Woëtz, Karr, Wolff, Pixis, Clara Wieck, et particulièrement tous les Allemands. Quoique grand compositeur, Schmucke ne pouvait être que démonstrateur, tant son caractère se refusait à l'audace nécessaire à l'homme de génie pour se manifester en musique. La naïveté de beaucoup d'Allemands n'est pas continue, elle a cessé ; celle qui leur est restée à un certain âge, est prise, comme on prend l'eau d'un canal, à la source de leur jeunesse, et ils s'en servent pour fertiliser leur succès en toute chose, science, art ou argent, en écartant d'eux la défiance. En France, quelques gens fins remplacent cette naïveté d'Allemagne par la bêtise de l'épicier parisien. Mais Schmucke avait gardé toute sa naïveté d'enfant, comme Pons gardait sur lui les reliques de l'Empire, sans s'en douter. Ce véritable et noble Allemand était à la fois le spectacle et les spectateurs, il se faisait de la musique à lui-même. Il habitait Paris, comme un rossignol habite sa forêt, et il y chantait seul de son espèce, depuis vingt ans, jusqu'au moment où il rencontra dans Pons un autre lui-même. (Voir *Une fille d'Ève*.)

Pons et Schmucke avaient en abondance, l'un comme l'autre, dans le cœur et dans le caractère, ces enfantillages de sentimentalité qui distinguent les Allemands : comme la passion des fleurs, comme l'adoration des effets naturels, qui les porte à planter de grosses bouteilles dans leurs jardins pour voir en petit le paysage qu'ils ont en grand sous les yeux ; comme cette prédisposition aux recherches qui fait faire à un savant germanique cent lieues dans ses guêtres pour trouver une vérité qui le regarde en riant, assise à la marge du puits sous le jasmin de la cour ; comme enfin ce besoin de prêter une signifiance psychique aux riens de la création, qui produit les œuvres inexplicables de Jean-Paul Richter, les griseries imprimées d'Hoffmann et les garde-fous in-folio que l'Allemagne met autour des questions les plus simples, creusées en manière d'abîmes, au fond desquels il ne se trouve qu'un Allemand. Catholiques tous deux, allant à la messe ensemble, ils accomplissaient leurs devoirs religieux, comme des enfants n'ayant jamais rien à dire à leurs confesseurs. Ils croyaient fermement que la musique, la langue du ciel, était aux idées et aux sentiments, ce que les idées et les sentiments sont à la parole, et ils conversaient à l'infini sur ce système, en se répondant l'un à l'autre par des orgies de musique pour se démontrer à eux-mêmes leurs propres convictions, à la manière des amants. Schmucke était aussi distrait que Pons était attentif. Si Pons était collectionneur, Schmucke était rêveur ; celui-ci étudiait les belles choses morales, comme l'autre sauvait les belles choses matérielles. Pons voyait et achetait une tasse de porcelaine pendant le temps que Schmucke mettait à se moucher, en pensant à quelque motif de Rossini, de Bellini, de Beethoven, de Mozart, et cherchant dans le monde des sentiments où pouvait se trouver l'origine ou la réplique de cette phrase musicale. Schmucke, dont les économies étaient administrées par la distraction, Pons, prodigue par passion, arrivaient l'un et l'autre au même résultat : zéro dans la bourse à la Saint-Sylvestre de chaque année.

Sans cette amitié, Pons eût succombé peut-être à ses chagrins ; mais dès qu'il eut un cœur où décharger le sien, la vie devint supportable pour lui. La première fois qu'il exhala ses peines dans le cœur de Schmucke, le bon Allemand lui conseilla de vivre comme lui, de pain et de fromage, chez lui, plutôt que d'aller manger des dîners qu'on lui faisait payer si cher. Hélas ! Pons n'osa pas avouer à Schmucke que, chez lui, le cœur et l'estomac étaient ennemis, que l'estomac s'accommodait de ce qui faisait souffrir le cœur, et qu'il lui fallait à tout prix un bon dîner à déguster, comme à un homme galant une maîtresse à... lutiner. Avec le temps, Schmucke finit par comprendre Pons, car il était trop Allemand pour avoir la rapidité d'observation dont jouissent les Français, et il n'en aima que mieux le pauvre Pons. Rien ne fortifie l'amitié comme lorsque, de deux amis, l'un se croit supérieur à l'autre. Un ange n'aurait eu rien à dire en voyant Schmucke, quand il se frotta les mains au moment où il découvrit dans son ami l'intensité qu'avait prise la gourmandise. En effet, le lendemain le bon Allemand orna le déjeuner de friandises qu'il alla chercher lui-même, et il eut soin d'en avoir tous les jours de nouvelles pour son ami ; car depuis leur réunion ils déjeunaient tous les jours ensemble au logis.

Il ne faudrait pas connaître Paris pour imaginer que les deux amis eussent échappé à la raillerie parisienne, qui n'a jamais rien respecté. Schmucke et Pons, en mariant leurs richesses et leurs misères, avaient eu l'idée économique de loger ensemble, et ils supportaient également le loyer d'un appartement fort inégalement partagé, situé dans une tranquille maison de la tranquille rue de Normandie, au Marais. Comme ils sortaient souvent ensemble, qu'ils faisaient souvent les mêmes boulevards côte à côte, les flâneurs du quartier les avaient surnommés *les deux casse-noisettes*. Ce sobriquet dispense de donner ici le portrait de Schmucke, qui était à Pons ce que la nourrice de Niobé, la fameuse statue du Vatican, est à la Vénus de la Tribune[19].

Madame Cibot, la portière de cette maison, était le pivot sur lequel roulait le ménage des deux casse-noisettes ; mais elle joue un si grand rôle dans le drame qui dénoua cette double existence, qu'il convient de réserver son portrait au moment de son entrée dans cette Scène.

Ce qui reste à dire sur le moral de ces deux êtres en est précisément le plus difficile à faire comprendre aux quatre-vingt-dix-neuf centièmes des lecteurs dans la quarante-septième année du dix-neuvième siècle, probablement à cause du prodigieux développement financier produit par l'établissement des chemins de fer. C'est peu de chose et c'est beaucoup. En effet, il s'agit de donner une idée de la délicatesse excessive de ces deux cœurs. Empruntons une image aux rails-ways, ne fût-ce que par façon de remboursement des emprunts qu'ils nous font. Aujourd'hui les convois en brûlant leurs rails y broient d'imperceptibles grains de sable. Introduisez ce grain de sable invisible pour les voyageurs dans leurs reins, ils ressentiront les douleurs de la plus affreuse maladie, la gravelle ; on en meurt. Eh bien ! ce qui, pour notre société lancée dans sa voie métallique avec une vitesse de locomotive, est le grain de sable invisible dont elle ne prend nul souci, ce grain incessamment jeté dans les fibres de ces deux êtres, et à tout propos, leur causait comme une gravelle au cœur. D'une excessive tendresse aux douleurs d'autrui, chacun d'eux pleurait de son impuissance ; et, pour leurs propres sensations, ils étaient d'une finesse de sensivite qui arrivait à la maladie. La vieillesse, les spectacles continuels du drame parisien, rien n'avait endurci ces deux âmes fraîches, enfantines et pures. Plus ces deux êtres allaient, plus vives étaient leurs souffrances intimes. Hélas ! il en est ainsi chez les natures chastes, chez les penseurs tranquilles et chez les vrais poètes qui ne sont tombés dans aucun excès.

Depuis la réunion de ces deux vieillards, leurs occupations, à peu près semblables, avaient pris cette allure fraternelle qui distingue à Paris les chevaux de fiacre. Levés vers les sept heures du matin en été comme en hiver, après leur déjeuner ils allaient donner leurs leçons dans les pensionnats où ils se suppléaient au besoin. Vers midi, Pons se rendait à son théâtre quand une répétition l'y appelait, et il donnait à la flânerie tous ses instants de liberté. Puis les deux amis se retrouvaient le soir au théâtre où Pons avait placé Schmucke. Voici comment.

VI

UN HOMME EXPLOITÉ COMME ON EN VOIT TANT

Au moment où Pons rencontra Schmucke, il venait d'obtenir, sans l'avoir demandé, le bâton de maréchal des compositeurs inconnus, un bâton de chef d'orchestre ! Grâce au comte Popinot, alors ministre, cette place fut stipulée pour le pauvre musicien, au moment où ce héros bourgeois de la révolution de Juillet fit donner un privilège de théâtre à l'un de ces amis dont rougit un parvenu, quand, roulant en voiture, il aperçoit dans Paris un ancien camarade de jeunesse, triste-à-patte[20], sans sous-pieds, vêtu d'une redingote à teintes invraisemblables, et le nez à des affaires trop élevées pour des capitaux fuyards. Ancien commis voyageur, cet ami, nommé Gaudissard, avait été jadis fort utile au succès de la grande maison Popinot. Popinot, devenu comte, devenu pair de France après avoir été deux fois ministre, ne renia point L'ILLUSTRE GAUDISSARD ! Bien plus, il voulut mettre le voyageur en position de renouveler sa garde-robe et de remplir sa bourse ; car la politique, les vanités de la cour citoyenne n'avaient point gâté le cœur de cet ancien droguiste. Gaudissard, toujours fou des femmes, demanda le privilège d'un théâtre alors en faillite, et le ministre, en le lui donnant, eut soin de lui envoyer quelques vieux amateurs du beau sexe, assez riches pour créer une puissante commandite amoureuse de ce que cachent les maillots. Pons, parasite de l'hôtel

Popinot, fut un appoint du privilège. La compagnie Gaudissard, qui fit d'ailleurs fortune, eut en 1834 l'intention de réaliser au Boulevard cette grande idée : un opéra pour le peuple. La musique des ballets et des pièces féeries exigeait un chef d'orchestre passable et quelque peu compositeur. L'administration à laquelle succédait la compagnie Gaudissard était depuis trop longtemps en faillite pour posséder un copiste. Pons introduisit donc Schmucke au théâtre en qualité d'entrepreneur des copies, métier obscur qui veut de sérieuses connaissances musicales. Schmucke, par le conseil de Pons, s'entendit avec le chef de ce service à l'Opéra-Comique, et n'en eut point les soins mécaniques. L'association de Schmucke et de Pons produisit un résultat merveilleux. Schmucke, très fort comme tous les Allemands sur l'harmonie, soigna l'instrumentation dans les partitions dont le chant fut fait par Pons. Quand les connaisseurs admirèrent quelques fraîches compositions qui servirent d'accompagnement à deux ou trois grandes pièces à succès, ils les expliquèrent par le mot *progrès*, sans en chercher les auteurs. Pons et Schmucke s'éclipsèrent dans la gloire, comme certaines personnes se noient dans leur baignoire. A Paris, surtout depuis 1830, personne n'arrive sans pousser, *quibuscumque viis*[21], et très fort, une masse effrayante de concurrents ; il faut alors beaucoup trop de force dans les reins, et les deux amis avaient cette gravelle au cœur, qui gêne tous les mouvements ambitieux.

Ordinairement Pons se rendait à l'orchestre de son théâtre vers huit heures, heure à laquelles se donnent les pièces en faveur, et dont les ouvertures et les accompagnements exigeaient la tyrannie du bâton. Cette tolérance existe dans la plupart des petits théâtres ; mais Pons était à cet égard d'autant plus à l'aise, qu'il mettait dans ses rapports avec l'administration un grand désintéressement. Schmucke suppléait d'ailleurs Pons au besoin. Avec le temps, la position de Schmucke à l'orchestre s'était consolidée. L'illustre Gaudissard avait reconnu, sans en rien dire, et la valeur et l'utilité du collaborateur de Pons. On avait été obligé d'introduire à l'orchestre un piano comme aux grands théâtres. Le piano, touché gratis par Schmucke, fut établi auprès du pupitre du chef d'orchestre, où se plaçait le surnuméraire volontaire. Quand on connut ce bon Allemand, sans ambition ni prétention, il fut accepté par tous les musiciens. L'administration, pour un modique traitement, chargea Schmucke des instruments qui ne sont pas représentés dans l'orchestre des théâtres du Boulevard, et qui sont souvent nécessaires, comme le piano, la viole d'amour, le cor anglais, le violoncelle, la harpe, les castagnettes de la cachucha, les sonnettes et les inventions de Sax[22], etc. Les Allemands, s'ils ne savent pas jouer des grands instruments de la Liberté, savent jouer naturellement de tous les instruments de musique.

Les deux vieux artistes, excessivement aimés au théâtre, y vivaient en philosophes. Ils s'étaient mis sur les yeux une taie pour ne jamais voir les maux inhérents à une troupe quand il s'y trouve un corps de ballet mêlé à des acteurs et des actrices, l'une des plus affreuses combinaisons que les nécessités de la recette aient créées pour le tourment des directeurs, des auteurs et des musiciens. Un grand respect des autres et de lui-même avait valu l'estime générale au bon et modeste Pons. D'ailleurs, dans toute sphère, une vie limpide, une honnêteté sans tache commandent une sorte d'admiration aux cœurs les plus mauvais. A Paris une belle vertu a le succès d'un gros diamant, d'une curiosité rare. Pas un acteur, pas un auteur, pas une danseuse, quelque effrontée qu'elle pût être, ne se serait permis la moindre mystification ou quelque mauvaise plaisanterie contre Pons ou contre son ami. Pons se montrait quelquefois au foyer ; mais Schmucke ne connaissait que le chemin souterrain qui menait de l'extérieur du théâtre à l'orchestre. Dans les entr'actes, quand il assistait à une représentation, le bon vieux Allemand se hasardait à regarder la salle et questionnait parfois la première flûte, un jeune homme né à Strasbourg d'une famille allemande de Kehl, sur les personnages excentriques dont sont presque toujours garnies les Avant-scènes. Peu à peu l'imagination enfantine de Schmucke, dont l'éducation sociale fut entreprise par cette flûte, admit l'existence fabuleuse de la Lorette, la possibilité des mariages au Treizième Arrondissement[23], les prodigalités d'un premier sujet, et le commerce interlope des ouvreuses. Les innocences du vice parurent à ce digne homme le dernier mot des dépravations babyloniennes, et il y souriait comme à des arabesques chinoises. Les gens habiles doivent comprendre que Pons et Schmucke étaient exploités, pour se servir d'un mot à la mode ; mais ce qu'ils perdirent en argent, ils le gagnèrent en considération, en bons procédés.

Après le succès d'un ballet qui commença la rapide fortune de la compagnie Gaudissard, les directeurs envoyèrent à Pons un groupe en argent attribué à Benvenuto Cellini, dont le prix effrayant avait été l'objet d'une conversation au foyer. Il s'agissait de douze cents francs ! Le pauvre honnête homme voulut rendre ce cadeau ! Gaudissard eut mille peines à le lui faire accepter. « — Ah ! si nous pouvions, dit-il à son associé, trouver des acteurs de cet échantillon-là ! » Cette double vie, si calme en apparence, était troublée uniquement par le vice auquel sacrifiait Pons, ce besoin féroce de dîner en ville. Aussi toutes les fois que Schmucke se trouvait au logis quand Pons s'habillait, le bon Allemand déplorait-il cette funeste habitude. « — *Engore si ça l'encraissait* ! » s'écriait-il souvent. Et Schmucke rêvait au moyen de guérir son ami de ce vice dégradant, car les amis véritables jouissent, dans l'ordre moral, de la perfection dont est doué l'odorat des chiens ; ils flairent les chagrins de leurs amis, ils en devinent les causes, ils s'en préoccupent.

Pons, qui portait toujours, au petit doigt de la main droite, une bague à diamant tolérée sous l'Empire, et devenue ridicule aujourd'hui, Pons, beaucoup trop troubadour et trop Français, n'offrait pas dans sa physionomie la sérénité divine qui tempérait l'effroyable laideur de Schmucke. L'Allemand avait reconnu dans l'expression mélancolique de la figure de son ami, les difficultés croissantes qui rendaient ce métier de parasite de plus en plus pénible. En effet, en octobre 1844, le nombre des maisons où dînait Pons était naturellement très restreint. Le pauvre chef d'orchestre, réduit à parcourir le cercle de la famille, avait, comme on va le voir, beaucoup trop étendu la signification du mot famille.

L'ancien lauréat était le cousin germain de la première femme de monsieur Camusot, le riche marchand de soieries de la rue des Bourdonnais, une demoiselle Pons, unique héritière d'un des fameux Pons frères, les brodeurs de la cour, maison où le père et la mère du musicien étaient commanditaires après l'avoir fondée avant la Révolution de 1789, et qui fut achetée par monsieur Rivet, en 1815, du père de la première madame Camusot. Ce Camusot, retiré des affaires depuis dix ans, se trouvait en 1844 membre du conseil général des manufactures, député, etc. Pris en amitié par la tribu des Camusot, le bonhomme Pons se considéra comme étant cousin des enfants que le marchand de soieries eut de son second lit, quoiqu'ils ne fussent rien, pas même alliés.

La deuxième madame Camusot étant une demoiselle Cardot, Pons s'introduisit à titre de parent des Camusot dans la nombreuse famille des Cardot, deuxième tribu bourgeoise, qui par ses alliances formait toute une société non moins puissante que celle des Camusot. Cardot le notaire, frère de la seconde madame Camusot, avait épousé une demoiselle Chiffreville. La célèbre famille des Chiffreville, la reine des produits chimiques, était liée avec la grosse droguerie dont le coq fut pendant longtemps monsieur Anselme Popinot que la révolution de Juillet avait lancé, comme on sait, au cœur de la politique la plus dynastique. Et Pons de venir à la queue des Camusot et des Cardot chez les Chiffreville ; et, de là chez les Popinot, toujours en qualité de cousin des cousins.

Ce simple aperçu des dernières relations du vieux

musicien fait comprendre comment il pouvait être encore reçu familièrement en 1844 : 1° Chez monsieur le comte Popinot, pair de France, ancien ministre de l'agriculture et du commerce ; 2° Chez monsieur Cardot, ancien notaire, maire et député d'un arrondissement de Paris ; 3° Chez le vieux monsieur Camusot, député, membre du conseil municipal de Paris et du conseil général des manufactures, en route vers la pairie ; 4° Chez monsieur Camusot de Marville, fils du premier lit, et partant le vrai, le seul cousin réel de Pons, quoique petit-cousin.

Ce Camusot, qui, pour se distinguer de son père et de son frère du second lit, avait ajouté à son nom celui de la terre de Marville, était, en 1844, président de chambre à la cour royale de Paris.

L'ancien notaire Cardot, ayant marié sa fille à son successeur, nommé Berthier, Pons, faisant partie de la charge, sut garder ce dîner, par-devant notaire, disait-il.

Voilà le firmament bourgeois que Pons appelait sa famille, et où il avait si péniblement conservé droit de fourchette.

De ces dix maisons, celle où l'artiste devait être le mieux accueilli, la maison du président Camusot, était l'objet de ses plus grands soins. Mais, hélas ! la présidente, fille du feu sieur Thirion, huissier du cabinet des rois Louis XVIII et Charles X, n'avait jamais bien traité le petit-cousin de son mari. A tâcher d'adoucir cette terrible parente, Pons avait perdu son temps, car après avoir donné gratuitement des leçons à mademoiselle Camusot, il lui avait été impossible de faire une musicienne de cette fille un peu rousse. Or, Pons, la main sur l'objet précieux, se dirigeait en ce moment chez son cousin le président, où il croyait en entrant, être aux Tuileries, tant les solennelles draperies vertes, les tentures couleur carmélite et les tapis en moquette, les meubles graves de cet appartement où respirait la plus sévère magistrature, agissaient sur son moral. Chose étrange ! il se sentait à l'aise à l'hôtel Popinot, rue Basse-du-Rempart[24], sans doute à cause des objets d'art qui s'y trouvaient ; car l'ancien ministre avait, depuis son avènement en politique, contracté la manie de collectionner les belles choses, sans doute pour faire opposition à la politique qui collectionne secrètement les actions les plus laides.

VII

UNE DES MILLE JOUISSANCES DES COLLECTIONNEURS

Le président de Marville demeurait rue de Hanovre, dans une maison achetée depuis dix ans par la présidente, après la mort de son père et de sa mère, les sieur et dame Thirion, qui lui laissèrent environ cent cinquante mille francs d'économies. Cette maison, d'un aspect assez sombre sur la rue où la façade est à l'exposition du nord, jouit de l'exposition du midi sur la cour, ensuite de laquelle se trouve un assez beau jardin. Le magistrat occupe tout le premier étage qui, sous Louis XV, avait logé l'un des plus puissants financiers de ce temps. Le second étant loué à une riche et vieille dame, cette demeure présente un aspect tranquille et honorable qui sied à la magistrature. Les restes de la magnifique terre de Marville, à l'acquisition desquels le magistrat avait employé ses économies de vingt ans ainsi que l'héritage de sa mère, se composent du château, splendide monument comme il s'en rencontre encore en Normandie, et d'une bonne ferme de douze mille francs. Un parc de cent hectares entoure le château. Ce luxe, aujourd'hui princier, coûte un millier d'écus au président, en sorte que la terre ne rapporte guère que neuf mille francs *en sac*, comme on dit. Ces neuf mille francs et son traitement donnaient alors au président une fortune d'environ vingt mille francs de rente, en apparence suffisante, surtout en attendant la moitié qui devait lui revenir dans la succession de son père, où il représentait à lui seul le premier lit ; mais la vie de Paris et les convenances de leur position avaient obligé monsieur et madame de Marville à dépenser la presque totalité de leurs revenus. Jusqu'en 1834, ils s'étaient trouvés gênés.

Cet inventaire explique pourquoi mademoiselle de Marville, jeune fille âgée de vingt-trois ans, n'était pas encore mariée, malgré cent mille francs de dot, et malgré l'appât de ses espérances, habilement et souvent, mais vainement, présenté. Depuis cinq ans, le cousin Pons écoutait les doléances de la présidente qui voyait tous les substituts mariés, les nouveaux juges au tribunal déjà pères, après avoir inutilement fait briller les espérances de mademoiselle de Marville aux yeux peu charmés du jeune vicomte Popinot, fils aîné du coq de la droguerie, au profit de qui, selon les envieux du quartier des Lombards, la révolution de Juillet avait été faite, au moins autant qu'à celui de la branche cadette.

Arrivé rue de Choiseul et sur le point de tourner la rue de Hanovre, Pons éprouva cette inexplicable émotion qui tourmente les consciences pures, qui leur inflige les supplices ressentis par les plus grands scélérats à l'aspect d'un gendarme, et causée uniquement par la question de savoir comment le recevrait la présidente. Ce grain de sable, qui lui déchirait les fibres du cœur, ne s'était jamais arrondi ; les angles en devenaient de plus en plus aigus, et les gens de cette maison en ravivaient incessamment les arêtes. En effet, le peu de cas que les Camusot faisaient de leur cousin Pons, sa démonétisation au sein de la famille, agissait sur les domestiques qui, sans manquer d'égards envers lui, le considéraient comme une variété du Pauvre.

L'ennemi capital de Pons était une certaine Madeleine Vivet, vieille fille sèche et mince, la femme de chambre de madame C. de Marville et de sa fille. Cette Madeleine, malgré la couperose de son teint, et peut-être à cause de cette couperose et de sa longueur vipérine, s'était mis en tête de devenir madame Pons. Madeleine étala vainement vingt mille francs d'économies aux yeux du vieux célibataire, Pons avait refusé ce bonheur par trop couperosé. Aussi cette Didon d'antichambre, qui voulait devenir la cousine de ses maîtres, jouait-elle les plus méchants tours au pauvre musicien. Madeleine s'écriait très bien : « — Ah ! voilà le pique-assiette ! » en entendant le bonhomme dans l'escalier et en tâchant d'être entendue par lui. Si elle servait à table, en l'absence du valet de chambre, elle versait peu de vin et beaucoup d'eau dans le verre de sa victime, en lui donnant la tâche difficile de conduire à sa bouche, sans en rien verser, un verre près de déborder. Elle oubliait de servir le bonhomme, et se le faisait dire par la présidente (de quel ton ?... le cousin en rougissait), ou elle lui renversait de la sauce sur ses habits. C'était enfin la guerre de l'inférieur qui se sait impuni, contre un supérieur malheureux.

VIII

OÙ L'INFORTUNÉ COUSIN SE TROUVE TRÈS MAL REÇU

A la fois femme de charge et femme de chambre, Madeleine avait suivi monsieur et madame Camusot depuis leur mariage. Elle avait vu ses maîtres dans la pénurie de leurs commencements, en province, quand monsieur était juge au tribunal d'Alençon ; elle les avait aidés à vivre lorsque, président au tribunal de Mantes, monsieur Camusot vint à Paris en 1828, où il fut nommé juge d'instruction. Elle appartenait donc trop à la famille pour ne pas avoir des raisons de s'en venger. Ce désir de jouer à l'orgueilleuse et ambitieuse présidente le tour d'être la cousine de monsieur, devait cacher une de ces haines sourdes, engendrée par un de ces graviers qui font les avalanches.

— Madame, voilà votre monsieur Pons, et en spencer encore ! vint dire Madeleine à la présidente, il devrait bien me dire par quel procédé il le conserve depuis vingt-cinq ans !

En entendant un pas d'homme dans le petit salon, qui se trouvait entre son grand salon et sa chambre à coucher, madame Camusot regarda sa fille et haussa les épaules.

— Vous me prévenez toujours avec tant d'intelligence, Madeleine, que je n'ai plus le temps de prendre un parti, dit la présidente.

— Madame, Jean est sorti, j'étais seule, monsieur Pons a sonné, je lui ai ouvert la porte, et, comme il est presque de la maison, je ne pouvais pas l'empêcher de me suivre ; il est là qui se débarrasse de son spencer.

— Ma pauvre Minette, dit la présidente à sa fille, nous sommes prises, nous devons maintenant dîner ici.

— Voyons, reprit-elle, en voyant à sa chère Minette une figure piteuse, faut-il nous débarrasser de lui pour toujours ?

— Oh ! pauvre homme ! répondit mademoiselle Camusot, le priver d'un de ses dîners !

Le petit salon retentit de la fausse tousserie d'un homme qui voulait dire ainsi : Je vous entends.

— Eh bien ! qu'il entre ! dit madame Camusot à Madeleine en faisant un geste d'épaules.

— Vous êtes venu de si bonne heure, mon cousin, dit Cécile Camusot en prenant un petit air câlin, que vous nous avez surprises au moment où ma mère allait s'habiller.

Le cousin Pons, à qui le mouvement d'épaules de la présidente n'avait pas échappé, fut si cruellement atteint, qu'il ne trouva pas un compliment à dire, et il se contenta de ce mot profond : — Vous êtes toujours charmante, ma petite cousine ! Puis, se tournant vers la mère et la saluant : — Chère cousine, reprit-il, vous ne sauriez m'en vouloir de venir un peu plus tôt que de coutume, je vous apporte ce que vous m'avez fait le plaisir de me demander...

Et le pauvre Pons, qui sciait en deux le président, la présidente et Cécile chaque fois qu'il les appelait *cousin* ou *cousine*, tira de la poche de côté de son habit une ravissante petite boîte oblongue en bois de Sainte-Lucie[25], divinement sculptée.

— Ah ! je l'avais oublié ! dit sèchement la présidente.

Cette exclamation n'était-elle pas atroce ? n'ôtait-elle pas tout mérite au soin du parent, dont le seul tort était d'être un parent pauvre ?

— Mais, reprit-elle, vous êtes bien bon, mon cousin. Vous dois-je beaucoup d'argent pour cette petite bêtise ?

Cette demande causa comme un tressaillement intérieur au cousin, il avait la prétention de solder tous ses dîners par l'offrande de ce bijou.

— J'ai cru que vous me permettiez de vous l'offrir, dit-il d'une voix émue.

— Comment ! comment ! reprit la présidente ; mais, entre nous, pas de cérémonies, nous nous connaissons assez pour laver notre linge ensemble. Je sais que vous n'êtes pas assez riche pour faire la guerre à vos dépens. N'est-ce pas déjà beaucoup que vous ayez pris la peine de perdre votre temps à courir chez les marchands ?...

— Vous ne voudriez pas de cet éventail, ma chère cousine, si vous deviez en donner la valeur, répliqua le pauvre homme offensé, car c'est un chef-d'œuvre de Watteau qui l'a peint des deux côtés ; mais soyez tranquille, ma cousine, je n'ai pas payé la centième partie du prix d'art.

Dire à un riche : « Vous êtes pauvre ! » c'est dire à l'archevêque de Grenade que ses homélies ne valent rien[26]. Madame la présidente était beaucoup trop orgueilleuse de la position de son mari, de la possession de la terre de Marville, et de ses invitations aux bals de la cour, pour ne pas être atteinte au vif par une semblable observation, surtout partant d'un misérable musicien vis-à-vis de qui elle se posait en bienfaitrice.

— Ils sont donc bien bêtes les gens à qui vous achetez ces choses-là ?... dit vivement la présidente.

— On ne connaît pas à Paris de marchands bêtes, répliqua Pons presque sèchement.

— C'est alors vous qui avez beaucoup d'esprit, dit Cécile pour calmer le débat.

— Ma petite cousine, j'ai l'esprit de connaître Lancret, Pater, Watteau, Greuze ; mais j'avais surtout le désir de plaire à votre chère maman.

Ignorante et vaniteuse, madame de Marville ne voulait pas avoir l'air de recevoir la moindre chose de son pique-assiette, et son ignorance la servait admirablement, elle ne connaissait pas le nom de Watteau. Si quelque chose peut exprimer jusqu'où va l'amour-propre des collectionneurs, qui, certes, est un des plus vifs, car il rivalise avec l'amour-propre d'auteur, c'est l'audace que Pons venait d'avoir en tenant tête à sa cousine, pour la première fois depuis vingt ans. Stupéfait de sa hardiesse, Pons reprit une contenance pacifique en détaillant à Cécile les beautés de la fine sculpture des branches de ce merveilleux éventail. Mais, pour être dans tout le secret de la trépidation cordiale à laquelle le bonhomme était en proie, il est nécessaire de donner une légère esquisse de la présidente.

A quarante-six ans, madame de Marville, autrefois petite, blonde, grasse et fraîche, toujours petite, était devenue sèche. Son front busqué, sa bouche rentrée, que la jeunesse décorait jadis de teintes fines, changeaient alors son air, naturellement dédaigneux, en un air rechigné. L'habitude d'une domination absolue au logis avait rendu sa physionomie dure et désagréable. Avec le temps, le blond de la chevelure avait tourné au châtain aigre. Les yeux, encore vifs et caustiques, exprimaient une morgue judiciaire chargée d'une envie continue. En effet, la présidente se trouvait presque pauvre au milieu de la société de bourgeois parvenus où dînait Pons. Elle ne pardonnait pas au riche marchand droguiste, ancien président du tribunal de commerce, d'être devenu successivement député, ministre, comte et pair. Elle ne pardonnait pas à son beau-père de s'être fait nommer, au détriment de son fils aîné, député de son arrondissement, lors de la promotion de Popinot à la pairie. Après dix-huit ans de services à Paris, elle attendait encore pour Camusot la place de conseiller à la Cour de cassation, d'où l'excluait d'ailleurs une incapacité connue au

Palais. Le ministre de la justice de 1844 regrettait la nomination de Camusot à la présidence, obtenue en 1834 ; mais on l'avait placé à la chambre des mises en accusation où, grâce à sa routine d'ancien juge d'instruction, il rendait des services en rendant des arrêts.

IX

UNE BONNE TROUVAILLE

Ces mécomptes, après avoir usé la présidente de Marville, qui ne s'abusait pas d'ailleurs sur la valeur de son mari, la rendaient terrible. Son caractère, déjà cassant, s'était aigri. Plus vieillie que vieille, elle se faisait âpre et rèche comme une brosse pour obtenir, par la crainte, tout ce que le monde se sentait disposé à lui refuser. Mordante à l'excès, elle avait peu d'amies. Elle imposait beaucoup, car elle s'était entourée de quelques vieilles dévotes de son acabit qui la soutenaient à charge de revanche. Aussi les rapports du pauvre Pons avec ce diable en jupons étaient-ils ceux d'un écolier avec un maître qui ne parle que par férules. La présidente ne s'expliquait donc pas la subite audace de son cousin, elle ignorait la valeur du cadeau.

— Où donc avez-vous trouvé cela ? demanda Cécile en examinant le bijou.

— Rue de Lappe, chez un brocanteur qui venait de le rapporter d'un château qu'on a dépecé près de Dreux. Aulnay, un château que madame de Pompadour habitait quelquefois, avant de bâtir Ménars ; on en a sauvé les plus splendides boiseries que l'on connaisse ; elles sont si belles que Liénard[27], notre célèbre sculpteur en bois, en a gardé, comme *nec-plus-ultra* de l'art, deux cadres ovales pour modèles... Il y avait là des trésors. Mon brocanteur a trouvé cet éventail dans un *bonheur-du-jour* en marqueterie que j'aurais acheté, si je faisais collection de ces œuvres-là ; mais c'est inabordable ! un meuble de Riesener vaut de trois à quatre mille francs ! On commence à reconnaître à Paris que les fameux marqueteurs allemands et français des seizième, dix-septième et dix-huitième siècles ont composé de véritables tableaux en bois. Le mérite du collectionneur est de devancer la mode. Tenez ! d'ici à cinq ans, on payera à Paris les porcelaines de Frankenthal, que je collectionne depuis vingt ans, deux fois plus cher que la pâte tendre de Sèvres.

— Qu'est-ce que le Frankenthal ? dit Cécile.

— C'est le nom de la fabrique de porcelaines de l'Électeur Palatin ; elle est plus ancienne que notre manufacture de Sèvres, comme les fameux jardins de Heidelberg, ruinés par Turenne, ont eu le malheur d'exister avant ceux de Versailles. Sèvres a beaucoup copié Frankenthal... Les Allemands, il faut leur rendre cette justice, ont fait, avant nous, d'admirables choses en Saxe et dans le Palatinat.

La mère et la fille se regardaient comme si Pons leur eût parlé chinois, car on ne peut se figurer combien les Parisiens sont ignorants et exclusifs ; ils ne savent que ce qu'on leur apprend, quand ils veulent l'apprendre.

— Et à quoi reconnaissez-vous le Frankenthal ?

— Et la signature ! dit Pons avec feu. Tous ces ravissants chefs-d'œuvre sont signés. Le Frankenthal porte un C et un T (Charles-Théodore) entrelacés et surmontés d'une couronne de prince. Le vieux Saxe a ses deux épées et le numéro d'ordre en or. Vincennes signait avec un cor. Vienne a un V fermé et barré. Berlin a deux barres. Mayence a la roue. Sèvres les deux LL, et la porcelaine à la reine un A qui veut dire Antoinette, surmonté de la couronne royale. Au dix-huitième siècle, tous les souverains de l'Europe ont rivalisé dans la fabrication de la porcelaine. On s'arrachait les ouvriers. Watteau dessinait des services pour la manufacture de Dresde, et ses œuvres ont acquis des prix fous. (Il faut s'y bien connaître, car, aujourd'hui, Dresde les répète et les recopie.) Alors on a fabriqué des choses admirables et qu'on ne refera plus...

— Ah bah !

— Oui, cousine ! on ne refera plus certaines marqueteries, certaines porcelaines, comme on ne refera plus des Raphaël, des Titien, ni des Rembrandt, ni des Van Eyck, ni des Cranach !... Tenez ! les Chinois sont bien habiles, bien adroits, eh bien ! ils recopient aujourd'hui les belles œuvres de leur porcelaine dite *Grand-Mandarin*... Eh bien ! deux vases de *Grand-Mandarin* ancien, du plus grand format, valent six, huit, dix mille francs, et on a la copie moderne pour deux cents francs !

— Vous plaisantez !

— Cousine, ces prix vous étonnent, mais ce n'est rien. Non seulement un service complet pour un dîner de douze personnes en pâte tendre de Sèvres, qui n'est pas de la porcelaine, vaut cent mille francs, mais c'est le prix de facture. Un pareil service se payait cinquante mille livres, à Sèvres, en 1750. J'ai vu des factures originales.

— Revenons à cet éventail, dit Cécile à qui le bijou paraissait trop vieux.

— Vous comprenez que je me suis mis en chasse, dès que votre chère maman m'a fait l'honneur de me demander un éventail, reprit Pons. J'ai vu tous les marchands de Paris sans y rien trouver de beau ; car, pour la chère présidente, je voulais un chef-d'œuvre, et je pensais à lui donner l'éventail de Marie-Antoinette, le plus beau de tous les éventails célèbres. Mais hier, je fus ébloui par ce divin chef-d'œuvre, que Louis XV a bien certainement commandé[28]. Pourquoi suis-je allé chercher un éventail, rue de Lappe ! chez un Auvergnat ! qui vend des cuivres, des ferrailles, des meubles dorés ? Moi, je crois à l'intelligence des objets d'art, ils connaissent les amateurs, ils les appellent, ils leur font : Chit ! chit !...

La présidente haussa les épaules en regardant sa fille, sans que Pons pût voir cette mimique rapide.

— Je les connais tous, ces *rapiats-là !* « Qu'avez-vous de nouveau, papa Monistrol ? Avez-vous des dessus de porte ? » ai-je demandé à ce marchand, qui me permet de jeter les yeux sur ses acquisitions avant les grands marchands. A cette question, Monistrol me raconte comment Liénard, qui sculptait dans la chapelle de Dreux de fort belles choses pour la liste civile, avait sauvé à la vente d'Aulnay les boiseries sculptées des mains des marchands de Paris, occupés de porcelaines et de meubles incrustés. « — Je n'ai pas eu grand'chose, me dit-il, mais je pourrai gagner mon voyage avec cela. » Et il me montra le bonheur-du-jour, une merveille ! C'est des dessins de Boucher exécutés en marqueterie avec un art... C'est à se mettre à genoux devant ! « Tenez, monsieur me dit-il, je viens de trouver dans un petit tiroir fermé, dont la clef manquait et que j'ai forcé, cet éventail ! vous devriez bien me dire à qui je peux le vendre... » Et il me tire cette petite boîte en bois de Sainte-Lucie sculpté. « Voyez ! c'est de ce Pompadour qui ressemble au gothique fleuri. » « Oh ! lui ai-je répondu, la boîte est jolie, elle pourrait m'aller, la boîte ! car l'éventail, mon vieux Monistrol, je n'ai point de madame Pons à qui donner ce vieux bijou ; d'ailleurs, on en fait des neufs, bien jolis. On peint aujourd'hui ces vélins-là d'une manière miraculeuse et assez bon marché. Savez-vous qu'il y a deux mille peintres à Paris ! » Et je dépliais négligemment l'éventail, contenant mon admiration, regardant froidement ces deux petits tableaux d'un laissez-aller, d'une exécution à ravir. Je tenais l'éventail de madame de Pompadour ! Watteau s'est exterminé à composer cela ! « Combien voulez-vous du meuble ? » « Oh ! mille francs, on me les donne déjà ! » Je lui dis un prix de l'éventail qui correspondait aux frais présumés de son voyage. Nous nous regardons alors dans le blanc des yeux, et je vois que je tiens mon homme. Aussitôt je remets l'éventail dans sa boîte, afin que l'Auvergnat ne se mette pas à l'examiner, et je m'extasie sur le travail de cette boîte qui, certes, est un vrai bijou. « Si je l'achète, dis-je à Monistrol, c'est à cause de cela, voyez-vous, il n'y a que la boîte qui me tente. Quant à ce bonheur-du-jour, vous en aurez plus de mille francs, voyez donc comme ces cuivres sont ciselés ! c'est des modèles... On peut exploiter cela... ça n'a pas été reproduit, on faisait tout *unique* pour madame de Pompadour... » Et mon homme, *allumé* pour son bonheur-du-jour, oublie l'éventail, il me le laisse à rien pour prix de la révélation que je lui fais de la beauté de ce meuble de Riesener. Et voilà ! Mais il faut bien de la pratique pour conclure de pareils marchés ! C'est des combats d'œil à œil, et quel œil que celui d'un juif ou d'un Auvergnat !

L'admirable pantomime, la verve du vieil artiste qui faisaient de lui, racontant le triomphe de sa finesse sur l'ignorance du brocanteur, un modèle digne du pinceau hollandais, tout fut perdu pour la présidente et pour sa fille qui se dirent, en échangeant des regards froids et dédaigneux : — Quel original !...

— Ça vous amuse donc ? demanda la présidente.

Pons, glacé par cette question, éprouva l'envie de battre la présidente.

— Mais, ma chère cousine, reprit-il, c'est la chasse aux chefs-d'œuvre ! Et on se trouve face à face avec des adversaires qui défendent le gibier ! c'est ruse contre ruse ! Un chef-d'œuvre doublé d'un Normand, d'un juif ou d'un Auvergnat ; mais c'est comme dans les contes de fées, une princesse gardée par des enchanteurs !

— Et comment savez-vous que c'est de Wat... Comment dites-vous ?

— Watteau ! ma cousine, un des plus grands peintres français du dix-huitième siècle ! Tenez, ne voyez-vous pas la signature ? dit-il en montrant une des bergeries qui représentait une ronde dansée par de fausses paysannes et par des bergers grands seigneurs. C'est d'un entrain ! Quelle verve ! quel coloris ! Et c'est fait ! tout d'un trait ! comme un paraphe de maître d'écriture ; on ne sent plus le travail ! Et de l'autre côté, tenez ! un bal dans un salon ! C'est l'hiver et l'été ! Quels ornements ! et comme c'est conservé ! Vous voyez, la virole est en or, et elle est terminée de chaque côté par un tout petit rubis que j'ai décrassé !

— S'il en est ainsi, je ne pourrais pas, mon cousin, accepter de vous un objet d'un si grand prix. Il vaut mieux vous en faire des rentes, dit la présidente qui ne demandait cependant pas mieux que de garder ce magnifique éventail.

— Il est temps que ce qui a servi au Vice soit aux mains de la Vertu ! dit le bonhomme en retrouvant de l'assurance. Il aura fallu cent ans pour opérer ce miracle. Soyez sûre qu'à la cour aucune princesse n'aura rien de comparable à ce chef-d'œuvre ; car il est, malheureusement, dans la nature humaine de faire plus pour une Pompadour que pour une vertueuse reine !...

— Eh bien ! je l'accepte, dit en riant la présidente. Cécile, mon petit ange, va donc voir avec Madeleine à ce que le dîner soit digne de notre cousin...

La présidente voulait balancer le compte. Cette recommandation faite à haute voix, contrairement aux règles du bon goût, ressemblait si bien à l'appoint d'un payement, que Pons rougit comme une jeune fille prise en faute. Ce gravier un peu trop gros lui roula pendant quelque temps dans le cœur. Cécile, jeune personne très rousse, dont le maintien, entaché de pédantisme, affectait la gravité judiciaire du président et se sentait de la sécheresse de sa mère, disparut en laissant le pauvre Pons aux prises avec la terrible présidente.

X

UNE FILLE A MARIER

— Elle est bien gentille, ma petite Lili, dit la présidente en employant toujours l'abréviation enfantine donnée jadis au nom de Cécile.

— Charmante ! répondit le vieux musicien en tournant ses pouces.

— Je ne comprends rien au temps où nous vivons, répondit la présidente. A quoi cela sert-il donc d'avoir pour père un président à la Cour royale de Paris, et commandeur de la Légion-d'Honneur, pour grand-père un député millionnaire, un futur pair de France, le plus riche des marchands de soieries en gros ?

Le dévouement du président à la dynastie nouvelle lui avait valu récemment le cordon de commandeur, faveur attribuée par quelques jaloux à l'amitié qui l'unissait à Popinot. Ce ministre, malgré sa modestie, s'était, comme on l'a vu, laissé faire comte.

— A cause de mon fils, dit-il à ses nombreux amis.

— On ne veut que de l'argent aujourd'hui, répondit le cousin Pons, on n'a d'égards que pour les riches, et...

— Que serait-ce donc, s'écria la présidente, si le ciel m'avait laissé mon pauvre petit Charles ?...

— Oh ! avec deux enfants, vous seriez pauvre ! reprit le cousin. C'est l'effet du partage égal des biens ; mais, soyez tranquille, ma belle cousine, Cécile finira bien par se marier. Je ne vois nulle part de jeune fille si accomplie.

Voilà jusqu'où Pons avait ravalé son esprit chez ses amphitryons : il y répétait leurs idées, et il les leur commentait platement, à la manière des chœurs antiques. Il n'osait pas se livrer à l'originalité qui distingue les artistes et qui dans sa jeunesse abondait en traits fins chez lui, mais que l'habitude de s'effacer avait alors presque abolie, et qu'on rembarrait, comme tout à l'heure, quand elle reparaissait.

— Mais, je me suis mariée avec vingt mille francs de dot, seulement...

— En 1819, ma cousine ? dit Pons en interrompant. Et c'était vous, une femme de tête, une jeune fille protégée par le roi Louis XVIII !

— Mais enfin ma fille est un ange de perfection, d'esprit ; elle est pleine de cœur, elle a cent mille francs en mariage, sans compter les plus belles espérances, et elle nous reste sur les bras...

Madame de Marville parla de sa fille et d'elle-même pendant vingt minutes, en se livrant aux doléances particulières aux mères qui sont en puissance de filles à marier. Depuis vingt ans que le vieux musicien dînait chez son unique cousin Camusot, le pauvre homme attendait encore un mot sur ses affaires, sur sa vie, sur sa santé. Pons était d'ailleurs partout une espèce d'égout aux confidences domestiques, il offrait les plus grandes garanties dans sa discrétion connue et nécessaire, car un seul mot hasardé lui aurait fait fermer la porte de dix maisons ; son rôle d'écouteur était donc doublé d'une approbation constante ; il souriait à tout, il n'accusait, il ne défendait personne ; pour lui, tout le monde avait raison. Aussi ne comptait-il plus comme un homme, c'était un estomac ! Dans cette longue tirade, la présidente avoua, non sans quelques précautions, à son cousin, qu'elle était disposée à prendre pour sa fille presque aveuglément les partis qui se présenteraient. Elle alla jusqu'à regarder comme une bonne affaire un homme de quarante-huit ans, pourvu qu'il eût vingt mille francs de rente.

— Cécile est dans sa vingt-troisième année, et si le malheur voulait qu'elle atteignît vingt-cinq ou vingt-six ans, il serait excessivement difficile de la marier. Le monde se demande alors pourquoi une jeune personne est restée si longtemps sur pied. On cause déjà beaucoup trop dans notre société de cette situation. Nous avons épuisé les raisons vulgaires : « Elle est bien jeune. — Elle aime trop ses parents pour les quitter. — Elle est heureuse à la maison. — Elle est difficile, elle veut un beau nom ! » Nous devenons ridicules, je le sens bien. D'ailleurs, Cécile est lasse d'attendre, elle souffre, pauvre petite...

— Et de quoi ? demanda sottement Pons.

— Mais, reprit la mère d'un ton de duègne, elle est humiliée de voir toutes ses amies mariées avant elle.

— Ma cousine, qu'y a-t-il donc de changé depuis la dernière fois que j'ai eu le plaisir de dîner ici, pour que vous songiez à des gens de quarante-huit ans ? dit humblement le pauvre musicien.

— Il y a, répliqua la présidente, que nous devions avoir une entrevue chez un conseiller à la cour, dont le fils a trente ans, dont la fortune est considérable, et pour qui monsieur de Marville aurait obtenu, moyennant finance, une place de référendaire à la Cour des comptes. Le jeune homme y est déjà surnuméraire. Et l'on vient de nous dire que ce jeune homme avait fait la folie de partir pour l'Italie, à la suite d'une duchesse du Bal Mabille[29]. C'est un refus déguisé. On ne veut pas nous donner un jeune homme dont la mère est morte, et qui jouit déjà de trente mille francs de rente, en attendant la fortune du père. Aussi, devez-vous nous pardonner notre mauvaise humeur, cher cousin : vous êtes arrivé en pleine crise.

Au moment où Pons cherchait une de ces complimenteuses réponses qui lui venaient toujours trop tard chez les amphitryons dont il avait peur, Madeleine entra, remit un petit billet à la présidente, et attendit une réponse. Voici ce que contenait ce billet :

« Si nous supposions, ma chère maman, que ce petit mot nous est envoyé du Palais par mon père qui te dirait d'aller dîner avec moi chez son ami pour renouer l'affaire de mon mariage, le cousin s'en irait, et nous pourrions donner suite à nos projets chez les Popinot. »

— Qui donc monsieur m'a-t-il dépêché ? demanda vivement la présidente.

— Un garçon de salle du Palais, répondit effrontément la sèche Madeleine.

Par cette réponse, la vieille soubrette indiquait à sa maîtresse qu'elle avait ourdi ce complot, de concert avec Cécile impatientée.

— Dites que ma fille et moi, nous y serons à cinq heures et demie.

XI

UNE DES MILLE AVANIES QUE DOIT ESSUYER UN PIQUE-ASSIETTE

Madeleine une fois sortie, la présidente regarda le cousin Pons avec cette fausse aménité qui fait sur une âme délicate l'effet que du vinaigre et du lait mélangés produisent sur la langue d'un friand.

— Mon cher cousin, le dîner est ordonné, vous le mangerez sans nous, car mon mari m'écrit de l'audience pour me prévenir que le projet de mariage se reprend avec le conseiller, et nous allons y dîner... Vous concevez que nous sommes sans aucune gêne ensemble. Agissez ici comme si vous étiez chez vous. Vous voyez la franchise dont j'use avec vous pour qui je n'ai pas de secret... Vous ne voudriez pas faire manquer le mariage de ce petit ange ?

— Moi, ma cousine, qui voudrais au contraire lui trouver un mari ; mais, dans le cercle où je vis...

— Oui, ce n'est pas probable, repartit insolemment la présidente. Ainsi, vous restez ? Cécile vous tiendra compagnie pendant que je m'habillerai.

— Oh ! ma cousine, je puis dîner ailleurs, dit le bonhomme.

Quoique cruellement affecté de la manière dont s'y prenait la présidente pour lui reprocher son indigence, il était encore plus effrayé par la perspective de se trouver seul avec les domestiques.

— Mais pourquoi ?... le dîner est prêt, les domestiques le mangeraient.

En entendant cette horrible phrase, Pons se redressa comme si la décharge de quelque pile galvanique l'eût atteint, salua froidement sa cousine et alla reprendre son spencer. La porte de la chambre à coucher de Cécile qui donnait dans le petit salon était entrebâillée, en sorte qu'en regardant devant lui dans une glace, Pons aperçut la jeune fille prise d'un fou rire, parlant à sa mère par des coups de tête et des mines qui révélèrent quelque lâche mystification au vieil artiste. Pons descendit lentement l'escalier en retenant ses larmes : il se voyait chassé de cette maison, sans savoir pourquoi. — Je suis trop vieux maintenant, se disait-il, le monde a horreur de la vieillesse et de la pauvreté, deux laides choses. Je ne veux plus aller nulle part sans invitation. Mot héroïque !...

La porte de la cuisine située au rez-de-chaussée, en face de la loge du concierge, restait souvent ouverte, comme dans les maisons occupées par les propriétaires, et dont la porte cochère est toujours fermée ; le bonhomme put donc entendre les rires de la cuisinière et du valet de chambre, à qui Madeleine racontait le tour joué à Pons, car elle ne supposa point que le bonhomme évacuerait la place si promptement. Le valet de chambre approuvait hautement cette plaisanterie envers un habitué de la maison qui, disait-il, ne donnait jamais qu'un petit écu aux étrennes !

— Oui, mais s'il prend la mouche et qu'il ne revienne pas, fit observer la cuisinière, ce sera toujours trois francs de perdus pour nous autres au jour de l'an...

— Hé ! comment le saurait-il ? dit le valet de chambre en réponse à la cuisinière.

— Bah ! reprit Madeleine, un peu plus tôt, un peu plus tard, qu'est-ce que cela nous fait ? Il ennuie tellement les maîtres dans les maisons où il dîne, qu'on le chassera de partout.

En ce moment le vieux musicien cria : « Le cordon s'il vous plaît ! » à la portière. Ce cri douloureux fut accueilli par un profond silence à la cuisine.

— Il écoutait, dit le valet de chambre.

— Hé bien ! tant *pire*, ou plutôt tant mieux, répliqua Madeleine, c'est un rat fini.

Le pauvre homme, qui n'avait rien perdu des propos tenus à la cuisine, entendit encore ce dernier mot. Il revint chez lui par les boulevards dans l'état où serait une vieille femme après une lutte acharnée avec des assassins. Il marchait, en se parlant à lui-même, avec une vitesse convulsive, car l'honneur saignant le poussait comme une paille emportée par un vent furieux. Enfin, il se trouva sur le boulevard du Temple à cinq heures, sans savoir comment il y était venu ; mais, chose extraordinaire, il ne se sentit pas le moindre appétit.

Maintenant, pour comprendre la révolution que le retour de Pons à cette heure allait produire chez lui, les explications promises sur madame Cibot sont ici nécessaires.

XII

SPÉCIMEN DE PORTIER (MÂLE ET FEMELLE)

La rue de Normandie est une de ces rues au milieu desquelles on peut se croire en province : l'herbe y fleurit, un passant y fait événement, et tout le monde s'y connaît. Les maisons datent de l'époque où, sous Henri IV, on entreprit un quartier dont chaque rue portât le nom d'une province, et au centre duquel devait se trouver une belle place dédiée à la France. L'idée du quartier de l'Europe fut la répétition de ce plan. Le monde se répète en toute chose partout, même en spéculation. La maison où demeuraient les deux musiciens est un ancien hôtel entre cour et jardin ; mais le devant, sur la rue, avait été bâti lors de la vogue excessive dont a joui le Marais durant le dernier siècle. Les deux amis occupaient tout le deuxième étage dans l'ancien hôtel. Cette double maison appartenait à monsieur Pillerault, un octogénaire qui en laissait la gestion à monsieur et madame Cibot, ses portiers depuis vingt-six ans. Or, comme on ne donne pas des émoluments assez forts à un portier du Marais, pour qu'il puisse vivre de sa loge, le sieur Cibot joignait à son sou pour livre et à sa bûche prélevée sur chaque voie de bois, les ressources de son industrie personnelle ; il était tailleur, comme beaucoup de concierges. Avec le temps, Cibot avait cessé de travailler pour les maîtres tailleurs ; car, par suite de la confiance que lui accordait la petite bourgeoisie du quartier, il jouissait du privilège inattaqué de faire les raccommodages, les reprises perdues, les mises à neuf de tous les habits dans un périmètre de trois rues. La loge était vaste et saine, il y attenait une chambre. Aussi le ménage Cibot passait-il pour un des plus heureux parmi messieurs les concierges de l'arrondissement.

Cibot, petit homme rabougri, devenu presque olivâtre à force de rester toujours assis, à la turque, sur une table élevée à la hauteur de la croisée grillagée qui voyait sur la rue, gagnait à son métier environ quarante sous par jour. Il travaillait encore, quoiqu'il eût cinquante-huit ans ; mais cinquante-huit ans, c'est le plus bel âge des portiers ; ils se sont faits à leur loge, la loge est devenue pour eux ce qu'est l'écaille pour les huîtres, et *ils sont connus dans le quartier* !

Madame Cibot, ancienne belle écaillère, avait quitté son poste au *Cadran-Bleu*[30] par amour pour Cibot, à l'âge de vingt-huit ans, après toutes les aventures qu'une belle écaillère rencontre sans les chercher. La beauté des femmes du peuple dure peu, surtout quand elles restent en espalier à la porte d'un restaurant. Les chauds rayons de la cuisine se projettent sur les traits qui durcissent, les restes de bouteilles bus en compagnie des garçons s'infiltrent dans le teint, et nulle fleur ne mûrit plus vite que celle d'une belle écaillère. Heureusement pour madame Cibot, le mariage légitime et la vie de concierge arrivèrent à temps pour la conserver ; elle demeura comme un modèle de Rubens, en gardant une beauté virile que ses rivales de la rue de Normandie calomniaient, en la qualifiant de *grosse dondon*. Ses tons de chair pouvaient se comparer aux appétissants glacis des mottes de beurre d'Isigny ; et nonobstant son embonpoint, elle déployait une incomparable agilité dans ses fonctions. Madame Cibot atteignait à l'âge où ces sortes de femmes sont obligées de se faire la barbe. N'est-ce pas dire qu'elle avait quarante-huit ans ? Une portière à moustaches est une des plus grande garanties d'ordre et de sécurité pour un propriétaire. Si Delacroix avait pu voir madame Cibot posée fièrement sur son balai, certes il en eût fait une Bellone !

La position des époux Cibot, en style d'accusation, devait, chose singulière ! affecter un jour celle des deux amis ; aussi l'historien, pour être fidèle, est-il obligé d'entrer dans quelques détails au sujet de la loge. La maison rapportait environ huit mille francs, car elle avait trois appartements complets, doubles en profondeur, sur la rue, et trois dans l'ancien hôtel entre cour et jardin. En outre, un ferrailleur nommé

Rémonencq occupait une boutique sur la rue. Ce Rémonencq, passé depuis quelques mois à l'état de marchand de curiosités, connaissait si bien la valeur bric-à-braquoise de Pons, qu'il le saluait du fond de sa boutique, quand le musicien entrait ou sortait. Ainsi, le sou pour livre donnait environ quatre cents francs au ménage Cibot, qui trouvait en outre gratuitement son logement et son bois. Or, comme les salaires de Cibot produisaient environ sept à huit cents francs en moyenne par an, les époux se faisaient, avec leurs étrennes, un revenu de seize cents francs, à la lettre mangés par les Cibot qui vivaient mieux que ne vivent les gens du peuple. « — On ne vit qu'une fois ! » disait la Cibot. Née pendant la révolution, elle ignorait, comme on le voit, le catéchisme.

De ses rapports avec le *Cadran-Bleu*, cette portière, à l'œil orange et hautain, avait gardé quelques connaissances en cuisine qui rendaient son mari l'objet de l'envie de tous ses confrères. Aussi, parvenus à l'âge mûr, sur le seuil de la vieillesse, les Cibot ne trouvaient-ils pas devant eux cent francs d'économie. Bien vêtus, bien nourris, ils jouissaient d'ailleurs dans le quartier d'une considération due à vingt-six ans de probité stricte. S'ils ne possédaient rien, ils n'avaient *nune centime* à autrui, selon leur expression, car madame Cibot prodiguait les N dans son langage. Elle disait à son mari : « — Tu n'es n'un amour ! » Pourquoi ? Autant vaudrait demander la raison de son indifférence en matière de religion. Fiers tous les deux de cette vie au grand jour, de l'estime de six ou sept rues et de l'autocratie que leur laissait leur *propriétaire* sur la maison, ils gémissaient en secret de ne pas avoir aussi des rentes. Cibot se plaignait de douleurs dans les mains et dans les jambes, et madame Cibot déplorait que son pauvre Cibot fût encore contraint de travailler à son âge. Un jour viendra qu'après trente ans d'une vie pareille, un concierge accusera le gouvernement d'injustice, il voudra qu'on lui donne la décoration de la Légion-d'Honneur ! Toutes les fois que les commérages du quartier leur apprenaient que telle servante, après huit ou dix ans de service, était couchée sur un testament, pour trois ou quatre cents francs en viager, c'était des doléances de loge en loge, qui peuvent donner une idée de la jalousie dont sont dévorées les professions infimes à Paris. — Ah çà ! il ne nous arrivera jamais, à nous autres, d'être mis sur des testaments ! Nous n'avons pas de chance ! Nous sommes plus utiles que les domestiques, cependant. Nous sommes des gens de confiance, nous faisons les recettes, nous veillons au grain ; mais nous sommes traités ni plus ni moins que des chiens, et voilà ! — Il n'y a qu'heur et malheur, disait Cibot en rapportant un habit. — Si j'avais laissé Cibot à sa loge, et que je me fusse mise cuisinière, nous aurerions trente mille francs de placés, s'écriait madame Cibot en causant avec sa voisine les mains sur ses grosses hanches. J'ai mal entendu la vie, histoire d'être logée et chauffée dedans une bonne loge et de ne manquer de rien.

XIII

PROFOND ÉTONNEMENT

Lorsqu'en 1836, les deux amis vinrent occuper à eux deux le deuxième étage de l'ancien hôtel, ils occasionnèrent une sorte de révolution dans le ménage Cibot. Voici comment. Schmucke avait, aussi bien que son ami Pons, l'habitude de prendre les portiers ou portières des maisons où il logeait pour faire faire son ménage. Les deux musiciens furent donc du même avis en s'installant rue de Normandie pour s'entendre avec madame Cibot, qui devint leur femme de ménage, à raison de vingt-cinq francs par mois, douze francs cinquante centimes pour chacun d'eux. Au bout d'un an, la portière émérite régna chez les deux vieux garçons, comme elle régnait sur la maison de monsieur Pillerault, le grand-oncle de madame la comtesse Popinot ; leurs affaires furent ses affaires, et elle disait : « *Mes deux messieurs.* » Enfin, en trouvant les deux Casse-noisettes doux comme des moutons, faciles à vivre, point défiants, de vrais enfants, elle se mit, par suite de son cœur de femme du peuple, à les protéger, à les adorer, à les servir avec un dévouement si véritable, qu'elle leur lâchait quelques semonces, et les défendait contre toutes les tromperies qui grossissent à Paris les dépenses de ménage. Pour vingt-cinq francs par mois, les deux garçons, sans préméditation et sans s'en douter, acquirent une mère. En s'apercevant de toute la valeur de madame Cibot, les deux musiciens lui avaient naïvement adressé des éloges, des remerciements, de petites étrennes qui resserrèrent les liens de cette alliance domestique. Madame Cibot aimait mille fois mieux être appréciée à sa valeur que payée ; sentiment qui, bien connu, bonifie toujours les gages. Cibot faisait à moitié prix les courses, les raccommodages, tout ce qui pouvait le concerner dans le service des deux messieurs de sa femme.

Enfin, dès la seconde année, il y eut, dans l'étreinte du deuxième étage et de la loge, un nouvel élément de mutuelle amitié. Schmucke conclut avec madame Cibot un marché qui satisfit à sa paresse et à son désir de vivre sans s'occuper de rien. Moyennant trente sous par jour ou quarante-cinq francs par mois, madame Cibot se chargea de donner à déjeuner et à dîner à Schmucke. Pons, trouvant le déjeuner de son ami très satisfaisant, passa de même un marché de dix-huit francs pour son déjeuner. Ce système de fournitures, qui jeta quatre-vingt-dix francs environ par mois dans les recettes de la loge, fit des deux locataires des êtres inviolables, des anges, des chérubins, des dieux. Il est fort douteux que le roi des Français, qui s'y connaît, soit servi comme le furent alors les deux Casse-noisettes. Pour eux, le lait sortait pur de la boîte, ils lisaient gratuitement les journaux du premier et du troisième étage, dont les locataires se levaient tard et à qui l'on eût dit, au besoin, que les journaux n'étaient pas arrivés. Madame Cibot tenait d'ailleurs l'appartement, les habits, le palier, tout dans un état de propreté flamande. Schmucke jouissait, lui, d'un bonheur qu'il n'avait jamais espéré ; madame Cibot lui rendait la vie facile ; il donnait environ six francs par mois pour le blanchissage dont elle se chargeait, ainsi que des raccommodages. Il dépensait quinze francs de tabac par mois. Ces trois natures de dépenses formaient un total mensuel de soixante-six francs, lesquels, multipliés par douze, donnent sept cent quatre-vingt-douze francs. Joignez-y deux cent vingt francs de loyer et d'impositions, vous avez mille douze francs. Cibot habillait Schmucke, et la moyenne de cette dernière fourniture allait à cent cinquante francs. Ce profond philosophe vivait donc avec douze cents francs par an. Combien de gens, en Europe, dont l'unique pensée est de venir demeurer à Paris, seront agréablement surpris de savoir qu'on peut y être heureux avec douze cents francs de rente, rue de Normandie, au Marais, sous la protection d'une madame Cibot !

Madame Cibot fut stupéfaite en voyant rentrer le bonhomme Pons à cinq heures du soir. Non seulement ce fait n'avait jamais eu lieu, mais encore *son monsieur* ne la vit pas, ne la salua point.

— Ah bien ! Cibot, dit-elle à son mari, monsieur Pons est millionnaire ou fou !

— Ça m'en a l'air, répliqua Cibot en laissant tomber une manche d'habit où il faisait ce que, dans l'argot des tailleurs, on appelle *un poignard*[31].

XIV

UN VIVANT EXEMPLE DE LA FABLE DES *Deux Pigeons*

Au moment où Pons rentrait machinalement chez lui, madame Cibot achevait le dîner de Schmucke. Ce dîner consistait en un certain ragoût, dont l'odeur se répandait dans toute la cour. C'était des restes de bœuf bouilli achetés chez un rôtisseur tant soit peu regrattier[32], et fricassés au beurre avec des oignons coupés en tranches minces, jusqu'à ce que le beurre fût absorbé par la viande et par les oignons, de manière à ce que ce mets de portier présentât l'aspect d'une friture. Ce plat, amoureusement concoctionné pour Cibot et Schmucke, entre qui la Cibot le partageait, accompagné d'une bouteille de bière et d'un morceau de fromage, suffisait au vieux maître de musique allemand. Et croyez bien que le roi Salomon, dans sa gloire, ne dînait pas mieux que Schmucke. Tantôt ce plat de bouilli fricassé aux oignons, tantôt des reliefs de poulet sauté, tantôt une persillade et du poisson à une sauce inventée par la Cibot, et à laquelle une mère aurait mangé son enfant sans s'en apercevoir, tantôt de la venaison, selon la qualité ou la quantité de ce que les restaurants du boulevard revendaient au rôtisseur de la rue Boucherat, tel était l'ordinaire de Schmucke, qui se contentait, sans mot dire, de tout ce que lui servait la *ponne montame Zipod*. Et, de jour en jour, la bonne madame Cibot avait diminué cet ordinaire jusqu'à pouvoir le faire pour la somme de vingt sous.

— Je vas savoir ce qui lui n'est arrivé, n'à ce pauvre cher homme, dit madame Cibot à son époux, car v'là le dîner de monsieur Schmucke tout paré.

Madame Cibot couvrit le plat de terre creux d'une assiette en porcelaine commune ; puis elle arriva, malgré son âge, à l'appartement des deux amis, au moment où Schmucke ouvrait à Pons.

— *Qu'as-du, mon pon ami ?* dit l'Allemand effrayé par le bouleversement de la physionomie de Pons.

— Je te dirai tout ; mais je viens dîner avec toi...

— *Tinner ! tinner !* s'écria Schmucke enchanté. *Mais c'esdre imbossiple !* ajouta-t-il en pensant aux habitudes gastrolâtriques de son ami.

Le vieil Allemand aperçut alors madame Cibot qui écoutait, selon son droit de femme de ménage légitime. Saisi par une de ces inspirations qui ne brillent que dans le cœur d'un ami véritable, il alla droit à la portière, et l'emmena sur le palier :

— *Montame Zipod, ce pon Bons aime les ponnes chosses, hâlez au* Catran Pleu, *temandez ein bedid tinner vin : tes angeois, di magaroni ! Anvin ein rebas de Liquillis !*

— Qu'est-ce que c'est ? demanda madame Cibot.

— *Eh pien !* reprit Schmucke, *c'esde ti feau à la pourchoise, ein pon boisson, eine poudeille te fin de Porteaux, dout ce qu'il y aura te meilleur en vriantise : gomme des groguettes te risse ed ti lard vîmé ! Bayez ! ne tittes rien, che fus rentrai tutte l'archand temain madin.*

Schmucke rentra d'un air joyeux en se frottant les mains ; mais sa figure reprit graduellement une expression de stupéfaction, en entendant le récit des malheurs qui venaient de fondre en un moment sur le cœur de son ami. Schmucke essaya de consoler Pons, en lui dépeignant le monde à son point de vue. Paris était une tempête perpétuelle, les hommes et les femmes y étaient emportés par un mouvement de valse furieuse, et il ne fallait rien demander au monde, qui ne regarde qu'à l'extérieur, « *ed bas à l'indérière* », dit-il. Il raconta pour la centième fois que, d'année en année, les trois seules écolières qu'il eût aimées, par lesquelles il était chéri, pour lesquelles il donnerait sa vie, de qui même il tenait une petite pension de neuf cents francs, à laquelle chacune contribuait pour une part égale d'environ trois cents francs, avaient si bien oublié, d'année en année, de le venir voir, et se trouvaient emportées par le courant de la vie parisienne avec tant de violence, qu'il n'avait pas pu être reçu par elles depuis trois ans, quand il se présentait. (Il est vrai que Schmucke se présentait chez ces grandes dames à dix heures du matin.) Enfin, les quartiers de ses rentes étaient payés chez des notaires.

— *Ed cebentant, c'esde tes cueirs t'or*, reprit-il. *Anvin, c'esd mes bedides saindes Céciles, tes phames jarmantes, montame de Bordentuère, montame de Fentenesse, montame Ti Dilet. Quante che les fois, c'esd aus Jambs-Elusées, sans qu'elle me foient... ed elles m'aiment pien, et che bourrais aller tinner chesse elles, elles seraient bien gondendes. Che beusse aller à leur gambagne ; mais je breffère *te peaucoup edre afec mon hami Bons, barce que che le fois quant che feux, ed tus les churs.*

Pons prit la main de Schmucke, la mit entre ses mains, il la serra par un mouvement où l'âme se communiquait tout entière, et tous deux ils restèrent ainsi pendant quelques minutes, comme des amants qui se revoient après une longue absence.

— *Tinne izi, dus les churs !...* reprit Schmucke, qui bénissait intérieurement la dureté de la présidente. *Diens ! nus pricabraquerons ensemple, et le tiaple ne meddra chamais sa queu tan notre ménache.*

Pour l'intelligence de ce mot vraiment héroïque : *nous pricabraquerons ensemple !* il faut avouer que Schmucke était d'une ignorance crasse en Bric-à-braquologie. Il fallait toute la puissance de son amitié pour qu'il ne cassât rien dans le salon et dans le cabinet abandonnés à Pons pour lui servir de musée. Schmucke, appartenant tout entier à la musique, compositeur pour lui-même, regardait toutes les petites bêtises de son ami, comme un poisson, qui aurait reçu un billet d'invitation, regarderait une exposition de fleurs au Luxembourg. Il respectait ces œuvres merveilleuses à cause du respect que Pons manifestait en époussetant son trésor. Il répondait : « *Ui ! c'esde pien choli !* » aux admirations de son ami, comme une mère répond des phrases insignifiantes aux gestes d'un enfant qui ne parle pas encore. Depuis que les deux amis vivaient ensemble, Schmucke avait vu Pons changeant sept fois d'horloge en en troquant toujours une inférieure contre une plus belle. Pons possédait alors la plus magnifique horloge de Boule, une horloge en ébène incrustée de cuivres et garnie de sculptures, de la première manière de Boule. Boule a eu deux manières, comme Raphaël en a eu trois. Dans la première, il mariait le cuivre à l'ébène ; et, dans la seconde, contre ses convictions il sacrifiait à l'écaille ; il a fait des prodiges pour vaincre ses concurrents, inventeurs de la marqueterie en écaille. Malgré les savantes démonstrations de Pons, Schmucke n'apercevait pas la moindre différence entre la magnifique horloge de la première manière de Boule et les dix autres. Mais, à cause du bonheur de Pons, Schmucke avait plus de soin de tous ces *prinporions* que son ami n'en prenait lui-même. Il ne faut donc pas s'étonner que le mot sublime de Schmucke ait eu le pouvoir de calmer le désespoir de Pons, car le : — *Nus pricabraquerons !* de l'Allemand voulait dire : — Je mettrai de l'argent dans le bric-à-brac, si tu veux dîner ici.

— Ces messieurs sont servis, vint dire avec un aplomb étonnant madame Cibot.

On comprendra facilement la surprise de Pons en voyant et savourant le dîner dû à l'amitié de Schmucke. Ces sortes de sensations, si rares dans la vie, ne viennent pas du dévouement continu par lequel deux hommes se disent perpétuellement l'un à l'autre : « Tu as en moi un autre toi-même » (car on s'y fait) ; non, elles sont causées par la comparaison de ces témoignages du bonheur de la vie intime avec les barbaries de la vie du monde. C'est le monde qui lie à nouveau, sans cesse, deux amis ou deux amants, lorsque deux grandes âmes se sont mariées par l'amour ou par l'amitié. Aussi Pons essuya-t-il deux grosses larmes ! et Schmucke, de son côté, fut obligé d'essuyer ses yeux mouillés. Ils ne se dirent rien, mais ils s'aimèrent davantage, et ils se firent de petits signes de tête dont les expressions balsamiques pansèrent les douleurs du gravier introduit par la présidente dans le cœur de Pons. Schmucke se frottait les mains à s'emporter l'épiderme, car il avait conçu l'une de ces inventions qui n'étonnent un Allemand que lorsqu'elle est rapidement éclose dans son cerveau congelé par le respect dû aux princes souverains.

— *Mon pon Bons ?* dit Schmucke.

— Je te devine, tu veux que nous dînions tous les jours ensemble...

— *Che fitrais edre assez ruche bir de vaire fifre tu les churs gomme ça...* répondit mélancoliquement le bon Allemand.

Madame Cibot, à qui Pons donnait de temps en temps des billets pour les spectacles du boulevard, ce qui le mettait dans son cœur à la même hauteur que son pensionnaire Schmucke, fit alors la proposition que voici : — Pardine, dit-elle, pour trois francs, sans le vin, je puis vous faire tous les jours, pour vous deux, n'un dîner n'à licher les plats, et les rendre nets comme s'ils étaient lavés.

— *Le vrai est*, répondit Schmucke, *que che tine mieix afec ce que me guisine montame Zipod que les chens qui mangent le vrigod di Roi...*

Dans son espérance, le respectueux Allemand alla jusqu'à imiter l'irrévérence des petits journaux, en calomniant le prix fixe de la table royale.

— Vraiment ? dit Pons. Eh bien ! j'essaierai demain !

En entendant cette promesse, Schmucke sauta d'un bout de la table à l'autre, en entraînant la nappe, les plats, les carafes, et saisit Pons par une étreinte comparable à celle d'un gaz s'emparant d'un autre gaz pour lequel il a de l'affinité.

— *Kel ponhire !* s'écria-t-il.

— Monsieur dînera tous les jours ici ! dit orgueilleusement madame Cibot attendrie.

Sans connaître l'événement auquel elle devait l'accomplissement de son rêve, l'excellente madame Cibot, descendit à sa loge et y entra comme Josépha entre en scène dans *Guillaume Tell*. Elle jeta les plats et les assiettes, et s'écria : — Cibot, cours chercher deux demi-tasses, au *Café Turc*[33] ! et dis au garçon de fourneau que c'est pour moi ! Puis elle s'assit en se mettant les mains sur ses puissants genoux, et regardant par la fenêtre le mur qui faisait face à la maison, elle s'écria : — J'irai, ce soir, consulter madame Fontaine !...

XV

UNE CHASSE AU TESTAMENT

Madame Fontaine tirait les cartes à toutes les cuisinières, femmes de chambre, laquais, portiers, etc., du Marais. — Depuis que ces deux messieurs sont venus chez nous, nous avons deux mille francs de placés à la caisse d'épargne. En huit ans ! quelle chance ! Faut-il ne rien gagner au dîner de monsieur Pons, et l'attacher à son ménage ? La poule à mame Fontaine me dira cela.

En ne voyant pas d'héritiers, ni à Pons ni à Schmucke, depuis trois ans environ madame Cibot se flattait d'obtenir une ligne dans le testament de *ses messieurs*, et elle avait redoublé de zèle dans cette pensée cupide, poussée très tard au milieu de ses moustaches, jusqu'alors pleines de probité. En allant dîner en ville tous les jours, Pons avait échappé jusqu'alors à l'asservissement complet dans lequel la portière voulait tenir *ses messieurs*. La vie nomade de ce vieux troubadour-collectionneur effarouchait les vagues idées de séduction qui voltigeaient dans la cervelle de madame Cibot et qui devinrent un plan formidable, à compter de ce mémorable dîner. Un quart d'heure après, madame Cibot reparut dans la salle à manger, armée de deux excellentes tasses de café que flanquaient deux petits verres de kirch-wasser.

— *Fife montame Zipod !* s'écria Schmucke, *elle m'a tefiné.*

Après quelques lamentations du pique-assiette que combattit Schmucke par les câlineries que le pigeon sédentaire dut trouver pour son pigeon voyageur, les deux amis sortirent ensemble. Schmucke ne voulut pas quitter son ami dans la situation où l'avait mis la conduite des maîtres et des gens de la maison Camusot. Il connaissait Pons et savait que des réflexions horriblement tristes pouvaient le saisir à l'orchestre sur son siège magistral et détruire le bon effet de sa rentrée au nid. Schmucke, en ramenant le soir, vers minuit, Pons au logis, le tenait sous le bras ; et comme un amant fait pour une maîtresse adorée, il indiquait à Pons les endroits où finissait, où recommençait le trottoir ; il l'avertissait quand un ruisseau se présentait ; il aurait voulu que les pavés fussent en coton, que le ciel fût bleu, que les anges fissent entendre à Pons la musique qu'ils lui jouaient.

Il avait conquis la dernière province qui n'était pas à lui dans ce cœur !

Pendant trois mois environ, Pons dîna tous les jours avec Schmucke. D'abord il fut forcé de retrancher quatre-vingts francs par mois sur la somme de ses acquisitions, car il lui fallut trente-cinq francs de vin environ avec les quarante-cinq francs que le dîner coûtait. Puis, malgré les soins et les lazzi allemands de Schmucke, le vieil artiste regretta les plats soignés, les petits verres de liqueurs, le bon café, le babil, les politesses fausses, les convives et les médisances des maisons où il dînait. On ne rompt pas au déclin de la vie avec une habitude qui dure depuis trente-six ans. Une pièce de vin de cent trente francs verse un liquide peu généreux dans le verre d'un gourmet ; aussi, chaque fois que Pons portait son verre à ses lèvres, se rappelait-il avec mille regrets poignants les vins exquis de ses amphitryons. Donc, au bout de trois mois, les atroces douleurs qui avaient failli briser le cœur délicat de Pons étaient amorties, il ne pensait plus qu'aux agréments de la société ; de même qu'un vieux homme à femmes regrette une maîtresse quittée coupable de trop d'infidélités ! Quoiqu'il essayât de cacher la mélancolie profonde qui le dévorait, le vieux musicien paraissait évidemment attaqué par une de ces inexplicables maladies dont le siège est dans le moral. Pour expliquer cette nostalgie produite par une habitude brisée, il suffira d'indiquer un des mille riens qui, semblables aux mailles d'une cote d'armes, enveloppent l'âme dans un réseau de fer. Un des plus vifs plaisirs de l'ancienne vie de Pons, un des bonheurs du pique-assiette d'ailleurs, était la *surprise*, l'impression gastronomique du plat extraordinaire, de la friandise ajoutée triomphalement dans les maisons bourgeoises par la maîtresse qui veut donner un air de festoiement à son dîner ! Ce délice de l'estomac manquait à Pons, madame Cibot lui racontait le menu par orgueil. Le piquant périodique de la vie de Pons avait totalement disparu. Son dîner se passait sans l'inattendu de ce qui, jadis, dans les ménages de nos aïeux, se nommait le *plat couvert !* Voilà ce que Schmucke ne pouvait pas comprendre. Pons était trop délicat pour se plaindre, et s'il y a quelque chose de plus triste que le génie méconnu, c'est l'estomac incompris. Le cœur dont l'amour est rebuté, ce drame dont on abuse, repose sur un faux besoin ; car si la créature nous délaisse, on peut aimer le créateur, il a des trésors à nous dispenser. Mais l'estomac !... Rien ne peut être comparé à ses souffrances ; car, avant tout, la vie ! Pons regrettait certaines crèmes, de vrais poèmes ! certaines sauces blanches, des chefs-d'œuvre ! certaines volailles truffées, des amours ! et par-dessus tout les fameuses carpes du Rhin qui ne se trouvent qu'à Paris et avec quels condiments ! Par certains jours Pons s'écriait : « — O Sophie ! » en pensant à la cuisinière du comte Popinot[34]. Un passant, en entendant ce soupir, aurait cru que le bonhomme pensait à une maîtresse, et il s'agissait de quelque chose de plus rare, d'une carpe grasse ! accompagnée d'une sauce, claire dans la saucière, épaisse sur la langue, une sauce à mériter le prix Montyon[35] ! Le souvenir de ces dîners mangés fit donc considérablement maigrir le chef d'orchestre attaqué d'une nostalgie gastrique.

XVI

UN TYPE ALLEMAND

Dans le commencement du quatrième mois, vers la fin de janvier 1845, le jeune flûtiste, qui se nommait Wilhem comme presque tous les Allemands, et Schwab pour se distinguer de tous les Wilhem, ce qui ne le distinguait pas de tous les Schwab, jugea nécessaire d'éclairer Schmucke sur l'état du chef d'orchestre dont on se préoccupait au théâtre. C'était le jour d'une première représentation où donnaient les instruments dont jouait le vieux maître allemand.

— Le bonhomme Pons décline, il y a quelque chose dans son sac qui sonne mal, l'œil est triste, le mouvement de son bras s'affaiblit, dit Wilhem Schwab en montrant le bonhomme qui montait à son pupitre d'un air funèbre.

— *C'esdre gomme ça à soissande ans, tuchurs*, répondit Schmucke.

Schmucke, semblable à cette mère des chroniques de la Canongate qui, pour jouir de son fils vingt-quatre heures de plus, le fait fusiller[36], était capable de sacrifier Pons au plaisir de le voir dîner tous les jours avec lui.

— Tout le monde au théâtre s'inquiète, et, comme le dit mademoiselle Héloïse Brisetout, notre première danseuse, il ne fait presque plus de bruit en se mouchant.

Le vieux musicien paraissait donner du cor, quand il se mouchait, tant son nez long et creux sonnait dans le foulard. Ce tapage était la cause d'un des plus constants reproches de la présidente au cousin Pons.

— *Che tonnerais pien tes chausses pir l'amisser*, dit Schmucke, *l'annui le cagne*.

— Ma foi, dit Wilhem Schwab, monsieur Pons me semble un être si supérieur à nous autres pauvres diables, que je n'osais pas l'inviter à ma noce. Je me marie...

— *Ed gommend ?* demanda Schmucke.

— Oh ! très honnêtement, répondit Wilhem qui trouva dans la question bizarre de Schmucke une raillerie dont ce parfait chrétien était incapable.

— Allons, messieurs, à vos places ! dit Pons qui regarda dans l'orchestre sa petite armée après avoir entendu le coup de sonnette du directeur.

On exécuta l'ouverture de *La Fiancée du Diable*[37], une pièce féerie qui eut deux cents représentations. Au premier entr'acte, Wilhem et Schmucke se virent seuls dans l'orchestre désert. L'atmosphère de la salle comportait trente-deux degrés Réaumur.

— *Gondez-moi tonc fotre husdoire*, dit Schmucke à Wilhem.

— Tenez, voyez-vous à l'avant-scène, ce jeune homme ?... le reconnaissez-vous ?

— *Ti tud...*

— Ah ! parce qu'il a des gants jaunes, et qu'il brille de tous les rayons de l'opulence ; mais c'est mon ami, Fritz Brunner de Francfort-sur-Mein...

— *Celui qui fenaid foir les bièces à l'orguesdre, brès te fus ?*

— Le même. N'est-ce pas, que c'est à ne pas croire à une pareille métamorphose ?

Ce héros de l'histoire promise était un de ces Allemands dont la figure contient à la fois la raillerie sombre du Méphistophélès de Goethe et la bonhomie des romans d'Auguste Lafontaine[38] de pacifique mémoire ; la ruse et la naïveté, l'âpreté des comptoirs et le laissez-aller raisonné d'un membre du Jockey-Club ; mais surtout le dégoût qui met le pistolet à la main de Werther, beaucoup plus ennuyé des princes allemands que de Charlotte. C'était véritablement une figure typique de l'Allemagne : beaucoup de juiverie et beaucoup de simplicité, de la bêtise et du courage, un savoir qui produit l'ennui, une expérience que le moindre enfantillage rend inutile, l'abus de la bière et du tabac ; mais, pour relever toutes ces antithèses, une étincelle diabolique dans de beaux yeux bleus fatigués. Mis avec l'élégance d'un banquier, Fritz Brunner offrait aux regards de toute la salle une tête chauve d'une couleur titiannesque, de chaque côté de laquelle se bouclaient les quelques cheveux d'un blond ardent que la débauche et la misère lui avaient laissés pour qu'il eût le droit de payer un coiffeur au jour de sa restauration financière. Sa figure, jadis belle et fraîche, comme celle du Jésus-Christ des peintres, avait pris des tons aigres que des moustaches rouges, une barbe fauve rendaient presque sinistres. Le bleu pur de ses yeux s'était troublé dans sa lutte avec le chagrin. Enfin les mille prostitutions de Paris avaient estompé les paupières et le tour de ses yeux, où jadis une mère regardait avec ivresse une divine réplique des siens. Ce philosophe prématuré, ce jeune vieillard était l'œuvre d'une marâtre.

Ici commence l'histoire curieuse d'un fils prodigue

de Francfort-sur-Mein, le fait le plus extraordinaire et le plus bizarre qui soit jamais arrivé dans cette ville sage, quoique centrale.

XVII

OÙ L'ON VOIT QUE LES ENFANTS PRODIGUES FINISSENT PAR DEVENIR BANQUIERS ET MILLIONNAIRES QUAND ILS SONT DE FRANCFORT-SUR-MEIN

Monsieur Gédéon Brunner, père de ce Fritz, un de ces célèbres aubergistes de Francfort-sur-Mein qui pratiquent, de complicité avec les banquiers, des incisions autorisées par les lois sur la bourse des touristes, honnête calviniste d'ailleurs, avait épousé une juive convertie, à la dot de laquelle il dut les éléments de sa fortune. Cette juive mourut, laissant son fils Fritz, à l'âge de douze ans, sous la tutelle du père et sous la surveillance d'un oncle maternel, marchand de fourrures à Leipsick, le chef de la maison Virlaz et compagnie. Brunner le père fut obligé, par cet oncle qui n'était pas aussi doux que ses fourrures, de placer la fortune du jeune Fritz en beaucoup de marcs banco dans la maison Al-Sartchild, et sans y toucher. Pour se venger de cette exigence israélite, le père Brunner se remaria, en alléguant l'impossibilité de tenir son immense auberge sans l'œil et le bras d'une femme. Il épousa la fille d'un autre aubergiste, dans laquelle il vit une perle ; mais il n'avait pas expérimenté ce qu'était une fille unique, adulée par un père et une mère. La deuxième madame Brunner fut ce que sont les jeunes Allemandes, quand elles sont méchantes et légères. Elle dissipa sa fortune, et vengea la première madame Brunner en rendant son mari l'homme le plus malheureux dans son intérieur qui fût connu sur le territoire de la ville libre de Francfort-sur-Mein où, dit-on, les millionnaires vont faire rendre une loi municipale qui contraigne les femmes à les chérir exclusivement. Cette Allemande aimait les différents vinaigres que les Allemands appellent communément vins du Rhin. Elle aimait les articles-Paris. Elle aimait à monter à cheval. Elle aimait la parure. Enfin la seule chose coûteuse qu'elle n'aimait pas, c'était les femmes. Elle prit en aversion le petit Fritz, et l'aurait rendu fou, si ce jeune produit du calvinisme et du mosaïsme n'avait pas eu Francfort pour berceau, et la maison Virlaz de Leipsick pour tutelle ; mais l'oncle Virlaz, tout à ses fourrures, ne veillait qu'aux marcs banco, il laissa l'enfant en proie à la marâtre.

Cette hyène était d'autant plus furieuse contre ce chérubin, fils de la belle madame Brunner, que, malgré des efforts dignes d'une locomotive, elle ne pouvait pas avoir d'enfant. Mue par une pensée diabolique, cette criminelle Allemande lança le jeune Fritz, à l'âge de vingt et un ans, dans des dissipations antigermaniques. Elle espéra que le cheval anglais, le vinaigre du Rhin et les Marguerites de Goethe dévoreraient l'enfant de la juive et sa fortune ; car l'oncle Virlaz avait laissé un bel héritage à son petit Fritz au moment où celui-ci devint majeur. Mais si les roulettes des Eaux et les amis du Vin, au nombre desquels était Wilhem Schwab, achevèrent le capital Virlaz, le jeune enfant prodigue demeura pour servir, selon les vœux du Seigneur, d'exemple aux puînés de la ville de Francfort-sur-Mein, où toutes les familles l'emploient comme un épouvantail pour garder leurs enfants sages et effrayés dans leurs comptoirs de fer doublés de marcs banco. Au lieu de mourir à la fleur de l'âge, Fritz Brunner eut le plaisir de voir enterrer sa marâtre dans un de ces charmants cimetières où les Allemands, sous prétexte d'honorer leurs morts, se livrent à leur passion effrénée pour l'horticulture. La seconde madame Brunner mourut donc avant ses auteurs, le vieux Brunner en fut pour l'argent qu'elle avait extrait de ses coffres, et pour des peines telles, que cet aubergiste, d'une constitution herculéenne, se vit, à soixante-sept ans, diminué comme si le fameux poison des Borgia l'avait attaqué. Ne pas hériter de sa femme après l'avoir supportée pendant dix années, fit de cet aubergiste une autre ruine de Heidelberg, mais radoubée incessamment par les *Rechnungs* des voyageurs, comme on radoube celles de Heidelberg pour entretenir l'ardeur des touristes qui affluent pour voir cette belle ruine, si bien entretenue. On en causait à Francfort comme d'une faillite, on s'y montrait Brunner au doigt en se disant : — Voilà où peut nous mener une mauvaise femme de qui l'on n'hérite pas, et un fils élevé à la française.

En Italie et en Allemagne, les Français sont la raison de tous les malheurs, la cible de toutes les balles ; *mais le dieu poursuivant sa carrière...* (Le reste comme dans l'ode de Lefranc de Pompignan[39].)

La colère du propriétaire du grand hôtel de Hollande ne tomba pas seulement sur les voyageurs dont les mémoires (*Rechnung*) se ressentirent de son chagrin. Quand son fils fut totalement ruiné, Gédéon, le regardant comme la cause indirecte de tous ses malheurs, lui refusa le pain et l'eau, le sel, le feu, le logement et la pipe ! ce qui, chez un père aubergiste et allemand, est le dernier degré de la malédiction paternelle. Les autorités du pays ne se rendant pas compte des premiers torts du père, et voyant en lui l'un des hommes les plus malheureux de Francfort-sur-Mein, lui vinrent en aide ; ils expulsèrent Fritz du territoire de cette ville libre, en lui faisant une querelle d'Allemand. La justice n'est pas plus humaine ni plus sage à Francfort qu'ailleurs, quoique cette ville soit le siège de la Diète germanique. Rarement un magistrat remonte le fleuve des crimes et des infortunes pour savoir qui tenait l'urne d'où le premier filet d'eau s'épancha. Si Brunner oublia son fils, les amis du fils imitèrent l'aubergiste.

Ah ! si cette histoire avait pu se jouer devant le trou du souffleur pour cette assemblée, au sein de laquelle les journalistes, les lions et quelques Parisiennes se demandaient d'où sortait la figure profondément tragique de cet Allemand surgi dans le Paris élégant en pleine première représentation, seul, dans une avant-scène, c'eût été bien plus beau que la pièce féerie de *La*

Fiancée du Diable, quoique ce fût la deux cent millième représentation de la sublime parabole jouée en Mésopotamie, trois mille ans avant Jésus-Christ.

Fritz alla de pied à Strasbourg, et il y rencontra ce que l'enfant prodigue de la Bible n'a pas trouvé dans la patrie de la Sainte Écriture. En ceci se révèle la supériorité de l'Alsace, où battent tant de cœurs généreux pour montrer à l'Allemagne la beauté de la combinaison de l'esprit français et de la solidité germanique. Wilhem, depuis quelques jours héritier de ses père et mère, possédait cent mille francs. Il ouvrit ses bras à Fritz, il lui ouvrit son cœur, il lui ouvrit sa maison, il lui ouvrit sa bourse. Décrire le moment où Fritz, poudreux, malheureux et quasi lépreux, rencontra, de l'autre côté du Rhin, une vraie pièce de vingt francs dans la main d'un véritable ami, ce serait vouloir entreprendre une ode, et Pindare seul pourrait la lancer en grec sur l'humanité pour y réchauffer l'amitié mourante. Mettez les noms de Fritz et Wilhem avec ceux de Damon et Pythias, de Castor et Pollux, d'Oreste et Pylade, de Dubreuil et Pmejà, de Schmucke et Pons, et de tous les noms de fantaisie que nous donnons aux deux amis du Monomotapa, car La Fontaine, en homme de génie qu'il était, en a fait des apparences sans corps, sans réalité ; joignez ces deux noms nouveaux à ces illustrations avec d'autant plus de raison que Wilhelm mangea, de compagnie avec Fritz, son héritage, comme Fritz avait bu le sien avec Wilhem, mais en fumant, bien entendu, toutes les espèces de tabacs connus.

Les deux amis avalèrent cet héritage, chose étrange ! dans les brasseries de Strasbourg, de la manière la plus stupide, la plus vulgaire, avec des figurantes du théâtre de Strasbourg et des Alsaciennes qui, de leurs petits balais, n'avaient [rôti][40] que le manche. Et ils se disaient tous les matins l'un à l'autre : — Il faut cependant nous arrêter, prendre un parti, faire quelque chose avec ce qui nous reste ! — Bah ! encore aujourd'hui, disait Fritz, mais demain... Oh ! demain... Dans la vie des dissipateurs,

Aujourd'hui est un bien grand fat, mais Demain est un grand lâche qui s'effraie du courage de son prédécesseur ; Aujourd'hui, c'est le Capitan de l'ancienne comédie, et Demain, c'est le Pierrot de nos pantomimes. Arrivés à leur dernier billet de mille francs, les deux amis prirent une place aux messageries dites royales, qui les conduisirent à Paris, où ils se logèrent dans les combles de l'hôtel du Rhin, rue du Mail, chez Graff, un ancien premier garçon de Gédéon Brunner. Fritz entra commis à six cents francs chez les frères Keller, banquiers, où Graff le recommanda. Graff, maître de l'hôtel du Rhin, est le frère du fameux tailleur Graff[41]. Le tailleur prit Wilhem en qualité de teneur de livres. Graff trouva ces deux places exiguës aux deux enfants prodigues, en souvenir de son apprentissage à l'hôtel de Hollande. Ces deux faits : un ami ruiné reconnu par un ami riche, et un aubergiste allemand s'intéressant à deux compatriotes sans le sou, feront croire à quelques personnes que cette histoire est un roman ; mais toutes les choses vraies ressemblent d'autant plus à des fables, que la fable prend de notre temps des peines inouïes pour ressembler à la vérité.

Fritz, commis à six cents francs, Wilhem, teneur de livres aux mêmes appointements, s'aperçurent de la difficulté de vivre dans une ville aussi courtisane que Paris. Aussi, dès la deuxième année de leur séjour, en 1837, Wilhem, qui possédait un joli talent de flûtiste, entra-t-il dans l'orchestre dirigé par Pons, pour pouvoir mettre quelquefois du beurre sur son pain. Quant à Fritz, il ne put trouver un supplément de paye qu'en déployant la capacité financière d'un enfant issu des Virlaz. Malgré son assiduité, peut-être à cause de ses talents, le Francfourtois n'atteignit à deux mille francs qu'en 1843. La Misère, cette divine marâtre, fit pour ces deux jeunes gens ce que leurs mères n'avaient pu faire, elle leur apprit l'économie, le monde et la vie ; elle leur donna cette grande, cette forte éducation qu'elle dispense à coups d'étrivières aux grands hommes, tous malheureux dans leur enfance. Fritz et

Wilhem, étant des hommes assez ordinaires, n'écoutèrent point toutes les leçons de la Misère, ils se défendirent de ses atteintes, ils lui trouvèrent le sein dur, les bras décharnés, et ils n'en dégagèrent point cette bonne fée Urgèle[42] qui cède aux caresses des gens de génie. Néanmoins ils apprirent toute la valeur de la fortune, et se promirent de lui couper les ailes, si jamais elle revenait à leur porte.

XVIII

COMMENT ON FAIT FORTUNE

— Eh bien ! papa Schmucke, tout va vous être expliqué en un mot, reprit Wilhem qui raconta longuement cette histoire en allemand au pianiste. Le père Brunner est mort. Il était, sans que son fils ni monsieur Graff, chez qui nous logeons, en sussent rien, l'un des fondateurs des chemins de fer badois, avec lesquels il a réalisé des bénéfices immenses, et il laisse quatre millions. Je joue ce soir de la flûte pour la dernière fois. Si ce n'était pas une première représentation, je m'en serais allé depuis quelques jours, mais je n'ai pas voulu faire manquer ma partie.

— *C'esdre pien, cheûne homme*, dit Schmucke. *Mais qui ébizez-fus* ?

— La fille de monsieur Graff, notre hôte, le propriétaire de l'hôtel du Rhin. J'aime mademoiselle Émilie depuis sept ans, elle a lu tant de romans immoraux qu'elle a refusé tous les partis pour moi, sans savoir ce qui en adviendrait. Cette jeune personne sera très riche, elle est l'unique héritière des Graff, les tailleurs de la rue de Richelieu. Fritz me donne cinq fois ce que nous avons mangé ensemble à Strasbourg, cinq cent mille francs !... Il met un million de francs dans une maison de banque, où monsieur Graff le tailleur place cinq cent mille francs aussi ; le père de ma promise me permet d'y employer la dot, qui est de deux cent cinquante mille francs, et il nous commandite d'autant. La maison Brunner, Schwab et compagnie aura donc deux millions cinq cent mille francs de capital. Fritz vient d'acheter pour quinze cent mille francs d'actions de la banque de France, pour y garantir notre compte. Ce n'est pas toute la fortune de Fritz, il lui reste encore les maisons de son père à Francfort, qui sont estimées un million, et il a déjà loué le grand hôtel de Hollande à un cousin des Graff.

— *Fus recartez fodre hami drisdement*, répondit Schmucke qui avait écouté Wilhem avec attention : *seriez-fus chaloux te lui* ?

— Je suis jaloux, mais c'est du bonheur de Fritz, dit Wilhem. Est-ce là le masque d'un homme satisfait ? J'ai peur de Paris pour lui ; je lui voudrais voir prendre le parti que je prends. L'ancien démon peut se réveiller en lui. De nos deux têtes, ce n'est pas la sienne où il est entré le plus de plomb. Cette toilette, cette lorgnette, tout cela m'inquiète. Il n'a regardé que les lorettes dans la salle. Ah ! si vous saviez comme il est difficile de marier Fritz ; il a en horreur ce qu'on appelle en France *faire la cour*, et il faudrait le lancer dans la famille, comme en Angleterre on lance un homme dans l'éternité.

Pendant le tumulte qui signale la fin de toutes les premières représentations, la flûte fit son invitation à son chef d'orchestre. Pons accepta joyeusement. Schmucke aperçut alors, pour la première fois depuis trois mois, un sourire sur la face de son ami ; il le ramena rue de Normandie dans un profond silence, car il reconnut à cet éclair de joie la profondeur du mal qui rongeait Pons. Qu'un homme vraiment noble, si désintéressé, si grand par le sentiment, eût de telles faiblesses !... Voilà ce qui stupéfiait le stoïcien Schmucke, qui devint horriblement triste, car il sentit la nécessité de renoncer à voir tous les jours son « *pon Bons* » à table devant lui ! dans l'intérêt du bonheur de Pons ; et il ne savait si ce sacrifice serait possible ; cette idée le rendait fou.

XIX

A PROPOS D'UN ÉVENTAIL

Le fier silence que gardait Pons, réfugié sur le mont Aventin de la rue de Normandie, avait nécessairement frappé la présidente, qui, délivrée de son parasite, s'en tourmentait peu ; elle pensait avec sa charmante fille que le cousin avait compris la plaisanterie de sa petite Lili ; mais il n'en fut pas ainsi du président. Le président Camusot de Marville, petit homme gros, devenu solennel depuis son avancement en la cour, admirait Cicéron, préférait l'Opéra-Comique aux Italiens, comparait les acteurs les uns aux autres, suivait la foule pas à pas, répétait comme de lui tous les articles du journal ministériel, et en opinant, il paraphrasait les idées du conseiller après lequel il parlait. Ce magistrat, suffisamment connu sur ses principaux traits de son caractère, obligé par sa position à tout prendre au sérieux, tenait surtout aux liens de famille. Comme la plupart des maris entièrement dominés par leurs femmes, le président affectait dans les petites choses une indépendance que respectait sa femme. Si pendant un mois le président se contenta des raisons banales que lui donna la présidente, relativement à la disparition de Pons, il finit par trouver singulier que le vieux musicien, un ami de quarante ans, ne vînt plus, précisément après avoir fait un présent aussi considérable que l'éventail de madame de Pompadour. Cet éventail, reconnu par le comte Popinot pour un chef-d'œuvre, valut à la présidente, et aux Tuileries, où l'on se passa ce bijou de main en main, des compliments qui flattèrent excessivement son amour-propre ; on lui détailla les beautés des dix branches en ivoire dont chacune offrait les sculptures d'une finesse inouïe. Une dame russe (les Russes se croient toujours en Russie) offrit, chez le comte Popinot, six mille francs à la présidente de cet éventail extraordinaire, en souriant de le voir en de telles mains, car c'était, il faut l'avouer, un éventail de duchesse.

— On ne peut pas refuser à ce pauvre cousin, dit Cécile à son père le lendemain de cette offre, de se bien connaître à ces petites bêtises-là...

— Des petites bétises ! s'écria le président. Mais l'État va payer trois cent mille francs la collection de feu monsieur le conseiller Dusommerard, et dépenser, avec la ville de Paris par moitié, près d'un million en achetant et réparant l'hôtel de Cluny pour loger ces petites bêtises-là. Ces petites bêtises-là, ma chère enfant, sont souvent les seuls témoignages qui nous restent de civilisations disparues. Un pot étrusque, un collier, qui valent quelquefois, l'un quarante, l'autre cinquante mille francs, sont des petites bêtises qui nous révèlent la perfection des arts au temps du siège de Troie, en nous démontrant que les Étrusques étaient des Troyens réfugiés en Italie.

Tel était le genre de plaisanterie du gros petit président, il procédait avec sa femme et sa fille par de lourdes ironies.

— La réunions des connaissances qu'exigent ces petites bêtises, Cécile, reprit-il, est une science qui s'appelle l'archéologie. L'archéologie comprend l'architecture, la sculpture, la peinture, l'orfèvrerie, la céramique, l'ébénisterie, art tout moderne, les dentelles, les tapisseries, enfin toutes les créations du travail humain.

— Le cousin Pons est donc un savant ? dit Cécile.

— Ah çà ! pourquoi ne le voit-on plus ? demanda le président de l'air d'un homme qui ressent une commotion produite par mille observations oubliées dont la réunion subite *fait balle*, pour employer une expression aux chassseurs.

— Il aura pris la mouche pour des riens, répondit la présidente. Je n'ai peut-être pas été sensible autant que je le devais au cadeau de cet éventail. Je suis, vous le savez, assez ignorante...

— Vous ! une des plus fortes élèves de Servin, s'écria le président, vous ne connaissez pas Watteau ?

— Je connais David, Gérard, Gros, et Girodet, et

Guérin, et monsieur de Forbin, et monsieur Turpin de Crissé[43]...

— Vous auriez dû...

— Qu'aurais-je dû, monsieur ? demanda la présidente en regardant son mari d'un air de reine de Saba.

— Savoir ce qu'est Watteau, ma chère, il est très à la mode, répondit le président avec une humilité qui dénotait toutes les obligations qu'il avait à sa femme.

Cette conversation avait eu lieu quelques jours avant la première représentation de *La Fiancée du Diable*, où tout l'orchestre fut frappé de l'état maladif de Pons. Mais alors les gens habitués à voir Pons à leur table, à le prendre pour messager, s'étaient tous interrogés, et il s'était répandu dans le cercle où le bonhomme gravitait une inquiétude d'autant plus grande, que plusieurs personnes l'aperçurent à son poste au théâtre. Malgré le soin avec lequel Pons évitait dans ses promenades ses anciennes connaissances quand il en rencontrait, il se trouva nez à nez avec l'ancien ministre, le comte Popinot, chez Monistrol, un des illustres et audacieux marchand du nouveau boulevard Beaumarchais, dont parlait naguère Pons à la présidente, et dont le noirquois enthousiasme fait renchérir de jour en jour les curiosités, qui, disent-ils, deviennent si rares qu'on n'en trouve plus.

— Mon cher Pons, pourquoi ne vous voit-on plus ? Vous nous manquez beaucoup, et madame Popinot ne sait que penser de cet abandon.

— Monsieur le comte, répondit le bonhomme, on m'a fait comprendre dans une maison, chez un parent, qu'à mon âge on est de trop dans le monde. On ne m'a jamais reçu avec beaucoup d'égards, mais du moins on ne m'avait pas encore insulté. Je n'ai jamais demandé rien à personne, dit-il avec la fierté de l'artiste. En retour de quelques politesses, je me rendais souvent utile à ceux qui m'accueillaient ; mais il paraît que je me suis trompé, je serais taillable et corvéable à merci pour l'honneur que je recevais en allant dîner chez mes amis, chez mes parents... Eh bien ! j'ai donné ma démission de pique-assiette. Chez moi je trouve tous les jours ce qu'aucune table ne m'a offert, un véritable ami !

Ces paroles, empreintes de l'amertume que le vieil artiste avait encore la faculté d'y mettre par le geste et par l'accent, frappèrent tellement le pair de France, qu'il prit le digne musicien à part.

— Ah çà, mon vieil ami, que vous est-il arrivé ? Ne pouvez-vous me confier ce qui vous a blessé ? Vous me permettrez de vous faire observer que, chez moi, vous devez avoir trouvé des égards...

— Vous êtes la seule exception que je fasse, dit le bonhomme. D'ailleurs, vous êtes un grand seigneur, un homme d'État, et vos préoccupations excuseraient tout, au besoin.

Pons, soumis à l'adresse diplomatique conquise par Popinot dans le maniement des hommes et des affaires, finit par raconter ses infortunes chez le président de Marville. Popinot épousa si vivement les griefs de la victime, qu'il en parla chez lui tout aussitôt à madame Popinot, excellente et digne femme, qui fit des représentations à la présidente aussitôt qu'elle la rencontra. L'ancien ministre ayant, de son côté, dit quelques mots à ce sujet au président, il y eut une explication en famille chez les Camusot de Marville. Quoique Camusot ne fût pas tout à fait le maître chez lui, sa remontrance était trop fondée *en droit et en fait*, pour que sa femme et sa fille n'en reconnussent pas la vérité ; toutes les deux, elles s'humilièrent et rejetèrent la faute sur les domestiques. Les gens, mandés et gourmandés, n'obtinrent leur pardon que par des aveux complets, qui démontrèrent au président combien le cousin Pons avait raison en restant chez soi. Comme les maîtres de maison dominés par leurs femmes, le président déploya toute sa majesté maritale et judiciaire, en déclarant à ses gens qu'ils seraient chassés, et qu'ils perdraient ainsi tous les avantages que leurs longs services pouvaient leur valoir chez lui, si, désormais, son cousin Pons et tous ceux qui lui faisaient l'honneur de venir chez lui n'étaient pas traités comme lui-même. Cette parole fit sourire Madeleine.

— Vous n'avez même, dit le président, qu'une chance de salut, c'est de désarmer mon cousin par des excuses. Allez lui dire que votre maintien ici dépend entièrement de lui, car je vous renvoie tous, s'il ne vous pardonne.

XX

RETOUR DES BEAUX JOURS

Le lendemain, le président partit d'assez bonne heure pour pouvoir faire une visite à son cousin avant l'audience. Ce fut un événement que l'apparition de monsieur le président de Marville, annoncé par madame Cibot. Pons, qui recevait cet honneur pour la première fois de sa vie, pressentit une réparation.

— Mon cher cousin, dit le président après les compliments d'usage, j'ai fini par savoir la cause de votre retraite. Votre conduite augmente, si c'est possible, l'estime que j'ai pour vous. Je ne vous dirai qu'un mot à cet égard. Mes domestiques sont tous renvoyés. Ma femme et ma fille sont au désespoir ; elles veulent vous voir, pour s'expliquer avec vous. En ceci, mon cousin, il y a un innocent, et c'est un vieux juge ; ne me punissez donc pas pour l'escapade d'une petite fille étourdie qui voulait dîner chez les Popinot, surtout quand je viens vous demander la paix, en reconnaissant que tous les torts sont de notre côté... Une amitié de trente-six ans, en la supposant altérée, a bien encore quelques droits. Voyons ?... signez la paix en venant dîner avec nous ce soir...

Pons s'embrouilla dans une diffuse réponse, et finit en faisant observer à son cousin qu'il assistait le soir aux fiançailles d'un musicien de son orchestre, qui jetait la flûte aux orties pour devenir banquier.

— Eh bien ! demain.

— Mon cousin, madame la comtesse Popinot m'a fait l'honneur de m'inviter par une lettre d'une amabilité...

— Après-demain donc... reprit le président.

— Après-demain, l'associé de ma première flûte, un Allemand, un monsieur Brunner rend aux fiancés la politesse qu'il reçoit d'eux aujourd'hui...

— Vous êtes bien assez aimable pour qu'on se dispute ainsi le plaisir de vous recevoir dit le président. Eh bien ! dimanche prochain ! à huitaine... comme on dit au Palais.

— Mais nous dînons chez un monsieur Graff, le beau-père de la flûte...

— Eh bien ! à samedi ! D'ici là, vous aurez eu le temps de rassurer une petite fille qui a déjà versé des larmes sur sa faute. Dieu ne demande que le repentir, serez-vous plus exigeant que le Père Éternel avec cette pauvre petite Cécile ?...

Pons, pris par ses côtés faibles, se rejeta dans des formules plus que polies, et reconduisit le président jusque sur le palier. Une heure après, les gens du président arrivèrent chez le bonhomme Pons ; ils se montrèrent ce que sont les domestiques, lâches et patelins : ils pleurèrent ! Madeleine prit à part monsieur Pons, et se jeta résolument à ses pieds.

— C'est moi, monsieur, qui ai tout fait, et monsieur sait bien que je l'aime, dit-elle en fondant en larmes. C'est à la vengeance, qui me bouillait dans le sang, que monsieur doit s'en prendre de toute cette malheureuse affaire. Nous perdrons *nos viagers !*... Monsieur, j'étais folle, et je ne voudrais pas que mes camarades souffrissent de ma folie... Je vois bien, maintenant, que le sort ne m'a pas faite pour être à monsieur. Je me suis raisonnée, j'ai eu trop d'ambition, mais je vous aime toujours, monsieur. Pendant dix ans je n'ai pensé qu'au bonheur de faire le vôtre et de soigner tout ici. Quelle belle destinée !... Oh ! si monsieur savait combien je l'aime ! Mais monsieur a dû s'en apercevoir à toutes mes méchancetés. Si je mourais demain, qu'est-ce qu'on trouverait ?... un testament en votre faveur, monsieur... oui, monsieur, dans ma malle, sous mes bijoux !

En faisant mouvoir cette corde, Madeleine livra le

vieux garçon aux jouissances d'amour-propre que causera toujours une passion inspirée, quand même elle déplaît. Après avoir pardonné noblement à Madeleine, il reçut tout le monde à merci en disant qu'il parlerait à sa cousine la présidente pour obtenir que tous les gens restassent chez elle. Pons se vit avec un plaisir ineffable rétabli dans toutes ses jouissances habituelles, sans avoir commis de lâcheté. Le monde était venu vers lui, la dignité de son caractère allait y gagner ; mais en expliquant son triomphe à son ami Schmucke, il eut la douleur de le voir triste, et plein de doutes inexprimés. Néanmoins, à l'aspect du changement subit qui eut lieu dans la physionomie de Pons, le bon Allemand finit par se réjouir en immolant le bonheur qu'il avait goûté de posséder pendant près de quatre mois son ami tout entier. Les maladies morales ont sur les maladies physiques un avantage immense, elles guérissent instantanément, par l'accomplissement du désir qui les cause, comme elles naissent par la privation : Pons, dans cette matinée, ne fut plus le même homme. Le vieillard triste, moribond, fit place au Pons satisfait, qui naguère apportait à la présidente l'éventail de la marquise de Pompadour. Mais Schmucke tomba dans des rêveries profondes sur ce phénomène sans le comprendre, car le stoïcisme vrai ne s'expliquera jamais la courtisanerie française. Pons était un vrai Français de l'Empire, en qui la galanterie du dernier siècle s'unissait au dévouement pour la femme, tant célébré dans les romances de *Partant pour la Syrie*[44], etc. Schmucke enterra son chagrin dans son cœur sous les fleurs de sa philosophie allemande ; mais en huit jours il devint jaune et madame Cibot usa d'artifices pour introduire le *médecin du quartier* auprès de Schmucke. Ce médecin craignit un *ictère*, et il laissa madame Cibot foudroyée par ce mot savant dont l'explication est *jaunisse* !

Pour la première fois peut-être, les deux amis allaient dîner ensemble en ville ; mais, pour Schmucke, c'était faire une excursion en Allemagne. En effet, Johann Graff, le maître de l'hôtel du Rhin, et sa fille Émilie, Wolfgang Graff, le tailleur, et sa femme, Fritz Brunner et Wilhem Schwab étaient Allemands. Pons et le notaire se trouvaient les seuls Français admis au banquet. Les tailleurs qui possédaient un magnifique hôtel situé rue de Richelieu, entre la rue Neuve-des-Petits-Champs et la rue Villedot, avaient élevé leur nièce, dont le père craignit avec raison le contact des gens de toute espèce qui viennent dans un hôtel. Ces dignes tailleurs, qui aimaient cette enfant comme si c'eût été leur fille, donnaient le rez-de-chaussée au jeune ménage. Là devait s'établir la maison de Banque Brunner, Schwab et compagnie. Comme ces arrangements dataient d'un mois environ, temps voulu pour recueillir l'héritage dévolu à Brunner, auteur de toute cette félicité, l'appartement des futurs époux avait été richement mis à neuf et meublé par le fameux tailleur. Les bureaux de la maison de Banque étaient ménagés dans l'aile qui réunissait une magnifique maison de produit bâtie sur la rue à l'ancien hôtel sis entre cour et jardin.

XXI

CE QUE COÛTE UNE FEMME

En allant de la rue de Normandie à la rue de Richelieu, Pons obtint du distrait Schmucke les détails de cette nouvelle histoire de l'enfant prodigue, pour qui la Mort avait tué l'aubergiste gras. Pons, fraîchement réconcilié avec ses plus proches parents, fut aussitôt atteint du désir de marier Fritz Brunner avec Cécile de Marville. Le hasard voulut que le notaire des frères Graff fût précisément le gendre et le successeur de Cardot, ancien second premier clerc de l'Étude, chez qui dînait souvent Pons.

— Ah ! c'est vous, monsieur Berthier, dit le vieux musicien en tendant la main à son ex-amphitryon.

— Et pourquoi ne nous faites-vous plus le plaisir de venir dîner chez nous ? demanda le notaire. Ma femme était inquiète de vous. Nous vous avons vu à la première représentation de *La Fiancée du Diable*, et notre inquiétude est devenue de la curiosité.

— Les vieillards sont susceptibles, répondit le bonhomme, ils ont le tort d'être d'un siècle en retard ; mais qu'y faire ?... c'est bien assez d'en représenter un, ils ne peuvent pas être de celui qui les voit mourir.

— Ah ! dit le notaire d'un air fin, on ne court pas deux siècles à la fois.

— Ah çà ! demanda le bonhomme en attirant le jeune notaire dans un coin, pourquoi ne mariez-vous pas ma cousine Cécile de Marville ?...

— Ah ! pourquoi... reprit le notaire. Dans ce siècle, où le luxe a pénétré jusque dans les loges de concierge, les jeunes gens hésitent à joindre leur sort à celui de la fille d'un président à la Cour royale de Paris, quand on ne lui constitue que cent mille francs de dot. On ne connaît pas encore de femme qui ne coûte à son mari que trois mille francs par an, dans la classe où sera placé le mari de mademoiselle de Marville. Les intérêts d'une semblable dot peuvent donc à peine solder les dépenses de toilette d'une future épouse. Un garçon, doué de quinze à vingt mille francs de rente, demeure dans un joli entresol, le monde ne lui demande aucun tapage, il peut n'avoir qu'un seul domestique, il applique tous ses revenus à ses plaisirs, il n'a d'autre décorum à garder que celui dont se charge son tailleur. Caressé par toutes les mères prévoyantes, il est un des rois de la fashion parisienne. Au contraire, une femme exige une maison montée, elle prend la voiture pour elle ; si elle va au spectacle, elle veut une loge, là où le garçon ne payait que sa stalle ; enfin elle devient toute la représentation de la fortune que le garçon représentait naguère à lui seul. Supposez aux époux trente mille francs de rente ? dans le monde actuel, le garçon riche devient un pauvre diable qui regarde au prix d'une course à Chantilly. Introduisez des enfants ?... la gêne se déclare. Comme monsieur et madame de Marville commencent à peine la cinquantaine, les *espérances* ont quinze ou vingt ans d'échéance ; aucun garçon ne se soucie de les garder si longtemps en portefeuille ; et le calcul gangrène si bien le cœur des étourdis qui dansent la polka chez Mabille avec des lorettes, que tous les jeunes gens à marier étudient les deux faces de ce problème sans avoir besoin de nous pour le leur expliquer. Entre nous, mademoiselle de Marville laisse à ses *prétendus* le cœur assez tranquille pour que la tête soit à sa place, et ils se livrent tous à ces réflexions antimatrimoniales. Si quelque jeune homme, jouissant de sa raison et de vingt mille francs de rente, se dessine *in petto* un programme d'alliance pour satisfaire à d'ambitieuses pensées, mademoiselle de Marville y répond fort peu...

— Et pourquoi ? demanda le musicien stupéfait.

— Ah !... répondit le notaire, aujourd'hui, presque tous ces garçons, fussent-ils laids comme nous deux, mon cher Pons, ont l'impertinence de vouloir une dot de six cent mille francs, des filles de grande maison, très belles, très spirituelles, très bien élevées, sans tare, parfaites.

— Ma cousine se mariera donc difficilement ?

— Elle restera fille, tant que le père et la mère ne se décideront pas à lui donner Marville en dot ; et, s'ils l'avaient voulu, elle serait déjà la vicomtesse Popinot... Mais voici monsieur Brunner, nous allons lire l'acte de société de la maison Brunner et le contrat de mariage.

Une fois les présentations et les compliments faits, Pons, engagé par les parents à signer au contrat, entendit la lecture des actes, et, vers cinq heures et demie, on passa dans la salle à manger. Le dîner fut un de ces repas somptueux comme en donnent les négociants quand ils font trêve aux affaires, et qui d'ailleurs attestait les relations de Graff, le maître de l'hôtel du Rhin, avec les premiers fournisseurs de Paris. Jamais Pons ni Schmucke n'avaient connu pareille chère. Il y eut des *plats à ravir la pensée !...* des nouilles d'une délicatesse inédite, des éperlans d'une friture incomparable, un ferrat[45] de Genève à vraie sauce genevoise, et une crème pour plum-pudding à étonner le fameux docteur qui l'a, dit-on, inventée à Londres. On sortit de table à dix heures du soir. Ce qui s'était bu de vin du Rhin et de vins français étonnerait des dandies, car on ne sait pas tout ce que les Allemands peuvent absorber de liquides en restant calmes et tranquilles. Il faut dîner en Allemagne et voir les bouteilles se succédant les unes aux autres comme le flot succède au flot sur une belle plage de la Méditerranée, et disparaissant comme si les Allemands avaient la puissance absorbante de l'éponge et du sable ; mais harmonieusement, sans le tapage français ; le discours reste sage comme l'improvisation d'un usurier, les visages rougissent comme ceux des fiancées peintes dans les fresques de Cornélius ou de Schnorr, c'est-à-dire imperceptiblement, et les souvenirs s'épanchent comme la fumée des pipes, avec lenteur.

Vers dix heures et demie, Pons et Schmucke se trouvèrent sur un banc dans le jardin, chacun à côté de l'ancienne flûte, sans trop savoir qui les avait amenés à s'expliquer leurs caractères, leurs opinions et leurs malheurs. Au milieu de ce pot-pourri de confidences, Wilhem parla de son désir de marier Fritz, mais avec une force, avec une éloquence vineuse.

— Que dites-vous de ce programme pour votre ami Brunner ? s'écria Pons à l'oreille de Wilhem : une jeune personne charmante, raisonnable, vingt-quatre ans, appartenant à une famille de la plus haute distinction, le père occupe une des places les plus élevées de la magistrature, il y a cent mille francs de dot, et des espérances pour un million.

— Attendez ! répondit Schwab, je vais en parler à l'instant à Fritz.

Et les deux musiciens virent Brunner et son ami tournant dans le jardin, passant et repassant sous leurs yeux, l'un écoutant l'autre alternativement. Pons, dont la tête était un peu lourde et qui, sans être absolument ivre, avait autant de légèreté dans les idées que de pesanteur dans leur enveloppe, observa Fritz Brunner à travers ce nuage diaphane que cause le vin, et voulut voir sur cette physionomie des aspirations vers le bonheur de la famille. Schwab présenta bientôt à monsieur Pons, son ami, son associé, lequel remercia beaucoup le vieillard de la peine qu'il daignait prendre. Une conversation s'engagea, dans laquelle Schmucke et Pons, ces deux célibataires, exaltèrent le mariage, et se permirent, sans y entendre malice, ce calembour : « que c'était la fin de l'homme ». Quand on servit des glaces, du thé, du punch et des gâteaux dans le futur appartement des futurs époux, l'hilarité fut au comble parmi ces estimables négociants, presque tous gris, en apprenant que le commanditaire de la maison de banque allait imiter son associé.

Schmucke et Pons à deux heures du matin, rentrèrent chez eux par les boulevards, en philosophant à perte de raison sur l'arrangement musical des choses en ce bas monde.

XXII

OÙ PONS APPORTE A LA PRÉSIDENTE UN OBJET D'ART UN PEU PLUS PRÉCIEUX QU'UN ÉVENTAIL

Le lendemain, Pons alla chez sa cousine la présidente, en proie à la joie profonde de rendre le bien pour le mal. Pauvre chère belle âme !... Certainement il atteignit au sublime, et tout le monde en conviendra, car nous sommes dans un siècle où l'on donne le prix Montyon à ceux qui font leur devoir, en suivant les préceptes de l'Évangile. — Ah ! ils auront d'immenses obligations à leur pique-assiette, se disait-il en tournant la rue de Choiseul.

Un homme moins absorbé que Pons dans son contentement, un homme du monde, un homme défiant eût observé la présidente et sa fille en revenant dans cette maison ; mais ce pauvre musicien était un enfant, un artiste plein de naïveté, ne croyant qu'au bien moral comme il croyait au beau dans les arts ; il fut enchanté des caresses que lui firent Cécile et la présidente. Ce bonhomme qui, depuis douze ans, voyait jouer le vaudeville, le drame et la comédie sous ses yeux, ne reconnut pas les grimaces de la comédie sociale sur lesquelles sans doute il était blasé. Ceux qui hantent le monde parisien et qui ont compris la sécheresse d'âme et de corps de la présidente, ardente seulement aux honneurs et enragée d'être vertueuse, sa fausse dévotion et la hauteur de caractère d'une femme habituée à commander chez elle, peuvent imaginer quelle haine cachée elle portait au cousin de son mari, depuis le tort qu'elle s'était donné. Toutes les démonstrations de la présidente et de sa fille furent donc doublées d'un formidable désir de vengeance, évidemment ajournée. Pour la première fois de sa vie, Amélie avait eu tort vis-à-vis du mari qu'elle régentait. Enfin, elle devait se montrer affectueuse pour l'auteur de sa défaite !... Il n'y a d'analogue à cette situation que certaines hypocrisies qui durent des années dans le sacré collège des cardinaux ou dans les chapitres des chefs d'ordres religieux. A trois heures, au moment où le président revint du Palais, Pons avait à peine fini de raconter les incidents merveilleux de sa connaissance avec monsieur Frédéric Brunner, et le repas de la veille qui n'avait fini que le matin, et tout ce qui concernait ledit Frédric Brunner. Cécile était allée droit au fait, en s'enquérant de la manière dont s'habillait Frédéric Brunner, de la taille, de la tournure, de la couleur des cheveux et des yeux, et lorsqu'elle eut conjecturé que Frédéric avait l'air distingué, elle admira la générosité de son caractère.

— Donner cinq cent mille francs à son compagnon d'infortune ! oh ! maman, j'aurai voiture et loge aux Italiens.

Et Cécile devint presque jolie en pensant à la réalisation de toutes les prétentions de sa mère pour elle, et à l'accomplissement des espérances dont elle désespérait.

Quant à la présidente, elle dit ce seul mot :

— Chère petite *fillette*, tu peux être mariée dans quinze jours.

Toutes les mères appellent leurs filles qui ont vingt-trois ans, des *fillettes* !

— Néanmoins, dit le président, encore faut-il le temps de prendre des renseignements, jamais je ne donnerai ma fille au premier venu...

— Quant aux renseignements, c'est chez Berthier que se sont faits les actes, répondit le vieil artiste. Quant au jeune homme, ma chère cousine, vous savez ce que vous m'avez dit ! Eh bien, il a quarante ans passés, la moitié de la tête est sans cheveux, il veut trouver dans la famille un port contre les orages, je ne l'en ai pas détourné ; tous les goûts sont dans la nature...

— Raison de plus pour voir monsieur Frédéric Brunner, répliqua le président. Je ne veux pas donner ma fille à quelque valétudinaire.

— Eh bien ! ma cousine, vous allez juger de mon prétendu, dans cinq jours, si vous voulez ; car dans vos idées, une entrevue suffirait...

Cécile et la présidente firent un geste d'enchantement.

— Frédéric, qui est un amateur très distingué, m'a prié de lui laisser voir en détail ma petite collection, reprit le cousin Pons. Vous n'avez jamais vu mes tableaux, mes curiosités, venez, dit-il à ses deux parentes, vous serez là comme des dames amenées par mon ami Schmucke, et vous ferez connaissance avec le futur, sans être compromises. Frédéric peut parfaitement ignorer qui vous êtes.

— A merveille ! s'écria le président.

On peut deviner les égards qui furent prodigués au parasite jadis dédaigné. Le pauvre homme fut, ce jour-là, le cousin de la présidente. L'heureuse mère, noyant sa haine dans les flots de sa joie, trouva des regards, des sourires, des paroles qui mirent le bonhomme en extase à cause du bien qu'il faisait, et à cause de l'avenir qu'il entrevoyait. Ne devait-il pas trouver dans les maisons Brunner, Schwab, Graff, des dîners semblables à celui de la signature du contrat ? Il apercevait une vie de cocagne et une suite merveilleuse de *plats couverts* ! de surprises gastronomiques, de vins exquis !

— Si notre cousin Pons nous fait faire une pareille affaire, dit le président à sa femme quand Pons fut parti, nous devons lui constituer une rente équivalente à ses appointements de chef d'orchestre.

— Certainement, dit la présidente.

Cécile fut chargée, dans le cas où elle agréerait le jeune homme, de faire accepter cette ignoble munificence au vieux musicien.

Le lendemain, le président, désireux d'avoir des preuves authentiques de la fortune de monsieur Frédéric Brunner, alla chez le notaire. Berthier, prévenu par la présidente, avait fait venir son nouveau client, le banquier Schwab, l'ex-flûte. Ébloui d'une pareille alliance pour son ami (on sait combien les Allemands respectent les distinctions sociales ! en Allemagne, une femme est madame la générale, madame la conseillère, madame l'avocate), Schwab fut coulant comme un collectionneur qui croit fourber un marchand.

— Avant tout, dit le père de Cécile à Schwab, comme je donnerai par contrat ma terre de Marville à ma fille, je désirerais la marier sous le régime dotal. Monsieur Brunner placerait alors un million en terres pour augmenter Marville, en constituant un immeuble dotal qui mettrait l'avenir de ma fille et celui de ses enfants à l'abri des chances de la Banque.

Berthier se caressa le menton en pensant : — Il va bien, monsieur le président !

Schwab, après s'être fait expliquer l'effet du régime dotal, se porta fort pour son ami. Cette clause accomplissait le vœu qu'il avait entendu former à Fritz de trouver une combinaison qui l'empêchât jamais de retomber dans la misère.

— Il se trouve en ce moment pour douze cent mille francs de fermes et d'herbages à vendre, dit le président.

— Un million en actions de la Banque suffira bien,

dis Schwab, pour garantir le compte de notre maison à la Banque, Fritz ne veut pas mettre plus de deux millions dans les affaires, il fera ce que vous demandez, monsieur le président.

Le président rendit ses deux femmes presque folles en leur apprenant ces nouvelles. Jamais capture si riche ne s'était montrée si complaisante au filet conjugal.

— Tu seras madame Brunner de Marville, dit le père à sa fille, car j'obtiendrai pour ton mari la permission de joindre ce nom au sien, et plus tard il aura des lettres de naturalité. Si je deviens pair de France, il me succédera !

La présidente employa cinq jours à apprêter sa fille. Le jour de l'entrevue, elle habilla Cécile elle-même, elle l'équipa de ses mains avec le soin que l'amiral de la flotte bleue mit à armer le yacht de plaisance de la reine d'Angleterre quand elle partit pour son voyage d'Allemagne[46].

De leur côté, Pons et Schwab nettoyèrent, époussetèrent le musée de Pons, l'appartement, les meubles avec l'agileté de matelots brossant un vaisseau d'amiral. Pas un grain de poussière dans les bois sculptés. Tous les cuivres reluisaient. Les glaces des pastels laissaient voir nettement les œuvres de Latour, de Greuze et de Liautard[47], l'illustre auteur de *La Chocolatière*, le miracle de cette peinture, hélas ! si passagère. L'inimitable émail des bronzes florentins chatoyait. Les vitraux coloriés resplendissaient de leurs fines couleurs. Tout brillait dans sa forme et jetait sa phrase à l'âme dans ce concert de chefs-d'œuvre organisé par deux musiciens aussi poètes l'un que l'autre.

XXIII

UNE IDÉE ALLEMANDE

Assez habiles pour éviter les difficultés d'une entrée en scène, les femmes vinrent les premières, elles voulaient être sur leur terrain. Pons présenta son ami Schmucke à ses parentes, auxquelles il parut être un idiot. Occupées comme elles l'étaient d'un fiancé quatre fois millionnaire, les deux ignorantes prêtèrent une attention médiocre aux démonstrations artistiques du bonhomme Pons. Elles regardaient d'un œil indifférent les émaux de Petitot espacés dans les champs en velours rouge de trois cadres merveilleux. Les fleurs de Van Huysum, de David de Heim, les insectes d'Abraham Mignon, les Van Eyck, les Albert Durer, les vrais Cranach, le Giorgione, le Sébastien del Piombo, Backuysen, Hobbéma, Géricault, les raretés de la peinture, rien ne piquait leur curiosité, car elles attendaient le soleil qui devait éclairer ces richesses ; néanmoins, elles furent surprises de la beauté de quelques bijoux étrusques et de la valeur réelle des tabatières. Elles s'extasiaient par complaisance en tenant à la main des bronzes florentins, quand madame Cibot annonça monsieur Brunner ! Elles ne se retournèrent point et profitèrent d'une superbe glace de Venise encadrée dans de monstrueux morceaux d'ébène sculptés, pour examiner le phénix des prétendus.

Frédéric, prévenu par Wilhem, avait massé le peu de cheveux qui lui restait. Il portait un joli pantalon d'une nuance douce quoique sombre, un gilet de soie d'une élégance suprême et d'une coupe neuve, une chemise à points à jour d'une toile faite à la main par une Frisonne, une cravate bleue à filets blancs. La chaîne de sa montre sortait de chez Florent et Chanor, ainsi que la pomme de sa canne. Quant à l'habit, le père Graff l'avait taillé lui-même dans le plus beau drap. Des gants de Suède annonçaient l'homme qui avait déjà mangé la fortune de sa mère. On aurait deviné le petit coupé bas, à deux chevaux, du banquier en voyant miroiter ses bottes vernies, si l'oreille des deux commères n'en avait entendu déjà le roulement dans la rue de Normandie.

Quand le débauché de vingt ans est la chrysalide d'un banquier, il éclôt à quarante ans un observateur, d'autant plus fin, que Brunner avait compris tout le parti qu'un Allemand peut tirer de sa naïveté. Il eut, pour cette matinée, l'air rêveur d'un homme qui se trouve entre la vie de famille à prendre et les dissipations de la vie de garçon à continuer. Chez un Allemand francisé, cette physionomie parut à Cécile le superlatif du romanesque. Elle vit un Werther dans l'enfant des Virlaz. Quelle est la jeune fille qui ne se permet pas un petit roman dans l'histoire de son mariage ? Cécile se regarda comme la plus heureuse des femmes, quand Brunner, à l'aspect des magnifiques œuvres collectionnées pendant quarante ans de patience, s'enthousiasma, les estima, pour la première fois, à leur valeur, à la grande satisfaction de Pons. — C'est un poète ! se dit mademoiselle de Marville, il voit là des millions. Un poète est un homme qui ne compte pas, qui laisse sa femme maîtresse des capitaux, un homme facile à mener et qu'on occupe de niaiseries.

Chaque carreau des deux croisées de la chambre du bonhomme était un vitrail suisse colorié, dont le moindre valait mille francs, et il comptait seize de ces chefs-d'œuvre à la recherche desquels voyagent aujourd'hui les amateurs. En 1815, ces vitraux se vendaient entre six et dix francs. Le prix des soixante tableaux qui composaient cette divine collection, chefs-d'œuvre purs, sans un repeint, authentiques, ne pouvait être connu qu'à la chaleur des enchères. Autour de chaque tableau s'épanouissait un cadre d'une immense valeur, et l'on en voyait de toutes les façons : le cadre vénitien avec ses gros ornements semblables à ceux de la vaisselle actuelle des Anglais, le cadre romain si remarquable par ce que les artistes appellent le *fla-fla* ! le cadre espagnol à rinceaux hardis, les cadres flamands et allemands avec leurs naïfs personnages, le cadre d'écaille incrusté d'étain, de cuivre, de nacre, d'ivoire ; le cadre en ébène, le cadre en buis, le cadre en cuivre, le cadre Louis XIII, Louis XIV, Louis XV et Louis XVI, enfin une collection unique des plus beaux modèles. Pons, plus heureux que les conservateurs des Trésors de Dresde et de Vienne, possédait un cadre du fameux Brustolone, le Michel-Ange du bois[48].

Naturellement mademoiselle de Marville demanda des explications à chaque curiosité nouvelle. Elle se fit initier à la connaissance de ces merveilles par Brunner. Elle fut si naïve dans ses exclamations, elle parut si heureuse d'apprendre de Frédéric la valeur, la beauté d'une peinture, d'une sculpture, d'un bronze, que l'Allemand dégela : sa figure devint jeune. Enfin, de part et d'autre, on alla plus loin qu'on ne le voulait dans cette première rencontre, toujours due au hasard.

Cette séance dura trois heures. Brunner offrit la main à Cécile pour descendre l'escalier. En descendant les marches avec une sage lenteur, Cécile, qui causait toujours beaux-arts, fut étonnée de l'admiration de son prétendu pour les brimborions de son cousin Pons.

— Vous croyez donc que tout ce que nous venons de voir vaut beaucoup d'argent ?

— Eh ! mademoiselle, si monsieur votre cousin voulait me vendre sa collection, j'en donnerais ce soir huit cent mille francs, et je ne ferais pas une mauvaise affaire. Les soixante tableaux monteraient seuls à une somme plus forte en vente publique.

— Je le crois, puisque vous me le dites, répondit-elle, et il faut bien que cela soit, car c'est ce dont vous vous êtes le plus occupé.

— Oh ! mademoiselle !... s'écria Brunner. Pour toute réponse à ce reproche, je vais demander à madame votre mère la permission de me présenter chez elle pour avoir le bonheur de vous revoir.

— Est-elle spirituelle, ma *fillette* ! pensa la présidente qui marchait sur les talons de sa fille. — Ce sera avec le plus grand plaisir, monsieur, ajouta-t-elle à haute voix. J'espère que vous viendrez avec notre cousin Pons à l'heure du dîner ; monsieur le président sera charmé de faire votre connaissance...

— Merci, cousin. Elle pressa le bras de Pons d'une façon tellement significative, que la phrase sacramentelle : « C'est entre nous à la vie à la mort ! » n'eût pas été si forte. Elle embrassa Pons par l'œillade qui accompagna ce « Merci, cousin ».

Après avoir mis la jeune personne en voiture, et quand le coupé de remise eut disparu dans la rue Charlot, Brunner parla bric-à-brac à Pons qui parlait mariage.

— Ainsi, vous ne voyez pas d'obstacle ?... dit Pons.

— Ah ! répliqua Brunner, la petite est insignifiante, la mère est un peu pincée... nous verrons.

— Une belle fortune à venir, fit observer Pons. Plus d'un million...

— A lundi ! répéta le millionnaire. Si vous vouliez vendre votre collection de tableaux, j'en donnerais bien cinq à six cent mille francs...

— Ah ! s'écria le bonhomme qui ne se savait pas si riche ; mais je ne pourrais pas me séparer de ce qui fait mon bonheur... Je ne vendrais ma collection que livrable après ma mort.

— Eh bien ! nous verrons...

— Voilà deux affaires en train, dit le collectionneur, qui ne pensait qu'au mariage.

Brunner salua Pons et disparut, emporté par son brillant équipage. Pons regarda fuir le petit coupé sans faire attention à Rémonencq qui fumait sa pipe sur le pas de la porte.

XXIV

CHÂTEAUX EN ESPAGNE

Le soir même, chez son beau-père que la présidente de Marville alla consulter, elle trouva la famille Popinot. Dans son désir de satisfaire une petite vengeance bien naturelle au cœur des mères, quand elles n'ont pas réussi à capturer un fils de famille, madame de Marville fit entendre que Cécile faisait un mariage superbe. — Qui Cécile épouse-t-elle donc ? fut une demande qui courut sur toutes les lèvres. Et alors, sans croire trahir ses secrets, la présidente dit tant de petits mots, fit tant de confidences à l'oreille, confirmées par madame Berthier d'ailleurs, que voici ce qui se disait le lendemain dans l'empyrée bourgeois où Pons accomplissait ses évolutions gastronomiques.

Cécile de Marville se marie avec un jeune Allemand qui se fait banquier par humanité, car il est riche de quatre millions ; c'est un héros de roman, un vrai Werther, charmant, un bon cœur, ayant fait ses folies, qui s'est épris de Cécile à en perdre la tête, c'est un amour à première vue, et d'autant plus sûr, que Cécile avait pour rivales toutes les madones peintes de Pons, etc. etc.

Le surlendemain, quelques personnes vinrent complimenter la présidente uniquement pour savoir si la dent d'or existait[49], et la présidente fit ces variations admirables que les mères pourront consulter, comme autrefois on consultait le *parfait secrétaire* :

— Un mariage n'est fait, disait-elle à madame Chiffreville, que quand on revient de la Mairie et de l'Église, et nous n'en sommes encore qu'à des entrevues ; aussi compté-je assez sur votre amitié pour ne pas parler de nos espérances...

— Vous êtes bien heureuse, madame la présidente, les mariages se concluent aujourd'hui bien difficilement.

— Que voulez-vous ? c'est un hasard ; mais les mariages se font souvent ainsi.

— Eh bien ! vous mariez donc Cécile ? disait madame Cardot.

— Oui, répondait la présidente en comprenant la malice du *donc*. Nous étions exigeants, c'est ce qui retardait l'établissement de Cécile. Mais nous trouvons tout : fortune, amabilité, bon caractère, et un joli homme. Ma chère petite fille méritait bien cela d'ailleurs. Monsieur Brunner est un charmant garçon, plein de distinction ; il aime le luxe, il connaît la vie, il est fou de Cécile, il l'aime sincèrement ; et, malgré ses trois ou quatre millions, Cécile l'accepte... Nous n'avions pas de prétentions si élevées, mais... — Les avantages ne gâtent rien...

— Ce n'est pas tant la fortune que l'affection inspirée par ma fille qui nous décide, disait la présidente à madame Lebas. Monsieur Brunner est si pressé, qu'il veut que le mariage se fasse dans les délais légaux.

— C'est un étranger...

— Oui, madame ; mais j'avoue que je suis bien heureuse. Non, ce n'est pas un gendre, c'est un fils que j'aurai. Monsieur Brunner est d'une délicatesse vraiment séduisante. On n'imagine pas l'empressement qu'il a mis à se marier sous le régime dotal... C'est une grande sécurité pour les familles. Il achète pour douze cent mille francs d'herbages qui seront réunis un jour à Marville.

Le lendemain, c'était d'autres variations sur le même thème. Ainsi, monsieur Brunner était un grand seigneur, faisant tout en grand seigneur ; il ne comptait pas ; et, si monsieur de Marville pouvait obtenir des lettres de grande naturalité[50] (le ministère lui devait bien un petit bout de loi), le gendre deviendrait pair de France. On ne connaissait pas la fortune de monsieur Brunner, il avait *les plus beaux chevaux et les plus beaux équipages de Paris*, etc.

Le plaisir que les Camusot prenaient à publier leurs espérances, disait assez combien ce triomphe était inespéré.

Aussitôt après l'entrevue chez le cousin Pons, monsieur de Marville, poussé par sa femme, décida le ministre de la justice, son premier président et le procureur général à dîner chez lui le jour de la présentation du phénix des gendres. Les trois grands personnages acceptèrent, quoique invités à bref délai ; chacun d'eux comprit le rôle que leur faisait jouer le père de famille, et ils lui vinrent en aide avec plaisir. En France on porte assez volontiers secours aux mères de famille qui pêchent un gendre riche. Le comte et la comtesse Popinot se prêtèrent également à compléter le luxe de cette journée, quoique cette invitation leur parût être de mauvais goût. Il y eut en tout onze personnes. Le grand-père de Cécile, le vieux Camusot et sa femme ne pouvaient manquer à cette réunion, destinée par la position des convives à engager définitivement monsieur Brunner, annoncé, comme on l'a vu, comme un des plus riches capitalistes de l'Allemagne, un homme de goût (il aimait la *fillette*), le futur rival des Nucingen, des Keller, des du Tillet, etc.

— C'est notre jour, dit avec une simplicité fort étudiée la présidente à celui qu'elle regardait comme son gendre en lui nommant les convives, nous n'avons que des intimes. D'abord, le père de mon mari, qui, vous le savez, doit être promu pair de France ; puis monsieur le comte et la comtesse Popinot, dont le fils ne s'est pas trouvé assez riche pour Cécile, et nous n'en sommes pas moins bons amis, notre ministre de la justice, notre premier président, notre procureur général, enfin nos amis... Nous serons obligés de dîner un peu tard, à cause de la Chambre où la séance ne finit jamais qu'à six heures.

Brunner regarda Pons d'une manière significative, et Pons se frotta les mains, en homme qui dit : — Voilà nos amis, mes amis !...

La présidente, en femme habile, eut quelque chose de particulier à dire à son cousin, afin de laisser Cécile un instant en tête à tête avec son Werther. Cécile bavarda considérablement, et s'arrangea pour que Frédéric aperçut un dictionnaire allemand, une grammaire allemande, un Goethe qu'elle avait cachés.

— Ah ! vous apprenez l'allemand ? dit Brunner en rougissant.

Il n'y a que les Françaises pour inventer ces sortes de trappes.

— Oh ! dit-elle, êtes-vous méchant !... ce n'est pas bien, monsieur de fouiller ainsi dans mes cachettes. Je veux lire Goethe dans l'original, répondit-elle. Et il y a deux ans que j'apprends l'allemand.

— La grammaire est donc bien difficile à comprendre, car il n'y a pas dix feuillets de coupés... répondit naïvement Brunner.

Cécile, confuse, se retourna pour ne pas laisser voir sa rougeur. Un Allemand ne résiste pas à ces sortes de témoignages, il prit Cécile par la main, la ramena tout interdite sous son regard, et la regarda comme les fiancés se regardent dans les romans d'Auguste Lafontaine, de pudique mémoire.

— Vous êtes adorable ! dit-il.

Cécile fit un geste mutin qui signifiait : — Et vous donc ! qui ne vous aimerait ? — Maman, ça va bien ! dit-elle à l'oreille de sa mère qui revint avec Pons.

L'aspect d'une famille pendant une soirée pareille ne se décrit pas. Chacun était content de voir une mère qui mettait la main sur un bon parti pour sa fille. On félicitait par des mots à double entente ou à double détente, et Brunner qui feignait de ne rien comprendre, et Cécile qui comprenait tout, et le président qui quêtait des compliments. Tout le sang de Pons lui tinta dans les oreilles, il crut voir tous les becs de gaz de la rampe de son théâtre quand Cécile lui dit à voix basse avec les plus ingénieux ménagements l'intention de son père, relativement à une rente viagère de douze cents francs que le vieil artiste refusa positivement, en objectant la révélation que Brunner lui avait faite de sa fortune mobilière.

Le ministre, le premier président, le procureur général, les Popinot, tous les gens affairés s'en allèrent. Il ne resta bientôt plus que le vieux monsieur Camusot, et Cardot, l'ancien notaire, assisté de son gendre Berthier. Le bonhomme Pons, se voyant en famille, remercia fort maladroitement le président et la présidente de la proposition que Cécile venait de lui faire. Les gens de cœur sont ainsi, tout à leur premier mouvement. Brunner, qui vit dans cette rente offerte ainsi, comme une prime, fit sur lui-même un retour israélite, et prit une attitude qui dénotait la rêverie plus que froide du calculateur.

— Ma collection ou son prix appartiendra toujours à votre famille, que j'en traite avec notre ami Brunner ou que je la garde, disait Pons en apprenant à la famille étonnée qu'il possédait de si grandes valeurs.

Brunner observa le mouvement qui eut lieu chez tous ces ignorants, en faveur d'un homme qui passait d'un état taxé d'indigence à une fortune, comme il avait observé déjà les gâteries de la mère et du père pour leur Cécile, idole de la maison, et il se plut alors à exciter les surprises et les exclamations de ces dignes bourgeois.

— J'ai dit à mademoiselle que les tableaux de monsieur Pons valaient cette somme pour moi ; mais au prix que les objets d'art uniques ont acquis, personne ne peut prévoir la valeur à laquelle cette collection atteindrait en vente publique. Les soixante tableaux monteraient à un million, j'en ai vu plusieurs de cinquante mille francs.

— Il fait bon être votre héritier, dit l'ancien notaire à Pons.

— Mais mon héritier, c'est ma cousine Cécile, répliqua le bonhomme en persistant dans sa parenté.

Un mouvement d'admiration se manifesta pour le vieux musicien.

— Ce sera une très riche héritière, dit en riant Cardot qui partit.

On laissa Camusot le père, le président, la présidente, Cécile, Brunner, Berthier et Pons ensemble ; car on présuma que la demande officielle de la main de Cécile allait se faire. En effet, lorsque ces personnes furent seules, Brunner commença par une demande, qui parut d'un bon augure aux parents.

— J'ai cru comprendre, dit Brunner en s'adressant à la présidente, que mademoiselle était fille unique...

— Certainement, répondit-elle avec orgueil.

— Vous n'aurez de difficultés avec personne, répondit le bonhomme Pons pour décider Brunner à formuler sa demande.

Brunner devint soucieux, et un fatal silence amena la froideur la plus étrange. Il semblait que la présidente eût avoué que sa *fillette* était épileptique. Le président, jugeant que sa fille ne devait pas être là, lui fit un signe que Cécile comprit, elle sortit. Brunner resta muet. On se regarda. La situation devint gênante. Le vieux Camusot, homme d'expérience, emmena l'Allemand dans la chambre de la présidente, sous prétexte de lui montrer l'éventail trouvé par Pons, en devinant qu'il surgissait quelques difficultés, et il demanda par un geste à son fils, à sa belle-fille et à Pons de le laisser avec le futur.

— Voilà ce chef-d'œuvre ! dit le vieux marchand de soieries en montrant l'éventail.

— Cela vaut cinq mille francs, répondit Brunner après l'avoir contemplé.

— N'étiez-vous pas venu, monsieur, reprit le futur pair de France, pour demander la main de ma petite-fille ?

— Oui, monsieur, dit Brunner, et je vous prie de croire qu'aucune alliance ne peut être plus flatteuse pour moi que celle-là. Je ne trouverai jamais une jeune personne plus belle, plus aimable, qui me convienne mieux que mademoiselle Cécile ; mais...

— Ah ! pas de mais, dit le vieux Camusot, ou voyons sur-le-champ la traduction de vos mais, mon cher monsieur...

— Monsieur ! reprit gravement Brunner, je suis bien heureux que nous ne soyons engagés ni les uns ni les autres, car la qualité de fille unique, si précieuse pour tout le monde, excepté pour moi, qualité que j'ignorais, croyez-moi, est un empêchement absolu...

— Comment, monsieur, dit le vieillard stupéfait, d'un avantage immense, vous en faites un tort ? Votre conduite est vraiment extraordinaire, et je voudrais bien en connaître les raisons.

— Monsieur, reprit l'Allemand avec flegme, je suis venu ce soir ici avec l'intention de demander, à monsieur le président, la main de sa fille. Je voulais faire un sort brillant à mademoiselle Cécile en lui offrant tout ce qu'elle eût consenti à accepter de ma fortune ; mais une fille unique est un enfant que l'indulgence de ses parents habitue à faire ses volontés, et qui n'a jamais connu la contrariété. Il en est ici comme dans plusieurs familles, où j'ai pu jadis observer le culte qu'on avait pour ces espèces de divinités : non seulement votre petite-fille est l'idole de la maison, mais encore madame la présidente y porte les... vous savez quoi ! Monsieur, j'ai vu le ménage de mon père devenir par cette cause, un enfer. Ma marâtre, cause de tous mes malheurs, fille unique, adorée, la plus charmante des fiancées, est devenue un diable incarné. Je ne doute pas que mademoiselle Cécile ne soit une exception à mon système, mais je ne suis plus un jeune homme, j'ai quarante ans, et la différence de nos âges entraîne des difficultés qui ne me permettent pas de rendre heureuse une jeune personne habituée à voir faire à madame la présidente toutes ses volontés, et que madame la présidente écoute comme un oracle. De quel droit exigerais-je le changement des idées et des habitudes de mademoiselle Cécile ? Au lieu d'un père et d'une mère complaisants à ses moindres caprices, elle rencontrera l'égoïsme d'un quadragénaire ; si elle résiste, c'est le quadragénaire qui sera vaincu. J'agis donc en honnête homme, je me retire. D'ailleurs, je désire être entièrement sacrifié, s'il est toutefois nécessaire d'expliquer pourquoi je n'ai fait qu'une visite ici...

— Si tels sont vos motifs, monsieur, dit le futur pair de France, quelque singuliers qu'ils soient, ils sont plausibles...

— Monsieur, ne mettez pas en doute ma sincérité, reprit vivement Brunner en l'interrompant. Si vous connaissez une pauvre fille dans une famille chargée d'enfants, bien élevée néanmoins, sans fortune, comme il s'en trouve beaucoup en France, et que son caractère m'offre des garanties, je l'épouse.

Pendant le silence qui suivit cette déclaration, Frédéric Brunner quitta le grand-père de Cécile, revint saluer poliment le président et la présidente, et se retira. Vivant commentaire du salut de son Werther, Cécile se montra pâle comme une moribonde, elle avait tout écouté, cachée dans la garde-robe de sa mère.

— Refusée !... dit-elle à l'oreille de sa mère.

— Et pourquoi ? demanda la présidente à son beau-père embarrassé.

— Sous le joli prétexte que les filles uniques sont des enfants gâtés, répondit le vieillard. Et il n'a pas tout à fait tort, ajouta-t-il en saisissant cette occasion de blâmer sa belle-fille, qui l'ennuyait fort depuis vingt ans.

— Ma fille en mourra ! vous l'aurez tuée !... dit la présidente à Pons en retenant sa fille qui trouva joli de justifier ces paroles en se laissant aller dans les bras de sa mère.

Le président et sa femme traînèrent Cécile dans un fauteuil, où elle acheva de s'évanouir. Le grand-père sonna les domestiques.

XXV

PONS ENSEVELI SOUS LE GRAVIER

— J'aperçois la trame ourdie par monsieur, dit la mère furieuse en désignant le pauvre Pons.

Pons se dressa comme s'il avait entendu retentir à ses oreilles la trompette du jugement dernier.

— Monsieur, reprit la présidente dont les yeux furent comme deux fontaines de bile verte, monsieur a voulu répondre à une innocente plaisanterie par une injure. A qui fera-t-on croire que cet Allemand soit dans son bon sens ? Ou il est complice d'une atroce vengeance, ou il est fou. J'espère, monsieur Pons, qu'à l'avenir vous nous épargnerez le déplaisir de vous voir dans une maison où vous avez essayé de porter la honte et le déshonneur.

Pons, devenu statue, tenait les yeux sur une rosace du tapis et tournait ses pouces.

— Eh bien ! vous êtes encore là, monstre d'ingratitude !... s'écria la présidente en se retournant. Nous n'y serons jamais, monsieur ni moi, si jamais monsieur se présentait ! dit-elle aux domestiques en leur montrant Pons. Allez chercher le docteur Jean. Et vous, Madeleine, de l'eau de corne de cerf[51] !

Pour la présidente, les raisons alléguées par Brunner

n'étaient que le prétexte sous lequel il s'en cachait d'inconnues ; mais la rupture du mariage n'en devenait que plus certaine. Avec cette rapidité de pensée qui distingue les femmes dans les grandes circonstances, madame de Marville avait trouvé la seule manière de réparer cet échec en attribuant à Pons une vengeance préméditée. Cette conception infernale par rapport à Pons, satisfaisait à l'honneur de la famille. Fidèle à sa haine contre Pons, elle avait fait d'un simple soupçon de femme, une vérité. En général, les femmes ont une foi particulière, une morale à elles, elles croient à la réalité de tout ce qui sert leurs intérêts et leurs passions. La présidente alla bien plus loin, elle persuada pendant toute la soirée au président sa propre croyance, et le magistrat fut convaincu le lendemain de la culpabilité de son cousin. Tout le monde trouvera la conduite de la présidente horrible ; mais en pareille circonstance, chaque mère imitera madame Camusot, elle aimera mieux sacrifier l'honneur d'un étranger que celui de sa fille. Les moyens changeront, le but sera le même.

Le musicien descendit avec rapidité l'escalier ; mais il marcha d'un pas lent par les boulevards, jusqu'au théâtre où il entra machinalement ; il se mit à son pupitre machinalement et dirigea machinalement l'orchestre. Durant les entr'actes, il répondit si vaguement à Schmucke, que Schmucke dissimula ses inquiétudes, il pensa que Pons était devenu fou. Chez une nature aussi enfantine que celle de Pons, la scène qui venait de se passer prenait les proportions d'une catastrophe... Réveiller une effroyable haine, là où il avait voulu donner le bonheur, c'était un renversement total d'existence. Il avait enfin reconnu dans les yeux, dans le geste, dans la voix de la présidente, une inimitié mortelle.

Le lendemain, madame Camusot de Marville prit un grand parti, d'ailleurs exigé par la circonstance et auquel le président souscrivit. On résolut de donner en dot à Cécile la terre de Marville, l'hôtel de la rue de Hanovre et cent mille francs. Dans la matinée, la présidente alla voir la comtesse Popinot, en comprenant qu'il fallait répondre à un pareil échec par un mariage tout fait. Elle raconta la vengeance épouvantable et l'affreuse mystification préparées par Pons. Tout parut croyable quand on apprit que le prétexte de cette rupture était la condition de fille unique. Enfin, la présidente fit reluire avec art l'avantage de se nommer Popinot de Marville et l'énormité de la dot. Au prix où sont les biens en Normandie, à deux pour cent, cet immeuble représentait environ neuf cent mille francs, et l'hôtel de la rue de Hanovre était estimé deux cent cinquante mille francs. Aucune famille raisonnable ne pouvait refuser une pareille alliance ; aussi le comte Popinot et sa femme l'acceptèrent-ils ; puis, en gens intéressés à l'honneur de la famille dans laquelle ils entraient, ils promirent leur concours pour expliquer la catastrophe arrivée la veille.

Or, chez le même vieux Camusot, grand-père de Cécile, devant les mêmes personnes qui s'y trouvaient quelques jours auparavant et auxquelles la présidente avait chanté ses litanies-Brunner, cette même présidente, à qui chacun craignait de parler, alla bravement au-devant des explications.

— Vraiment aujourd'hui, disait-elle, on ne saurait prendre trop de précautions quand il s'agit de mariage, et surtout quand on a affaire à des étrangers.

— Et pourquoi, madame ?

— Que vous est-il arrivé ? demanda madame Chiffreville.

— Vous ne connaissez pas notre aventure avec ce Brunner, qui avait l'audace d'aspirer à la main de Cécile ?... C'est le fils d'un cabaretier allemand, le neveu d'un marchand de peaux de lapins.

— Est-ce possible ? Vous, si sagace !... dit une dame.

— Ces aventuriers sont si fins ! Mais nous avons tout su par Berthier. Cet Allemand a pour ami un pauvre diable qui joue de la flûte ! Il est lié avec un homme qui tient un garni, rue du Mail, avec des tailleurs... Nous avons appris qu'il a mené la vie la plus crapuleuse, et aucune fortune ne peut suffire à un drôle qui a déjà mangé celle de sa mère...

— Mais mademoiselle votre fille eût été bien malheureuse !... dit madame Berthier.

— Et comment vous a-t-il été présenté ? demanda la vieille madame Lebas.

— C'est une vengeance de monsieur Pons ; il nous a présenté ce beau monsieur-là pour nous livrer au ridicule... Ce Brunner, ça veut dire Fontaine (on nous le donnait pour un grand seigneur), est d'une assez triste santé, chauve, les dents gâtées ; aussi m'a-t-il suffi de le voir une fois pour me défier de lui.

— Mais cette grande fortune dont vous me parliez ? demanda timidement une jeune femme.

— La fortune n'est pas aussi considérable qu'on le dit. Les tailleurs, le maître d'hôtel et lui, tous ont gratté leurs caisses pour faire une maison de Banque... Aujourd'hui, qu'est-ce que la Banque, quand on la commence ? c'est la licence de se ruiner. Une femme qui se couche millionnaire peut se réveiller réduite à ses *propres*[52]. Du premier mot, à première vue, nous avons eu notre opinion faite sur ce monsieur qui ne sait rien de nos usages. On voit à ses gants, à son gilet, que c'est un ouvrier, le fils d'un gargotier allemand, sans noblesse dans les sentiments, un buveur de bière, et qui fume !... ah ! madame ! vingt-cinq pipes par jour. Quel eût été le sort de ma pauvre Lili ?... J'en frémis encore. Dieu nous a sauvées ! Cécile n'aimait d'ailleurs pas ce monsieur... Pouvions-nous attendre une pareille mystification d'un parent, d'un habitué de notre maison, qui dîne chez nous deux fois par semaine depuis vingt ans ! que nous avons couvert de bienfaits, et qui jouait si bien la comédie qu'il a nommé Cécile son héritière devant le garde des sceaux, le procureur général, le premier président... Ce Brunner et monsieur Pons s'entendaient pour s'attribuer l'un à l'autre des millions !... Non, je vous l'assure, vous toutes, mesdames, vous eussiez été prises à cette mystification d'artiste !

En quelques semaines, les familles réunies des

Popinot, des Camusot et leurs adhérents avaient remporté dans le monde un triomphe facile, car personne n'y prit la défense du misérable Pons, du parasite, du sournois, de l'avare, du faux bonhomme enseveli sous le mépris, regardé comme une vipère réchauffée au sein des familles, comme un homme d'une méchanceté rare, un saltimbanque dangereux qu'on devait oublier.

XXVI

LE DERNIER COUP

Un mois environ après le refus du faux Werther, le pauvre Pons, sorti pour la première fois de son lit où il était resté en proie à une fièvre nerveuse, se promenait le long des boulevards, au soleil, appuyé sur le bras de Schmucke. Au boulevard du Temple, personne ne riait plus des deux Casse-noisettes, à l'aspect de la destruction de l'un et de la touchante sollicitude de l'autre pour son ami convalescent. Arrivés sur le boulevard Poissonnière, Pons avait repris des couleurs, en respirant cette atmosphère des boulevards, où l'air a tant de puissance ; car, là où la foule abonde, le fluide est si vital, qu'à Rome on a remarqué le manque de *mala aria* dans l'infect Getto où pullulent les Juifs. Peut-être aussi l'aspect de ce qu'il se plaisait jadis à voir tous les jours, le grand spectacle de Paris, agissait-il sur le malade. En face du théâtre des Variétés, Pons laissa Schmucke, car ils allaient côte à côte ; mais le convalescent quittait de temps en temps son ami pour examiner les nouveautés fraîchement exposées dans les boutiques. Il se trouva nez à nez avec le comte Popinot, qu'il aborda de la façon la plus respectueuse, l'ancien ministre étant un des hommes que Pons estimait et vénérait le plus.

— Ah ! monsieur, répondit sévèrement le pair de France, je ne comprends pas que vous ayez assez peu de tact pour saluer une personne alliée à la famille où vous avez tenté d'imprimer la honte et le ridicule par une vengeance comme les artistes savent en inventer... Apprenez, monsieur, qu'à dater d'aujourd'hui nous devons être complètement étrangers l'un à l'autre. Madame la comtesse Popinot partage l'indignation que votre conduite chez les Marville a inspirée à toute la société.

L'ancien ministre passa, laissant Pons foudroyé. Jamais les passions, ni la justice, ni la politique, jamais les grandes puissances sociales ne consultent l'état de l'être sur qui elles frappent. L'homme d'État, pressé par l'intérêt de famille d'écraser Pons, ne s'aperçut point de la faiblesse physique de ce redoutable ennemi.

— *Qu'as-du, mon baufre ami ?* s'écria Schmucke en devenant aussi pâle que Pons.

— Je viens de recevoir un nouveau coup de poignard dans le cœur, répondit le bonhomme en s'appuyant sur le bras de Schmucke. Je crois qu'il n'y a que le bon Dieu qui ait le droit de faire le bien, voilà pourquoi tous ceux qui se mêlent de sa besogne en sont si cruellement punis.

Ce sarcasme d'artiste fut un suprême effort de cette excellente créature qui voulut dissiper l'effroi peint sur la figure de son ami.

— *Che le grois*, répondit simplement Schmucke.

Ce fut inexplicable pour Pons, à qui ni les Camusot ni les Popinot n'avaient envoyé de billet de faire part du mariage de Cécile. Sur le boulevard des Italiens, Pons vit venir à lui monsieur Cardot. Pons, averti par l'allocution du pair de France, se garda bien d'arrêter ce personnage, chez qui, l'année dernière, il dînait une fois tous les quinze jours, il se contenta de le saluer ; mais le maire, le député de Paris, regarda Pons d'un air indigné sans lui rendre son salut.

— Va donc lui demander ce qu'ils ont tous contre moi, dit le bonhomme à Schmucke qui connaissait dans tous ses détails la catastrophe survenue à Pons.

— *Monsir*, dit finement Schmucke à Cardot, *mône*

hâmi Bons relèfe d'eine malatie, et fus ne l'afez sans tude bas regonni ?

— Parfaitement.

— *Mais qu'afez-fus tonc à lu rebroger ?*

— Vous avez pour ami un monstre d'ingratitude, un homme qui, s'il vit encore, c'est que, comme dit le proverbe : La mauvaise herbe croît en dépit de tout. Le monde a bien raison de se défier des artistes, ils sont malins et méchants comme des singes. Votre ami a essayé de déshonorer sa propre famille, de perdre de réputation une jeune fille pour se venger d'une innocente plaisanterie, je ne veux plus avoir la moindre relation avec lui ; je tâcherai d'oublier que je l'ai connu, qu'il existe. Ces sentiments, monsieur, sont ceux de toutes les personnes de ma famille, de la sienne, et des gens qui faisaient au sieur Pons l'honneur de le recevoir...

— *Mais, monsir, fut ètes ein home rézonaple ; ed, si fus le bermeddez, che fais fus egsbliguer l'avaire...*

— Restez, si vous en avez le cœur, son ami, libre à vous, monsieur, répliqua Cardot ; mais n'allez pas plus avant, car je crois devoir vous prévenir que j'envelopperai dans la même réprobation ceux qui tenteraient de l'excuser, de le défendre.

— *Te le chisdivier ?*

— Oui, car sa conduite est injustifiable, comme elle est inqualifiable.

Sur ce bon mot, le député de la Seine continua son chemin sans vouloir entendre une syllabe de plus.

— J'ai déjà les deux pouvoirs de l'État contre moi, dit en souriant le pauvre Pons quand Schmucke eut fini de lui redire ces sauvages imprécations.

— *Doud esd gondre nus*, répliqua douloureusement Schmucke. *Hâlons nus-en, bir ne bas rengondrer t'audres pèdes.*

C'était la première fois de sa vie, vraiment ovine, que Schmucke proférait de telles paroles. Jamais sa mansuétude quasi divine n'avait été troublée, il eût souri naïvement à tous les malheurs qui seraient venus à lui ; mais voir maltraiter son sublime Pons, cet Aristide inconnu, ce génie résigné, cette âme sans fiel, ce trésor de bonté, cet or pur !... il éprouvait l'indignation d'Alceste, et il appelait les amphitryons de Pons, des *bêtes* ! Chez cette paisible nature, ce mouvement équivalait à toutes les fureurs de Roland. Dans une sage prévision, Schmucke fit retourner Pons vers le boulevard du Temple ; et Pons se laissa conduire, car le malade était dans la situation de ces lutteurs qui ne comptent plus les coups. Le hasard voulut que rien ne manquât en ce monde contre le pauvre musicien. L'avalanche qui roulait sur lui devait tout contenir : la Chambre des pairs, la Chambre des députés, la famille, les étrangers, les forts, les faibles, les innocents !

Sur le boulevard Poissonnière, en revenant chez lui, Pons vit venir la fille de ce même monsieur Cardot, une jeune femme qui avait assez éprouvé de malheurs pour être indulgente. Coupable d'une faute tenue secrète, elle s'était faite l'esclave de son mari. De toutes les maîtresses de maison où il dînait, madame Berthier était la seule que Pons nommât de son petit nom ; il lui disait : « Félicie ! » et il croyait parfois être compris par elle. Cette douce créature parut contrariée de rencontrer le cousin Pons ; car, malgré l'absence de toute parenté avec la famille de la seconde femme de son cousin le vieux Camusot, il était traité de cousin ; mais, ne pouvant l'éviter, Félicie Berthier s'arrêta devant le moribond.

— Je ne vous croyais pas méchant, mon cousin ; mais si, de tout ce que j'entends dire de vous, le quart seulement est vrai, vous êtes un homme bien faux... Oh ! ne vous justifiez pas ! ajouta-t-elle vivement en voyant faire à Pons un geste, c'est inutile par deux raisons : la première, c'est que je n'ai le droit d'accuser, ni de juger, ni de condamner personne, sachant par moi-même que ceux qui paraissent avoir le plus de torts peuvent offrir des excuses ; la seconde, c'est que vos raisons ne servirait à rien. Monsieur Berthier, qui a fait le contrat de mademoiselle de Marville et du vicomte Popinot, est tellement irrité contre vous que, s'il apprenait que je vous ai dit un seul mot, que je vous ai parlé pour la dernière fois, il me gronderait. Tout le monde est contre vous.

— Je le vois bien, madame ! répondit d'une voix émue le pauvre musicien qui salua respectueusement la femme du notaire.

Et il reprit péniblement le chemin de la rue de Normandie en s'appuyant sur le bras de Schmucke avec une pesanteur qui trahit au vieil Allemand une défaillance physique courageusement combattue. Cette troisième rencontre fut comme le verdict prononcé par l'agneau qui repose aux pieds de Dieu, le courroux de cet ange des pauvres, le symbole des Peuples, est le dernier mot du ciel. Les deux amis arrivèrent chez eux sans avoir échangé une parole. En certaines circonstances de la vie, on ne peut que sentir son ami près de soi. La consolation parlée aigrit la plaie, elle en révèle la profondeur. Le vieux pianiste avait, comme vous le voyez, le génie de l'amitié, la délicatesse de ceux qui, ayant beaucoup souffert, savent les coutumes de la souffrance.

Cette promenade devait être la dernière du bonhomme Pons. Le malade tomba d'une maladie dans une autre. D'un tempérament sanguin-bilieux, la bile passa dans le sang, il fut pris par une violente hépatite. Ces deux maladies successives étant les seules de sa vie, il ne connaissait point de médecin ; et, dans une pensée toujours excellente d'abord, maternelle même, la sensible et dévouée Cibot amena le médecin du quartier.

XXVII

LE CHAGRIN PASSE A L'ÉTAT DE JAUNISSE

A Paris, dans chaque quartier, il existe un médecin dont le nom et la demeure ne sont connus que de la classe inférieure, des petits bourgeois, des portiers, et qu'on nomme conséquemment le médecin du quartier. Ce médecin, qui fait les accouchements et qui saigne, est en médecine ce qu'est dans *Les Petites-Affiches*[53] le *domestique pour tout faire*. Obligé d'être bon pour les pauvres, assez expert à cause de sa longue pratique, il est généralement aimé. Le docteur Poulain, amené chez ce malade par madame Cibot, et reconnu par Schmucke, écouta, sans y faire attention, les doléances du vieux musicien, qui, pendant toute la nuit, s'était gratté la peau devenue tout à fait insensible. L'état des yeux, cerclés de jaune, s'accordait avec ce symptôme.

— Vous avez eu, depuis deux jours, quelque violent chagrin, dit le docteur à son malade.

— Hélas ! oui, répondit Pons.

— Vous avez la maladie que monsieur a failli avoir, dit-il en montrant Schmucke, la jaunisse ; mais ce ne sera rien, ajouta le docteur Poulain en écrivant une ordonnance.

Malgré ce dernier mot si consolant, le docteur avait jeté sur le malade un de ces regards hippocratiques, où la sentence de mort, quoique cachée sous une commisération de costume, est toujours devinée par des yeux intéressés à savoir la vérité. Aussi madame Cibot, qui plongea dans les yeux du docteur un coup d'œil d'espion, ne se méprit-elle pas à l'accent de la phrase médicale ni à la physionomie hypocrite du docteur Poulain, et elle le suivit à sa sortie.

— Croyez-vous que ce ne sera rien ? dit madame Cibot au docteur sur le palier.

— Ma chère madame Cibot, votre monsieur est un homme mort, non par suite de l'invasion de la bile dans le sang, mais à cause de sa faiblesse morale. Avec beaucoup de soins, cependant, votre malade peut encore s'en tirer ; il faudrait le sortir d'ici, l'emmener voyager...

— Et avec quoi ?... dit la portière. Il n'a pour tout potage que sa place, et son ami vit de quelques petites rentes que lui font de grandes dames auxquelles il aurait, à l'entendre, rendu des services, des dames très charitables. C'est deux enfants que je soigne depuis neuf ans.

— Je passe ma vie à voir des gens qui meurent, non pas de leurs maladies, mais de cette grande et incurable blessure, le manque d'argent. Dans combien de mansardes ne suis-je pas obligé, loin de faire payer ma visite, de laisser cent sous sur la cheminée !...

— Pauvre cher monsieur Poulain... dit madame Cibot. Ah ! si vous n'aviez les cent mille livres de rente que possèdent certains *gripous* du quartier, qui sont de vrais *décharnés* des enfers (déchaînés), vous seriez le représentant du bon Dieu sur la terre.

Le médecin parvenu, par l'estime de messieurs les concierges de son Arrondissement, à se faire une petite clientèle qui suffisait à peine à ses besoins, leva les yeux au ciel et remercia madame Cibot par une moue digne de Tartuffe.

— Vous dites donc, mon cher monsieur Poulain, qu'avec beaucoup de soins, notre cher malade en reviendrait ?

— Oui, s'il n'est pas trop attaqué dans son moral par le chagrin qu'il a éprouvé.

— Pauvre homme ! qui donc a pu le chagriner ? C'est n'un brave homme qui n'a son pareil sur terre que dans son ami, monsieur Schmucke !... Je vais savoir de quoi n'il retourne ! Et c'est moi qui me charge de savonner ceux qui m'ont *sangé* mon monsieur...

— Écoutez, ma chère madame Cibot, dit le médecin qui se trouvait alors sur le pas de la porte cochère, un des principaux caractères de la maladie de votre monsieur, c'est une impatience constante à propos de rien, et, comme il n'est pas vraisemblable qu'il puisse prendre une garde, c'est vous qui le soignerez. Ainsi...

— *Ch'est-i de mochieur Ponche que vouche parlez ?* demanda le marchand de ferraille qui fumait une pipe.

Et il se leva de dessus la borne de la porte pour se mêler à la conversation de la portière et du concierge.

— Oui, papa Rémonencq ! répondit madame Cibot à l'Auvergnat.

— *Eh bienne ! il est plus richeu que moucheu Monich-*

trolle, et que les cheigneurs de la curiochité... Cheu me connaîche achez dedans l'artique pour vous direu que le cher homme a deche trégeors !

— Tiens, j'ai cru que vous vous moquiez de moi l'autre jour, quand je vous ai montré toutes ces antiquailles-là pendant que mes messieurs étaient sortis, dit madame Cibot à Rémonencq.

A Paris, où les pavés ont des oreilles, où les portes ont une langue, où les barreaux des fenêtres ont des yeux, rien n'est plus dangereux que de causer devant les portes cochères. Les derniers mots qu'on se dit là, et qui sont à la conversation ce qu'un post-scriptum est à une lettre, contiennent des indiscrétions aussi dangereuses pour ceux qui les laissent écouter que pour ceux qui les recueillent. Un seul exemple pourra suffire à corroborer celui que présente cette histoire.

XXVIII

L'OR EST UNE CHIMÈRE (PAROLES DE M. SCRIBE[54], MUSIQUE DE MEYERBEER, DÉCORS DE RÉMONENCQ)

Un jour, l'un des premiers coiffeurs du temps de l'Empire, époque à laquelle les hommes soignaient beaucoup leurs cheveux, sortait d'une maison où il venait de coiffer une jolie femme, et où il avait la pratique de tous les riches locataires. Parmi ceux-ci florissait un vieux garçon armé d'une gouvernante qui détestait les héritiers de son Monsieur. Le ci-devant jeune homme, gravement malade, venait de subir une consultation des plus fameux médecins, qui ne s'appelaient pas encore *les princes* de la science. Sortis par hasard en même temps que le coiffeur, les médecins, en se disant adieu sur le pas de la porte cochère, parlaient, la science et la vérité sur la main, comme ils se parlent entre eux quand la farce de la consultation est jouée. — C'est un homme mort, dit le docteur Haudry. — Il n'a pas un mois à vivre... répondit Desplein, à moins d'un miracle. Le coiffeur entendit ces paroles. Comme tous les coiffeurs, il entretenait des intelligences avec les domestiques. Poussé par une cupidité monstrueuse, il remonte aussitôt chez le ci-devant jeune homme, et il promet à la servante-maîtresse une assez belle prime si elle peut décider son maître à placer une grande partie de sa fortune en viager. Dans la fortune du vieux garçon moribond, âgé d'ailleurs de cinquante-six années, qui devaient compter double à cause de ses campagnes amoureuses, il se trouvait une magnifique maison sise rue de Richelieu, valant alors deux cent cinquante mille francs. Cette maison, objet de la convoitise du coiffeur, lui fut vendue moyennant une rente viagère de trente mille francs. Ceci se passait en 1806. Ce coiffeur retiré, septuagénaire aujourd'hui, paye encore la rente en 1846. Comme le ci-devant jeune homme a quatre-vingt-seize ans, est en enfance, et qu'il a épousé sa madame Évrard[55], il peut aller encore fort loin. Le coiffeur ayant donné quelque trente mille francs à la bonne, l'immeuble lui coûte plus d'un million ; mais la maison vaut aujourd'hui près de huit à neuf cent mille francs.

A l'imitation de ce coiffeur, l'Auvergnat avait écouté les derniers mots dits par Brunner à Pons sur le pas de sa porte, le jour de l'entrevue du fiancé-phénix avec Cécile ; il avait donc désiré pénétrer dans le musée de Pons. Rémonencq, qui vivait en bonne intelligence avec les Cibot, fut bientôt introduit dans l'appartement des deux amis en leur absence. Rémonencq, ébloui de tant de richesses, vit *un coup à monter*, ce qui veut dire dans l'argot des marchands une fortune à voler, et il y songeait depuis cinq à six jours.

— *Che badine chi peu*, répondit-il à madame Cibot et au docteur Poulain, *que nous caugerons de la choge, et que chi ce braveu mocheu veutte une renteu viachère de chinquante mille francs, che vous paille un pagnier de vin du paysse chi vous me...*

— Y pensez-vous ? dit le médecin à Rémonencq, cinquante mille francs de rente viagère !... Mais si le bonhomme est si riche, soigné par moi, gardé par madame Cibot, il peut guérir alors... car les maladies de foie sont les inconvénients des tempéraments très forts...

— *Ai-che dite chinquante ? Maiche un mocheu, là, dechus le passe de voustre porte, lui a proupouché chet chent mille francs, et cheulement des tabelausse, fouchtra !*

En entendant cette déclaration de Rémonencq, madame Cibot regarda le docteur Poulain d'un air étrange, le diable allumait un feu sinistre dans ses yeux couleur orange.

— Allons ! n'écoutons pas de pareilles fariboles, reprit le médecin assez heureux de savoir que son client pouvait payer toutes les visites qu'il allait faire.

— *Moncheu le doucteurre, chi ma chère madame Chibot, puiche que le moncheux est au litte, veutte me laicher amenar mon ecchepert, che chuis chûre de trouver l'archant, en deuche heures, quand il s'achirait de chet chent milé franques...*

— Bien, mon ami ! répondit le docteur. Allons, madame Cibot, ayez soin de ne jamais contrarier le malade ; il faut vous armer de patience, car tout l'irritera, le fatiguera, même vos attentions pour lui ; attendez-vous à ce qu'il ne trouve rien de bien...

— Il sera joliment difficile, dit la portière.

— Voyons, écoutez-moi bien, reprit le médecin avec autorité. La vie de monsieur Pons est entre les mains de ceux qui le soigneront ; aussi viendrai-je le voir peut-être deux fois, tous les jours. Je commencerai ma tournée par lui...

Le médecin avait soudain passé de l'insouciance profonde où il était sur le sort de ses malades pauvres, à la sollicitude la plus tendre, en reconnaissant la possibilité de cette fortune, d'après le sérieux du spéculateur.

— Il sera soigné comme un roi, répondit madame Cibot avec un factice enthousiasme.

La portière attendit que le médecin eût tourné la rue Charlot avant de reprendre la conversation avec Rémonencq. Le ferrailleur achevait sa pipe, le dos appuyé au chambranle de la porte de sa boutique. Il n'avait pas pris cette position sans dessein, il voulait voir venir à lui la portière.

Cette boutique, jadis occupée par un café, était restée telle que l'Auvergnat l'avait trouvée en la prenant à bail. On lisait encore : CAFÉ DE NORMANDIE, sur le tableau long qui couronne les vitrages de toutes les boutiques modernes. L'Auvergnat avait fait peindre, gratis sans doute, au pinceau et avec une couleur noire par quelque apprenti peintre en bâtiments, dans l'espace qui restait sous CAFÉ DE NORMANDIE, ces mots : *Rémonencq, ferrailleur, achète les marchandises d'occasion*. Naturellement, les glaces, les tables, les tabourets, les étagères, tout le mobilier du café de Normandie avait été vendu. Rémonencq avait loué, moyennant six cents francs, la boutique toute nue, l'arrière-boutique, la cuisine et une seule chambre en entresol, où couchait autrefois le premier garçon, car l'appartement dépendant du café de Normandie fut compris dans une autre location. Du luxe primitif déployé par le limonadier, il ne restait qu'un papier vert-clair uni dans la boutique, et les fortes barres de fer de la devanture avec leurs boulons.

XXIX

ICONOGRAPHIE DU GENRE BROCANTEUR

Venu là, en 1831, après la révolution de Juillet, Rémonencq commença par étaler des sonnettes cassées, des plats fêlés, des ferrailles, de vieilles balances, des poids anciens repoussés par la loi sur les nouvelles mesures que l'État seul n'exécute pas, car il laisse dans la monnaie publique les pièces d'un et de deux sous qui datent du règne de Louis XVI. Puis cet Auvergnat, de la force de cinq Auvergnats, acheta des batteries de cuisine, des vieux cadres, des vieux cuivres, des porcelaines écornées. Insensiblement, à force de s'emplir et de se vider, la boutique ressembla aux farces de Nicolet[56], la nature des marchandises s'améliora. Le ferrailleur suivit cette prodigieuse et sûre martingale, dont les effets se manifestent aux yeux des flâneurs assez philosophes pour étudier la progression croissante des valeurs qui garnissent ces intelligentes boutiques. Au fer-blanc, aux quinquets, aux tessons succèdent des cadres et des cuivres. Puis viennent les porcelaines. Bientôt la boutique, un moment changée en *Crouteum*, passe au muséum. Enfin, un jour, le vitrage poudreux s'est éclairci, l'intérieur est restauré, l'Auvergnat quitte le velours et les vestes, il porte des redingotes ! on l'aperçoit comme un dragon gardant son trésor ; il est entouré de chefs-d'œuvre, il est devenu fin connaisseur, il a décuplé ses capitaux et ne se laisse plus prendre à aucune ruse, il sait les tours du métier. Le monstre est là, comme une vieille au milieu de vingt jeunes filles qu'elle offre au public. La beauté, les miracles de l'art sont indifférents à cet homme à la fois fin et grossier qui calcule ses bénéfices et rudoie les ignorants. Devenu comédien, il joue l'attachement à ses toiles, à ses marqueteries, ou il feint la gêne, ou il suppose des prix d'acquisition, il offre de montrer des bordereaux de vente. C'est un Protée, il est dans la même heure Jocrisse, Janot, queue-rouge, ou Mondor, ou Harpagon, ou Nicodème[57].

Dès la troisième année, on vit chez Rémonencq d'assez belles pendules, des armures, de vieux tableaux ; et il faisait, pendant ses absences, garder sa boutique par une grosse femme fort laide, sa sœur venue du pays à pied, sur sa demande. La Rémonencq, espèce d'idiote au regard vague et vêtue comme une idole japonaise, ne cédait pas un centime sur les prix que son frère indiquait ; elle vaquait d'ailleurs aux soins du ménage, et résolvait le problème en apparence insoluble de vivre des brouillards de la Seine. Rémonencq et sa sœur se nourrissaient de pain et de harengs, d'épluchures, de restes de légumes ramassés dans les tas d'ordures que les restaurateurs laissent au coin de leurs bornes. A eux deux, ils ne dépensaient pas, le pain compris, douze sous par jour, et la Rémonencq cousait ou filait de manière à les gagner.

Ce commencement du négoce de Rémonencq, venu pour être commissionnaire à Paris, et qui, de 1825 à 1831, fit les commissions des marchands de curiosités du boulevard Beaumarchais et des chaudronniers de la rue de Lappe, est l'histoire normale de beaucoup de marchands de curiosités. Les Juifs, les Normands, les Auvergnats et les Savoyards, ces quatre races d'hommes ont les mêmes instincts, ils font fortune par les mêmes moyens. Ne rien dépenser, gagner de légers bénéfices, et cumuler intérêts et bénéfices, telle est leur Charte. Et cette Charte est une vérité.

En ce moment, Rémonencq, réconcilié avec son ancien bourgeois Monistrol, en affaires avec de gros marchands, allait *chiner* (le mot technique) dans la banlieue de Paris qui, vous le savez, comporte un rayon de quarante lieues. Après quatorze ans de pratique, il était à la tête d'une fortune de soixante mille francs, et d'une boutique bien garnie. Sans casuel, rue de Normandie où la modicité du loyer le retenait, il vendait ses marchandises aux marchands, en se contentant d'un bénéfice modéré. Toutes ses affaires se traitaient en patois d'Auvergne, dit *Charabia*. Cet homme caressait un rêve ! Il souhaitait d'aller s'établir sur les boulevards. Il voulait devenir un riche marchand de curiosités, et traiter un jour directement avec les amateurs. Il contenait d'ailleurs un négociant redoutable. Il gardait sur sa figure un enduit poussiéreux produit par la limaille de fer et collé par la sueur, car il faisait tout lui-même ; ce qui rendait sa physionomie d'autant plus impénétrable, que l'habitude de la peine physique l'avait doué de l'impassibilité stoïque des vieux soldats de 1799. Au physique, Rémonencq apparaissait comme un homme court et maigre, dont les petits yeux, disposés comme ceux des cochons, offraient, dans leur champ d'un bleu froid, l'avidité concentrée, la ruse narquoise des Juifs, moins leur apparente humilité doublée du profond mépris qu'ils ont pour les chrétiens.

Les rapports entre les Cibot et les Rémonencq étaient ceux du bienfaiteur et de l'obligé. Madame Cibot, convaincue de l'excessive pauvreté des Auvergnats, leur vendait à des prix fabuleux les restes de Schmucke et de Cibot. Les Rémonencq payaient une livre de croûtes sèches et de mie de pain deux centimes et demi, un centime et demi une écuellée de pommes de terre, et ainsi du reste. Le rusé Rémonencq n'était jamais censé faire d'affaires pour son compte. Il représentait toujours Monistrol, et se disait dévoré par les riches marchands ; aussi les Cibot plaignaient-ils sincèrement les Rémonencq. Depuis onze ans l'Auvergnat n'avait pas encore usé la veste en velours, le pantalon de velours et le gilet de velours qu'il portait ; mais ces trois parties du vêtement, particulier aux Auvergnats, étaient criblées de pièces, mises gratis par Cibot. Comme on le voit, tous les juifs ne sont pas en Israël.

— Ne vous moquez-vous pas de moi, Rémonencq ? dit la portière. Est-ce que monsieur Pons peut avoir une pareille fortune et mener la vie qu'il mène ? Il n'a pas cent francs chez lui !...

— *Leje amateurs chont touches comme cha*, répondit sentencieusement Rémonencq.

— Ainsi, vous croyez, nà vrai, que mon monsieur n'a pour sept cent mille francs...

— *Rien qu'eu dedans leche tableausse... il en a eune que ch'il en voulait chinquante mille franques, queu che les trouveraisse quand che devrais me strangula. Vous chavez bien leje petites cadres en cuivre esmaillé, pleines de velurse rouche, où chont des pourtraictes... Eh bien ! ch'esce desche émauche de Petitotte que moncheu le minichtre du gouvarnemente, uene anchien deroguisse, paille mille escus pièche...*

— Il y en a trente ! dans les deux cadres, dit la portière dont les yeux se dilatèrent.

— *Eh bien ! chuchez de chon trégeor ?*

Madame Cibot, prise de vertige, fit volte-face. Elle conçut aussitôt l'idée de se faire coucher sur le testament du bonhomme Pons, à l'imitation de toutes les servantes-maîtresses dont *les viagers* avaient excité tant de cupidités dans le quartier du Marais. Habitant en idée une commune aux environs de Paris, elle s'y pavanait dans une maison de campagne où elle soignait sa basse-cour, son jardin, et où elle finissait ses jours, servie comme une reine, ainsi que son pauvre Cibot, qui méritait tant de bonheur, comme tous les anges oubliés, incompris.

Dans le mouvement brusque et naïf de la portière, Rémonencq aperçut la certitude d'une réussite. Dans le métier de *chineur* (tel est le nom des chercheurs d'occasions, du verbe *chiner*, aller à la recherche des occasions et conclure de bons marchés avec des détenteurs ignorants) ; dans ce métier, la difficulté consiste à pouvoir s'introduire dans les maisons. On ne se figure pas les ruses à la Scapin, les tours à la Sganarelle, et les séductions à la Dorine qu'inventent les chineurs pour entrer chez le bourgeois. C'est des comédies dignes du théâtre, et toujours fondées comme ici, sur la rapacité des domestiques. Les domestiques, surtout à la campagne ou dans les provinces, pour trente francs d'argent ou de marchandises, font conclure des marchés où le chineur réalise des bénéfices de mille à deux mille francs. Il y a tel service de vieux Sèvres, pâte tendre, dont la conquête, si elle était racontée, montrerait toutes les ruses diplomatiques du congrès de Munster, toute l'intelligence déployée à Nimègue, à Utrecht, à Riswick, à Vienne, dépassées par les chineurs, dont le comique est bien plus franc que celui des négociateurs. Les chineurs ont des moyens d'action qui plongent tout aussi profondément dans les abîmes de l'intérêt personnel que ceux si péniblement cherchés par les ambassadeurs pour déterminer la rupture des alliances les mieux cimentées.

— *Ch'ai choliment allumé la Chibot*, dit le frère à la

sœur en lui voyant reprendre sa place sur une chaise dépaillée. *Et doncques, che vais conchulleter le cheul qui s'y connaiche, nostre Chuif, un bon Chuif qui ne nouche a presté qu'à quinche pour chent !*

Rémonencq avait lu dans le cœur de la Cibot. Chez les femmes de cette trempe, vouloir, c'est agir ; elles ne reculent devant aucun moyen pour arriver au succès ; elles passent de la probité la plus entière à la scélératesse la plus profonde, en un instant. La probité, comme tous nos sentiments, d'ailleurs, devrait se diviser en deux probités : une probité négative, une probité positive. La probité négative serait celle des Cibot, qui sont probes tant qu'une occasion de s'enrichir ne s'offre pas à eux. La probité positive serait celle qui reste toujours dans la tentation jusqu'à mi-jambes sans y succomber, comme celle des garçons de recettes.

XXX

OÙ LA CIBOT COMMENCE SA PREMIÈRE ATTAQUE

Une foule d'intentions mauvaises se rua dans l'intelligence et dans le cœur de cette portière par l'écluse de l'intérêt ouverte à la diabolique parole du ferrailleur. La Cibot monta, vola, pour être exact, de la loge à l'appartement de ses deux messieurs, et se montra le visage masqué de tendresse, sur le seuil de la chambre où gémissaient Pons et Schmucke. En voyant entrer la femme de ménage, Schmucke lui fit signe de ne pas dire un mot des véritables opinions du docteur en présence du malade ; car, l'ami, le sublime Allemand avait lu dans les yeux du docteur ; et elle y répondit par un autre signe de tête, en exprimant une profonde douleur.

— Eh bien ! mon cher monsieur, comment vous sentez-vous ? dit la Cibot.

La portière se posa au pied du lit, les poings sur ses hanches et les yeux fixés sur le malade amoureusement ; mais quelles paillettes d'or en jaillissaient ! C'eût été terrible comme un regard de tigre, pour un observateur.

— Mais bien mal ! répondit le pauvre Pons, je ne me sens plus le moindre appétit. Ah ! le monde ! le monde ! s'écriait-il en pressant la main de Schmucke qui tenait, assis au chevet du lit, la main de Pons, et avec qui sans doute le malade parlait des causes de sa maladie. — J'aurais bien mieux fait, mon bon Schmucke, de suivre tes conseils ! de dîner ici tous les jours depuis notre réunion ! de renoncer à cette société qui roule sur moi, comme un tombereau sur un œuf, et pourquoi ?...

— Allons, allons, mon bon monsieur, pas de doléances, dit la Cibot, le docteur m'a dit la vérité...

Schmucke tira la portière par la robe.

— Hé ! vous pouvez vous n'en tirer, mais n'avec beaucoup de soins... Soyez tranquille, vous n'avez près de vous n'un bon ami, et sans me vanter, n'une femme qui vous soignera comme n'une mère soigne son premier enfant. J'ai tiré Cibot d'une maladie que monsieur Poulain l'avait condamné, qu'il lui n'avait jeté, comme on dit, le drap sur le nez ? qu'il n'était n'abandonné comme mort... Eh bien ! vous qui n'en êtes pas là, Dieu merci, quoique vous soyez assez malade, comptez sur moi... je vous n'en tirerai n'à moi seule ! Soyez tranquille, ne vous n'agitez pas comme ça. Elle ramena la couverture sur les mains du malade. — N'allez, mon fiston, dit-elle, monsieur Schmucke et moi, nous passerons les nuits, là, n'à votre chevet... Vous serez mieux gardé qu'un prince, et... d'ailleurs, vous n'êtes assez riche pour ne vous rien refuser de ce qu'il faut à votre maladie... Je viens de m'arranger avec Cibot ; car, pauvre cher homme, qué qui ferait sans moi... Eh bien ! je lui n'ai fait entendre raison, et nous vous aimons tant tous les deux, qu'il a consenti à ce que je sois n'ici la nuit... Et pour un homme comme lui... c'est un fier sacrifice, allez ! car il m'aime comme au premier jour. Je ne sais pas ce qu'il n'a ! c'est la loge ! tous deux à côté de l'autre, toujours !... Ne vous découvrez donc pas ainsi... dit-elle en s'élançant à la tête du lit et ramenant les couvertures sur la poitrine de Pons... Si vous n'êtes pas gentil, si vous ne faites pas bien tout ce qu'ordonnera monsieur Poulain, qui est, voyez-vous, l'image du bon Dieu sur la terre, je ne me mêle plus de vous... faut m'obéir...

— *Ui, montame Zipod ! il fus opéira*, répondit Schmucke, *gar ile feud fifre bir son pon hami Schmucke, che le carandis.*

— Ne vous impatientez pas, surtout, car votre maladie, dit la Cibot, vous n'y pousse assez, sans que vous n'augmentiez votre défaut de patience. Dieu nous envoie nos maux, mon cher bon monsieur, il nous punit de nos fautes, vous n'avez bien quelques chères petites fautes n'à vous reprocher !... Le malade inclina la tête négativement... — Oh ! n'allez, vous n'aurez aimé dans votre jeunesse, vous n'aurez fait vos fredaines, vous n'avez peut-être quelque part n'un fruit de vos n'amours, qui n'est sans pain, ni feu, ni lieu... Monstres d'hommes ! Ça n'aime n'un jour, et puis : — Frist ! Ça ne pense plus n'à rien, pas même n'aux mois de nourrice ! Pauvres femmes !...

— Mais il n'y a que Schmucke et ma pauvre mère qui m'aient jamais aimé, dit tristement le pauvre Pons.

— Allons ! vous n'êtes pas n'un saint ! vous n'avez été jeune et vous deviez n'être bien joli garçon. A vingt ans... moi, bon comme vous l'êtes, je vous n'aurais n'aimé...

— J'ai toujours été laid comme un crapaud ! dit Pons au désespoir.

— Vous dites cela par modestie, car vous n'avez cela pour vous, que vous n'êtes modeste.

— Mais non, ma chère madame Cibot, je vous le répète, j'ai toujours été laid, et je n'ai jamais été aimé...

— Par exemple ! vous ?... dit la portière. Vous voulez n'à cette heure me faire accroire que vous n'êtes à votre âge, comme n'une rosière... à d'autres ! n'un musicien ! un homme de théâtre ! mais ce serait nune femme qui me dirait cela, que je ne la croirais pas.

— *Montame Zibod ! fus allez l'irrider !* cria Schmucke en voyant Pons qui se tortillait comme un ver dans son lit.

— Taisez-vous n'aussi, vous n'êtes deux vieux libertins... Vous n'avez beau n'être laids, il n'y a si vilain couvercle qui ne trouve son pot ! comme dit le proverbe ! Cibot s'est bien fait n'aimer d'une des plus belles écaillères de Paris... vous n'êtes infiniment mieux que lui... Vous n'êtes bon ! vous... n'allons, vous n'avez fait vos farces ! Et Dieu vous punit d'avoir abandonné vos enfants, comme Abraham !... Le malade abattu trouva la force de faire encore un geste de dénégation. — Mais soyez tranquille, ça ne vous empêchera de vivre n'autant que Mathusalem.

— Mais laissez-moi donc tranquille ! cria Pons, je n'ai jamais su ce que c'était que d'être aimé !... je n'ai pas eu d'enfants, je suis seul sur la terre...

— Nà, bien vrai ?... demanda la portière, car vous n'êtes si bon, que les femmes, qui, voyez-vous, n'aiment la bonté, c'est ce qui les attache... et il me semblait impossible que dans votre bon temps...

— Emmène-la ! dit Pons à l'oreille de Schmucke, elle m'agace !

— Monsieur Schmucke alors, n'en a des enfants... Vous n'êtes tous comme ça, vous autres vieux garçons...

— Moi ! s'écria Schmucke en se dressant sur ses jambes, mais...

— Allons, vous n'aussi, vous n'êtes sans héritiers, n'est-ce pas ! Vous n'êtes venus tous deux comme des champignons sur cette terre.

— *Foyons, fenez !* répondit Schmucke.

Le bon Allemand prit héroïquement madame Cibot par la taille, et l'emmena dans le salon, sans tenir compte de ses cris.

XXXI

BEAU TRAIT DE CONTINENCE

— Vous voudriez n'à votre âge, n'abuser d'une pauvre femme !... criait la Cibot en se débattant dans les bras de Schmucke.

— *Ne griez bas !*

— Vous, le meilleur des deux ! répondit la Cibot. Ah ! j'ai n'eu tort de parler d'amour n'à des vieillards qui n'ont jamais connu de femmes ! j'ai n'allumé vos feux, monstre, s'écria-t-elle en voyant les yeux de Schmucke brillant de colère. N'à la garde ! n'à la garde ! on m'enlève !

— *Fus edes eine pedde !* répondit l'Allemand. *Foyons, qu'a tid le togdeur ?...*

— Vous me brutalisez ainsi, dit en pleurant la Cibot rendue à la liberté, moi qui me jetterais dans le feu pour vous deux ! Ah bien ! n'on dit que les hommes se connaissent à l'user... Comme c'est vrai ! C'est pas mon pauvre Cibot qui me malmènerait ainsi... Moi qui fais de vous mes enfants ; car je n'ai pas d'enfants, et je disais hier, oui, pas plus tard qu'hier, à Cibot : « — Mon ami, Dieu savait bien ce qu'il faisait en nous refusant des enfants, car j'ai deux enfants là-haut ! » Voilà, par la sainte croix de Dieu, sur l'âme de ma mère, ce que je lui disais...

— *Eh ! mais qu'a tid le togdeur ?* demanda rageusement Schmucke qui pour la première fois de sa vie frappa du pied.

— Eh bien ! il n'a dit, répondit madame Cibot en attirant Schmucke dans la salle à manger, il n'a dit que notre cher bienaimé chéri de n'amour de malade serait en danger de mourir, s'il n'était pas bien soigné ; mais je suis là, malgré vos brutalités ; car vous n'êtes brutal, vous que je croyais si doux. N'en avez-vous de ce tempérament !... N'ah ! vous n'abuseriez donc n'encore n'à votre âge d'une femme, gros polisson ?...

— *Bolizon ! moâ ?... Fus ne gombrenez toncques bas que che n'ame que Bons.*

— N'a la bonne heure, vous me laisserez tranquille, n'est-ce pas ? dit-elle en souriant à Schmucke. Vous ferez bien, car Cibot casserait les os à quiconque n'attenterait à son noneur !

— *Zoignez-le pien, ma petite montam Zibod,* reprit Schmucke en essayant de prendre la main à madame Cibot.

— N'ah ! voyez-vous, n'encore ?

— *Égoudez-moi tonc ? dud ce que c'haurai zera à fus, zi nus le zauffons...*

— Eh bien ! je vais chez l'apothicaire, chercher ce qu'il faut... car, voyez-vous, monsieur, ça coûtera cette maladie ; net comment ferez-vous ?...

— *Che dravaillerai ! Che feux que Bons zoid soigné gomme ein brince...*

— Il le sera, mon bon monsieur Schmucke ; et, voyez-vous, ne vous inquiétez de rien. Cibot et moi, nous n'avons deux mille francs d'économies, *elles* sont à vous, et n'il y a longtemps que je mets du mien ici, n'allez !...

— *Ponne phâme !* s'écria Schmucke en s'essuyant les yeux, *quel cueir !*

— Séchez des larmes qui m'honorent, car voilà ma récompense, à moi ! dit mélodramatiquement la Cibot. Je suis la plus désintéressée de toutes les créatures, mais n'entrez pas n'avec des larmes n'aux yeux, car monsieur Pons croirait qu'il est plus malade qu'il n'est.

Schmucke, ému de cette délicatesse, prit enfin la main de la Cibot et la lui serra.

— N'épargnez-moi ! dit l'ancienne écaillère en jetant à Schmucke un regard tendre.

— *Bons,* dit le bon Allemand en rentrant, *c'esd eine anche que montam Zibod, c'esd eine anche pafard, mais c'esd eine anche.*

— Tu crois ?... Je suis devenu défiant depuis un mois, répondit le malade en hochant la tête. Après tous mes malheurs, on ne croit plus à rien qu'à Dieu et à toi !...

— *Cuéris, et nus fifrons dus trois gomme tes roisse !* s'écria Schmucke.

— Cibot ! s'écria la portière essoufflée, en entrant dans sa loge. Ah ! mon ami, notre fortune n'est faite ! Mes deux messieurs n'ont pas d'héritiers, ni d'enfants naturels, ni rien... quoi !... Oh ! j'irai chez madame Fontaine me faire tirer les cartes, pour savoir ce que nous n'aurons de rente !..

— Ma femme, répondit le petit tailleur, ne comptons pas sur les souliers d'un mort pour être bien chaussés.

— Ah çà ! vas-tu m'asticoter, toi, dit-elle, en donnant une tape amicale à Cibot. Je sais ce que je sais ! Monsieur Poulain n'a condamné monsieur Pons ! Et nous serons riches ! Je serai sur le testament... Je m'en sarge ! Tire ton aiguille et veille n'à ta loge, tu ne feras plus longtemps ce métier-là ! Nous nous retirerons n'à la campagne, n'à Batignolles. N'une belle maison, n'un beau jardin, que tu t'amuseras à cultiver, et j'aurai n'une servante !...

— *Eh bien ! voichine, comment cha va la-haute,* demanda Rémonencq, *chavez-vousse che que vautte chette collectchion ?...*

— Non, non, pas encore ! N'on ne va pas comme ça ! mon brave homme. Moi, j'ai commencé par me faire dire des choses plus importantes...

— *Pluche impourtantes !* s'écria Rémonencq ; *maiche, che qui este plus impourtant que cette choge...*

— Allons, gamin ! laisse-moi conduire la barque, dit la portière avec autorité.

— *Maiche, tante pour chent, chur chette chent mille franques, vouche auriez de quoi reschter bourcheois pour le reschte de vostre vie...*

— Soyez tranquille, papa Rémonencq, quand il faudra savoir ce que valent toutes les choses que le bonhomme a amassées, nous verrons...

XXXII

TRAITÉ DES SCIENCES OCCULTES

Et la portière, après être allée chez l'apothicaire pour y prendre les médicaments ordonnés par le docteur Poulain, remit au lendemain sa consultation chez madame Fontaine, en pensant qu'elle trouverait les facultés de l'oracle plus nettes, plus fraîches, en s'y trouvant de bon matin avant tout le monde ; car il y a souvent foule chez madame Fontaine.

Après avoir été pendant quarante ans l'antagoniste de la célèbre mademoiselle Lenormand[58], à qui d'ailleurs elle a survécu, madame Fontaine était alors l'oracle du Marais. On ne se figure pas ce que sont les tireuses de cartes pour les classes inférieures parisiennes, ni l'influence immense qu'elles exercent sur les déterminations des personnes sans instruction ; car les cuisinières, les portières, les femmes entretenues, les ouvriers, tous ceux qui, dans Paris, vivent d'espérances, consultent les êtres privilégiés qui possèdent l'étrange et inexpliqué pouvoir de lire dans l'avenir. La croyance aux sciences occultes est bien plus répandue que ne l'imaginent les savants, les avocats, les notaires, les médecins, les magistrats et les philosophes. Le peuple a des instincts indélébiles. Parmi ces instincts, celui qu'on nomme si sottement *superstition*, est aussi bien dans le sang du peuple que dans l'esprit des gens supérieurs. Plus d'un homme d'État consulte, à Paris, les tireuses de cartes. Pour les incrédules, l'astrologie judiciaire (alliance de mots excessivement bizarre) n'est que l'exploitation d'un sentiment inné, l'un des plus forts de notre nature, la Curiosité. Les incrédules nient donc complètement les rapports que la divination établit entre la destinée humaine et la configuration qu'on en obtient par les sept ou huit moyens principaux qui composent l'astrologie judiciaire. Mais il en est des sciences occultes comme de tant d'effets naturels repoussés par les esprits forts ou par les philosophes matérialistes, c'est-à-dire ceux qui s'en tiennent uniquement aux faits visibles, solides, aux résultats de la cornue ou des balances de la physique et de la chimie modernes ; ces sciences subsistent, elles continuent leur marche, sans progrès d'ailleurs, car depuis environ deux siècles la culture en est abandonnée par les esprits d'élite.

En ne regardant que le côté possible de la divination, croire que les événements antérieurs de la vie d'un homme, que les secrets connus de lui seul peuvent être immédiatement représentés par des cartes qu'il mêle, qu'il coupe et que le diseur d'horoscope divise en paquets d'après des lois mystérieuses, c'est l'absurde ; mais c'est l'absurde qui condamnait la vapeur, qui condamne encore la navigation aérienne, qui condamnait les inventions de la poudre et de l'imprimerie, celle des lunettes, de la gravure, et la dernière grande découverte, la daguerréotypie. Si quelqu'un fût venu dire à Napoléon qu'un édifice et qu'un homme sont incessamment et à toute heure représentés par une image dans l'atmosphère, que tous les objets existants y ont un spectre saisissable, perceptible, il aurait logé cet homme à Charenton, comme Richelieu logea Salomon de Caux à Bicêtre, lorsque le martyr normand lui apporta l'immense conquête de la navigation à vapeur[59]. Et c'est là cependant ce que Daguerre a prouvé par sa découverte. Eh bien ! si Dieu a imprimé, pour certains yeux clairvoyants, la destinée de chaque homme dans sa physionomie, en prenant ce mot comme l'expression totale du corps, pourquoi la main ne résumerait-elle pas la physionomie, puisque la main est l'action humaine tout entière et son seul moyen de manifestation ? De là la chiromancie. La société n'imite-t-elle pas Dieu ? Prédire à un homme les événements de sa vie à l'aspect de sa main, n'est pas un fait plus extraordinaire chez celui qui a reçu les facultés du Voyant, que le fait de dire à un soldat qu'il se battra, à un avocat qu'il parlera, à un cordonnier qu'il fera des souliers ou des bottes, à un cultivateur qu'il fumera la terre et la labourera. Choisissons un exemple frappant ? Le génie est tellement visible en l'homme, qu'en se promenant à Paris, les gens les plus ignorants devinent un grand artiste quand il passe. C'est comme un soleil moral dont les rayons colorent tout à son passage. Un imbécile ne se reconnaît-il pas immédiatement par des impressions contraires à celles que produit l'homme de génie ? Un homme ordinaire passe presque inaperçu. La plupart des observateurs de la nature sociale et parisienne peuvent dire la profession d'un passant en le voyant venir. Aujourd'hui, les mystères du sabbat, si bien peints par les peintres du seizième siècle, ne sont plus des mystères. Les Égyptiennes ou les Égyptiens, pères des Bohémiens, cette nation étrange, venue des Indes, faisait tout uniment prendre du hatschich à ses clients. Les phénomènes produits par cette conserve expliquent parfaitement le chevauchage sur les balais, la fuite par les cheminées, les *visions réelles*, pour ainsi dire, des vieilles changées en jeunes femmes, les danses furibondes et les délicieuses musiques qui composaient les fantaisies des prétendus adorateurs du diable.

Aujourd'hui tant de faits avérés, authentiques, sont issus des sciences occultes, qu'un jour ces sciences seront professées comme on professe la chimie et l'astronomie. Il est même singulier qu'au moment où l'on crée à Paris des chaires de slave, de mantchou, de littératures aussi peu *professables* que les littératures du Nord, qui, au lieu de fournir des leçons, devraient en recevoir, et dont les titulaires répètent d'éternels articles sur Shakspeare ou sur le seizième siècle, on n'ait pas restitué, sous le nom d'Anthropologie, l'enseignement de la philosophie occulte, l'une des gloires de l'ancienne Université. En ceci, l'Allemagne, ce pays à la fois si grand et si enfant, a devancé la France, car on y professe cette science, bien plus utile que les différentes PHILOSOPHIES, qui sont toutes la même chose.

Que certains êtres aient le pouvoir d'apercevoir les faits à venir dans le germe des causes, comme le grand inventeur aperçoit une industrie, une science dans un effet naturel inaperçu du vulgaire, ce n'est plus une de ces violentes exceptions qui font rumeur, c'est l'effet d'une faculté reconnue, et qui serait en quelque sorte le somnambulisme de l'esprit. Si donc cette proposition, sur laquelle reposent les différentes manières de déchiffrer l'avenir, semble absurde, le fait est là. Remarquez que prédire les gros événements de l'avenir n'est pas, pour le Voyant, un tour de force plus extraordinaire que celui de deviner le passé. Le passé, l'avenir sont également impossibles à savoir, dans le système des incrédules. Si les événements accomplis ont laissé des traces, il est vraisemblable d'imaginer que les événements à venir ont leurs racines. Dès qu'un *diseur de bonne aventure* vous explique minutieusement les faits connus de vous seul, dans votre vie antérieure, il peut vous dire les événements que produiront les causes existantes. Le monde moral est taillé pour ainsi dire sur le patron du monde naturel ; les mêmes effets s'y doivent retrouver avec les différences propres à leurs divers milieux. Ainsi, de même que les corps se projettent réellement dans l'atmosphère en y laissant subsister ce spectre saisi par le daguerréotype qui l'arrête au passage ; de même, les idées, créations réelles et agissantes, s'impriment dans ce qu'il faut nommer l'atmosphère du monde spirituel, y produisent des effets, y vivent *spectralement* (car il est nécessaire de forger des mots pour exprimer des phénomènes innommés), et dès lors certaines créatures douées de facultés rares peuvent parfaitement apercevoir ces formes ou ces traces d'idées.

Quant aux moyens employés pour arriver aux *visions*, c'est là le merveilleux le plus explicable, dès que la main du consultant dispose les objets à l'aide desquels on lui fait représenter les hasards de sa vie. En effet, tout s'enchaîne dans le monde réel. Tout mouvement y correspond à une cause, toute cause se rattache à l'ensemble ; et, conséquemment, l'ensemble se représente dans le moindre mouvement. Rabelais, le plus grand esprit de l'humanité moderne, cet homme qui résuma Pythagore, Hippocrate, Aristophane et Dante, a dit, il y a maintenant trois siècles : L'homme est un microcosme[60]. Trois siècles après, Swedenborg[61], le grand prophète suédois, disait que la terre était un homme. Le prophète et le précurseur de l'incrédulité se rencontraient ainsi dans la plus grande des formules. Tout est fatal dans la vie humaine, comme dans la vie de notre planète. Les moindres accidents, les plus futiles, y sont subordonnés. Donc les grandes choses, les grands desseins, les grandes pensées s'y reflètent nécessairement dans les plus petites actions, et avec tant de fidélité, que si quelque conspirateur mêle et coupe un jeu de cartes, il y écrira le secret de sa conspiration pour le Voyant appelé bohème, diseur de bonne aventure, charlatan, etc. Dès qu'on admet la fatalité, c'est-à-dire l'enchaînement des causes, l'astrologie judiciaire existe et devient ce qu'elle était jadis, une science immense, car elle comprend la faculté de déduction qui fit Cuvier si grand, mais spontanée, au lieu d'être, comme chez ce beau génie, exercée dans les nuits studieuses du cabinet.

L'astrologie judiciaire, la divination, a régné pendant sept siècles, non pas comme aujourd'hui sur les gens du peuple, mais sur les plus grandes intelligences, sur les souverains, sur les reines et sur les gens riches. Une des plus grandes sciences de l'antiquité, le magnétisme animal, est sorti des sciences occultes, comme la chimie est sortie des fourneaux des alchimistes. La crânologie, la physiognomonie, la névrologie en sont également issues ; et les illustres créateurs de ces sciences, en apparence nouvelles, n'ont eu qu'un tort, celui de tous les inventeurs, et qui consiste à systématiser absolument des faits isolés, dont la cause génératrice échappe encore à l'analyse. Un jour l'Église catholique et la Philosophie moderne se sont trouvées d'accord avec la Justice pour proscrire, persécuter, ridiculiser les mystères de la Cabale ainsi que ses adeptes, et il s'est fait une regrettable lacune de cent ans dans le règne et l'étude des sciences occultes. Quoi qu'il en soit, le peuple et beaucoup de gens d'esprit, les femmes surtout, continuent à payer leurs contributions à la mystérieuse puissance de ceux qui peuvent soulever le voile de l'avenir ; ils vont leur acheter de l'espérance, du courage, de la force, c'est-à-dire ce que la religion seule peut donner. Aussi cette science est-elle toujours pratiquée, non sans quelques risques. Aujourd'hui, les sorciers, garantis de tout supplice par la tolérance due aux encyclopédistes du dix-huitième siècle, ne sont plus justiciables que de la police correctionnelle, et dans le cas seulement où ils se livrent à des manœuvres frauduleuses, quand ils effraient leurs pratique dans le dessein d'extorquer de l'argent, ce qui constitue une escroquerie. Malheureusement l'escroquerie et souvent le crime accompagnent l'exercice de cette faculté sublime. Voici pourquoi.

Les dons admirables qui font le Voyant se rencontrent ordinairement chez les gens à qui l'on décerne l'épithète de brutes. Ces brutes sont les vases d'élection où Dieu met les élixirs qui surprennent l'humanité. Ces brutes donnent les prophètes, les saint Pierre, les l'Hermite. Toutes les fois que la pensée demeure dans sa totalité, reste bloc, ne se débite pas en conversations, en intrigues, en œuvres de littérature, en imaginations de savant, en efforts administratifs, en conceptions d'inventeur, en travaux guerriers, elle est apte à jeter des feux d'une intensité prodigieuse, contenus comme le diamant brut garde l'éclat de ses facettes. Vienne une circonstance ! cette intelligence s'allume, elle a des ailes pour franchir les distances, des yeux divins pour tout voir ; hier, c'était un charbon, le lendemain, sous le jet du fluide inconnu qui la traverse, c'est un diamant qui rayonne. Les gens supérieurs, usés sur toutes les faces de leur intelligence, ne peuvent jamais, à moins de ces miracles que Dieu se permet quelquefois, offrir cette puissance suprême. Aussi, les devins et les devineresses sont-ils presque toujours des mendiants ou des mendiantes à esprits vierges, des êtres en apparence grossiers, des cailloux roulés dans les torrents de la misère, dans les ornières de la vie, où ils n'ont dépensé que des souffrances physiques. Le prophète, le Voyant, c'est enfin Martin le laboureur[62], qui a fait trembler Louis XVIII en disant un secret que le Roi pouvait seul savoir, c'est une mademoiselle Lenormand, une cuisinière comme madame Fontaine, une négresse presque idiote, un pâtre vivant avec des bêtes à cornes, un faquir assis au bord d'une pagode, et qui, tuant la chair, fait arriver l'esprit à toute la puissance inconnue des facultés somnambulesques. C'est en Asie que de tout temps se sont rencontrés les héros des sciences occultes. Souvent alors ces gens qui, dans l'état ordinaire, restent ce qu'ils sont, car ils remplissent en quelque sorte les fonctions physiques et chimiques des corps conducteurs de l'électricité, tour à tour métaux inertes ou canaux pleins de fluides mystérieux ; ces gens, redevenus eux-mêmes, s'adonnent à des pratiques, à des calculs qui les mènent en police correctionnelle, voire même, comme le fameux Balthazar, en cour d'assises et au bagne. Enfin ce qui prouve l'immense pouvoir que la Cartomancie exerce sur les gens du peuple, c'est que la vie ou la mort du pauvre musicien dépendait de l'horoscope que madame Fontaine allait tirer à madame Cibot.

Quoique certaines répétitions soient inévitables dans une histoire aussi considérable et aussi chargée de détails que l'est une histoire complète de la société française au dix-neuvième siècle, il est inutile de peindre le taudis de madame Fontaine, déjà décrit dans *Les Comédiens sans le savoir*. Seulement il est nécessaire de faire observer que madame Cibot entra chez madame Fontaine, qui demeure rue Vieille-du-Temple, comme les habitués du café Anglais[63] entrent dans ce restaurant pour y déjeuner. Madame Cibot, pratique fort ancienne, amenait là souvent des jeunes personnes et des commères dévorées de curiosité.

XXXIII

LE GRAND JEU

La vieille domestique, qui servait de prévôt à la tireuse de cartes, ouvrit la porte du sanctuaire, sans prévenir sa maîtresse.

— C'est madame Cibot ! Entrez, ajouta-t-elle, il n'y a personne.

— Eh bien ! ma petite, qu'avez-vous donc pour venir si matin ? dit la sorcière.

Madame Fontaine, alors âgée de soixante-dix-huit ans, méritait cette qualification pour son extérieur digne d'une Parque.

— J'ai *les sangs tournés*, donnez-moi le grand jeu ! s'écria la Cibot, il s'agit de ma fortune.

Et elle expliqua la situation dans laquelle elle se trouvait en demandant une prédiction pour son sordide espoir.

— Vous ne savez pas ce que c'est que le grand jeu ? dit solennellement madame Fontaine.

— Non, je ne suis pas n'assez riche pour n'en n'avoir jamais vu la farce ! cent francs !... Excusez du peu ! N'où que je les n'aurais pris ? Mais n'aujourd'hui, n'il me le faut !

— Je ne le joue pas souvent, ma petite, répondit madame Fontaine, je ne le donne aux riches que dans les grandes occasions, et on me le paye vingt-cinq louis ; car, voyez-vous, ça me fatigue, ça m'use ! l'*Esprit* me tripote, là, dans l'estomac. C'est, comme on disait autrefois, aller au sabbat !

— Mais, quand je vous dis, ma bonne mame Fontaine, qu'il s'agit de mon n'avenir...

— Enfin pour vous à qui je dois tant de consultations, je vais me livrer à l'Esprit ! répondit madame Fontaine en laissant voir sur sa figure décrépite une expression de terreur qui n'était pas jouée.

Elle quitta sa vieille bergère crasseuse, au coin de sa cheminée, alla vers sa table couverte d'un drap vert dont toutes les cordes usées pouvaient se compter, et où dormait à gauche un crapaud d'une dimension extraordinaire, à côté d'une cage ouverte et habitée par une poule noire aux plumes ébouriffées.

— Astaroth ! ici, mon fils ! dit-elle en donnant un léger coup d'une longue aiguille à tricoter sur le dos du crapaud, qui la regarda d'un air intelligent. — Et vous, mademoiselle Cléopâtre !... attention ! reprit-elle en donnant un petit coup sur le bec de la vieille poule. Madame Fontaine se recueillit, elle demeura pendant quelques instants immobile ; elle eut l'air d'une morte, ses yeux tournèrent et devinrent blancs. Puis elle se roidit, et dit : — Me voilà ! d'une voix caverneuse. Après avoir automatiquement éparpillé du millet pour Cléopâtre, elle prit son grand jeu, le mêla convulsivement, et le fit couper par madame Cibot, mais en soupirant profondément. Quand cette image de la Mort en turban crasseux, en casaquin sinistre, regarda les grains de millet que la poule noire piquait, et appela son crapaud Astaroth pour qu'il se promenât sur les cartes étalées, madame Cibot eut froid dans le dos, elle tressaillit. Il n'y a que les grandes croyances qui donnent de grandes émotions. Avoir ou n'avoir pas de rentes, telle était la question, a dit Shakspeare.

Après sept ou huit minutes pendant lesquelles la sorcière ouvrit et lut un grimoire d'une voix sépulcrale, examina les grains qui restaient, le chemin que faisait le crapaud en se retirant, elle déchiffra le sens des cartes en y dirigeant ses yeux blancs.

— Vous réussirez ! quoique rien dans cette affaire ne doive aller comme vous le croyez ! dit-elle. Vous aurez bien des démarches à faire. Mais vous recueillerez le fruit de vos peines. Vous vous conduirez bien mal, mais ce sera pour vous comme pour tous ceux qui sont auprès des malades, et qui convoitent une part de succession. Vous serez aidée dans cette œuvre de malfaisance par des personnages considérables... Plus tard, vous vous repentirez dans les angoisses de la mort, car vous mourrez assassinée par deux forçats évadés, un petit à cheveux rouges et un vieux tout chauve, à cause de la fortune qu'on vous supposera dans le village où vous vous retirerez avec votre second mari... Allez, ma fille, vous êtes libre d'agir ou de rester tranquille.

L'exaltation intérieure qui venait d'allumer les torches dans les yeux caves de ce squelette si froid en apparence, cessa. Lorsque l'horoscope fut prononcé, madame Fontaine éprouva comme un éblouissement et fut en tout point semblable aux somnambules quand on les réveille ; elle regarda tout d'un air étonné ; puis elle reconnut madame Cibot et parut surprise de la voir en proie à l'horreur peinte sur ce visage.

XXXIV

UN PERSONNAGE DES CONTES D'HOFFMANN

— Eh bien ! ma fille ! dit-elle d'une voix tout à fait différente de celle qu'elle avait eue en prophétisant, êtes-vous contente ?...

Madame Cibot regarda la sorcière d'un air hébété sans pouvoir lui répondre.

– Ah ! vous avez voulu le grand jeu ! je vous ai traitée comme une vieille connaissance. Donnez-moi cent francs, seulement...

— Cibot, mourir ? s'écria la portière.

— Je vous ai donc dit des choses bien terribles ?... demanda très ingénument madame Fontaine.

— Mais oui !... dit la Cibot en tirant de sa poche cent francs et les posant au bord de la table, mourir assassinée !...

— Ah ! voilà, vous voulez le grand jeu !... Mais consolez-vous, tous les gens assassinés dans les cartes ne meurent pas.

— Mais c'est-y possible, mame Fontaine ?

— Ah ! ma petite belle, moi je n'en sais rien ! Vous avez voulu frapper à la porte de l'avenir, j'ai tiré le cordon, voilà tout, et *il* est venu !

— Qui, il ? dit madame Cibot.

— Eh bien ! l'Esprit, quoi ! répliqua la sorcière impatientée.

— Adieu, mame Fontaine ! s'écria la portière. Je ne connaissais pas le grand jeu, vous m'avez bien effrayée, n'allez !...

— Madame ne se met pas deux fois par mois dans cet état-là ! dit la servante en reconduisant la portière jusque sur le palier. Elle crèverait à la peine, tant ça la lasse. Elle va manger des côtelettes et dormir pendant trois heures...

Dans la rue, en marchant, la Cibot fit ce que font les consultants avec les consultations de toute espèce. Elle crut à ce que la prophétie offrait de favorable à ses intérêts et douta des malheurs annoncés. Le lendemain, affermie dans ses résolutions, elle pensait à tout mettre en œuvre pour devenir riche en se faisant donner une partie du Musée-Pons. Aussi n'eut-elle plus, pendant quelque temps, d'autre pensée que celle de combiner les moyens de réussir. Le phénomène expliqué ci-dessus, celui de la concentration des forces morales chez tous les gens grossiers qui, n'usant pas leurs facultés intelligentielles ainsi que les gens du monde par une dépense journalière, les trouvent fortes et puissantes au moment où joue dans leur esprit cette arme redoutable appelée l'idée fixe, se manifesta chez la Cibot à un degré supérieur. De même que l'idée fixe produit les miracles des évasions et les miracles du sentiment, cette portière, appuyée par la cupidité, devint aussi forte qu'un Nucingen aux abois, aussi spirituelle sous sa bêtise que le séduisant la Palférine.

Quelques jours après, sur les sept heures du matin, en voyant Rémonencq occupé d'ouvrir sa boutique, elle alla chattement à lui.

— Comment faire pour savoir la vérité sur la valeur des choses entassées chez mes messieurs ? lui demanda-t-elle.

— Ah ! c'est bien facile, répondit le marchand de curiosités dans son affreux charabia qu'il est inutile de continuer à figurer pour la clarté du récit. Si vous voulez jouer franc jeu avec moi, je vous indiquerai un appréciateur, un bien honnête homme, qui saura la valeur des tableaux à deux sous près...

— Qui ?

— Monsieur Magus, un Juif qui ne fait plus d'affaires que pour son plaisir.

Élie Magus, dont le nom est trop connu dans la *Comédie humaine* pour qu'il soit nécessaire de parler de lui, s'était retiré du commerce des tableaux et des curiosités, en imitant, comme marchand, la conduite que Pons avait tenue comme amateur. Les célèbres appréciateurs, feu Henry, messieurs Pigeot et Moret, Théret, Georges et Roëhn, enfin, les experts du Musée, étaient tous des enfants, comparés à Élie Magus, qui devenait un chef-d'œuvre sous une crasse centenaire, qui connaissait toutes les Écoles et l'écriture de tous les peintres.

Ce Juif, venu de Bordeaux à Paris, avait quitté le commerce en 1835, sans quitter les dehors misérables qu'il gardait, selon les habitudes de la plupart des Juifs, tant cette race est fidèle à ses traditions. Au Moyen Age, la persécution obligeait les Juifs à porter des haillons pour déjouer les soupçons, à toujours se plaindre, pleurnicher, crier à la misère. Ces nécessités d'autrefois sont devenues, comme toujours, un instinct de peuple, un vice endémique. Élie Magus, à force d'acheter des diamants et de les revendre, de brocanter les tableaux et les dentelles, les hautes curiosités et les émaux, les fines sculptures et les vieilles orfèvreries, jouissait d'une immense fortune inconnue, acquise dans ce commerce, devenu si considérable. En effet, le nombre des marchands a décuplé depuis vingt ans à Paris, la ville où toutes les curiosités du monde se donnent rendez-vous. Quant aux tableaux, ils ne se vendent que dans trois villes, à Rome, à Londres et à Paris.

Élie Magus vivait, Chausée des Minimes, petite et vaste rue qui mène à la place Royale[64] où il possédait un vieil hôtel acheté, pour un morceau de pain, comme on dit, en 1831. Cette magnifique construction contenait un des plus fastueux appartements décorés du temps de Louix XV, car c'était l'ancien hôtel de Maulaincourt. Bâti par ce célèbre président de la cour des Aides, cet hôtel, à cause de sa situation, n'avait pas été dévasté durant la révolution. Si le vieux Juif s'était décidé, contre les lois israélites, à devenir propriétaire, croyez qu'il eut bien ses raisons. Le vieillard finissait, comme nous finissons tous, par une manie poussée jusqu'à la folie. Quoiqu'il fût avare autant que son ami feu Gobseck, il se laissa prendre par l'admiration des chefs-d'œuvre qu'il brocantait ;

mais son goût, de plus en plus épuré, difficile, était devenu l'une de ces passions qui ne sont permises qu'aux Rois, quand ils sont riches et qu'ils aiment les arts. Semblable au second roi de Prusse, qui ne s'enthousiasmait pour un grenadier que lorsque le sujet atteignait à six pieds de hauteur, et qui dépensait des sommes folles pour le pouvoir joindre à son musée vivant de grenadiers, le brocanteur retiré ne se passionnait que pour des toiles irréprochables, restées telles que le maître les avait peintes, et du premier ordre dans l'œuvre. Aussi Élie Magus ne manquait-il pas une seule des grandes ventes, visitait-il tous les marchés, et voyageait-il par toute l'Europe. Cette âme vouée au lucre, froide comme un glaçon, s'échauffait à la vue d'un chef-d'œuvre, absolument comme un libertin, lassé de femmes, s'émeut devant une fille parfaite, et s'adonne à la recherche des beautés sans défaut. Ce Don Juan des toiles, cet adorateur de l'idéal, trouvait dans cette admiration des jouissances supérieures à celles que donne à l'avare la contemplation de l'or. Il vivait dans un sérail de beaux tableaux !

Ces chefs-d'œuvre, logés comme doivent l'être les enfants des princes, occupaient tout le premier étage de l'hôtel qu'Élie Magus avait fait restaurer, et avec quelle splendeur ! Aux fenêtres, pendaient en rideaux les plus beaux brocarts d'or de Venise. Sur les parquets, s'étendaient les plus magnifiques tapis de la Savonnerie. Les tableaux, au nombre de cent environ, étaient encadrés dans les cadres les plus spendides, redorés tous avec esprit par le seul doreur de Paris qu'Élie trouvât consciencieux, par Servais, à qui le vieux Juif apprit à dorer avec l'or anglais, or infiniment supérieur à celui des batteurs d'or français. Servais est, dans l'art du doreur, ce qu'était Thouvenin dans la reliure[65], un artiste amoureux de ses œuvres. Les fenêtres de cet appartement étaient protégées par des volets garnis en tôle. Élie Magus habitait deux chambres en mansarde au deuxième étage, meublées pauvrement, garnies de ses haillons, et sentant la juiverie, car il achevait de vivre comme il avait vécu.

Le rez-de-chaussée, tout entier pris par les tableaux que le Juif brocantait toujours, par les caisses venues de l'étranger, contenait un immense atelier où travaillait presque uniquement pour lui Moret, le plus habile de nos restaurateurs de tableaux, un de ceux que le Musée devrait employer. Là se trouvait aussi l'appartement de sa fille, le fruit de sa vieillesse, une Juive, belle comme sont toutes les Juives quand le type asiatique reparaît pur et noble en elles. Noémi, gardée par deux servantes fanatiques et juives, avait pour avant-garde un Juif polonais nommé Abramko, compromis, par un hasard fabuleux, dans les événements de Pologne, et qu'Élie Magus avait sauvé par spéculation. Abramko, concierge de cet hôtel muet, morne et désert, occupait une loge armée de trois chiens d'une férocité remarquable, l'un de Terre-Neuve, l'autre des Pyrénées, le troisième anglais et bouledogue.

Voici sur quelles observations profondes était assise la sûreté du Juif qui voyageait sans crainte, qui dormait sur ses deux oreilles, et ne redoutait aucune entreprise ni sur sa fille, son premier trésor, ni sur ses tableaux, ni sur son or. Abramko recevait chaque année deux cents francs de plus que l'année précédente, et ne devait plus rien recevoir à la mort de Magus, qui le dressait à faire l'usure dans le quartier. Abramko n'ouvrait jamais à personne sans avoir regardé par un guichet grillagé, formidable. Ce concierge, d'une force herculéenne, adorait Magus comme Sancho Pança adore don Quichotte. Les chiens, renfermés pendant le jour, ne pouvaient avoir sous la dent aucune nourriture ; mais, à la nuit, Abramko les lâchait, et ils étaient condamnés par le rusé calcul du vieux Juif à stationner, l'un dans le jardin, au pied d'un poteau en haut duquel était accroché un morceau de viande, l'autre dans la cour au pied d'un poteau semblable, et le troisième dans la grande salle du rez-de-chaussée. Vous comprenez que ces chiens qui, par instinct, gardaient déjà la maison, étaient gardés eux-mêmes par leur faim ; ils n'eussent pas quitté, pour la plus belle chienne, leur place au pied de leur mât de cocagne ; ils ne s'en écartaient pas pour aller flairer quoi que ce soi. Qu'un inconnu se présentât, les chiens s'imaginaient tous trois que le quidam en voulait à leur nourriture, laquelle ne leur était descendue que le matin au réveil d'Abramko. Cette infernale combinaison avait un avantage immense. Les chiens n'aboyaient jamais, le génie de Magus les avait promus Sauvages, ils étaient devenus sournois comme des Mohicans. Or, voici ce qui advint. Un jour, des malfaiteurs, enhardis par ce silence, crurent assez légèrement pouvoir *rincer* la caisse de ce Juif. L'un d'eux, désigné pour monter le premier à l'assaut, passa par-dessus le mur du jardin et voulut descendre ; le bouledogue l'avait laissé faire, il l'avait parfaitement entendu ; mais, dès que le pied de ce monsieur fut à portée de sa gueule, il le lui coupa net, et le mangea. Le voleur eut le courage de repasser le mur, il marcha sur l'os de sa jambe jusqu'à ce qu'il tombât évanoui dans les bras de ses camarades qui l'emportèrent. Ce fait-Paris, car la *Gazette des Tribunaux*[66] ne manqua pas de rapporter ce délicieux épisode des nuits parisiennes, fut pris pour un puff[67].

Magus, alors âgé de soixante-quinze ans, pouvait aller jusqu'à la centaine. Riche, il vivait comme vivaient les Rémonencq. Trois mille francs, y compris ses profusions pour sa fille, défrayaient toutes ses dépenses.

XXXV

OÙ L'ON VOIT QUE LES CONNAISSEURS DE PEINTURE NE SONT PAS TOUS DE L'ACADÉMIE DES BEAUX-ARTS

Aucune existence n'était plus régulière que celle du vieillard. Levé dès le jour, il mangeait du pain frotté d'ail, déjeuner qui le menait jusqu'à l'heure du dîner.

Le dîner, d'une frugalité monacale, se faisait en famille. Entre son lever et l'heure de midi, le maniaque usait le temps à se promener dans l'appartement où brillaient les chefs-d'œuvre. Il y épousetait tout, meubles et tableaux, il admirait sans lassitude ; puis il descendait chez sa fille, il s'y grisait du bonheur des pères, et il partait pour ses courses à travers Paris, où il surveillait les ventes, allait aux expositions, etc. Quand un chef-d'œuvre se trouvait dans les conditions où il le voulait, la vie de cet homme s'animait ; il avait un coup à monter, une affaire à mener, une bataille à Marengo à gagner. Il entassait ruse sur ruse pour avoir sa nouvelle sultane à bon marché. Magus possédait sa carte d'Europe, une carte où les chefs-d'œuvre étaient marqués, et il chargeait ses coreligionnaires dans chaque endroit d'espionner l'affaire pour son compte, moyennant une prime. Mais aussi quelles récompenses pour tant de soins !...

Les deux tableaux de Raphaël perdus et cherchés avec tant de persistance par les Raphaëliaques, Magus les possède ! Il possède l'original de *La maîtresse du Giorgione*, cette femme pour laquelle ce peintre est mort, et les prétendus originaux sont des copies de cette toile illustre qui vaut cinq cent mille francs, à l'estimation de Magus. Ce Juif garde le chef-d'œuvre de Titien : *Le Christ mis au tombeau*, tableau peint pour Charles-Quint, qui fut envoyé par le grand homme au grand Empereur, accompagné d'une lettre écrite tout entière de la main du Titien, et cette lettre est collée au bas de la toile. Il a, du même peintre, l'original, la maquette d'après laquelle tous les portraits de Philippe II ont été faits. Les quatre-vingt-dix-sept autres tableaux sont tous de cette force et de cette distinction. Aussi Magus se rit-il de notre musée, ravagé par le soleil qui ronge les plus belles toiles en passant par des vitres dont l'action équivaut à celle des lentilles. Les galeries de tableaux ne sont possibles qu'éclairées par leurs plafonds. Magus fermait et ouvrait les volets de son musée lui-même, déployait autant de soins et de précautions pour ses tableaux que pour sa fille, son autre idole. Ah ! le vieux tableaumane connaissait bien les lois de la peinture ! Selon lui, les chefs-d'œuvre avaient une vie qui leur était propre, ils étaient journaliers, leur beauté dépendait de la lumière qui venait les colorer, il en parlait comme les Hollandais parlaient jadis de leurs tulipes, et venait voir tel tableau, à l'heure où le chef-d'œuvre resplendissait dans toute sa gloire, quand le temps était clair et pur.

C'était un tableau vivant au milieu de ces tableaux immobiles que ce petit vieillard, vêtu d'une méchante petite redingote, d'un gilet de soie décennal, d'un pantalon crasseux, la tête chauve, le visage creux, la barbe frétillante et dardant ses poils blancs, le menton menaçant et pointu, la bouche démeublée, l'œil brillant comme celui de ses chiens, les mains osseuses et décharnées, le nez en obélisque, la peau rugueuse et froide, souriant à ces belles créations du génie ! Un Juif, au milieu de trois millions, sera toujours un des plus beaux spectacles que puisse donner l'humanité. Robert Médal, notre grand acteur, ne peut pas, quelque sublime qu'il soit, atteindre à cette poésie. Paris est la ville du monde qui recèle le plus d'originaux en ce genre, ayant une religion au cœur. Les *excentriques* de Londres finissent toujours par se dégoûter de leurs adorations comme ils se dégoûtent de vivre ; tandis qu'à Paris les monomanes vivent avec leur fantaisie dans un heureux concubinage d'esprit. Vous y voyez souvent venir à vous des Pons, des Élie Magus vêtus fort pauvrement, le nez comme celui du secrétaire perpétuel de l'Académie française[68], à l'ouest ! ayant l'air de ne tenir à rien, de ne rien sentir, ne faisant aucune attention aux femmes, aux magasins, allant pour ainsi dire au hasard, le vide dans leur poche, paraissant être dénués de cervelle, et vous vous demandez à quelle tribu parisienne ils peuvent appartenir. Eh bien ! ces hommes sont des millionnaires, des collectionneurs, les gens les plus passionnés de la terre, des gens capables de s'avancer dans les terrains boueux de la police correctionnelle pour s'emparer d'une tasse, d'un tableau, d'une pièce rare, comme fit Élie Magus, un jour, en Allemagne.

Tel était l'expert chez qui Rémonencq conduisit mystérieusement la Cibot. Rémonencq consultait Élie Magus toutes les fois qu'il le rencontrait sur les boulevards. Le Juif avait, à diverses reprises, fait prêter par Abramko de l'argent à cet ancien commissionnaire dont la probité lui était connue. La Chaussée des Minimes étant à deux pas de la rue de Normandie, les deux complices du *coup à monter* y furent en dix minutes.

— Vous allez voir, lui dit Rémonencq, le plus riche des anciens marchands de la Curiosité, le plus grand connaisseur qu'il y ait à Paris...

Madame Cibot fut stupéfaite en se trouvant en présence d'un petit vieillard vêtu d'une houppelande indigne de passer par les mains de Cibot pour être raccommodée, qui surveillait son restaurateur, un peintre occupé à réparer des tableaux dans une pièce froide de ce vaste rez-de-chaussée ; puis, en recevant un regard de ces yeux pleins d'une malice froide comme ceux des chats, elle trembla.

— Que voulez-vous, Rémonencq ? dit-il.

— Il s'agit d'estimer des tableaux ; et il n'y a que vous dans Paris qui puissiez dire à un pauvre chaudronnier comme moi ce qu'il en peut donner, quand il n'a pas, comme vous, des mille et des cents !

— Où est-ce ? dit Élie Magus.

— Voici la portière de la maison qui fait le ménage du monsieur, et avec qui je me suis arrangé...

— Quel est le nom du propriétaire ?

— Monsieur Pons ! dit la Cibot.

— Je ne le connais pas, répondit d'un air ingénu Magus en pressant tout doucement de son pied le pied de son restaurateur.

Moret, ce peintre[69], savait la valeur du Musée-Pons, et il avait levé brusquement la tête. Cette finesse ne pouvait être hasardée qu'avec Rémonencq et la Cibot. Le Juif avait évalué moralement cette portière par un regard où les yeux firent l'office des balances d'un peseur d'or. L'un et l'autre devaient ignorer que le bonhomme Pons et Magus avaient mesuré souvent leurs griffes. En effet, ces deux amateurs féroces s'enviaient l'un l'autre. Aussi le vieux Juif venait-il d'avoir comme un éblouissement intérieur. Jamais il n'espérait pouvoir entrer dans un sérail si bien gardé. Le Musée-Pons était le seul à Paris qui pût rivaliser avec le Musée-Magus. Le Juif avait eu, vingt ans plus tard que Pons, la même idée ; mais, en sa qualité de marchand amateur, le Musée-Pons lui resta fermé de même qu'à Dusommerard. Pons et Magus avaient au cœur la même jalousie. Ni l'un ni l'autre ils n'aimaient cette célébrité que recherchent ordinairement ceux qui possèdent des cabinets. Pouvoir examiner la magnifique collection du pauvre musicien, c'était, pour Élie Magus, le même bonheur que celui d'un amateur de femmes parvenant à se glisser dans le boudoir d'une belle maîtresse que lui cache un ami. Le grand respect que témoignait Rémonencq à ce bizarre personnage et le prestige qu'exerce tout pouvoir réel, même mystérieux, rendirent la portière obéissante et souple. La Cibot perdit le ton autocratique avec lequel elle se conduisait dans sa loge avec les locataires et ses deux messieurs, elle accepta les conditions de Magus et promit de l'introduire dans le Musée-Pons, le jour même. C'était amener l'ennemi dans le cœur de la place, plonger un poignard au cœur de Pons qui, depuis dix ans, interdisait à la Cibot de laisser pénétrer qui que ce fût chez lui, qui prenait toujours sur lui ses clefs, et à qui la Cibot avait obéi, tant qu'elle avait partagé les opinions de Schmucke en fait de bric-à-brac. En effet, le bon Schmucke, en traitant ces magnificences de *primporions* et déplorant la manie de Pons, avait inculqué son mépris pour ces antiquailles à la portière et garanti le Musée-Pons de toute invasion pendant fort longtemps.

Depuis que Pons était alité, Schmucke le remplaçait au théâtre et dans les pensionnats. Le pauvre Allemand, qui ne voyait son ami que le matin et à dîner, tâchait de suffire à tout en conservant leur commune clientèle ; mais toutes ses forces étaient absorbées par cette tâche, tant la douleur l'accablait. En voyant ce pauvre homme si triste, les écolières et les gens du théâtre, tous instruits par lui de la maladie de Pons, lui en demandaient des nouvelles, et le chagrin du pianiste était si grand, qu'il obtenait des indifférents la même grimace de sensibilité qu'on accorde à Paris aux plus grandes catastrophes. Le principe même de la vie du bon Allemand était attaqué tout aussi bien que chez Pons. Schmucke souffrait à la fois de sa douleur et de la maladie de son ami. Aussi parlait-il de Pons pendant la moitié de la leçon qu'il donnait ; il interrompait si naïvement une démonstration pour se demander à lui-même comment allait son ami, que la jeune écolière l'écoutait expliquant la maladie de Pons. Entre deux leçons, il accourait rue de Normandie pour voir Pons pendant un quart d'heure. Effrayé du vide de la caisse sociale, alarmé par madame Cibot qui, depuis quinze jours, grossissait de son mieux les dépenses de la maladie, le professeur de piano sentait ses angoisses dominées par un courage dont il ne se serait jamais cru capable. Il voulait pour la première fois de sa vie gagner de l'argent, pour que l'argent ne manquât pas au logis. Quand une écolière, vraiment touchée de la situation des deux amis, demandait à Schmucke comment il pouvait laisser Pons tout seul, il répondait, avec le sublime sourire des dupes : — *Matemoiselle, nus afons montam Zibod ! eine trèssor ! eine berle ! Bons ed zoicné gomme ein brince !* Or, dès que Schmucke trottait par les rues, la Cibot était la maîtresse de l'appartement et du malade. Comment Pons, qui n'avait rien mangé depuis quinze jour, qui gisait sans force, que la Cibot était obligée de lever elle-même et d'asseoir dans une bergère pour faire le lit, aurait-il pu surveiller ce soi-disant ange gardien ? Naturellement la Cibot était allée chez Élie Magus pendant le déjeuner de Schmucke.

Elle revint pour le moment où l'Allemand disait adieu au malade ; car, depuis la révélation de la fortune possible de Pons, la Cibot ne quittait plus son célibataire, elle le couvait ! Elle s'enfonçait dans une bonne bergère, au pied du lit, et faisait à Pons, pour le distraire, ces commérages auxquels excellent ces sortes de femmes. Devenue pateline, douce, attentive, inquiète, elle s'établissait dans l'esprit du bonhomme Pons avec une adresse machiavélique, comme on va le voir.

XXXVI

RAGOTS ET POLITIQUE DES VIEILLES PORTIÈRES

Effrayée par la prédiction du grand jeu de madame Fontaine, la Cibot s'était promis à elle-même de réussir par des moyens doux, par une scélératesse purement morale, à se faire coucher sur le testament de son monsieur. Ignorant pendant dix ans la valeur du Musée-Pons, la Cibot se voyait dix ans d'attachement, de probité, de désintéressement devant elle, et elle se proposait d'escompter cette magnifique valeur. Depuis le jour où, par un mot plein d'or, Rémonencq avait fait éclore dans le cœur de cette femme un serpent contenu dans sa coquille pendant vingt-cinq ans, le désir d'être riche, cette créature avait nourri le serpent de tous les mauvais levains qui tapissent le fond des cœurs, et l'on va voir comment elle exécutait les conseils que lui sifflait le serpent.

— Eh bien ! a-t-il bien bu, notre chérubin ? va-t-il mieux ? dit-elle à Schmucke.

— *Bas pien ! mon tchère montame Zibod ! bas pien !* répondit l'Allemand en essuyant une larme.

— Bah ! vous vous alarmez par trop aussi, mon cher monsieur, il faut en prendre et en laisser... Cibot serait à la mort, je ne serais pas si désolée que vous l'êtes. Allez ! notre chérubin est d'une bonne constitution. Et puis, voyez-vous, il paraît qu'il a été sage ! vous ne savez pas combien les gens sages vivent vieux ! Il est bien malade, c'est vrai, mais n'avec les soins que j'ai de lui, je l'en tirerai. Soyez tranquille, allez à vos affaires, je vais lui tenir compagnie, et lui faire boire ses pintes d'eau d'orge.

— *Sans fus, che murerais d'einguiédute...* dit Schmucke en pressant dans ses mains par un geste de confiance la main de sa bonne ménagère.

La Cibot entra dans la chambre de Pons en s'essuyant les yeux.

— Qu'avez-vous, madame Cibot ? dit Pons.

— C'est monsieur Schmucke qui me met l'âme à l'envers, il vous pleure comme si vous étiez mort ! dit-elle. Quoique vous ne soyez pas bien, vous n'êtes pas encore assez mal pour qu'on vous pleure ; mais cela me fait tant d'effet ! Mon Dieu, suis-je bête d'aimer comme cela les gens et de m'être attachée à vous plus qu'à Cibot ! Car, après tout, vous ne m'êtes de rien, nous ne sommes parents que par la première femme ; eh bien ! j'ai les sangs tournés dès qu'il s'agit de vous, ma parole d'honneur. Je me ferais couper la main, la gauche s'entend, nà, devant vous, pour vous voir allant et venant, mangeant et flibustant des marchands, comme n'à votre ordinaire... Si j'avais eu n'un enfant, je pense que je l'aurais aimé, comme je vous aime, quoi ! Buvez donc, mon mignon, allons, un plein verre ! Voulez-vous boire, monsieur ! D'abord, monsieur Poulain a dit : — S'il ne veut pas aller au Père-Lachaise, monsieur Pons doit boire dans sa journée autant de voies d'eau qu'un Auvergnat en vend. Ainsi, buvez ! allons !...

— Mais, je bois, ma bonne Cibot... tant et tant que j'ai l'estomac noyé...

— Là, c'est bien ! dit la portière en prenant le verre vide. Vous vous en sauverez comme ça ! Monsieur Poulain avait un malade comme vous, qui n'avait aucun soin, que ses enfants abandonnaient et il est mort de cette maladie-là, faute d'avoir bu !... Ainsi faut boire, voyez-vous, mon bichon !... qu'on l'a enterré il y a deux mois... Savez-vous que si vous mouriez, mon cher monsieur, vous entraîneriez avec vous le bonhomme Schmucke... il est comme un enfant, ma parole d'honneur. Ah ! vous aime-t-il, ce cher agneau d'homme ! non, jamais une femme n'aime un homme comme ça !... Il en perd le boire et le manger, il est maigri depuis quinze jours, autant que vous qui n'avez que la peau et les os... Ça me rend jalouse, car je vous suis bien attachée ; mais je n'en suis pas là... je n'ai pas perdu l'appétit, au contraire ! Forcée de monter et de descendre sans cesse les étages, j'ai des lassitudes dans les jambes, que le soir je tombe comme une masse de plomb. Ne voilà-t-il pas que je néglige mon pauvre Cibot pour vous, que mademoiselle Rémonencq lui fait son vivre, qu'il me bougonne parce que tout est mauvais ! Pour lors, je lui dis comme ça qu'il faut savoir souffrir pour les autres, et que vous êtes trop malade pour qu'on vous quitte... D'abord vous n'êtes pas assez bien pour ne pas avoir une garde ! Pus souvent que je souffrirais une garde ici, moi qui fais vos affaires et votre ménage depuis dix ans... Et alles sont sur leux bouche ! qu'elles mangent comme dix, qu'elles veulent du vin, du sucre, leurs chaufferettes, leurs aises... Et puis qu'elles volent les malades, quand les malades ne les mettent pas sur leurs testaments... Mettez une garde ici pour aujourd'hui, mais demain nous trouvererions un tableau, quelque objet de moins...

— Oh ! madame Cibot ! s'écria Pons hors de lui, ne me quittez pas !... Qu'on ne touche à rien !...

— Je suis là ! dit la Cibot, tant que j'en aurai la force, je serai là... soyez tranquille ! Monsieur Poulain, qui peut-être a des vues sur votre trésor, ne voulait-il pas vous donner n'une garde !... Comme je vous l'ai remouché ! « — Il n'y a que moi, que je lui ai dit, de qui veuille monsieur, il a mes habitudes comme j'ai les siennes. » Et il s'est tu. Mais une garde, c'est tout voleuses ! J'haï-t-il ces femmes-là... Vous allez voir comme elles sont intrigantes. Pour lors, un vieux monsieur... — Notez que c'est monsieur Poulain qui m'a raconté cela... — Donc une madame Sabatier, une femme de trente-six ans, ancienne marchande de mules au Palais, — vous connaissez bien la galerie marchande qu'on a démolie au Palais...

Pons fit un signe affirmatif.

— Bien, c'te femme, pour lors, n'a pas réussi, rapport à son homme qui buvait tout et qu'est mort d'une imbustion spontanée, mais elle a été belle femme, faut tout dire, mais ça ne lui a pas profité, quoiqu'elle ait eu, dit-on, des avocats pour bons amis... Donc, dans la débine, elle s'a fait garde de femmes en couches, et n'alle demeure rue Barre-du-Bec[70]. Elle n'a donc gardé comme ça n'un vieux monsieur, qui, sous votre respect, avait une maladie des foies lurinaires, qu'on le sondait comme un puits n'artésien, et qui voulait de si grands soins qu'elle couchait sur un lit de sangle dans la chambre de ce monsieur. C'est-y croyabe ces choses-là. Mais vous me direz : les hommes, ça ne respecte rien ! tant ils sont égoïstes ! Enfin voilà qu'en causant avec lui, vous comprenez, elle était là toujours, elle l'égayait, elle lui racontait des histoires, elle le faisait jaser, comme nous sommes là, pas vrai, tous les deux à jacasser... Elle apprend que ses neveux, le malade avait des neveux, étaient des monstres, qu'ils lui donnaient des chagrins, et, fin finale, que sa maladie venait de ses neveux. Eh bien ! mon cher monsieur, elle a sauvé ce monsieur, et elle est devenue sa femme, et ils ont un enfant qu'est superbe, et que mame Bordevin, la bouchère de la rue Charlot qu'est parente à c'te dame, a été marraine... En voilà ed' la chance ! Moi, je suis mariée !... Mais je n'ai pas d'enfant, et je puis le dire, c'est la faute à Cibot, qui m'aime trop ; car si je voulais... Suffit. Quéque nous serions devenus avec de la famille, moi et mon Cibot, qui n'avons pas n'un sou vaillant, n'après trente ans de probité, mon cher monsieur ! Mais ce qui me console, c'est que je n'ai pas n'un liard du bien d'autrui. Jamais je n'ai fait de tort à personne... Tenez, n'une supposition, qu'on peut dire, puisque dans six semaines vous serez sur vos quilles, à flâner sur le boulevard ; eh bien ! vous me mettriez sur votre testament ; eh bien ! je n'aurais de cesse que je n'aie trouvé vos héritiers pour leur rendre... tant j'ai tant peur du bien qui n'est pas acquis à la sueur de mon front. Vous me direz : « Mais, mame Cibot, ne vous tourmentez donc pas comme ça, vous l'avez bien gagné, vous avez soigné ces messieurs comme vos enfants, vous leur avez épargné mille francs par an... » Car, à ma place, savez-vous, monsieur, qu'il y a bien des cuisinières qui auraient déjà mille francs ed' placés. « — C'est donc justice si ce digne monsieur vous laisse un petit viager !... » qu'on me dirait par supposition. Eh bien ! non ! moi je suis désintéressée... Je ne sais pas comment il y a des femmes qui font le bien par intérêt... Ce n'est plus faire le bien, n'est-ce pas, monsieur ?... Je ne vais pas à l'église, moi ! Je n'en ai pas le temps ; mais ma conscience me dit ce qui est bien... Ne vous agitez pas comme ça, mon chat !... ne vous grattez pas ! Mon Dieu, comme vous jaunissez ! vous êtes si jaune, que vous en devenez brun... Comme c'est drôle qu'on soit, en vingt jours, comme un citron !... La probité, c'est le trésor des pauvres gens, il faut bien posséder quelque chose ! D'abord, vous arrivereriez à toute extrémité, par supposition, je serais la première à vous dire que vous devez donner tout ce qui vous appartient à monsieur Schmucke. C'est là votre devoir, car il est à lui seul, toute votre famille ! il vous n'aime, celui-là, comme un chien aime son maître.

— Ah ! oui ! dit Pons, je n'ai été aimé dans toute ma vie que par lui...

XXXVII

OÙ L'ON VOIT L'EFFET D'UN BEAU BRAS

— Ah ! monsieur, dit madame Cibot, vous n'êtes pas gentil, et moi, donc ! je ne vous aime donc pas...

— Je ne dis pas cela, ma chère madame Cibot...

— Bon ! allez-vous pas me prendre pour une servante, une cuisinière ordinaire, comme si je n'avais pas n'un cœur ! Ah ! mon Dieu ! fendez-vous donc pendant onze ans pour deux vieux garçons ! ne soyez donc occupée que de leur bien-être, que je remuais tout chez dix fruitières, à m'y faire dire des sottises, pour vous trouver du bon fromage de Brie, que j'allais jusqu'à la Halle pour vous avoir du beurre frais, et prenez donc garde à tout, qu'en dix ans je ne vous ai rien cassé, rien écorné... Soyez donc comme une mère pour ses enfants ! Et vous n'entendre dire un *ma chère madame Cibot* qui prouve qu'il n'y a pas un sentiment pour vous dans le cœur du vieux monsieur que vous soignez comme un fils de roi, car le petit roi de Rome n'a pas été soigné comme vous !... Voulez-vous parier qu'on ne l'a pas soigné comme vous !... à preuve qu'il est mort à la fleur de son âge... Tenez, monsieur, vous n'êtes pas juste... Vous êtes un ingrat ! C'est parce que je ne suis qu'une pauvre portière. Ah ! mon Dieu, vous croyez donc aussi, vous, que nous sommes des chiens...

— Mais, ma chère madame Cibot...

— Enfin, vous qu'êtes un savant, expliquez-moi pourquoi nous sommes traités comme ça, nous autres concierges, qu'on ne nous croit pas des sentiments, qu'on se moque de nous, dans n'un temps où l'on parle d'égalité !... Moi, je ne vaux donc pas une autre femme ! moi qui ai été une des plus jolies femmes de Paris, qu'on m'a nommée *la belle écaillère*, et que je recevais des déclarations d'amour sept ou huit fois par jour... Et que si je voulais encore ! Tenez, monsieur, vous connaissez bien ce gringalet de ferrailleur qu'est à la porte, eh bien ! si j'étais veuve, une supposition, il m'épouserait les yeux fermés, tant il les a ouverts à mon endroit, qu'il me dit toute la journée : « — Oh ! les beaux bras que vous avez !... mame Cibot ! je rêvais, cette nuit, que c'était du pain et que j'étais du beurre, et que je m'étendais là-dessus !... » Tenez, monsieur, en voilà des bras !... Elle retroussa sa manche et montra le plus magnifique bras du monde, aussi blanc et aussi frais que sa main était rouge et flétrie ; un bras potelé, rond, à fossettes, et qui, tiré de son fourreau de mérinos commun, comme une lame est tirée de sa gaine, devait éblouir Pons, qui n'osa pas le regarder trop longtemps.

— Et, reprit-elle, qui ont ouvert autant de cœurs que mon couteau ouvrait d'huîtres ! Eh bien ! c'est à Cibot, et j'ai eu le tort de négliger ce pauvre cher homme, qui se jetterait dedans un précipice au premier mot que je dirais, pour vous, monsieur, qui m'appelez *ma chère madame Cibot*, quand je ferais l'impossible pour vous...

— Écoutez-moi donc, dit le malade, je ne peux pas vous appeler ma mère ni ma femme...

— Non, jamais de ma vie ni de mes jours, je ne m'attache plus à personne !...

— Mais laissez-moi donc dire ! reprit Pons. Voyons, j'ai parlé de Schmucke, d'abord.

— Monsieur Schmucke ! en voilà un de cœur ! dit-elle. Allez, il m'aime, lui, parce qu'il est pauvre ! C'est la richesse qui rend insensible, et vous êtes riche ! Eh bien ! n'ayez une garde, vous verrez quelle vie elle vous fera ! qu'elle vous tourmentera comme un hanneton... Le médecin dira qu'il faut vous faire boire, elle ne vous donnera rien qu'à manger ! elle vous enterrera pour vous voler ! Vous ne méritez pas d'avoir une madame Cibot !... Allez ! quand monsieur Poulain viendra, vous lui demanderez une garde !

— Mais, sacrebleu ! écoutez-moi donc ! s'écria le malade en colère. Je ne parlais pas des femmes en parlant de mon ami Schmucke !... Je sais bien que je n'ai pas d'autres cœurs où je suis aimé sincèrement que le vôtre et celui de Schmucke !...

— Voulez-vous bien ne pas vous irriter comme ça ! s'écria la Cibot en se précipitant sur Pons et le recouchant de force.

— Mais, comment ne vous aimerais-je pas ?... dit le pauvre Pons.

— Vous m'aimez, là, bien vrai ?... Allons, allons, pardon, monsieur ! dit-elle en pleurant et essuyant ses pleurs. Eh bien ! oui, vous m'aimez, comme on aime une domestique, voilà... une domestique à qui l'on jette une viagère de six cents francs, comme un morceau de pain dans la niche d'un chien !...

— Oh ! madame Cibot ! s'écria Pons, pour qui me prenez-vous ? Vous ne me connaissez pas !

— Ah ! vous m'aimerez encore mieux ! reprit-elle en recevant un regard de Pons ; vous aimerez votre bonne grosse Cibot comme une mère ? Eh bien ! c'est cela ; je suis votre mère, vous êtes tous deux mes enfants !... Ah ! si je connaissais ceux qui vous ont causé du chagrin, je me ferais mener en cour d'assises et même à la correctionnelle, car je leux arracherais les yeux ?... Ces gens-là méritent d'être fait mourir à la barrière Saint-Jacques ! et c'est encore trop doux pour de pareils scélérats !... Vous si bon, si tendre, car vous n'avez un cœur d'or, vous étiez créé et mis au monde pour rendre une femme heureuse... Oui, vous l'aureriez rendue heureuse... ça se voit, vous étiez taillé pour cela... Moi, d'abord, en voyant comment vous êtes avec monsieur Schmucke, je me disais : — Non, monsieur Pons a manqué sa vie ! il était fait pour être un bon mari... Allez, vous aimez les femmes !

— Ah ! oui, dit Pons, et je n'en ai jamais eu !...

— Vraiment ! s'écria la Cibot d'un air provocateur en se rapprochant de Pons et en lui prenant la main. Vous ne savez pas ce que c'est que n'avoir une maîtresse qui fait les cent coups pour son ami ? C'est-il possible ! Moi, à votre place, je ne voudrais pas m'en aller d'ici dans l'autre monde sans avoir connu le plus grand bonheur qu'il y ait sur terre !... Pauvre bichon ! si j'étais ce que j'ai été, parole d'honneur, je quitterais Cibot pour vous ! Mais avec un nez taillé comme ça, car vous avez un fier nez ! comment avez-vous fait, mon pauvre chérubin ?... Vous me direz : Toutes les femmes ne se connaissent pas en hommes... et c'est un malheur qu'elles se marient à tort et à travers, que ça fait pitié. Moi, je vous croyais des maîtresses à la douzaine, des danseuses, des actrices, des duchesses, rapport à vos absences !... Qu'en vous voyant sortir, je disais toujours à Cibot : « Tiens, voilà monsieur Pons, qui va *courir le guilledou !* » Parole d'honneur ! je disais cela, tant je vous croyais aimé des femmes ! Le ciel vous a créé pour l'amour... Tenez, mon cher petit monsieur, j'ai vu cela le jour où vous avez dîné ici pour la première fois. Oh ! étiez-vous touché du plaisir que vous donniez à monsieur Schmucke ! Et lui qui en pleurait encore le lendemain, en me disant : *Montam Zibod, il ha tinné izi !* que j'en ai pleuré comme une bête aussi. Et comme il était triste, quand vous avez recommencé vos *villevoustes !* et à aller dîner en ville ! Pauvre homme ! jamais désolation pareille ne s'est vue ! Ah ! vous avez bien raison de faire de lui votre héritier ! Allez ! c'est toute une famille pour vous, ce digne, ce cher homme-là !... Ne l'oubliez pas ! autrement Dieu ne vous recevrait pas dans son paradis, où il doit ne laisser entrer que ceux qui ont été reconnaissants envers leurs amis en leur laissant des rentes.

XXXVIII

EXORDE PAR INSINUATION

Pons faisait de vains efforts pour répondre, la Cibot parlait comme le vent marche. Si l'on a trouvé le moyen d'arrêter les machines à vapeur, celui de *stoper* la langue d'une portière épuisera le génie des inventeurs.

— Je sais ce que vous allez dire ! reprit-elle. Ça ne tue pas, mon cher monsieur, de faire son testament quand on est malade ; et n'à votre place, moi, crainte d'accident, je ne voudrais pas abandonner ce pauvre mouton-là, car c'est la bonne bête du bon Dieu ; il ne sait rien de rien ; je ne voudrais pas le mettre à la merci des rapiats d'hommes d'affaires, et de parents que c'est tous canailles ! Voyons, y a-t-il quelqu'un qui, depuis vingt jours, soit venu vous voir ?... Et vous leur donneriez votre bien ! Savez-vous qu'on dit que tout ce qui est ici en vaut la peine ?

— Mais, oui, dit Pons.

— Rémonencq, qui vous connaît pour un amateur,

et qui brocante, dit qu'il vous ferait bien trente mille francs de rente viagère, pour avoir vos tableaux après vous... En voilà une affaire ! A votre place, je la ferais ! Mais j'ai cru qu'il se moquait de moi, quand il m'a dit cela... Vous devriez avertir monsieur Schmucke de la valeur de toutes ces choses-là, car c'est un homme qu'on tromperait comme un enfant ; il n'a pas la moindre idée de ce que valent les belles choses que vous avez ! Il s'en doute si peu, qu'ils les donnerait pour un morceau de pain, si, par amour pour vous, il ne les gardait pas pendant toute sa vie, s'il vit après vous, toutefois, car il mourra de votre mort ! Mais je suis là, moi ! je le défendrai envers et contre tous !... moi et Cibot.

— Chère madame Cibot, répondit Pons attendri par cet effroyable bavardage où le sentiment paraissait être naïf comme il l'est chez les gens du peuple ; que serais-je devenu sans vous et Schmucke ?

— Ah ! nous sommes bien vos seuls amis sur cette terre ! ça c'est bien vrai ! Mais deux bons cœurs valent toutes les familles... Ne me parlez pas de la famille ! C'est comme la langue, disait cet ancien acteur, c'est tout ce qu'il y a de meilleur et de pire... Où sont-ils donc, vos parents ? En avez-vous, des parents ?... je ne les ai jamais vus...

— C'est eux qui m'ont mis sur le grabat !... s'écria Pons avec une profonde amertume.

— Ah ! vous avez des parents !... dit la Cibot en se dressant comme si son fauteuil eût été de fer rougi subitement au feu. Ah bien ! ils sont gentils, vos parents ! Comment, voilà vingt jours, oui, ce matin, il y a vingt jours que vous êtes à la mort, et ils ne sont pas encore venus savoir de vos nouvelles ! C'est un peu fort de café, cela !... Mais, à votre place, je laisserais plutôt ma fortune à l'hospice des Enfants-Trouvés que de leur donner un liard !

— Eh bien, ma chère madame Cibot, je voulais léguer tout ce que je possède à ma petite-cousine, la fille de mon cousin germain, le président Camusot, vous savez, le magistrat qui est venu un matin, il y a bientôt deux mois.

— Ah ! un petit gros, qui vous a envoyé ses domestiques vous demander pardon... de la sottise de sa femme... que la femme de chambre m'a fait des questions sur vous, une vieille mijaurée à qui j'avais envie d'épousseter son crispin[71] en velours avec le manche de mon balai ! A-t-on jamais vu n'une femme de chambre porter n'un crispin en velours ! Non, ma parole d'honneur, le monde est renversé ! pourquoi fait-on des révolutions ? Dînez deux fois, si vous en avez le moyen, gueux de riches ! Mais je dis que les lois sont inutiles, qu'il n'y a plus rien de sacré, si Louis-Philippe ne maintient pas les rangs ; car enfin, si nous sommes tous égaux, pas vrai, monsieur, n'une femme de chambre ne doit pas avoir n'un crispin en velours, quand moi, mame Cibot, avec trente ans de probité, je n'en ai pas... Voilà-t-il pas quelque chose de beau ! On doit voir qui vous êtes. Une femme de chambre est une femme de chambre, comme moi je suis n'une concierge ! Pourquoi donc a-t-on des épaulettes à grains d'épinards dans le militaire ? A chacun son grade ! Tenez, voulez-vous que je vous dise le fin mot de tout ça ? Eh bien ! la France est perdue !... Et sous l'Empereur, pas vrai, monsieur ? tout ça marchait autrement. Aussi j'ai dit à Cibot : — Tiens, vois-tu, mon homme, une maison où il y a des femmes de chambre à crispins en velours, c'est des gens sans entrailles...

— Sans entrailles ! c'est cela ! répondit Pons.

Et Pons raconta ses déboires et ses chagrins à madame Cibot, qui se répandit en invectives contre les parents, et témoigna la plus excessive tendresse à chaque phrase de ce triste récit. Enfin, elle pleura !

Pour concevoir cette intimité subite entre le vieux musicien et madame Cibot, il suffit de se figurer la situation d'un célibataire, grièvement malade pour la première fois de sa vie, étendu sur un lit de douleur, seul au monde, ayant à passer sa journée face à face avec lui-même, et trouvant cette journée d'autant plus longue qu'il est aux prises avec les souffrances indéfinissables de l'hépatite qui noircit la plus belle vie, et que, privé de ses nombreuses occupations, il tombe dans le marasme parisien, il regrette tout ce qui se voit gratis à Paris.

Cette solitude profonde et ténébreuse, cette douleur dont les atteintes embrassent le moral encore plus que le physique, l'inanité de la vie, tout pousse un célibataire, surtout quand il est déjà faible de caractère et que son cœur est sensible, crédule, à s'attacher à l'être qui le soigne, comme un noyé s'attache à une planche. Aussi Pons écoutait-il les commérages de la Cibot avec ravissement. Schmucke et madame Cibot, le docteur Poulain, étaient l'humanité tout entière, comme sa chambre était l'univers. Si déjà tous les malades concentrent leur attention dans la sphère qu'embrassent leurs regards, et si leur égoïsme s'exerce autour d'eux en se subordonnant aux êtres et aux choses d'une chambre, qu'on juge ce dont est capable un vieux garçon, sans affections, et qui n'a jamais connu l'amour. En vingt jours, Pons en était arrivé par moments à regretter de ne pas avoir épousé Madeleine Vivet ! Aussi, depuis vingt jours, madame Cibot faisait-elle d'immenses progrès dans l'esprit du malade, qui se voyait perdu sans elle ; car pour Schmucke, Schmucke était un second Pons pour le pauvre malade. L'art prodigieux de la Cibot consistait, à son insu d'ailleurs, à exprimer les propres idées de Pons.

— Ah ! voilà le docteur, dit-elle en entendant des coups de sonnette.

Et elle laissa Pons tout seul, sachant bien que le Juif et Rémonencq arrivaient.

— Ne faites pas de bruit, messieurs... dit-elle, qu'il ne s'aperçoive de rien ! car il est comme un crin dès qu'il s'agit de son trésor.

— Une simple promenade suffira, répondit le Juif armé de la loupe et d'une lorgnette.

XXXIX

CORRUPTION PARLEMENTÉE

Le salon où se trouvait la majeure partie du Musée-Pons était un de ces anciens salons comme les concevaient les architectes employés par la noblesse française, de vingt-cinq pieds de largeur sur trente de longueur et de treize pieds de hauteur. Les tableaux que possédait Pons, au nombre de soixante-sept, tenaient tous sur les quatre parois de ce salon boisé, blanc et or, mais le blanc jauni, l'or rougi par le temps offraient des tons harmonieux qui ne nuisaient point à l'effet des toiles. Quatorze statues s'élevaient sur des colonnes, soit aux angles, soit entre les tableaux, sur des gaines de Boule. Des buffets en ébène, tous sculptés et d'une richesse royale, garnissaient à hauteur d'appui le bas des murs. Ces buffets contenaient les curiosités. Au milieu du salon, une ligne de crédences en bois sculpté présentait au regard les plus grandes raretés du travail humain : les ivoires, les bronzes, les bois, les émaux, l'orfèvrerie, les porcelaines, etc.

Dès que le Juif fut dans ce sanctuaire, il alla droit à quatre chefs-d'œuvre qu'il reconnut pour les plus beaux de cette collection, et de maîtres qui manquaient à la sienne. C'était pour lui ce que sont pour les naturalistes[72] ces *desiderata* qui font entreprendre des voyages du couchant à l'aurore, aux tropiques, dans les déserts, les pampas, les savanes, les forêts vierges. Le premier tableau était de Sébastien del Piombo, le second de Fra Bartholomeo della Porta, le troisième un paysage d'Hobbéma, et le dernier un portrait de femme par Albert Durer, quatre diamants ! Sébastien del Piombo se trouve, dans l'art de la peinture, comme un point brillant où trois écoles se sont donné rendez-vous pour y apporter chacune ses éminentes qualités. Peintre de Venise, il est venu à Rome y prendre le style de Raphaël, sous la direction de Michel-Ange, qui voulut l'opposer à Raphaël en luttant, dans la personne d'un de ses lieutenants, contre ce souverain pontife de l'Art. Ainsi, ce paresseux génie a fondu la couleur vénitienne, la composition florentine, le style raphaëlesque dans les rares tableaux qu'il a daigné peindre, et dont les cartons étaient dessinés, dit-on, par Michel-Ange. Aussi peut-on voir à quelle perfection est arrivé cet homme, armé de cette triple force, quand on étudie au Musée de Paris le portrait de Baccio Bandinelli[73] qui peut être mis en comparaison avec *L'Homme au gant* de Titien, avec le portrait de vieillard où Raphaël a joint sa perfection à celle de Corrège, et avec le *Charles VIII* de Leonardo da Vinci[74], sans que cette toile y perde. Ces quatre perles offrent la même eau, le même orient, la même rondeur, le même éclat, la même valeur. L'art humain ne peut aller au-delà. C'est supérieur à la nature qui n'a fait vivre l'original que pendant un moment. De ce grand génie, de cette palette immortelle, mais d'une incurable paresse, Pons possédait un *Chevalier de Malte en prière*, peint sur ardoise, d'une fraîcheur, d'un fini, d'une profondeur supérieure encore aux qualités du portrait de Baccio Bandinelli. Le Fra Bartholomeo, qui représentait une *Sainte Famille*, eût été pris pour un tableau de Raphaël par beaucoup de connaisseurs. L'Hobbéma devait aller à soixante mille francs en vente publique. Quant à l'Albert Durer, ce portrait de femme était pareil au fameux *Holzschuer* de Nuremberg, duquel les rois de Bavière, de Hollande et de Prusse ont offert deux cent mille francs, et vainement, à plusieurs reprises. Est-ce la femme ou la fille du chevalier Holzschuer, l'ami d'Albert Durer ?... l'hypothèse paraît une certitude, car la femme du Musée-Pons est dans une attitude qui suppose un pendant, et les armes peintes sont disposées de la même manière dans l'un et l'autre portrait. Enfin, le *aetatis suae* XLI est en parfaite harmonie avec l'âge indiqué dans le portrait si religieusement gardé par la maison Holzschuer de Nuremberg, et dont la gravure a été récemment achevée.

Élie Magus eut des larmes dans les yeux en regardant tour à tour ces quatre chefs-d'œuvre.

— Je vous donne deux mille francs de gratification par chacun de ces tableaux, si vous me les faites avoir pour quarante mille francs !... dit-il à l'oreille de la Cibot stupéfaite de cette fortune tombée du ciel.

L'admiration, ou, pour être plus exact, le délire du Juif, avait produit un tel désarroi dans son intelligence et dans ses habitudes de cupidité, que le Juif s'y abîma, comme on voit.

— Et moi ?... dit Rémonencq qui ne se connaissait pas en tableaux.

— Tout est ici de la même force, répliqua finement le Juif à l'oreille de l'Auvergnat, prends dix tableaux au hasard et aux mêmes conditions, ta fortune sera faite !

Ces trois voleurs se regardaient encore, chacun en proie à sa volupté, la plus vive de toutes, la satisfaction du succès en fait de fortune, lorsque la voix du malade retentit et vibra comme des coups de cloche...

— Qui va là !... criait Pons.

— Monsieur ! recouchez-vous donc ! dit la Cibot en s'élançant sur Pons et le forçant à se remettre au lit. Ah çà ! voulez-vous vous tuer !... Eh bien ! ce n'est pas monsieur Poulain, c'est ce brave Rémonencq, qui est si inquiet de vous, qu'il vient savoir de vos nouvelles !... Vous êtes si aimé, que toute la maison est en l'air pour vous. De quoi donc avez-vous peur ?

— Mais, il me semble que vous êtes là plusieurs, dit le malade.

— Plusieurs ! c'est bon !... Ah ! çà, rêvez-vous ?... Vous finirez par devenir fou, ma parole d'honneur !... Tenez ! voyez.

La Cibot alla vivement ouvrir la porte, fit signe à Magus de se retirer et à Rémonencq d'avancer.

— Eh bien ! mon cher monsieur, dit l'Auvergnat pour qui la Cibot avait parlé, je viens savoir de vos nouvelles, car toute la maison est dans les transes par rapport à vous... Personne n'aime que la mort se mette dans les maisons !... Et, enfin, le papa Monistrol, que vous connaissez bien, m'a chargé de vous dire que si vous aviez besoin d'argent, il se mettait à votre service...

— Il vous envoie pour donner un coup d'œil à mes *biblots*[75] *!*... dit le vieux collectionneur avec une aigreur pleine de défiance.

Dans les maladies de foie, les sujets contractent presque toujours une antipathie spéciale, momentanée ; ils concentrent leur mauvaise humeur sur un objet ou sur une personne quelconque. Or, Pons se figurait qu'on en voulait à son trésor, il avait l'idée fixe de le surveiller, et il envoyait, de moments en moments, Schmucke voir si personne ne s'était glissé dans le sanctuaire.

— Elle est assez belle, votre collection, répondit astucieusement Rémonencq, pour exciter l'attention des chineurs ; je ne me connais pas en haute curiosité, mais monsieur passe pour être un si grand connaisseur, que quoique je ne sois pas bien avancé dans la chose, j'achèterais bien de monsieur, les yeux fermés... Si monsieur avait quelquefois besoin d'argent, car rien ne coûte comme ces sacrées maladies... que ma sœur, en dix jours, a dépensé trente sous de remèdes, quand elle a eu les sangs bouleversés, et qu'elle aurait bien guéri sans cela... Les médecins sont des fripons qui profitent de notre état pour...

— Adieu, merci, monsieur, répondit Pons au ferrailleur en lui jetant des regards inquiets.

— Je vais le reconduire, dit tout bas la Cibot à son malade, crainte qu'il ne touche à quelque chose.

— Oui, oui, répondit le malade en remerciant la Cibot par un regard.

La Cibot ferma la porte de la chambre à coucher, ce qui réveilla la défiance de Pons. Elle trouva Magus immobile devant les quatre tableaux. Cette immobilité, cette admiration ne peuvent être comprises que par ceux dont l'âme est ouverte au beau idéal, au sentiment ineffable que cause la perfection dans l'art, et qui restent plantés sur leurs pieds durant des heures entières au Musée devant la *Joconde* de Leonardo da Vinci, devant l'*Antiope* du Corrège, le chef-d'œuvre de ce peintre, devant *la maîtresse* du Titien, la *Sainte-Famille* d'Andrea del Sarto, devant *les enfants entourés de fleurs* du Dominiquin, le petit camaïeu de Raphaël et son portrait de vieillard, les plus immenses chefs-d'œuvre de l'art.

— Sauvez-vous sans bruit ! dit-elle.

Le Juif s'en alla lentement et à reculons, regardant

les tableaux comme un amant regarde une maîtresse à laquelle il dit adieu.

XL

ASSAUT D'ASTUCE

Quand le Juif fut sur le palier, la Cibot, à qui cette contemplation avait donné des idées, frappa sur le bras sec de Magus.

— Vous me donnerez quatre mille francs par tableau ! sinon rien de fait...

— Je suis si pauvre !... dit Magus. Si je désire ces toiles, c'est par amour, uniquement par amour de l'art, ma belle dame !

— Tu es si sec, mon fiston ! dit la portière, que je conçois cet amour-là. Mais si tu ne me promets pas aujourd'hui seize mille francs devant Rémonencq, demain, ce sera vingt mille.

— Je promets les seize, répondit le Juif effrayé de l'avidité de cette portière.

— Par quoi ça peut-il jurer, un Juif ?... dit la Cibot à Rémonencq.

— Vous pouvez vous fier à lui, répondit le ferrailleur, il est aussi honnête homme que moi.

— Eh bien ! et vous ? demanda la portière, si je vous en fais vendre, que me donnerez-vous ?

— Moitié dans les bénéfices, dit promptement Rémonencq.

— J'aime mieux une somme tout de suite, je ne suis pas dans le commerce, répondit la Cibot.

— Vous entendez joliment les affaires ! dit Élie Magus en souriant, vous feriez une fameuse marchande.

— Je lui offre de s'associer avec moi corps et biens, dit l'Auvergnat en prenant le bras potelé de la Cibot et tapant dessus avec une force de marteau. Je ne lui demande pas d'autre mise de fonds que sa beauté ! Vous avez tort de tenir à votre Turc de Cibot et à son aiguille ! Est-ce un petit portier qui peut enrichir une belle femme comme vous ? Ah ! quelle figure vous feriez dans une boutique sur le boulevard, au milieu des curiosités, jabotant[76] avec les amateurs et les entortillant ! Laissez-moi là votre loge quand vous aurez fait votre pelote ici, et vous verrez ce que nous deviendrons à nous deux !

— Faire ma pelote ! dit la Cibot. Je suis incapable de prendre ici la valeur d'une épingle ! entendez-vous, Rémonencq ? s'écria la portière. Je suis connue dans le quartier pour une honnête femme, n'à !

Les yeux de la Cibot flamboyaient.

— Là, rassurez-vous ! dit Élie Magus. Cet Auvergnat a l'air de vous trop aimer pour vouloir vous offenser.

— Comme elle vous mènerait les pratiques ! s'écria l'Auvergnat.

— Soyez justes, mes fistons, reprit madame Cibot radoucie, et jugez vous-mêmes de ma situation ici !... Voilà dix ans que je m'extermine le tempérament pour ces deux vieux garçons-là, sans que jamais ils ne m'aient donné autre chose que des paroles... Rémonencq vous dira que je nourris ces deux vieux à forfait, où que je perds des vingt à trente sous par jour, que toutes mes économies y ont passé, par l'âme de ma mère !... la seule auteur de mes jours que j'ai connue ; mais aussi vrai que j'existe, et que voilà le jour qui nous éclaire, et que mon café me serve de poison si je mens d'une centime !... Eh bien ! en voilà un qui va mourir, pas vrai ? et c'est le plus riche de ces deux hommes de qui j'ai fait mes propres enfants !... Croireriez-vous, mon cher monsieur, que depuis vingt jours que je lui répète qu'il est à mort (car monsieur Poulain l'a condamné !...), ce grigou-là ne parle pas plus de me mettre sur son testament que si je ne le connaissais pas ! Ma parole d'honneur, nous n'avons notre dû qu'en le prenant, foi d'honnête femme ; car allez donc vous fier à des héritiers ?... pus souvent ! Tenez, voyez-vous, paroles ne puent pas, tout le monde est de la canaille !

— C'est vrai ! dit sournoisement Élie Magus, et c'est encore nous autres, ajouta-t-il en regardant Rémonencq, qui sommes les plus honnêtes gens...

— Laissez-moi donc, reprit la Cibot, je ne parle pas pour vous... Les *personnes pressantes*, comme dit cet ancien acteur, *sont toujours acceptées* !... Je vous jure que ces deux messieurs me doivent déjà près de trois mille francs, que le peu que je possède est déjà passé dans les médicaments et dans leurs affaires, et s'ils n'allaient ne me rien reconnaître de mes avances !... Je suis si bête avec ma probité que je n'ose pas leux en parler. Pour lors, vous qu'êtes dans les affaires, mon cher monsieur, me conseillez-vous de m'adresser à un avocat ?...

— Un avocat ! s'écria Rémonencq, vous en savez plus que tous les *avocastes* !...

Le bruit de la chute d'un corps lourd, tombé sur le carreau de la salle à manger, retentit dans le vaste espace de l'escalier.

— Ah ! mon Dieu ! cria la Cibot, qué qu'il arrive ? Il me semble que c'est monsieur qui vient de prendre un billet de parterre !...

Elle poussa ses deux complices qui dégringolèrent avec agilité, puis elle se retourna, se précipita dans la salle à manger et y vit Pons étalé de tout son long, en chemise, évanoui ! Elle prit le vieux garçon dans ses bras, l'enleva comme une plume, et le porta jusque sur son lit. Quand elle eut couché le moribond, elle lui fit respirer des barbes de plume brûlée, elle lui mouilla les tempes d'eau de Cologne, elle le ranima. Puis, lorsqu'elle vit les yeux de Pons ouverts, que la vie fut revenue, elle se posa les poings sur les hanches.

— Sans pantoufles, en chemise ! il y a de quoi vous tuer ! Et pourquoi vous défiez-vous de moi ?... Si c'est ainsi, adieu, monsieur. Après dix ans que je vous sers, que je mets du mien dans votre ménage, que mes économies y sont toutes passées, pour éviter des ennuis à ce pauvre monsieur Schmucke, qui pleure comme un enfant par les escaliers... Voilà ma récompense ! vous venez m'espionner... Dieu vous a puni ! c'est bien fait ! Et moi qui me donne un effort pour vous porter dans mes bras, que je risque d'être blessée pour le reste de mes jours. Ah ! mon Dieu ! et la porte que j'ai laissée ouverte.

— Avec qui causiez-vous ?

— En voilà des idées ! s'écria la Cibot. Ah çà ! suis-je votre esclave ? ai-je des comptes à vous rendre ? Savez-vous que si vous m'ennuyez ainsi, je plante tout là ! Vous prendrez n'une garde !

Pons, épouvanté de cette menace, donna sans le savoir à la Cibot la mesure de ce qu'elle pouvait tenter avec cette épée de Damoclès.

— C'est ma maladie ! dit-il piteusement.

— A la bonne heure ! répliqua la Cibot rudement.

Elle laissa Pons confus, en proie à des remords, admirant le dévouement criard de sa garde-malade, se faisant des reproches, et ne sentant pas le mal horrible par lequel il venait d'aggraver sa maladie en tombant ainsi sur les dalles de la salle à manger.

XLI

OÙ LE NŒUD SE RESSERRE

La Cibot aperçut Schmucke qui montait l'escalier.

— Venez, monsieur... Il y a de tristes nouvelles ! allez ! monsieur Pons devient fou !... Figurez-vous qu'il s'est levé tout nu, qu'il m'a suivie, non, il s'est étendu là, tout de son long... Demandez-lui pourquoi, il n'en sait rien... Il va mal. Je n'ai rien fait pour le provoquer à des violences pareilles, à moins de lui avoir réveillé les idées en lui parlant de ses premières amours... Qui est-ce qui connaît les hommes ! C'est tous vieux libertins... J'ai eu tort de lui montrer mes bras, que ses yeux en brillaient comme des escarboucles...

Schmucke écoutait madame Cibot, comme s'il l'entendait parlant hébreu.

— Je me suis donné un effort que j'en serai blessée

pour jusqu'à la fin de mes jours !.... ajouta la Cibot en paraissant éprouver de vives douleurs et pensant à mettre à profit l'idée qu'elle avait eue, par hasard, en sentant une petite fatigue dans les muscles. Je suis si bête ! Quand je l'ai vu là, par terre, je l'ai pris dans mes bras, et je l'ai porté jusqu'à son lit, comme un enfant, quoi ! Mais, maintenant je sens un effort ! Ah ! je me trouve mal !.... je descends chez moi, gardez notre malade. Je vas envoyer Cibot chercher monsieur Poulain pour moi ! J'aimerais mieux mourir que de me voir infirme...

La Cibot accrocha la rampe et roula par les escaliers en faisant mille contorsions et des gémissements si plaintifs, que tous les locataires, effrayés, sortirent sur les paliers de leurs appartements. Schmucke soutenait la malade en versant des larmes, et il expliquait le dévouement de la portière. Toute la maison, tout le quartier surent bientôt le trait sublime de madame Cibot, qui s'était donné un effort mortel, disait-on, en enlevant un des Casse-noisettes dans ses bras. Schmucke, revenu près de Pons, lui révéla l'état affreux de leur factotum, et tous deux ils se regardèrent en disant : Qu'allons-nous devenir sans elle ?... Schmucke, en voyant le changement produit chez Pons par son escapade, n'osa pas le gronder.

— *Vichis pric-à-prac ! c'haimerais mieux les priler que de bertre mon ami !...* s'écria-t-il en apprenant de Pons la cause de l'accident. *Se tevier de montam Zibod, qui nous brede ses igonomies ! C'esdre bas pien ; mais c'est la malatie...*

— Ah ! quelle maladie ! Je suis changé, je le sens, dit Pons. Je ne voudrais pas te faire souffrir, mon bon Schmucke.

— *Cronte-moi !* dit Schmucke, *et laisse montam Zibod dranquille...*

Le docteur Poulain fit disparaître en quelques jours l'infirmité dont se disait menacée madame Cibot, et sa réputation reçut dans le quartier du Marais un lustre extraordinaire de cette guérison, qui tenait du miracle. Il attribua chez Pons ce succès à l'excellente constitution de la malade, qui reprit son service auprès de ses deux messieurs le septième jour à leur grande satisfaction. Cet événement augmenta de cent pour cent l'influence, la tyrannie de la portière sur le ménage des deux Casse-noisettes, qui, pendant cette semaine, s'étaient endettés, mais dont les dettes furent payées par elle. La Cibot profita de la circonstance pour obtenir (et avec quelle facilité !) de Schmucke une reconnaissance des deux mille francs qu'elle disait avoir prêtés aux deux amis.

— Ah ! quel médecin que monsieur Poulain ! dit la Cibot à Pons. Il vous sauvera, mon cher monsieur, car il m'a tirée du cercueil ! Mon pauvre Cibot me regardait comme morte !... Eh bien ! monsieur Poulain a dû vous le dire, pendant que j'étais sur mon lit, je ne pensais qu'à vous. « Mon Dieu, que je disais, prenez-moi, et laissez vivre mon cher monsieur Pons... »

— Pauvre chère madame Cibot, vous avez manqué d'avoir une infirmité pour moi !...

— Ah ! sans monsieur Poulain, je serais dans la chemise de sapin qui nous attend tous. Eh bien ! n'au bout du fossé la culbute, comme disait cet ancien acteur ! Faut de la philosophie. Comment avez-vous fait sans moi ?...

— Schmucke m'a gardé, répondit le malade ; mais notre pauvre caisse et notre clientèle en ont souffert... Je ne sais pas comment il a fait.

— *Ti galme ! Bons !* s'écria Schmucke, *nus afons i tans le bère Zibod, ein panquier...*

— Ne parlez pas de cela ! mon cher mouton, vous êtes tous deux nos enfants, s'écria la Cibot. Nos économies sont bien placées chez vous, allez ! vous êtes plus solides que la Banque. Tant que nous aurons un morceau de pain, vous en aurez la moitié... ça ne vaut pas la peine d'en parler...

— *Baufre montam Zibod !* dit Schmucke en s'en allant.

Pons gardait le silence.

— Croireriez-vous, mon chérubin, dit la Cibot au malade en le voyant inquiet, que, dans mon agonie, car j'ai vu la camarde de bien près !... ce qui me tourmentait le plus, c'était de vous laisser seuls, livrés à vous-mêmes, et de laisser mon pauvre Cibot sans un liard... C'est si peu de chose que mes économies, que je ne vous en parle que rapport à ma mort et à Cibot, qu'est un ange ! Non, cet être-là m'a soignée comme une reine, en me pleurant comme un veau !... Mais je comptais sur vous, foi d'honnête femme. Je me disais : Va, Cibot, mes monsieurs ne te laisseront jamais sans pain...

Pons ne répondit rien à cette attaque *ad testamentum*, et la portière garda le silence en attendant un mot.

— Je vous recommanderai à Schmucke, dit enfin le malade.

— Ah ! s'écria la portière, tout ce que vous ferez sera bien fait, je m'en rapporte à vous, à votre cœur... Ne parlons jamais de cela, car vous m'humiliez, mon cher chérubin ; pensez à vous guérir ! vous vivrez plus que nous...

Une profonde inquiétude s'empara du cœur de madame Cibot, elle résolut de faire expliquer son monsieur sur le legs qu'il entendait lui laisser ; et, de prime abord, elle sortit pour aller trouver le docteur Poulain chez lui, le soir, après le dîner de Schmucke, qui mangeait auprès du lit de Pons depuis que son ami était malade.

XLII

HISTOIRE DE TOUS LES DÉBUTS À PARIS

Le docteur Poulain demeurait rue d'Orléans[77]. Il occupait un petit rez-de-chaussée composé d'une antichambre, d'un salon et de deux chambres à coucher. Un office contigu à l'antichambre, et qui communiquait à l'une des deux chambres, celle du docteur, avait été converti en cabinet. Une cuisine, une chambre de domestique et une petite cave dépendaient de cette location située dans une aile de la maison, immense bâtisse construite sous l'Empire, à la place d'un vieil hôtel dont le jardin subsistait encore. Ce jardin était partagé entre les trois appartements du rez-de-chaussée.

L'appartement du docteur n'avait pas été changé depuis quarante ans. Les peintures, les papiers, la décoration, tout y sentait l'Empire. Une crasse quadragénaire, la fumée, y avaient flétri les glaces, les bordures, les dessins du papier, les plafonds et les peintures. Cette petite location, au fond du Marais, coûtait encore mille francs par an. Madame Poulain, mère du docteur, âgée de soixante-sept ans, achevait sa vie dans la seconde chambre à coucher. Elle travaillait pour les culottiers. Elle cousait les guêtres, les culottes de peau, les bretelles, les ceintures, enfin tout ce qui concerne cet article assez en décadence aujourd'hui. Occupée à surveiller le ménage et l'unique domestique de son fils, elle ne sortait jamais, et prenait l'air dans le jardinet, où l'on descendait par une porte-fenêtre du salon. Veuve depuis vingt ans, elle avait, à la mort de son mari, vendu son fonds de culottier à son premier ouvrier, qui lui réservait assez d'ouvrage pour qu'elle pût gagner environ trente sous par jour. Elle avait tout sacrifié à l'éducation de son fils unique, en voulant le placer à tout prix dans une situation supérieure à celle de son père. Fière de son Esculape, croyant à ses succès, elle continuait à tout lui sacrifier, heureuse de le soigner, d'économiser pour lui, ne rêvant qu'à son bien-être, et l'aimant avec intelligence, ce que ne savent pas faire toutes les mères. Ainsi, madame Poulain, qui se souvenait d'avoir été simple ouvrière, ne voulait pas nuire à son fils ou prêter à rire, au mépris, car la bonne femme parlait en S comme madame Cibot parlait en N ; elle se cachait dans sa chambre, d'elle-même, quand par hasard quelques clients distingués venaient consulter le docteur, ou lorsque des camarades de collège ou d'hôpital se présentaient. Aussi, jamais le docteur n'avait-il eu à rougir de sa mère, qu'il vénérait, et dont le défaut d'éducation était bien compensé par cette sublime tendresse. La vente du fonds de culottier avait produit environ vingt mille francs, la veuve les avait placés sur le Grand-Livre en 1820, et les onze cent francs de rente qu'elle en avait eus composaient toute sa fortune. Aussi, pendant longtemps, les voisins aperçurent-ils, dans le jardin, le linge du docteur et celui de sa mère, étendus sur des cordes. La domestique et madame Poulain blanchissaient tout au logis avec économie. Ce détail domestique nuisait beaucoup au docteur, on ne voulait pas lui reconnaître de talent en le voyant si pauvre. Les onze cent francs de rente passaient au loyer. Le travail de madame Poulain, bonne grosse petite vieille, avait, pendant les premiers temps, suffi à toutes les dépenses de ce pauvre ménage. Après douze ans de persistance dans son chemin pierreux, le docteur ayant fini par gagner un millier d'écus par an, madame Poulain pouvait alors disposer d'environ cinq mille francs. C'était, pour qui connaît Paris, avoir le strict nécessaire.

Le salon où les consultants attendaient, était mesquinement meublé de ce canapé vulgaire, en acajou, garni de velours d'Utrecht jaune à fleurs, de quatre fauteuils, de six chaises, d'une console et d'une table à thé, provenant de la succession du feu culottier et le tout de son choix. La pendule, toujours sous son globe de verre, entre deux candélabres égyptiens, figurait une lyre. On se demandait par quels procédés les rideaux pendus aux fenêtres avaient pu subsister si longtemps, car ils étaient en calicot jaune imprimé de rosaces rouges de la fabrique de Jouy. Oberkampf avait reçu des compliments de l'Empereur pour ces atroces produits de l'industrie cotonnière en 1809. Le cabinet du docteur était meublé dans ce goût-là, le mobilier de la chambre paternelle en avait fait les frais. C'était sec, pauvre et froid. Quel malade pouvait croire à la science d'un médecin qui, sans renommée, se trouvait encore sans meubles, par un temps où l'Annonce est toute-puissante, où l'on dore les candélabres de la place de la Concorde pour consoler le pauvre en lui persuadant qu'il est un riche citoyen ?

L'antichambre servait de salle à manger. La bonne y travaillait quand elle ne s'adonnait pas aux travaux de la cuisine, ou qu'elle ne tenait pas compagnie à la mère du docteur. On devinait, dès l'entrée, la misère décente qui régnait dans ce triste appartement, désert pendant la moitié de la journée, en apercevant les petits rideaux de mousseline rousse à la croisée de cette pièce donnant sur la cour. Les placards devaient recéler des restes de pâtés moisis, des assiettes écornés, des bouchons éternels, des serviettes d'une semaine, enfin les ignominies justifiables des petits ménages parisiens, et qui de là ne peuvent aller que dans la hotte des chiffonniers. Aussi par ce temps où la pièce de cent sous est tapie dans toutes les consciences, où elle roule dans toutes les phrases, le docteur, âgé de trente ans, doué d'une mère sans relations, restait-il garçon. En dix ans, il n'avait pas rencontré le plus petit prétexte à roman dans les familles où sa profession lui donnait accès, car il guérissait les gens dans une sphère où les existences ressemblaient à la sienne ; il ne voyait que des ménages pareils au sien, ceux de petits employés ou de petits fabricants. Ses clients les plus riches étaient les bouchers, les boulangers, les gros détaillants du quartier, gens qui, la plupart du temps, attribuaient leur guérison à la nature, pour pouvoir payer les visites du docteur à quarante sous, en le voyant venir à pied. En médecine, le cabriolet est plus nécessaire que le savoir.

Une vie commune et sans hasards finit par agir sur l'esprit le plus aventureux. Un homme se façonne à son sort, il accepte la vulgarité de sa vie. Aussi, le docteur Poulain, après dix ans de pratique, continuait-il à faire son métier de Sisyphe, sans les désespoirs qui rendirent ses premiers jours amers. Néanmoins, il caressait un rêve, car tous les gens de Paris ont leur rêve. Rémonencq jouissait d'un rêve, la Cibot avait le sien. Le docteur Poulain espérait être appelé près d'un malade riche et influent ; puis obtenir, par le crédit de ce malade qu'il guérissait infailliblement, une place de médecin en chef à un hôpital, de médecin des prisons, ou des théâtres du boulevard, ou d'un ministère. Il avait d'ailleurs gagné sa place de médecin de la mairie de cette manière. Amené par la Cibot, il avait soigné, guéri, monsieur Pillerault, le propriétaire de la maison où les Cibot étaient concierges. Monsieur Pillerault, grand-oncle maternel de madame la comtesse Popinot, la femme du ministre, s'étant intéressé à ce jeune homme dont la misère cachée avait été sondée par lui dans une visite de remerciement, exigea de son petit-neveu, le ministre, qui le vénérait, la place que le docteur exerçait depuis cinq ans, et dont les maigres émoluments étaient venus bien à propos pour l'empêcher de prendre un parti violent, celui de l'émigration. Quitter la France est, pour un Français, une situation funèbre. Le docteur Poulain alla bien remercier le comte Popinot, mais, le médecin de l'homme d'État étant l'illustre Bianchon, le solliciteur comprit qu'il ne pouvait guère arriver dans cette maison-là. Le pauvre docteur, après s'être flatté d'obtenir la protection d'un des ministres influents, d'une des douze ou quinze cartes qu'une main puissante mêle depuis seize ans sur le tapis vert de la table du conseil, se trouva replongé dans le Marais où il pataugeait chez les pauvres, chez les petits bourgeois, et où il eut la charge de vérifier les décès, à raison de douze cents francs par an.

Le docteur Poulain, interne assez distingué, devenu praticien prudent, ne manquait pas d'expérience. D'ailleurs, ses morts ne faisaient pas scandale, et il pouvait étudier toutes les maladies *in anima vili*[78]. Jugez de quel fiel il se nourrissait ? Aussi, l'expression de sa figure, déjà longue et mélancolique, était-elle parfois effrayante. Mettez dans un parchemin jaune les yeux ardents de Tartufe et l'aigreur d'Alceste ; puis, figurez-vous la démarche, l'attitude, les regards de cet homme, qui, se trouvant tout aussi bon médecin que l'illustre Bianchon, se sentait maintenu dans une sphère obscure par une main de fer ? Le docteur Poulain ne pouvait s'empêcher de comparer ses recettes de dix francs dans les jours heureux, à celles de Bianchon, qui vont à cinq ou six cents francs ! N'est-ce pas à concevoir toutes les haines de la démocratie ? Cet ambitieux, refoulé, n'avait d'ailleurs rien à se reprocher. Il avait déjà tenté la fortune en inventant des pilules purgatives, semblables à celles de Morisson. Il avait confié cette exploitation à l'un de ses camarades d'hôpital, un interne devenu pharmacien ; mais le pharmacien, amoureux d'une figurante de l'Ambigu-Comique, s'était mis en faillite, et le brevet d'invention des pilules purgatives se trouvant pris à son nom, cette immense découverte avait enrichi le successeur. L'ancien interne était parti pour le Mexique, la patrie de l'or, en emportant mille francs d'économies au pauvre Poulain, qui, pour fiche de consolation, fut traité d'usurier par la figurante à laquelle il vint redemander son argent. Depuis la bonne fortune de la guérison du vieux Pillerault, pas un seul client riche ne s'était présenté. Poulain courait tout le Marais, à pied, comme un chat maigre, et sur vingt visites, en obtenait deux à quarante sous. Le client qui payait bien était, pour lui, cet oiseau fantastique, appelé le *Merle blanc* dans tous les mondes sublunaires.

Le jeune avocat sans causes, le jeune médecin sans clients sont les deux plus grandes expressions du Désespoir décent, particulier à la ville de Paris, ce Désespoir muet et froid, vêtu d'un habit et d'un pantalon noirs à coutures blanchies qui rappellent le zinc de la mansarde, d'un gilet de satin luisant, d'un chapeau ménagé saintement, de vieux gants et de chemises en calicot. C'est un poème de tristesse, sombre comme les secrets de la Conciergerie. Les autres misères, celles du poète, de l'artiste, du comédien, du musicien, sont égayées par les jovialités naturelles aux arts, par l'insouciance de la Bohème où l'on entre d'abord et qui mène aux Thébaïdes du génie ! Mais ces deux habits noirs qui vont à pied, portés par deux professions pour lesquelles tout est plaie, à qui l'humanité ne montre que ses côtés honteux ; ces deux hommes ont, dans les aplatissements du début, des expressions sinistres, provocantes, où la haine et l'ambition concentrées jaillissent par des regards semblables aux premiers efforts d'un incendie couvé. Quand deux amis de collège se rencontrent, à vingt ans de distance, le riche évite alors son camarade pauvre, il ne le reconnaît pas, il s'épouvante des abîmes que la destinée a mis entre eux. L'un a parcouru la vie sur les chevaux fringants de la Fortune ou sur les nuages dorés du Succès ; l'autre a cheminé souterrainement dans les égouts parisiens, et il en porte les stigmates. Combien d'anciens amis évitaient le docteur à l'aspect de sa redingote et de son gilet !

Maintenant il est facile de comprendre comment le docteur Poulain avait si bien joué son rôle dans la comédie du danger de la Cibot. Toutes les convoitises, toutes les ambitions se devinent. En ne trouvant aucune lésion dans aucun organe de la portière, en admirant la régularité de son pouls, la parfaite aisance de ses mouvements, et, en l'entendant jeter les hauts cris, il comprit qu'elle avait un intérêt à se dire à la mort. La rapide guérison d'une grave maladie feinte devant faire parler de lui dans l'Arrondissement, il exagéra la prétendue descente de la Cibot, il parla de la résoudre en la prenant à temps. Enfin il soumit la portière à de prétendus remèdes, à une fantastique opération, qui furent couronnés d'un plein succès. Il chercha, dans l'arsenal des cures extraordinaires de Desplein, un cas bizarre ; il en fit l'application à madame Cibot, attribua modestement la réussite au grand chirurgien, et se donna pour son imitateur. Telles sont les audaces des débutants à Paris. Tout leur fait échelle pour monter sur le théâtre ; mais comme tout s'use, même les bâtons d'échelles, les débutants en chaque profession ne savent plus de quel bois se faire des marchepieds. Par certains moments, le Parisien est réfractaire au succès. Lassé d'élever des piédestaux, il boude comme les enfants gâtés et ne veut plus d'idoles ; ou pour être vrai, les gens de talent manquent parfois à ses engouements. La gangue d'où s'extrait le génie a ses lacunes ; le Parisien se regimbe alors, il ne veut pas toujours dorer ou adorer les médiocrités.

XLIII

TOUT VIENT À POINT À QUI SAIT ATTENDRE

En entrant avec sa brusquerie habituelle, madame Cibot surprit le docteur à table avec sa vieille mère, mangeant une salade de mâches, la moins chère de toutes les salades, et n'ayant pour dessert qu'un angle aigu de fromage de Brie, entre une assiette peu garnie par les fruits dits les quatre-mendiants, où se voyaient beaucoup de râpes de raisin, et une assiette de mauvaises pommes de bateau[79].

— Ma mère, vous pouvez rester, dit le médecin en retenant madame Poulain par le bras, c'est madame Cibot de qui je vous ai parlé.

— Mes respects, madame, mes devoirs, monsieur, dit la Cibot en acceptant la chaise que lui présenta le docteur. Ah ! c'est madame votre mère, elle est bien heureuse d'avoir un fils qui a tant de talent ; car c'est mon sauveur, madame, il m'a tiré de l'abîme...

La veuve Poulain trouva madame Cibot charmante, en l'entendant faire ainsi l'éloge de son fils.

— C'est donc pour vous dire, mon cher monsieur Poulain, entre nous, que le pauvre monsieur Pons va bien mal, et que j'ai à vous parler, rapport à lui...

— Passons au salon, dit le docteur Poulain en montrant la domestique à madame Cibot par un geste significatif.

Une fois au salon, la Cibot expliqua longuement sa position avec les deux Casse-noisettes, elle répéta l'histoire de son prêt en l'enjolivant, et raconta les immenses services qu'elle rendait depuis dix ans à messieurs Pons et Schmucke. A l'entendre, ces deux vieillards n'existeraient plus, sans ses soins maternels.

Elle se posa comme un ange et dit tant et tant de mensonges arrosés de larmes, qu'elle finit par attendrir la vieille madame Poulain.

— Vous comprenez, mon cher monsieur, dit-elle en terminant, qu'il faudrait bien savoir à quoi s'en tenir sur ce que monsieur Pons compte faire pour moi, dans le cas où il viendrait à mourir ; c'est ce que je ne souhaite guère, car ces deux innocents à soigner, voyez-vous, madame, c'est ma vie ; mais si l'un d'eux me manque, je soignerai l'autre. Moi, la Nature m'a bâtie pour être la rivale de la Maternité. Sans quelqu'un à qui je m'intéresse, de qui je me fais un enfant, je ne saurais que devenir... Donc, si monsieur Poulain le voulait, il me rendrait un service que je saurais bien reconnaître, ce serait de parler de moi à monsieur Pons. Mon Dieu ! mille francs de viager, est-ce trop ? je vous le demande... C'est autant de gagné pour monsieur Schmucke... Pour lors, notre cher malade m'a donc dit qu'il me recommanderait à ce pauvre Allemand, qui serait donc, dans son idée, son héritier... Mais qu'est-ce qu'un homme qui ne sait pas coudre deux idées en français, et qui d'ailleurs est capable de s'en aller en Allemagne, tant il sera désespéré de la mort de son ami ?...

— Ma chère madame Cibot, répondit le docteur devenu grave, ces sortes d'affaires ne concernent point les médecins, et l'exercice de ma profession me serait interdit si l'on savait que je me suis mêlé des dispositions testamentaires d'un de mes clients. La loi ne permet pas à un médecin d'accepter un legs de son malade...

— Quelle bête de loi ! car qu'est-ce qui m'empêche de partager mon legs avec vous ? répondit sur-le-champ la Cibot.

— J'irai plus loin, dit le docteur, ma conscience de médecin m'interdit de parler à monsieur Pons de sa mort. D'abord, il n'est pas assez en danger pour cela ; puis, cette conversation de ma part lui causerait un saisissement qui pourrait lui faire un mal réel, et rendre alors sa maladie mortelle...

— Mais je ne prends pas de mitaines, s'écria madame Cibot, pour lui dire de mettre ses affaires en ordre, et il ne s'en porte pas plus mal... Il est fait à cela !... ne craignez rien.

— Ne me dites rien de plus, ma chère madame Cibot !... Ces choses ne sont pas du domaine de la médecine, elles regardent les notaires...

— Mais, mon cher monsieur Poulain, si monsieur Pons vous demandait de lui-même où il en est, et s'il ferait bien de prendre ses précautions, là, refuseriez-vous de lui dire que c'est une excellente chose pour recouvrer la santé que d'avoir tout bâclé... Puis vous glisseriez un petit mot de moi...

— Ah ! s'il me parle de faire son testament, je ne l'en détournerai point, dit le docteur Poulain.

— Eh bien ! voilà qui est dit, s'écria madame Cibot. Je venais vous remercier de vos soins, ajouta-t-elle en glissant dans la main du docteur une papillote qui contenait trois pièces d'or. C'est tout ce que je puis faire pour le moment. Ah ! si j'étais riche, vous le seriez, mon cher monsieur Poulain, vous qui êtes l'image du bon Dieu sur la terre... Vous avez là, madame, pour fils, un ange !

La Cibot se leva, madame Poulain la salua d'un air aimable, et le docteur la reconduisit jusque sur le palier. Là, cette affreuse lady Macbeth de la rue fut éclairée d'une lueur infernale ; elle comprit que le médecin devait être son complice, puisqu'il acceptait des honoraires pour une fausse maladie.

— Comment, mon bon monsieur Poulain, lui dit-elle, après m'avoir tirée d'affaire pour mon accident, vous refuseriez de me sauver de la misère en disant quelques paroles ?...

Le médecin sentit qu'il avait laissé le diable le prendre par un de ses cheveux, et que ce cheveu s'enroulait sur la corne impitoyable de la griffe rouge. Effrayé de perdre son honnêteté pour si peu de chose, il répondit à cette idée diabolique par une idée non moins diabolique.

— Écoutez, ma chère madame Cibot, dit-il en la

faisant rentrer et l'emmenant dans son cabinet, je vais vous payer la dette de reconnaissance que j'ai contractée envers vous, à qui je dois ma place de la mairie...

— Nous partagerons, dit-elle vivement.

— Quoi ? demanda le docteur.

— La succession, répondit la portière.

— Vous ne me connaissez pas, répliqua le docteur en se posant en Valérius Publicola[80]. Ne parlons plus de cela. J'ai pour ami de collège un garçon fort intelligent, et nous sommes d'autant plus liés, que nous avons eu les mêmes chances dans la vie. Pendant que j'étudiais la médecine, il faisait son droit ; pendant que j'étais interne, il grossoyait[81] chez un avoué, maître Couture. Fils d'un cordonnier, comme je suis celui d'un culottier, il n'a pas trouvé de sympathies bien vives autour de lui, mais il n'a pas trouvé non plus de capitaux ; car, après tout, les capitaux ne s'obtiennent que par sympathie. Il n'a pu traiter d'une étude qu'en province, à Mantes... Or, les gens de province comprennent si peu les intelligences parisiennes, que l'on a fait mille chicanes à mon ami.

— Des canailles ! s'écria la Cibot.

— Oui, reprit le docteur, car on s'est coalisé contre lui si bien, qu'il a été forcé de revendre son étude pour des faits où l'on a su lui donner l'apparence d'un tort ; le procureur du Roi s'en est mêlé ; ce magistrat était du pays, il a pris fait et cause pour les gens du pays. Ce pauvre garçon, encore plus sec et plus râpé que je ne le suis, logé comme moi, nommé Fraisier, s'est réfugié dans notre Arrondissement ; il en est réduit à plaider, car il est avocat, devant la Justice de paix et le tribunal de police ordinaire. Il demeure ici près, rue de la Perle. Allez au numéro 9, vous monterez trois étages, et, sur le palier, vous verrez imprimé en lettre d'or : CABINET DE MONSIEUR FRAISIER, sur un petit carré de maroquin rouge. Fraisier se charge spécialement des affaires contentieuses de messieurs les concierges, des ouvriers et de tous les pauvres de notre Arrondissement à des prix modérés. C'est un honnête homme, car je n'ai pas besoin de vous dire qu'avec ses moyens, s'il était fripon, il roulerait carrosse. Je verrai mon ami Fraisier ce soir. Allez chez lui demain de bonne heure, il connaît monsieur Louchard, le garde de commerce ; monsieur Tabareau, l'huissier de la Justice de paix ; monsieur Vitel, le juge de paix ; et monsieur Trognon, notaire : il est lancé déjà parmi les gens d'affaires les plus considérés du quartier. S'il se charge de vos intérêts, si vous pouvez le donner comme conseil à monsieur Pons, vous aurez en lui, voyez-vous, un autre vous-même. Seulement, n'allez pas, comme avec moi, lui proposer des compromis qui blessent l'honneur ; mais il a de l'esprit, vous vous entendrez. Puis, quant à reconnaître ses services, je serai votre intermédiaire...

Madame Cibot regarda le docteur malignement.

— N'est-ce pas l'homme de loi, dit-elle, qui a tiré la mercière de la rue Vieille-du-Temple, madame Florimond, de la mauvaise passe où elle était, rapport à cet héritage de son bon ami ?...

— C'est lui-même, dit le docteur.

— N'est-ce pas une horreur, s'écria la Cibot, qu'après lui avoir obtenu deux mille francs de rente, elle lui a refusé sa main, qu'il lui demandait, et qu'elle a cru, dit-on, être quitte en lui donnant douze chemises de toile de Hollande, vingt-quatre mouchoirs, enfin tout un trousseau !

— Ma chère madame Cibot, dit le docteur, le trousseau valait mille francs, et Fraisier, qui débutait alors dans le quartier, en avait bien besoin. Elle a d'ailleurs payé le mémoire de frais sans observation... Cette affaire-là en a valu d'autres à Fraisier, qui maintenant est très occupé ; mais, dans mon genre, nos clientèles se valent...

— Il n'y a que les justes qui pâtissent ici-bas, répondit la portière ! Eh bien ! adieu et merci, mon bon monsieur Poulain.

Ici commence le drame, ou, si vous voulez, la comédie terrible de la mort d'un célibataire livré par la force des choses à la rapacité des natures cupides qui se groupent à son lit, et qui, dans ce cas, eurent pour auxiliaires la passion la plus vive, celle d'un tableaumane, l'avidité du sieur Fraisier, qui, vu dans sa caverne, va vous faire frémir, et la soif d'un Auvergnat capable de tout, même d'un crime, pour se faire un capital. Cette comédie, à laquelle cette partie du récit sert en quelque sorte d'avant-scène, a d'ailleurs pour acteurs tous les personnages qui jusqu'à présent ont occupé la scène.

XLIV

UN HOMME DE LOI

L'avilissement des mots est une de ces bizarreries des mœurs qui, pour être expliquée, voudrait des volumes. Écrivez à un avoué en le qualifiant d'*homme de loi*, vous l'aurez offensé tout autant que vous offenseriez un négociant en gros de denrées coloniales à qui vous adresseriez ainsi votre lettre : — Monsieur un tel, épicier. Un assez grand nombre de gens du monde qui devraient savoir, puisque c'est là toute leur science, ces délicatesses du savoir-vivre, ignorent encore que la qualification d'*homme de lettres* est la plus cruelle injure qu'on puisse faire à un auteur. Le mot monsieur est le plus grand exemple de la vie et de la mort des mots. Monsieur veut dire monseigneur. Ce titre, si considérable autrefois, réservé maintenant aux rois par la transformation de sieur en sire, se donne à tout le monde ; et néanmoins *messire*, qui n'est pas autre chose que le double du mot monsieur et son équivalent, soulève des articles dans les feuilles républicaines, quand, par hasard, il se trouve mis dans un billet d'enterrement. Magistrats, conseillers, jurisconsultes, juges, avocats, officiers ministériels, avoués, huissiers, conseils, hommes d'affaires, agents d'affaires et défenseurs, sont les Variétés sous lesquelles se classent les gens qui rendent la justice ou qui la travaillent. Les deux derniers bâtons de cette échelle sont le *praticien* et l'*homme de loi*. Le praticien, vulgairement appelé recors, est l'homme de justice par hasard, il est là pour assister l'exécution des jugements, c'est, pour les affaires civiles, un bourreau d'occasion. Quant à l'homme de loi, c'est l'injure particulière à la profession. Il est à la justice, ce que l'*homme de lettres* est à la littérature. Dans toutes les professions, en France, la rivalité qui les dévore, a trouvé des termes de dénigrement. Chaque état a son insulte. Le mépris qui frappe les mots *homme de lettres* et *homme de loi* s'arrête au pluriel. On dit très bien sans blesser personne les *gens de lettres*, les *gens de loi*. Mais, à Paris, chaque profession a ses Oméga, des individus qui mettent le métier de plain-pied avec la pratique des rues, avec le peuple. Aussi l'*homme de loi*, le petit agent d'affaires existe-t-il encore dans certains quartiers, comme on trouve encore à la Halle, le prêteur à la petite semaine qui est à la haute banque ce que monsieur Fraisier était à la compagnie des avoués. Chose étrange ! Les gens du peuple ont peur des officiers ministériels comme ils ont peur des restaurants fashionables. Ils s'adressent à des gens d'affaires comme ils vont boire au cabaret. Le plain-pied est la loi générale des différentes sphères sociales. Il n'y a que les natures d'élite qui aiment à gravir les hauteurs, qui ne souffrent pas en se voyant en présence de leurs supérieurs, qui se font leur place, comme Beaumarchais laissant tomber la montre d'un grand seigneur essayant de l'humilier ; mais aussi les parvenus, surtout ceux qui savent faire disparaître leurs langes, sont-ils des exceptions grandioses.

Le lendemain à six heures du matin, madame Cibot examinait, rue de la Perle, la maison où demeurait son futur conseiller, le sieur Fraisier, homme de loi. C'était une de ces vieilles maisons habitées par la petite bourgeoisie d'autrefois. On y entrait par une allée. Le rez-de-chaussée, en partie occupé par la loge du portier et par la boutique d'un ébéniste, dont les ateliers et les magasins encombraient une petite cour intérieure, se trouvait partagé par l'allée et par la cage de l'escalier, que le salpêtre et l'humidité dévoraient. Cette maison semblait attaquée de la lèpre.

Madame Cibot alla droit à la loge, elle y trouva l'un des confrères de Cibot, un cordonnier, sa femme et deux enfants en bas âge logés dans un espace de dix pieds carrés, éclairé sur la petite cour. La plus cordiale entente régna bientôt entre les deux femmes, une fois que la Cibot eut déclaré sa profession, se fut nommée et eut parlé de sa maison de la rue de Normandie. Après un quart d'heure employé par les commérages et pendant lequel la portière de monsieur Fraisier faisait le déjeuner du cordonnier et des deux enfants, madame Cibot amena la conversation sur les locataires et parla de l'homme de loi.

— Je viens le consulter, dit-elle, pour des affaires ; un de ses amis, monsieur le docteur Poulain, a dû me recommander à lui. Vous connaissez monsieur Poulain ?

— Je le crois bien ! dit la portière de la rue de la Perle. Il a sauvé ma petite qu'avait le croup.

— Il m'a sauvée aussi, moi, madame. Quel homme est-ce, ce monsieur Fraisier ?...

— C'est un homme, ma chère dame, dit la portière, de qui l'on arrache bien difficilement l'argent de ses ports de lettres à la fin du mois.

Cette réponse suffit à l'intelligente Cibot.

— On peut être pauvre et honnête, répondit-elle.

— Je l'espère bien, reprit la portière de Fraisier ; nous ne roulons pas sur l'or ni sur l'argent, pas même sur les sous, mais nous n'avons pas un liard à qui que ce soit.

La Cibot se reconnut dans ce langage.

— Enfin, ma petite, reprit-elle, on peut se fier à lui, n'est-ce pas ?

— Ah ! dame ! quand monsieur Fraisier veut du bien à quelqu'un, j'ai entendu dire à madame Florimond qu'il n'a pas son pareil...

— Et pourquoi ne l'a-t-elle pas épousé, demanda vivement la Cibot, puisqu'elle lui devait sa fortune ? C'est quelque chose pour une petite mercière, et qui était entretenue par un vieux, que de devenir la femme d'un avocat...

— Pourquoi ? dit la portière en entraînant madame Cibot dans l'allée ; vous montez chez lui, n'est-ce pas, madame ?... eh bien ! quand vous serez dans son cabinet, vous saurez pourquoi.

XLV

UN INTÉRIEUR PEU RECOMMANDABLE

L'escalier, éclairé sur une petite cour par des fenêtres à coulisse, annonçait qu'excepté le propriétaire et le sieur Fraisier, les autres locataires exerçaient des professions mécaniques. Les marches boueuses portaient l'enseigne de chaque métier en offrant aux regards des découpures de cuivre, des boutons cassés, des brimborions de gaze, de sparterie. Les apprentis des étages supérieurs y dessinaient des caricatures obscènes. Le dernier mot de la portière, en excitant la curiosité de madame Cibot, la décida naturellement à consulter l'ami du docteur Poulain ; mais en se réservant de l'employer à ses affaires d'après ses impressions.

— Je me demande quelquefois comment madame Sauvage peut tenir à son service, dit en forme de commentaire la portière qui suivait madame Cibot. Je vous accompagne, madame, ajouta-t-elle, car je monte le lait et le journal à mon propriétaire.

Arrivée au second étage au-dessus de l'entresol, la Cibot se trouva devant une porte du plus vilain caractère. La peinture d'un rouge faux était enduite sur vingt centimètres de largeur, de cette couche noirâtre qu'y déposent les mains après un certain temps, et que les architectes ont essayé de combattre dans les appartements élégants, par l'application de glaces au-dessus et au-dessous des serrures. Le guichet de cette porte, bouché par des scories semblables à celles que les restaurateurs inventent pour vieillir des bouteilles adultes, ne servait qu'à mériter à la porte le surnom de porte de prison, et concordait d'ailleurs à ses ferrures en trèfles, à ses gonds formidables, à ses grosses têtes de clous. Quelque avare ou quelque folliculaire en querelle avec le monde entier devait avoir inventé ces appareils. Le plomb, où se déversaient les eaux ménagères, ajoutait sa quote-part de puanteur dans l'escalier, dont le plafond offrait partout des arabesques dessinées avec de la fumée de chandelle, et quelles arabesques ! Le cordon de tirage, au bout duquel pendait une olive crasseuse, fit résonner une petite sonnette dont l'organe faible dévoilait une cassure dans le métal. Chaque objet était un trait en harmonie avec l'ensemble de ce hideux tableau. La Cibot entendit le bruit d'un pas pesant, et la respiration asthmatique d'une femme puissante. Et madame Sauvage se manifesta ! C'était une de ces vieilles devinées par Adrien Brauwer dans ses *Sorcières partant pour le sabbat*[82], une femme de cinq pieds six pouces, à visage soldatesque et beaucoup plus barbu que celui de la Cibot, d'un embonpoint maladif, vêtue d'une affreuse robe de rouennerie à bon marché, coiffée d'un madras, faisant encore papillotes avec les imprimés que recevait gratuitement son maître, et portant à ses oreilles des espèces de roues de carrosse en or. Ce cerbère femelle tenait à la main un poêlon en fer-blanc, bossué, dont le lait répandu jetait dans l'escalier une odeur de plus, qui s'y sentait peu, malgré son âcreté nauséabonde.

— Qué qu'il y a pour votre service, *médème* ? demanda madame Sauvage.

Et, d'un air menaçant, elle jeta sur la Cibot, qu'elle trouva, sans doute, trop bien vêtue, un regard d'autant plus meurtrier, que ses yeux étaient naturellement sanguinolents.

— Je viens voir monsieur Fraisier de la part de son ami le docteur Poulain.

— Entrez, *médème*, répondit la Sauvage d'un air devenu soudain très aimable et qui prouvait qu'elle était avertie de cette visite matinale.

Et, après avoir fait une révérence de théâtre, la domestique à moitié mâle du sieur Fraisier ouvrit brusquement la porte du cabinet qui donnait sur la rue, et où se trouvait l'ancien avoué de Mantes. Ce cabinet ressemblait absolument à ces petites études d'huissier du troisième ordre, où les cartonniers sont en bois noirci, où les dossiers sont si vieux qu'ils ont de la barbe, en style de cléricature, où les ficelles rouges pendent d'une façon lamentable, où les cartons sentent les ébats des souris, où le plancher est gris de poussière et le plafond jaune de fumée. La glace de la cheminée était trouble ; les chenets en fonte supportaient une bûche économique ; la pendule en marqueterie moderne, valant soixante francs, avait été achetée à quelque vente par autorité de justice et les flambeaux qui l'accompagnaient étaient en zinc, mais ils affectaient des formes rococo mal réussies, et la peinture, partie en plusieurs endroits, laissait voir le métal. Monsieur Fraisier, petit homme sec et maladif, à figure rouge, dont les bourgeons annonçaient un sang très vicié, mais qui d'ailleurs se grattait incessamment le bras droit, et dont la perruque, mise très en arrière, laissait voir un crâne couleur de brique et d'une expression sinistre, se leva de dessus un fauteuil de canne, où il siégeait sur un rond en maroquin vert. Il prit un air agréable et une voix flûtée pour dire, en avançant une chaise : — Madame Cibot, je pense ?...

— Oui, monsieur, répondit la portière qui perdit son assurance habituelle.

Madame Cibot fut effrayée par cette voix, qui ressemblait assez à celle de la sonnette, et par un regard encore plus vert que les yeux verdâtres de son futur conseil. Le cabinet sentait si bien son Fraisier, qu'on devait croire que l'air y était pestilentiel. Madame Cibot comprit alors pourquoi madame Florimond n'était pas devenue madame Fraisier.

— Poulain m'a parlé de vous, ma chère dame, dit l'homme de loi, de cette voix d'emprunt qu'on appelle vulgairement *petite voix*, mais qui restait aigre et clairette comme un vin de pays.

Là, cet agent d'affaires essaya de se draper, en ramenant sur ses genoux pointus, couverts en molleton excessivement râpé, les deux pans d'une vieille robe de chambre en calicot imprimé, dont la ouate prenait la liberté de sortir par plusieurs déchirures, mais le poids de cette ouate entraînait les pans, et découvrait un justaucorps en flanelle devenu noirâtre. Après avoir resserré, d'un petit air fat, la cordelière de cette robe de chambre réfractaire pour dessiner sa taille de roseau, Fraisier réunit d'un coup de pincettes deux tisons qui s'évitaient depuis fort longtemps, comme deux frères ennemis. Puis, saisi d'une pensée subite, il se leva : — Madame Sauvage ! cria-t-il.

— Après ?

— Je n'y suis pour personne.

— Hé ! *parbleur !* on le sait, répondit la virago d'une maîtresse voix.

— C'est ma vieille nourrice, dit l'homme de loi d'un air confus à la Cibot.

— Elle a encore beaucoup de laid, répliqua l'ancienne héroïne des Halles.

Fraisier rit du calembour et mit le verrou, pour que sa ménagère ne vînt pas interrompre les confidences de la Cibot.

— Eh bien ! madame, expliquez-moi votre affaire, dit-il en s'asseyant et tâchant toujours de draper sa robe de chambre. Une personne qui m'est recommandée par le seul ami que j'aie au monde peut compter sur moi... mais... absolument !

Madame Cibot parla pendant une demi-heure sans que l'agent d'affaires se permît la moindre interruption ; il avait l'air curieux d'un jeune soldat écoutant un *vieux de la vieille.* Ce silence et la soumission de Fraisier, l'attention qu'il paraissait prêter à ce bavardage à cascades, dont on a vu des échantillons dans les scènes entre la Cibot et le pauvre Pons, firent abandonner à la défiante portière quelques-unes des préventions que tant de détails ignobles venaient de lui inspirer.

XLVI

CONSULTATION NON GRATUITE

Quand la Cibot se fut arrêtée, et qu'elle attendit un conseil, le petit homme de loi, dont les yeux verts à points noirs avaient étudié sa future cliente, fut pris d'une toux dite de cercueil, et eut recours à un bol en faïence à demi plein de jus d'herbes, qu'il vida.

— Sans Poulain, je serais déjà mort, ma chère madame Cibot, répondit Fraisier à des regards maternels que lui jeta la portière ; mais il me rendra, dit-il, la santé...

Il paraissait avoir perdu la mémoire des confidences de sa cliente, qui pensait à quitter un pareil moribond.

— Madame, en matière de succession, avant de s'avancer, il faut savoir deux choses, reprit l'ancien avoué de Mantes en devenant grave. Premièrement, si la succession vaut la peine qu'on se donne, et deuxièmement, quels sont les héritiers ; car, si la succession est le butin, les héritiers sont l'ennemi.

La Cibot parla de Rémonencq et d'Élie Magus, et dit que les deux fins compères évaluaient la collection de tableaux à six cent mille francs...

— La prendraient-ils à ce prix-là ?... demanda l'ancien avoué de Mantes, car, voyez-vous, madame, les gens d'affaires ne croient pas aux tableaux. Un tableau, c'est quarante sous de toile ou cent mille francs de peinture ! Or, les peintures de cent mille francs sont bien connues, et quelles erreurs dans toutes ces valeurs-là, même les plus célèbres ! Un financier bien connu, dont la galerie était vantée, visitée et gravée (gravée !) passait pour avoir dépensé des millions... Il meurt, car on meurt, eh bien ! ses *vrais* tableaux n'ont pas produit plus de deux cent mille francs ! Il faudrait m'amener ces messieurs... Passons aux héritiers.

Et Fraisier se remit dans son attitude d'écouteur. En entendant le nom du président Camusot, il fit un hochement de tête, accompagné d'une grimace qui rendit la Cibot excessivement attentive ; elle essaya de lire sur ce front, sur cette atroce physionomie, et trouva ce qu'en affaires on nomme *une tête de bois*.

— Oui, mon cher monsieur, répéta la Cibot, mon monsieur Pons est le propre cousin du président Camusot de Marville, il me rabâche sa parenté deux fois par jour. La première femme de monsieur Camusot, le marchand de soieries...

— Qui vient d'être nommé pair de France...

— Était une demoiselle Pons, cousine germaine de monsieur Pons.

— Ils sont cousins issus de germains...

— Ils ne sont plus rien du tout, ils sont brouillés.

Monsieur Camusot de Marville avait été, pendant cinq ans, président du tribunal de Mantes, avant de venir à Paris. Non seulement il y avait laissé des souvenirs, mais encore il y avait conservé des relations ; car son successeur, celui de ses juges avec lequel il s'était le plus lié pendant son séjour, présidait encore le tribunal et conséquemment connaissait Fraisier à fond.

— Savez-vous, madame, dit-il lorsque la Cibot eut arrêté les rouges écluses de sa bouche torrentielle, savez-vous que vous auriez pour ennemi capital un homme qui peut envoyer les gens à l'échafaud ?

La portière exécuta sur sa chaise un bond qui la fit ressembler à la poupée de ce joujou nommé *une surprise*[83].

— Calmez-vous, ma chère dame, reprit Fraisier. Que vous ignoriez ce qu'est le président de la chambre des mises en accusation de la Cour royale de Paris, rien de plus naturel, mais vous deviez savoir que monsieur Pons avait un héritier légal naturel. Monsieur le président de Marville est le seul et unique héritier de votre malade, mais il est collatéral au troisième degré ; donc, monsieur Pons peut, aux termes de la loi, faire ce qu'il veut de sa fortune. Vous ignorez encore que la fille de monsieur le président a épousé, depuis six semaines au moins, le fils aîné de monsieur de comte Popinot, pair de France, ancien ministre de l'agriculture et du commerce, un des hommes les plus influents de la politique actuelle. Cette alliance rend le président encore plus redoutable qu'il ne l'est comme souverain de la cour d'assises.

La Cibot tressaillit encore à ce mot.

— Oui, c'est lui qui vous envoie là, reprit Fraisier. Ah ! ma chère dame, vous ne savez pas ce qu'est une robe rouge ! C'est déjà bien assez d'avoir une simple robe noire contre soi ! Si vous me voyez ici ruiné, chauve, moribond... eh bien ! c'est pour avoir heurté, sans le savoir, un simple petit procureur du roi de province. On m'a forcé de vendre mon étude à perte, et bien heureux de décamper en perdant ma fortune. Si j'avais voulu résister, je n'aurais pas pu garder ma profession d'avocat. Ce que vous ignorez encore, c'est que s'il ne s'agissait que du président Camusot, ce ne serait rien ; mais il a, voyez-vous, une femme !... Et si vous vous trouviez face à face avec cette femme, vous trembleriez comme si vous étiez sur la première marche de l'échafaud, les cheveux vous dresseraient sur la tête. La présidente est vindicative à passer dix ans pour vous entortiller dans un piège où vous péririez ! Elle fait agir son mari comme un enfant fait aller sa toupie. Elle a dans sa vie causé le suicide, à la Conciergerie, d'un charmant garçon ; elle a rendu blanc comme neige un comte qui se trouvait sous une accusation de faux. Elle a failli faire interdire l'un des plus grands seigneurs de la cour de Charles X. Enfin, elle a renversé le procureur général, monsieur de Granville...

— Qui demeurait Vieille-rue-du-Temple, au coin de la rue Saint-François[84], dit la Cibot.

— C'est lui-même. On dit qu'elle veut faire son mari ministre de la justice, et je ne sais pas si elle n'arrivera point à ses fins... Si elle se mettait dans l'idée de nous envoyer tous deux en cour d'assises et au bagne, moi qui suis innocent comme l'enfant qui naît, je prendrais un passe-port et j'irais aux États-Unis... tant je connais bien la justice. Or, ma chère madame Cibot, pour pouvoir marier sa fille unique au jeune vicomte Popinot, qui sera, dit-on, héritier de votre propriétaire, monsieur Pillerault, la présidente s'est dépouillée de toute sa fortune, si bien qu'en ce moment, le président et sa femme sont réduits à vivre avec le traitement de la présidence. Et vous croyez, ma chère dame, que, dans ces circonstances-là, madame la présidente négligera la succession de votre monsieur Pons ?... Mais, j'aimerais mieux affronter des canons chargés à mitraille que de me savoir une pareille femme contre moi...

— Mais, dit la Cibot, ils sont brouillés...

— Qu'est-ce que cela fait ? dit Fraisier. Raison de plus ! Tuer un parent de qui l'on se plaint, c'est quelque chose, mais hériter de lui, c'est là un plaisir !

— Mais le bonhomme a ses héritiers en horreur ; il me répète que ces gens-là, je me rappelle les noms, monsieur Cardot, monsieur Berthier, etc., l'ont écrasé comme un œuf qui se trouverait sous un tombereau.

— Voulez-vous être broyée ainsi ?...

— Mon Dieu, mon Dieu ! s'écria la portière. Ah ! madame Fontaine avait raison en disant que je rencontrerais des obstacles ; mais elle a dit que je réussirais...

— Écoutez, ma chère madame Cibot... Que vous tiriez de cette affaire une trentaine de mille francs, c'est possible ; mais la succession, il n'y faut pas songer... Nous avons causé de vous et de votre affaire, le docteur Poulain et moi, hier au soir...

Là, madame Cibot fit encore un bond sur [sa] chaise.

— Eh bien ! qu'avez-vous ?

— Mais, si vous connaissiez mon affaire, pourquoi m'avez-vous laissée jaser comme une pie ?

— Madame Cibot, je connaissais votre affaire, mais je ne savais rien de madame Cibot ! Autant de clients, autant de caractères...

Là, madame Cibot jeta sur son futur conseil un singulier regard où toute sa défiance éclata et que Fraisier surprit.

XLVII

LE FIN MOT DE FRAISIER

— Je reprends, dit Fraisier. Donc, notre ami Poulain a été mis par vous en rapport avec le vieux monsieur Pillerault, le grand-oncle de madame la comtesse Popinot, et c'est un de vos titres à mon dévouement. Poulain va voir votre propriétaire (notez ceci !) tous les quinze jours, et il a su tous ces détails par lui. Cet ancien négociant assistait au mariage de son arrière-petit-neveu (car c'est un oncle à succession, il a bien quelque quinze mille francs de rente ; et, depuis vingt-cinq ans, il vit comme un moine, il dépense à peine mille écus par an...), et il a raconté toute l'affaire du mariage à Poulain. Il paraît que ce grabuge a été causé précisément par votre bonhomme de musicien qui a voulu déshonorer, par vengeance, la famille du président. Qui n'entend qu'une cloche n'a qu'un son... Votre malade se dit innocent, mais le monde le regarde comme un monstre...

— Ça ne m'étonnerait pas qu'il en fût un ! s'écria la Cibot. Figurez-vous que voilà dix ans passés que j'y mets du mien, il le sait, il a mes économies, et il ne veut pas me coucher sur son testament... Non, monsieur, il ne le veut pas, il est têtu, que c'est un vrai mulet... Voilà dix jours que je lui en parle, le mâtin ne bouge pas plus que si c'était un terne. Il ne desserre pas les dents, il me regarde d'un air... Le plus qu'il m'a dit, c'est qu'il me recommanderait à monsieur Schmucke.

— Il compte donc faire un testament en faveur de ce Schmucke ?

— Il lui donnera tout...

— Écoutez, ma chère madame Cibot, il faudrait pour que j'eusse des opinions arrêtées, pour concevoir un plan, que je connusse monsieur Schmucke, que je visse les objets dont se compose la succession, que j'eusse une conférence avec ce Juif de qui vous me parlez ; et, alors, laissez-moi vous diriger...

— Nous verrons, mon bon monsieur Fraisier.

— Comment ! nous verrons, dit Fraisier en jetant

un regard de vipère à la Cibot et parlant avec sa voix naturelle. Ah çà ! suis-je ou ne suis-je pas votre conseil ? entendons-nous bien.

La Cibot se sentit devinée, elle eut froid dans le dos.

— Vous avez toute ma confiance, répondit-elle en se voyant à la merci d'un tigre.

— Nous autres avoués, nous sommes habitués aux trahisons de nos clients. Examinez bien votre position : elle est superbe. Si vous suivez mes conseils de point en point, vous aurez, je vous le garantis, trente ou quarante mille francs de cette succession-là... Mais cette belle médaille a un revers. Supposez que la présidente apprenne que la succession de monsieur Pons vaut un million, et que vous voulez l'écorner, car il y a toujours des gens qui se chargent de dire ces choses-là !... fit-il en parenthèse.

Cette parenthèse, ouverte et fermée par deux pauses, fit frémir la Cibot, qui pensa sur-le-champ que Fraisier se chargerait de la dénonciation.

— Ma chère cliente, en dix minutes on obtiendra du bonhomme Pillerault votre renvoi de la loge, et l'on vous donnera deux heures pour déménager...

— Quéque ça me ferait !... dit la Cibot en se dressant sur ses pieds en Bellone, je resterais chez ces messieurs comme leur femme de confiance.

— Et, voyant cela, l'on vous tendrait un piège, et vous vous réveilleriez un beau matin dans un cachot, vous et votre mari, sous une accusation capitale...

— Moi !... s'écria la Cibot, moi qui n'ai pas n'une centime à autrui !... Moi !... moi !...

Elle parla pendant cinq minutes, et Fraisier examina cette grande artiste exécutant son concerto de louanges sur elle-même. Il était froid, railleur, son œil perçait la Cibot comme d'un stylet, il riait en dedans, sa perruque sèche se remuait. C'était Robespierre au temps où ce Sylla français faisait des quatrains.

— Et comment ! et pourquoi ! et sous quel prétexte ! demanda-t-elle en terminant.

— Voulez-vous savoir comment vous pourriez être guillotinée ?...

La Cibot tomba pâle comme une morte, car cette phrase lui tomba sur le cou comme le couteau de la loi. Elle regarda Fraisier d'un air égaré.

— Écoutez-moi bien, ma chère enfant, reprit Fraisier en réprimant un mouvement de satisfaction que lui causa l'effroi de sa cliente.

— J'aimerais mieux tout laisser là... dit en murmurant la Cibot.

Et elle voulut se lever.

— Restez, car vous devez connaître votre danger, je vous dois mes lumières, dit impérieusement Fraisier. Vous êtes renvoyée par monsieur Pillerault, ça ne fait pas de doute, n'est-ce pas ? Vous devenez la domestique de ces deux messieurs, très bien ! C'est une déclaration de guerre entre la présidente et vous. Vous voulez tout faire, vous, pour vous emparer de cette succession, en tirer pied ou aile...

La Cibot fit un geste.

— Je ne vous blâme pas, ce n'est pas mon rôle, dit Fraisier en répondant au geste de sa cliente. C'est une bataille que cette entreprise, et vous irez plus loin que vous ne pensez ! On se grise de son idée, on tape dur...

Autre geste de dénégation de la part de madame Cibot, qui se rengorgea.

— Allons, allons, ma petite mère, reprit Fraisier avec une horrible familiarité, vous iriez bien loin...

— Ah çà ! me prenez-vous pour une voleuse ?

— Allons, maman, vous avez un reçu de monsieur Schmucke qui vous a peu coûté... Ah ! vous êtes ici à confesse, ma belle dame... Ne trompez pas votre confesseur, surtout quand ce confesseur a le pouvoir de lire dans votre cœur...

La Cibot fut effrayée de la perspicacité de cet homme et comprit la raison de la profonde attention avec laquelle il l'avait écoutée.

— Eh bien ! reprit Fraisier, vous pouvez bien admettre que la présidente ne se laissera pas dépasser par vous dans cette course à la succession... On vous observera, l'on vous espionnera... Vous obtenez d'être mise sur le testament de monsieur Pons... C'est parfait. Un beau jour, la justice arrive, on saisit une tisane, on y trouve de l'arsenic au fond, vous et votre mari vous êtes arrêtés, jugés, condamnés, comme ayant voulu tuer le sieur Pons, afin de toucher votre legs... J'ai défendu à Versailles une pauvre femme, aussi vraiment innocente que vous le seriez en pareil cas ; les choses étaient comme je vous le dis, et tout ce que j'ai pu faire alors, ç'a été de lui sauver la vie. La malheureuse a eu vingt ans de travaux forcés et les fait à Saint-Lazare.

L'effroi de madame Cibot fut au comble. Devenue pâle, elle regardait ce petit homme sec aux yeux verdâtres comme la pauvre Moresque, réputée fidèle à sa religion, devait regarder l'inquisiteur au moment où elle s'entendait condamner au feu.

— Vous dites donc, mon bon monsieur Fraisier, qu'en vous laissant faire, vous confiant le soin de mes intérêts, j'aurais quelque chose, sans rien craindre ?

— Je vous garantis trente mille francs, dit Fraisier en homme sûr de son fait.

— Enfin, vous savez combien j'aime le cher docteur Poulain, reprit-elle de sa voix la plus pateline, c'est lui qui m'a dit de venir vous trouver, et le digne homme ne m'envoyait pas ici pour m'entendre dire que je serais guillotinée comme une empoisonneuse...

Elle fondit en larmes, tant cette idée de guillotine l'avait fait frissonner, ses nerfs étaient en mouvement, la terreur lui serrait le cœur, elle perdit la tête. Fraisier jouissait de son triomphe. En apercevant l'hésitation de sa cliente, il se voyait privé de l'affaire, et il avait voulu dompter la Cibot, l'effrayer, la stupéfier, l'avoir à lui, pieds et poings liés. La portière, entrée dans ce cabinet, comme une mouche se jette dans une toile d'araignée, devait y rester, liée, entortillée, et servir de pâture à l'ambition de ce petit homme de loi. Fraisier voulait en effet trouver, dans cette affaire, la nourriture de ses vieux jours, l'aisance, le bonheur, la considération. La veille, pendant la soirée, tout avait été pesé mûrement, examiné soigneusement, à la loupe, entre Poulain et lui. Le docteur avait dépeint Schmucke à son ami Fraisier, et leurs esprits alertes avaient sondé toutes les hypothèses, examiné les ressources et les dangers. Fraisier, dans un élan d'enthousiasme, s'était écrié : — Notre fortune à tous deux est là-dedans ! Et il avait promis à Poulain une place de médecin en chef d'hôpital, à Paris, et il s'était promis à lui-même de devenir juge de paix de l'arrondissement.

Être juge de paix ! c'était pour cet homme plein de capacités, docteur en droit et sans chaussettes, une chimère si rude à la monture, qu'il y pensait, comme les avocats-députés pensent à la simarre et les prêtres italiens à la tiare. C'était une folie ! Le juge de paix, monsieur Vitel, devant qui plaidait Fraisier, était un vieillard de soixante-neuf ans, assez maladif, qui parlait de prendre sa retraite, et Fraisier parlait d'être son successeur à Poulain, comme Poulain lui parlait d'une riche héritière qu'il épousait après lui avoir sauvé la vie. On ne sait pas quelles convoitises inspirent toute les places à la résidence de Paris. Habiter Paris est un désir universel. Qu'un débit de tabac, de timbre, vienne à vaquer, cent femmes se lèvent comme un seul homme et font mouvoir tous leurs amis pour l'obtenir. La vacance probable d'une des vingt-quatre perceptions de Paris cause une émeute d'ambitions à la Chambre des députés ! Ces places se donnent en conseil, la nomination est une affaire d'État. Or, les appointements de juge de paix, à Paris, sont d'environ six mille francs. Le greffe de ce tribunal est une charge qui vaut cent mille francs. C'est une des places les plus enviées de l'ordre judiciaire. Fraisier, juge de paix, ami d'un médecin en chef d'hôpital, se mariait richement, et mariait le docteur Poulain ; ils se prêtaient la main mutuellement.

XLVIII

OÙ LA CIBOT EST PRISE DANS SES PROPRES FILETS

La nuit avait passé son rouleau de plomb sur toutes les pensées de l'ancien avoué de Mantes, et un plan formidable avait germé, plan touffu, fertile en moissons et en intrigues. La Cibot était la cheville ouvrière de ce drame. Aussi la révolte de cet instrument devait-elle être comprimée ; elle n'avait pas été prévue, mais l'ancien avoué venait d'abattre à ses pieds l'audacieuse portière en déployant toutes les forces de sa nature vénéneuse.

— Ma chère madame Cibot, voyons, rassurez-vous, dit-il en lui prenant la main.

Cette main, froide comme la peau d'un serpent, produisit une impression terrible sur la portière, il en résulta comme une réaction physique qui fit cesser son émotion ; elle trouva le crapaud Astaroth de madame Fontaine moins dangereux à toucher que ce bocal de poisons couvert d'une perruque rougeâtre et qui parlait comme les portes crient.

— Ne croyez pas que je vous effraie à tort, reprit Fraisier après avoir noté ce nouveau mouvement de répulsion de la Cibot. Les affaires qui font la terrible réputation de madame la présidente sont tellement connues au Palais, que vous pouvez consulter là-dessus qui vous voudrez. Le grand seigneur qu'on a failli interdire est le marquis d'Espard. Le marquis d'Esgrignon est celui qu'on a sauvé des galères. Le jeune homme riche, beau, plein d'avenir, qui devait épouser une demoiselle appartenant à l'une des premières familles de France, et qui s'est pendu dans un cabanon de la Conciergerie, est le célèbre Lucien de Rubempré, dont l'affaire a soulevé tout Paris dans le temps. Il s'agissait là d'une succession, de celle d'une femme entretenue, la fameuse Esther, qui a laissé plusieurs millions, et on accusait ce jeune homme de l'avoir empoisonnée, car il était l'héritier institué par le testament. Ce jeune poète n'était pas à Paris quand cette fille est morte, il ne se savait pas héritier !... On ne peut pas être plus innocent que cela. Eh bien ! après avoir été interrogé par monsieur Camusot, ce jeune homme s'est pendu dans son cachot... La Justice, c'est comme la Médecine, elle a ses victimes. Dans le premier cas, on meurt pour la société ; dans le second, pour la Science, dit-il en laissant échapper un affreux sourire. Eh bien ! vous voyez que je connais le danger... Je suis déjà ruiné par la Justice, moi, pauvre petit avoué obscur. Mon expérience me coûte cher, elle est toute à votre service.

— Ma foi, non merci... dit la Cibot, je renonce à tout ! j'aurai fait un ingrat... Je ne veux que mon dû ! J'ai trente ans de probité, monsieur. Mon monsieur Pons dit qu'il me recommandera sur son testament à son ami Schmucke ; eh bien ! je finirai mes jours en paix chez ce brave Allemand...

Fraisier dépassait le but, il avait découragé la Cibot, et il fut obligé d'effacer les tristes impressions qu'elle avait reçues.

— Ne désespérons de rien, dit-il, allez-vous-en chez vous, tout tranquillement. Allez, nous conduirons l'affaire à bon port.

— Mais que faut-il que je fasse alors, mon bon monsieur Fraisier, pour avoir des rentes, et ?...

— N'avoir aucun remords, dit-il vivement en coupant la parole à la Cibot. Eh ! mais, c'est précisément pour ce résultat que les gens d'affaires sont inventés. On ne peut rien avoir dans ces cas-là sans se tenir dans les termes de la loi... Vous ne connaissez pas les lois, moi je les connais... Avec moi, vous serez du côté de la légalité, vous posséderez en paix vis-à-vis des hommes, car la conscience, c'est votre affaire.

— Eh bien ! dites, reprit la Cibot, que ces paroles rendirent curieuse et heureuse.

— Je ne sais pas, je n'ai pas étudié l'affaire dans ses moyens, je ne me suis occupé que des obstacles. D'abord, il faut, voyez-vous, pousser au testament, et vous ne ferez pas fausse route ; mais avant tout, sachons en faveur de qui Pons disposera de sa fortune, car si vous étiez son héritière...

— Non, non, il ne m'aime pas ! Ah ! si j'avais connu la valeur de ses *biblots*, et si j'avais su ce qu'il m'a dit de ses amours, je serais sans inquiétude aujourd'hui...

— Enfin, reprit Fraisier, allez toujours ! Les moribonds ont de singulières fantaisies, ma chère madame

Cibot, ils trompent bien des espérances. Qu'il teste, et nous verrons après. Mais, avant tout, il s'agit d'évaluer les objets dont se compose la succession. Ainsi, mettez-moi en rapport avec le Juif, avec ce Rémonencq, ils nous seront très utiles... Ayez toute confiance en moi, je suis tout à vous. Je suis l'ami de mon client, à pendre et à dépendre, quand il est le mien. Ami ou ennemi, tel est mon caractère.

— Eh bien ! je serai toute à vous, dit la Cibot, et, quant aux honoraires, monsieur Poulain...

— Ne parlons pas de cela, dit Fraisier. Songez à maintenir Poulain au chevet du malade ; le docteur est un des cœurs les plus honnêtes, les plus purs que je connaisse, et il nous faut là, voyez-vous, un homme sûr... Poulain vaut mieux que moi, je suis devenu méchant.

— Vous en avez l'air, dit la Cibot, mais moi je me fierais à vous...

— Et vous auriez raison ! dit-il... Venez me voir à chaque incident, et allez... Vous êtes une femme d'esprit, tout ira bien.

— Adieu, mon cher monsieur Fraisier, bonne santé... votre servante.

Fraisier reconduisit la cliente jusqu'à la porte, et là, comme elle la veille avec le docteur, il lui dit son dernier mot.

— Si vous pouviez faire réclamer mes conseils par monsieur Pons, ce serait un grand pas de fait...

— Je tâcherai, répondit la Cibot.

— Ma grosse mère, reprit Fraisier en faisant rentrer la Cibot jusque dans son cabinet, je connais beaucoup monsieur Trognon, notaire, c'est le notaire du quartier. Si monsieur Pons n'a pas de notaire, parlez-lui de celui-là... faites-lui prendre.

— Compris, répondit la Cibot.

En se retirant, la portière entendit le frôlement d'une robe et le bruit d'un pas pesant qui voulait se rendre léger. Une fois seule et dans la rue, la portière, après avoir marché pendant un certain temps, recouvra sa liberté d'esprit. Quoiqu'elle restât sous l'influence de cette conférence, et qu'elle eût toujours une grande frayeur de l'échafaud, de la justice, des juges, elle prit une résolution très naturelle et qui l'allait mettre en lutte sourde avec son terrible conseiller.

— Eh ! qu'ai-je besoin, se dit-elle, de me donner des associés ? faisons ma pelote, et après je prendrai tout ce qu'ils m'offriront pour servir leurs intérêts...

Cette pensée devait hâter, comme on va le voir, la fin du malheureux musicien.

XLIX

LA CIBOT AU THÉÂTRE

— Eh bien ! mon cher monsieur Schmucke, dit la Cibot en entrant dans l'appartement, comment va notre cher adoré de malade ?

— *Bas pien*, répondit l'Allemand. *Bons hâ paddi* (battu) *la gambagne bendant tidde la nouitte.*

— Qué qu'il disait donc ?

— *Tes bêtisses ! qu'il foulait que c'husse dude sa vordine* (fortune), *à la gondission de ne rien vendre... Et il pleurait ! Paufre homme ! Ça m'a vait pien ti mâle !*

— Ça passera ! mon cher bichon ! reprit la portière. Je vous ai fait attendre votre déjeuner, vu qu'il s'en va de neuf heures, mais ne me grondez pas... Voyez-vous, j'ai eu bien des affaires... rapport à vous. V'là que nous n'avons plus rien, et je me suis procuré de l'argent !...

— *Et gomment* ? dit le pianiste.

— Et ma tante !

— *Guèle dande* ?

— Le plan !

— *Le bland* ?

— Oh ! cher homme ! est-il simple ! Non, vous êtes un saint, n'un amour, un archevêque d'innocence, un homme à empailler, comme disait cet ancien acteur. Comment ! vous êtes à Paris depuis vingt-neuf ans, vous avez vu, quoi... la Révolution de Juillet, et vous ne connaissez pas le *monde-piété*... les commissionnaires où l'on vous prête sur vos hardes !... j'y ai mis tous nos couverts d'argent, huit à filets. Bah ! Cibot mangera dans du métal d'Alger[85]. C'est très bien porté, comme on dit. Et c'est pas la peine de parler de ça à notre Chérubin, ça le tribouillerait, ça le ferait jaunir, et il est bien assez irrité comme il est. Sauvons-le avant tout, et nous verrons après. Eh bien ! dans le temps comme dans le temps. A la guerre comme à la guerre, pas vrai !...

— *Ponne phâme ! cueir ziblime !* dit le pauvre musicien en prenant la main de la Cibot et la mettant sur son cœur, avec une expression d'attendrissement.

Cet ange leva les yeux au ciel, les montra pleins de larmes.

— Finissez donc, papa Schmucke, vous êtes drôle. V'là-t-il pas quelque chose de fort ! Je suis n'une vieille fille du peuple, j'ai le cœur sur la main. J'ai de ça, voyez-vous, dit-elle en se frappant le sein, autant que vous deux, qui êtes des âmes d'or...

— *Baba Schmuke !* reprit le musicien. *N'un t'aller au fond di chagrin, t'y bleurer tes larmes de sang, et te monder tans le ciel, ça me prise ! che ne surfifrai pas à Bons...*

— Parbleu, je le crois bien, vous vous tuez... Écoutez, mon bichon.

— *Pichon !*

— Eh bien ! mon fiston.

— *Viston ?*

— Mon chou, n'a ! si vous aimez mieux.

— *Ça n'esde bas plis clair...*

— Eh bien ! laissez-moi vous soigner et vous diriger, ou si vous continuez ainsi, voyez-vous, j'aurai deux malades sur les bras... Selon ma petite entendement, il faut nous partager la besogne ici. Vous ne pouvez plus aller donner des leçons dans Paris, que ça vous fatigue et que vous n'êtes plus propre à rien ici, où il va falloir passer les nuits, puisque monsieur Pons devient de plus en plus malade. Je vais courir aujourd'hui chez toutes vos pratiques et leur dire que vous êtes malade, pas vrai... Pour lors, vous passerez les nuits auprès de notre mouton, et vous dormirez le matin depuis cinq heures jusqu'à supposé deux heures après midi. Moi, je ferai le service qu'est le plus fatigant, celui de la journée, puisqu'il faut vous donner à déjeuner, à dîner, soigner le malade, le lever, le changer, le médiquer... Car, au métier que je fais, je ne tiendrais pas dix jours. Et voilà déjà trente jours que nous sommes sur les dents. Et que deviendriez-vous, si je tombais malade ?... Et vous aussi, c'est à faire frémir, voyez comme vous êtes, pour avoir veillé monsieur cette nuit...

Elle amena Schmucke devant la glace, et Schmucke se trouva fort changé.

— Donc, si vous êtes de mon avis, je vas vous servir darre darre votre déjeuner. Puis vous garderez encore notre amour jusqu'à deux heures. Mais vous allez me donner la liste de vos pratiques, et j'aurai bientôt fait, vous serez libre pour quinze jours. Vous vous coucherez à mon arrivée, et vous vous reposerez jusqu'à ce soir.

Cette proposition était si sage, que Schmucke y adhéra sur-le-champ.

— *Motus* avec monsieur Pons ; car, vous savez, il se croirait perdu si nous lui disions comme ça qu'il va suspendre ses fonctions au théâtre et ses leçons. Le pauvre monsieur s'imaginerait qu'il ne retrouvera plus ses écolières... des bêtises... Monsieur Poulain dit que nous ne sauverons notre Benjamin qu'en le laissant dans le plus grand calme.

— *A pien ! pien ! vaides le técheuner, che fais vaire la lisde et vis tonner les attresses !... fis avez réson, che zugomprais !*

Une heure après, la Cibot s'endimancha, partit en milord au grand étonnement de Rémonencq, et se promit de représenter dignement la femme de confiance des deux Casse-noisettes dans tous les pensionnats, chez toutes les personnes où se trouvaient les écolières des deux musiciens.

Il est inutile de rapporter les différents commérages,

exécutés comme les variations d'un thème, auxquels la Cibot se livra chez les maîtresses de pension et au sein des familles, il suffira de la scène qui se passa dans le cabinet directorial de *L'Illustre Gaudissard*, où la portière pénétra, non sans des difficultés inouïes. Les directeurs de spectacle, à Paris, sont mieux gardés que les rois et les ministres. La raison des fortes barrières qu'ils élèvent entre eux et le reste des mortels, est facile à comprendre : les rois n'ont à se défendre que contre les ambitions ; les directeurs de spectacle ont à redouter les amours-propres d'artiste et d'auteur.

La Cibot franchit toutes les distances par l'intimité subite qui s'établit entre elle et la concierge. Les portiers se reconnaissent entre eux, comme tous les gens de même profession. Chaque état a ses *Shiboleth*[86], comme il a son injure et ses stigmates.

— Ah ! madame, vous êtes la portière du théâtre, avait dit la Cibot. Moi, je ne suis qu'une pauvre concierge d'une maison de la rue de Normandie où loge monsieur Pons, votre chef d'orchestre. Oh ! comme je serais heureuse d'être à votre place, de voir passer les acteurs, les danseuses, les auteurs ! C'est, comme disait cet ancien acteur, le bâton de maréchal de notre métier.

— Et comment va-t-il, ce brave monsieur Pons ? demanda la portière.

— Mais il ne va pas du tout ; v'là deux mois qu'il ne sort pas de son lit, et il quittera la maison les pieds en avant, c'est sûr.

— Ce sera une perte...

— Oui. Je viens de sa part expliquer sa position à votre directeur ; tâchez donc, ma petite, que je lui parle...

— Une dame de la part de monsieur Pons !

Ce fut ainsi que le garçon de théâtre, attaché au service du cabinet, annonça madame Cibot, que la concierge du théâtre lui recommanda. Gaudissard venait d'arriver pour une répétition. Le hasard voulut que personne n'eût à lui parler, que les auteurs de la pièce et les acteurs fussent en retard ; il fut charmé d'avoir des nouvelles de son chef d'orchestre, il fit un geste napoléonien, et la Cibot entra.

L

UNE ENTREPRISE THÉÂTRALE FRUCTUEUSE

Cet ancien commis voyageur, à la tête d'un théâtre en faveur, trompait sa commandite, il la considérait comme une femme légitime. Aussi avait-il pris un développement financier qui réagissait sur sa personne. Devenu fort et gros, coloré par la bonne chère et la prospérité, Gaudissard s'était métamorphosé franchement en Mondor[87]. — Nous tournons au Beaujon[88] ! disait-il en essayant de rire le premier de lui-même. — Tu n'en es encore qu'à Turcaret[89], lui répondit Bixiou qui le remplaçait souvent auprès de la première danseuse du théâtre, la célèbre Héloïse Brisetout. En effet, l'ex-*Illustre Gaudissard* exploitait son théâtre uniquement et brutalement dans son propre intérêt. Après s'être fait admettre comme collaborateur dans plusieurs ballets, dans des pièces, des vaudevilles, il en avait acheté l'autre part, en profitant des nécessités qui poignent les auteurs. Ces pièces, ces vaudevilles, toujours ajoutés aux drames à succès, rapportaient à Gaudissard quelques pièces d'or par jour. Il trafiquait, par procuration, sur les billets, et il s'en était attribué, comme *feux* de directeur, un certain nombre qui lui permettaient de dîmer les recettes. Ces trois natures de contributions directoriales, outre les loges vendues et les présents des actrices mauvaises qui tenaient à remplir des bouts de rôle, à se montrer en pages, en reine, grossissaient si bien son tiers dans les bénéfices, que les commanditaires, à qui les deux autres tiers étaient dévolus, touchaient à peine le dixième des produits. Néanmoins, ce dixième produisait encore un intérêt de quinze pour cent des fonds. Aussi, Gaudissard, appuyé sur ces quinze pour cent de dividende, parlait-il de son intelligence, de sa probité, de son zèle et du bonheur de ses commanditaires. Quand le comte Popinot demanda, par un semblant d'intérêt, à monsieur Matifat, au général Gouraud, gendre de Matifat, à Crevel, s'ils étaient contents de Gaudissard, Gouraud, devenu pair de France, répondit : — On nous dit qu'il nous vole, mais il est si spirituel, si bon enfant, que nous sommes contents... — C'est alors comme dans le conte de La Fontaine[90], dit l'ancien ministre en souriant. Gaudissard faisait valoir ses capitaux dans des affaires en dehors du théâtre. Il avait bien jugé les Graff, les Schwab et les Brunner, il s'associa dans les entreprises de chemins de fer que cette maison lançait. Cachant sa finesse sous la rondeur et l'insouciance du libertin, du voluptueux, il avait l'air de ne s'occuper que de ses plaisirs et de sa toilette ; mais il pensait à tout, et mettait à profit l'immense expérience des affaires qu'il avait acquise en voyageant. Ce parvenu, qui ne se prenait pas au sérieux, habitait un appartement luxueux, arrangé par les soins de son décorateur, et où il donnait des soupers et des fêtes aux gens célèbres. Fastueux, aimant à bien faire les choses, il se donnait pour un homme coulant, et il semblait d'autant moins dangereux, qu'il avait gardé la *platine*[91] de son ancien métier, pour employer son expression, en la doublant de l'argot des coulisses. Or, comme, au théâtre, les artistes disent crûment les choses, il empruntait assez d'esprit aux coulisses, qui ont leur esprit, pour, en le mêlant à la plaisanterie vive du commis voyageur, avoir l'air d'un homme supérieur. En ce moment, il pensait à vendre son privilège et à *passer*, selon son mot, *à d'autres exercices*. Il voulait être à la tête d'un chemin de fer, devenir un homme sérieux, un administrateur, et épouser la fille d'un des plus riches maires de Paris, mademoiselle Minard. Il espérait être nommé député sur *sa ligne* et arriver, par la protection de Popinot, au Conseil d'État.

— A qui ai-je l'honneur de parler ? dit Gaudissard en arrêtant sur la Cibot un regard directorial.

— Je suis, monsieur, la femme de confiance de monsieur Pons.

— Eh bien ! comment va-t-il, ce cher garçon ?...

— Mal, très mal, monsieur.

— Diable ! diable ! j'en suis fâché, je l'irai voir ; car c'est un de ces hommes rares...

— Ah ! oui, monsieur, un vrai chérubin... Je me demande encore comment cet homme-là se trouvait dans un théâtre...

— Mais, madame, le théâtre est un lieu de correction pour les mœurs... dit Gaudissard. Pauvre Pons !... ma parole d'honneur, on devrait avoir de la graine pour entretenir cette espèce-là... c'est un homme modèle, et du talent... Quand croyez-vous qu'il pourra reprendre son service ? Car le théâtre, malheureusement, ressemble aux diligences qui, vides ou pleines, partent à l'heure : la toile se lève ici tous les jours à six heures... et nous aurons beau nous apitoyer, ça ne ferait pas de bonne musique... Voyons, où en est-il ?

— Hélas ! mon bon monsieur, dit la Cibot en tirant son mouchoir et en se le mettant sur les yeux, c'est bien terrible à dire ; mais je crois que nous aurons le malheur de le perdre, quoique nous le soignions comme la prunelle de nos yeux... monsieur Schmucke et moi... même que je viens vous dire que vous ne devez plus compter sur ce digne monsieur Schmucke qui va passer toutes les nuits... On ne peut pas s'empêcher de faire comme s'il y avait de l'espoir, et d'essayer d'arracher ce digne et cher homme à la mort... Le médecin n'a plus d'espoir...

— Et de quoi meurt-il ?

— De chagrin, de jaunisse, du foie, et tout cela compliqué de bien des choses de famille.

— Et d'un médecin, dit Gaudissard. Il aurait dû prendre le docteur Lebrun, notre médecin, ça n'aurait rien coûté...

— Monsieur en a un qu'est un dieu... mais que peut faire un médecin, malgré son talent, contre tant de causes ?...

— J'avais bien besoin de ces deux braves Casse-noisettes pour la musique de ma nouvelle féerie...

— Est-ce quelque chose que je puisse faire pour eux ?... dit la Cibot d'un air digne de Jocrisse.

Gaudissard éclata de rire.

— Monsieur, je suis leur femme de confiance, et il y a bien des choses que ces messieurs...

Aux éclats de rire de Gaudissard, une femme s'écria : — Si tu ris, on peut entrer, mon vieux.

Et le premier sujet de la danse fit irruption dans le cabinet en se jetant sur le seul canapé qui s'y trouvât. C'était Héloïse Brisetout, enveloppée d'une magnifique écharpe dite *algérienne*[92].

— Qu'est-ce qui te fair rire ?... Est-ce madame ? Pour quel emploi vient-elle ?... dit la danseuse en jetant un de ces regards d'artiste à artiste qui devrait faire le sujet d'un tableau.

Héloïse, fille excessivement littéraire, en renom dans la Bohème, liée avec de grands artistes, élégante, fine, gracieuse, avait plus d'esprit que n'en ont ordinairement les premiers sujets de la danse ; en faisant sa question, elle respira dans une cassolette des parfums pénétrants.

— Madame, toutes les femmes se valent quand elles sont belles, et si je ne renifle pas la peste en flacon, et si je ne me mets pas de brique pilée sur les joues...

— Avec ce que la nature vous en a mis déjà, ça ferait un fier pléonasme, mon enfant ! dit Héloïse en jetant une œillade à son directeur.

— Je suis une honnête femme...

— Tant pis pour vous, dit Héloïse. N'est fichtre pas entretenue qui veut ! et je le suis, madame, et crânement bien !

— Comment, tant pis ! Vous avez beau avoir des *Algériens* sur le corps et faire votre tête, dit la Cibot, vous n'aurez jamais tant de déclarations que j'en ai reçu, *médème !* Et vous ne vaudrez jamais la belle écaillère du *Cadran bleu*...

La danseuse se leva subitement, se mit au port

d'armes, et porta le revers de sa main droite à son front, comme un soldat qui salue son général.

— Quoi ! dit Gaudissard, vous seriez cette belle écaillère dont me parlait mon père ?

— Madame ne connaît alors ni la cachucha ni la polka ? Madame a cinquante ans passés ! dit Héloïse.

La danseuse se posa dramatiquement et déclama ce vers :

Soyons amis, Cinna !...

— Allons, Héloïse, madame n'est pas de force, laisse-la tranquille.

— Madame serait la nouvelle Héloïse ?... dit la portière avec une fausse ingénuité pleine de raillerie.

— Pas mal, la vieille ! s'écria Gaudissart.

— C'est archidit, reprit la danseuse, le calembour a des moustaches grises, trouvez-en un autre, la vieille... ou prenez une cigarette.

— Pardonnez-moi, madame, dit la Cibot, je suis trop triste pour continuer à vous répondre, j'ai mes deux messieurs bien malades... et j'ai engagé pour les nourrir et leur éviter des chagrins jusqu'aux habits de mon mari, ce matin, qu'en voilà la reconnaissance...

— Oh ! ici la chose tourne au drame ! s'écria la belle Héloïse. De quoi s'agit-il ?

— Madame, reprit la Cibot, tombe ici comme...

— Comme un premier sujet, dit Héloïse. Je vous souffle, allez ! *médème.*

— Allons, je suis pressé, dit Gaudissard. Assez de farces comme ça ! Héloïse, madame est la femme de confiance de notre pauvre chef d'orchestre qui se meurt ; elle vient me dire de ne plus compter sur lui ; je suis dans l'embarras.

— Ah ! le pauvre homme, mais il faut donner une représentation à son bénéfice.

— Ça le ruinerait ! dit Gaudissard, il pourrait le lendemain devoir cinq cents francs aux hospices qui ne reconnaissent pas d'autres malheureux à Paris que les leurs. Non, tenez, ma bonne femme, puisque vous courez pour le prix Montyon... Gaudissard sonna, le garçon de théâtre se présenta soudain. — Dites au caissier de m'envoyer un billet de mille francs. Asseyez-vous, madame.

— Ah ! pauvre femme, voilà qu'elle pleure !... s'écria la danseuse. C'est bête... Allons, ma mère, nous irons le voir, consolez-vous. — Dis donc, toi, Chinois, dit-elle au directeur en l'attirant dans un coin, tu veux me faire jouer le premier rôle du ballet d'*Ariane*. Tu te maries, et tu sais comme je puis te rendre malheureux !...

— Héloïse, j'ai le cœur doublé de cuivre, comme une frégate.

— Je montrerai des enfants de toi ! j'en emprunterai.

— J'ai déclaré notre attachement...

— Sois bon enfant, donne la place de Pons à Garangeot, ce pauvre garçon a du talent, il n'a pas le sou, je te promets la paix.

— Mais attends que Pons soit mort... le bonhomme peut d'ailleurs en revenir.

— Oh ! pour ça, non, monsieur... dit la Cibot. Depuis la dernière nuit, qu'il n'était plus dans son bon sens, il a le délire. C'est malheureusement bientôt fini.

— D'ailleurs, fais faire l'intérim par Garangeot ! dit Héloïse, il a toute la Presse pour lui...

En ce moment, le caissier entra, tenant à la main deux billets de cinq cents francs.

— Donnez-les à madame, dit Gaudissart. Adieu, ma brave femme, soignez bien ce cher homme, et dites-lui que j'irai le voir, demain ou après... dès que je le pourrai.

— Un homme à la mer, dit Héloïse.

— Ah ! monsieur, des cœurs comme le vôtre ne se trouvent qu'au théâtre. Que Dieu vous bénisse !

— A quel compte porter cela ? demanda le caissier.

— Je vais vous signer le bon, vous le porterez au compte des gratifications.

Avant de sortir, la Cibot fit une belle révérence à la danseuse et put entendre cette question que fit Gaudissard à son ancienne maîtresse :

— Garangeot est-il capable de me trousser la

musique de notre ballet des *Mohicans*[93] en douze jours ? S'il me tire d'affaire, il aura la succession de Pons !

LI

CHÂTEAUX EN ESPAGNE

La portière, mieux récompensée pour avoir causé tant de mal que si elle avait fait une bonne action, supprima toutes les recettes des deux amis, et les priva de leurs moyens d'existence, dans le cas où Pons recouvrerait la santé. Cette perfide manœuvre devait amener en quelques jours le résultat désiré par la Cibot, l'aliénation des tableaux convoités par Élie Magus. Pour réaliser cette première spoliation, la Cibot devait endormir le terrible collaborateur qu'elle s'était donné, l'avocat Fraisier, et obtenir une entière discrétion d'Élie Magus et de Rémonencq.

Quant à l'Auvergnat, il était arrivé par degré à l'une de ces passions comme les conçoivent les gens sans instruction, qui viennent du fond d'une province à Paris, avec les idées fixes qu'inspire l'isolement dans les campagnes, avec les ignorances des natures primitives et les brutalités de leurs désirs qui se convertissent en idées fixes. La beauté virile de madame Cibot, sa vivacité, son esprit de la Halle avaient été l'objet des remarques du brocanteur qui voulait faire d'elle sa concubine en l'enlevant à Cibot, espèce de bigamie beaucoup plus commune qu'on ne le pense, à Paris, dans les classes inférieures. Mais l'avarice fut un nœud coulant qui étreignit de jour en jour davantage le cœur et finit par étouffer la raison. Aussi Rémonencq, en évaluant à quarante mille francs les remises d'Élie Magus et les siennes, passa-t-il du délit au crime en souhaitant avoir la Cibot pour femme légitime. Cet amour, purement spéculatif, l'amena, dans les longues rêveries du fumeur, appuyé sur le pas de sa porte, à souhaiter la mort du petit tailleur. Il voyait ainsi ses capitaux presque triplés, il pensait quelle excellente commerçante serait la Cibot et quelle belle figure elle ferait dans un magnifique magasin sur le boulevard. Cette double convoitise grisait Rémonencq. Il louait une boutique au boulevard de la Madeleine, il l'emplissait des plus belles curiosités de la collection de défunt Pons. Après s'être couché dans des draps d'or et avoir vu des millions dans les spirales bleues de sa pipe, il se réveillait face à face avec le petit tailleur, qui balayait la cour, la porte et la rue au moment où l'Auvergnat ouvrait la devanture de sa boutique et disposait son étalage ; car depuis la maladie de Pons, Cibot remplaçait sa femme dans les fonctions qu'elle s'était attribuées. L'Auvergnat considérait donc ce petit tailleur olivâtre, cuivré, rabougri, comme le seul obstacle qui s'opposait à son bonheur, et il se demandait comment s'en débarrasser. Cette passion croissante rendait la Cibot très fière, car elle atteignait l'âge où les femmes commencent à comprendre qu'elles peuvent vieillir.

Un matin donc, la Cibot, à son lever, examina Rémonencq d'un air rêveur au moment où il arrangeait les bagatelles de son étalage, et voulut savoir jusqu'où pourrait aller son amour.

— Eh bien ! vint lui dire l'Auvergnat, les choses vont-elles comme vous le voulez ?

— C'est vous qui m'inquiétez, lui répondit la Cibot. Vous me compromettez, ajouta-t-elle, les voisins finiront par apercevoir vos yeux en manches de veste.

Elle quitta la porte et s'enfonça dans les profondeurs de la boutique de l'Auvergnat.

— En voilà une idée ! dit Rémonencq.

— Venez que je vous parle, dit la Cibot. Les héritiers de monsieur Pons vont se remuer, et ils sont capables de nous faire bien de la peine. Dieu sait ce qui nous arriverait s'ils envoyaient des gens d'affaires qui fourreraient leur nez partout, comme des chiens de chasse. Je ne peux décider monsieur Schmucke à vendre quelques tableaux, que si vous m'aimez assez pour en garder le secret... oh ! mais un secret ! que la tête sur le billot vous ne diriez rien... ni d'où viennent les tableaux, ni qui les a vendus. Vous comprenez, monsieur Pons, une fois mort et enterré, qu'on trouve cinquante-trois tableaux au lieu de soixante-sept, personne n'en saura le compte ! D'ailleurs, si monsieur Pons en a vendu de son vivant, on n'a rien à dire.

— Oui, reprit Rémonencq, pour moi ça m'est égal, mais monsieur Élie Magus voudra des quittances bien en règle.

— Vous aurez aussi votre quittance, pardine ! Croyez-vous que ce sera moi qui vous écrirai cela !... Ce sera monsieur Schmucke ! mais vous direz à votre Juif, reprit la portière, qu'il soit aussi discret que vous.

— Nous serons muets comme des poissons. C'est dans notre état. Moi je sais lire, mais je ne sais pas écrire, voilà pourquoi j'ai besoin d'une femme instruite et capable comme vous !... Moi qui n'ai jamais pensé qu'à gagner du pain pour mes vieux jours, je voudrais des petits Rémonencq... Laissez-moi là votre Cibot.

— Mais voilà votre Juif, dit la portière, nous pouvons arranger les affaires.

— Eh bien ! ma chère dame, dit Élie Magus qui venait tous les trois jours de très grand matin savoir quand il pourrait acheter ses tableaux. Où en sommes-nous ?

— N'avez-vous personne qui vous ait parlé de monsieur Pons et de ses *biblots ?* lui demanda la Cibot.

— J'ai reçu, répondit Élie Magus, une lettre d'un avocat ; mais comme c'est un drôle qui me paraît être un petit coureur d'affaires, et que je me défie de ces gens-là, je n'ai rien répondu. Au bout de trois jours, il est venu me voir, et il a laissé une carte, j'ai dit à mon concierge que je serais toujours absent quand il viendrait...

— Vous êtes un amour de Juif, dit la Cibot à qui la prudence d'Élie Magus était peu connue. Eh bien ! mes fistons, d'ici à quelques jours, j'amènerai monsieur Schmucke à vous vendre sept ou huit tableaux, dix au plus ; mais à deux conditions : la première, un secret absolu. Ce sera monsieur Schmucke qui vous aura fait venir, pas vrai, monsieur ? ce sera monsieur Rémonencq qui vous aura proposé à monsieur Schmucke pour acquéreur. Enfin, quoi qu'il en soit, je n'y serai pour rien. Vous donnez quarante-six mille francs des quatre tableaux ?

— Soit, répondit le Juif en soupirant.

— Très bien, reprit la portière. La deuxième condition est que vous m'en remettrez quarante-trois mille, et que vous ne les achèterez que trois mille à monsieur Schmucke ; Rémonencq en achètera quatre pour deux mille frncs, et me remettra le surplus... Mais aussi, voyez-vous, mon cher monsieur Magus, après cela, je vous fais faire, à vous et à Rémonencq, une fameuse affaire, à condition de partager les bénéfices entre nous trois. Je vous mènerai chez cet avocat, ou cet avocat viendra sans doute ici. Vous estimerez tout ce qu'il y a chez monsieur Pons au prix que vous pouvez en donner, afin que monsieur Fraisier ait une certitude de la valeur de la succession. Seulement il ne faut pas qu'il vienne avant notre vente, entendez-vous ?...

— C'est compris, dit le Juif ; mais il faut du temps pour voir les choses et en dire le prix.

— Vous aurez une demi-journée. Allez, ça me regarde... Causez de cela, mes enfants, entre vous ; pour lors, après-demain, l'affaire se fera. Je vais chez ce Fraisier lui parler, car il sait tout ce qui se passe ici par le docteur Poulain, et c'est une fameuse scie que de le faire tenir tranquille, ce coco-là.

A moitié chemin de la rue de Normandie à la rue de la Perle, la Cibot trouva Fraisier qui venait chez elle, tant il était impatient d'avoir, selon son expression, les éléments de l'affaire.

— Tiens ! j'allais chez vous, dit-elle.

Fraisier se plaignit de n'avoir pas été reçu par Élie Magus ; mais la portière éteignit l'éclair de défiance qui pointait dans les yeux de l'homme de loi, en lui disant que Magus revenait de voyage, et qu'au plus tard le surlendemain elle lui procurerait une entrevue avec lui dans l'appartement de Pons, pour fixer la valeur de la collection.

— Agissez franchement avec moi, lui répondit Fraisier. Il est plus que probable que je serai chargé des intérêts des héritiers de monsieur Pons. Dans cette position, je serai bien plus à même de vous servir.

Ce fut dit si sèchement, que la Cibot trembla. Cet homme d'affaires famélique devait manœuvrer de son côté, comme elle manœuvrait du sien ; elle résolut donc de hâter la vente des tableaux. La Cibot ne se trompait pas dans ses conjectures. L'avocat et le médecin avaient fait la dépense d'un habillement tout neuf pour Fraisier, afin qu'il pût se présenter, mis décemment, chez madame la présidente Camusot de Marville. Le temps voulu pour la confection des habits était la seule cause du retard apporté à cette entrevue de laquelle dépendait le sort des deux amis. Après sa visite à madame Cibot, Fraisier se proposait d'aller essayer son habit, son gilet et son pantalon. Il trouva ses habillements prêts et finis. Il revint chez lui, mit une perruque neuve, et partit en cabriolet de remise sur les dix heures du matin pour la rue de Hanovre, où il espérait pouvoir obtenir une audience de la présidente. Fraisier, en cravate blanche, en gants jaunes, en perruque neuve, parfumé d'eau de Portugal, ressemblait à ces poissons mis dans du cristal et bouchés d'une peau blanche dont l'étiquette, et tout jusqu'au fil, est coquet, mais qui n'en paraissent que plus dangereux. Son air tranchant, sa figure bourgeonnée, sa maladie cutanée, ses yeux verts, sa saveur de méchanceté, frappaient comme des nuages sur un ciel bleu. Dans son cabinet, tel qu'il s'était montré aux yeux de la Cibot, c'était le vulgaire couteau avec lequel un assassin a commis un crime ; mais à la porte de la présidente, c'était le poignard élégant qu'une jeune femme met dans son petit-dunkerque[94].

LII

LE FRAISIER EN FLEURS

Un grand changement avait eu lieu rue de Hanovre. Le vicomte et la vicomtesse Popinot, l'ancien ministre et sa femme n'avaient pas voulu que le président et la présidente allassent se mettre à loyer, et quittassent la maison qu'ils donnaient en dot à leur fille. Le président et sa femme s'installèrent donc au second étage, devenu libre par la retraite de la vieille dame qui voulait aller finir ses jours à la campagne. Madame Camusot, qui garda Madeleine Vivet, sa cuisinière et son domestique, en était revenue à la gêne de son point de départ, gêne adoucie par un appartement de quatre mille francs sans loyer, et par un traitement de dix mille francs. Cette *aurea mediocritas*[95] satisfaisait déjà peu madame de Marville, qui voulait une fortune en harmonie avec son ambition ; mais la cession de tous les biens à leur fille entraînait la suppression du cens d'éligibilité pour le président. Or, Amélie voulait faire un député de son mari, car elle ne renonçait pas à ses plans facilement, et elle ne désespérait point d'obtenir l'élection du président dans l'arrondissement où Marville est situé. Depuis deux mois elle tourmentait donc monsieur le baron Camusot, car le nouveau pair de France avait obtenu la dignité de baron, pour arracher de lui cent mille francs en avance d'hoirie, afin, disait-elle, d'acheter un petit domaine enclavé dans celui de Marville, et rapportant environ deux mille francs nets d'impôts. Elle et son mari seraient là, chez eux, et auprès de leurs enfants ; la terre de Marville en serait arrondie et augmentée d'autant. La présidente faisait valoir aux yeux de son beau-père le dépouillement auquel elle avait été contrainte pour marier sa fille avec le vicomte Popinot, et demandait au vieillard s'il pouvait fermer à son fils aîné le chemin aux honneurs suprêmes de la magistrature, qui ne seraient plus accordés qu'à une forte position parlementaire, et son mari saurait la prendre et se faire craindre des ministres. — Ces gens-là n'accordent rien qu'à ceux qui leur tordent la cravate au cou jusqu'à ce qu'ils tirent la langue, dit-elle. Ils sont ingrats !... Que ne doivent-ils pas à Camusot ! Camusot, en poussant aux ordonnances de Juillet, a causé l'élévation de la maison d'Orléans !...

Le vieillard se disait entraîné dans les chemins de fer au-delà de ses moyens, et il remettait cette libéralité, de laquelle il reconnaissait d'ailleurs la nécessité, lors d'une hausse prévue sur les actions.

Cette quasi-promesse, arrachée quelques jours auparavant, avait plongé la présidente dans la désolation. Il était douteux que l'ex-propriétaire de Marville pût être en mesure lors de la réélection de la Chambre, car il lui fallait la possession annale.

Fraisier parvint sans peine jusqu'à Madeleine Vivet. Ces deux natures de vipère se reconnurent pour être sorties du même œuf.

— Mademoiselle, dit doucereusement Fraisier, je désirerais obtenir un moment d'audience de madame la présidente pour une affaire qui lui est personnelle et qui concerne sa fortune ; il s'agit, dites-le-lui bien, d'une succession... Je n'ai pas l'honneur d'être connu de madame la présidente, ainsi mon nom ne signifierait rien pour elle... Je n'ai pas l'habitude de quitter mon cabinet, mais je sais quels égards sont dus à la femme d'un président, et j'ai pris la peine de venir moi-même, d'autant plus que l'affaire ne souffre pas le plus léger retard.

La question posée dans ces termes-là, répétée et amplifiée par la femme de chambre, amena naturellement une réponse favorable. Ce moment était décisif pour les deux ambitions contenues en Fraisier. Aussi, malgré son intrépidité de petit avoué de province, cassant, âpre et incisif, il éprouva ce qu'éprouvent les capitaines au début d'une bataille d'où dépend le succès de la campagne. En passant dans le petit salon où l'attendait Amélie, il eut ce qu'aucun sudorifique, quelque puissant qu'il fût, n'avait pu produire encore sur cette peau réfractaire et bouchée par d'affreuses maladies, il se sentit une légère sueur dans le dos et au front. — Si ma fortune ne se fait pas, se dit-il, je suis sauvé, car Poulain m'a promis la santé le jour où la transpiration se rétablirait.

— Madame... dit-il, en voyant la présidente qui vint en négligé. Et Fraisier s'arrêta pour saluer, avec cette condescendance qui, chez les officiers ministériels, est la reconnaissance de la qualité supérieure de ceux à qui ils s'adressent.

— Asseyez-vous, monsieur, fit la présidente en reconnaissant aussitôt un homme du monde judiciaire.

— Madame la présidente, si j'ai pris la liberté de m'adresser à vous pour une affaire d'intérêt qui concerne monsieur le président, c'est que j'ai la certitude que monsieur de Marville, dans la haute position qu'il occupe, laisserait peut-être les choses dans leur état naturel, et qu'il perdrait sept à huit cent mille francs que les dames, qui s'entendent, selon moi, beaucoup mieux aux affaires privées que les meilleurs magistrats, ne dédaignent point...

— Vous avez parlé d'une succession... dit la présidente en interrompant.

Amélie, éblouie par la somme et voulant cacher son étonnement, son bonheur, imitait les lecteurs impatients qui courent au dénouement du roman.

— Oui, madame, d'une succession perdue pour vous, oh ! bien entièrement perdue, mais que je puis, que je saurai vous faire avoir...

— Parlez, monsieur ! dit froidement madame de Marville qui toisa Fraisier et l'examina d'un œil sagace.

— Madame, je connais vos éminentes capacités, je suis de Mantes. Monsieur Lebœuf, le président du tribunal, l'ami de monsieur de Marville, pourra lui donner des renseignements sur moi...

La présidente fit un haut-le-corps si cruellement significatif, que Fraisier fut forcé d'ouvrir et de fermer rapidement une parenthèse dans son discours.

— Une femme aussi distinguée que vous va comprendre sur-le-champ pourquoi je lui parle d'abord de moi. C'est le chemin le plus court pour arriver à la succession.

La présidente répondit sans parler, à cette fine observation, par un geste.

— Madame, reprit Fraisier, autorisé par le geste à raconter son histoire, j'étais avoué à Mantes, ma charge devait être toute ma fortune, car j'ai traité de l'étude de monsieur Levroux, que vous avez sans doute connu...

La présidente inclina la tête.

— Avec des fonds qui m'étaient prêtés, et une dizaine de mille francs à moi, je sortais de chez Desroches, l'un des plus capables avoués de Paris, et j'y étais premier clerc depuis six ans. J'ai eu le malheur de déplaire au procureur du roi de Mantes, monsieur...

— Olivier Vinet.

— Le fils du procureur général, oui, madame. Il courtisait une petite dame...

— Lui !

— Madame Vatinelle...

— Ah ! madame Vatinelle... elle était bien jolie et bien... de mon temps...

— Elle avait des bontés pour moi : *Inde iræ*[96], reprit Fraisier. J'étais actif, je voulais rembourser mes amis et me marier ; il me fallait des affaires, je les cherchais ; j'en brassai bientôt à moi seul plus que les autres officiers ministériels. Bah ! j'ai eu contre moi les avoués de Mantes, les notaires et jusqu'aux huissiers. On m'a cherché chicane. Vous savez, madame, que lorsqu'on veut perdre un homme dans notre affreux métier, c'est bientôt fait. On m'a pris occupant dans une affaire pour les deux parties. C'est un peu léger ; mais, dans certains cas, la chose se fait à Paris, les avoués s'y passent la casse et le séné. Cela ne se fait pas à Mantes. Monsieur Bouyonnet, à qui j'avais rendu déjà ce petit service, poussé par ses confrères, et stimulé par le procureur du roi, m'a trahi... Vous voyez que je ne vous cache rien. Ce fut un *tolle* général. J'étais un fripon, l'on m'a fait plus noir que

Marat. On m'a forcé de vendre ; j'ai tout perdu. Je suis à Paris où j'ai tâché de me créer un cabinet d'affaires ; mais ma santé ruinée ne me laissait pas deux bonnes heures sur les vingt-quatre de la journée. Aujourd'hui, je n'ai qu'une ambition, elle est mesquine. Vous serez un jour la femme d'un garde des sceaux, peut-être, ou d'un premier président ; mais moi, pauvre et chétif, je n'ai pas d'autre désir que d'avoir une place où finir tranquillement mes jours, un cul-de-sac, un poste où l'on végète. Je veux être juge de paix à Paris. C'est une bagatelle pour vous et pour monsieur le président que d'obtenir ma nomination, car vous devez causer assez d'ombrage au garde des sceaux actuel pour qu'il désire vous obliger... Ce n'est pas tout, madame, ajouta Fraisier en voyant la présidente prête à parler et lui faisant un geste. J'ai pour ami le médecin du vieillard de qui monsieur le président devrait hériter. Vous voyez que nous arrivons... Ce médecin, dont la coopération est indispensable, est dans la même situation que celle où vous me voyez : du talent et pas de chance !... C'est par lui que j'ai su combien vos intérêts sont lésés, car, au moment où je vous parle, il est probable que tout est fini, que le testament qui déshérite monsieur le président est fait... Ce médecin désire être nommé médecin en chef d'un hôpital, ou des collèges royaux ; enfin, vous comprenez, il lui faut une position à Paris, équivalente à la mienne... Pardon si j'ai traité de ces deux choses si délicates ; mais il ne faut pas la moindre ambiguïté dans notre affaire. Le médecin est d'ailleurs un homme fort considéré, savant, et qui a sauvé monsieur Pillerault, le grand-oncle de votre gendre, monsieur le vicomte Popinot. Maintenant si vous avez la bonté de me promettre ces deux places, celle du juge de paix et la sinécure médicale pour mon ami, je me fais fort de vous apporter l'héritage presque intact... Je dis presque intact, car il sera grevé des obligations qu'il faudra prendre avec le légataire et avec quelques personnes dont le concours nous sera vraiment indispensable. Vous n'accomplirez vos promesses qu'après l'accomplissement des miennes.

LIII

CONDITIONS DU MARCHÉ

La présidente qui depuis un moment s'était croisé les bras, comme une personne forcée de subir un sermon, les décroisa, regarda Fraisier et lui dit :
— Monsieur, vous avez le mérite de la clarté pour tout ce qui vous regarde, mais pour moi vous êtes d'une obscurité...

— Deux mots suffisent à tout éclaircir, madame, dit Fraisier. Monsieur le président est le seul et unique héritier au troisième degré de monsieur Pons. Monsieur Pons est très malade, il va tester, s'il ne l'a déjà fait, en faveur d'une Allemand, son ami, nommé Schmucke, et l'importance de sa succession sera de plus de sept cent mille francs. Dans trois jours, j'espère avoir des renseignements de la dernière exactitude sur le chiffre...

— Si cela est, se dit à elle-même la présidente foudroyée par la possibilité de ce chiffre, j'ai fait une grande faute en me brouillant avec lui, en l'accablant...

— Non, madame, car sans cette rupture il serait gai comme un pinson et vivrait plus longtemps que vous, que monsieur le président et que moi... La Providence a ses voies, ne les sondons pas ! ajouta-t-il pour déguiser tout l'odieux de cette pensée. Que voulez-vous, nous autres gens d'affaires, nous voyons le positif des choses. Vous comprenez maintenant, madame, que dans la haute position qu'occupe monsieur le président de Marvile, il ne ferait rien, il ne pourrait rien faire dans la situation actuelle. Il est brouillé mortellement avec son cousin, vous ne voyez plus Pons, vous l'avez banni de la société, vous aviez sans doute d'excellentes raisons pour agir ainsi ; mais le bonhomme est malade, il lègue ses biens à son seul ami. L'un des présidents de la Cour royale de Paris n'a rien à dire contre un testament en bonne forme fait en pareilles circonstances. Mais entre nous, madame, il est bien désagréable, quand on a droit à une succession de sept à huit cent mille francs... que sais-je, un million peut-être, et qu'on est le seul héritier désigné par la loi, de ne pas rattraper son bien... Seulement, pour arriver à ce but, on tombe dans de sales intrigues ; elles sont si difficiles, si vétilleuses, il faut s'aboucher avec des gens placés si bas, avec des domestiques, des sous-ordres, et les serrer de si près, qu'aucun avoué, qu'aucun notaire de Paris ne peut suivre une pareille affaire. Ça demande un avocat sans cause comme moi, dont la capacité soit sérieuse, réelle, le dévouement acquis, et dont la position malheureusement précaire soit de plain-pied avec celle de ces gens-là... Je m'occupe, dans mon arrondissement, des affaires des petits bourgeois, des ouvriers, des gens du peuple... Oui, madame, voilà dans quelle condition m'a mis l'inimitié d'un procureur du roi devenu substitut à Paris aujourd'hui, qui ne m'a pas pardonné ma supériorité... Je vous connais, madame, je sais quelle est la solidité de votre protection, et j'ai aperçu, dans un tel service à vous rendre, la fin de mes misères et le triomphe du docteur Poulain, mon ami...

La présidente restait pensive. Ce fut un moment d'angoisse affreuse pour Fraisier. Vinet, l'un des orateurs du centre, procureur général depuis seize ans, dix fois désigné pour endosser la simarre de la chancellerie, le père du procureur du roi de Mantes, nommé substitut à Paris depuis un an, était un antagoniste pour la haineuse présidente. Le hautain procureur général ne cachait pas son mépris pour le président Camusot. Fraisier ignorait et devait ignorer cette circonstance.

— N'avez-vous sur la conscience que le fait d'avoir occupé pour les deux parties ? demanda-t-elle en regardant fixement Fraisier.

— Madame la présidente peut voir monsieur Lebœuf ; monsieur Lebœuf m'était favorable.

— Êtes-vous sûr que monsieur Lebœuf donnera sur vous de bons renseignements à monsieur de Marville, à monsieur le comte Popinot ?

— J'en réponds, surtout monsieur Olivier Vinet n'étant plus à Mantes ; car, entre nous, ce petit magistrat *seco* faisait peur au bon monsieur Lebœuf. D'ailleurs, madame la présidente, si vous me le permettez, j'irai voir à Mantes monsieur Lebœuf. Ce ne sera pas un retard, je ne saurai d'une manière certaine le chiffre de la succession que dans deux ou trois jours. Je veux et je dois cacher à madame la présidente tous les ressorts de cette affaire ; mais le prix que j'attends de mon entier dévouement n'est-il pas pour elle un gage de réussite ?

— Eh bien ! disposez en votre faveur monsieur Lebœuf, et si la succession a l'importance, ce dont je doute, que vous accusez, je vous promets les deux places, en cas de succès, bien entendu...

— J'en réponds, madame. Seulement vous aurez la bonté de faire venir ici votre notaire, votre avoué, lorsque j'aurai besoin d'eux, de me donner une procuration pour agir au nom de monsieur le président, et de dire à ces messieurs de suivre mes instructions, de ne rien entreprendre de leur chef.

— Vous avez le responsabilité, dit solennellement la présidente, vous devez avoir l'omnipotence. Mais monsieur Pons est-il bien malade ? demanda-t-elle en souriant.

— Ma foi, madame, il s'en tirerait, surtout soigné par un homme aussi consciencieux que le docteur Poulain, car, mon ami, madame, n'est qu'un innocent espion dirigé par moi dans vos intérêts, il est capable de sauver ce vieux musicien, mais il y a là, près du malade, une portière qui, pour avoir trente mille francs, le pousserait dans la fosse... Elle ne le tuerait pas, elle ne lui donnera pas d'arsenic, elle ne sera pas si charitable, elle fera pis, elle l'assassinera moralement, elle lui donnera mille impatiences par jour. Le pauvre vieillard, dans une sphère de silence, de tranquillité, bien soigné, caressé par des amis, à la campagne, se rétablirait, mais, tracassé par une madame Evrard qui dans sa jeunesse était une des trente belles écaillères que Paris a célébrées, avide, bavarde, brutale, tourmenté par elle pour faire un testament où elle soit richement partagée, le malade sera conduit fatalement jusqu'à l'induration du foie, il s'y forme peut-être en ce moment des calculs, et il faudra recourir pour les extraire à une opération qu'il ne supportera pas... Le docteur, une belle âme !... est dans une affreuse situation. Il devrait faire renvoyer cette femme...

— Mais cette mégère est un monstre ! s'écria la présidente en faisant sa petite voix flûtée.

Cette similitude entre la terrible présidente et lui, fit sourire intérieurement Fraisier, qui savait à quoi s'en tenir sur ces douces modulations factices d'une voix naturellement aigre. Il se rappela ce président, le héros d'un des contes de Louis XI, que ce monarque a signé par le dernier mot. Ce magistrat, doué d'une femme taillée sur le patron de celle de Socrate, et n'ayant pas la philosophie de ce grand homme, fit mêler du sel à l'avoine de ses chevaux en ordonnant de les priver d'eau. Quand sa femme, alla le long de la Seine à sa campagne, les chevaux se précipitèrent avec elle dans l'eau pour boire, et le magistrat remercia la Providence qui l'avait *si naturellement* délivré de sa femme[97]. En ce moment, madame de Marville remerciait Dieu d'avoir placé près de Pons une femme qui l'en débarrasserait *honnêtement*.

— Je ne voudrais pas d'un million, dit-elle, au prix d'une indélicatesse... Votre ami doit éclairer monsieur Pons, et faire renvoyer cette portière.

— D'abord, madame, messieurs Schmucke et Pons croient que cette femme est un ange, et renverraient mon ami. Puis cette atroce écaillère est la bienfaitrice du docteur, elle l'a introduit chez monsieur Pillerault. Il recommande à cette femme la plus grande douceur avec le malade, mais ses recommandations indiquent à cette créature les moyens d'empirer la maladie.

— Que pense votre ami de l'état de *mon* cousin ? demanda la présidente.

Fraisier fit trembler madame de Marville, par la justesse de sa réponse, et par la lucidité avec laquelle il pénétra dans ce cœur aussi avide que celui de la Cibot.

— Dans six semaines, la succession sera ouverte.

La présidente baissa les yeux.

— Pauvre homme ! fit-elle en essayant, mais en vain, de prendre une physionomie attristée.

— Madame la présidente a-t-elle quelque chose à dire à monsieur Lebœuf ? Je vais à Mantes par le chemin de fer.

— Oui, restez là, je lui écrirai de venir dîner demain avec nous, j'ai besoin de le voir pour nous concerter, afin de réparer l'injustice dont vous avez été la victime.

Quand la présidente l'eut quitté, Fraisier, qui se vit juge de paix, ne se ressembla plus à lui-même ; il paraissait gros, il respirait à pleins poumons l'air du bonheur et le bon vent du succès. Puisant au réservoir inconnu de la volonté de nouvelles et fortes doses de cette divine essence, il se sentit capable, à la façon de Rémonencq, d'un crime, pourvu qu'il n'en existât pas de preuves, pour réussir. Il s'était avancé crânement en face de la présidente, convertissant les conjectures en réalité, affirmant à tort et à travers, dans le but unique de se faire commettre par elle au sauvetage de cette succession et d'obtenir sa protection. Représentant de deux immenses misères et de désirs non moins immenses, il repoussait d'un pied dédaigneux son affreux ménage de la rue de la Perle. Il entrevoyait mille écus d'honoraires chez la Cibot, et cinq mille francs chez le président. C'était conquérir un appartement convenable. Enfin, il s'acquittait avec le docteur Poulain. Quelques-unes de ces natures haineuses, âpres et disposées à la méchanceté par la souffrance ou par la maladie, éprouvent les sentiments contraires, à un égal degré de violence : Richelieu était aussi bon ami qu'ennemi cruel. En reconnaissance des secours que lui avait donnés Poulain, Fraisier se serait fait hacher pour lui. La présidente, en revenant une lettre à la main, regarda sans être vue par lui, cet homme, qui croyait à une vie heureuse et bien rentée, et elle le trouva moins laid qu'au premier coup d'œil qu'elle avait jeté sur lui ; d'ailleurs, il allait la servir, et on regarde un instrument qui nous appartient autrement qu'on ne regarde celui du voisin.

— Monsieur Fraisier, dit-elle, vous m'avez prouvé que vous étiez un homme d'esprit, je vous crois capable de franchise.

Fraisier fit un geste éloquent.

— Eh bien ! reprit la présidente, je vous somme de répondre avec candeur à cette question : — Monsieur de Marville ou moi devons-nous être compromis par suite de vos démarches ?...

— Je ne serais pas venu vous trouver, madame, si je pouvais un jour me reprocher d'avoir jeté de la boue sur vous, n'y en eût-il que gros comme la tête d'une épingle, car alors la tache paraît grande comme la lune. Vous oubliez, madame, que, pour devenir juge de paix à Paris, je dois vous avoir satisfait. J'ai reçu, dans ma vie, une première leçon, elle a été trop dure pour que je m'expose à recevoir encore de pareilles étrivières. Enfin, un dernier mot, madame. Toutes mes démarches, quand il s'agira de vous, vous seront préalablement soumises...

— Très bien ; voici la lettre pour monsieur Lebœuf. J'attends maintenant les renseignements sur la valeur de la succession.

— Tout est là, dit finement Fraisier en saluant la présidente avec toute la grâce que sa physionomie lui permettait d'avoir.

— Quelle providence ! se dit madame Camusot de Marville. Ah ! je serai donc riche ! Camusot sera député, car en lâchant ce Fraisier dans l'arrondissement de Bolbec, il nous obtiendra la majorité. Quel instrument !

— Quelle providence ! se disait Fraisier en descendant l'escalier, et quelle commère que madame Camusot ! Il me faudrait une femme dans ces conditions-là ! Maintenant à l'œuvre.

Et il partit pour Mantes où il fallait obtenir les bonnes grâces d'un homme qu'il connaissait fort peu ; mais il comptait sur madame Vatinelle à qui, malheureusement, il devait toutes ses infortunes, et les chagrins d'amour sont souvent comme la lettre de change protestée d'un bon débiteur, elle porte intérêt.

LIV

AVIS AUX VIEUX GARÇONS

Trois jours après, pendant que Schmucke dormait, car madame Cibot et le vieux musicien s'étaient déjà partagé le fardeau de garder et de veiller le malade, elle avait eu ce qu'elle appelait une *prise de bec* avec le pauvre Pons. Il n'est pas inutile de faire remarquer une triste particularité de l'hépatite. Les malades dont le foie est plus ou moins attaqué sont disposés à l'impatience, à la colère, et ces colères les soulagent momentanément ; de même que dans l'accès de fièvre, on sent se déployer en soi des forces excessives. L'accès passé, l'affaissement, le *collapsus*, disent les médecins, arrive, et les pertes qu'a faites l'organisme s'apprécient alors dans toute leur gravité. Ainsi, dans les maladies de foie, et surtout dans celles dont la cause vient de grands chagrins éprouvés, le patient arrive après ses emportements à des affaiblissements d'autant plus dangereux qu'il est soumis à une diète sévère. C'est une sorte de fièvre qui agite le mécanisme humoristique de l'homme, car cette fièvre n'est ni dans le sang, ni dans le cerveau. Cette agacerie de tout l'être produit une mélancolie où le malade se prend lui-même en haine. Dans une situation pareille, tout cause une irritation dangereuse. La Cibot, malgré les recommandations du docteur, ne croyait pas, elle, femme du peuple sans expérience ni instruction, à ces tiraillements du système nerveux par le système humoristique. Les explications de monsieur Poulain étaient pour elle des *idées de médecin*. Elle voulait absolument, comme tous les gens du peuple, nourrir Pons, et pour l'empêcher de lui donner en cachette du jambon, une bonne omelette ou du chocolat à la vanille, il ne fallait rien moins que cette parole absolue du docteur Poulain :

— Donnez une seule bouchée de n'importe quoi à monsieur Pons, et vous le tueriez comme d'un coup de pistolet.

L'entêtement des classes populaires est si grand à cet égard, que la répugnance des malades pour aller à l'hôpital vient de ce que le peuple croit qu'on y tue les gens en ne leur donnant pas à manger. La mortalité qu'ont causée les vivres apportés en secret par les femmes à leurs maris a été si grande, qu'elle a déterminé les médecins à prescrire une visite de corps d'une excessive sévérité les jours où les parents viennent voir les malades. La Cibot, pour arriver à une brouille momentanée nécessaire à la réalisation de ses bénéfices immédiats, raconta sa visite au directeur du théâtre, sans oublier *sa prise de bec* avec mademoiselle Héloïse, la danseuse.

— Mais qu'alliez-vous faire là ? lui demanda pour la troisième fois le malade qui ne pouvait arrêter la Cibot une fois qu'elle était lancée en paroles.

— Pour lors, quand je lui ai eu dit son fait, mademoiselle Héloïse qu'a vu ce que j'étais, a mis les pouces, et nous avons été les meilleures amies du monde. — Vous me demandez maintenant ce que j'allais faire là ? dit-elle en répétant la question de Pons.

Certains bavards, et ceux-là sont des bavards de génie, ramassent ainsi les interpellations, les objections et les observations en manière de provision, pour alimenter leurs discours ; comme si la source en pouvait jamais tarir.

— Mais j'y suis allée pour tirer votre monsieur Gaudissard d'embarras, il a besoin d'une musique pour un ballet, et vous n'êtes guère en état, mon chéri, de gribouiller du papier et de remplir votre devoir... J'ai donc entendu, comme ça, qu'on appellerait un monsieur Garangeot pour arranger les *Mohicans* en musique...

— Garangeot ! s'écria Pons en fureur. Garangeot, un homme sans aucun talent, je n'ai pas voulu de lui pour premier violon ! C'est un homme de beaucoup d'esprit, qui fait très bien des feuilletons sur la musique ; mais pour composer un air, je l'en défie !... Et où diable avez-vous pris l'idée d'aller au théâtre ?

— Mais est-il *ostiné*, ce démon-là !... Voyons, mon chat, ne nous emportons pas comme une soupe au lait... Pouvez-vous écrire de la musique dans l'état où vous êtes ? Mais vous ne vous êtes donc pas regardé au miroir ? Voulez-vous un miroir ? Vous n'avez plus que la peau sur les os... vous êtes faible comme un moineau... et vous vous croyez capable de faire vos notes... mais vous ne feriez pas seulement les miennes... Ça me fait penser que je dois monter chez celle du troisième, qui nous doit dix-sept francs... et c'est bon à ramasser, dix-sept francs ; car, l'apothicaire payé, il ne nous reste pas vingt francs... Fallait donc dire à cet homme, qui a l'air d'être un bon homme, à monsieur Gaudissard... J'aime ce nom-là... c'est un vrai Roger-Bontemps qui m'irait bien... il n'aura jamais mal au foie, celui-là !... Donc, fallait lui dire où vous en étiez... dame ! vous n'êtes pas bien, et il vous a momentanément remplacé...

— Remplacé ! s'écria Pons d'une voix formidable en se dressant sur son séant.

En général les malades, surtout ceux qui sont dans l'envergure de la faux de la Mort, s'accrochent à leurs places avec la fureur que déploient les débutants pour les obtenir. Aussi son remplacement parut-il être au pauvre moribond une première mort.

— Mais le docteur me dit, reprit-il, que je vas parfaitement bien ! que je reprendrai bientôt ma vie ordinaire. Vous m'avez tué, ruiné, assassiné !...

— Ta, ta, ta, ta ! s'écria la Cibot, vous voilà parti,

allez, je suis votre bourreau, vous dites ces douceurs-là, toujours, parbleu, à monsieur Schmucke, quand j'ai le dos tourné. J'entends bien ce que vous dites, allez !... vous êtes un monstre d'ingratitude.

— Mais vous ne savez pas que si je tarde seulement quinze jours à ma convalescence, on me dira, quand je reviendrai, que je suis une perruque, un vieux, que mon temps est fini, que je suis Empire, rococo ! s'écria ce malade qui voulait vivre. Garangeot se sera fait des amis, dans le théâtre, depuis le contrôle jusqu'au cintre ! Il aura baissé le diapason pour une actrice qui n'a pas de voix, il aura léché les bottes de monsieur Gaudissard ; il aura, par ses amis, publié les louanges de tout le monde dans les feuilletons ; et, alors, dans une boutique comme celle-là, madame Cibot, on sait trouver des poux à la tête d'un chauve ! Quel démon vous a poussée là ?...

— Mais parbleu, monsieur Schmucke a discuté la chose avec moi pendant huit jours. Que voulez-vous ? vous ne voyez rien que vous ! vous êtes un égoïste à tuer les gens pour vous guérir !... Mais ce pauvre monsieur Schmucke est depuis un mois sur les dents, il marche sur ses boulets, il ne peut plus aller nulle part, ni donner des leçons, ni faire de service au théâtre, car vous ne voyez donc rien ? il vous garde la nuit, et je vous garde le jour. Aujor d'aujourd'hui si je passais les nuits comme j'ai tâché de le faire d'abord, en croyant que vous n'auriez rien, il me faudrait dormir pendant la journée ! Et qué qui veillerait au ménage et au grain ?... Et que voulez-vous, la maladie est la maladie !... et voilà !...

— Il est impossible que ce soit Schmucke qui ait eu cette pensée-là...

— Ne voulez-vous pas à cette heure que ce soit moi qui l'aie prise sous mon bonnet ! Et croyez-vous que nous sommes de fer ? Mais si monsieur Schmucke avait continué son métier, d'aller donner sept ou huit leçons et de passer la soirée de six heures et demie à onze heures et demie au théâtre à diriger l'orchestre, il serait mort dans dix jours d'ici... Voulez-vous la mort de ce digne homme, qui donnerait son sang pour vous ? Par les auteurs de mes jours, on n'a jamais vu de malade comme vous... Qu'avez-vous fait de votre raison, l'avez-vous mise au Mont-de-Piété ? Tout s'extermine ici pour vous, l'on fait tout pour le mieux, et vous n'êtes pas content... Vous voulez donc nous rendre fous à lier... moi d'abord je suis fourbue, en attendant le reste !

La Cibot pouvait parler à son aise, la colère empêchait Pons de dire un mot, il se roulait dans son lit, articulait péniblement des interjections, il se mourait. Comme toujours, arrivée à cette période, la querelle tournait subitement au tendre. La garde se précipita sur le malade, le prit par la tête, le força à se coucher, ramena sur lui la couverture.

— Peut-on se mettre dans des états pareils ! Après ça, mon chat, c'est votre maladie ! C'est ce que dit le bon monsieur Poulain. Voyons, calmez-vous. Soyez gentil, mon bon petit fiston. Vous êtes l'idole de tout ce qui vous approche, que le docteur lui-même vient vous voir jusqu'à deux fois par jour ! Qué qu'il dirait s'il vous trouvait agité comme cela ? Vous me mettez hors des gonds ! ce n'est pas bien à vous... quand on a mam'Cibot pour garde, on lui doit des égards... Vous criez, vous parlez !... ça vous est défendu ! vous le savez. Parler, ça vous irrite... Et pourquoi vous emporter ? C'est vous qui avez tous les torts... vous m'asticotez toujours ! Voyons, raisonnons ! Si monsieur Schmucke et moi, qui vous aime comme mes petits boyaux, nous avons cru bien faire ! Eh bien ! mon chérubin, c'est bien allez.

— Schmucke n'a pas pu vous dire d'aller au théâtre sans me consulter...

— Faut-il l'éveiller, ce pauvre cher homme qui dort comme un bienheureux, et l'appeler en témoignage !

— Non ! non ! s'écria Pons. Si mon bon et tendre Schmucke a pris cette résolution, je suis peut-être plus mal que je ne le crois, dit Pons en jetant un regard plein d'une horrible mélancolie sur les objets d'art qui décoraient sa chambre. Il faudra dire adieu à mes chers tableaux, à toutes ces choses dont je m'étais fait des amis. Et mon divin Schmucke ! — oh ! serait-ce vrai ?

La Cibot, cette atroce comédienne, se mit son mouchoir sur les yeux. Cette muette réponse fit tomber le malade dans une sombre rêverie. Abattu par ces deux coups portés dans des endroits si sensibles, la vie sociale et la santé, la perte de son état et la perspective de la mort, il s'affaissa tant, qu'il n'eut plus la force de se mettre en colère. Et il resta morne comme un poitrinaire après son agonie.

— Voyez-vous, dans l'intérêt de monsieur Schmucke, dit la Cibot en voyant sa victime tout à fait matée, vous feriez bien d'envoyer chercher le notaire du quartier, monsieur Trognon, un bien brave homme.

— Vous me parlez toujours de ce Trognon... dit le malade.

— Ah ! ça m'est bien égal, lui ou un autre, pour ce que vous me donnerez !

Et elle hocha la tête en signe de mépris des richesses. Le silence se rétablit.

LV

LA CIBOT SE POSE EN VICTIME

En ce moment, Schmucke, qui dormait depuis plus de six heures, réveillé par la faim, se leva, vint dans la chambre de Pons, et le contempla pendant quelques instants sans mot dire, car madame Cibot s'était mis un doigt sur les lèvres en faisant : — Chut !

Puis elle se leva, s'approcha de l'Allemand pour lui parler à l'oreille, et lui dit : — Dieu merci ! le voilà qui va s'endormir, il est méchant comme un âne rouge !... Que voulez-vous ! il se défend contre la maladie...

— Non, je suis, au contraire, très patient, répondit la victime d'un ton dolent qui accusait un effroyable abattement ; mais, mon cher Schmucke, elle est allée au théâtre me faire renvoyer...

Il fit une pause, il n'eut pas la force d'achever. La Cibot profita de cet intervalle pour peindre par un signe à Schmucke l'état d'une tête où la raison déménage, et dit :

— Ne le contrariez pas, il mourrait...

— Et, reprit Pons en regardant l'honnête Schmucke, elle prétend, que c'est toi qui l'as envoyée...

— *Ui*, répondit Schmucke héroïquement, *il le vallait. Dais-doi !... laisse-nus de saufer !... C'esde tes bêdises que te d'ébuiser à drafailler quand du as ein drèssor... Rédablis-doi, nus fentrons quelque pric-à-prac ed nus vinirons nos churs dranquilement dans ein goin, afec cede ponne montam Zibod...*

— Elle t'a perverti ! répondit douloureusement Pons.

Le malade, ne voyant plus madame Cibot, qui s'était mise en arrière du lit pour pouvoir dérober à Pons les signes qu'elle faisait à Schmucke, la crut partie.

— Elle m'assassine, ajouta-t-il.

— Comment, je vous assassine ?... dit-elle en se montrant l'œil enflammé, ses poings sur les hanches. Voilà donc la récompense d'un dévouement de chien caniche... Dieu de Dieu ! Elle fondit en larmes, se laissa tomber sur un fauteuil, et ce mouvement tragique causa la plus funeste révolution à Pons. — Eh bien ! dit-elle en se relevant et montrant aux deux amis ces regards de femme haineuse qui lancent à la fois des coups de pistolet et du venin, je suis lasse de ne rien faire de bien ici en m'exterminant le tempérament. Vous prendrez une garde ! Les deux amis se regardèrent effrayés. — Oh ! quand vous vous regarderez comme des acteurs ! C'est dit ! Je vas prier le docteur Poulain de vous chercher une garde ! Et nous allons faire nos comptes. Vous me rendrez l'argent que j'ai mis ici... et que je ne vous aurais jamais redemandé... Moi qui suis allée chez monsieur Pillerault lui emprunter encore cinq cents francs...

— *C'est sa malatie !* dit Schmucke en se précipitant sur madame Cibot et l'embrassant par la taille, *ayez te la badience !*

— Vous, vous êtes un ange, que je baiserais la marque de vos pas, dit-elle. Mais monsieur Pons ne m'a jamais aimée, il m'a toujours z'haïe !... D'ailleurs, il peut croire que je veux être mise sur son testament...

— *Chit ! fus alez le duer !* s'écria Schmucke.

— Adieu, monsieur ! vint-elle dire à Pons en le foudroyant par un regard. Pour le mal que je vous veux, portez-vous bien. Quand vous serez aimable pour moi, quand vous croirez que ce que je fais est bien fait, je reviendrai ! Jusque-là je reste chez moi... Vous étiez mon enfant, depuis quand a-t-on vu les enfants se révolter contre leurs mères ?... Non, non, monsieur Schmucke, je ne veux rien entendre... Je vous apporterai votre dîner, je vous servirai ; mais prenez une garde, demandez-en une à monsieur Poulain.

Et elle sortit en fermant les portes avec tant de violence, que les objets frêles et précieux tremblèrent. Le malade entendit un cliquetis de porcelaine qui fut, dans sa torture, ce qu'était le coup de grâce dans le supplice de la roue.

Une heure après, la Cibot, au lieu d'entrer chez Pons, vint appeler Schmucke à travers la porte de la chambre à coucher, en lui disant que son dîner l'attendait dans la salle à manger. Le pauvre Allemand y vint le visage blême et couvert de larmes.

— *Mon baufre Bons extrafaque*, dit-il, *gar il bredend que fus édes ine scélérade. C'édre sa malatie*, dit-il pour attendrir la Cibot sans accuser Pons.

— Oh ! j'en ai assez, de sa maladie ! Écoutez, ce n'est ni mon père, ni mon mari, ni mon frère, ni mon enfant. Il m'a prise en grippe, eh bien ! en voilà assez ! Vous, croyez-vous, je vous suivrais au bout du monde ; mais quand on donne sa vie, son cœur, toutes ses économies, qu'on néglige son mari, que v'là Cibot malade, et qu'on s'entend traiter de scélérate... c'est un peu trop fort de café comme ça...

— *Gavé ?*

— Oui, café ! Laissons les paroles oiseuses. Venons au positif. Pour lors, vous me devez trois mois à cent quatre-vingt-dix francs, ça fait cinq cent soixante-dix ; plus le loyer que j'ai payé deux fois, que voilà les quittances, six cents francs avec le sou pour livre et vos impositions ; donc, douze cents moins quelque chose, et enfin les deux mille francs, sans intérêt bien entendu ; au total, trois mille cent quatre-vingt-douze francs... Et pensez qu'il va vous falloir au moins deux mille francs devant vous pour la garde, le médecin, les médicaments et la nourriture de la garde. Voilà pourquoi j'empruntais mille francs à monsieur Pillerault, dit-elle en montrant le billet de mille francs donné par Gaudissard.

Schmucke écoutait ce compte dans une stupéfaction très concevable, car il était financier, comme les chats sont musiciens.

— *Montame Zibod, Bons n'a bas sa dède ! Bartonnez-lui, gondinuez à le carter, resdez nodre Profidence... che fus le temante à chenux.*

Et l'Allemand se prosterna devant la Cibot en baisant les mains de ce bourreau.

— Écoutez, mon bon chat, dit-elle en relevant Schmucke et l'embrassant sur le front, voilà Cibot malade, il est au lit, je viens d'envoyer chercher le docteur Poulain. Dans ces circonstances-là je dois mettre mes affaires en ordre. D'ailleurs, Cibot qui m'a vue revenir en larmes, est tombé dans une fureur telle, qu'il ne veut plus que je remette les pieds ici. C'est lui qui exige son argent, et c'est le sien, voyez-vous. Nous autres femmes nous ne pouvons rien à cela. Mais en lui rendant son argent, à cet homme, trois mille deux cents francs, ça le calmera peut-être. C'est toute sa fortune à ce pauvre homme, ses économies de vingt-six ans de ménage, le fruit de ses sueurs. Il lui faut son argent demain, il n'y a pas à tortiller... Vous ne connaissez pas Cibot : quand il est en colère, il tuerait un homme. Eh bien ! je pourrais peut-être obtenir de lui de continuer à vous soigner tous deux. Soyez tranquille, je me laisserai dire tout ce qui lui passera par la tête. Je souffrirai ce martyre-là pour l'amour de vous, qui êtes un ange.

— *Non, che suis ein paufre home, qui ème son ami, qui tonnerait sa fie pour le saufer...*

— Mais de l'argent ?... Mon bon monsieur Schmucke, une supposition, vous ne me donneriez rien, qu'il faut trouver trois mille francs pour vos besoins ! Ma foi, savez-vous ce que je ferais à votre place. Je n'en ferais ni un ni deux, je vendrais sept ou huit méchants tableaux, et je les remplacerais par quelques-uns de ceux qui sont dans votre chambre, retournés contre le mur, faute de place ! car un tableau ou un autre, qu'est-ce que ça fait ?

— *Et bourquoi ?*

— Il est si malicieux ! c'est sa maladie, car en santé c'est un mouton ! Il est capable de se lever, de fureter ; et, si par hasard il venait dans le salon, quoiqu'il soit si faible qu'il ne pourra plus passer le seuil de sa porte, il trouverait toujours son nombre !...

— *C'est chiste !*

— Mais nous lui dirons la vente quand il sera tout à fait bien. Si vous voulez lui avouer cette vente, vous rejetterez tout sur moi, sur la nécessité de me payer. Allez, j'ai bon dos...

— *Che ne buis bas disboser de choses qui ne m'abbardiennent bas*... répondit simplement le bon Allemand.

— Eh bien ! je vais vous assigner en justice, vous et monsieur Pons.

— *Ce zerait le duer...*

— Choisissez !... Mon Dieu ! vendez les tableaux, et dites-le-lui après... vous lui montrerez l'assignation.

— *Eh pein ! azicnez-nus... ça sera mon egscusse... che lui mondrerai le chuchmend...*

Le jour même, à sept heures, madame Cibot, qui était allée consulter un huissier, appela Schmucke. L'Allemand se vit en présence de monsieur Tabareau, qui le somma de payer ; et, sur la réponse que fit Schmucke en tremblant de la tête aux pieds, il fut assigné lui et Pons devant le tribunal pour se voir condamner au payement. L'aspect de cet homme, le papier timbré griffonné produisirent un tel effet sur Schmucke, qu'il ne résista plus.

— *Fentez les dableaux*, dit-il les larmes aux yeux.

Le lendemain, à six heures du matin. Elie Magus et Rémonencq décrochèrent chacun leurs tableaux. Deux quittances de deux mille cinq cents francs furent ainsi faites parfaitement en règle.

« Je soussigné, me portant fort pour monsieur Pons, reconnais avoir reçu de monsieur Elie Magus la somme de deux mille cinq cents francs pour quatre tableaux que je lui ai vendus, ladite somme devant être employée aux besoins de monsieur Pons. L'un de ces tableaux, attribué à Durer, est un portrait de femme ; le second, de l'école italienne, est également un portrait ; le troisième est un paysage hollandais de Breughle ; le quatrième, un tableau florentin représentant une *Sainte Famille*, et dont le maître est inconnu. »

La quittance donnée par Rémonencq était dans les mêmes termes et comprenait un Greuze, un Claude Lorrain, un Rubens et un Van Dyck, déguisés sous les noms de tableaux de l'École française et de l'École flamande.

— *Ced archant me verait groire que ces primporions falent quelque chose...* dit Schmucke en recevant les cinq mille francs.

— Ça vaut quelque chose, dit Rémonencq. Je donnerais bien cent mille francs de tout cela.

L'Auvergnat, prié de rendre ce petit service, remplaça les huit tableaux par des tableaux de même dimensions, dans les mêmes cadres, en choisissant parmi des tableaux inférieurs que Pons avait mis dans la chambre de Schmucke.

LVI

LA PART DU LION

Elie Magus, une fois en possession des quatre chefs-d'œuvre, emmena la Cibot chez lui, sous prétexte de faire leurs comptes. Mais il chanta misère, il trouva des défauts aux toiles, il fallait rentoiler, et il offrit à la

Cibot trente mille francs pour sa commission ; il les lui fit accepter en lui montrant les papiers étincelants où la Banque a gravé le mot MILLE FRANCS ! Magus condamna Rémonencq à donner pareille somme à la Cibot, en la lui prêtant sur les quatre tableaux qu'il se fit déposer. Les quatre tableaux de Rémonencq parurent si magnifiques à Magus, qu'il ne put se décider à les rendre, et le lendemain il apporta six mille francs de bénéfice au brocanteur, qui lui céda les quatre toiles par facture. Madame Cibot, riche de soixante-huit mille francs, réclama de nouveau le plus profond secret de ses deux complices ; elle pria le Juif de lui dire comment placer cette somme de manière que personne ne pût la voir en sa possession.

— Achetez des actions du chemin de fer d'Orléans, elles sont à trente francs au-dessous du pair, vous doublerez vos fonds en trois ans, et vous aurez des chiffons de papier qui tiendront dans un portefeuille.

— Restez ici, monsieur Magus, je vais chez l'homme d'affaires de la famille de monsieur Pons, il veut savoir à quel prix vous prendriez tout le bataclan de là-haut... je vais vous l'aller chercher...

— Si elle était veuve ! dit Rémonencq à Magus, ça serait bien mon affaire, car la voilà riche...

— Surtout si elle place son argent sur le chemin d'Orléans ; dans deux ans ce sera doublé. J'y ai placé mes pauvres petites économies, dit le Juif, c'est la dot de ma fille... Allons faire un petit tour sur le boulevard en attendant l'avocat...

— Si Dieu voulait appeler à lui ce Cibot, qui est bien malade déjà, reprit Rémonencq, j'aurais une fière femme pour tenir un magasin, et je pourrais entreprendre le commerce en grand...

— Bonjour, mon bon monsieur Fraisier, dit la Cibot d'un ton patelin, en entrant dans le cabinet de son conseil. Eh bien ! que me dit donc votre portier, que vous vous en allez d'ici !...

— Oui, ma chère madame Cibot, je prends, dans la maison du docteur Poulain, l'appartement du premier étage, au-dessus du sien. Je cherche à emprunter deux à trois mille francs pour meubler convenablement cet appartement, qui, ma foi, est très joli, le propriétaire l'a remis à neuf. Je suis chargé, comme je vous l'ai dit, des intérêts du président de Marville et des vôtres... Je quitte le métier d'agent d'affaires, je vais me faire inscrire au tableau des avocats, et il faut être très bien logé. Les avocats de Paris ne laissent inscrire au tableau que des gens qui possèdent un mobilier respectable, une bibliothèque, etc. Je suis docteur en droit, j'ai fait mon stage, et j'ai déjà des protecteurs puissants... Eh bien ! où en sommes-nous ?

— Si vous vouliez accepter mes économies qui sont à la caisse d'épargne, lui dit la Cibot ; je n'ai pas grand'chose, trois mille francs, le fruit de vingt-cinq ans d'épargnes et de privations... vous me feriez une lettre de change, comme dit Rémonencq, car je suis ignorante, je ne sais que ce qu'on m'apprend...

— Non, les statuts de l'ordre interdisent à un avocat de souscrire des lettres de change, je vous en ferai un reçu portant intérêt à cinq pour cent, et vous me le rendrez si je vous trouve douze cents francs de rente viagère dans la succession du bonhomme Pons.

La Cibot, prise au piège, garda le silence.

— Qui ne dit mot, consent, reprit Fraisier. Apportez-moi ça demain.

— Ah ! je vous payerai bien volontiers vos honoraires d'avance, dit la Cibot, c'est être sûre que j'aurai mes rentes.

— Où en sommes-nous ? reprit Fraisier en faisant un signe de tête affirmatif. J'ai vu Poulain hier au soir, il paraît que vous menez votre malade grand train... Encore un assaut comme celui d'hier, et il se formera des calculs dans la vésicule du fiel... Soyez douce avec lui, voyez-vous, ma chère madame Cibot, il ne faut pas se créer des remords. On ne vit pas vieux.

— Laissez-moi donc tranquille, avec vos remords !... N'allez-vous pas encore me parler de la guillotine ? monsieur Pons c'est un vieil *ostiné !* vous ne le connaissez pas ! c'est lui qui me fait *endêver !* Il n'y a pas un plus méchant homme que lui, ses parents avaient raison, il est sournois, vindicatif et *ostiné*... Monsieur Magus est à la maison, comme je vous l'ai dit, et il vous attend.

— Bien !... j'y serai en même temps que vous. C'est de la valeur de cette collection que dépend le chiffre de votre rente, s'il y a huit cent mille francs, vous aurez quinze cents francs viagers... c'est une fortune !

— Eh bien ! je vas leur dire d'évaluer les choses en conscience.

Une heure après, pendant que Pons dormait profondément, après avoir pris des mains de Schmucke une position calmante, ordonnée par le docteur, mais dont la dose avait été doublée à l'insu de l'Allemand par la Cibot, Fraisier, Rémonencq et Magus, ces trois personnages patibulaires, examinaient pièce à pièce les dix-sept cents objets dont se composait la collection du vieux musicien. Schmucke s'étant couché, ces corbeaux flairant leur cadavre furent maîtres du terrain.

— Ne faites pas de bruit, disait la Cibot toutes les fois que Magus s'extasiait et discutait avec Rémonencq en l'instruisant de la valeur d'une belle œuvre.

C'était un spectacle à navrer le cœur, que celui de ces quatre cupidités différentes soupesant la succession pendant le sommeil de celui dont la mort était le sujet de leurs convoitises. L'estimation des valeurs contenues dans le salon dura trois heures.

— En moyenne, dit le vieux Juif crasseux, chaque chose ici vaut mille francs.

— Ce serait dix-sept cent mille francs ! s'écria Frasier stupéfait.

— Non pas pour moi, reprit Magus dont l'œil prit des teintes froides. Je ne donnerais pas plus de huit cent mille francs ; car on ne sait pas combien de temps on gardera ça dans un magasin... Il y a des chefs-d'œuvre qui ne se vendent pas avant dix ans, et le prix d'acquisition est doublé par les intérêts composés ; mais je payerais la somme comptant.

— Il y a dans la chambre des vitraux, des émaux, des miniatures, des tabatières en or et en argent, fit observer Rémonencq.

— Peut-on les examiner ? demanda Fraisier.

— Je vas voir s'il dort bien, répliqua la Cibot.

Et, sur un signe de la portière, les trois oiseaux de proie entrèrent.

— Là, sont les chefs-d'œuvre ! dit en montrant le salon Magus dont la barbe blanche frétillait par tous ses poils, mais ici sont les richesses ! Et quelles richesses ! les souverains n'ont rien de plus beau dans leurs Trésors.

Les yeux de Rémonencq, allumés par les tabatières, reluisaient comme des escarboucles. Fraisier, calme, froid comme un serpent qui se serait dressé sur sa queue, allongeait sa tête plate et se tenait dans la pose que les peintres prêtent à Méphistophélès. Ces trois différents avares, altérés d'or comme les diables le sont des rosées du paradis, dirigèrent, sans s'être concertés, un regard sur le possesseur de tant de richesses, car il avait fait un de ces mouvements inspirés par le cauchemar. Tout à coup, sous le jet de ces trois rayons diaboliques, le malade ouvrit les yeux et jeta des cris perçants.

— Des voleurs ! Les voilà ! A la garde ! on m'assassine. Évidemment il continuait son rêve tout éveillé, car il s'était dressé sur son séant, les yeux agrandis, blancs, fixes, sans pouvoir bouger. Elie Magus et Rémonencq gagnèrent la porte ; mais ils y furent cloués par ce mot : — Magus ici... je suis trahi... Le malade était réveillé par l'instinct de la conservation de son trésor, sentiment au moins égal à celui de la conservation personnelle. — Madame Cibot, qui est monsieur ? cria-t-il en frissonnant à l'aspect de Fraisier qui restait immobile.

— Pardieu ! est-ce que je pouvais le mettre à la porte, dit-elle en clignant de l'œil et faisant signe à Fraisier... Monsieur s'est présenté tout à l'heure au nom de votre famille.

Fraisier laissa échapper un mouvement d'admiration pour la Cibot.

— Oui, monsieur, je venais de la part de madame la présidente de Marville, de son mari, de sa fille, vous témoigner leurs regrets ; ils ont appris fortuitement votre maladie, et ils voudraient vous soigner eux-mêmes... ils vous offrent d'aller à la terre de Marville y recouvrer la santé ; madame la vicomtesse Popinot, la petite Cécile que vous aimez tant, sera votre garde-malade... elle a pris votre défense auprès de sa mère, elle l'a fait revenir de l'erreur où elle était.

— Et ils vous ont envoyé, mes héritiers ! s'écria Pons indigné, en vous donnant pour guide le plus habile connaisseur, le plus fin expert de Paris ?... Ah ! la charge est bonne, reprit-il en riant d'un rire de fou. Vous venez évaluer mes tableaux, mes curiosités, mes tabatières, mes miniatures !... Évaluez ! vous avez un homme qui, non seulement a les connaissances en toute chose, mais qui peut acheter, car il est dix fois millionnaire... Mes chers parents n'attendront pas longtemps ma succession, dit-il avec une ironie profonde, ils m'ont donné le coup de pouce... Ah ! madame Cibot, vous vous dites ma mère, et vous introduisez les marchands, mon concurrent et les Camusot ici pendant que je dors !... Sortez tous...

Et le malheureux, surexcité par la double action de la colère et de la peur, se leva décharné.

— Prenez mon bras, monsieur, dit la Cibot, en se précipitant sur Pons pour l'empêcher de tomber. Calmez-vous donc, ces messieurs sont sortis.

— Je veux voir le salon !... dit le moribond.

La Cibot fit signe aux trois corbeaux de s'envoler ; puis, elle saisit Pons, l'enleva comme une plume, et le recoucha, malgré ses cris. En voyant le malheureux collectionneur tout à fait épuisé, elle alla fermer la porte de l'appartement. Les trois bourreaux de Pons étaient encore sur le palier, et lorsque la Cibot les vit, elle leur dit de l'attendre, en entendant cette parole de Fraisier à Magus : — Écrivez-moi une lettre signée de vous deux, par laquelle vous vous engageriez à payer neuf cent mille francs comptant la collection de monsieur Pons, et nous verrons à vous faire faire un beau bénéfice.

Puis il souffla dans l'oreille de la Cibot un mot, un

seul que personne ne put entendre, et il descendit avec les deux marchands à la loge.

LVII

OÙ SCHMUCKE S'ÉLÈVE JUSQU'AU TRÔNE DE DIEU

— Madame Cibot, dit le malheureux Pons, quand la portière revint, sont-ils partis ?...

— Qui... partis ?... demanda-t-elle...

— Ces hommes ?...

— Quels hommes ?... Allons, vous avez vu des hommes ! dit-elle. Vous venez d'avoir un coup de fièvre chaude, que sans moi vous alliez passer par la fenêtre, et vous me parlez encore d'hommes... Allez-vous rester toujours comme ça ?...

— Comment, là, tout à l'heure, il n'y avait pas un monsieur qui s'est dit envoyé par ma famille...

— Allez-vous *m'ostiner* encore, reprit-elle. Ma foi, savez-vous où l'on devrait vous mettre ? à *Chalenton !* ... Vous voyez des hommes...

— Elie Magus, Rémonencq...

— Ah ! pour Rémonencq, vous pouvez l'avoir vu, car il est venu me dire que mon pauvre Cibot va si mal, que je vais vous planter là pour reverdir. Mon Cibot avant tout, voyez-vous ! Quand mon homme est malade, moi, je ne connais plus personne. Tâchez de rester tranquille et de dormir une couple d'heures, car j'ai dit d'envoyer chercher monsieur Poulain, et je reviendrai avec lui... Buvez et soyez sage.

— Il n'y avait personne dans ma chambre, là, tout à l'heure quand je me suis éveillé ?...

— Personne ! dit-elle. Vous aurez vu monsieur Rémonencq dans vos glaces.

— Vous avez raison, madame Cibot, dit le malade en devenant doux comme un mouton.

— Eh bien ! vous voilà raisonnable, adieu, mon Chérubin, restez tranquille, je serai dans un instant à vous.

Quand Pons entendit fermer la porte de l'appartement, il rassembla ses dernières forces pour se lever, car il se dit :

— On me trompe ! on me dévalise ! Schmucke est un enfant qui se laisserait lier dans un sac !...

Et le malade, animé par le désir d'éclaircir la scène affreuse qui lui semblait trop réelle pour être une vision, put gagner la porte de sa chambre, il l'ouvrit péniblement, et se trouva dans son salon, où la vue de ses chères toiles, de ses statues, de ses bronzes florentins, de ses porcelaines, le ranima. Le collectionneur, en robe de chambre, les jambes nues, la tête en feu, put faire le tour des deux rues qui se trouvaient tracée par les crédences et les armoires dont la rangée partageait le salon en deux parties. Au premier coup d'œil du maître, il compta tout, et aperçut son musée au complet. Il allait rentrer, lorsque son regard fut attiré par un portrait de Greuze mis à la place du *Chevalier de Malte*, de Sébastien del Piombo. Le soupçon sillonna son intelligence comme un éclair zèbre un ciel orageux. Il regarda la place occupée par ses huit tableaux capitaux, et les trouva remplacés tous. Les yeux du pauvre homme furent tout à coup couverts d'un voile noir, il fut pris par une faiblesse, et tomba sur le parquet. Cet évanouissement fut si complet, que Pons resta là pendant deux heures, il fut trouvé par Schmucke, quand l'Allemand, réveillé, sortit de sa chambre pour venir voir son ami. Schmucke eut mille peines à relever le moribond et à le recoucher ; mais quand il adressa la parole à ce quasi-cadavre, et qu'il reçut un regard glacé, des paroles vagues et bégayées, le pauvre Allemand, au lieu de perdre la tête, devint un héros d'amitié. Sous la pression du désespoir, cet homme-enfant eut de ces inspirations comme en ont les femmes aimantes ou les mères. Il fit chauffer des serviettes (il trouva des serviettes !), il sut en entortiller les mains de Pons, il lui en mit au creux de l'estomac ; puis il prit ce front moite et froid entre ses mains, il y appela la vie avec une puissance de volonté digne d'Apollonius de

Thyane[98]. Il baisa son ami sur les yeux comme ces Marie que les grands sculpteurs italiens ont sculptées dans leurs bas-reliefs appelés *Piéta*, baisant le Christ. Ces efforts divins, cette effusion d'une vie dans une autre, cette œuvre de mère et d'amante fut couronnée d'un plein succès. Au bout d'une demi-heure, Pons réchauffé reprit forme humaine : la couleur vitale revint aux yeux, la chaleur extérieure rappela le mouvement dans les organes, Schmucke fit boire à Pons de l'eau de mélisse mêlée à du vin, l'esprit de la vie s'infusa dans ce corps, l'intelligence rayonna de nouveau sur ce front naguère insensible comme une pierre. Pons comprit alors à quel saint dévouement, à quelle puissance d'amitié cette résurrection était due.

— Sans toi, je mourais ! dit-il en se sentant le visage doucement baigné par les larmes du bon Allemand, qui riait et qui pleurait tout à la fois.

En entendant cette parole, attendue dans le délire de l'espoir, qui vaut celui du désespoir, le pauvre Schmucke, dont toutes les forces étaient épuisées, s'affaissa comme un ballon crevé. Ce fut à son tour de tomber, il se laissa aller sur un fauteuil, joignit les mains et remercia Dieu par une fervente prière. Un miracle venait pour lui de s'accomplir ! Il ne croyait pas au pouvoir de sa prière en action, mais à celui de Dieu qu'il avait invoqué. Cependant le miracle était un effet naturel et que les médecins ont constaté souvent. Un malade entouré d'affection, soigné par des gens intéressés à sa vie, à chances égales est sauvé, là où succombe un sujet gardé par des mercenaires. Les médecins ne veulent pas voir en ceci les effets d'un magnétisme involontaire, ils attribuent ce résultat à des soins intelligents, à l'exacte observation de leurs ordonnances ; mais beaucoup de mères connaissent la vertu de ces ardentes projections d'un constant désir.

— Mon bon Schmucke !...

— *Ne barle bas, che d'endendrai bar le cueir... rebose ! rebose !* dit le musicien en souriant.

— Pauvre ami ! noble créature ! Enfant de Dieu vivant en Dieu ! seul être qui m'ait aimé !... dit Pons par interjections, en trouvant dans sa voix des modulations inconnues.

L'âme, près de s'envoler, était toute dans ces paroles qui donnèrent à Schmucke des jouissances presque égales à celles de l'amour.

— *Fis ! fis ! ed che teviendrai ein lion ! che drafaillerai bir teux.*

— Écoute, mon bon, et fidèle, et adorable ami ! laisse-moi parler, le temps me presse, car je suis mort, je ne reviendrai pas de ces crises répétées.

Schmucke pleura comme un enfant.

— Écoute donc, tu pleureras après... dit Pons. Chrétien, il faut te soumettre. On m'a volé, et c'est la Cibot... Avant de te quitter je dois t'éclairer sur les choses de la vie, tu ne les sais pas... On a pris huit tableaux qui valaient des sommes considérables.

— *Bartonne-moi, che les ai fentus...*

— Toi ?

— *Moi...* dit le pauvre Allemand, *nis édions assignés au dripinal...*

— Assignés ?... par qui ?...

— *Addans !...*

Schmucke alla chercher le papier timbré laissé par l'huissier et l'apporta.

Pons lut attentivement ce grimoire. Après lecture il laissa tomber le papier et garda le silence. Cet observateur du travail humain, qui jusqu'alors avait négligé le moral, finit par compter tous les fils de la trame ourdie par la Cibot. Sa verve d'artiste, son intelligence d'élève de l'Académie de Rome, toute sa jeunesse lui revint pour quelques instants.

— Mon bon Schmucke, obéis-moi militairement. Écoute ! descends à la loge et dis à cette affreuse femme que je voudrais revoir la personne qui m'est envoyée par mon cousin le président, et que, si elle ne vient pas, j'ai l'intention de léguer ma collection au Musée ; qu'il s'agit de faire mon testament.

Schmucke s'acquitta de la commission ; mais, au premier mot, la Cibot répondit par un sourire.

— Notre cher malade a eu, mon bon monsieur

Schmucke, une attaque de fièvre chaude, et il a cru voir du monde dans sa chambre. Je vous donne ma parole d'honnête femme que personne n'est venu de la part de la famille de notre cher malade...

Schmucke revint avec cette réponse, qu'il répéta textuellement à Pons.

— Elle est plus forte, plus madrée, plus astucieuse, plus machiavélique que je ne le croyais, dit Pons en souriant, elle ment jusque dans sa loge ! Figure-toi qu'elle a, ce matin, amené ici un Juif, nommé Elie Magus, Rémonencq et un troisième qui m'est inconnu, mais qui est plus affreux à lui seul que les deux autres. Elle a compté sur mon sommeil pour évaluer ma succession, le hasard a fait que je me suis éveillé, je les ai vus tous trois soupesant mes tabatières. Enfin, l'inconnu s'est dit envoyé par les Camusot, j'ai parlé avec lui... Cette infâme Cibot m'a soutenu que je rêvais... Mon bon Schmucke, je ne rêvais pas !... J'ai bien entendu cet homme, il m'a parlé... Les deux marchands se sont effrayés et ont pris la porte... J'ai cru que la Cibot se démentirait !... Cette tentative est inutile. Je vais tendre un autre piège où la scélérate se prendra... Mon pauvre ami, tu prends la Cibot pour un ange, c'est une femme qui m'a, depuis un mois, assassiné dans un but cupide. Je n'ai pas voulu croire à tant de méchanceté chez une femme qui nous avait servis fidèlement pendant quelques années. Ce doute m'a perdu... Combien t'a-t-on donné des huit tableaux ?...

— Cinq mille francs.

— Bon Dieu, ils en valaient vingt fois autant ! s'écria Pons, c'est la fleur de ma collection. Je n'ai pas le temps d'intenter un procès, d'ailleurs ce serait te mettre en cause comme la dupe de ces coquins... Un procès te tuerait ! Tu ne sais pas ce que c'est que la justice ! c'est l'égout de toutes les infamies morales... A voir tant d'horreurs, des âmes comme la tienne y succombent. Et puis tu seras assez riche. Ces tableaux m'ont coûté quatre mille francs, je les ai depuis trente-six ans... Mais nous avons été volés avec une habileté surprenante. Je suis sur le bord de ma fosse, je ne me soucie plus que de toi... de toi, le meilleur des êtres. Or, je ne veux pas que tu sois dépouillé, car tout ce que je possède est à toi. Donc, il faut te défier de tout le monde, et tu n'as jamais eu de défiance. Dieu te protège, je le sais ; mais il peut t'oublier pendant un moment, et tu serais flibusté comme un vaisseau marchand. La Cibot est un monstre, elle me tue ! et tu vois en elle un ange, je veux te la faire connaître, va la prier de t'indiquer un notaire, qui reçoive mon testament... et je te la montrerai les mains dans le sac.

Schmucke écoutait Pons comme s'il lui avait raconté l'Apocalypse. Qu'il existât une nature aussi perverse que devait être celle de la Cibot, si Pons avait raison, c'était pour lui la négation de la Providence.

— *Mon baufre ami Bons se droufe si mâle*, dit l'Allemand en descendant à la loge et s'adressant à madame Cibot, *qu'ile feud vaire son desdamend, allez chercher ein nodaire*...

Ceci fut dit en présence de plusieurs personnes, car l'état de Cibot était presque désespéré. Rémonencq, sa sœur, deux portières accourues des maisons voisines, trois domestiques des locataires de la maison et le locataire du premier étage sur le devant de la rue stationnaient sous la porte cochère.

— Ah ! vous pouvez bien aller chercher un notaire vous-même, s'écria la Cibot les larmes aux yeux, et faire faire votre testament par qui vous voudrez... Ce n'est pas quand mon pauvre Cibot est à la mort que je quitterai son lit... Je donnerais tous les Pons du monde pour conserver Cibot... un homme qui ne m'a jamais causé pour deux onces de chagrin pendant trente ans de ménage !...

Et elle rentra, laissant Schmucke tout interdit.

— Monsieur, dit à Schmucke le locataire du premier étage, monsieur Pons est-il donc bien mal ?...

Ce locataire, nommé Jolivard, était un employé de l'enregistrement, au bureau du Palais.

— *Il a vaili murir dud à l'heire !* répondit Schmucke avec une profonde douleur.

— Il y a près d'ici, rue Saint-Louis, monsieur Trognon, notaire, fit observer monsieur Jolivard. C'est le notaire du quartier.

— Voulez-vous que j'aille chercher ? demanda Rémonencq à Schmucke.

— *Pien folondiers*... répondit Schmucke, *gar si montame Zibod ne beut bas carter mon ami, che ne fitrais bas le guidder tans l'édat ù il esd...*

— Madame Cibot nous disait qu'il devenait fou !... reprit Jolivard.

— *Bons vou* ? s'écria Schmucke frappé de terreur. *Chamais il n'a i dans t'esbrit... et c'ed ce qui m'einguiède bir sa sandé...*

Toutes les personnes qui composaient l'attroupement écoutaient cette conversation avec une curiosité bien naturelle, et qui la grava dans leur mémoire. Schmucke, qui ne connaissait pas Fraisier, ne put faire attention à cette tête satanique et à ces yeux brillants. Fraisier, en jetant deux mots dans l'oreille de la Cibot, avait été l'auteur de la scène hardie, peut-être au-dessus des moyens de la Cibot, mais qu'elle avait jouée avec une supériorité magistrale. Faire passer le moribond pour fou, c'était une des pierres angulaires de l'édifice bâti par l'homme de loi. L'incident de la matinée avait bien servi Fraisier ; et, sans lui, peut-être la Cibot, dans son trouble, se serait-elle démentie, au moment où l'innocent Schmucke était venu lui tendre un piège en la priant de rappeler l'envoyé de la famille. Rémonencq, qui vit venir le docteur Poulain, ne demandait pas mieux que de disparaître. Et voici pourquoi...

LVIII

UN CRIME PUNISSABLE

Rémonencq, depuis dix jours, remplissait le rôle de la Providence, ce qui déplaît singulièrement à la Justice dont la prétention est de la représenter à elle seule. Rémonencq voulait se débarrasser à tout prix du seul obstacle qui s'opposait à son bonheur. Pour lui, le bonheur, c'était d'épouser l'appétissante portière, et de tripler ses capitaux. Or, Rémonencq, en voyant le petit tailleur buvant de la tisane, avait eu l'idée de convertir son indisposition en une maladie mortelle, et son état de ferrailleur lui en avait donné le moyen.

Un matin, pendant qu'il fumait sa pipe, le dos appuyé au chambranle de la porte de sa boutique, et qu'il rêvait à ce beau magasin sur le boulevard de la Madeleine où trônerait madame Cibot, superbement vêtue, ses yeux tombèrent sur une rondelle en cuivre fortement oxydée. L'idée de nettoyer économiquement sa rondelle dans la tisane de Cibot lui vint subitement. Il attacha ce cuivre, rond comme une pièce de cent sous, par une petite ficelle ; et, pendant que la Cibot était occupée chez ses messieurs, il allait tous les jours savoir des nouvelles de son ami le tailleur. Durant cette visite de quelques minutes, il laissait tremper la rondelle en cuivre ; et, en s'en allant, il la reprenait par la ficelle. Cette légère addition de cuivre chargé de son oxyde, communément appelé vert-de-gris, introduisit secrètement un principe délétère dans la tisane bienfaisante, mais en proportions homéopathiques, ce qui fit des ravages incalculables. Voici quels furent les résultats de cette homéopathie criminelle. Le troisième jour, les cheveux du pauvre Cibot tombèrent, les dents tremblèrent dans leurs alvéoles, et l'économie de cette organisation fut troublée par cette imperceptible dose de poison. Le docteur Poulain se creusa la tête en apercevant l'effet de cette décoction, car il était assez savant pour reconnaître l'action d'un agent destructeur. Il emporta la tisane, à l'insu de tout le monde, et il en opéra l'analyse lui-même ; mais il n'y trouva rien. Le hasard voulut que, ce jour-là, Rémonencq, effrayé de ses œuvres, n'eût pas mis sa fatale rondelle. Le docteur Poulain s'en tira vis-à-vis de lui-même et de la science, en supposant que, par suite d'une vie sédentaire, dans une loge humide, le sang de ce tailleur accroupi sur une table, devant cette fenêtre grillagée, avait pu se décomposer, faute d'exercice, et surtout à la perpétuelle aspiration des émanations d'un ruisseau fétide. La rue de Normandie est une de ces vieilles rues à chaussée fendue, où la ville de Paris n'a pas encore mis de bornes-fontaines, et dont le ruisseau noir roule péniblement les eaux ménagères de toutes les maisons, qui s'infiltrent sous les pavés et y produisent cette boue particulière à la ville de Paris.

La Cibot, elle, allait et venait, tandis que son mari, travailleur intrépide, était toujours devant cette croisée, assis comme un fakir. Les genoux du tailleur étaient ankylosés, le sang se fixait dans le buste, les jambes amaigries, tortues, devenaient des membres presque inutiles. Aussi le teint fortement cuivré de Cibot paraissait-il naturellement maladif depuis fort longtemps. La bonne santé de la femme et la maladie de l'homme semblèrent au docteur un fait naturel.

— Quelle est donc la maladie de mon pauvre Cibot ? avait demandé la portière au docteur Poulain.

— Ma chère madame Cibot, répondit le docteur, il meurt de la maladie des portiers... son étiolement général annonce une incurable viciation du sang.

Le crime sans objet, sans aucun gain, sans aucun intérêt, finit par effacer dans l'esprit du docteur Poulain ses premiers soupçons. Qui pouvait vouloir tuer Cibot ? sa femme ? le docteur lui vit goûter à la tisane de Cibot en la sucrant. Une assez grande quantité de crimes échappent à la vengeance de la société, c'est en général ceux qui se commettent, comme celui-ci, sans les preuves effrayantes d'une violence quelconque : le sang répandu, la strangulation, les coups, enfin les procédés maladroits ; mais surtout quand le meurtre est sans intérêt apparent, et commis dans les classes inférieures. Le crime est toujours dénoncé par son avant-garde, par des haines, par des cupidités visibles dont sont instruits les gens aux yeux de qui l'on vit. Mais, dans les circonstances où se trouvaient le petit tailleur, Rémonencq et la Cibot, personne n'avait intérêt à chercher la cause de la mort, excepté le médecin. Ce portier maladif, cuivré, sans fortune, adoré de sa femme, était sans fortune et sans ennemi. Les motifs et la passion du brocanteur se cachaient dans l'ombre tout aussi bien que la fortune de la Cibot. Le médecin connaissait à fond la portière et ses sentiments, il la croyait capable de tourmenter Pons ; mais il la savait sans intérêt ni force pour un crime ; d'ailleurs, elle buvait une cuillerée de tisane toutes les fois que le docteur venait et qu'elle donnait à boire à son mari. Poulain, le seul de qui pouvait venir la lumière, crut à quelque hasard de maladie, à l'une de ces étonnantes exceptions qui rendent la médecine un si périlleux métier. Et en effet, le petit tailleur se trouva malheureusement, par suite de son existence rabougrie, dans des conditions de mauvaise santé telles que cette imperceptible addition d'oxyde de cuivre devait lui donner la mort. Les commères, les voisins se comportaient aussi de manière à innocenter Rémonencq en justifiant cette mort subite.

— Ah ! s'écriait l'un, il y a bien longtemps que je disais que monsieur Cibot n'allait pas bien.

— Il travaillait trop, c't homme-là ! répondait un autre, il s'est brûlé le sang.

— Il ne voulait pas m'écouter, s'écriait un voisin, je lui conseillais de se promener le dimanche, de faire le lundi[99], car ce n'est pas trop de deux jours par semaine pour se divertir.

Enfin, la rumeur du quartier, si délatrice, et que la justice écoute par les oreilles du commissaire de police, ce roi de la basse classe, expliquait parfaitement la mort du petit tailleur. Néanmoins, l'air pensif, les yeux inquiets de monsieur Poulain, embarrassaient beaucoup Rémonencq ; aussi, voyant venir le docteur, se proposa-t-il avec empressement à Schmucke pour aller chercher ce monsieur Trognon que connaissait Fraisier.

— Je serai revenu pour le moment où le testament se fera, dit Fraisier à l'oreille de la Cibot, et, malgré votre douleur, il faut veiller au grain.

Le petit avoué, qui disparut avec la légèreté d'une ombre, rencontra son ami le médecin.

— Eh ! Poulain, s'écria-t-il, tout va bien. Nous sommes sauvés !... Je te dirai ce soir comment ! Cherche quelle est la place qui te convient ! tu l'auras ! Et moi ! je suis juge de paix. Tabareau ne me refusera plus sa fille... Quant à toi, je me charge de te faire épouser mademoiselle Vitel, la petite-fille de notre juge de paix.

Fraisier laissa Poulain sur la stupéfaction que ces folles paroles lui causèrent, et sauta sur le boulevard comme une balle ; il fit signe à l'omnibus et fut, en dix minutes, déposé par ce coche moderne à la hauteur de la rue de Choiseul. Il était environ quatre heures, Fraisier était sûr de trouver la présidente seule, car les magistrats ne quittent guère le Palais avant cinq heures.

Madame de Marville reçut Fraisier avec une distinction qui prouvait que, selon sa promesse, faite à madame Vatinelle, monsieur Lebœuf avait parlé favorablement de l'ancien avoué de Mantes. Amélie fut presque chatte avec Fraisier, comme la duchesse de Montpensier dut l'être avec Jacques Clément ; car ce petit avoué, c'était son couteau. Mais quand Fraisier présenta la lettre collective, par laquelle Élie Magus et Rémonencq s'engageaient à prendre en bloc la collection de Pons pour une somme de neuf cent mille francs payée comptant, la présidente lança sur l'homme d'affaires un regard d'où jaillissait la somme. Ce fut une nappe de convoitise qui roula jusqu'à l'avoué.

— Monsieur le président, lui dit-elle, m'a chargée de vous inviter à dîner demain, nous serons en famille, vous aurez pour convives monsieur Godeschal, le successeur de maître Desroches mon avoué ; puis Berthier, notre notaire ; mon gendre et ma fille... Après le dîner, nous aurons vous et moi, le notaire et l'avoué, la petite conférence que vous avez demandée, et où je vous remettrai nos pouvoirs. Ces deux messieurs obéiront, comme vous l'exigez, à vos inspirations, et veilleront à ce que *tout cela* se passe bien. Vous aurez la procuration de monsieur de Marville dès qu'elle vous sera nécessaire...

— Il me la faudra pour le jour du décès...

— On la tiendra prête...

— Madame la présidente, si je demande une procuration, si je veux que votre avoué ne paraisse pas, c'est bien moins dans mon intérêt que dans le vôtre... Quand je me donne, moi ! je me donne tout entier. Aussi, madame, demandé-je en retour la même fidélité, la même confiance à mes protecteurs, je n'ose dire de vous, mes clients. Vous pouvez croire qu'en agissant ainsi, je veux m'accrocher à l'affaire ; non, non, madame : s'il se commettait des choses répréhensibles... car, en matière de succession, on est entraîné... surtout par un poids de neuf cent mille francs... eh bien ! vous ne pouvez pas désavouer un homme comme maître Godeschal, la probité même ; mais on peut rejeter tout sur le dos d'un méchant petit homme d'affaires...

La présidente regarda Fraisier avec admiration.

— Vous devez aller bien haut ou bien bas, lui dit-elle. A votre place, au lieu d'ambitionner cette retraite de juge de paix, je voudrais être procureur du roi... à Mantes ! et faire un grand chemin.

— Laissez-moi faire, madame ! la justice de paix est un cheval de curé pour monsieur Vitel, je m'en ferai un cheval de bataille.

La présidente fut amenée ainsi à sa dernière confidence avec Fraisier.

— Vous me paraissez dévoué si complètement à nos intérêts, dit-elle, que je vais vous initier aux difficultés de notre position et à nos espérances. Le président, lors du mariage projeté pour sa fille et un intrigant qui, depuis, s'est fait banquier, désirait vivement augmenter la terre de Marville de plusieurs herbages, alors à vendre. Nous nous sommes dessaisis de cette magnifique habitation pour marier ma fille comme vous savez ; mais je souhaite bien vivement, ma fille étant fille unique, acquérir le reste de ces herbages.

Ces belles prairies ont été déjà vendues en partie, elles appartiennent à un Anglais qui retourne en Angleterre, après avoir demeuré là pendant vingt ans ; il a bâti le plus charmant cottage dans une délicieuse situation, entre le parc de Marville et les prés qui dépendaient autrefois de la terre, et il a racheté, pour se faire un parc, des remises, des petits bois, des jardins à des prix fous. Cette habitation avec ses dépendances forme fabrique dans le paysage, et elle est contiguë aux murs du parc de ma fille. On pourrait avoir les herbages et l'habitation pour sept cent mille francs, car le produit net des prés est de vingt mille francs... Mais si monsieur Wadmann apprend que c'est nous qui achetons, il voudra sans doute deux ou trois cent mille francs de plus, car il les perd, si, comme cela se fait en matière rurale, on ne compte l'habitation pour rien...

— Mais, madame, vous pouvez, selon moi, si bien regarder la succession comme à vous, que je m'offre à jouer le rôle d'acquéreur à votre profit, et je me charge de vous avoir la terre au meilleur marché possible par un sous-seing privé, comme cela se fait pour les marchands de biens... Je me présenterai à l'Anglais en cette qualité. Je connais ces affaires-là, c'était à Mantes ma spécialité. Vatinelle avait doublé la valeur de son Étude, car je travaillais sous son nom...

— De là votre liaison avec la petite madame Vatinelle... Ce notaire doit être bien riche aujourd'hui...

— Mais madame Vatinelle dépense beaucoup... Ainsi, soyez tranquille, madame, je vous servirai l'Anglais cuit à point...

— Si vous arriviez à ce résultat, vous auriez des droits éternels à ma reconnaissance... Adieu, mon cher monsieur Fraisier. A demain...

Fraisier sortit en saluant la présidente avec moins de servilité que la dernière fois.

— Je dîne demain chez le président Marville !... se disait Fraisier. Allons, je tiens ces gens-là. Seulement, pour être maître absolu de l'affaire, il faudrait que je fusse le conseil de cet Allemand, dans la personne de

Tabareau, l'huissier de la justice de paix ! Ce Tabareau, qui me refuse sa fille, une fille unique, me la donnera si je suis juge de paix. Mademoiselle Tabareau, cette grande fille rousse et poitrinaire, est propriétaire du chef de sa mère d'une maison à la place Royale ; je serai donc éligible. A la mort de son père, elle aura bien encore six mille livres de rente. Elle n'est pas belle ; mais, mon Dieu ! pour passer de zéro à dix-huit mille francs de rente, il ne faut pas regarder à la planche !...

Et, en revenant par les boulevards à la rue de Normandie, il se laissait aller au cours de ce rêve d'or. Il se laissait aller au bonheur d'être à jamais hors du besoin ; il pensait à marier mademoiselle Vitel, la fille du juge de paix, à son ami Poulain. Il se voyait, de concert pour le docteur, un des rois du quartier, il dominerait les élections municipales, militaires[100] et politiques. Les boulevards paraissent courts, lorsqu'en s'y promenant on promène ainsi son ambition à cheval sur la fantaisie.

LIX

LES RUSES D'UN TESTATEUR

Lorsque Schmucke remonta près de son ami Pons, il lui dit que Cibot était mourant, et que Rémonencq était allé chercher monsieur Trognon, notaire. Pons fut frappé de ce nom, que la Cibot lui jetait si souvent dans ses interminables discours, en lui recommandant ce notaire comme la probité même. Et alors le malade, dont la défiance était devenue absolue depuis le matin, eut une idée lumineuse qui compléta le plan formé par lui pour se jouer de la Cibot et la dévoiler tout entière au crédule Schmucke.

— Schmucke, dit-il en prenant la main au pauvre Allemand hébété par tant de nouvelles et d'événements, il doit régner une grande confusion dans la maison, si le portier est à la mort, nous sommes à peu près libres pour quelques moments, c'est-à-dire sans espions, car on nous espionne, sois-en sûr. Sors, prends un cabriolet, va au théâtre, dis à mademoiselle Héloïse, notre première danseuse, que je veux la voir avant de mourir, et qu'elle vienne à dix heures et demie, après son service. De là, tu iras chez tes deux amis Schwab et Brunner, et tu les prieras d'être ici demain à neuf heures du matin, de venir demander de mes nouvelles, en ayant l'air de passer par ici et de monter me voir...

Voici quel était le plan forgé par le vieil artiste en se sentant mourir. Il voulait enrichir Schmucke en l'instituant son héritier universel ; et, pour le soustraire à toutes les chicanes possibles, il se proposait de dicter son testament à un notaire, en présence de témoins, afin qu'on ne supposât pas qu'il n'avait plus sa raison, et pour ôter aux Camusot tout prétexte d'attaquer ses dernières dispositions. Ce nom de Trognon lui fit entrevoir quelque machination, il crut à quelque vice de forme projeté par avance, à quelque infidélité préméditée par la Cibot, et il résolut de se servir de ce Trognon pour se faire dicter un testament olographe qu'il cachèterait et serrerait dans le tiroir de sa commode. Il comptait montrer à Schmucke, en le faisant cacher dans un des cabinets de son alcôve, la Cibot s'emparant de ce testament, le décachetant, le lisant et le recachetant. Puis, le lendemain à neuf heures, il voulait anéantir ce testament olographe par un testament par-devant notaire, bien en règle et indiscutable. Quand la Cibot l'avait traité de fou, de visionnaire, il avait reconnu la haine et la vengeance, l'avidité de la présidente ; car, au lit depuis deux mois, le pauvre homme, pendant ses insomnies, pendant ses longues heures de solitude, avait repassé les événements de sa vie au crible.

Les sculpteurs antiques et modernes ont souvent posé, de chaque côté de la tombe, des génies qui tiennent des torches allumées. Ces lueurs éclairent aux mourants le tableau de leurs fautes, de leurs erreurs, en leur éclairant les chemins de la Mort. La sculpture représente là de grandes idées, elle formule un fait humain. L'agonie a sa sagesse. Souvent on voit de simples jeunes filles, à l'âge le plus tendre, avoir une raison centenaire, devenir prophètes, juger leur famille, n'être les dupes d'aucune comédie. C'est là la poésie de la Mort. Mais, chose étrange et digne de remarque ! on meurt de deux façons différentes. Cette poésie de la prophétie, ce don de bien voir, soit en avant, soit en arrière, n'appartient qu'aux mourants dont la chair seulement est atteinte, qui périssent par la destruction des organes de la vie charnelle. Ainsi les êtres attaqués, comme Louis XIV, par la gangrène ; les poitrinaires, les malades qui périssent comme Pons par la fièvre, comme madame de Mortsauf par l'estomac, ou comme les soldats par des blessures qui les saisissent en pleine vie, ceux-là jouissent de cette lucidité sublime, et font des morts surprenantes, admirables ; tandis que les gens qui meurent par des maladies pour ainsi dire intelligentielles, dont le mal est dans le cerveau, dans l'appareil nerveux qui sert d'intermédiaire au corps pour fournir le combustible de la pensée ; ceux-là meurent tout entiers. Chez eux, l'esprit et le corps sombrent à la fois. Les uns, âmes sans corps, réalisent les spectres bibliques ; les autres sont des cadavres. Cet homme vierge, ce Caton friand, ce juste presque sans péchés, pénétra tardivement dans les poches de fiel qui composaient le cœur de la présidente. Il devina le monde sur le point de le quitter. Aussi, depuis quelques heures, avait-il pris gaiement son parti, comme un joyeux artiste, pour qui tout est prétexte à *charge*, à raillerie. Les derniers liens qui l'unissaient à la vie, les chaînes de l'admiration, les nœuds puissants qui rattachaient le connaisseur aux chefs-d'œuvre de l'art, venaient d'être brisés le matin. En se voyant volé par la Cibot, Pons avait dit adieu chrétiennement aux pompes et aux vanités de l'art, à sa collection, à ses amitiés pour les créateurs de tant de belles choses, et il voulait uniquement penser à la mort, à la façon de nos ancêtres qui la comptaient comme une des fêtes du chrétien. Dans sa tendresse pour Schmucke, Pons essayait de le protéger du fond de son cercueil. Cette pensée paternelle fut la raison du choix qu'il fit du premier sujet de la danse, pour avoir du secours contre les perfidies qui l'entouraient, et qui ne pardonneraient sans doute pas à son légataire universel.

Héloïse Brisetout était une de ces natures qui restent vraies dans une position fausse, capable de toutes les plaisanteries possibles contre des adorateurs payants, une fille de l'école de Jenny Cadine et des Josépha ; mais bonne camarade et ne redoutant aucun pouvoir humain, à force de les voir tous faibles, et habituée qu'elle était à lutter avec les sergents de ville au bal peu champêtre de Mabille et au carnaval. — Si elle a fait donner ma place à son protégé Garangeot, elle se croira d'autant plus obligée de me servir, se dit Pons. Schmucke put sortir sans qu'on fît attention à lui, dans la confusion qui régnait dans la loge, et il revint avec la plus excessive rapidité, pour ne pas laisser trop longtemps Pons tout seul.

Monsieur Trognon arriva pour le testament, en même temps que Schmucke. Quoique Cibot fût à la mort, sa femme accompagna le notaire, l'introduisit dans la chambre à coucher, et se retira d'elle-même, en laissant ensemble Schmucke, monsieur Trognon et Pons, mais elle s'arma d'une petite glace à main d'un travail curieux, et prit position à la porte, qu'elle laissa entrebâillée. Elle pouvait ainsi non seulement entendre, mais voir tout ce qui se dirait et ce qui se passerait dans ce moment suprême pour elle.

— Monsieur, dit Pons, j'ai malheureusement toutes mes facultés, car je sens que je vais mourir ; et, par la volonté de Dieu, sans doute, aucune des souffrances de la mort ne m'est épargnée !... Voici monsieur Schmucke...

Le notaire salua Schmucke.

— C'est le seul ami que j'aie sur la terre, dit Pons, et je veux l'instituer mon légataire universel ; dites-moi quelle forme doit avoir mon testament, pour que mon ami, qui est Allemand, qui ne sait rien de nos lois, puisse recueillir ma succession sans aucune contestation.

— On peut toujours tout contester, monsieur, dit le notaire, c'est l'inconvénient de la justice humaine. Mais en matière de testament, il en est d'inattaquables...

— Lequel ? demanda Pons.

— Un testament fait par-devant notaire, en présence de témoins qui certifient que le testateur jouit de toutes ses facultés, et si le testateur n'a ni femme, ni enfants, ni père, ni frère...

— Je n'ai rien de tout cela, toutes mes affections sont réunies sur la tête de mon cher ami Schmucke, que voici...

Schmucke pleurait.

— Si donc vous n'avez que des collatéraux éloignés, la loi vous laissant la libre disposition de vos meubles et immeubles, si vous ne les léguez pas à des conditions que la morale réprouve, car vous avez dû voir des testaments attaqués à cause de la bizarrerie des testateurs, un testament par-devant notaire est inattaquable. En effet, l'identité de la personne ne peut être niée, le notaire a constaté l'état de sa raison, et la signature ne peut donner lieu à aucune discussion... Néanmoins, un testament olographe, en bonne forme et clair, est aussi peu discutable.

— Je me décide, pour des raisons à moi connues, à écrire sous votre dictée un testament olographe, et à le confier à mon ami que voici... Cela se peut-il ?...

— Très bien ! dit le notaire... Voulez-vous écrire ? je vais dicter...

— Schmucke, donne-moi ma petite écritoire de Boule. Monsieur, dictez-moi tout bas ; car, ajouta-t-il, on peut nous écouter.

— Dites-moi donc avant tout quelles sont vos intentions, demanda le notaire.

Au bout de dix minutes, la Cibot, que Pons entrevoyait dans une glace, vit cacheter le testament, après que le notaire l'eut examiné pendant que Schmucke allumait une bougie ; puis Pons le remit à Schmucke en lui disant de le serrer dans une cachette pratiquée dans son secrétaire. Le testateur demanda la clef du secrétaire, l'attacha dans le coin de son mouchoir, et mit le mouchoir sous son oreiller. Le notaire, nommé par politesse exécuteur testamentaire, et à qui Pons laissait un tableau de prix, une de ces choses que la loi permet de donner à un notaire, sortit et trouva madame Cibot dans le salon.

— Eh bien ! monsieur ? monsieur Pons a-t-il pensé à moi ?

— Vous ne vous attendez pas, ma chère, à ce qu'un notaire trahisse les secrets qui lui sont confiés, répondit monsieur Trognon. Tout ce que je puis vous dire, c'est qu'il y aura bien des cupidités déjouées et bien des espérances trompées. Monsieur Pons a fait un beau testament plein de sens, un testament patriotique et que j'approuve fort.

On ne se figure pas à quel degré de curiosité la Cibot arriva, stimulée par de telles paroles. Elle descendit et passa la nuit près de Cibot, en se promettant de se faire remplacer par mademoiselle Rémonencq, et d'aller lire le testament entre deux et trois heures du matin.

LV

LE TESTAMENT POSTICHE

La visite de mademoiselle Héloïse Brisetout, à dix heures et demie du soir, parut assez naturelle à la Cibot ; mais elle eut si peur que la danseuse ne parlât des mille francs donnés par Gaudissard, qu'elle accompagna le premier sujet en lui prodiguant des politesses et des flatteries comme à une souveraine.

— Ah ! ma chère, vous êtes bien mieux sur votre terrain qu'au théâtre, dit Héloïse en montant l'escalier. Je vous engage à rester dans votre emploi !

Héloïse, amenée en voiture par Bixiou, son ami de

cœur, était magnifiquement habillée, car elle allait à une soirée de Mariette, l'un des plus illustres premiers sujets de l'Opéra. Monsieur Chapoulot, ancien passementier de la rue Saint-Denis, le locataire du premier étage, qui revenait de l'Ambigu-Comique avec sa fille, fut ébloui, lui comme sa femme, en rencontrant pareille toilette et une si jolie créature dans leur escalier.

— Qui est-ce, madame Cibot ? demanda madame Chapoulot.

— C'est une rien du tout !... une sauteuse qu'on peut voir quasi-nue tous les soirs pour quarante sous... répondit la portière à l'oreille de l'ancienne passementière.

— Victorine ! dit madame Chapoulot à sa fille, ma petite, laisse passer madame !

Ce cri de mère épouvantée fut compris d'Héloïse, qui se retourna :

— Votre fille est donc pire que l'amadou, madame, que vous craignez qu'elle ne s'incendie en me touchant ?...

Héloïse regarda monsieur Chapoulot d'un air agréable en souriant.

— Elle est, ma foi, très jolie à la ville ! dit monsieur Chapoulot en restant sur le palier.

Madame Chapoulot pinca son mari à le faire crier, et le poussa dans l'appartement.

— En voilà, dit Héloïse, un second qui s'est donné le genre d'être un quatrième.

— Mademoiselle est cependant habituée à monter, dit la Cibot en ouvrant la porte de l'appartement.

— Eh bien ! mon vieux, dit Héloïse en entrant dans la chambre où elle vit le pauvre musicien étendu, pâle et la face appauvrie, ça ne va donc pas bien ? Tout le monde au théâtre s'inquiète de vous ; mais vous savez ! quoiqu'on ait bon cœur, chacun a ses affaires, et on ne trouve pas une heure pour aller voir ses amis. Gaudissard parle de venir ici tous les jours, et tous les matins il est pris par les ennuis de l'administration. Néanmoins nous vous aimons tous...

— Madame Cibot, dit le malade, faites-moi le plaisir de nous laisser avec mademoiselle, nous avons à causer théâtre et de ma place de chef d'orchestre... Schmucke reconduira bien madame.

Schmucke, sur un signe de Pons, mit la Cibot à la porte et tira les verrous.

— Ah ! le gredin d'Allemand ! voilà qu'il se gâte aussi, lui !... se dit la Cibot en entendant ce bruit significatif, c'est monsieur Pons qui lui apprend ces horreurs-là... Mais vous me payerez cela, mes petits amis... se dit la Cibot en descendant. Bah ! si cette saltimbanque de sauteuse lui parle des mille francs, je leur dirai que c'est une farce de théâtre...

Et elle s'assit au chevet de Cibot, qui se plaignait d'avoir le feu dans l'estomac, car Rémonencq venait de lui donner à boire en l'absence de sa femme.

— Ma chère enfant, dit Pons à la danseuse pendant que Schmucke renvoyait la Cibot, je ne me fie qu'à vous pour me choisir un notaire honnête homme, qui vienne recevoir demain matin, à neuf heures et demie précises, mon testament. Je veux laisser toute ma fortune à mon ami Schmucke. Si ce pauvre Allemand était l'objet de persécutions, je compte sur ce notaire pour le conseiller, pour le défendre. Voilà pourquoi je désire un notaire considéré, très riche, au-dessus des considérations qui font fléchir les gens de loi ; car mon pauvre légataire doit trouver un appui en lui. Je me défie de Berthier, successeur de Cardot, et vous qui connaissez tant de monde...

— Eh ! j'ai ton affaire ! dit la danseuse, le notaire de Florine, de la comtesse du Bruel, Léopold Hannequin, un homme vertueux qui ne sait pas ce qu'est une lorette[101] ! C'est comme un père de hasard, un brave homme qui vous empêche de faire des bêtises avec l'argent qu'on gagne ; je l'appelle le père aux rats, car il a inculqué des principes d'économie à toutes mes amies. D'abord, il a, mon cher, soixante mille francs de rente, outre son étude. Puis il est notaire comme on était notaire autrefois ! Il est notaire quand il marche, quand il dort ; il a dû ne faire que de petits notaires et de petites notaresses... Enfin c'est un homme lourd et pédant ; mais c'est un homme à ne fléchir devant aucune puissance quand il est dans ses fonctions... Il n'a jamais eu de *voleuse*, c'est père de famille fossile ! et c'est adoré de sa femme, qui ne le trompe pas quoique femme de notaire... Que veux-tu ! il n'y a pas mieux dans Paris en fait de notaire. C'est patriarche ; ça n'est pas drôle et amusant comme était Cardot avec Malaga, mais ça ne lèvera jamais le pied, comme le petit Chose qui vivait avec Antonia ! J'enverrai mon homme demain matin à huit heures... Tu peux dormir tranquillement. D'abord, j'espère que tu guériras, et que tu nous feras encore de jolie musique ; mais, après tout, vois-tu, la vie est bien triste, les entrepreneurs chipotent, les rois carottent, les ministres tripotent, les gens riches économisotent... Les artistes n'ont plus de ça ! dit-elle en se frappant le cœur, c'est un temps à mourir... Adieu, vieux !

— Je te demande avant tout, Héloïse, la plus grande discrétion.

— Ce n'est pas une affaire de théâtre, dit-elle, c'est sacré, ça, pour une artiste.

— Quel est ton monsieur, ma petite ?

— Le maire de ton arrondissement, monsieur Beaudoyer, un homme aussi bête que feu Crevel ; car tu sais, Crevel, un des anciens commanditaires de Gaudissard, il est mort il y a quelques jours, et il ne m'a rien laissé, pas même un pot de pommade ! C'est ce qui me fait te dire que notre siècle est dégoûtant.

— Et de quoi est-il mort ?

— De sa femme !... S'il était resté avec moi, il vivrait encore ! Adieu, mon bon vieux ! je te parle de crevaison, parce que je te vois dans quinze jours d'ici te promenant sur le boulevard et flairant de jolies petites curiosités, car tu n'es pas malade, tu as les yeux plus vifs que je ne te les ai jamais vus...

Et la danseuse s'en alla, sûre que son protégé Garangeot tenait pour toujours le bâton de chef d'orchestre. Garangeot était son cousin germain. Toutes les portes étaient entrebâillées, et tous les ménages sur pied regardèrent passer le premier sujet. Ce fut un événement dans la maison.

Fraisier, semblable à ces bouledogues qui ne lâchent pas le morceau où ils ont mis la dent, stationnait dans la loge auprès de la Cibot, quand la danseuse passa sous la porte cochère et demanda le cordon. Il savait que le testament était fait, il venait sonder les dispositions de la portière ; car maître Trognon, notaire, avait refusé de dire un mot sur le testament tout aussi bien à Fraisier qu'à madame Cibot.

Naturellement l'homme de loi regarda la danseuse et se promit de tirer parti de cette visite *in extremis*.

— Ma chère madame Cibot, dit Fraisier, voici pour vous le moment critique.

— Ah ! oui !... dit-elle, mon pauvre Cibot !... Quand je pense qu'il ne jouira pas de ce que je pourrais avoir...

— Il s'agit de savoir si monsieur Pons vous a légué quelque chose ; enfin si vous êtes sur le testament ou si vous êtes oubliée, dit Fraisier en continuant. Je représente les héritiers naturels, et vous n'aurez rien que d'eux dans tous les cas... Le testament est olographe, il est, par conséquent, très vulnérable... Savez-vous où notre homme l'a mis ?...

— Dans une cachette du secrétaire, et il en a pris la clef, répondit-elle, il l'a nouée au coin de son mouchoir, et il a serré le mouchoir sous son oreiller... J'ai tout vu.

— Le testament est-il cacheté ?

— Hélas ! oui !

— C'est un crime que de soustraire un testament et de le supprimer, mais ce n'est qu'un délit de le regarder ; et, dans tous les cas, qu'est-ce que c'est ? des peccadilles qui n'ont pas de témoins ! A-t-il le sommeil dur, notre homme ?...

— Oui ; mais quand vous avez voulu tout examiner et tout évaluer, il devait dormir comme un sabot, et il s'est réveillé... Cependant, je vais voir ! Ce matin, j'irai relever monsieur Schmucke sur les quatre heures du matin, et, si vous voulez venir, vous aurez le testament à vous pendant dix minutes...

— Eh bien ! c'est entendu, je me lèverai sur les quatre heures, et je frapperai tout doucement...

— Mademoiselle Rémonencq, qui me remplacera près de Cibot, sera prévenue, et tirera le cordon ; mais frappez à la fenêtre pour n'éveiller personne.

— C'est entendu, dit Fraisier, vous aurez de la lumière, n'est-ce pas ? une bougie, cela me suffira...

A minuit, le pauvre Allemand, assis dans un fauteuil, navré de douleur, contemplait Pons, dont la figure crispée, comme l'est celle d'un moribond, s'affaissait, après tant de fatigues, à faire croire qu'il allait expirer.

— Je pense que j'ai juste assez de force pour aller jusqu'à demain soir, dit Pons avec philosophie. Mon agonie viendra, sans doute, mon pauvre Schmucke, dans la nuit de demain. Dès que le notaire et tes deux amis seront partis, tu iras chercher notre bon abbé Duplanty, le vicaire de l'église Saint-François. Ce digne homme ne me sait pas malade, et je veux recevoir les saints sacrements demain à midi...

Il se fit une longue pause.

— Dieu n'a pas voulu que la vie fût pour moi comme je la rêvais, reprit Pons. J'aurais tant aimé une femme, des enfants, une famille !... Être chéri de quelques êtres, dans un coin, était toute mon ambition ! La vie est amère pour tout le monde, car j'ai vu des gens avoir tout ce que j'ai tant désiré vainement, et ne pas se trouver heureux... Sur la fin de ma carrière, le bon Dieu m'a fait trouver une consolation inespérée en me donnant un ami tel que toi !... Aussi n'ai-je pas à me reprocher de t'avoir méconnu ou mal apprécié... mon bon Schmucke ; je t'ai donné mon cœur et toutes mes forces aimantes... Ne pleure pas, Schmucke, ou je me tairai ! Et c'est si doux pour moi de te parler de nous... Si je t'avais écouté, je vivrais. J'aurais quitté le monde et mes habitudes, et je n'y aurais pas reçu des blessures mortelles. Enfin, je ne veux m'occuper que de toi !...

— *Dû as dort !...*

— Ne me contrarie pas, écoute-moi, cher ami... Tu as la naïveté, la candeur d'un enfant de six ans qui n'aurait jamais quitté sa mère, c'est bien respectable ; il me semble que Dieu doit prendre soin lui-même des êtres qui te ressemblent. Cependant, les hommes sont si méchants, que je dois te prémunir contre eux. Tu vas donc perdre ta noble confiance, ta sainte crédulité, cette grâce des âmes pures qui n'appartient qu'aux gens de génie et aux cœurs comme le tien... Tu vas voir bientôt madame Cibot, qui nous a bien observés par l'ouverture de la porte entrebâillée, venir prendre ce faux testament... Je présume que la coquine fera cette expédition ce matin, quand elle te croira endormi. Écoute-moi bien, et suis mes instructions à la lettre... M'entends-tu ? demanda le malade.

LXI

PROFOND DÉSAPPOINTEMENT

Schmucke, accablé de douleur, saisi par une affreuse palpitation, avait laissé aller sa tête sur le dos du fauteuil, et paraissait évanoui.

— *Ui, che d'endans ! mais gomme si du édaiss à deux cend bas te moi... il me zemple que che m'envonce dans la dombe afec toi !...* dit l'Allemand que la douleur écrasait.

Il se rapprocha de Pons et il lui prit une main qu'il mit entre ses deux mains. Et il fit ainsi mentalement une fervente prière.

— Que marmottes-tu là, en allemand ?...

— *Chai briè Tieu te nus abbeler à lui ensemple !...* répondit-il simplement après avoir fini sa prière.

Pons se pencha péniblement, car il souffrait au foie des douleurs intolérables. Il put se baisser jusqu'à Schmucke, et il le baisa sur le front, en épanchant son âme comme une bénédiction sur cet être comparable à l'agneau qui repose aux pieds de Dieu.

— Voyons, écoute-moi, mon bon Schmucke, il faut obéir aux mourants...

— *J'égoude !...*

— On communique de ta chambre dans la mienne par la petite porte de ton alcôve, qui donne dans l'un des cabinets de la mienne.

— *Ui ! mais c'est engompré te dapleaux.*

— Tu vas dégager cette porte à l'instant, sans faire trop de bruit !...

— *Ui...*

— Débarrasse le passage des deux côtés, chez toi comme chez moi ; puis tu laisseras la tienne entrebâillée. Quand la Cibot viendra te remplacer près de moi (elle est capable d'arriver ce matin une heure plus tôt), tu t'en iras comme à l'ordinaire dormir, et tu paraîtras bien fatigué. Tâche d'avoir l'air endormi... Dès qu'elle se sera mise dans son fauteuil, passe par ta porte et reste en observation, là, en entrouvrant le petit rideau de mousseline de cette porte vitrée, et regarde bien ce qui se passera... Tu comprends ?

— *Che t'ai gombris, ti grois que la scélérade prîlera le desdaman...*

— Je ne sais pas ce qu'elle fera, mais je suis sûr que tu ne la prendras plus pour un ange, après. Maintenant, fais-moi de la musique, réjouis-moi par quelqu'une de tes improvisations... Ça t'occupera, tu perdras tes idées noires, et tu me rempliras cette triste nuit par tes poèmes...

Schmucke se mit au piano. Sur ce terrain, et au bout de quelques instants, l'inspiration musicale, excitée par le tremblement de la douleur et l'irritation qu'elle lui causait, emporta le bon Allemand, selon son habitude, au-delà des mondes. Il trouva des thèmes sublimes sur lesquels il broda des caprices exécutés tantôt avec la douleur et la perfection raphaëlesques de Chopin, tantôt avec la fougue et le grandiose dantesque de Liszt, les deux organisations musicales qui se rapprochent le plus de celle de Paganini. L'exécution, arrivée à ce degré de perfection, met en apparence l'exécutant à la hauteur du poète, il est au compositeur ce que l'acteur est à l'auteur, un divin traducteur de choses divines. Mais, dans cette nuit où Schmucke fit entendre par avance à Pons les concerts du Paradis, cette délicieuse musique qui fait tomber des mains de sainte Cécile ses instruments, il fut à la fois Beethoven et Paganini, le créateur et l'interprète ! Intarissable comme le rossignol, sublime comme le ciel sous lequel il chante, varié, feuillu comme la forêt qu'il emplit de ses roulades, il se surpassa, et plongea le vieux musicien qui l'écoutait dans l'extase que Raphaël a peinte, et qu'on va voir à Bologne[102]. Cette poésie fut interrompue par une affreuse sonnerie. La bonne des locataires du premier étage vint prier Schmucke, de la part de ses maîtres, de finir ce sabbat. Madame, monsieur et mademoiselle Chapoulot étaient éveillés, ne pouvaient plus se rendormir, et faisaient observer que la journée était assez longue pour répéter les musiques de théâtre, et que, dans une maison du Marais, on ne devait pas *pianoter* pendant la nuit... Il était environ trois heures du matin. A trois heures et demie, selon les prévisions de Pons, qui semblait avoir entendu la conférence de Fraisier et de la Cibot, la portière se montra. Le malade jeta sur Schmucke un regard d'intelligence qui signifiait : — N'ai-je pas bien deviné ? Et il se mit dans la position d'un homme qui dort profondément.

L'innocence de Schmucke était une croyance si forte chez la Cibot, et c'est là l'un des grands moyens et la raison du succès de toutes les ruses de l'enfance, qu'elle ne put le soupçonner de mensonge quand elle le vit venir à elle, et lui dire d'un air à la fois dolent et joyeux : — *Ile hâ ei eine nouitte derriple ! t'ine achidadion tiapolique ! Chai édé opliché te vaire te la misicque bir le galmer, ed les loguadaires ti bremier edache sont mondés bire me vaire daire !... C'esde avvreux, car il s'achissait te la fie te mon hami. Che suis si vadiqué t'affoir choué dudde la nouitte, que che zugombe ce madin.*

— Mon pauvre Cibot aussi va bien mal, et encore une journée comme celle d'hier, il n'y aura plus de ressources !... Que voulez-vous ? à la volonté de Dieu !

— *Fus èdes eine cueir si bonède, eine ame si pelle, que si le bère Zibod meurd nus fifrons ensemble !...* dit le rusé Schmucke.

Quand les gens simples et droits se mettent à dissimuler, ils sont terribles, absolument comme les enfants, dont les pièges sont dressés avec la perfection que déploient les Sauvages.

— Eh bien ! allez dormir, mon fiston ! dit la Cibot, vous avez les yeux si fatigués, qu'ils sont gros comme le poing. Allez ! ce qui pourrait me consoler de la perte de Cibot, ce serait de penser que je finirais mes jours avec un bon homme comme vous. Soyez tranquille, je vais donner une danse à madame Chapoulot... Est-ce qu'une mercière retirée peut avoir de pareilles exigences ?...

Schmucke alla se mettre en observation dans le poste qu'il s'était arrangé. La Cibot avait laissé la porte de l'appartement entrebâillée, et Fraisier, après être entré, la ferma tout doucement, lorsque Schmucke se fut enfermé chez lui. L'avocat était muni d'une bougie allumée et d'un fil de laiton excessivement léger, pour pouvoir décacheter le testament. La Cibot put d'autant mieux ôter le mouchoir où la clef du secrétaire était nouée, et qui se trouvait sous l'oreiller de Pons, que le malade avait exprès laissé passer son mouchoir dessous son traversin, et qu'il se prêtait à la manœuvre de la Cibot, en se tenant le nez dans la ruelle et dans une pose qui laissait pleine liberté de prendre le mouchoir. La Cibot alla droit au secrétaire, l'ouvrit en s'efforçant de faire le moins de bruit possible, trouva le ressort de la cachette, et courut le testament à la main dans le salon. Cette circonstance intrigua Pons au plus haut degré. Quant à Schmucke, il tremblait de la tête aux pieds, comme s'il avait commis un crime.

— Retournez à votre poste, dit Fraisier en recevant le testament de la Cibot, car, s'il s'éveillait, il faut qu'il vous trouve là.

Après avoir décacheté l'enveloppe avec une habileté qui prouvait qu'il n'en était pas à son coup d'essai,

Fraisier fut plongé dans un étonnement profond en lisant cette pièce curieuse.

CECI EST MON TESTAMENT

« Aujourd'hui, quinze avril mil huit cent quarante-cinq, étant sain d'esprit, comme ce testament, rédigé de concert avec monsieur Trognon, notaire, le démontrera ; sentant que je dois mourir prochainement de la maladie dont je suis atteint depuis les premiers jours de février dernier, j'ai dû, voulant disposer de mes biens, tracer mes dernières volontés, que voici :

« J'ai toujours été frappé des inconvénients qui nuisent aux chefs-d'œuvre de la peinture, et qui souvent ont entraîné leur destruction. J'ai plaint les belles toiles d'être condamnées à toujours voyager de pays en pays, sans être jamais fixées dans un lieu où les admirateurs de ces chefs-d'œuvre pussent aller les voir. J'ai toujours pensé que les pages vraiment immortelles des fameux maîtres devraient être des propriétés nationales, et mises incessamment sous les yeux des peuples comme la lumière, chef-d'œuvre de Dieu, sert à tous ses enfants.

« Or, comme j'ai passé ma vie à rassembler, à choisir quelques tableaux, qui sont de glorieuses œuvres des plus grands maîtres, que ces tableaux sont francs, sans retouche, ni repeints, je n'ai pas pensé sans chagrin que ces toiles, qui ont fait le bonheur de ma vie, pouvaient être vendues aux criées ; aller, les unes chez les Anglais, les autres en Russie, dispersées comme elles étaient avant leur réunion chez moi ; j'ai donc résolu de les soustraire à ces misères, ainsi que les cadres magnifiques qui leur servent de bordure, et qui tous sont dus à d'habiles ouvriers.

« Donc, par ces motifs, je donne et lègue au roi, pour faire partie du Musée du Louvre, les tableaux dont se compose ma collection, à la charge, si le legs est accepté, de faire à mon ami Wilhelm Schmucke une rente viagère de deux mille quatre cents francs.

« Si le roi, comme usufruitier du Musée, n'accepte pas ce legs avec cette charge, lesdits tableaux feront alors partie du legs que je fais à mon ami Schmucke de toutes les valeurs que je possède, à la charge de remettre la tête de Singe de Goya à mon cousin le président Camusot ; le tableau de fleurs d'Abraham Mignon, composé de tulipes, à monsieur Trognon, notaire, que je nomme mon exécuteur testamentaire, et de servir deux cents francs de rente à madame Cibot, qui fait mon ménage depuis dix ans.

« Enfin, mon ami Schmucke donnera la Descente de Croix, de Rubens, esquisse de son célèbre tableau d'Anvers, à ma paroisse, pour en décorer une chapelle, en remerciement des bontés de monsieur le vicaire Duplanty, à qui je dois de pouvoir mourir en chrétien et en catholique », etc.

— C'est la ruine ! se dit Fraisier, la ruine de toutes mes espérances ! Ah ! je commence à croire tout ce que la présidente m'a dit de la malice de ce vieux artiste !...

— Eh bien ? vint demander la Cibot.

— Votre monsieur est un monstre, il donne tout au Musée, à l'État. Or, on ne peut plaider contre l'État !... Le testament est inattaquable. Nous sommes volés, ruinés, dépouillés, assassinés !...

— Que m'a-t-il donné ?...

— Deux cents francs de rente viagère...

— La belle poussée !... Mais c'est un gredin fini !...

— Allez voir, dit Fraisier, je vais remettre le testament de votre gredin dans l'enveloppe.

LXII

PREMIÈRE CATASTROPHE

Dès que madame Cibot eut le dos tourné, Fraisier substitua vivement une feuille de papier blanc au testament, qu'il mit dans sa poche ; puis il recacheta l'enveloppe avec tant de talent qu'il montra le cachet à madame Cibot quand elle revint, en lui demandant si elle pouvait y apercevoir la moindre trace de l'opération. La Cibot prit l'enveloppe, la palpa, la sentit pleine, et soupira profondément. Elle avait espéré que Fraisier aurait brûlé lui-même cette fatale pièce.

— Eh bien ! que faire, mon cher monsieur Fraisier ? demanda-t-elle.

— Ah ! ça vous regarde ! Moi, je ne suis pas héritier, mais si j'avais les moindres droits à cela, dit-il en montrant la collection, je sais bien comment je ferais...

— C'est ce que je vous demande... dit assez niaisement la Cibot.

— Il y a du feu dans la cheminée... répliqua-t-il en se levant pour s'en aller.

— Au fait, il n'y a que vous et moi qui saurons cela !... dit la Cibot.

— On ne peut jamais prouver qu'un testament a existé ! reprit l'homme de loi.

— Et vous ?

— Moi ?... Si monsieur Pons meurt sans testament, je vous assure cent mille francs.

— Ah ! ben oui ! dit-elle, on vous promet des monts d'or, et quand on tient les choses, qu'il s'agit de payer, on vous carotte comme...

Elle s'arrêta bien à temps, car elle allait parler d'Elie Magus à Fraisier...

— Je me sauve ! dit Fraisier. Il ne faut pas, dans votre intérêt, que l'on m'ait vu dans l'appartement ; mais nous nous retrouverons en bas, à votre loge.

Après avoir fermé la porte, la Cibot revint, le testament à la main, dans l'intention bien arrêtée de le jeter au feu ; mais quand elle rentra dans la chambre et qu'elle s'avança vers la cheminée, elle se sentit prise par les deux bras !... Elle se vit entre Pons et Schmucke, qui s'étaient l'un et l'autre adossés à la cloison, de chaque côté de la porte.

— Ah ! cria la Cibot.

Elle tomba la face en avant dans des convulsions affreuses, réelles ou feintes, on ne sut jamais la vérité. Ce spectacle produisit une telle impression sur Pons, qu'il fut pris d'une faiblesse mortelle, et Schmucke laissa la Cibot par terre pour recoucher Pons. Les deux amis tremblaient comme des gens qui, dans l'exécution d'une volonté pénible, ont outrepassé leurs forces. Quand Pons fut couché, que Schmucke eut repris un peu de forces, il entendit des sanglots. La Cibot, à genoux, fondait en larmes, et tendait les mains aux deux amis en les suppliant par une pantomime très expressive.

— C'est pure curiosité ! dit-elle en se voyant l'objet de l'attention des deux amis, mon bon monsieur Pons ! c'est le défaut des femmes, vous savez ! Mais je n'ai su comment faire pour lire votre testament, et je le rapportais !...

— *Hâlez fis-ens !* dit Schmucke qui se dressa sur ses pieds en se grandissant de toute la grandeur de son indignation. *Fus êdes eine monsdre ! fus afez essayé te duer mon pon Bons. Il a raison ! fis êdes plis qu'ein monsdre, fis êdes tamnée !*

La Cibot, voyant l'horreur peinte sur la figure du candide Allemand, se leva fière comme Tartufe, jeta sur Schmucke un regard qui le fit trembler et sortit en emportant sous sa robe un sublime petit tableau de Metzu qu'Elie Magus avait beaucoup admiré et dont il avait dit : — C'est un diamant ! La Cibot trouva dans sa loge Fraisier qui l'attendait, en espérant qu'elle aurait brûlé l'enveloppe et le papier blanc par lequel il avait remplacé le testament ; il fut bien étonné de voir sa cliente effrayée et le visage renversé.

— Qu'est-il arrivé ?

— Il est arrivé, mon cher monsieur Fraisier, que, sous prétexte de me donner de bons conseils et de me diriger, vous m'avez fait perdre à jamais mes rentes et la confiance de ces messieurs...

Et elle se lança dans une de ces trombes de paroles auxquelles elle excellait.

— Ne dites pas de paroles oiseuses, s'écria sèchement Fraisier en arrêtant sa cliente. Au fait ! au fait ! et vivement.

— Eh bien ! et voilà comment ça s'est fait.

Elle raconta la scène telle qu'elle venait de se passer.

— Je ne vous ai rien fait perdre, répondit Fraisier. Ces deux messieurs doutaient de votre probité, puisqu'ils vous ont tendu ce piège ; ils vous attendaient, ils vous épiaient !... Vous ne me dites pas tout... ajouta l'homme d'affaires en jetant un regard de tigre sur la portière.

— Moi ! vous cacher quelque chose !... après tout ce que nous avons fait ensemble !... dit-elle en frissonnant.

— Mais, ma chère, je n'ai rien commis de répréhensible ! dit Fraisier en manifestant ainsi l'intention de nier sa visite nocturne chez Pons.

La Cibot sentit ses cheveux lui brûler le crâne, et un froid glacial l'enveloppa.

— Comment ?... dit-elle hébétée.

— Voilà l'affaire criminelle toute trouvée !... Vous pouvez être accusée de soustraction de testament, répondit froidement Fraisier.

La Cibot fit un mouvement d'horreur.

— Rassurez-vous, je suis votre conseil, reprit-il. Je n'ai voulu que vous prouver combien il est facile, d'une manière ou d'une autre, de réaliser ce que je vous disais. Voyons ! qu'avez-vous fait pour que cet Allemand si naïf se soit caché dans la chambre à votre insu ?...

— Rien, c'est la scène de l'autre jour, quand j'ai soutenu à monsieur Pons qu'il avait eu la berlue. Depuis ce jour-là, ces deux messieurs ont changé du tout au tout à mon égard. Ainsi vous êtes la cause de tous mes malheurs, car si j'avais perdu de mon empire sur monsieur Pons, j'étais sûre de l'Allemand qui parlait déjà de m'épouser, ou de me prendre avec lui, c'est tout un !

Cette raison était si plausible, que Fraisier fut obligé de s'en contenter.

— Rassurez-vous, reprit-il, je vous ai promis des rentes, je tiendrai ma parole. Jusqu'à présent, tout, dans cette affaire, était hypothétique ; maintenant, elle vaut des billets de Banque... Vous n'aurez pas moins de douze cents francs de rente viagère... Mais il faudra, ma chère dame Cibot, obéir à mes ordres, et les exécuter avec intelligence.

— Oui, mon cher monsieur Fraisier, dit avec une servile souplesse la portière entièrement matée.

— Eh bien ! adieu, repartit Fraisier en quittant la loge et emportant le dangereux testament.

Il revint chez lui tout joyeux, car ce testament était une arme terrible.

— J'aurai, pensait-il, une bonne garantie contre la bonne foi de madame la présidente de Marville. Si elle s'avisait de ne pas tenir sa parole, elle perdrait la succession.

LXIII

PROPOSITIONS FALLACIEUSES

Au petit jour, Rémonencq, après avoir ouvert sa boutique et l'avoir laissée sous la garde de sa sœur, vint, selon une habitude prise depuis quelques jours, voir comment allait son bon ami Cibot, et trouva la portière qui contemplait le tableau de Metzu en se demandant comment une petite planche peinte pouvait valoir tant d'argent.

— Ah ! ah ! c'est le seul, dit-il en regardant pardessus l'épaule de la Cibot, que monsieur Magus regrettait de ne pas avoir, il dit qu'avec cette petite chose-là, il ne manquerait rien à son bonheur.

— Qu'en donnerait-il ? demanda la Cibot.

— Mais si vous me promettez de m'épouser dans l'année de votre veuvage, répondit Rémonencq, je me charge d'avoir vingt mille francs d'Elie Magus, et si vous ne m'épousez pas, vous ne pourrez jamais vendre ce tableau plus de mille francs.

— Et pourquoi ?

— Mais vous seriez obligée de signer une quittance comme propriétaire, et vous auriez alors un procès avec les héritiers. Si vous êtes ma femme, c'est moi qui le vendrai à monsieur Magus, et on ne demande rien à un marchand que l'inscription sur son livre d'achats, et j'écrirai que monsieur Schmucke me l'a vendu. Allez, mettez cette planche chez moi... si votre mari mourait, vous pourriez être bien tracassée, et personne ne trouvera drôle que j'aie chez moi un tableau... Vous me connaissez bien. D'ailleurs, si vous voulez, je vous en ferai une reconnaissance.

Dans la situation criminelle où elle était surprise, l'avide portière souscrivit à cette proposition, qui la liait pour toujours au brocanteur.

— Vous avez raison, apportez-moi votre écriture, dit-elle en serrant le tableau dans sa commode.

— Voisine, dit le brocanteur à voix basse en entraînant la Cibot sur le pas de la porte, je vois bien que nous ne sauverons pas notre pauvre ami Cibot ; le docteur Poulain désespérait de lui hier soir, et disait qu'il ne passerait pas la journée... C'est un grand malheur ! Mais après tout, vous n'étiez pas à votre place ici... Votre place, c'est dans un beau magasin de curiosités sur le boulevard des Capucines. Savez-vous que j'ai gagné bien près de cent mille francs depuis dix ans, et que si vous en avez un jour autant, je me charge de vous faire une belle fortune... si vous êtes ma femme... Vous seriez bourgeoise... bien servie par ma sœur qui ferait le ménage, et...

Le séducteur fut interrompu par les plaintes déchirantes du petit tailleur dont l'agonie commençait.

— Allez-vous-en, dit la Cibot, vous êtes un monstre de me parler de ces choses-là, quand mon pauvre homme se meurt dans de pareils états...

— Ah ! c'est que je vous aime, dit Rémonencq, à tout confondre pour vous avoir...

— Si vous m'aimiez, vous ne me diriez rien en ce moment, répondit-elle.

Et Rémonencq rentra chez lui, sûr d'épouser la Cibot.

Sur les dix heures, il y eut à la porte de la maison une sorte d'émeute, car on administra les sacrements à monsieur Cibot. Tous les amis des Cibot, les concierges, les portières de la rue de Normandie et des rues adjacentes occupaient la loge, le dessous de la porte cochère et le devant sur la rue. On ne fit alors aucune attention à monsieur Léopold Hannequin, qui vint avec un de ses confrères, ni à Schwab et à Brunner, qui purent arriver chez Pons sans être vus de madame Cibot. La portière de la maison voisine, à qui le notaire s'adressa pour savoir à quel étage demeurait Pons, lui désigna l'appartement. Quant à Brunner, qui vint avec Schwab, il était déjà venu voir le musée Pons, il passa sans rien dire, et montra le chemin à son associé... Pons annula formellement son testament de la veille, et institua Schmucke son légataire universel. Une fois cette cérémonie accomplie, Pons, après avoir remercié Schwab et Brunner, et avoir recommandé vivement à monsieur Léopold Hannequin les intérêts de Schmucke, tomba dans une faiblesse telle, par suite de l'énergie qu'il avait déployée, et dans la scène nocturne avec la Cibot et dans ce dernier acte de la vie sociale, que Schmucke pria Schwab d'aller prévenir l'abbé Duplanty, car il ne voulut pas quitter le chevet de son ami, et Pons réclamait les sacrements.

Assise au pied du lit de son mari, la Cibot, d'ailleurs mise à la porte par les deux amis, ne s'occupa point du déjeuner de Schmucke ; mais les événements de cette matinée, le spectacle de l'agonie résignée de Pons qui mourait héroïquement, avait tellement serré le cœur de Schmucke, qu'il ne sentit pas la faim.

Néanmoins, vers les deux heures, n'ayant pas vu le vieil Allemand, la portière, autant par curiosité que par intérêt, pria la sœur de Rémonencq d'aller voir si Schmucke n'avait pas besoin de quelque chose. En ce moment même, l'abbé Duplanty, à qui le pauvre musicien avait fait sa confession suprême, lui administrait l'extrême-onction. Mademoiselle Rémonencq troubla donc cette cérémonie par des coups de sonnette réitérés. Or, comme Pons avait fait jurer à Schmucke de ne laisser entrer personne, tant il craignait qu'on ne le volât, Schmucke laissa sonner mademoiselle Rémonencq, qui descendit fort effrayée, et dit à la Cibot que Schmucke ne lui avait pas ouvert la porte. Cette circonstance bien marquée fut notée par Fraisier. Schmucke, qui n'avait jamais vu mourir personne, allait éprouver tous les embarras dans lesquels on se trouve à Paris avec un mort sur les bras, surtout sans aide, sans représentant ni secours. Fraisier qui savait que les parents vraiment affligés perdent alors la tête, et qui, depuis le matin, après son déjeuner, stationnait dans la loge en conférence perpétuelle avec le docteur Poulain, conçut alors l'idée de diriger lui-même tous les mouvements de Schmucke.

Voici comment les deux amis, le docteur Poulain et Fraisier, s'y prirent pour obtenir cet important résultat.

Le bedeau de l'église Saint-François, ancien marchand de verreries, nommé Cantinet, demeurait rue d'Orléans, dans la maison mitoyenne de celle du docteur Poulain. Or, madame Cantinet, une des receveuses de la location des chaises, avait été soignée gratuitement par le docteur Poulain, à qui naturellement elle était liée par la reconnaissance et à qui elle avait conté souvent tous les malheurs de sa vie. Les deux Casse-noisettes, qui, tous les dimanches et les jours de fête, allaient aux offices à Saint-François, étaient en bons termes avec le bedeau, le suisse, le donneur d'eau bénite, enfin avec cette milice ecclésiastique appelée à Paris *le bas clergé*, à qui les fidèles finissent par donner de petits pourboires. Madame Cantinet connaissait donc aussi bien Schmucke que Schmucke la connaissait. Cette dame Cantinet était affligée de deux plaies qui permettaient à Fraisier de faire d'elle un aveugle et involontairement instrument. Le jeune Cantinet, passionné pour le théâtre, avait refusé de suivre le chemin de l'église où il pouvait devenir suisse, en débutant dans les figurants du Cirque-Olympique[103], et il menait une vie échevelée qui navrait sa mère, dont la bourse était souvent mise à sec par des emprunts forcés. Puis Cantinet, adonné aux liqueurs et à la paresse, avait été forcé de quitter le commerce par ces deux vices. Loin de s'être corrigé, ce malheureux avait trouvé dans ses fonctions un aliment à ses deux passions : il ne faisait rien, et il buvait avec les cochers des noces, avec les gens des pompes funèbres, avec les malheureux secourus par le curé, de manière à se cardinaliser la figure dès midi.

Madame Cantinet se voyait vouée à la misère dans ses vieux jours, après avoir, disait-elle, apporté douze mille francs de dot à son mari. L'histoire de ces malheurs, cent fois racontée au docteur Poulain, lui suggéra l'idée de se servir d'elle pour faciliter chez Pons et Schmucke le placement de madame Sauvage, comme cuisinière et femme de peine. Présenter madame Sauvage était chose impossible, car la défiance des deux Casse-noisettes était devenue absolue, et le refus d'ouvrir la porte à mademoiselle Rémonencq avait suffisamment éclairé Fraisier à ce sujet. Mais il parut évident aux deux amis que les pieux musiciens accepteraient aveuglément une personne qui serait offerte par l'abbé Duplanty. Madame Cantinet, dans leur plan, serait accompagnée de madame Sauvage ; et la bonne de Fraisier, une fois là, vaudrait Fraisier lui-même.

LXIV

OÙ LA FEMME SAUVAGE REPARAÎT

Quand l'abbé Duplanty arriva sous la porte cochère, il fut arrêté pendant un moment par la foule des amis de Cibot qui donnait des marques d'intérêt au plus ancien et au plus estimé des concierges du quartier.

Le docteur Poulain salua l'abbé Duplanty, le prit à part, et lui dit : — Je vais aller voir ce pauvre monsieur Pons ; il pourrait encore se tirer d'affaire ; il s'agirait de le décider à subir l'opération de l'extraction des calculs qui se sont formés dans la vésicule ; on les sent au toucher, ils déterminent une inflammation qui causera la mort ; et peut-être serait-il encore temps de la pratiquer. Vous devriez bien faire servir votre influence sur votre pénitent en l'engageant à subir cette opération ; je réponds de sa vie, si pendant qu'on la pratiquera nul accident fâcheux ne se déclare.

— Dès que j'aurai reporté le saint-ciboire à l'église, je reviendrai, dit l'abbé Duplanty, car monsieur Schmucke est dans un état qui réclame quelques secours religieux.

— Je viens d'apprendre qu'il est seul, dit le docteur Poulain. Ce bon Allemand a eu ce matin une petite altercation avec madame Cibot, qui fait depuis dix ans le ménage de ces messieurs, et ils se sont brouillés momentanément sans doute ; mais il ne peut pas rester sans aide dans les circonstances où il va se trouver. C'est œuvre de charité que de s'occuper de lui. Dites donc, Cantinet, dit le docteur en appelant à lui le bedeau, demandez donc à votre femme si elle veut garder monsieur Pons et veiller au ménage de monsieur Schmucke pendant quelques jours à la place de madame Cibot... qui, d'ailleurs, sans cette brouille, aurait toujours eu besoin de se faire remplacer. C'est une honnête femme, dit le docteur à l'abbé Duplanty.

— On ne peut pas mieux choisir, répondit le bon prêtre, car elle a la confiance de la fabrique pour la perception de la location des chaises.

Quelques moments après, le docteur Poulain suivait au chevet du lit les progrès de l'agonie de Pons, que Schmucke suppliait vainement de se laisser opérer. Le vieux musicien ne répondait aux prières du pauvre Allemand désespéré que par des signes de tête négatifs, entremêlés de mouvements d'impatience. Enfin, le moribond rassembla ses forces, lança sur Schmucke un regard affreux et lui dit : — Laisse-moi donc mourir tranquillement !...

Schmucke faillit mourir de douleur ; mais il prit la main de Pons, la baisa doucement, et la tint dans ses deux mains, en essayant de lui communiquer encore une fois ainsi sa propre vie. Ce fut alors que le docteur Poulain entendit sonner et alla ouvrir la porte à l'abbé Duplanty.

— Notre pauvre malade, dit Poulain, commence à se débattre sous l'étreinte de la mort. Il aura expiré dans quelques heures ; vous enverrez sans doute un prêtre pour le veiller cette nuit. Mais il est temps de donner madame Cantinet et une femme de peine à monsieur Schmucke, il est incapable de penser à quoi que ce soit, je crains pour sa raison, et il se trouve ici des valeurs qui doivent être gardées par des personnes pleines de probité.

L'abbé Duplanty, bon et digne prêtre, sans méfiance ni malice, fut frappé de la vérité des observations du docteur Poulain ; il croyait d'ailleurs aux qualités du médecin du quartier ; il fit donc signe à Schmucke de venir lui parler, en se tenant au seuil de la chambre mortuaire. Schmucke ne put se décider à quitter la main de Pons qui se crispait et s'attachait à la sienne comme s'il tombait dans un précipice et qu'il voulût s'accrocher à quelque chose pour n'y pas rouler. Mais, comme on sait, les mourants sont en proie à une hallucination qui les pousse à s'emparer de tout, comme des gens empressés d'emporter dans un incendie leurs objets les plus précieux, et Pons lâcha Schmucke pour saisir ses couvertures et les rassembler autour de son corps par un horrible et significatif mouvement d'avarice et de hâte.

— Qu'allez-vous devenir, seul avec votre ami mort ? dit le bon prêtre à l'Allemand, qui vint alors l'écouter, vous êtes sans madame Cibot...

— *C'esde eine monsdre qui a dué Bons !* dit-il.

— Mais il vous faudra quelqu'un auprès de vous ? reprit le docteur Poulain, car il faut garder le corps cette nuit.

— *Che le carterai, che brierai Tieu !* répondit l'innocent Allemand.

— Mais il faut manger !... Qui maintenant, vous fera votre cuisine ? dit le docteur.

— *La touleur m'ôde l'abbédit !...* répondit naïvement Schmucke.

— Mais, dit Poulain, il faut aller déclarer le décès avec des témoins, il faut dépouiller le corps, l'ensevelir en le cousant dans un linceul, il faut aller commander le convoi aux pompes funèbres, il faut nourrir la garde qui doit garder le corps et le prêtre qui veillera, ferez-vous cela tout seul ?... On ne meurt pas comme des chiens dans la capitale du monde civilisé !

Schmucke ouvrit des yeux effrayés, et fut saisi d'un court accès de folie.

— *Mais Bons ne mûrera bas... che le sauferai !...*

— Vous ne resterez pas longtemps sans prendre un peu de sommeil, et alors qui vous remplacera ? car il faut s'occuper de monsieur Pons, lui donner à boire, faire des remèdes...

— *Ah ! c'esde frai !...* dit l'Allemand.

— Eh bien ! reprit l'abbé Duplanty, je pense à vous donner madame Cantinet, une brave et honnête femme...

Le détail de ses devoirs sociaux envers son ami mort, hébéta tellement Schmucke, qu'il aurait voulu mourir avec Pons.

— C'est un enfant ! dit le docteur Poulain à l'abbé Duplanty.

— *Eine anvant !...* répéta machinalement Schmucke.

— Allons ! dit le vicaire, je vais parler à madame Cantinet et vous l'envoyer.

— Ne vous donnez pas cette peine, dit le docteur, elle est ma voisine, et je retourne chez moi.

La Mort est comme un assassin invisible contre lequel lutte le mourant ; dans l'agonie il reçoit les derniers coups, il essaie de les rendre et se débat. Pons en était à cette scène suprême, il fit entendre des gémissements, entremêlés de cris. Aussitôt, Schmucke, l'abbé Duplanty, Poulain accoururent au lit du moribond. Tout à coup, Pons, atteint dans sa vitalité par cette dernière blessure, qui tranche les liens du corps et de l'âme, recouvra pour quelques instants la parfaite quiétude qui suit l'agonie, il revint à lui, la sérénité de la mort sur le visage et regarda ceux qui l'entouraient d'un air presque riant.

— Ah ! docteur, j'ai bien souffert, mais vous aviez raison, je vais mieux... Merci, mon bon abbé, je me demandais où était Schmucke !...

— Schmucke n'a pas mangé depuis hier au soir, et il est quatre heures : vous n'avez plus personne auprès de vous, et il serait dangereux de rappeler madame Cibot...

— Elle est capable de tout ! dit Pons en manifestant toute son horreur au nom de la Cibot. C'est vrai, Schmucke a besoin de quelqu'un de bien honnête.

— L'abbé Duplanty et moi, dit alors Poulain, nous avons pensé à vous deux...

— Ah ! merci, dit Pons, je n'y songeais pas.

— Et il vous propose madame Cantinet...

— Ah ! la loueuse de chaises ! s'écria Pons. Oui, c'est une excellente créature.

— Elle n'aime pas madame Cibot, reprit le docteur, et elle aura bien soin de monsieur Schmucke...

— Envoyez-la-moi, mon bon monsieur Duplanty... elle et son mari, je serai tranquille. On ne volera rien ici...

Schmucke avait repris la main de Pons et la tenait avec joie, en croyant la santé revenue.

— Allons-nous-en, monsieur l'abbé, dit le docteur, je vais envoyer promptement madame Cantinet ; je m'y connais : elle ne trouvera peut-être pas monsieur Pons vivant.

LXV

LA MORT COMME ELLE EST

Pendant que l'abbé Duplanty déterminait le moribond à prendre pour garde madame Cantinet, Fraisier avait fait venir chez lui la loueuse de chaises, et la soumettait à sa conversation corruptrice, aux ruses de sa puissance chicanière, à laquelle il était difficile de résister. Aussi madame Cantinet, femme sèche et jaune, à grandes dents, à lèvres froides, hébétée par le malheur, comme beaucoup de femmes du peuple, et arrivée à voir le bonheur dans les plus légers profits journaliers, eut-elle bientôt consenti à prendre avec elle madame Sauvage comme femme de ménage. La bonne de Fraisier avait déjà reçu le mot d'ordre. Elle avait promis de tramer une toile en fil de fer autour des deux musiciens, et de veiller sur eux comme l'araignée veille sur une mouche prise. Madame Sauvage devait avoir pour loyer de ses peines un débit de tabac : Fraisier trouvait ainsi le moyen de se débarrasser de sa prétendue nourrice, et mettait auprès de madame Cantinet un espion et un gendarme dans la personne de la Sauvage. Comme il dépendait de l'appartement des deux amis une chambre de domestique et une petite cuisine, la Sauvage pouvait coucher sur un lit de sangle et faire la cuisine de Schmucke. Au moment où les femmes se présentèrent, amenées par le docteur Poulain, Pons venait de rendre le dernier soupir, sans que Schmucke s'en fût aperçu. L'Allemand tenait encore dans ses mains la main de son ami, dont la chaleur s'en allait par degrés. Il fit signe à madame Cantinet de ne pas parler ; mais la soldatesque madame Sauvage le surprit tellement par sa tournure, qu'il laissa échapper un mouvement de frayeur, à laquelle cette femme mâle était habituée.

— Madame, dit madame Cantinet, est une dame de qui répond monsieur Duplanty ; elle a été cuisinière chez un évêque, elle est la probité même, elle fera la cuisine.

— Ah ! vous pouvez parler haut ! s'écria la puissante et asthmatique Sauvage, le pauvre monsieur est mort !... il vient de passer. Schmucke jeta un cri perçant, il sentit la main de Pons glacée qui se roidissait, et il resta les yeux fixes, arrêtés sur ceux de Pons, dont l'expression l'eût rendu fou, sans madame Sauvage, qui, sans doute accoutumée à ces sortes de scènes, alla vers le lit en tenant un miroir, elle le présenta devant les lèvres du mort, et comme aucune respiration ne vint ternir la glace, elle sépara vivement la main de Schmucke de la main du mort.

— Quittez-la donc, monsieur, vous ne pourriez plus l'ôter ; vous ne savez pas comme les os vont se durcir ! Ça va vite le refroidissement des morts. Si l'on n'apprête pas un mort pendant qu'il est encore tiède, il faut plus tard lui casser les membres...

Ce fut donc cette terrible femme qui ferma les yeux au pauvre musicien expiré ; puis, avec cette habitude des gardes-malades, métier qu'elle avait exercé pendant dix ans, elle déshabilla Pons, l'étendit, lui colla les mains de chaque côté du corps, et lui ramena la couverture sur le nez, absolument comme un commis fait un paquet dans un magasin.

— Il faut un drap pour l'ensevelir ; où donc en prendre un ?... demanda-t-elle à Schmucke, que ce spectacle frappa de terreur.

Après avoir vu la Religion procédant avec son profond respect de la créature destinée à un si grand avenir dans le ciel, ce fut une douleur à dissoudre les éléments de la pensée, que cette espèce d'emballage où son ami était traité comme une chose.

— *Vaides gomme fus fitrez !...* répondit machinalement Schmucke.

Cette innocente créature voyait mourir un homme pour la première fois. Et cet homme était Pons, le seul ami, le seul être qui l'eût compris et aimé !...

— Je vais aller demander à madame Cibot où sont les draps, dit la Sauvage.

— Il va falloir un lit de sangle pour coucher cette dame, dit madame Cantinet à Schmucke.

Schmucke fit un signe de tête et fondit en larmes. Madame Cantinet laissa ce malheureux tranquille ; mais, au bout d'une heure, elle revint et lui dit :

— Monsieur, avez-vous de l'argent à nous donner pour acheter ?

Schmucke tourna sur madame Cantinet un regard à désarmer les haines les plus féroces ; il montra le visage blanc, sec et pointu du mort, comme une raison qui répondait à tout.

— *Brenez doud et laissez-moi bleurer et brier*, dit-il en s'agenouillant.

Madame Sauvage était allée annoncer la mort de Pons à Fraisier, qui courut en cabriolet chez la présidente lui demander, pour le lendemain, la procuration qui lui donnait le droit de représenter les héritiers.

— Monsieur, dit à Schmucke madame Cantinet, une heure après sa dernière question, je suis allée trouver madame Cibot, qui est donc au fait de votre ménage, afin qu'elle me dise où sont les choses ; mais, comme elle vient de perdre monsieur Cibot, elle m'a presque *agonie* de sottises... Monsieur, écoutez-moi donc...

Schmucke regarda cette femme, qui ne se doutait pas de sa barbarie ; car les gens du peuple sont habitués à subir passivement les plus grandes douleurs morales.

— Monsieur, il faut du linge pour un linceul, il faut de l'argent pour un lit de sangle, afin de coucher cette dame ; il en faut pour acheter de la batterie de cuisine, des plats, des assiettes, des verres, car il va venir un prêtre pour passer la nuit, et cette dame ne trouve absolument rien dans la cuisine.

— Mais, monsieur, répéta la Sauvage, il me faut cependant du bois, du charbon, pour apprêter le dîner, et je ne vois rien ! Ce n'est d'ailleurs pas bien étonnant, puisque la Cibot vous fournissait tout...

— Mais, ma chère dame, dit madame Cantinet en montrant Schmucke qui gisait aux pieds du mort dans un état d'insensibilité complète, vous ne voulez pas me croire, il ne répond à rien.

— Eh bien ! ma petite, dit la Sauvage, je vais vous montrer comment l'on fait dans ces cas-là.

La Sauvage jeta sur la chambre un regard comme en jettent les voleurs pour deviner les cachettes où doit se trouver l'argent. Ella alla droit à la commode de Pons, elle tira le premier tiroir, vit le sac où Schmucke avait mis le reste de l'argent provenant de la vente des tableaux, et vint le montrer à Schmucke, qui fit un signe de consentement machinal.

— Voilà de l'argent, ma petite ! dit la Sauvage à madame Cantinet ; je vas le compter, en prendre pour acheter ce qu'il faut, du vin, des vivres, des bougies, enfin tout, car ils n'ont rien... Cherchez-moi dans la commode un drap pour ensevelir le corps. On m'a bien dit que ce pauvre monsieur était simple ; mais je ne sais pas ce qu'il est, il est pis. C'est comme un nouveau-né, faudra lui entonner son manger...

Schmucke regardait les deux femmes et ce qu'elles faisaient, absolument comme un fou les aurait regardées. Brisé par la douleur, absorbé dans un état quasi cataleptique, il ne cessait de contempler la figure fascinatrice de Pons, dont les lignes s'épuraient par l'effet du repos absolu de la mort. Il espérait mourir, et tout lui était indifférent. La chambre eût été dévorée par un incendie, il n'aurait pas bougé.

— Il y a douze cent cinquante-six francs... lui dit la Sauvage.

Schmucke haussa les épaules. Lorsque la Sauvage voulut procéder à l'ensevelissement de Pons, et mesurer le drap sur le corps, afin de couper le linceul et le coudre, il y eut une lutte horrible entre elle et le pauvre Allemand. Schmucke ressembla tout à fait à un chien qui mord tous ceux qui veulent toucher au cadavre de son maître. La Sauvage impatientée saisit l'Allemand, le plaça sur un fauteuil et l'y maintint avec une force herculéenne.

— Allons, ma petite ! cousez le mort dans son linceul, dit-elle à madame Cantinet.

Une fois l'opération terminée, la Sauvage remit Schmucke à sa place, au pied du lit, et lui dit :

— Comprenez-vous ? il fallait bien trousser ce pauvre homme en mort.

Schmucke se mit à pleurer ; les deux femmes le laissèrent et allèrent prendre possession de la cuisine, où elles apportèrent à elles deux en peu d'instants toutes les choses nécessaires à la vie.

LXVI

SENSIBILITÉ D'UNE GARDE-MALADE

Après avoir fait un premier mémoire de trois cent soixante francs, la Sauvage se mit à préparer un dîner pour quatre personnes, et quel dîner ! Il y avait le faisan des savetiers, une oie grasse, comme pièce de résistance, une omelette aux confitures, une salade de légumes, et le pot-au-feu sacramentel dont tous les ingrédients étaient en quantité tellement exagérée, que le bouillon ressemblait à de la gelée de viande. A neuf heures du soir, le prêtre envoyé par le vicaire pour veiller Schmucke[104], vint avec Cantinet, qui apporta quatre cierges et des flambueaux d'église. Le prêtre trouva Schmucke couché le long de son ami, dans le lit, et le tenant étroitement embrassé. Il fallut l'autorité de la religion pour obtenir de Schmucke qu'il se séparât du corps. L'Allemand se mit à genoux, et le prêtre s'arrangea commodément dans le fauteuil. Pendant que le prêtre lisait ses prières, et que Schmucke, agenouillé devant le corps de Pons, priait Dieu de le réunir à Pons par un miracle, afin d'être enseveli dans la fosse de son ami, madame Cantinet était allée au Temple acheter un lit de sangle et un coucher complet, pour madame Sauvage ; car le sac de douze cent cinquante-six francs était au pillage. A onze heures du soir, madame Cantinet vint voir si Schmucke voulait manger un morceau. L'Allemand fit signe qu'on le laissât tranquille.

— Le souper vous attend, monsieur Pastelot, dit alors la loueuse de chaises au prêtre.

Schmucke, resté seul, sourit comme un fou qui se voit libre d'accomplir un désir comparable à celui des femmes grosses. Il se jeta sur Pons et le tint encore une fois étroitement embrassé. A minuit, le prêtre revint, et Schmucke, grondé par lui, lâcha Pons, et se remit en prière. Au jour, le prêtre d'en alla. A sept heures du matin, le docteur Poulain vint voir Schmucke affectueusement et voulut l'obliger à manger ; mais l'Allemand s'y refusa.

— Si vous ne mangez pas maintenant, vous sentirez la faim à votre retour, lui dit le docteur, car il faut que vous alliez à la mairie avec un témoin pour y déclarer le décès de monsieur Pons, et faire dresser l'acte...

— *Moi !* dit l'Allemand avec effroi.

— Et qui donc ?... Vous ne pouvez pas vous en dispenser, puisque vous êtes la seule personne qui l'ait vu mourir...

— *Che n'ai boint te champes...* répondit Schmucke en implorant l'assistance du docteur Poulain.

— Prenez une voiture, répondit doucement l'hypocrite docteur. J'ai déjà constaté le décès. Demandez quelqu'un de la maison pour vous accompagner. Ces deux dames garderont l'appartement en votre absence.

On ne se figure pas ce que sont ces tiraillements de la loi sur une douleur vraie. C'est à faire haïr la civilisation, à faire préférer les coutumes des Sauvages. A neuf heures, madame Sauvage descendit Schmucke en le tenant sous les bras, et il fut obligé, dans le fiacre, de prier Rémonencq de venir avec lui certifier le décès de Pons à la mairie. Partout, et en toute chose, éclate à Paris l'inégalité des conditions, dans ce pays ivre d'égalité. Cette immuable force de choses se trahit jusque dans les effets de la Mort. Dans les familles riches, un parent, un ami, les gens d'affaires, évitent ces affreux détails à ceux qui pleurent ; mais en ceci, comme dans la répartition des impôts, le peuple, les prolétaires sans aide, souffrent tout le poids de la douleur.

— Ah ! vous avez bien raison de le regretter, dit Rémonencq à une plainte échappée au pauvre martyr, car c'était un bien brave homme, un bien honnête homme, qui laisse une belle collection ; mais savez-vous, monsieur, que vous, qui êtes étranger, vous allez vous trouver dans un grand embarras, car on dit partout que vous êtes héritier de monsieur Pons.

Schmucke n'écoutait pas ; il était plongé dans une

telle douleur, qu'elle avoisinait la folie. L'âme a son tétanos comme le corps.

— Et vous feriez bien de vous faire représenter par un conseil, par un homme d'affaires.

— *Ein home t'avvaires !* répéta Schmucke machinalement.

— Vous verrez que vous aurez besoin de vous faire représenter. A votre place, moi, je prendrais un homme d'expérience, un homme connu dans le quartier, un homme de confiance... Moi, dans toutes mes petites affaires, je me sers de Tabareau, l'huissier... Et en donnant votre procuration à son premier clerc, vous n'aurez aucun souci.

Cette insinuation, soufflée par Fraisier, convenue entre Rémonencq et la Cibot, resta dans la mémoire de Schmucke ; car, dans les instants où la douleur fige pour ainsi dire l'âme en en arrêtant les fonctions, la mémoire reçoit toutes les empreintes que le hasard y fait arriver. Schmucke écoutait Rémonencq, en le regardant d'un œil si complètement dénué d'intelligence, que le brocanteur ne lui dit plus rien.

— S'il reste imbécile comme cela, pensa Rémonencq, je pourrai bien lui acheter tout le bataclan de là-haut pour cent mille francs, si c'est à lui... — Monsieur, nous voici à la Mairie.

Rémonencq fut forcé de sortir Schmucke du fiacre et de le prendre sous le bras pour le faire arriver jusqu'au bureau des actes de l'État civil, où Schmucke donna dans une noce. Schmucke dut attendre son tour, car, par un de ces hasards assez fréquents à Paris, le commis avait cinq ou six actes de décès à dresser. Là, ce pauvre Allemand devait être en proie à une passion égale à celle de Jésus.

— Monsieur est monsieur Schmucke ? dit un homme vêtu de noir en s'adressant à l'Allemand stupéfait de s'entendre appeler par son nom.

Schmucke regarda cet homme de l'air hébété qu'il avait eu en répondant à Rémonencq.

— Mais, dit le brocanteur à l'inconnu, que lui voulez-vous ? Laissez donc cet homme tranquille, vous voyez bien qu'il est dans la peine.

— Monsieur vient de perdre son ami, et sans doute il se propose d'honorer dignement sa mémoire, car il est son héritier, dit l'inconnu. Monsieur ne lésinera sans doute pas... il achètera un terrain à perpétuité pour sa sépulture. Monsieur Pons aimait tant les arts ! Ce serait bien dommage de ne pas mettre sur son tombeau la Musique, la Peinture et la Sculpture... trois belles figures en pied, éplorées...

Rémonencq fit un geste d'Auvergnat pour éloigner cet homme, et l'homme répondit par un autre geste, pour ainsi dire commercial, qui signifiait : « — Laissez-moi donc faire mes affaires ! » et que comprit le brocanteur.

— Je suis le commissionnaire de la maison Sonet et compagnie, entrepreneurs de monuments funéraires, reprit le courtier, que Walter Scott eût surnommé *le jeune homme des tombeaux*[105]. Si monsieur voulait nous charger de la commande, nous lui éviterions l'ennui d'aller à la Ville acheter le terrain nécessaire à la sépulture de l'ami que les Arts ont perdu...

Rémonencq hocha la tête en signe d'assentiment et poussa le coude à Schmucke.

— Tous les jours, nous nous chargeons, pour les familles, d'aller accomplir toutes les formalités, disait toujours le courtier, encouragé par ce geste de l'Auvergnat. Dans le premier moment de sa douleur, il est bien difficile à un héritier de s'occuper par lui-même de ces détails, et nous avons l'habitude de ces petits services pour nos clients ! Nos monuments, monsieur, sont tarifés à tant le mètre en pierre de taille ou en marbre... Nous creusons les fosses pour les tombes de famille... Nous nous chargeons de tout, au plus juste prix. Notre maison a fait le magnifique monument de la belle Esther Gobseck et de Lucien de Rubempré, l'un des plus magnifiques ornements du Père-Lachaise. Nous avons les meilleurs ouvriers, et j'engage monsieur à se défier des petits entrepreneurs... qui ne font que de la camelote, ajouta-t-il en voyant venir un autre homme vêtu de noir qui se proposait de parler pour une autre maison de marbrerie et de sculpture.

LXVII

OÙ L'ON VOIT QU'IL N'Y A QUE LES MORTS QU'ON NE TOURMENTE PAS

On a souvent dit que la mort était la fin d'un voyage, mais on ne sait pas à quel point cette similitude est réelle à Paris. Un mort, un mort de qualité surtout, est accueilli sur le *sombre rivage* comme un voyageur qui débarque au port, et que tous les courtiers d'hôtellerie fatiguent de leurs recommandations. Personne, à l'exception de quelques philosophes ou de quelques familles sûres de vivre qui se font construire des tombes comme elles ont des hôtels, personne ne pense à la mort et à ses conséquences sociales. La mort vient toujours trop tôt ; et d'ailleurs, un sentiment bien entendu empêche les héritiers de la supposer possible. Aussi, presque tous ceux qui perdent leurs pères, leurs mères, leurs femmes ou leurs enfants, sont-ils immédiatement assaillis par ces coureurs d'affaires, qui profitent du trouble où jette la douleur pour surprendre une commande. Autrefois, les entrepreneurs de monuments funéraires, tous groupés aux environs du célèbre cimetière du Père-Lachaise, où ils forment une rue qu'on devrait appeler rue des Tombeaux, assaillaient les héritiers aux environs de la tombe ou au sortir du cimetière ; mais, insensiblement, la concurrence, le génie de la spéculation, les a fait gagner du terrain, et ils sont descendus aujourd'hui dans la ville jusqu'aux abords des Mairies. Enfin, les courtiers pénètrent souvent dans la maison mortuaire, un plan de tombe à la main.

— Je suis en affaires avec monsieur, dit le courtier de la maison Sonet au courtier qui se présentait.

— Décès Pons !... Où sont les témoins !... dit le garçon de bureau.

— Venez... monsieur, dit le courtier en s'adressant à Rémonencq.

Rémonencq pria le courtier de soulever Schmucke, qui restait sur son banc comme une masse inerte ; ils le menèrent à la balustrade derrière laquelle le rédacteur des actes de décès s'abrite contre les douleurs publiques. Rémonencq, la providence de Schmucke, fut aidé par le docteur Poulain, qui vint donner les renseignements nécessaires sur l'âge et le lieu de naissance de Pons. L'Allemand ne savait qu'une seule chose, c'est que Pons était son ami. Une fois les signatures données, Rémonencq et le docteur, suivis du courtier, mirent le pauvre Allemand en voiture, dans laquelle se glissa l'enragé courtier, qui voulait avoir une solution pour sa commande. La Sauvage, en observation sur le pas de la porte cochère, monta Schmucke presque évanoui dans ses bras, aidée par Rémonencq et par le courtier de la maison Sonet.

— Il va se trouver mal !... s'écria le courtier, qui voulait terminer l'affaire qu'il disait commencée.

— Je le crois bien ! répondit madame Sauvage ; il pleure depuis vingt-quatre heures, et il n'a rien voulu prendre. Rien ne creuse l'estomac comme le chagrin.

— Mais, mon cher client, lui dit le courtier de la maison Sonet, prenez donc un bouillon. Vous avez tant de choses à faire : il faut aller à l'Hôtel de Ville, acheter le terrain nécessaire pour le monument que vous voulez élever à la mémoire de cet ami des Arts, et qui doit témoigner de votre reconnaissance.

— Mais cela n'a pas de bon sens, dit madame Cantinet à Schmucke en arrivant avec un bouillon et du pain.

— Songez, mon cher monsieur, si vous êtes si faible que cela, reprit Rémonencq, songez à vous faire représenter par quelqu'un, car vous avez bien des affaires sur les bras : il faut commander le convoi ! vous ne voulez pas qu'on enterre votre ami comme un pauvre.

— Allons, allons, mon cher monsieur ! dit la Sauvage en saisissant un moment où Schmucke avait la tête inclinée sur le dos du fauteuil.

Elle entonna dans la bouche de Schmucke une cuillerée de potage, et lui donna presque malgré lui à manger comme à un enfant.

— Maintenant, si vous étiez sage, monsieur, puisque vous voulez vous livrer tranquillement à votre douleur, vous prendriez quelqu'un pour vous représenter...

— Puisque monsieur, dit le courtier, a l'intention d'élever un magnifique monument à la mémoire de son ami, il n'a qu'à me charger de toutes les démarches, je les ferai...

— Qu'est-ce que c'est ? qu'est-ce que c'est ? dit la Sauvage. Monsieur vous a commandé quelque chose ! Qui donc êtes-vous ?

— L'un des courtiers de la maison Sonet, ma chère dame, les plus forts entrepreneurs de monuments funéraires... dit-il en tirant une carte et la présentant à la puissante Sauvage.

— Eh bien ! c'est bon, c'est bon !... on ira chez vous quand on le jugera convenable ; mais ne faut pas abuser de l'état dans lequel se trouve monsieur. Vous voyez bien que monsieur n'a pas sa tête...

— Si vous voulez vous arranger pour nous faire avoir la commande, dit le courtier de la maison Sonet à l'oreille de madame Sauvage en l'amenant sur le palier, j'ai pouvoir de vous offrir quarante francs...

— Eh bien ! donnez-moi votre adresse, dit madame Sauvage en s'humanisant.

Schmucke, en se voyant seul et se trouvant mieux par cette ingestion d'un potage au pain, retourna promptement dans la chambre de Pons, où il se mit en prières. Il était perdu dans les abîmes de la douleur, lorsqu'il fut tiré de son profond anéantissement par un jeune homme vêtu de noir qui lui dit pour la onzième fois un : — Monsieur ?... que le pauvre martyr entendit d'autant mieux, qu'il se sentit secoué par la manche de son habit.

— *Qu'y a-d-il engore ?...*

— Monsieur, nous devons au docteur Gannal[106]

une découvertue sublime ; nous ne contestons pas sa gloire, il a renouvelé les miracles de l'Égypte ; mais il y a eu des perfectionnements, et nous avons obtenu des résultats surprenants. Donc, si vous voulez revoir votre ami, tel qu'il était de son vivant...

— *Le refoir !...* s'écria Schmucke ; *me barlera-d-il ?*

— Pas absolument !... Il ne lui manquera que la parole, reprit le courtier d'embaumement ; mais il restera pour l'éternité comme l'embaumement vous le montrera. L'opération exige peu d'instants. Une incision dans la carotide et l'injection suffisent ; mais il est grand temps... Si vous attendiez encore un quart d'heure, vous ne pourriez plus avoir la douce satisfaction d'avoir conservé le corps...

— *Hâlis-fis-en au tiaple !... Bons est une âme !... et cedde âme est au ciel.*

— Cet homme est sans aucune reconnaissance, dit le jeune courtier d'un des rivaux du célèbre Gannal en passant sous la porte cochère ; il refuse de faire embaumer son ami !

— Que voulez-vous, monsieur ! dit la Cibot, qui venait de faire embaumer son chéri. C'est un héritier, un légataire. Une fois leur affaire faite, le défunt n'est plus rien pour eux.

LXVIII

OÙ L'ON APPRENDRA COMMENT L'ON MEURT À PARIS

Une heure après, Schmucke vit venir dans la chambre madame Sauvage suivie d'un homme vêtu de noir et qui paraissait être un ouvrier.

— Monsieur, dit-elle, Cantinet a eu la complaisance de vous envoyer monsieur, qui est le fournisseur des bières de la paroisse.

Le fournisseur des bières s'inclina d'un air de commisération et de condoléance, mais, en homme sûr de son fait et qui se sait indispensable, il regarda le mort en connaisseur.

— Comment monsieur veut-il *cela ?* En sapin, en bois de chêne simple, ou en bois de chêne doublé de plomb ? Le bois de chêne doublé de plomb est ce qu'il y a de plus comme il faut. Le corps, dit-il, a la mesure ordinaire...

Il tâta les pieds pour toiser le corps.

— Un mètre soixante-dix ! ajouta-t-il. Monsieur pense sans doute à commander le service funèbre à l'église ?

Schmucke jeta sur cet homme des regards comme en ont les fous avant de faire un mauvais coup.

— Monsieur, vous devriez, dit la Sauvage, prendre quelqu'un qui s'occuperait de tous ces détails-là pour vous.

— Oui... dit enfin la victime.

— Voulez-vous que j'aille vous chercher monsieur Tabareau, car vous allez avoir bien des affaires sur les bras ? Monsieur Tabareau, voyez-vous, c'est le plus honnête homme du quartier.

— *Ui, monsieur Dapareau ! On m'en a barlé...* répondit Schmucke vaincu.

— Eh bien ! monsieur va être tranquille, et libre de se livrer à sa douleur, après une conférence avec son fondé de pouvoir.

Vers deux heures, le premier clerc de monsieur Tabareau, jeune homme qui se destinait à la carrière d'huissier, se présenta modestement. La jeunesse a d'étonnants privilèges, elle n'effraie pas. Ce jeune homme, appelé Villemot, s'assit auprès de Schmucke, et attendit le moment de lui parler. Cette réserve toucha beaucoup Schmucke.

— Monsieur, lui dit-il, je suis le premier clerc de monsieur Tabareau, qui m'a confié le soin de veiller ici à vos intérêts, et de me charger de tous les détails de l'enterrement de votre ami... Êtes-vous dans cette intention ?

— *Fus ne me sauferez pas la fie, gar che n'ai bas longdans à fifre, mais fus me laisserez dranquile ?*

— Oh ! vous n'aurez pas un dérangement, répondit Villemot.

— *Hé bien ! que vaud-il vair bir cela ?*

— Signez ce papier où vous nommez monsieur Tabareau votre mandataire, relativement à toutes les affaires de la succession.

— *Pien ! tonnez !* dit l'Allemand en voulant signer sur-le-champ.

— Non, je dois vous lire l'acte.

— *Lissez !*

Schmucke ne prêta pas la moindre attention à la lecture de cette procuration générale, et il la signa. Le jeune homme prit les ordres de Schmucke pour le convoi, pour l'achat du terrain où l'Allemand voulut avoir sa tombe, et pour le service de l'église, en lui disant qu'il n'éprouverait plus aucun trouble, ni aucune demande d'argent.

— *Bir afoir la dranquilidé, je tonnerais doud ce que ché bossète,* dit l'infortuné qui de nouveau s'agenouilla devant le corps de son ami.

Fraisier triomphait, le légataire ne pouvait pas faire un mouvement hors du cercle où il le tenait enfermé par la Sauvage et par Villemot.

Il n'est pas de douleur que le sommeil ne sache vaincre. Aussi vers la fin de la journée, la Sauvage trouva-t-elle Schmucke étendu au bas du lit où gisait le corps de Pons, et dormant ; elle l'emporta, le coucha, l'arrangea maternellement dans son lit, et l'Allemand y dormit jusqu'au lendemain. Quand Schmucke s'éveilla, c'est-à-dire quand, après cette trêve, il fut rendu au sentiment de ses douleurs, le corps de Pons était exposé sous la porte cochère, dans la chapelle ardente à laquelle ont droit les convois de troisième classe ; il chercha donc vainement son ami dans cet appartement qui lui parut immense, où il ne trouva rien que d'affreux souvenirs. La Sauvage, qui gouvernait Schmucke avec l'autorité d'une nourrice sur son marmot, le força de déjeuner avant d'aller à l'église. Pendant que cette pauvre victime se contraignait à manger, la Sauvage lui fit observer, avec des lamentations dignes de Jérémie, qu'il ne possédait pas d'habit noir. La garde-robe de Schmucke, entretenue par Cibot, en était arrivée, avant la maladie de Pons, comme le dîner, à sa plus simple expression, à deux pantalons et deux redingotes !...

— Vous allez aller comme vous êtes à l'enterrement de monsieur ? C'est une monstruosité à vous faire honnir par tout le quartier !...

— *Ed commend fulez-fus que ch'y alle ?*

— Mais en deuil !...

— *Le teuille !...*

— Les convenances...

— *Les gonfenances !... che me viche pien te doutes ces pétisses-là*, dit le pauvre homme arrivé au dernier degré d'exaspération où la douleur puisse porter une âme d'enfant.

— Mais c'est un monstre d'ingratitude, dit la Sauvage en se tournant vers un monsieur qui se montra soudain dans l'appartement, et qui fit frémir Schmucke.

Ce fonctionnaire, magnifiquement vêtu de drap noir, en culotte noire, en bas de soie noire, à manchettes blanches, décoré d'une chaîne d'argent à laquelle pendait une médaille, cravaté d'une cravate de mousseline blanche très correcte, et en gants blancs ; ce type officiel, frappé au même coin pour les douleurs publiques, tenait à la main une baguette en ébène, insigne de ses fonctions, et sous le bras gauche un tricorne à cocarde tricolore.

— Je suis le maître des cérémonies, dit ce personnage d'une voix douce.

Habitué par ses fonctions à diriger tous les jours des convois et à traverser toutes les familles plongées dans une même affliction, réelle ou feinte, cet homme, ainsi que tous ses collègues, parlait bas et avec douceur ; il était décent, poli, convenable par état, comme une statue représentant le génie de la mort. Cette déclaration causa un tremblement nerveux à Schmucke, comme s'il eût vu le bourreau.

— Monsieur est-il le fils, le frère, le père du défunt ?... demanda l'homme officiel.

— *Che zuis dout cela, et plis... che zuis son ami !...* dit Schmucke à travers un torrent de larmes.

— Êtes-vous l'héritier ? demanda le maître des cérémonies.

— *L'héritier...* répéta Schmucke ! *tout m'esd écal au monde.*

Et Schmucke reprit l'attitude que lui donnait sa douleur morne.

— Où sont les parents, les amis ? demanda le maître des cérémonies.

— *Les foilà dous,* s'écria Schmucke en montrant les tableaux et les curiosités. *Chamais ceux-là n'ond vaid zouvrir mon pon Bons !... Foilà doud ce qu'il aimaid afec moi !*

— Il est fou, monsieur, dit la Sauvage au maître des cérémonies. Allez, c'est inutile de l'écouter.

Schmucke s'était assis et avait repris sa contenance d'idiot, en essuyant machinalement ses larmes. En ce moment, Villemot, le premier clerc de maître Tabareau, parut ; et le maître des cérémonies, reconnaissant celui qui était venu commander le convoi, lui dit :

— Eh bien ! monsieur, il est temps de partir... le char est arrivé ; mais j'ai rarement vu de convoi pareil à celui-là. Où sont les parents, les amis ?...

— Nous n'avons pas eu beaucoup de temps, reprit monsieur Villemot, monsieur est plongé dans une telle douleur qu'il ne pensait à rien ; mais il n'y a qu'un parent...

Le maître des cérémonies regarda Schmucke d'un air de pitié, car cet expert en douleur distinguait bien le vrai du faux, et il vint près de Schmucke.

— Allons, mon cher monsieur, du courage !... Songez à honorer la mémoire de votre ami.

— Nous avons oublié d'envoyer des billets de faire part, mais j'ai eu le soin d'envoyer un exprès à monsieur le président de Marville, le seul parent de qui je vous parlais... Il n'y a pas d'amis... Je ne crois pas que les gens du théâtre où le défunt était chef d'orchestre, viennent... Mais monsieur est, je crois, légataire universel.

— Il doit alors conduire le deuil, dit le maître des cérémonies.

— Vous n'avez pas d'habit noir ? demanda le maître des cérémonies en avisant le costume de Schmucke.

— *Che zuis doud en noir à l'indérière !*... dit le pauvre Allemand d'une voix déchirante, *et si pien en noir, que che sens la mord en moi... Dieu me vera la craze de m'inir à mon ami tans la dompe, ed che l'en remercie !...*

Et il joignit les mains.

— Je l'ai déjà dit à notre administration, qui a déjà tant introduit de perfectionnement, reprit le maître des cérémonies en s'adressant à Villemot ; elle devrait avoir un vestiaire, et louer des costumes d'héritier... c'est une chose qui devient de jour en jour plus nécessaire... Mais puisque monsieur hérite, il doit prendre le manteau de deuil, et celui que j'ai apporté l'enveloppera tout entier, si bien qu'on ne s'apercevra pas de l'inconvenance de son costume...

— Voulez-vous avoir la bonté de vous lever ? dit-il à Schmucke.

Schmucke se leva, mais il vacilla sur ses jambes.

— Tenez-le, dit le maître des cérémonies au premier clerc, puisque vous êtes son fondé de pouvoir.

Villemot soutint Schmucke en le prenant sous les bras, et alors le maître des cérémonies saisit cet ample et horrible manteau noir que l'on met aux héritiers pour suivre le char funèbre de la maison mortuaire à l'église, en le lui attachant par des cordons de soie noire sous le menton.

Et Schmucke fut *paré* en héritier.

LXIX

UN CONVOI DE VIEUX GARÇON

— Maintenant, il nous survient une grande difficulté, dit le maître des cérémonies. Nous avons les quatre glands du poêle *à garnir*... S'il n'y a personne, qui les tiendra ?... Voici deux heures et demie, dit-il en consultant sa montre, on nous attend à l'église.

— Ah ! voici Fraisier ! s'écria fort imprudemment Villemot.

Mais personne ne pouvait recueillir cet aveu de complicité.

— Qui est ce monsieur ? demanda le maître des cérémonies.

— Oh ! c'est la famille.

— Quelle famille ?

— La famille déshéritée. C'est le fondé de pouvoir de monsieur de président Camusot.

— Bien ! dit le maître des cérémonies, avec un air de satisfaction. Nous aurons au moins deux glands de tenus, l'un par vous et l'autre par lui.

Le maître des cérémonies, heureux d'avoir deux glands garnis, alla prendre deux magnifiques paires de gants de daim blancs, et les présenta tour à tour à Fraisier et à Villemot d'un air poli.

— Ces messieurs voudront bien prendre chacun des coins du poêle !... dit-il.

Fraisier, tout en noir, mis avec prétention, cravate blanche, l'air officiel, faisait frémir, il contenait cent dossiers de procédure.

— Volontiers, monsieur, dit-il.

— S'il pouvait nous arriver seulement deux personnes, dit le maître des cérémonies, les quatre glands seraient garnis.

En ce moment arriva l'infatigable courtier de la maison Sonet, suivi du seul homme qui se souvînt de Pons, qui pensât à lui rendre les derniers devoirs. Cet homme était un gagiste du théâtre, le garçon chargé de mettre les partitions sur les pupitres à l'orchestre, et à qui Pons donnait tous les mois une pièce de cinq francs, en le sachant père de famille.

— *Ah ! Dobinard* (Topinard)... s'écria Schmucke en reconnaissant le garçon. *Du ame Bons, doi !...*

— Mais, monsieur, je suis venu tous les jours, le matin, savoir des nouvelles de monsieur...

— *Dus les chours ! baufre Dobinard !...* dit Schmucke en serrant la main au garçon de théâtre.

— Mais on me prenait sans doute pour un parent,

et on me recevait bien mal ! J'avais beau dire que j'étais du théâtre et que je venais savoir des nouvelles de monsieur Pons, on me disait qu'on connaissait ces couleurs-là. Je demandais à voir ce pauvre cher malade ; mais on ne m'a jamais laissé monter.

— *L'invâme Zibod !...* dit Schmucke en serrant sur son cœur la main calleuse du garçon de théâtre.

— C'était le roi des hommes, ce brave monsieur Pons. Tous les mois, il me donnait cent sous... Il savait que j'ai trois enfants et une femme. Ma femme est à l'église.

— *Che bardacherai mon bain afec doi !* s'écria Schmucke dans la joie d'avoir près de lui un homme qui aimait Pons.

— Monsieur veut-il prendre un des glands du poêle ? dit le maître des cérémonies, nous aurons ainsi les quatre.

Le maître des cérémonies avait facilement décidé le courtier de la maison Sonet à prendre un des glands, surtout en lui montrant la belle paire de gants qui, selon les usages, devait lui rester.

— Voici dix heures trois quarts !... il faut absolument descendre... l'église attend, dit le maître des cérémonies.

Et ces six personnes se mirent en marche à travers les escaliers.

— Fermez bien l'appartement et restez-y, dit l'atroce Fraisier aux deux femmes qui restaient sur le palier, surtout si vous voulez être gardienne, madame Cantinet. Ah ! ah ! c'est quarante sous par jour !...

Par un hasard qui n'a rien d'extraordinaire à Paris, il se trouvait deux catafalques sous la porte cochère, et conséquemment deux convois, celui de Cibot, le défunt concierge, et celui de Pons. Personne ne venait rendre aucun témoignage d'affection au brillant catafalque de l'ami des arts, et tous les portiers du voisinage affluaient et aspergeaient la dépouille mortelle du portier d'un coup de goupillon. Ce contraste de la foule accourue au convoi de Cibot, et de la solitude dans laquelle restait Pons, eut lieu non seulement à la porte de la maison, mais encore dans la rue où le cercueil de Pons ne fut suivi que par Schmucke, que soutenait un croque-mort, car l'héritier défaillait à chaque pas. De la rue de Normandie à la rue d'Orléans, où l'église Saint-François est située, les deux convois allèrent entre deux haies de curieux, car, ainsi qu'on l'a dit, tout fait événement dans ce quartier. On remarquait donc la splendeur du char blanc, d'où pendait un écusson sur lequel était brodé un grand P, et qui n'avait qu'un seul homme à sa suite ; tandis que le simple char, celui de la dernière classe, était accompagné d'une foule immense. Heureusement Schmucke, hébété par le monde aux fenêtres, et par la haie que formaient les badauds, n'entendait rien et ne voyait ce concours de personnes qu'à travers le voile de ses larmes.

— Ah ! c'est le Casse-noisette, disait l'un... le musicien, vous savez !

— Quelles sont donc les personnes qui tiennent les cordons ?...

— Bah ! des comédiens !

— Tiens, voilà le convoi de ce pauvre père Cibot ! En voilà un travailleur de moins ! quel dévorant !

— Il ne sortait jamais, cet homme-là !

— Jamais il n'a fait le lundi.

— Aimait-il sa femme !

— En voilà une malheureuse !

Rémonencq était derrière le char de sa victime, et recevait des compliments de condoléance sur la perte de son voisin.

LXX

LA MORT EST UN ABREUVOIR POUR BIEN DES GENS À PARIS

Ces deux convois arrivèrent à l'église, où Cantinet, d'accord avec le suisse, eut soin qu'aucun mendiant ne parlât à Schmucke. Villemot avait promis à l'héritier qu'il serait tranquille, et il satisfaisait à toutes les dépenses, en veillant sur son client. Le modeste corbillard de Cibot, escorté de soixante à quatre-vingts personnes, fut accompagné par tout ce monde jusqu'au cimetière. A la sortie de l'église, le convoi de Pons eut quatre voitures de deuil ; une pour le clergé, les trois autres pour les parents ; mais une seule fut nécessaire, car le courtier de la maison Sonet était allé, pendant la messe, prévenir monsieur Sonet du départ du convoi, afin qu'il pût présenter le dessin et le devis du monument au légataire universel au sortir du cimetière. Fraisier, Villemot, Schmucke et Topinard tinrent dans une seule voiture. Les deux autres, au lieu de retourner à l'administration, allèrent à vide au Père-Lachaise. Cette course inutile de voitures à vide a lieu souvent. Lorsque les morts ne jouissent d'aucune célébrité, n'attirent aucun concours de monde, il y a toujours trop de voitures. Les morts doivent avoir été bien aimés dans leur vie pour qu'à Paris, où tout le monde voudrait trouver une vingt-cinquième heure à chaque journée, on suive un parent ou un ami jusqu'au cimetière. Mais les cochers perdraient leur pourboire, s'ils ne faisaient pas leur besogne. Aussi, pleines ou vides, les voitures vont-elles à l'église, au cimetière, et reviennent-elles à la maison mortuaire, où les cochers demandent un pourboire. On ne se figure pas le nombre des gens pour qui la mort est un abreuvoir. Le bas clergé de l'Église, les pauvres, les croque-morts, les cochers, les fossoyeurs, ces natures spongieuses se retirent gonflées en se plongeant dans un corbillard. De l'église, où l'héritier à sa sortie fut assailli par une nuée de pauvres, aussitôt réprimée par le suisse, jusqu'au Père-Lachaise, le pauvre Schmucke alla comme les criminels allaient du Palais à la place de Grève. Il menait son propre convoi, tenant dans sa main la main du garçon Topinard, le seul homme qui eût dans le cœur un vrai regret de la mort de Pons. Topinard, excessivement touché de l'honneur qu'on lui avait fait en lui confiant un des cordons du poêle, et content d'aller en voiture, possesseur d'une paire de gants, commençait à entrevoir dans le convoi de Pons une des grandes journées de sa vie. Abîmé de douleur, soutenu par le contact de cette main à laquelle répondait un cœur, Schmucke se laissait rouler absolument comme ces malheureux veaux conduits en charrette à l'abattoir. Sur le devant de la voiture se tenaient Fraisier et Villemot. Or, ceux qui ont eu le malheur d'accompagner beaucoup des leurs au champ du repos, savent que toute hypocrisie cesse en voiture durant le trajet, qui, souvent, est fort long, de l'église au cimetière de l'Est, celui des cimetières parisiens où se sont donné rendez-vous toutes les vanités, tous les luxes, et si riche en monuments somptueux. Les indifférents commencent la conversation, et les gens les plus tristes finissent par les écouter et se distraire.

— Monsieur le président était déjà parti pour l'audience, disait Fraisier à Villemot, et je n'ai pas trouvé nécessaire d'aller l'arracher à ses occupations au Palais, il serait toujours venu trop tard. Comme il est l'héritier naturel et légal, mais qu'il est déshérité au profit de monsieur Schmucke, j'ai pensé qu'il suffisait à son fondé de pouvoir d'être ici...

Topinard prêta l'oreille.

— Qu'est-ce donc que ce drôle qui tenait le quatrième gland ? demanda Fraisier à Villemot.

— C'est le courtier d'une *maison qui fait le monument funéraire*, et qui voudrait obtenir la commande d'une tombe où il se propose de sculpter trois figures en marbre, la Musique, la Peinture et la Sculpture versant des pleurs sur le défunt.

— C'est une idée, reprit Fraisier. Le bonhomme mérite bien cela ; mais ce monument-là coûtera bien sept à huit mille francs.

— Oh ! oui !

— Si monsieur Schmucke fait la commande, ça ne peut pas regarder la succession, car on pourrait absorber une succession par de pareils frais...

— Ce serait un procès, mais on le gagnerait...

— Eh bien ! reprit Fraisier, ça le regardera donc ! C'est une bonne farce à faire à ces entrepreneurs... dit

Fraisier à l'oreille de Villemot, car si le testament est cassé, ce dont je réponds... ou s'il n'y avait pas de testament, qui est-ce qui les payerait ?

Villemot eut un rire de singe. Le premier clerc de Tabareau et l'homme de loi se parlèrent alors à voix basse et à l'oreille ; mais, malgré le roulis de la voiture et tous les empêchements, le garçon de théâtre, habitué à tout deviner dans le monde des coulisses, devina que ces deux gens de justice méditaient de plonger le pauvre Allemand dans des embarras, et il finit par entendre le mot significatif de *Clichy*[107] ! Dès lors, le digne et honnête serviteur du monde comique résolut de veiller sur l'ami de Pons.

Au cimetière, où, par les soins du courtier de la maison Sonet, Villemot avait acheté trois mètres de terrain à la Ville, en annonçant l'intention d'y construire un magnifique monument, Schmucke fut conduit par le maître des cérémonies, à travers une foule de curieux, à la fosse où l'on allait descendre Pons. Mais à l'aspect de ce trou carré au-dessus duquel quatre hommes tenaient avec des cordes la bière de Pons sur laquelle le clergé disait sa dernière prière, l'Allemand fut pris d'un tel serrement de cœur, qu'il s'évanouit.

LXXI

POUR OUVRIR UNE SUCCESSION, ON FERME TOUTES LES PORTES

Topinard, aidé par le courtier de la maison Sonet, et par monsieur Sonet lui-même, emporta le pauvre Allemand dans l'établissement du marbrier, où les soins les plus empressés et les plus généreux lui furent prodigués par madame Sonet et par madame Vitelot, épouse de l'associé de monsieur Sonet. Topinard resta là, car il avait vu Fraisier, dont la figure lui semblait patibulaire, s'entretenir avec le courtier de la maison Sonet.

Au bout d'une heure, vers deux heures et demie, le pauvre innocent Allemand recouvra ses sens. Schmucke croyait rêver depuis deux jours. Il pensait qu'il se réveillerait et qu'il trouverait Pons vivant. Il eut tant de serviettes mouillées sur le front, on lui fit respirer tant de sels et de vinaigres, qu'il ouvrit les yeux. Madame Sonet força Schmucke à boire un bon bouillon gras, car on avait mis le pot-au-feu chez les marbriers.

— Ça ne nous arrive pas souvent de recueillir ainsi des clients qui sentent aussi vivement que cela ; mais ça se voit encore tous les deux ans...

Enfin Schmucke parla de regagner la rue de Normandie.

— Monsieur, dit alors Sonet, voici le dessin qu'à fait Vitelot exprès pour vous, il a passé la nuit !... Mais il a été bien inspiré ! ça sera beau...

— Ça sera l'un des plus beaux du Père-Lachaise !... dit la petite madame Sonet. Mais vous devez honorer la mémoire d'un ami qui vous a laissé toute sa fortune.

Ce projet, censé fait exprès, avait été préparé pour de Marsay, le fameux ministre ; mais la veuve avait voulu confier ce monument à Stidmann ; le projet de ces industriels fut alors rejeté, car on eut horreur d'un monument de pacotille. Ces trois figures représentaient alors les journées de juillet, où se manifesta ce grand ministre. Depuis, avec des modifications, Sonet et Vitelot avaient fait des *trois glorieuses*, l'Armée, la Finance et la Famille pour le monument de Charles Keller, qui fut encore exécuté par Stidmann. Depuis onze ans, ce projet était adapté à toutes les circonstances de famille ; mais, en le calquant, Vitelot avait transformé les trois figures en celles des génies de la Musique, de la Sculpture et de la Peinture.

— Ce n'est rien si l'on pense aux détails et aux constructions ; mais en six mois nous arriverons... dit Vitelot. Monsieur, voici le devis et la commande... sept mille francs, non compris les praticiens.

— Si Monsieur veut du marbre, dit Sonet, plus

spécialement marbrier, ce sera douze mille francs, et Monsieur s'immortalisera avec son ami...

— Je viens d'apprendre que le testament sera attaqué, dit Topinard à l'oreille de Vitelot, et que les héritiers rentretons dans leur héritage ; allez voir monsieur le président Camusot, car ce pauvre innocent n'aura pas un liard...

— Vous nous amenez toujours des clients comme cela ! dit madame Vitelot au courtier en commençant une querelle.

Topinard reconduisit Schmucke à pied, rue de Normandie, car les voitures de deuil s'y étaient dirigées.

— *Ne me guiddez bas !...* dit Schmucke à Topinard.

Topinard voulait s'en aller, après avoir remis le pauvre musicien entre les mains de la dame Sauvage.

— Il est quatre heures, mon cher monsieur Schmucke, et il faut que j'aille dîner... ma femme, qui est ouvreuse, ne comprendrait pas ce que je suis devenu. Vous savez... le théâtre ouvre à cinq heures trois quarts...

— *Vi, che le sais... mais sonchez que che zuis zeul sur la derre, sans ein ami. Fous qui afez bleuré Bons, églairez-moi, che zuis tans eine nouitte brovonte, ed Bons m'a tit que j'édais enduré te goguins...*

— Je m'en suis déjà bien aperçu, je viens de vous empêcher d'aller coucher à Clichy !

— *Gligy ?...* s'écria Schmucke, *che ne gombrends bas...*

— Pauvre homme ! Eh bien ! soyez tranquille, je viendrai vous voir, adieu.

— *Atié ! à piendôd !...* dit Schmucke en tombant quasi mort de lassitude.

— Adieu ! mô-sieu ! dit madame Sauvage à Topinard d'un air qui frappa le gagiste.

— Oh ! qu'avez-vous donc, la bonne ?... dit railleusement le garçon de théâtre. Vous vous posez là comme un traître de mélodrame.

— Traître vous-même ! De quoi vous mêlez-vous ici ? N'allez-vous pas vouloir faire les affaires de monsieur ! et le carotter ?...

— Le carotter !... servante !... reprit superbement Topinard. Je ne suis qu'un pauvre garçon de théâtre, mais je tiens aux artistes, et apprenez que je n'ai jamais rien demandé à personne ! Vous a-t-on demandé quelque chose ? Vous doit-on ?... eh ! la vieille ?...

— Vous êtes garçon de théâtre, et vous vous nommez ?... demanda la virago.

— Topinard, pour vous servir...

— Bien des choses chez vous, dit la Sauvage, et mes compliments à médème, si môsieur est marié... C'est tout ce que je voulais savoir.

— Qu'avez-vous donc, ma belle ?... dit madame Cantinet qui survint.

— J'ai, ma petite, que vous allez rester là, surveiller le dîner, je vais donner un coup de pied jusque chez monsieur...

— Il est en bas, il cause avec cette pauvre madame Cibot, qui pleure toutes les larmes de son corps, répondit la Cantinet.

La Sauvage dégringola par les escaliers avec une telle rapidité, que les marches tremblaient sous ses pieds.

— Monsieur... dit-elle à Fraisier en l'attirant à elle à quelques pas de madame Cibot.

Et elle désigna Topinard au moment où le garçon de théâtre passait fier d'avoir déjà payé sa dette à son bienfaiteur, en empêchant par une ruse inspirée par les coulisses, où tout le monde a plus ou moins d'esprit drolatique, l'ami de Pons de tomber dans un piège. Aussi le gagiste se promettait-il de protéger le musicien de son orchestre contre les pièges qu'on tendrait à sa bonne foi.

— Vous voyez ce petit misérable !... c'est une espèce d'honnête homme qui veut fourrer son nez dans les affaires de monsieur Schmucke...

— Qui est-ce ? demanda Fraisier.

— Oh ! un rien du tout...

— Il n'y a pas de rien du tout, en affaires...

— Hé ! dit-elle, c'est un garçon de théâtre, nommé Topinard...

— Bien, madame Sauvage ! continuez ainsi, vous aurez votre débit de tabac.

Et Fraisier reprit la conversation avec madame Cibot.

— Je dis donc, ma chère cliente, que vous n'avez pas joué franc jeu avec nous, et que nous ne sommes tenus à rien avec un associé qui nous trompe !

— Et en quoi vous ai-je trompé ? dit la Cibot en mettant les poings sur ses hanches. Croyez-vous que vous me ferez trembler avec vos regards de verjus et vos airs de givre !... Vous cherchez de mauvaises raisons pour vous débarrasser de vos promesses, et vous vous dites honnête homme. Savez-vous ce que vous êtes ? Vous êtes une canaille. Oui, oui, grattez-vous le bras !... mais empochez ça !...

— Pas de mots, pas de colère, ma mie, dit Fraisier. Écoutez-moi ! Vous avez fait votre pelote. Ce matin, pendant les préparatifs du convoi, j'ai trouvé ce catalogue, en double, écrit tout entier de la main de monsieur Pons, et par hasard mes yeux sont tombés sur ceci :

Et il lut en ouvrant le catalogue manuscrit :

« N° 7. *Magnifique portrait peint sur marbre, par Sébastien del Piombo, en 1546, vendu par une famille qui l'a fait enlever de la cathédrale de Terni. Ce portrait, qui avait pour pendant un évêque, acheté par un Anglais, représente un chevalier de Malte en prières, et se trouvait au-dessus du tombeau de la famille Rossi. Sans la date, on pourrait attribuer cette œuvre à Raphaël. Ce morceau me semble supérieur au portrait de Baccio Bandinelli, du Musée, qui est un peu sec, tandis que ce chevalier de Malte est d'une fraîcheur due à la conservation de la peinture sur la* LAVAGNA (ardoise)[108]. »

— En regardant, reprit Fraisier, à la place n° 7, j'ai trouvé un portrait de dame signé *Chardin*, sans n° 7 !... Pendant que le maître des cérémonies complétait son nombre de personnes pour tenir les cordons du poêle, j'ai vérifié les tableaux, et il y a huit substitutions de toiles ordinaires et sans numéros, à des œuvres indiquées comme capitales par feu monsieur Pons et qui ne se trouvent plus... Et enfin, il manque un petit tableau sur bois, de Metzu, désigné comme un chef-d'œuvre...

— Est-ce que j'étais gardienne de tableaux ? moi ! dit la Cibot.

— Non, mais vous étiez femme de confiance, faisant le ménage et les affaires de monsieur Pons, et s'il y a vol...

— Vol ! apprenez, monsieur, que les tableaux ont été vendus par monsieur Schmucke, d'après les ordres de monsieur Pons, pour subvenir à ses besoins.

— A qui ?

— A messieurs Elie Magus et Rémonencq...

— Combien ?...

— Mais, je ne m'en souviens pas !...

— Écoutez, ma chère madame Cibot, vous avez fait votre pelote, elle est dodue !... reprit Fraisier. J'aurai l'œil sur vous, je vous tiens... Servez-moi, je me tairai ! Dans tous les cas, vous comprenez que vous ne devez compter sur rien de la part de monsieur le président Camusot, du moment où vous avez jugé convenable de le dépouiller.

— Je savais bien, mon cher monsieur Fraisier, que cela tournerait en os de boudin pour moi... répondit la Cibot adoucie par les mots : « *Je me tairai !* »

LXXII

DU DANGER DE SE MÊLER DES AFFAIRES DE LA JUSTICE

— Voilà, dit Rémonencq en survenant, que vous cherchez querelle à Madame ; ça n'est pas bien ! La vente des tableaux a été faite de gré à gré avec monsieur Pons entre monsieur Magus et moi, que nous sommes restés trois jours avant de nous accorder avec le défunt *qui rêvait sur ses tableaux !* Nous avons des quittances en règle, et si nous avons donné, comme cela se fait, quelques pièces de quarante francs à madame, elle n'a eu que ce que nous donnons dans toutes les maisons bourgeoises où nous concluons un marché. Ah ! mon cher monsieur, si vous croyez tromper une femme sans défense, vous n'en serez pas le bon marchand !... Entendez-vous, monsieur le faiseur d'affaires ? Monsieur Magus est le maître de la place, et si vous ne filez pas doux avec Madame, si vous ne lui donnez pas ce que vous lui avez promis, je vous attends à la vente de la collection, vous verrez ce que vous perdrez si vous avez contre vous monsieur Magus et moi, qui saurons ameuter les marchands... Au lieu de sept à huit cent mille francs, vous ne ferez seulement pas deux cent mille francs !

— C'est bon ! c'est bon, nous verrons ! Nous ne vendrons pas, dit Fraisier, ou nous vendrons à Londres.

— Nous connaissons Londres ! dit Rémonencq, et monsieur Magus y est aussi puissant qu'à Paris.

— Adieu, madame, je vais éplucher vos affaires, dit Fraisier ; à moins que vous ne m'obéissiez toujours, ajouta-t-il.

— Petit filou !...

— Prenez garde, dit Fraisier, je vais être juge de paix !

On se sépara sur des menaces dont la portée était bien appréciée de part et d'autre.

— Merci, Rémonencq ! dit la Cibot, c'est bien bon pour une pauvre veuve de trouver un défenseur.

Le soir, vers dix heures, au théâtre, Gaudissard manda dans son cabinet le garçon de théâtre de l'orchestre. Gaudissard, debout devant la cheminée, avait pris une attitude napoléonienne, contractée depuis qu'il conduisait tout un monde de comédiens, de danseurs, de figurants, de musiciens, de machinistes, et qu'il traitait avec des auteurs. Il passait habituellement sa main droite dans son gilet, en tenant sa bretelle gauche, et il se mettait la tête de trois quarts en jetant son regard dans le vide.

— Ah çà ! Topinard, avez-vous des rentes ?

— Non, monsieur.

— Vous cherchez donc une place meilleure que la vôtre ? demanda le directeur.

— Non, monsieur... répondit le gagiste en devenant blême.

— Que diable, ta femme est ouvreuse aux premières... J'ai su respecter en elle mon prédécesseur déchu... Je t'ai donné l'emploi de nettoyer les quinquets des coulisses pendant le jour ; enfin, tu es attaché aux partitions. Ce n'est pas tout ! tu as des feux de vingt sous pour faire les monstres et commander les diables quand il y a des enfers. C'est une position enviée par tous les gagistes, et tu es jalousé, mon ami, au théâtre, où tu as des ennemis.

— Des ennemis !... dit Topinard.

— Et tu as trois enfants, dont l'aîné joue les rôles d'enfant, avec des feux de cinquante centimes !...

— Monsieur...

— Laisse-moi parler... dit Gaudissard d'une voix foudroyante. Dans cette position-là, tu veux quitter le théâtre...

— Monsieur...

— Tu veux te mêler de faire des affaires, de mettre ton doigt dans des successions !... Mais, malheureux, tu serais écrasé comme un œuf ! J'ai pour protecteur Son Excellence Monseigneur le comte Popinot, homme d'esprit et d'un grand caractère, que le roi a eu la sagesse de rappeler dans son conseil... Cet homme d'État, ce politique supérieur, je parle du comte Popinot, a marié son fils aîné à la fille du président de Marvile, un des hommes les plus considérables et les plus considérés de l'ordre supérieur judiciaire, un des flambeaux de la cour, au Palais. Tu connais le Palais ? Eh bien ! il est l'héritier de son cousin Pons, notre ancien chef d'orchestre, au convoi de qui tu es allé ce matin. Je ne te blâme pas d'être allé rendre les derniers devoirs à ce pauvre homme... Mais tu ne resterais pas en place, si tu te mêlais des affaires de ce digne monsieur Schmucke, à qui je veux beaucoup de bien, mais qui va se trouver en délicatesse avec les héritiers de Pons... Et comme cet Allemand m'est de peu, que le président et le comte Popinot me sont de beaucoup, je t'engage à laisser ce digne Allemand se dépêtrer tout seul de ses affaires. Il y a un Dieu particulier pour les Allemands, et tu serais très mal en sous-Dieu ! vois-tu, reste gagiste !... tu ne peux pas mieux faire !

— Suffit, monsieur le directeur, dit Topinard navré.

Schmucke qui s'attendait à voir le lendemain ce pauvre garçon de théâtre, le seul être qui eût pleuré Pons, perdit ainsi le protecteur que le hasard lui avait envoyé. Le lendemain, le pauvre Allemand sentit à son réveil l'immense perte qu'il avait faite, en trouvant l'appartement vide. La veille et l'avant-veille, les événements et les tracas de la mort avaient produit autour de lui cette agitation, ce mouvement où se distraient les yeux. Mais le silence qui suit le départ d'un ami, d'un père, d'un fils, d'une femme aimée, pour la tombe, le terne et froid silence du lendemain est terrible, il est glacial. Ramené par une force irrésistible dans la chambre de Pons, le pauvre homme ne put en soutenir l'aspect, il recula, revint s'asseoir dans la salle à manger où madame Sauvage servait le déjeuner. Schmucke s'assit et ne put rien manger.

LXXIII

APPARITION DE TROIS HOMMES NOIRS

Tout à coup une sonnerie assez vive retentit, et trois hommes noirs apparurent, à qui madame Cantinet et madame Sauvage laissèrent le passage libre. C'était d'abord monsieur Vitel, le juge de paix, et monsieur son greffier. Le troisième était Fraisier, plus sec, plus âpre que jamais, en ayant subi le désappointement d'un testament en règle qui annulait l'arme puissante, si audacieusement volée par lui.

— Nous venons, monsieur, dit le juge de paix avec douceur à Schmucke, apposer les scellés ici...

Schmucke, pour qui ces paroles étaient du grec, regarda d'un air effaré les trois hommes.

— Nous venons, à la requête de monsieur Fraisier, avocat, mandataire de monsieur Camusot de Marville, héritier de son cousin, le feu sieur Pons... ajouta le greffier

— Les collections sont là, dans ce vaste salon, et dans la chambre à coucher du défunt, dit Fraisier.

— Eh bien ! passons. Pardon, monsieur, déjeunez, faites, dit le juge de paix.

L'invasion de ces trois hommes noirs avait glacé le pauvre Allemand de terreur.

— Monsieur, dit Fraisier en dirigeant sur Schmucke un de ces regards venimeux qui magnétisaient ses victimes comme une araignée magnétise une mouche, monsieur, qui a su faire faire à son profit un testament par-devant notaire, devait bien s'attendre à quelque résistance de la part de la famille. Une famille ne se laisse pas dépouiller par un étranger sans combattre, et nous verrons, monsieur, qui l'emportera de la fraude, de la corruption ou de la famille !... Nous avons le droit, comme héritiers, de requérir l'apposition des scellés, les scellés seront mis, et je veux veiller à ce que cet acte conservatoire soit exercé avec la dernière rigueur, et il le sera.

— *Mon Tieu ! mon Tieu ! qu'aiche vaid au ziel ?* dit l'innocent Schmucke.

— On jase beaucoup de vous dans la maison, dit la Sauvage, il est venu pendant que vous dormiez un petit jeune homme, habillé tout en noir, un freluquet, le premier clerc de monsieur Hannequin, et il voulait vous parler à toute force ; mais comme vous dormiez et que vous étiez si fatigué de la cérémonie d'hier, je lui ai dit que vous aviez signé un pouvoir à monsieur Villemot, le premier clerc de Tabareau, et qu'il eût, si c'était pour affaires, à l'aller voir. « — Ah ! tant mieux, qu'a dit le petit jeune homme, je m'entendrai bien avec lui. Nous allons déposer le testament au tribunal, après l'avoir présenté au président. » Pour lors je l'ai prié de nous envoyer monsieur Villemot dès qu'il le pourrait. Soyez tranquille, mon cher monsieur, dit la Sauvage, vous aurez des gens pour vous défendre. Et l'on ne vous mangera pas la laine sur le dos. Vous allez avoir quelqu'un qui a bec et ongles ! monsieur Villemot va leur dire leur fait ! Moi, je me suis déjà mise en colère après cette affreuse gueuse de mame Cibot, une portière qui se mêle de juger ses locataires, et qui soutient que vous filoutez cette fortune aux héritiers, que vous avez chambré monsieur Pons, que vous l'avez mécanisé, qu'il était fou à lier. Je vous l'ai remouchée de la belle manière, la scélérate : « Vous êtes une voleuse et une canaille ! que je lui ai dit, et vous irez au tribunal pour tout ce que vous avez volé à vos messieurs... » Et elle a tu sa gueule.

— Monsieur, dit le greffier en venant chercher Schmucke, veut-il être présent à l'apposition des scellés dans la chambre mortuaire !

— *Vaides ! vaides !* dit Schmucke, *che bressime que che bourrai mourir dranguile ?*

— On a toujours le droit de mourir, dit le greffier en riant, et c'est là notre plus forte affaire que les successions. Mais j'ai rarement vu des légataires universels suivre les testateurs dans la tombe.

— *Ch'irai, moi !* dit Schmucke qui se sentit après tant de coups des douleurs intolérables au cœur.

— Ah ! voilà monsieur Villemot ! s'écria la Sauvage.

— *Monsir Fillemod,* dit le pauvre Allemand, *rebrezendez-moi...*

— J'accours, dit le premier clerc. Je viens vous apprendre que le testament est tout à fait en règle, et sera certainement homologué par le tribunal qui vous enverra en possession... Vous aurez une belle fortune.

— *Môi eine pelle vordine !* s'écria Schmucke au désespoir d'être soupçonné de cupidité.

— En attendant, dit la Sauvage, qu'est-ce que fait donc là le juge de paix avec ses bougies et ses petites bandes de ruban de fil ?

— Ah ! il met les scellés... Venez, monsieur Schmucke, vous avez droit d'y assister.

— *Non, hâlez-y.*

— Mais pourquoi les scellés, si monsieur est chez lui, et si tout est à lui ? dit la Sauvage en faisant du droit à la manière des femmes, qui toutes exécutent le Code à leur fantaisie.

— Monsieur n'est pas chez lui, madame, il est chez monsieur Pons ; tout lui appartiendra sans doute, mais quand on est légataire, on ne peut prendre les choses dont se compose la succession que par ce que nous appelons un envoi en possession. Cet acte émane du tribunal. Or, si les héritiers dépossédés de la succession par la volonté du testateur forment opposition à l'envoi en possession, il y a procès... Et comme on ne sait à qui reviendra la succession, on met toutes les valeurs sous les scellés, et les notaires des héritiers et du légataire procéderont à l'inventaire dans le délai voulu par la loi. Et voilà.

En entendant ce langage pour la première fois de sa vie, Schmucke perdit tout à fait la tête, il la laissa tomber sur le dossier du fauteuil où il était assis, il la sentait si lourde, qu'il lui fut impossible de la soutenir. Villemot alla causer avec le greffier et le juge de paix, et assista, avec le sang-froid des praticiens, à l'apposition des scellés qui, lorsque aucun héritier n'est là, ne va pas sans quelques lazzis, et sans observations sur les choses qu'on enferme ainsi, jusqu'au jour du partage. Enfin les quatre gens de loi fermèrent le salon, et rentrèrent dans la salle à manger, où le greffier se transporta. Schmucke regarda faire machinalement cette opération, qui consiste à sceller du cachet de la justice de paix un ruban de fil sur chaque vantail des portes, quand elles sont à deux vantaux, ou à sceller l'ouverture des armoires ou des portes simples en cachetant les deux lèvres de la paroi.

— Passons à cette chambre, dit Fraisier en désignant la chambre de Schmucke dont la porte donnait dans la salle à manger.

— Mais c'est la chambre à monsieur ! dit la Sauvage en s'élançant et se mettant entre la porte et les gens de justice.

— Voici le bail de l'appartement, dit l'affreux Fraisier, nous l'avons trouvé dans les papiers, et il n'est pas au nom de messieurs Pons et Schmucke, il est au nom seul de monsieur Pons. Cet appartement tout entier appartient à la succession, et... d'ailleurs, dit-il en ouvrant la porte de la chambre de Schmucke, tenez, monsieur le juge de paix, elle est pleine de tableaux.

— En effet, dit le juge de paix qui donna sur-le-champ gain de cause à Fraisier.

LXXIV

LES FRUITS DU FRAISIER

— Attendez, messieurs, dit Villemot. Pensez-vous que vous allez mettre à la porte le légataire universel, dont jusqu'à présent la qualité n'est pas contestée ?

— Si ! si ! dit Fraisier ; nous nous opposons à la délivrance du legs.

— Et sous quel prétexte ?

— Vous le saurez, mon petit ! dit railleusement Fraisier. En ce moment, nous ne nous opposons pas à ce que le légataire retire ce qu'il déclarera être à lui dans cette chambre ; mais elle sera mise sous les scellés. Et Monsieur ira se loger où bon lui semblera.

— Non, dit Villemot, Monsieur restera dans sa chambre !...

— Et comment ?

— Je vais vous assigner en référé, reprit Villemot, pour voir dire que nous sommes locataires par moitié de cet appartement, et vous ne nous en chasserez pas... Otez les tableaux, distinguez ce qui est au défunt, ce qui est à mon client, mais mon client y restera... mon petit !...

— *Che m'en irai !* dit le vieux musicien qui retrouva de l'énergie en écoutant cet affreux débat.

— Vous ferez mieux ! dit Fraisier. Ce parti vous

épargnera des frais, car vous ne gagneriez pas l'incident. Le bail est formel...

— Le bail ! le bail ! dit Villemot, c'est une question de bonne foi !...

— Elle ne se prouvera pas, comme dans les affaires criminelles, par des témoins... Allez-vous vous jeter dans des expertises, des vérifications... des jugements interlocutoires et une procédure ?

— *Non ! non !* s'écria Schmucke effrayé, *ché téménache, ché m'en fais.*

La vie de Schmucke était celle d'un philosophe, cynique sans le savoir, tant elle était réduite au simple. Il ne possédait que deux paires de souliers, une paire de bottes, deux habillements complets, douze chemises, douze foulards, douze mouchoirs, quatre gilets et une pipe superbe que Pons lui avait donnée avec une poche à tabac brodée. Il entra dans la chambre, surexcité par la fièvre de l'indignation, il y prit toutes ses hardes, et les mit sur une chaise.

— *Doud ceci est à moi !...* dit-il avec une simplicité digne de Cincinnatus ; *le biano esd aussi à moi.*

— Madame... dit Fraisier à la Sauvage, faites-vous aider, emportez-le et mettez-le sur le carré, ce piano !

— Vous êtes trop dur aussi, dit Villemot à Fraisier. Monsieur le juge de paix est maître d'ordonner ce qu'il veut, il est souverain dans cette matière.

— Il y a là des valeurs, dit le greffier en montrant la chambre.

— D'ailleurs, fit observer le juge de paix, Monsieur sort de bonne volonté.

— On n'a jamais vu de client pareil, dit Villemot indigné, qui se retourna contre Schmucke. Vous êtes mou comme une chiffe.

— *Qu'imborde où l'on meird,* dit Schmucke en sortant. *Ces hommes ont des fizaches de digre... Ch'enferrai gerger mes baufres avvaires,* dit-il.

— Où Monsieur va-t-il ?

— *A la crase de Tieu !* répondit le légataire universel en faisant un geste sublime d'indifférence.

— Faites-le-moi savoir, dit Villemot.

— Suis-le, dit Fraisier à l'oreille du premier clerc.

Madame Cantinet fut constituée gardienne des scellés, et sur les fonds trouvés on lui alloua une provision de cinquante francs.

— Ça va bien, dit Fraisier à monsieur Vitel quand Schmucke fut parti. Si vous voulez donner votre démission en ma faveur, allez voir madame la présidente de Marville, vous vous entendrez avec elle.

— Vous avez trouvé un homme de beurre ! dit le juge de paix en montrant Schmucke qui regardait dans la cour une dernière fois les fenêtres de l'appartement.

— Oui, l'affaire est dans le sac ! répondit Fraisier. Vous pourrez marier sans crainte votre petite-fille à Poulain, il sera médecin en chef des Quinze-Vingts.

— Nous verrons ! Adieu, monsieur Fraisier, dit le juge de paix avec un air de camaraderie.

— C'est un homme de moyens, dit le greffier, il ira loin, le mâtin !

Il était alors onze heures, le vieil Allemand prit machinalement le chemin qu'il faisait avec Pons en pensant à Pons ; il le voyait sans cesse, il le croyait à ses côtés, et il arriva devant le théâtre d'où sortait son ami Topinard, qui venait de nettoyer les quinquets de tous les portants, en pensant à la tyrannie de son directeur.

— *Ah ! foilà mon avvaire !* s'écria Schmucke en arrêtant le pauvre gagiste. *Dobinart, ti has ein lochemand, toi ?...*

— Oui, monsieur.

— *Ein ménache ?...*

— Oui, monsieur.

— *Beux-du me brentre en bansion ? Oh ! che bayerai pien, c'hai neiffe cende vrancs de randes... ed che n'ai bas pien londems à fifre... Che ne te chénerai boint... che manche de doud !... Mon seil pessoin est te vîmer ma bibe... Ed gomme ti es le seil qui ait bleuré Bons afec moi, che d'aime !*

— Monsieur, ce serait avec bien du plaisir ; mais d'abord figurez-vous que M. Gaudissard m'a fichu une perruque soignée.

— *Eine berruc ?*

— Une façon de dire qu'il m'a lavé la tête.

— *Lafé la dêde ?*

— Il m'a grondé de m'être intéressé à vous... Il faudrait donc être bien discret, si vous veniez chez moi ! mais je doute que vous y restiez, car vous ne savez pas ce qu'est le ménage d'un pauvre diable comme moi...

— *Ch'aime mieux le baufre ménache d'in hôme de cuier qui a bleuré Bons, que les Duileries afec des hômes à face de digres ! Ché sors de foir des digres chez Bons qui font mancher dut !...*

— Venez, monsieur, dit le gagiste, et vous verrez... Mais... Enfin, il y a une soupente... Consultons madame Topinard.

Schmucke suivit comme un mouton Topinard, qui le conduisit dans une de ces affreuses localités qu'on pourrait appeler les cancers de Paris. La chose se nomme cité Bordin. C'est un passage étroit, bordé de maisons bâties comme on bâtit par spéculation, qui débouche rue de Bondy, dans cette partie de la rue obombrée par l'immense bâtiment du théâtre de la Porte-Saint-Martin, une des verrues de Paris. Ce passage, dont la voie est creusée en contrebas de la chaussée de la rue, s'enfonce par une pente vers la rue des Mathurins-du-Temple[109]. La cité finit par une rue intérieure qui la barre, en figurant la forme d'un T. Ces deux ruelles, ainsi disposées, contiennent une trentaine de maisons à six et sept étages, dont les cours intérieures, dont tous les appartements contiennent des magasins, des industries, des fabriques en tout genre. C'est le faubourg Saint-Antoine en miniature. On y fait des meubles, on y cisèle les cuivres, on y coud des costumes pour les théâtres, on y travaille le verre, on y peint les porcelaines, on y fabrique enfin toutes les fantaisies et les variétés de l'article Paris. Sale et productif comme le commerce, ce passage, toujours plein d'allants et de venants, de charrettes, de haquets, est d'un aspect repoussant, et la population qui y grouille est en harmonie avec les choses et les lieux. C'est le peuple des fabriques, peuple intelligent dans les travaux manuels, mais dont l'intelligence s'y absorbe. Topinard demeurait dans cette cité florissante comme produit, à cause des bas prix des loyers. Il habitait la seconde maison dans l'entrée à gauche. Son appartement, situé au sixième étage, avait vue sur cette zone de jardins qui subsistent encore et qui dépendent des trois ou quatre grands hôtels de la rue de Bondy.

Le logement de Topinard consistait en une cuisine et en deux chambres. Dans la première de ces deux chambres se tenaient les enfants. On y voyait deux petits lits en bois blanc et un berceau. La seconde était la chambre des époux Topinard. On mangeait dans la cuisine. Au-dessus régnait un faux grenier élevé de six pieds, et couvert en zinc, avec un châssis à tabatière pour fenêtre. On y parvenait par un escalier en bois blanc appelé, dans l'argot du bâtiment, *échelle de meunier.* Cette pièce, donnée comme chambre de domestique, permettait d'annoncer le logement de Topinard, comme un appartement complet, et de le taxer à quatre cents francs de loyer. A l'entrée, pour masquer la cuisine, il existait un tambour cintré, éclairé par un œil-de-bœuf sur la cuisine et formé par la réunion de la porte de la première chambre et par celle de la cuisine, en tout trois portes. Ces trois pièces carrelées en briques, tendues d'affreux papier à six sous le rouleau, décorées de cheminées dites à la capucine[110], peintes en peinture vulgaire, couleur de bois, contenaient ce ménage de cinq personnes dont trois enfants. Aussi chacun peut-il entrevoir les égratignures profondes que faisaient les trois enfants à la hauteur où leurs bras pouvaient atteindre.

LXXV

UN INTÉRIEUR PEU CONFORTABLE

Les riches n'imagineraient pas la simplicité de la batterie de cuisine qui consistait en une cuisinière, un chaudron, un gril, une casserole, deux ou trois marabouts, et une poêle à frire. La vaisselle en faïence, brune et blanche, valait bien douze francs. La table servait à la fois de table de cuisine et de table à manger. Le mobilier consistait en deux chaises et deux tabourets. Sous le fourneau en hotte se trouvait la provision de charbon et de bois. Et dans un coin s'élevait le baquet où se savonnait, souvent pendant la nuit, le linge de la famille. La pièce où se tenaient les enfants, traversée par des cordes à sécher le linge, était bariolée d'affiches de spectacle et de gravures prises dans des journaux ou provenant des prospectus des livres illustrés. Évidemment l'aîné de la famille Topinard, dont les livres de classe se voyaient dans un coin, était chargé du ménage, lorsqu'à six heures, le père et la mère faisaient leur service au théâtre. Dans beaucoup de familles de la classe inférieure, dès qu'un enfant atteint l'âge de six ou sept ans, il joue le rôle de la mère vis-à-vis de ses sœurs et de ses frères.

On conçoit, sur ce léger croquis, que les Topinard étaient, selon la phrase devenue proverbiale, pauvres mais honnêtes. Topinard avait environ quarante ans, et sa femme, ancienne coryphée des chœurs, maîtresse, dit-on, du directeur en faillite à qui Gaudissard avait succédé, devait avoir trente ans. Lolotte avait été belle femme, mais les malheurs de la précédente administration avaient tellement réagi sur elle qu'elle s'était vue dans la nécessité de contracter avec Topinard un mariage de théâtre. Elle ne mettait pas en doute que dès que leur ménage se verrait à la tête de cent cinquante francs, Topinard réaliserait ses serments devant la loi, ne fût-ce que pour légitimer ses enfants qu'il adorait. Le matin, pendant ses moments libres, madame Topinard cousait pour le magasin du théâtre. Ces courageux gagistes réalisaient par des travaux gigantesques neuf cents francs par an.

— Encore un étage ! disait depuis le troisième Topinard à Schmucke, qui ne savait seulement pas s'il descendait ou s'il montait, tant il était abîmé dans la douleur.

Au moment où le gagiste vêtu de toile blanche

comme tous les gens de service, ouvrit la porte de la chambre, on entendit la voix de madame Topinard criant : — Allons, enfants, taisez-vous, voilà papa !

Et comme sans doute les enfants faisaient ce qu'ils voulaient de papa, l'aîné continua de commander une charge en souvenir du Cirque-Olympique, à cheval sur un manche à balai, le second à souffler dans un fifre de fer-blanc, et le troisième à suivre de son mieux le gros de l'armée. La mère cousait un costume de théâtre.

— Taisez-vous, cria Topinard d'une voix formidable, ou je tape ! — Faut toujours leur dire cela, ajouta-t-il tout bas à Schmucke. — Tiens, ma petite, dit le gagiste à l'ouvreuse, voici monsieur Schmucke, l'ami de ce pauvre monsieur Pons, il ne sait pas où aller, et il voudrait venir chez nous ; j'ai eu beau l'avertir que nous n'étions pas flambants, que nous étions au sixième, que nous n'avions qu'une soupente à lui offrir, il y tient...

Schmucke s'était assis sur une chaise que la femme lui avait avancée, et les enfants, tout interdits par l'arrivée d'un inconnu, s'étaient ramassés en un groupe pour se livrer à cet examen approfondi, muet et sitôt fini, qui distingue l'enfance, habituée comme les chiens à flairer plutôt qu'à juger. Schmucke se mit à regarder ce groupe si joli où se trouvait une petite fille, âgée de cinq ans, celle qui soufflait dans la trompette et qui avait de si magnifiques cheveux blonds.

— *Ele a l'air d'une bedide Allemante !* dit Schmucke en lui faisait signe de venir à lui.

— Monsieur serait là bien mal, dit l'ouvreuse ; si je n'étais pas obligée d'avoir mes enfants près de moi, je proposerais bien notre chambre.

Elle ouvrit la chambre et y fit passer Schmucke. Cette chambre était tout le luxe de l'appartement. Le lit en acajou était orné de rideaux en calicot bleu, bordé de franges blanches. Le même calicot bleu, drapé en rideaux, garnissait la fenêtre. La commode, le secrétaire, les chaises, quoiqu'en acajou, étaient tenus proprement. Il y avait sur la cheminée une pendule et des flambeaux, évidemment donnés jadis par le failli, dont le portrait, un affreux portrait de Pierre Grassou, se trouvait au-dessus de la commode. Aussi les enfants à qui l'entrée du lieu réservé était défendue essayèrent-ils d'y jeter des regards curieux.

— Monsieur serait bien là, dit l'ouvreuse.

— *Non, non*, répondit Schmucke, *Hé ! che n'ai pas londems à fifre, che ne feu qu'un goin bir murir.*

La porte de la chambre fermée, on monta dans la mansarde, et dès que Schmucke y fut, il s'écria : — *Foilà mon avvaire. Afand d'êdre afec Bons, che n'édais chamais mieux loché gue zela.*

— Eh bien ! il n'y a qu'à acheter un lit de sangle, deux matelas, un traversin, un oreiller, deux chaises et une table. Ce n'est pas la mort d'un homme... ça peut coûter cinquante écus, avec la cuvette, le pot, et un petit tapis de lit...

Tout fut convenu. Seulement les cinquante écus manquaient. Schmucke, qui se trouvait à deux pas du théâtre, pensa naturellement à demander ses appointements au directeur, en voyant la détresse de ses nouveaux amis... Il alla sur-le-champ au théâtre, et y trouva Gaudissard. Le directeur reçut Schmucke avec la politesse un peu tendue qu'il déployait pour les artistes, et fut étonné de la demande faite par Schmucke d'un mois d'appointements. Néanmoins, vérification faite, la réclamation se trouva juste.

— Ah ! diable, mon brave ! lui dit le directeur, les Allemands savent toujours bien compter, même dans les larmes... Je croyais que vous auriez été sensible à la gratification de mille francs ! une dernière année d'appointements que je vous ai donnée, et que cela valait quittance !

— *Nus n'afons rien rési*, dit le bon Allemand. *Ed si che fiens à fus, c'esde que che zuis tans la rie et sans eine liart... A qui afez-fus remis la cradivigation ?*

— A votre portière !...

— *Madame Zibod !* s'écria le musicien. *Ele a dué Bons, elle l'a follé, elle l'a fenti... Ele fouleid prûler son desdamand... C'esde eine goguine ! eine monsdre.*

— Mais, mon brave, comment êtes-vous sans le sou, dans la rue, sans asile, avec votre position de légataire universel ? Ça n'est pas logique, comme nous disons.

— *On m'a mis à la borde... Che zuis édrencher, che ne gonnais rien aux lois...*

— Pauvre bonhomme ! pensa Gaudissard en entrevoyant la fin probable d'une lutte inégale. — Écoutez, lui dit-il, savez-vous ce que vous avez à faire ?

— *Ch'ai eine homme d'avvaires !*

— Eh bien ! transigez sur-le-champ avec les héritiers, vous aurez d'eux une somme et une rente viagère, et vous vivrez tranquille...

— *Che ne feux bas audre chosse !* répondit Schmucke.

— Eh bien ! laissez-moi vous arranger cela, dit Gaudissard à qui, la veille, Fraisier avait dit son plan.

LXXVI

OÙ LE GAUDISSARD SE MONTRE GÉNÉREUX

Gaudissard pensa pouvoir se faire un mérite auprès de la jeune vicomtesse Popinot et de sa mère de la conclusion de cette sale affaire, et il serait au moins Conseiller d'État un jour, se disait-il.

— *Che fus tonne mes bouvoirs...*

— Eh bien ! voyons ! D'abord, tenez, dit le Napoléon des théâtres du boulevard, voici cent écus... Il prit dans sa bourse quinze louis et les tendit au musicien. — C'est à vous, c'est six mois d'appointements que vous aurez ; et puis, si vous quittez le théâtre, vous me les rendrez. Comptons ! que dépensez-vous par an ? Que vous faut-il pour être heureux ? Allez ! allez ! faites-vous une vie de Sardanapale !...

— *Che n'ai pessoin que t'eine habilement t'ifer et ine d'édé...*

— Trois cents francs ! dit Gaudissard.

— *Tes zouliers, quadre baires...*

— Soixante francs.

— *Tis pas...*

— Douze ! c'est trente-six francs.

— *Sisse gemisses.*

— Six chemises en calicot, vingt-quatre francs, autant en toile, quarante-huit : nous disons soixante-douze. Nous sommes à quatre cent soixante-huit, mettons cinq cents avec les cravates et les mouchoirs, et cent francs de blanchissage... six cents livres ! Après, que vous faut-il pour vivre ?... trois francs par jour ?...

— *Non, c'esde drob !...*

— Enfin, il vous faut aussi des chapeaux... Ça fait quinze cents francs et cinq cents francs de loyer, deux mille. Voulez-vous que je vous obtienne deux mille francs de rente viagère... bien garanties...

— *Et mon dapac ?*

— Deux mille quatre cents francs !... Ah ! papa Schmucke vous appelez ça le tabac ?... Eh bien ! on vous flanquera du tabac. C'est donc deux mille quatre cents francs de rente viagère...

— *Ze n'esd bas dud ! che feux eine zôme ! gondand...*

— Les épingles !... c'est cela ! Ces Allemands ! ça se dit naïf, vieux Robert Macaire !... pensa Gaudissard. Que voulez-vous ? répéta-t-il. Mais plus rien après.

— *C'est bir aguidder ein tedde zagrée.*

— Une dette ! se dit Gaudissard ; quel filou ! c'est pis qu'un fils de famille ! il va inventer des lettres de change ! Il faut finir roide ! ce Fraisier ne voit pas en grand ! Quelle dette, mon brave ? dites !...

— *Ile n'y ha qu'eine hôme qui aid bleuré Bons afec moi... il a eine chentille bedide fille qui a tes geveux maniviques, chai gru foir dud à l'heire le chénie de ma baufre Allemagne que che n'aurais chamais tû guidder... Paris n'est bas pon bir les Allemands, on se mogue t'eux...* dit-il en faisant le petit geste de tête d'un homme qui croit voir clair dans les choses de ce bas monde.

— Il est fou ! se dit Gaudissard.

Et, pris de pitié pour cet innocent, le directeur eut une larme à l'œil.

— *Ha ! fous me gombrenez ! monsir le tirecdir ! hé pien ! ced hôme à la bedide file est Dobinard, qui serd l'orguestre et allime les lambes ; Bons l'aimait et le segourait, c'esde le seil qui aid aggombagné mon inique ami au gonfoi, à l'éclise, au zimedière... Ché feux droits mille vrancs bir lui, et drois mille vrancs bir la bedide file...*

— Pauvre homme !... se dit Gaudissard.

Ce féroce parvenu fut touché de cette noblesse et de cette reconnaissance pour une chose de rien aux yeux du monde, et qui, aux yeux de cet agneau divin, pesait, comme le verre d'eau de Bossuet, plus que les victoires des conquérants[111]. Gaudissard cachait sous ses vanités, sous sa brutale envie de parvenir, et de se hausser jusqu'à son ami Popinot, un bon cœur, une bonne nature. Donc, il effaça ses jugements téméraires sur Schmucke, et passa de son côté.

— Vous aurez tout cela ! mais je ferai mieux, mon cher Schmucke. Topinard est un homme de probité...

— *Ui, che l'ai fu dud-à-l'heure, dans son baufre ménache où il est gontend afec ses enfants...*

— Je lui donnerai la place de caissier, car le père Baudrand me quitte...

— *Ha ! que Tieu fus pénisse !* s'écria Schmucke.

— Eh bien ! mon bon et brave homme, venez à quatre heures, ce soir, chez monsieur Berthier, notaire, tout sera prêt, et vous serez à l'abri du besoin pour le reste de vos jours... Vous toucherez vos six mille francs, et vous serez aux mêmes appointements, avec Garangeot, ce que vous faisiez avec Pons.

— *Non !* dit Schmucke, *che ne fifrai boind !... Che n'ai blis le cueir à rien... che me sens addaqué...*

— Pauvre mouton ! se dit Gaudissard en saluant l'Allemand qui se retirait. On vit de côtelettes après tout. Et comme dit le sublime Béranger :

Pauvres moutons, toujours on vous tondra[112] !

Et il chanta cette opinion politique pour chasser son émotion.

— Faites avancer ma voiture ! dit-il à son garçon de bureau.

Il descendit et cria au cocher : — Rue de Hanovre ! L'ambitieux avait reparu tout entier ! Il voyait le Conseil d'État.

LXXVII

MANIÈRE DE RATTRAPER UNE SUCCESSION

Schmucke achetait en ce moment des fleurs, et il les apporta presque joyeux avec des gâteaux pour les enfants de Topinard.

— *Che tonne les câteaux !...* dit-il avec un sourire.

Ce sourire était le premier qui vînt sur ses lèvres depuis trois mois, et qui l'eût vu, en eût frémi.

— *Che les tonne à eine gondission.*

— Vous êtes trop bon, monsieur, dit la mère.

— *La bedide file m'emprassera et meddra les fleirs tans ses geveux, en les dressant gomme vont les bedides Allemandes !*

— Olga, ma fille, faites tout ce que veut monsieur... dit l'ouvreuse en prenant un air sévère.

— *Ne crontez bas ma bedide Allemante !...*, s'écria Schmucke qui voyait sa chère Allemagne dans cette petite fille.

— Tout le bataclan vient sur les épaules de trois commissionnaires !... dit Topinard en entrant.

— *Ha !* fit l'Allemand, *mon ami, foici teux sante vrancs pir dud payer... Mais vous afez une chantile femme, fus l'épiserez, n'est-ce bas ? Che fus donne mille écus... La bedide file aura eine tode te mile écus que fus blacerez en son nom. Ed fus ne serez plis cachisde... fus allez êdre le gaissier du théâtre...*

— Moi, la place du père Baudrand ?

— *Ui.*

— Qui vous a dit cela ?

— *Monsieur Cautissard !*

— Oh ! c'est à devenir fou de joie !... Eh ! dis donc, Rosalie, va-t-on bisquer au théâtre !... Mais ce n'est pas possible, reprit-il.

— Notre bienfaiteur ne peut loger dans une mansarde...

— *Pah ! pur quelques jurs que c'hai à fifre !* dit Schmucke, *c'esde bien pon ! Atieu ! che fais au zimedière... foir ce qu'on a vaid te Bons... ed gommander tes fleurs pir sa dompe !*

Madame Camusot de Marville était en proie aux plus vives alarmes. Fraisier tenait conseil chez elle avec Godeschal et Berthier. Berthier, le notaire, et Godeschal, l'avoué, regardaient le testament fait par deux notaires en présence de deux témoins comme inattaquable, à cause de la manière nette dont Léopold Hannequin l'avait formulé. Selon l'honnête Godeschal, Schmucke, si son conseil actuel parvenait à le tromper, finirait par être éclairé, ne fût-ce que par un de ces avocats qui, pour se distinguer, ont recours à des actes de générosité, de délicatesse. Les deux officiers ministériels quittèrent donc la présidente en l'engageant à se défier de Fraisier, sur qui naturellement ils avaient pris des renseignements. En ce moment Fraisier, revenu de l'apposition des scellés, minutait une assignation dans le cabinet du président, où madame de Marville l'avait fait entrer sur l'invitation des deux officiers ministériels, qui voyaient l'affaire trop sale pour qu'un président s'y fourrât, selon leur mot, et qui avaient voulu donner leur opinion à madame de Marville, sans que Fraisier les écoutât.

— Eh bien ! madame, où sont ces messieurs ? demanda l'ancien avoué de Mantes.

— Partis ! en me disant de renoncer à l'affaire ! répondit madame de Marville.

— Renoncer ! dit Fraisier avec un accent de rage contenue. Écoutez, madame...

Et il lut la pièce suivante :

« A la requête de, etc..., je passe le verbiage.

« Attendu qu'il a été déposé entre les mains de monsieur le président du tribunal de première instance, un testament reçu par maître Léopold Hannequin et Alexandre Crottat, notaires à Paris, accompagnés de deux témoins, les sieurs Brunner et Schwab, étrangers domiciliés à Paris, par lequel testament le sieur Pons, décédé, a disposé de sa fortune au préjudice du requérant, son héritier naturel et légal, au profit d'un sieur Schmucke, Allemand ;

« Attendu que le requérant se fait fort de démontrer que le testament est l'œuvre d'une odieuse captation, et le résultat de manœuvres réprouvées par la loi ; qu'il sera prouvé par des personnes éminentes que l'intention du testateur était de laisser sa fortune à mademoiselle Cécile, fille de mondit sieur de Marville ; et que le testament, dont le requérant demande l'annulation, a été arraché à la faiblesse du testateur quand il était en pleine démence ;

« Attendu que le sieur Schmucke, pour obtenir ce legs universel, a tenu en chartre privée le testateur, qu'il a empêché la famille d'arriver jusqu'au lit du mort, et que, le résultat obtenu, il s'est livré à des actes notoires d'ingratitude qui ont scandalisé la maison et tous les gens du quartier qui, par hasard, étaient témoins pour rendre les derniers devoirs au portier de la maison où est décédé le testateur ;

« Attendu que des faits plus graves encore, et dont le requérant recherche en ce moment les preuves, seront articulés devant messieurs les juges du tribunal ;

« J'ai, huissier soussigné, etc..., etc., audit nom, assigné le sieur Schmucke, parlant, etc., à comparaître devant messieurs les juges composant la première chambre du tribunal, pour voir dire que le testament reçu par maîtres Hannequin et Crottat, étant le résultat d'une captation évidente, sera regardé comme nul et de nul effet, et j'ai, en outre, audit nom, protesté contre la qualité et capacité de légataire universel que pourrait prendre le sieur Schmucke, entendant le requérant s'opposer, comme de fait il s'oppose, par sa requête en date d'aujourd'hui, présentée à monsieur le président, à l'envoi en possession demandée par ledit sieur Schmucke, et je lui ai laissé copie du présent, dont le coût est de... » etc.

— Je connais l'homme, madame la présidente, et

quand il aura lu ce poulet, il transigera. Il consultera Tabareau, Tabareau lui dira d'accepter nos propositions ! Donnez-vous les mille écus de rente viagère ?

— Certes, je voudrais bien en être à payer le premier terme.

— Ce sera fait avant trois jours. Car cette assignation le saisira dans le premier étourdissement de sa douleur, car il regrette Pons, ce pauvre bonhomme. Il a pris cette perte très au sérieux.

— L'assignation lancée peut-elle se retirer ? dit la présidente.

— Certes, madame, on peut toujours se désister.

— Eh bien ! monsieur, dit madame Camusot, faites !... allez toujours ! Oui, l'acquisition que vous m'avez ménagée en vaut la peine ! J'ai d'ailleurs arrangé l'affaire de la démission de Vitel, mais vous payerez les soixante mille francs à ce Vitel sur les valeurs de la succession Pons... Ainsi, voyez, il faut réussir...

— Vous avez sa démission ?

— Oui, monsieur ; monsieur Vitel se fie à monsieur de Marville...

— Eh bien ! madame, je vous ai déjà débarrassée de soixante mille francs que je calculais devoir être donnés à cette ignoble portière, cette madame Cibot. Mais je tiens toujours à avoir le débit de tabac pour la femme Sauvage, et la nomination de mon ami Poulain à la place vacante de médecin en chef des Quinze-Vingts.

— C'est entendu, tout est arrangé.

— Eh bien ! tout est dit... Tout le monde est pour vous dans cette affaire, jusqu'à Gaudissard, le directeur du théâtre, que je suis allé trouver hier, et qui m'a promis d'aplatir le gagiste qui pourrait déranger nos projets.

— Oh ! je le sais ! monsieur Gaudissard est tout acquis aux Popinot !

Fraisier sortit. Malheureusement il ne rencontra pas Gaudissard, et la fatale assignation fut lancée aussitôt.

Tous les gens cupides comprendront, autant que les

gens honnêtes l'exécreront, la joie de la présidente à qui, vingt minutes après le départ de Fraisier, Gaudissard vint apprendre sa conversation avec le pauvre Schmucke. La présidente approuva tout, elle sut un gré infini au directeur du théâtre de lui enlever tous ses scrupules par des observations qu'elle trouva pleines de justesse.

— Madame la présidente, dit Gaudissard, en venant, je pensais que ce pauvre diable ne saurait que faire de sa fortune ! C'est une nature d'une simplicité de patriarche ! C'est naïf, c'est Allemand, c'est à empailler, à mettre sous verre comme un petit Jésus de cire !... C'est-à-dire que, selon moi, il est déjà fort embarrassé de ses deux mille cinq cents francs de rente, et vous le provoquez à la débauche...

— C'est d'un bien noble cœur, dit la présidente, d'enrichir ce garçon qui regrette notre cousin. Mais moi je déplore la petite *bisbille* qui nous a brouillés, monsieur Pons et moi ; s'il était revenu, tout lui aurait été pardonné. Si vous saviez, il manque à mon mari. Monsieur de Marville a été au désespoir de n'avoir pas reçu d'avis de cette mort, car il a la religion des devoirs de famille, il aurait assisté au service, au convoi, à l'enterrement, et moi-même, je serais allée à la messe...

— Eh bien ! belle dame, dit Gaudissard, veuillez faire préparer l'acte ; à quatre heures, je vous amènerai l'Allemand... Recommandez-moi, madame, à la bienveillance de votre charmante fille, la vicomtesse Popinot ; qu'elle dise à mon illustre ami, son bon et excellent père, à ce grand homme d'État, combien je suis dévoué à tous les siens, et qu'il me continue sa précieuse faveur. J'ai dû la vie à son oncle, le juge, et je lui dois ma fortune... Je voudrais tenir de vous et de votre fille la haute considération qui s'attache aux gens puissants et bien posés. Je veux quitter le théâtre, devenir un homme sérieux.

— Vous l'êtes !... monsieur, dit la présidente.

— Adorable ! reprit Gaudissard en baisant la main sèche de madame de Marville.

CONCLUSION

A quatre heures, se trouvaient réunis dans le cabinet de monsieur Berthier, notaire, d'abord Fraisier, rédacteur de la transaction, puis Tabareau, mandataire de Schmucke, et Schmucke lui-même, amené par Gaudissard. Fraisier avait eu soin de placer en billets de banque les six mille francs demandés, et six cents francs pour le premier terme de la rente viagère, sur le bureau du notaire et sous les yeux de l'Allemand qui, stupéfait de voir tant d'argent, ne prêta pas la moindre attention à l'acte qu'on lui lisait. Ce pauvre homme, saisi par Gaudissard, au retour du cimetière où il s'était entretenu avec Pons, et où il lui avait promis de le rejoindre, ne jouissait pas de toutes ses facultés déjà bien ébranlées par tant de secousses. Il n'écouta donc pas le préambule de l'acte où il était représenté comme assisté de maître Tabareau, huissier, son mandataire et son conseil, et où l'on rappelait les causes du procès intenté par le président dans l'intérêt de sa fille. L'Allemand jouait un triste rôle, car, en signant l'acte, il donnait gain de cause aux épouvantables assertions de Fraisier ; mais il fut si joyeux de voir l'argent pour la famille Topinard, et si heureux d'enrichir, selon ses petites idées, le seul homme qui aimât Pons, qu'il n'entendit pas un mot de cette transaction sur procès. Au milieu de l'acte, un clerc entra dans le cabinet.

— Monsieur, il y a là, dit-il à son patron, un homme qui veut parler à monsieur Schmucke...

Le notaire, sur un geste de Fraisier, haussa les épaules significativement.

— Ne nous dérangez donc jamais quand nous signons des actes. Demandez le nom de ce... Est-ce un homme ou un monsieur ? est-ce un créancier...

Le clerc revint et dit : — Il veut absolument parler à monsieur Schmucke.

— Son nom ?

— Il s'appelle Topinard.

— J'y vais. Signez tranquillement, dit Gaudissard à Schmucke. Finissez, je vais savoir ce qu'il nous veut.

Gaudissard avait compris Fraisier, et chacun d'eux flairait un danger.

— Que viens-tu faire ici ? dit le directeur au gagiste. Tu ne veux donc pas être caissier ? Le premier mérite d'un caissier... c'est la discrétion.

— Monsieur !...

— Va donc à tes affaires, tu ne seras jamais rien si tu te mêles de celles des autres.

— Monsieur, je ne mangerai pas de pain dont toutes les bouchées me resteraient dans la gorge !... — Monsieur Schmucke ! criait-il...

Schmucke, qui avait signé, qui tenait son argent à la main, vint à la voix de Topinard.

— *Voici pir la bedide Allemande et pir fus...*

— Ah ! mon cher monsieur Schmucke, vous avez enrichi des monstres, des gens qui veulent vous ravir l'honneur. J'ai porté cela chez un brave homme, un avoué qui connaît ce Fraisier, et il dit que vous devez punir tant de scélératesse en acceptant le procès et qu'ils reculeront... Lisez.

Et cet imprudent ami donna l'assignation envoyée à Schmucke, cité Bordin. Schmucke prit le papier, le lut, et en se voyant traité comme il l'était, ne comprenant rien aux gentillesses de la procédure, il reçut un coup mortel. Ce gravier lui boucha le cœur. Topinard reçut Schmucke dans ses bras ; ils étaient alors tous deux sous la porte cochère du notaire. Une voiture vint à passer, Topinard y fit entrer le pauvre Allemand, qui subissait les douleurs d'une congestion séreuse au cerveau. La vue était troublée ; mais le musicien eut encore la force de tendre l'argent à Topinard. Schmucke ne succomba point à cette première attaque, mais il ne recouvra point la raison ; il ne faisait que des mouvements sans conscience ; il ne mangea point ; il mourut en dix jours sans se plaindre, car il ne parla plus. Il fut soigné par madame Topinard, et fut obscurément enterré côte à côte avec Pons, par les soins de Topinard, la seule personne qui suivit le convoi de ce fils de l'Allemagne.

Fraisier, nommé juge de paix, est très intime dans la maison du président, et très apprécié par la présidente, qui n'a pas voulu lui voir épouser *la fille à Tabareau ;* elle promet infiniment mieux que cela à l'habile homme à qui, selon elle, elle doit non seulement l'acquisition des prairies de Marville et le cottage, mais encore l'élection de monsieur le président, nommé député à la réélection générale de 1846[113].

Tout le monde désirera sans doute savoir ce qu'est devenue l'héroïne de cette histoire, malheureusement trop véridique dans ses détails, et qui, superposée à la précédente, dont elle est la sœur jumelle, prouve que la grande force sociale est le caractère. Vous devinez, ô amateurs, connaisseurs et marchands, qu'il s'agit de la collection de Pons ! Il suffira d'assister à une conversation tenue chez le comte Popinot, qui montrait, il y a peu de jours, sa magnifique collection à des étrangers.

— Monsieur le comte, disait un étranger de distinction, vous possédez des trésors !

— Oh ! milord, dit modestement le comte Popinot, en fait de tableaux, personne, je ne dirai pas à Paris, mais en Europe, ne peut se flatter de rivaliser avec un inconnu, un Juif nommé Elie Magus, vieillard maniaque, le chef des tableaumanes. Il a réuni cent et quelques tableaux qui sont à décourager les amateurs d'entreprendre des collections. La France devrait sacrifier sept à huit millions et acquérir cette galerie à la mort de ce richard... Quant aux curiosités, ma collection est assez belle pour qu'on en parle...

— Mais comment un homme aussi occupé que vous l'êtes, dont la fortune primitive a été si loyalement gagnée dans le commerce...

— De drogueries, dit Popinot, a pu continuer à se mêler de drogues...

— Non, reprit l'étranger, mais où trouvez-vous le temps de chercher ? Les curiosités ne viennent pas à vous...

— Mon père avait déjà, dit la vicomtesse Popinot, un noyau de collection, il aimait les arts, les belles œuvres ; mais la plus grande partie de ses richesses vient de moi !

— De vous ! madame ?... si jeune ! vous aviez ces vices-là, dit un prince russe.

Les Russes sont tellement imitateurs, que toutes les maladies de la civilisation se répercutent chez eux. La bricabracomanie fait rage à Pétersbourg, et par suite du courage naturel à ce peuple, il s'ensuit que les Russes ont causé dans l'*article*, dirait Rémonencq, un renchérissement de prix qui rendra les collections impossibles. Et ce prince était à Paris uniquement pour collectionner.

— Prince, dit la vicomtesse, ce trésor m'est échu par succession d'un cousin qui m'aimait beaucoup et qui avait passé quarante et quelques années, depuis 1805, à ramasser dans tous les pays, et principalement en Italie, tous ces chefs-d'œuvre...

— Et comment l'appelez-vous ? demanda le milord.

— Pons ! dit le président Camusot.

— C'était un homme charmant, reprit la présidente de sa petite voix flûtée, plein d'esprit, original, et avec cela beaucoup de cœur. Cet éventail que vous admirez, milord, et qui est celui de madame de Pompadour, il me l'a remis un matin en me disant un mot charmant que vous me permettrez de ne pas répéter...

Et elle regarda sa fille.

— Dites-nous le mot, demanda le prince russe, madame la vicomtesse.

— Le mot vaut l'éventail !... répondit la vicomtesse dont le mot était stéréotypé. Il a dit à ma mère qu'il était bien temps que ce qui avait été dans les mains du vice restât dans les mains de la vertu.

Le milord regarda madame Camusot de Marville d'un air de doute extrêmement flatteur pour une femme si sèche.

— Il dînait trois ou quatre fois par semaine chez moi, reprit-elle, il nous aimait tant ! nous savions l'apprécier, les artistes se plaisent avec ceux qui goûtent leur esprit. Mon mari était d'ailleurs son seul parent.

Et quand cette succession est arrivée à monsieur de Marville, qui ne s'y attendait nullement, monsieur le comte a préféré acheter tout en bloc plutôt que de voir vendre cette collection à la criée ; et nous aussi nous avons mieux aimé la vendre ainsi, car il est si affreux de voir disperser de belles choses qui avaient tant amusé ce cher cousin. Elie Magus fut alors l'appréciateur, et c'est ainsi, milord, que j'ai pu avoir le cottage bâti par votre oncle, et où vous nous ferez l'honneur de venir nous voir.

Le caissier du théâtre, dont le privilège cédé par Gaudissard a passé depuis un an dans d'autres mains, est toujours monsieur Topinard ; mais monsieur Topinard est devenu sombre, misanthrope, et parle peu ; il passe pour avoir commis un crime, et les mauvais plaisants du théâtre prétendent que son chagrin vient d'avoir épousé Lolotte. Le nom de Fraisier cause un soubresaut à l'honnête Topinard. Peut-être trouvera-t-on singulier que la seule âme digne de Pons se soit trouvée dans le troisième dessous d'un théâtre des boulevards.

Madame Rémonencq, frappée de la prédiction de madame Fontaine, ne veut pas se retirer à la campagne, elle reste dans son magnifique magasin du boulevard de la Madeleine, encore une fois veuve. En effet, l'Auvergnat, après s'être fait donner par contrat de mariage les biens au dernier vivant, avait mis à portée de sa femme un petit verre de vitriol, comptant sur une erreur, et sa femme, dans une intention excellente, ayant mis ailleurs le petit verre, Rémonencq l'avala. Cette fin, digne de ce scélérat, prouve en faveur de la Providence que les peintres de mœurs sont accusés d'oublier, peut-être à cause des dénouements de drames qui en abusent.

Excusez les fautes du copiste !

Paris, juillet 1846 — mai 1847.

NOTES

1. Cette dédicace est la dédicace collective des *Parents pauvres*. Veuf d'une cousine germaine de Mme Hanska, Cajetani était un prince romain, ami de Stendhal, dont Balzac avait fait la connaissance lors de son séjour à Rome au printemps 1846.

2. Hyacinthe-Louis Duflost, dit Hyacinthe (1814-1887), était un acteur comique.

3. Ainsi mise en italique, l'expression *quand même* rappelle ironiquement l'un des slogans du parti ultra-royaliste : « Vive le Roi quand même ! »

4. Lord Charles Spencer (1782-1847). Le spencer est un habit très ajusté, sans basques.

5. Pierre-Jean Garat (1764-1823) fut un chanteur célèbre sous le Directoire pour son élégance de muscadin. Il fut professeur de chant au Conservatoire.

6. Un Beau est « un homme recherché dans sa toilette » (Littré).

7. François-Honoré-Georges Jacob, dit Jacob Desmalter (1770-1841), ébéniste spécialisé du mobilier de style Empire, inspiré de l'antique, et de style grêle sous la Restauration.

8. Supprimée par la Convention en août 1793, l'Académie de France à Rome fut rétablie par le Directoire. Le premier concours pour le Prix de Rome de musique eut lieu en 1803.

9. Fumeurs d'opium ou de haschisch.

10. Paul-Marie-Chenavard (1808-1895), peintre, amateur d'art et théosophe, dont Balzac avait fait la connaissance en 1846.

11. Spéculateurs qui, sous l'Empire et la Restauration, récupéraient en vue de la revente les matériaux issus de la démolition des châteaux et abbayes. Balzac les qualifie justement de « dépeceurs de châteaux ».

12. Alexandre du Sommerard (1779-1842). Sa collection, achetée par l'État en 1843, forme la plus grande part du Musée de Cluny.

13. Charles Sauvageot (1784-1861). Violoniste à l'Opéra, il fut un des plus célèbres collectionneurs de l'époque. En 1856, il fit don de sa collection au Louvre.

14. Les moxas sont des boules de coton enflammées qu'on faisait brûler sur la peau en guise de cautérisation.

15. Le Théâtre de Monsieur, nommé Théâtre Feydeau d'après le nom de la rue où il était situé (on notera que Feydeau s'appelait Feydeau de Marville !). Construit en 1790, il accueillit l'Opéra-Comique de 1801 à 1829. Celui-ci s'installa ensuite à la salle Ventadour, puis en 1832 au Théâtre des Nouveautés, mais on continua à l'appeler le Théâtre Feydeau.

16. *Le Misanthrope*, II, 4.

17. Chez le romancier Richardson, Grandisson personnifie la vertu (*The Story of Sir Charles Grandisson*, 1754).

18. Balzac fait ici de « Listz » — ainsi orthographie-t-il le nom sur le manuscrit — un Allemand, alors qu'il savait parfaitement que le compositeur était hongrois. Est-ce parce que le musicien faisait la cour à Mme Hanska ?

19. Célèbre statue restituée par la France en 1815 et placée à la Tribune du Musée des Offices à Florence.

20. « Nom donné autrefois par le peuple aux soldats du guet » (Bescherelle).

21. « Par tous les moyens. »

22. Antoine-Joseph dit Adolphe Sax (1814-1894), inventeur d'instruments à vent, et notamment du saxophone.

23. Jusqu'en 1860, Paris ne comportait que douze arrondissements. Se marier dans le treizième indique une union illégitime.

24. Disparue en 1858, cette rue formait le côté nord de l'actuel boulevard des Capucines entre la rue de la Chaussée-d'Antin et la Madeleine.

25. Sorte de cerisier sauvage abondant aux environs du monastère de Sainte-Lucie dans les Vosges.

26. Allusion à *Gil Blas de Santillane* de Lesage (VII, 3) : le secrétaire de l'archevêque de Grenade, ayant eu le tort d'obéir à son maître, qui lui avait bien recommandé de le prévenir lorsque ses sermons lui paraîtraient faiblir, fut tout aussitôt congédié dès qu'il le fit.

27. Liénard, sculpteur sur bois, directeur de l'atelier de dessin de Froment-Meurice et fournisseur de Balzac. En collaboration avec Knecht, il avait sculpté la porte de la chapelle royale à Dreux.

28. Il s'agit d'une erreur de Balzac. Mme de Pompadour est née trois mois après la mort de Watteau en 1721, alors que Louis XV avait onze ans.

29. Bal champêtre fondé par Mabille vers 1810 aux Champs-Élysées.

30. Restaurant de noces et banquets bourgeois du Marais, au coin de la rue Charlot et du boulevard du Temple, à côté du Café Turc (voir la note 33). A cette époque, le Marais est une véritable « ville de province », au pavé « triste, solitaire et silencieux ».

31. Pièce en pointe mise à un vêtement pour l'élargir.

32. « Celui, celle qui vend en détail, et de seconde main, des marchandises de médiocre valeur » (Littré).

33. Ouvert en 1780, le Café Turc était célèbre pour ses jardins à kiosques et tonnelles, et pour sa décoration à la turque. Les domestiques y étaient interdits de cité. Joséphа Mirah est une cantatrice

illustre de *La Comédie humaine*. Elle figure dans *La Cousine Bette* et y chante le rôle d'Alice dans *Robert-le-Diable* de Meyerbeer. *Guillaume Tell* est un opéra de Rossini (1829).

34. Balzac donne à la cuisinière de Popinot le nom de la célèbre Sophie, la cuisinière du restaurant Véron.

35. Prix de vertu et prix littéraire attribués par l'Académie française, fondés en 1782 par le baron de Montyon (1733-1820).

36. Épisode de *La Veuve des Highlands*, nouvelle de Walter Scott (1827).

37. Féerie imaginaire quand Balzac écrivait son roman, mais en 1854 un opéra-comique de Scribe portera ce titre.

38. Romancier allemand (1759-1831), peintre de scènes naïves de la vie familiale.

39. « Verse des torrents de lumière, sur ses obscurs blasphémateurs » (*Ode sur la mort de J.-B. Rousseau*, de Le Franc de Pompignan, 1709-1784).

40. « Rôtir le balai : pour une femme, vieillir dans l'intrigue et la galanterie » (*Dictionnaire de l'Académie*, 1762). Ces Alsaciennes l'avaient donc tellement rôti qu'elles n'en avaient plus que le manche. On rétablit ici le mot « rôti ».

41. Un Graff, tailleur, existait et était établi rue de la Fontaine-Molière (actuelle rue Molière).

42. Personnage d'un conte de Voltaire, *Ce qui plaît aux dames*, et d'une comédie musicale de Favart, *La Fée Urgèle ou ce qui plaît aux dames* (1762).

43. L'archéologue Forbin (1777-1861) et Turpin de Crissé (1772-1859) étaient respectivement Directeur et Inspecteur-Général des Beaux-Arts sous la Restauration.

44. Romance Empire dite aussi « la chanson de la reine Hortense », qui en écrivit la musique (paroles d'Alexandre de Laborde). Elle était séditieuse sous la Restauration. Elle deviendra l'hymne du second Empire.

45. Poisson du lac Léman.

46. Voyage que la reine Victoria fit en 1845.

47. Balzac orthographie ainsi le nom de Jean-Étienne Liotard (1702-1789), notamment célèbre pour sa *Chocolatière*.

48. En 1836, Balzac avait acheté à Turin un cadre de Brustolone (1662-1732). Il y plaça, en 1844, le Christ de Girardon acheté par Mme de Brugnol.

49. Dans son *Histoire des oracles* (1687), Fontenelle a raconté l'histoire née en Allemagne au XVIe siècle de la dent d'or poussée, disait-on, à un enfant. Un orfèvre découvrit la supercherie.

50. Depuis 1814, il existait deux degrés de naturalisation. La naturalisation ordinaire accordait tous les droits, hors l'éligibilité aux assemblées législatives, que donnait la grande naturalisation, conférée par une lettre royale ratifiée par les Chambres.

51. « Eau ammoniaque obtenue par la distillation de la corne de cerf » (Bescherelle).

52. « Biens du mari ou de la femme qui n'entrent pas en communauté » (Littré).

53. Il s'agit des *Petites Affiches de Paris ou Journal d'annonces géné-*

rales, d'indictions et de correspondance, commercial, politique et littéraire, fondé en 1811.

54. Ce vers se trouve dans *Robert-le-Diable*. Casimir Delavigne collabora au livret.

55. Gouvernante cupide dans la comédie de Collin d'Harleville (1755-1806), *Le Vieux Célibataire* (1792), reprise en 1846 à la Comédie-Française.

56. Nicolet (1710-1796) était un ancien Arlequin devenu directeur de théâtre au boulevard du Temple en 1760. Il avait pour devise : « De plus en plus fort ».

57. Janet, Jocrisse, Nicodème : types de benêts rendus célèbres par la farce populaire. Queue-Rouge : type de paillasse. Mondor : personnage de vieux galant dans les pièces du XVIIIe siècle.

58. Marie-Anne-Adélaïde Lenormand (1772-1843), célèbre sibylle, très renommée sous le Directoire et l'Empire, encore fameuse sous la Restauration.

59. Balzac traita ce sujet dans sa pièces *Les Ressources de Quinola* (1842). Salomon de Caus (1567-1626) était l'ingénieur de l'Électeur palatin.

60. « Notre microcosme, *id est* petit monde, c'est l'homme » (*Tiers Livre*, IV).

61. Emmanuel Swedenborg (1688-1772), savant et théosophe suédois. Balzac connaissait bien les œuvres de cet illuministe, auquel il fait souvent référence.

62. Fermier qui affirma à Louis XVIII qu'une vision lui avait révélé que Louis XVII n'était pas mort au Temple. Il fut interné à Charenton, mais le roi l'autorisa à rentrer dans son village.

63. Café de cochers mis à la mode et baptisé par les officiers anglais de l'armée d'occupation en 1815. Situé à l'angle du boulevard des Italiens et de la rue de Marivaux, il devint le rendez-vous des élégants sous la Restauration et la monarchie de Juillet.

64. Aujourd'hui rue de Béran et place des Vosges.

65. Servais était le doreur de Balzac et Thouvenin son relieur.

66. *Gazette des tribunaux, journal quotidien d'annonces et de débats judiciaires*, fondé en 1825.

67. « Annonce de charlatan, annonce pour leurrer » (Littré). Il s'agit d'une invention publicitaire à effet.

68. Il s'agit à l'époque de Villemain, chargé de cours de littérature française à la Sorbonne de 1816 à 1830, ministre de l'Instruction publique dans le cabinet Guizot en 1844.

69. Moret restaura un tableau pour Balzac.

70. Aujourd'hui partie de la rue du Temple.

71. « Petit manteau court, comme celui que portent les valets de comédie » (Littré).

72. Clin d'œil au comte Georges Mniszech, gendre de Mme Hanska, et entomologiste forcené.

73. Aujourd'hui attribué à Bronzino.

74. Identifié depuis comme étant le portrait de Charles d'Amboise et attribué à Andrea del Gubbo.

75. Jargon de l'époque : « Petit objet de curiosité » (Littré).

76. Jaboter : « Parler beaucoup, d'une voix peu élevée et de choses peu intéressantes » (Littré).

77. Aujourd'hui partie de la rue Charlot.
78. « Sur un être vil. » Locution qui s'emploie à propos des expériences scientifiques faites d'ordinaire sur des animaux.
79. Les râpes sont des grappes de raisin dont tous les grains sont ôtés. On appelle par dérision « pommes de bateau » des pommes ordinaires emportées par les marins et très dures.
80. L'un des fondateurs de la République romaine, réputé pour son intégrité.
81. Grossoyer : « Faire la grosse — expédition écrite en plus gros caractères que la minute — d'un acte » (Littré).
82. Ce tableau appartenait à Balzac.
83. Boîte à surprise, dans laquelle un ressort fait surgir quand on lève le couvercle une figure inattendue, souvent appelée diable.
84. Aujourd'hui une partie de la rue Debelleyme.
85. Imitation grossière de l'argent à base d'étain, de plomb et d'antimoine.
86. Mot de passe dans la franc-maçonnerie écossaise, dérivé d'un mot hébreu que les gens de Galaad faisaient prononcer à ceux d'Ephraïm pour les reconnaître et les égorger.
87. Mondor : voir note 57. Il s'agit aussi peut-être d'un charlatan du XVIIe siècle établi sur le Pont-Neuf.
88. Nicolas Beaujon (1708-1786), spéculateur et financier.
89. Personnage de parvenu douteux créé par Lesage.
90. *Le Cocu battu et content.*
91. Le bagout.
92. A rayures multicolores, dite aussi bayadère.
93. Titre d'un ballet-pantomime créé à l'Opéra le 5 juillet 1837.
94. Petit meuble élégant à étagères destiné à l'étalage des bibelots et des curiosités.
95. « La médiocrité qui vaut de l'or » (Horace).
96. « De là les brouilles. »
97. Résumé approximatif des *Deux mules noyées*, la quarante-septième des *Cent nouvelles nouvelles.*
98. Thaumaturge de Cappadoce mort vers 87. Déifié de son vivant, il se vit attribué des miracles que l'on opposa à ceux du Christ.
99. « Populairement. Faire le lundi, ne pas travailler le lundi et se livrer aux amusements du cabaret. Les ouvriers disaient aussi fêter saint Lundi, célébrer la Saint-Lundi » (Littré).
100. Dans la Garde nationale, les soldats élisaient leurs sous-officiers et officiers.
101. Jeune femme élégante et facile (beaucoup habitaient dans le quartier de Notre-Dame de Lorette).
102. Il s'agit de *Sainte Cécile et quatre Saints.*
103. Le Cirque-Olympique était l'établissement du célèbre Franconi (spectacles équestres, acrobaties, jongleurs, etc.), alors établi boulevard du Temple.
104. Le texte pose ici un problème. Ou il faut lire « pour veiller avec Schmucke », ou il faut lire « pour veiller Pons ».
105. Par opposition à *Old mortality*, le vieillard des tombeaux qui s'occupe des tombes dans *Les Puritains d'Écosse* de Walter Scott.

106. Jean-Nicolas Gannal (1791-1852), chimiste qui inventa un procédé d'embaumement.

107. Prison pour dettes de 1834 à 1867 située rue de Clichy.

108. Ce portrait appartenait à Balzac.

109. La cité Bordin et la rue des Mathurins-du-Temple n'existaient pas. Il doit s'agir de coquilles (peut-être pour Cité Riverin et rue des Marais-du-Temple).

110. Cheminées dont les chambranles sont unis et l'entablement formé d'un talon, c'est-à-dire une moulure concave dans sa partie inférieure et convexe dans sa partie supérieure.

111. Allusion à une phrase de l'*Oraison funèbre de Louis de Bourbon*, où Bossuet disait que Dieu comptera « un verre d'eau donné en son nom plus que tous [les rois] ne feront jamais pour tout votre sang répandu ».

112. En fait « Pauvres moutons. Ah ! vous avez beau faire, / Toujours on vous tondra. » Cette pièce n'a pas été recueillie dans les éditions des *Chansons* de Béranger.

113. Elle eut lieu le 1er août 1846.

DOCUMENTS

AVERTISSEMENT ET NOTE DE L'ÉDITION PRÉ-ORIGINALE

AVERTISSEMENT QUASI LITTÉRAIRE

Primitivement, l'*Histoire des parens pauvres* devait commencer par la partie appelée LES DEUX MUSICIENS, mais des raisons, qu'il serait superflu d'expliquer et qui ne concernent que l'art littéraire, ont obligé l'auteur à la publier en dernier. LA COUSINE BETTE n'avait pas encore pris ces développements peut-être excessifs et dus à la nature même du sujet, qui ont fait d'une simple nouvelle presqu'un livre. Walter Scott, avec sa fine bonhomie, a dit le premier, qu'il partait au début d'une œuvre pour réaliser des plans, la plupart du temps abandonnés dans l'exécution, à propos d'un personnage ou d'un incident. Il y a des sujets qui deviennent de fort mauvais sujets et des sujets pauvres qui s'amendent. C'est dans la vie des romans, comme dans la vie réelle.

Ces observations paraissent avoir tant de similitude avec l'annonce d'un régisseur venant prévenir le public que la basse ne voulant pas faire remettre le spectacle, sollicite l'indulgence du parterre pour un enrouement causé par le vin de Champagne d'un dîner d'artistes, que l'auteur est obligé d'avouer qu'elles sont uniquement écrites pour expliquer aux *abonnés du Constitutionnel* le changement du titre : LES DEUX MUSICIENS en LE COUSIN PONS.

L'abonné n'est pas un *lecteur ordinaire*, il n'a pas cette liberté pour laquelle la Presse a combattu ! c'est là ce qui le rend abonné. L'abonné, qui subit nos livres, a douze raisons à vingt sous pièce dans la banlieue, quinze dans les départements et vingt à l'étranger, pour vouloir, pendant tout un trimestre, cinquante francs d'esprit, cent francs d'intérêt dramatique, et sept francs de style dans le feuilleton. Les écrivains ont imité l'abonné. Tous ceux qui publient leurs ouvrages en feuilletons n'ont plus la liberté de la forme, ils doivent se livrer à des tours de force qui, depuis quelque temps, les assimilent, hélas ! aux célèbres ténors, ils en ont et les appointements et la gloire viagère. Or, dans l'intérêt de cet avenir trimestriel, il nous a paru nécessaire de rendre très visible l'antagonisme des deux parties de l'*Histoire des Parens pauvres*, en appelant la seconde LE COUSIN PONS. Ceci est une raison bien plus décisive que toutes les autres ; mais peut-être les gens graves ne l'accepteront-ils pas.

NOTE ÉMINEMMENT COMMERCIALE

La prétention émise, dit-on, par la SOCIÉTÉ DES GENS DE LETTRES de considérer les réimpressions d'ouvrage, achetées par les journaux, comme des *reproductions*, nous oblige à faire observer, ici, que l'auteur n'appartient plus, depuis longtemps, à la société des Gens de Lettres ; qu'il est libre de céder la reproduction de ses œuvres anciennes et nouvelles, en en garantissant la reproduction exclusive aux cessionnaires.

PERSONNAGES REPARAISSANT

Sur les 166 personnages du *Cousin Pons*, 70 ont déjà figuré dans *La Comédie humaine*. Ici, ils sont le plus souvent des figurants, et, s'ils peuplent de toute l'intertextualité balzacienne notre roman, ils ne prennent guère part à l'action, exceptés bien entendu les Camusot, Popinot, Magus, Schmucke, et, dans une moindre mesure, Gaudissart. Les autres personnages apparaissent pour la première fois, et ne seront pas réutilisés, soit en raison de leur mort, soit parce que Balzac est parvenu au terme de sa vie créatrice.

Nous reproduisons cette liste d'après le recensement opéré par A.-M. Meininger et en nous appuyant sur l'index des personnages de la Pléiade.

ANTONIA (Mlle Chocardelle, dite). Lorette (*Un Prince de la Bohème, Béatrix, Un homme d'affaires*...).

BAUDOYER. Chef de bureau, héros des *Employés*.

BERTHIER. Gendre et successeur du notaire Cardot (*La Muse du département, La Cousine Bette*).

BERTHIER (Mme Félicie). Femme du précédent.

BIANCHON (Horace). Grand médecin de *La Comédie humaine*, qui reparaît dans 27 romans après *Le Père Goriot*.

BIXIOU. Employé, caricaturiste, lion, il reparaît souvent (*Les Employés, La Rabouilleuse*...).

BRISETOUT (Héloïse). Lorette (*La Cousine Bette*).

BRUEL (Comtesse du). Ex-Tullia, danseuse (*Un prince de la Bohème*).

CADINE (Jenny). Courtisane (*La Cousine Bette, Les Comédiens sans le savoir*...).

CAMUSOT. Drapier qui finit baron, amateur de théâtreuses (*Illusions perdues, Un début dans la vie*...).

CAMUSOT (Mme). Née Cardot, seconde femme du précédent (*Un début dans la vie, La Muse du département...*).

CAMUSOT DE MARVILLE. Fils unique du premier mariage de Camusot, magistrat qui se montra maladroit dans *Le Cabinet des Antiques* et dans l'affaire Rubempré (*Splendeurs et Misères des courtisanes*), et peu scrupuleux dans l'affaire d'Espard (*L'Interdiction*).

CAMUSOT DE MARVILLE (Mme Amélie). Née Thirion, avide et dangereuse (*Le Cabinet des Antiques, Splendeurs et misères des courtisanes, César Birotteau*).

CARDOT. Notaire (*Les Employés, Un début dans la vie, La Muse du département...*).

CARDOT (Mme). Femme du précédent, née Chiffreville (*La Muse du département*).

CHANOR. Associé de Florent, fondeur d'art (*La Cousine Bette*).

CHIFFREVILLE. Riche droguiste (*César Birotteau, La Muse du département*).

COUTURE. Spéculateur (*La Maison Nucingen, Une fille d'Ève...*).

CREVEL (Célestin). Commis, puis successeur de César Birotteau, rival de Hulot (*La Cousine Bette*).

CREVEL (Mme Valérie). Ex-épouse Marneffe (*La Cousine Bette*).

CROTTAT (Alexandre). Notaire (*La Femme de trente ans, César Birotteau, Le Colonel Chabert...*).

DESPLEIN. Chirurgien de *La Comédie humaine*, qui figure dans 14 romans.

DESROCHES. Avoué (*La Maison Nucingen, La Rabouilleuse...*).

ESPARD (Marquis d'). Noble de haute volée. Victime de sa femme dans *L'Interdiction*.

ESGRIGNON (Victurnien d'). Jeune noble provincial, amant de la duchesse de Maufrigneuse et faussaire (*Le Cabinet des Antiques, Les Secrets de la princesse de Cadignan...*).

FLORENT. Voir Chanor.

FLORINE. Actrice et courtisane, maîtresse de plusieurs personnages importants de *La Comédie humaine* (*Illusions perdues, La Muse du département, Une fille d'Ève...*).

FONTAINE (Mme). Célèbre voyante (*Les Comédiens sans le savoir*).

GAUDISSART (Félix). Commis-voyageur (*L'illustre Gaudissart*). Balzac orthographie « Gandissard » dans le roman.

GOBSECK. Usurier (*Gobseck...*).

GOBSECK (Esther). Courtisane qui meurt d'amour pour Lucien de Rubempré (*Splendeurs et misères des courtisanes*).

GODESCHAL. Clerc d'avoué (*Le Colonel Chabert, La Maison Nucingen*). Successeur de Derville (*Les Petits Bourgeois*).

GOURAUD (Général baron Eusèbe). Opposant libéral à Provins (*Pierrette*).

GRANDLIEU (Clotilde de). Issue de l'aristocratie la plus huppée, elle devait épouser Lucien de Rubempré (*Splendeurs et misères des courtisanes*).

GRANVILLE (Comte Roger de). Avocat malheureux en ménage (*Une double famille*...).

GRASSOU (Pierre). Peintre qui deviendra riche en peignant des bourgeois (*Pierre Grassou, La Rabouilleuse*...).

HAUDRY. Vieux médecin (*César Birotteau, La Rabouilleuse*...).

HANNEQUIN (Léopold). Ami de Savarus (*Albert Savarus*) et notaire (*Un début dans la vie*...).

JOSEPHA. Chanteuse et courtisane (*La Cousine Bette*).

KELLER (les frères). Banquiers (*César Birotteau, La Maison Nucingen*...).

KELLER (Charles). Fils du comte François, meurt en Algérie (*Le Député d'Arcis*).

LEBAS (Mme). Sœur de Virginie Guillaume (*La Maison du Chat-qui-pelote*).

LEBRUN. Médecin de la Conciergerie (*Splendeurs et misères des courtisanes*).

LOUCHARD. Garde du commerce.

MAGUS (Elie ou Elias). Expert, collectionneur et marchand d'art (*Le Contrat de mariage, Pierre Grassou*...).

MALAGA. Ecuyère et courtisane (*La Fausse maîtresse*...).

MARIETTE. Sœur de Godeschal, danseuse (*La Rabouilleuse*...).

MARSAY (Comte Henry de). Lion, homme politique. Il reparaît dans 29 romans.

MATIFAT. Droguiste amateur de courtisanes (*Illusions perdues*...).

MEDAL (Robert). Clerc fou de théâtre, devenu acteur (*Le Théâtre comme il est*).

MINARD. Employé qui deviendra épicier (*Les Employés, Les Petits Bourgeois*...).

NUCINGEN. Banquier qui reparaît dans 32 romans.

PILLERAULT (Claude-Joseph). Quincailler (*César Birotteau*).

PONS FRERES. Brodeurs de la Cour impériale. La cousine Bette fut leur apprentie.

POPINOT (Jean-Jacques). Magistrat intègre (*L'Interdiction, Honorine*...).

POPINOT (Comte Anselme). Gendre et successeur de César Birotteau, qui deviendra ministre et pair de France (*La Maison Nucingen, Illusions perdues, La Cousine Bette...*).

POPINOT (Comtesse). Née Césarine Birotteau.

PORTENDUERE (Vicomtesse de). Née Ursule Mirouët, élève de Schmucke.

RIVET (Achille). Successeur de Pons Frères, conseiller de Bette.

RUBEMPRE (Lucien Chardon de). Poète et journaliste, que Vautrin prend sous sa coupe (*Illusions perdues, Splendeurs et misères des courtisanes*).

SCHMUCKE (Wilhem). Musicien (*Une fille d'Ève...*).

SERVIN. Professeur de dessin (*Pierre Grassou...*).

STIDMANN. Orfèvre (*Modeste Mignon, Béatrix...*).

THIRION. Huissier du cabinet des rois Louis XVIII et Charles X (*Le Cabinet des Antiques...*).

TILLET (Fernand du). Commis de César Birotteau qui devient banquier malhonnête (*La Maison Nucingen*).

TILLET (Mme du). Née Marie-Eugénie de Granville (*Une fille d'Ève...*).

VANDENESSE (Mme Félix de). Sœur de la précédente.

VINET. Avocat libéral de Provins, futur garde des Sceaux (*Pierrette...*).

VINET (Olivier). Fils du précédent, magistrat (*Les Petits Bourgeois, Le Député d'Arcis*).

BIBLIOGRAPHIE

Éditions du *Cousin Pons*

Pour les éditions contrôlées par Balzac, voir « Histoire d'un texte », p. 41-44.

La Comédie humaine, t. XV, Hazan, 1950, présentation par Albert Prioult.

L'Œuvre de Balzac, Club français du livre, t. X, 1951, présentation par Bernard Guyon et notice de Henry Evans.

Le Cousin Pons, Le Livre de Poche, 1963, présentation par Antoine Blondin.

La Comédie humaine, t. XXII, Lausanne, Rencontre, 1966, présentation par Roland Chollet.

La Comédie humaine, Seuil, « L'Intégrale », t. V, 1966, présentation par Pierre Citron.

Les Œuvres complètes de Balzac, t. XIII, Club de l'honnête homme, 1959, présentation par Maurice Bardèche ; rééd. 1969.

Œuvres complètes illustrées, t. XVII, Les Bibliophiles de l'Originale, 1968, présentation par Jean-André Ducourneau.

Le Cousin Pons, Gallimard, « Folio », 1973, présentation par Jacques Thuillier, postface et notes d'André Lorant ; rééd. 2007.

Le Cousin Pons, Le Livre de Poche, 1973, présentation par Maurice Ménard ; rééd. 1999.

Le Cousin Pons, Classiques Garnier, 1974, présentation par Anne-Marie Meininger.

La Comédie humaine, Gallimard, « Bibliothèque de la Pléiade », t. VII, 1977, présentation par André Lorant.

Le Cousin Pons, Pocket, 1994, présentation par Pierre-Louis Rey ; rééd. avec commentaires de Maurice Mourier, 1999.

Le Cousin Pons, *La Comédie humaine*, t. VII, Classiques Garnier/Le Monde, 2008, présentation par Boris Lyon-Caen.

Œuvres de Balzac

La Comédie humaine, Gallimard, « Bibliothèque de la Pléiade », 12 volumes dir. P.-G. Castex (1976-1981).

Œuvres diverses, t. XXV à XXVIII de l'édition des *Œuvres complètes* au Club de l'honnête homme, 1963 ; publication en cours chez Gallimard, dir. Pierre-Georges Castex, « Bibliothèque de la Pléiade ». 2 tomes parus en 1990 et 1996.

Théâtre, présentation par René Guise, t. XXI à XXIII des *Œuvres complètes illustrées*, « Les Bibliophiles de l'Originale », 1969-1970.

Romans de jeunesse, *ibid.*, 15 vol., dont un volume de commentaires par Pierre Barbéris : *Aux sources de Balzac.*

Premiers romans, édition établie par André Lorant, Robert Laffont, « Bouquins », 2 vol., 1999.

Correspondance, édition de R. Pierrot, Garnier, 5 vol., 1960-1969.

Correspondance, Gallimard, « Bibliothèque de la Pléiade », édition établie, présentée et annotée par Roger Pierrot et Hervé Yon, 2 volumes parus, 2006 et 2011.

Lettres à Mme Hanska, édition de R. Pierrot, 2 volumes, Robert Laffont, « Bouquins », 1990.

Études sur Balzac

Biographies

BARDÈCHE Maurice, *Balzac*, Julliard, « Les Vivants », 1980.

CURTIUS Ernst-Robert, *Balzac*, 1923, traduit par H. Jourdan, Grasset, 1934, puis par Michel Beretti, Éditions des Syrtes, 1999.

FERNANDEZ Ramon, *Balzac*, Stock, 1943 ; rééd. sous le titre *Balzac ou l'Envers de la création romanesque*, Grasset, 1980.

GENGEMBRE Gérard, *Balzac, le Napoléon des lettres*, Gallimard, « Découvertes », 1992.

—, *Balzac, le forçat des lettres*, Perrin, 2013.

PIERROT Roger, *Honoré de Balzac*, Fayard, 1994 ; éd. revue en 1999.

PREISS Nathalie, *Balzac*, PUF, « Figures et Plumes », 2009.

SATIAT Nadine, *Balzac ou la fureur d'écrire*, Hachette Littératures, 1999.

ZWEIG Stefan, *Balzac, le roman de sa vie* [*Balzac. Roman seines Lebens*], posthume, 1946 ; traduit par Fernand Delmas, Albin Michel, 1950 ; rééd. LGF, 2010.

Ouvrages généraux

Collectifs :

Balzac avant Balzac, dir. Claire Barel-Moisan et José-Luis Diaz, SEDES, 2001.

Balzac. L'aventure analytique, dir. Christèle Couleau et Claire Barel-Moisan, Saint-Cyr sur Loire, Christian Pirot, 2009.

Balzac dans l'Histoire, études réunies et présentées par Nicole Mozet et Paule Petitier, SEDES, 2001 ; rééd. Saint-Cyr-sur-Loire, Christian Pirot, 2006.

Balzac et la peinture, musée des Beaux-Arts de Tours/Farrago, 1999.

Balzac et le politique, dir. Boris Lyon-Caen et Marie-Ève Thérenty, Saint-Cyr-sur-Loire, Christian Pirot, 2007.

Balzac et le style, études réunies et présentées par Anne Herschberg-Pierrot (collection du Bicentenaire, sous le patronage du Groupe international de recherches balzaciennes), SEDES, 1998.

Balzac, l'invention du roman, textes réunis par Claude Duchet et Jacques Neefs (colloque de Cerisy), Belfond, 1982.

Balzac. Œuvres complètes, le « Moment » de La Comédie humaine, textes réunis et édités, pour le Groupe international de recherches balzaciennes, par Claude Duchet et Isabelle Tournier, Presses universitaires de Vincennes, 1993.

Balzac ou la Tentation de l'impossible, études réunies et présentées par Raymond Mahieu et Franc Schuerewegen (collection du Bicentenaire, sous le patronage du Groupe international de recherches balzaciennes), SEDES, 1998.

Balzac : une poétique du roman, dir. Stéphane Vachon (colloque de Montréal, 1994), Montréal XYZ, Saint-Denis, Presses de l'Université de Vincennes, 1996.

Honoré de Balzac, numéro spécial de la *Revue des sciences humaines*, 1979, n° 3.

Penser avec Balzac, dir. José-Luis Diaz et Isabelle Tournier, Saint-Cyr-sur-Loire, Christian Pirot, 2003.

Le Roman de Balzac : recherches critiques, méthodes, lectures, études réunies par Roland Le Huenen et Paul Perron (colloque de l'université de Toronto, 1978), Montréal, Didier, 1980.

ALAIN, *En lisant Balzac*, Laboratoires Martinet, 1935.

—, *Avec Balzac*, Gallimard, 1937 ; rééd. sous le titre *Balzac*, Gallimard, « Tel », 1999.

ANDRÉOLI Max, *Le Système balzacien*, 2 vol., Service de publication des thèses, université de Lille III, diff. Aux Amateurs de livres, 1984.

BARBÉRIS Pierre, *Balzac et le mal du siècle*, 2 vol., Gallimard, 1970.

—, *Le Monde de Balzac*, Arthaud, 1971.

—, *Balzac, une mythologie réaliste*, Larousse, « Thèmes et textes », 1971.

—, *Mythes balzaciens*, Armand Colin, 1972.

—, *Le Prince et le marchand*, Fayard, 1980.

BARDÈCHE Maurice, *Balzac romancier*, Plon, 1943.

—, *Une lecture de Balzac*, Les Sept Couleurs, 1964.

BARON Anne-Marie, *Le Fils prodige. L'inconscient de La Comédie humaine*, Nathan, 1993.

—, *Balzac ou l'auguste mensonge*, Nathan, 1998.
—, *Balzac ou les hiéroglyphes de l'imaginaire*, Honoré Champion, 2002.
—, *Balzac et la Bible*, Honoré Champion, 2007.
—, *Honoré de Balzac esclave de sa volonté*, Vauvert, Éditions Au diable vauvert, « À vingt ans », 2012.
BAUDOUIN Patricia, *Balzac journaliste et penseur du politique 1830-1850*, Atelier national de reproduction des thèses, 2008.
BÉGUIN Albert, *Balzac visionnaire*, Genève, Albert Skira, 1946-1947 ; rééd. sous le titre *Balzac lu et relu*, Seuil, 1965.
BERTAULT Philippe, *Balzac et la religion*, Paris, Slatkine, 1942 (réimpr. 1980).
BERTHIER Philippe, *La Vie quotidienne dans La Comédie humaine de Balzac*, Hachette Littératures, « La Vie quotidienne », 1998.
BORDAS Éric, *Balzac, discours et détours, Pour une stylistique de l'énonciation romanesque*, Toulouse, Presses universitaires du Mirail, 1997.
BUTOR Michel, *Improvisations sur Balzac*, 3 vol., La Différence, 1998.
CITRON Pierre, *Dans Balzac*, Seuil, 1986.
COULEAU Christèle, *Le Roman de l'autorité*, Honoré Champion, 2007.
DIAZ José-Luis, *Devenir Balzac. L'invention de l'écrivain par lui-même*, Saint-Cyr-sur-Loire, Christian Pirot éditeur, 2007.
DISSAUX Nicolas (dir.), *Balzac, romancier du droit*, LexisNexis, 2012.
DUFRESNE Danielle, *Balzac et les femmes*, Taillandier, 1999.
DONNARD Jean-Hervé, *Balzac, les réalités économiques et sociales dans La Comédie humaine*, Armand Colin, 1961.
FELKAY Nicole, *Balzac et ses éditeurs (1822-1837), essai sur la librairie romantique*, Promodis, 1987.
FRAPPIER-MAZUR Lucienne, *L'Expression métaphorique dans La Comédie humaine*, Klincksieck, 1976.
GAUTHIER Henri, *L'Homme intérieur dans la vision de Balzac*, Lille, Service de reproduction des thèses, 2 vol., 1973.
GLEIZE Joëlle, *Honoré de Balzac, bilan critique*, Nathan Université, 1994.
GRANGE Juliette, *Balzac. L'argent, la prose, les anges*, La Différence, 1990.
GUICHARDET Jeannine, *Balzac « archéologue » de Paris*, SEDES-CDU, 1986.
GUISE René, *Balzac. La Société*, Hatier, 1972.
GUYON Bernard, *La Pensée politique et sociale de Balzac*, Armand Colin, 1947 ; réimpression, 1968.
IMBERT Patrick, *Sémiotique de la description balzacienne*, Ottawa, éd. de l'Université, 1976.

KANE Martin, *Balzac's Comedy of Words*, Princeton University Press, 1975.

LAFORGUE Pierre, *La Fabrique de La Comédie humaine*, Besançon, Presses universitaires de Franche-Comté, 2013.

LAUBRIET Philippe, *L'Intelligence de l'art chez Balzac*, Didier, 1961.

LE YAOUANC Moïse, *Nosographie de l'humanité balzacienne*, Maloine, 1959.

LICHTLÉ Michel, *Balzac, le texte et la loi*, Presses universitaires de Paris-Sorbonne, 2012.

LUKÁCS Georg, *Balzac et le réalisme français*, Maspéro, 1967.

LYON-CAEN Boris, *Balzac et la comédie des signes*, Presses universitaires de Vincennes, 2006.

MARCEAU Félicien, *Balzac et son monde*, Gallimard, 1955 ; réimpression, 1970.

MASSOL Chantal, *Une poétique de l'énigme. Le récit herméneutique balzacien*, Genève, Droz, 2006.

MÉNARD Maurice, *Balzac et le comique dans La Comédie humaine*, PUF, 1983.

MICHEL Arlette, *Le Mariage et l'amour dans l'œuvre romanesque d'Honoré de Balzac*, Champion, 1976.

—, *Le Mariage chez Honoré de Balzac. Amour et féminisme*, Les Belles Lettres, 1978.

MOZET Nicole, *La Ville de province dans l'œuvre de Balzac*, SEDES, 1982.

NESCI Catherine, *La Femme mode d'emploi. Balzac de La Physiologie du mariage à La Comédie humaine*, Lexington, French Forum, 1992.

NYKROG Per, *La Pensée de Balzac*, Copenhague, Munskgaard, diff. Klincksieck, 1966.

PARIS Jean, *Balzac, une vie, une œuvre, une époque*, Balland, « Phares », 1986.

PICON Gaëtan, *Balzac par lui-même*, Seuil, « Écrivains de toujours », 1956.

REY Pierre-Louis, *La Comédie humaine*, Hatier, « Profil d'une œuvre », 1979.

RICHARD Jean-Pierre, « Corps et décors balzaciens », *Études sur le romantisme*, Seuil, 1971.

ROSA Annette et TOURNIER Isabelle, *Balzac*, Armand Colin, « Thèmes et œuvres », 1992.

SCHUEREWEGEN Franc, *Balzac contre Balzac. Les cartes du lecteur*, Toronto, SEDES/Paratexte, « Présences critiques », 1990.

VACHON Stéphane, *Balzac*, Presses de l'université de Paris-Sorbonne, « Miroir de la critique », 1999.

—, *1850. Tombeau d'Honoré de Balzac*, XYZ / Presses universitaires de Vincennes, 2007.

VANNIER Bernard, *L'Inscription du corps. Pour une sémiotique du portrait balzacien*, Klincksieck, 1972.

YUCEL Tahsin, *Figures et messages dans la Comédie humaine*, Mame, 1972.

L'Année balzacienne, depuis 1960.

Albums, bibliographies, catalogues, chronologies, dictionnaires et guides

Balzac et la Révolution française, publié à l'occasion de l'exposition à la Maison de Balzac (octobre 1988-janvier 1989), Maison de Balzac, 1988.

BERTHIER Patrick et GENGEMBRE Gérard, *L'ABCdaire de Balzac*, Flammarion, 1998.

BRUNEAU Philippe, *Guide Balzac*, Hazan, 1997.

DUCOURNEAU Jean-A., *Album Balzac*, Gallimard, « Albums de la Pléiade », 1962.

PIERROT Roger, « Chronologie de Balzac », *La Comédie humaine*, Gallimard, « Bibliothèque de la Pléiade », t. I, 1976, LXXVI-CXVII.

ROYCE William Hobart, *A Balzac Bibliography*, 2 vol., University of Chicago Press, 1929.

VACHON Stéphane, *Les Travaux et les jours d'Honoré de Balzac. Chronologie de la création balzacienne*, Montréal, Presses de l'université de Montréal/ Paris, Presses du CNRS et Presses universitaires de Vincennes, 1992.

ZÉLICOURT Gaston de, *Le Monde de La Comédie humaine, clefs pour l'œuvre romanesque de Balzac*, Seghers, 1979.

Sites Internet

http://www.paris.fr/loisirs/musees-expos/maison-de-balzac/societe-des-amis-de-balzac-et-de-la-maison-de-balzac-et-groupes-de-recherches-balzaciennes/rub

http://www.balzac-etudes.paris-sorbonne.fr

http://www.musee-balzac.fr/

http://www.item.ens.fr/index.php?id=441381

http://www.puf.com/L'Année_balzacienne

Études sur *Le Cousin Pons*

Par ordre chronologique :

DURRY Marie-Jeanne, « À propos du *Cousin Pons* », *Balzac et la Touraine*, Tours, 1949.

ADAMSON Donald et LORANT André, « L'histoire de deux bassons de l'Opéra et *Le Cousin Pons* », *L'Année balzacienne*, 1963.

ADAMSON Donald, « *Le Cousin Pons* : the "paragraphe composé" », *The Modern Language Review*, avril 1964.

BUTOR Michel, « *Les Parents pauvres* », *Répertoire II*, Minuit, 1964.

GUISE René, « Balzac et le feuilleton », *L'Année balzacienne*, 1964.

LORANT André, « *Les Parents pauvres* de Balzac », *L'Information littéraire*, n° 4, 1968.

ADAMSON Donald, *The Genesis of the Cousin Pons*, Oxford University Press, 1965.

LORANT André, « *Les Parents pauvres d'Honoré de Balzac. La Cousine Bette. Le Cousin Pons* », *Étude historique et critique*, 2 vol., Genève, Droz, 1967.

BARBÉRIS Pierre, « L'affaire du musée Pons », dans *Mythes balzaciens*, Armand Colin, 1972.

MILNER Max, « La concierge et l'agonisant. Coordonnées balzaciennes », *Études bernanosiennes*, n° 15, 1974.

HINTZ Anne Mercedes, *The Anatomy of a Novel : a Study of Narrative Art in Balzac's Le Cousin Pons*, Yale University, 1975 (these dactylographiée).

CAROFIGLIO Vito, « Balzac mel sistema della duplicita : Pons e i "monstres" », *Saggi e ricerce di letteratura francese*, vol. 16, 1977.

DE BIASI Pierre-Marc, « Système et déviance de la collection à l'époque romantique », *Romantisme*, n° 27, 1980.

PREISENDANZ Wolfgang, « Karnavalisierum, der Erzählfunktion in Balzacs *Les Parents pauvres* », *Honoré de Balzac*, Fink Verlag, UTB, München, 1980.

VAN ROSSUM-GUYON Françoise et VAN BREDERODE Michel, dir., *Balzac et Les Parents pauvres*, CDU-SEDES, 1981. Cet ouvrage rassemble les études suivantes intégralement ou en partie consacrées au *Cousin Pons* :

- AMOSSY Ruth, « L'esthétique du grotesque dans *Le Cousin Pons* » ;
- BUUREN Maarten van, « L'homme double » ;
- DE BIASI Pierre-Marc, « La collection Pons comme figure du problématique » ;
- DIAZ José-Luiz, « Destins du deux : oxymore, ironie, répétition dans *Le Cousin Pons* » ;
- FRAPPIER-MAZUR Lucienne, « Le discours du pouvoir dans *Le Cousin Pons* » ;
- HENRY Alain et OLRIK Hilde, « Deux jumeaux de sexe différent » ;
- MUSTIÈRE Philippe et NÉE Patrick, « De l'artiste et du pouvoir : l'Allemagne comme horizon mythique du romantisme dans *Le Cousin Pons* » ;
- NEEFS Jacques, « Les foyers de l'histoire » ;
- VAN ROSSUM-GUYON Françoise, « Redondance et discordances : Métadiscours et autoreprésentation dans *Les Parents pauvres* ».

GUICHARDET Jeannine, « Le cousin Pons, "un glorieux débris de l'Empire" », dans *Balzac « archéologue » de Paris*, SEDES, 1986.

SCHUEREWEGEN Franc, « *Muséum* ou *Croutéum* ? Pons, Bouvard, Pécuchet et la collection », *Romantisme*, n° 55, 1987.

LAZLO Pierre, « Buffon et Balzac : variations sur un modèle descriptif », *Romantisme*, n° 58, 1987.

NICHOLSON Jane A., « Discourse, Power and Necessity : contextualizing *Le Cousin Pons* », *Symposium*, Spring 1988.

PELCKMANS Paul, *Concurrences du monde. Propositions pour une poétique du collectionneur moderne*, Amsterdam, Rodopi, 1990.

BELL David F., « Statistical Thinking in Balzac : *Le Cousin Pons* », *SubStance*, 74, 23, 2, 1993.

BORDAS Éric, « Le rôle de la peinture dans *Le Cousin Pons* », *Australian Journal of French Studies*, janvier-avril 1995, n° 32 (1).

GREENE John Patrick, « Balzac's Most Helpless Heroine : The Art Collection in *Le Cousin Pons* », *The French Review*, octobre 1995, n° 69 (1).

YOSHIKAWA Yasuhisa, « *Le Cousin Pons*, ou un "panharmonicon" d'écriture », *Études françaises*, n° 4, Faculté des lettres, université de Waseda, Japon, 1997.

GEORGE Chantal, « Moderne ou ancien : *Le Cousin Pons* » dans *Balzac et la peinture*, collectif, Musée des Beaux-Arts de Tours/ Farrago, 1999.

MOYAL Gabriel Louis, « Inventaires du génie : Pons & Poussin », dans *Règles du genre et inventions du génie*, dir. Alain Goldschläger, Yzabelle Martineau et Clive Thomson, London, Mestengo, 1999.

TERRASSE-RIOU Florence, « La transmission des héritages dans *Le Cousin Pons*, *L'Interdiction* et *La Cousine Bette* : les dettes reparaissantes », dans Nicole Mozet et Paule Petitier (dir.), *Balzac dans l'Histoire*, SEDES, 2001.

MENGALDO Pier Vincenzo, « Deux chapitres sur *Le Cousin Pons* », dans F. Fiorentino (dir.), *Début et fin dans la narration balzacienne*, Taranto, Lisi editore, 2002.

MOYAL Gabriel Louis, « La faim dans l'histoire : *Le Cousin Pons*, *Le Constitutionnel* et la politique de la cuisine », dans A. Oliver et S. Vachon (dir.), *Réflexions sur l'autoréflexivité balzacienne*, Toronto, Centre Joseph Sablé, 2002.

HINER Susan, « Fan Fashion in Balzac's *Le Cousin Pons* », *Romance Studies*, 25, 3, 2007.

SPRENGER Scott, « *Le Cousin Pons* ou l'anthropologie balzacienne du goût », PUF, *L'Année balzacienne*, 2009.

VANONCINI André, « La dialectique du beau et du faux dans *Le Cousin Pons* », PUF, *L'Année balzacienne*, 2011.

CHRONOLOGIE[1]

1. Les titres en gras indiquent la publication en volume ; les titres en italique accompagnés de la mention d'une revue ou d'un journal, la publication en périodique.

1797 (30 janvier) : Bernard-François Balzac, cinquante et un ans, directeur des Vivres de la vingt-deuxième division militaire à Tours, épouse à Paris Anne-Charlotte-Laure Sallambier, dix-neuf ans, fille du directeur de la régie des Hospices de Paris.

1798 (20 mai) : Naissance de Louis-Daniel Balzac, premier enfant des Balzac, qui ne vivra que trente-trois jours.

1799 (20 mai) : Naissance à Tours d'Honoré Balzac ; des difficultés d'allaitement (?) le font mettre aussitôt en nourrice.

1800 (29 septembre) : Naissance à Tours de Laure, sœur d'Honoré, mise en nourrice avec lui à Saint-Cyr-sur-Loire jusqu'en 1803.

1802 (18 avril) : Naissance de Laurence, sœur d'Honoré et de Laure ; sur l'acte de baptême, Laurence est déclarée fille légitime de B.-F. *de* Balzac. (Naissance de Victor Hugo ; après *Atala* (1801), Chateaubriand publie *René* et *Le Génie du Christianisme*).

1804 (avril) : Honoré entre comme externe à la pension Le Guay de Tours.

1807 (22 juin) : Honoré entre comme pensionnaire au collège des Oratoriens sécularisés de Vendôme (aujourd'hui Lycée Ronsard).
21 décembre : Naissance d'Henri, dernier enfant des époux Balzac ; il passe pour être en fait le fils naturel de Jean de Margonne, châtelain de Saché, chez qui Honoré fera de nombreux séjours. Honoré souffrira pendant toute

sa jeunesse de la préférence de sa mère pour Henri, qui ne manifestera pourtant jamais ni don particulier, ni caractère.

1813 (22 avril) : Plongé dans un état somnambulique inquiétant, qu'il décrira plus tard dans *Louis Lambert* comme une « congestion d'idées », Honoré est retiré en hâte du collège de Vendôme ; il avait commencé à y écrire un *Traité de la volonté*, confisqué par un de ses maîtres.
Été : Honoré est placé pour quelques mois comme pensionnaire à l'institution Ganser à Paris. (Entre-temps, Chateaubriand a publié ses *Martyrs* (1809), Mme de Staël *De l'Allemagne* et Walter Scott *La Dame du lac* (1810 : année de naissance de Musset et de Chopin) ; 1811 a vu naître Théophile Gautier ; en 1812, Byron commence à publier son *Childe Harold* et, en 1813, *Le Giaour*.)

1814 : Honoré est externe au collège de Tours.
Novembre : La famille Balzac s'installe à Paris dans le Marais, 40, rue du Temple ; Honoré fréquente l'institution Lepître, rue de Turenne. (Byron publie *Lara*, Walter Scott les *Waverley Novels*, Hoffmann les *Kreisleriana*).

1815 (octobre) : Honoré réintègre la pension Ganser, et suit en même temps la classe de rhétorique du Lycée Charlemagne.

1816 : Honoré achève ses études secondaires.
Novembre : Honoré s'inscrit à la Faculté de droit, et entre comme petit clerc chez l'avoué Guillonnet-Merville.

1817 (Été) : Vacances à L'Isle-Adam chez le maire Villers La Faye, vieil ami de la famille. (Benjamin Constant publie *Adolphe*, Hoffmann *Les Elixirs du Diable*, Byron *Manfred* ; mort de Mme de Staël).

1818 (mars) : Honoré quitte l'étude de Guillonnet-Merville, et entre bientôt comme clerc de notaire chez Me Passez.
Été : Nouvelles vacances à L'Isle-Adam.
Novembre : Honoré entame sa troisième année de droit, et rédige son premier travail littéraire : des notes philosophiques *Sur l'immortalité de l'âme.*

1819 (4 janvier) : Honoré est reçu bachelier en droit.
Été : Vacances à L'Isle-Adam.
4 août : Honoré, qui refuse de devenir notaire, a obtenu de ses parents de s'installer à Paris dans une mansarde (rue Lesdiguières, près de l'Arsenal) pour faire ses preuves d'écrivain. Il caresse plusieurs projets de pièces de théâtre. B.-F. Balzac, retraité de l'administration militaire avec

une pension plus mince que prévu, s'est installé à Villeparisis avec sa famille ; le 16 août, son frère Louis Balzac, accusé d'avoir assassiné une fille de ferme, est guillotiné à Albi.

1820 : Honoré achève sa tragédie en cinq actes et en vers *Cromwell*.
Avril-mai : Séjour à L'Isle-Adam.
18 mai : Laure épouse à Paris l'ingénieur Eugène Surville.
Été : Honoré reprend son roman médiéval commencé en avril, *Falthurne*, qu'il n'achèvera pas. Ses parents, que la lecture de *Cromwell* et l'avis défavorable de l'académicien Andrieux ont peu enthousiasmés, donnent congé rue Lesdiguières pour le premier janvier suivant.
Septembre : Honoré a la chance de tirer un « bon numéro » qui le dispense du service militaire.
Vers la fin de l'année, Honoré commence à rédiger un roman par lettres *Sténie ou les erreurs philosophiques*, qui restera aussi inachevé. (Lamartine publie ses *Méditations poétiques*, Maturin son *Melmoth*.)

1821 : Honoré retourne habiter avec ses parents à Villeparisis. Il rencontre Auguste Le Poitevin dit « de l'Egreville », qui recrute des plumes pour fournir aux éditeurs des romans pour « cabinets de lecture » ; il commence à écrire *L'Héritière de Birague* et *Clotilde de Lusignan*.
Avril-mai : Dernier séjour à L'Isle-Adam.
1er septembre : Laurence épouse M. de Montzaigle, — mariage qui se révélera malheureux. (Charles Nodier publie *Smarra*.)

1822 : Début de la liaison avec Mme de Berny, la « dilecta » de vingt-deux ans son aînée, qu'il a rencontrée en juin 1821.
Les premiers romans de Balzac paraissent sous divers pseudonymes.
Janvier : **L'Héritière de Birague** « par A. de Viellerglé (anagramme de de l'Egreville) et Lord R'hoone (anagramme d'Honoré) ».
Mars : **Jean-Louis** « par Lord R'hoone ».
Mai-avril : Séjour d'Honoré chez Laure, à Bayeux.
Juillet : **Clotilde de Lusignan** (premier roman rédigé par Honoré seul) « par Lord R'hoone ».
Octobre : La famille Balzac quitte Villeparisis, et retourne s'installer à Paris dans le Marais, rue du Bois-doré ; Honoré s'engage à payer 1 200 francs de pension annuelle à son père, qui lui fait signer un contrat en règle à cet effet.

Novembre : **Le Centenaire et Le Vicaire des Ardennes** « par Horace de Saint-Aubin ».
Novembre-décembre : Honoré commence un roman *Wann-Chlore*, et écrit un mélodrame *Le Nègre*, refusé à la Gaîté en janvier suivant. (Stendhal publie *De l'Amour*.)

1823 (mai) : **La Dernière Fée** « par Horace de Saint-Aubin ». Honoré achève *Wann-Chlore*.
Juillet-septembre : séjour en Touraine, rédaction du poème *Fœdora*. (Lamartine publie de *Nouvelles Méditations poétiques*, Hugo *Han d'Islande*, Walter Scott *Quentin Durward*, Stendhal *Racine et Shakespeare*.)

1824 (janvier-mai) : Honoré collabore à de petits journaux, entre autres avec son ami le journaliste libéral Horace Raisson, au *Feuilleton littéraire* ; il publie deux brochures anonymes : **Du Droit d'aînesse et Histoire impartiale des jésuites.**
Mai : **Annette et le Criminel** « par Horace de Saint-Aubin ». Rédaction inachevée d'un nouveau *Falthurne*.
Juin : La famille Balzac retourne s'installer à Villeparisis, sans Honoré, qui prend un petit appartement rue de Tournon.

1825 : Avec de l'argent prêté par sa famille, Honoré s'associe avec l'éditeur Urbain Canel pour la publication d'*Œuvres complètes* illustrées de Molière et de La Fontaine, pour lesquelles il va écrire des notices.
Mars : **Code des gens honnêtes** sans nom d'auteur.
Avril : Bref voyage à Alençon.
Été : Début de la liaison d'Honoré avec la duchesse d'Abrantès, de quinze ans son aînée.
11 août : mort de Laurence.
Septembre : **Wann-Chlore** sans nom d'auteur. Honoré projette une série de romans destinée à former une *Histoire de la France pittoresque*.

1826 (avril) : Grâce à des prêts encore, Honoré achète l'imprimerie Laurens, pour l'exploiter en association avec le prote Alain Barbier.
Mai : L'éditeur Canel est mis en faillite, et Honoré se charge seul de l'affaire des *Œuvres complètes* — un premier échec en affaires qui le laissera avec 30 000 francs de dettes.
4 juin : Honoré obtient son brevet d'imprimeur et s'installe rue des Marais-Saint-Germain (actuelle rue Visconti).
Juillet : Pour son premier travail d'imprimeur, Honoré

compose une première version de sa *Physiologie du Mariage* (qui ne sera pas diffusée).
Septembre : Bref voyage à Reims pour recouvrer une créance ; les affaires marchent mal.
La famille Balzac quitte Villeparisis et s'installe à Versailles. (Vigny publie *Cinq-Mars*, Hugo *Odes et Ballades*, Chateaubriand *Les Natchez*, et Fenimore Cooper *Le Dernier des Mohicans*.)

1827 (15 juillet) : Toujours grâce à des prêts de sa famille et de Mme de Berny, l'amie fidèle, Honoré et son associé Barbier se mettent en société avec le fondeur de caractères Laurens. Honoré travaille à ses projets de romans historiques et à des compilations diverses ; en aidant Urbain Canel à rassembler des textes pour un recueil collectif annuel, *Annales romantiques*, il rencontre divers écrivains, dont Hugo et Vigny.

1828 (février) : Barbier se retire des sociétés d'imprimerie et de fonderie de caractères.
Avril : Poursuivi par les créanciers, Honoré s'installe, sous le nom de son beau-frère Surville, rue Cassini, près de l'Observatoire.
16 avril : Liquidation de la fonderie, reprise par le fils de Mme de Berny.
16 août : Liquidation de l'imprimerie. Honoré est non seulement ruiné, mais encombré pour l'avenir de dettes énormes contractées envers amis et parents.
18 septembre-fin octobre : Retour à la littérature au cours d'un séjour à Fougères chez le général de Pommereul (dont le père fut le protecteur du père d'Honoré) ; Honoré prépare un roman sur la chouannerie, *Le Gars*.

1829 : Honoré est introduit par la duchesse d'Abrantès dans les salons à la mode, entre autres chez Mme Récamier et chez le baron Gérard. Début de la correspondance avec Zulma Carraud, qu'il connaît depuis l'enfance ; elle est la femme d'un capitaine de l'école de Saint-Cyr où Honoré se lie d'amitié avec tout un groupe de camarades polytechniciens de Surville.
Avril : Balzac publie, pour la première fois sous son nom, **Le Dernier Chouan ou la Bretagne en 1800**, qui, sous son titre définitif *Les Chouans*, sera aussi le premier roman à prendre place dans *La Comédie humaine*.

Juin : Séjour à La Bouleaunière (près de Nemours) chez Mme de Berny, où il rédige la plus ancienne des *Scènes de la vie privée*, *La Paix du ménage*.

19 juin : Mort de B.-F. Balzac, père de l'écrivain, qui était né en 1746.
10 juillet : Balzac assiste chez Hugo à la lecture de *Marion Delorme*.
Octobre : Balzac écrit ce qui deviendra *La Maison du Chat-qui-pelote*. Il travaille à *El Verdugo*, la plus ancienne des *Études Philosophiques*, à ce qui deviendra *La Femme de trente ans*, au *Bal des Sceaux*, nouvelles qui vont prendre place dans les *Scènes de la vie privée*.
Décembre : **Physiologie du mariage** « par un jeune célibataire », qui amorce le succès mondain de Balzac ; (Mérimée publie *Chroniques du règne de Charles X*, Hugo *Les Orientales*).

1830 (janvier) : Balzac, qui collabore désormais avec plusieurs journaux, se lie entre autres avec Émile de Girardin et s'associe avec lui pour la publication d'un journal : le *Feuilleton des Journaux politiques*.
30 janvier : *El Verdugo*, premier texte signé H. de Balzac, dans *La Mode* (un des journaux de Girardin).
25 février : Balzac prend part à la bataille d'*Hernani*, mais n'en publie pas moins un article sévère sur la pièce.
Mars : *L'Usurier* (futur *Gobseck*) et *Étude de femme* dans *La Mode*.
Avril : **Premières Scènes de la vie privée.**
Mai : *Les Deux Rêves* (future IIIe partie de *Sur Catherine de Médicis*) et *Adieu* dans *La Mode*.
Juin-août : Séjour à La Grenadière, près de Tours, avec Mme de Berny ; descente de la Loire en bateau.
Automne : Balzac fréquente le salon de Charles Nodier à l'Arsenal.
Octobre-décembre : *L'Elixir de longue vie*, *Sarrasine* et *Une passion dans le désert* dans la *Revue de Paris*. (Stendhal publie *Le Rouge et le Noir*.)

1831 : Balzac homme du monde rencontre entre autres Rossini, Jules Sandeau et George Sand.
Janvier-mars (et octobre) : Plusieurs épisodes de la future *Femme de trente ans* et du *Réquisitionnaire* dans la *Revue de Paris*.
Mars-avril : Séjour à La Bouleaunière avec Mme de Berny. 23 avril : Tenté par la politique, Balzac, qui vient de rencontrer le duc de Fitz-James (chef du parti néo-légitimiste), publie à des fins électorales la brochure : *Enquête sur la politique de deux ministères*.
Mai : *Les Proscrits* dans la *Revue de Paris*.
1er juin : Balzac est témoin au mariage d'Émile de Girardin.

31 juillet-7 août : *Le Chef-d'œuvre inconnu* dans *L'Artiste*.
1er août : **La Peau de chagrin** consacre la réputation de Balzac comme écrivain à la mode.
Fin septembre : **Romans et Contes philosophiques.**
Septembre-octobre : Séjour à La Bouleaunière avec Mme de Berny.
Octobre-décembre : Séjour à Saché chez M. de Margonne. (Hugo publie *Notre-Dame de Paris*.)

1832 (janvier) : **Contes bruns** avec Chasles et Rabou.
15 février : *Le Message* dans la *Revue des Deux-Mondes*.
19 février : *Madame Firmiani* dans la *Revue de Paris ; La Transaction* (futur *Colonel Chabert*) dans *L'Artiste*.
28 février : Première lettre à Balzac de celle qui n'est encore que « L'Étrangère », Mme Hanska, épouse d'un riche propriétaire d'Ukraine.
Avril : Premier dizain des **Contes drolatiques**. Nouveaux épisodes de *La Femme de trente ans* dans la *Revue de Paris*. Fin avril-début mai : Séjour à Saint-Firmin, près de Chantilly, avec Mme de Berny.
19 mai : *La Vie d'une femme* dans *Le Rénovateur*.
6 juin-16 juillet : Séjour à Saché, où Balzac rédige *Louis Lambert*.
Juillet-août : Séjour à Angoulême chez les Carraud.
Fin août-13 octobre : Balzac rejoint à Aix-les-Bains la marquise de Castries (nièce du duc de Fitz-James), rencontrée l'année précédente et à laquelle il fait une cour assidue ; il s'est, pour lui plaire, rallié ouvertement au parti néo-légitimiste.
9-16 septembre : *La Femme abandonnée* dans la *Revue de Paris*.
14-18 octobre : Balzac séjourne à Genève avec la marquise de Castries, qui se refuse à lui ; il la quitte et se « vengera » avec *La Duchesse de Langeais*.
Octobre : **Nouveaux Contes philosophiques**, contenant **Louis Lambert**. *Lettre à Nodier* et *La Grenadière* dans la *Revue de Paris*.
Fin octobre-décembre : Séjour à La Bouleaunière avec Mme de Berny.
9 décembre : Première réponse de Balzac à l'Étrangère ; Balzac a commencé *Le Médecin de campagne*. (Mort de Goethe.)

1833 : Balzac cesse son activité purement journalistique et ne donne aux journaux que la pré-publication de ses œuvres. Début d'une correspondance suivie avec Mme Hanska ; liaison avec Marie du Fresnay ; Balzac continue d'élargir le cercle de ses relations mondaines.

13 janvier : Deuxième partie des *Marana* dans la *Revue de Paris*.
Mars : *Ferragus* dans la *Revue de Paris*.
Mi-avril-mi-mai : Nouveau séjour à Angoulême chez les Carraud ; une partie de *La Duchesse de Langeais* dans *L'Echo de la Jeune France*.
19 juin : *La Veillée* du *Médecin de campagne* dans *L'Europe littéraire*.
Juillet : Deuxième dizain des **Contes drolatiques**.
Procès avec l'éditeur Mame à propos du *Médecin de campagne*.
15 août-5 septembre : *Théorie de la démarche* dans *L'Europe littéraire*.
Début septembre : **Le Médecin de campagne**. Début d'*Eugénie Grandet* dans *L'Europe littéraire*.
25 septembre : Première rencontre avec Mme Hanska à Neuchâtel, où Balzac reste jusqu'au 1er octobre.
Octobre : Contrat avec Mme Béchet pour la publication des *Études de mœurs au XIXe siècle* : douze volumes divisés en trois séries qui préfigurent *La Comédie humaine*, *Scènes de la vie privée*, *Scènes de la vie de province*, *Scènes de la vie parisienne*.
Décembre : **Tome V-VI des Études de Mœurs**, volumes 1 et 2 des *Scènes de la vie de province*, contenant en inédit **Eugénie Grandet** et **L'Illustre Gaudissart**.
24 décembre : Balzac retrouve Mme Hanska à Genève et lui offre, en cadeau de Noël, le manuscrit d'*Eugénie Grandet*. (George Sand publie *Lélia*.)

1834 (janvier-8 février) : Séjour à Genève avec Mme Hanska devenue sa maîtresse, qui lui présente la comtesse Marie Potocka, laquelle fera inviter Balzac à l'ambassade d'Autriche.
Fin mars : **Tomes X-XI des Études de Mœurs**, volumes 2 et 3 des *Scènes de la vie parisienne*, contenant en édition originale **Histoire des Treize**.
26 avril : Balzac, qu'on a vu aussi dîner en compagnie des bourreaux Samson père et fils, rencontre Vidocq.
1er juin (et 19 juillet) : début de *Séraphîta* dans la *Revue de Paris*.
4 juin : Naissance de Maria du Fresnay, fille présumée de Balzac (qui vivra jusqu'en 1930).
Juillet (ou octobre ?) : Au cours d'une soirée à l'ambassade d'Autriche, Balzac rencontre la comtesse Guidoboni-Visconti, née Sarah Lovell.
16 juillet : Balzac, qui a pris conscience de l'unité de son œuvre et songe à la diviser en trois grandes séries : *Études*

de Mœurs au XIXe siècle, *Études philosophiques* et *Études analytiques*, signe avec l'éditeur Werdet un contrat pour la publication d'une édition collective des *Études philosophiques*.
Septembre : **Tome III-IV des Études de Mœurs**, volume 3 et 4 des *Scènes de la vie privée*, contenant **La Femme de trente ans et La Recherche de l'Absolu.**
25 septembre-10 octobre : Séjour à Saché, rédaction du début du *Père Goriot* ; Balzac invente le procédé du « retour des personnages ».
Décembre : **Première livraison des Études philosophiques**, précédées d'une *Introduction* de Félix Davin. Balzac commence *César Birotteau*.
14 et 28 décembre : Début du *Père Goriot* dans la *Revue de Paris*. (Musset publie *Lorenzaccio*, Sainte-Beuve *Volupté*).

1835 (janvier-février) : Séjour auprès de Mme de Berny souffrante à La Bouleaunière. Fin du *Père Goriot* dans la *Revue de Paris*.
Début mars : **Le Père Goriot**. Sans abandonner la rue Cassini, Balzac se fait installer, rue des Batailles à Chaillot, une « cellule inabordable », sous le nom de Mme veuve Durand.
Avril-début mai : Mystérieux séjour à Meudon, peut-être pour échapper à l'envahissante comtesse Guidoboni-Visconti.
Début mai-4 juin : Balzac a rejoint Mme Hanska qui est à Vienne avec son mari ; la société viennoise lui fait bon accueil, il est reçu par Metternich ; il ne reverra Mme Hanska que huit ans plus tard.
Juin : **Melmoth réconcilié** au tome VI du *Livre des conteurs* (coll.) **Tomes I et XII des Études de Mœurs**, volume 1 des *Scènes de la vie privée* et volume 4 des *Scènes de la vie parisienne* où figure *La Comtesse à deux maris*, édition originale du futur *Colonel Chabert*.
16-21 juin : Bref voyage à Boulogne, sans doute avec la comtesse Guidoboni-Visconti.
Juillet : Bref séjour à La Bouleaunière ; Balzac esquisse ce qui deviendra *Les Paysans*.
31 août-8 septembre : Nouvel aller-retour à Boulogne.
Octobre : Dernier séjour à La Bouleaunière, où Balzac termine *La Fleur des pois*. Mme de Berny vient de perdre son fils ; elle décide de ne plus revoir Balzac.
Novembre : **Tomes II et IX des Études de mœurs**, volume 2 des *Scènes de la vie privée* contenant en inédit **La Fleur des pois (Le Contrat de Mariage)**, et volume 1 des *Scènes de la vie parisienne*.

Novembre-décembre : Début du *Lys dans la Vallée* dans la *Revue de Paris*. Souverain achète le droit de publier les *Œuvres complètes d'Horace de Saint-Aubin*. **Le Livre Mystique**, contenant **Séraphîta** et une version augmentée de *Louis Lambert*.
24 décembre : Balzac achète les six huitièmes des actions de *La Chronique de Paris*. (Musset publie *Les Nuits*, Hugo *Les Chants du Crépuscule*.)

1836 (janvier) : Balzac se consacre à la direction de son journal, dont l'équilibre financier est précaire. Début du procès à propos du *Lys dans la vallée*, dont l'éditeur Buloz (*Revue de Paris*) a, sans l'autorisation de Balzac, transmis des épreuves à une revue de Saint-Pétersbourg. Cession des *Études de mœurs au XIXe siècle* à Werdet, qui devient ainsi l'éditeur unique de Balzac.
Janvier-février : *La Messe de l'athée* et *L'Interdiction* dans *La Chronique de Paris*.
Février : Début des lettres à Louise, dont l'identité n'a pas encore été établie avec certitude.
6 mars : Début du *Cabinet des antiques* dans *La Chronique de Paris*.
16-26 avril : Balzac à la campagne pour terminer *Le Lys dans la vallée*.
27 avril-4 mai : Balzac en prison pour ne pas avoir assumé son tour de garde national.
29 mai : Naissance de Lionel-Richard Guidoboni-Visconti, qui pourrait bien être le fils de Balzac.
3 juin : Balzac obtient partiellement satisfaction dans son procès avec Buloz.
9 juin : Fragment des *Martyrs ignorés* dans la *Chronique de Paris*.
18 juin : **Le Lys dans la vallée**.
19 juin : Balzac part pour Saché où il commence *Illusions perdues*.
3-4 juillet : Retour en catastrophe à Paris, où Balzac doit dissoudre sa société de gérance de *La Chronique de Paris* ; il se retrouve ainsi avec 46 000 francs de dettes supplémentaires...
25 juillet-22 août : Voyage en Italie (qu'il découvre) avec Caroline Marbouty déguisée en page. Au retour, Balzac apprend la mort de Mme de Berny, survenue le 27 juillet.
Septembre : **Deuxième livraison des Études philosophiques**, contenant en édition originale **L'Interdiction**.
30 septembre : Poursuivi par les créanciers, Balzac quitte définitivement la rue Cassini pour son refuge de Chaillot.

9-16 octobre : *La Perle brisée* (IIe partie de *L'Enfant maudit*) dans *La Chronique de Paris*.
23 octobre-4 novembre : Balzac donne, pour la première fois en France, un roman dans un quotidien : *La Vieille Fille* dans *La Presse* que vient de lancer Émile de Girardin.
15 novembre : Un traité avec les éditions Delloye et Lecou, et une avance substantielle, permettent à Balzac de payer ses dettes les plus urgentes.
20 novembre-1er décembre : Séjour en Touraine.
8 décembre-22 janvier 1837 : *Le Secret des Ruggieri* dans *La Chronique de Paris*.

1837 (février) : **Tomes VII-VIII (les derniers) des Études de mœurs**, volumes 3 et 4 des *Scènes de la vie de province* contenant la **première partie**, inédite, d'**Illusions perdues**, et l'édition originale de **La Vieille Fille**.
8 février : Un ancien associé de *La Chronique de Paris*, William Duckett, fait saisir le tilbury de Balzac.
14 février-3 mai : Long voyage en Italie, où il est bien accueilli par la haute société (Milan, Venise, Gênes, Livourne, Florence, Bologne, Côme).
Mai : Faillite de l'éditeur Werdet.
Fin juin-début juillet : Balzac échappe de justesse, en se cachant, à la prison pour dettes. **Troisième livraison des Études philosophiques**, assumée par Delloye et Lecou.
1er-14 juillet : *La Femme supérieure (Les Employés)* dans *La Presse*.
23 juillet-20 août : *Gambara* dans la *Revue et Gazette musicale de Paris*.
15-28 août : Séjour à Saché.
16 septembre : Balzac achète à Sèvres un « chalet » et des terrains au lieu-dit « Les Jardies ».
Décembre : **Troisième et dernier dizain des Contes drolatiques**.
17 décembre : **César Birotteau**.

1838 (février) : Séjour dans le Berry, à Frapesle, chez les Carraud.
24 février-2 mars : Visite à Nohant, chez George Sand, qui suggère à Balzac le sujet de *Béatrix*.
Mars-début juin : Voyage en Sardaigne, où Balzac envisage d'exploiter des mines argentifères : l'idée était si bonne qu'une société de Marseille a déjà acquis la concession. Voyage en Italie, séjour à Turin. A son retour à Paris, Balzac apprend la mort de la duchesse d'Abrantès, survenue le 7 juin.

Fin juin-début juillet : Balzac s'installe aux Jardies, où il a acquis de nouvelles parcelles et dépense une fortune en aménagements et en plantations — la légende dira qu'il rêvait de faire fortune en acclimatant aux Jardies la culture de l'ananas.
Septembre : **La Femme supérieure** (**Les Employés**) ; **La Maison Nucingen** ; **La Torpille** (début des futures **Splendeurs et misères des courtisanes**).
12 novembre : Contrat de réimpression avec l'éditeur Charpentier qui lance sa célèbre collection « Bibliothèque in-18° ».
21 décembre : Léon Curmer achète à Balzac plusieurs textes pour son recueil *Les Français peints par eux-mêmes.*
28 décembre : Balzac adhère à la toute neuve Société des gens de lettres.
31 décembre : *Une fille d'Ève* dans *Le Siècle*, le quotidien de Dutacq. (Victor Hugo fait jouer *Ruy Blas*.)

1839 (1er-7 janvier) : Début du *Curé de village* dans *La Presse.*
Janvier : Balzac est de nouveau à « l'Hôtel des Haricots » pour ne pas avoir fait son tour de garde national.
Février : Balzac loue un pied-à-terre rue de Richelieu.
24 février : Le théâtre de la Renaissance refuse *L'École des ménages.*
24 mars : Balzac élu au comité de la Société des gens de lettres. **Le Cabinet des Antiques suivi de Gambara.**
13-26 avril (et 10-19 mai) : Ire et IIe partie de *Béatrix* dans *Le Siècle.*
18-20 avril : Balzac fait transporter sa bibliothèque aux Jardies, où il réside la plupart du temps.
14 mai : Balzac achète un deuxième « chalet » aux Jardies.
15 juin : **Un grand homme de province à Paris** (**IIe partie d'Illusions perdues**).
Juillet : *Véronique* et *Véronique au tombeau* (IIe et IIIe parties du *Curé de village*) dans *La Presse.*
16 août : Balzac président de la Société des gens de lettres.
20-26 août : *Une princesse parisienne (Les Secrets de la Princesse de Cadignan)* dans *La Presse.* **Une fille d'Ève suivi de Massimila Doni.**
30 août-28 octobre : Affaire Peytel ; sur les instances de Gavarni, Balzac (*Lettres* dans *Le Siècle*) essaie en vain de sauver la tête d'un notaire de Bourg-en-Bresse, accusé du double meurtre de sa femme et de son domestique.
Octobre-décembre : *Petites Misères de la vie conjugale* dans *La Caricature.*
Novembre : **Béatrix ou les amours forcés.**

2 décembre : Candidat à l'Académie française, Balzac s'efface devant Hugo, qui ne sera d'ailleurs pas élu. (Stendhal publie *La Chartreuse de Parme*.)

1840 (9 janvier) : Hugo succède à Balzac à la présidence de la Société des gens de lettres.
14-27 janvier : *Pierrette* dans *Le Siècle*. Balzac trouve le titre de « *La Comédie humaine* ».
Janvier-février : Balzac achève, remanie et fait répéter sa pièce *Vautrin*. La pièce, rejetée deux fois (23 janvier, 27 février) par la censure, sera finalement autorisée le 6 mars.
Février : **Une princesse parisienne (Les Secrets de la Princesse de Cadignan)** dans le recueil (coll.) *Le Foyer de l'Opéra*, tome I.
14 mars : Création de *Vautrin* à la Porte-Saint-Martin. La pièce est interdite le lendemain même : Frédérick Lemaître, qui jouait Vautrin, s'était fait une tête de Louis-Philippe...
Mai : Frédérick Lemaître refuse de jouer *Mercadet*, que Balzac vient d'écrire pour lui à la hâte, et préfère faire sa rentrée dans *Kean* de Dumas.
Juillet : Avec l'aide de Dutacq, Balzac lance une petite revue, *La Revue parisienne*, qu'il rédige pratiquement seul.
25 juillet : *Z. Marcas* dans *La Revue parisienne*.
25 août : *Les Fantaisies de Claudine (Un prince de la bohème)* dans le deuxième numéro de *La Revue parisienne*.
Fin août-début septembre : **Quatrième livraison des Études philosophiques, contenant Les Proscrits.**
18-19 septembre : Un créancier, Foullon, obtient la saisie immobilière des Jardies.
25 septembre : *Études sur M. Beyle* dans *La Revue parisienne* : c'est le fameux article sur *La Chartreuse de Parme* ; c'est aussi le dernier numéro de la revue, Dutacq arrête les frais à temps.
1er octobre : Avec sa gouvernante-maîtresse Louise Breugniot, dite Mme de Brugnol, Balzac se cache sous le nom de M. de Brugnol dans un appartement à double issue rue Basse, à Passy (c'est la future Maison de Balzac de la rue Raynouard) ; il y accueille bientôt sa mère.
Novembre : **Pierrette, suivi de Pierre Grassou.**

15 décembre : Balzac assiste au retour des cendres de Napoléon. (Sainte-Beuve publie le début de *Port-Royal*, Hugo *Les Rayons et les Ombres*.)

1841 (15 janvier) : Balzac est nommé président honoraire de la Société des gens de lettres.

14 janvier-20 février : *Une ténébreuse affaire* dans *Le Commerce.*
24 février-4 mars : *Les Deux Frères* (Ire partie de *La Rabouilleuse*) dans *La Presse.*
Mars : *Notes* sur la propriété littéraire. **Le Curé de village.**
21-28 mars : *Une scène de boudoir (Autre étude de femme)* dans *L'Artiste.*
23 mars-4 avril : *Les Lecamus (Le Martyr calviniste)*, fragment de *Sur Catherine de Médicis* dans *Le Siècle.*
14 avril : Premier traité avec Hetzel, Dubochet et Sanches pour la publication de *La Comédie humaine.*
Avril-début mai : Voyage en Touraine et en Bretagne, probablement avec Hélène de Valette.
3 juin : Balzac assiste à la réception de Victor Hugo à l'Académie française.
15 juillet : Vente par adjudication des Jardies, que Balzac fait acheter par un prête-nom.
21 août : **Physiologie de l'employé.**
25 août-23 septembre : *Ursule Mirouët* dans *Le Messager.*
5 septembre : Balzac offre sa démission à la Société des gens de lettres, qui la refusera (5 et 22 octobre).
2 octobre : Second traité (annulant le premier) avec Furne, Dubochet et Hetzel pour la publication de *La Comédie humaine.* Balzac collabore toute l'année avec Hetzel pour le tome I de *La Vie publique et privée des animaux.*
26 novembre-6 décembre (et 27 décembre-3 janvier) : Ire et IIe partie des *Mémoires de deux jeunes mariées* dans *La Presse.*
24-28 décembre : *La Fausse Maîtresse* dans *Le Siècle.* Balzac propose *Les Ressources de Quinola* à l'Odéon.

1842 (5 janvier) : Balzac apprend la mort du comte Hanski, survenue le 10 novembre précédent. Son idée fixe sera désormais d'épouser Mme Hanska, avec laquelle il a cependant moins correspondu depuis 1839 et qui risque de perdre tous ses biens si elle l'épouse.
9-15 janvier : **Mémoires de deux jeunes mariées.**
Mars : **Ursule Mirouët.**
19 mars : Première des *Ressources de Quinola* à l'Odéon.
6 avril : Balzac déménage son pied-à-terre parisien de la rue de Richelieu pour éviter la saisie de ses meubles ; et la mère de Balzac quitte la rue Basse.
16 avril : Première livraison de l'édition Furne de *La Comédie humaine.*
23 avril : *Les Ressources de Quinola* quitte l'affiche ; échec financier.

29 mai-11 juin : *Albert Savarus* dans *Le Siècle*.
Juin-début juillet : Voyage en Touraine, en Bretagne et à Arcis-sur-Aube en vue du *Député d'Arcis*.
Juillet : George Sand ayant renoncé, après Nodier, à préfacer *La Comédie humaine*, Balzac rédige son grand *Avant-Propos*.
26 juillet-4 septembre : *Le Danger des mystifications (Un début dans la vie)* dans *La Législature*.
Septembre : *Les Méchancetés d'un saint* (incorporé plus tard à *L'Envers de l'histoire contemporaine*) dans *Le Musée des familles*. **La Fausse Maîtresse** *et* **Autre Étude de femme** dans la deuxième livraison de l'édition Furne.
27 octobre-19 novembre : *Un ménage de garçon en province* (IIe partie de *La Rabouilleuse*) dans *La Presse*.
Novembre : **Albert Savarus** dans la troisième livraison Furne.
Décembre : **Les Deux Frères (La Rabouilleuse)**.
(Eugène Sue publie *Les Mystères de Paris* ; mort de Stendhal.)

1843 (7 mars) : Balzac assiste à la création des *Burgraves* de Hugo.
17-29 mars : *Honorine* dans *La Presse* ; **Une ténébreuse affaire**.
20 mars-29 avril : *Dinah Piédefer (La Muse du département)* dans *Le Messager*.
21-30 mai : *Esther ou les amours d'un vieux banquier* (*La Torpille* corrigée) dans *Le Parisien*.
31 mai-1er juillet : fin de Ire partie et début de IIe partie de *Splendeurs et Misères des courtisanes* dans *Le Parisien*.
4 juin-début juillet : Balzac s'installe pour un mois à Lagny, près de l'imprimerie Giroux et Vialat qui compose *Esther* et *David Séchard*.
9-19 juin : Début de *David Séchard ou les souffrances de l'inventeur* dans *L'État*.
21 juin : *L'État* cesse de paraître.
5 juillet : Balzac rentre à Passy. **La Muse du département**.
18 juillet-14 août : *Le Parisien-L'État* (qui ont fusionné) achèvent de publier *David Séchard*.
21 juillet : Balzac s'embarque à Dunkerque sur le *Devonshire*, qui accoste à Saint-Pétersbourg le 29 juillet.
29 juillet-7 octobre : Séjour à Saint-Pétersbourg avec Mme Hanska ; Balzac est victime au cours de ce séjour d'un sévère coup de soleil ; au retour, le docteur Nacquart diagnostiquera une sorte de méningite chronique.

Septembre : *Madame de la Chanterie* (fragment de *L'Envers de l'histoire contemporaine*) dans le *Musée des familles*.
26 septembre : Création (en l'absence de Balzac donc) de *Paméla Giraud* à la Gaîté.
1er octobre-3 novembre : Balzac rentre à Paris via l'Allemagne et la Belgique.
8-10 novembre : Balzac va récupérer sa malle (revenue par bateau) au Havre, où il recueille des renseignements qu'il utilisera dans *Modeste Mignon*.
Décembre : Candidature à l'Académie française, et retrait. Balzac pose pour le sculpteur David d'Angers.

1844 (janvier) : Balzac, qui se plaint de douleurs nerveuses, écrit entre autres *Les Roueries d'un créancier (Un homme d'affaires)* et travaille aux *Petits Bourgeois* (qui restera inachevé) et à *Modeste Mignon*, dont l'idée lui vient de Mme Hanska — à laquelle il écrit alors chaque jour.
Mars : **David Séchard (IIIe partie d'Illusions perdues)**.
4-18 avril : Début de *Modeste Mignon* dans le *Journal des Débats*.
19 avril-mai : Une jaunisse interrompt la rédaction de *Modeste Mignon*.
17 mai-1er juin (et 5-21 juillet) : Fin de *Modeste Mignon* dans le *Journal des Débats*.
Juin : **Un début dans la vie**.
26 juillet : Balzac établit un catalogue des ouvrages que contiendra *La Comédie humaine* : 125 ouvrages, dont 40 restent à faire.
30 août : Balzac a déjà fourni quatre « croquis de mœurs » à Hetzel pour le tome I du *Diable à Paris* (coll.), et Hetzel lui en commande une nouvelle série.
Septembre : **IIe partie de Splendeurs et misères des courtisanes**, sous ce titre et le sous-titre **Esther. Catherine de Médicis expliquée. Le Martyr calviniste**.
Octobre : Névralgie et inquiétudes.
12 octobre : *Un Gaudissart de la rue de Richelieu (Gaudissart II)* dans *La Presse*.
Octobre-novembre : Suite de *Madame de la Chanterie* dans *Le Musée des familles*. **Honorine suivi d'Un prince de la bohème**.
Novembre (-janvier 1845), **Modeste Mignon suivi de Un épisode sous la Terreur et Une passion dans le désert**.
3-21 décembre : Première partie des *Paysans* dans *La Presse*.
24 décembre-23 janvier 1845 : *La Lune de miel (Un adultère rétrospectif)* IIe partie de *Béatrix* dans *Le Messager*.

(Vigny publie *La Maison du Berger*, Dumas le début du *Comte de Monte-Cristo* et des *Trois Mousquetaires* ; mort de Charles Nodier ; naissance d'Anatole France.)

1845 (20 janvier) : Balzac reçoit son buste en marbre par David d'Angers.
Janvier-mars : Divers textes dans *Le Diable à Paris*, tome II ; Hetzel publie aussi tout au long de l'année des fragments, des *Petites Misères de la vie conjugale*.
24 avril : Balzac est fait chevalier de la Légion d'honneur.
25 avril-5 juillet : Balzac rejoint Mme Hanska, sa fille Anna et son fiancé Georges Mniszech à Dresde ; ils voyagent en Allemagne.
Mai : **La Lune de miel (IIe partie de Béatrix)**.
7 juillet : De retour à Paris, Balzac installe Mme Hanska et sa fille rue de la Tour, à Passy.
Fin juillet-début août : Voyage ensemble en France (Orléanais, Touraine, Berry).
11-27 août : Voyage ensemble en Hollande. On se sépare à Bruxelles.
19 août : Fragment des *Comédiens sans le savoir* dans *Le Siècle*.
30 août-fin septembre : Balzac est seul à Paris.
10 septembre : *Les Roueries d'un créancier (Un homme d'affaires)* dans *Le Siècle*.
24 septembre-4 octobre : Séjour à Baden.
Octobre : Liquidation définitive des Jardies.
Fin octobre-début novembre : Descente en bateau de la Saône et du Rhône, et voyage à Naples avec Mme Hanska, Anna et Georges.
8-17 novembre : Balzac rentre seul à Paris, non sans avoir acheté des antiquités à Marseille : depuis dix-huit mois, il se ruine en meubles, objets, tableaux, en vue de son mariage avec Mme Hanska.
13 décembre : Visite de la Conciergerie en vue d'un épisode de la fin de *Splendeurs et misères des courtisanes* qu'il a beaucoup de mal à écrire.
24 décembre : Voyage-éclair à Rouen pour acheter un meuble.

1846 (Janvier-mars) : Travail lent et difficile.
16 mars-avril : Balzac part retrouver Mme Hanska à Rome.
14-24 avril : *Les Comédiens sans le savoir* dans *Le Courrier français*.
22 avril-mai : Balzac et Mme Hanska en Suisse.
28 mai : Balzac rentre à Paris.

30 mai : Première allusion à un espoir de maternité de Mme Hanska.
3-9 juin : Balzac en Touraine pour acheter une propriété.
Juillet : IIIe partie de *Splendeurs et misères des courtisanes* dans *L'Époque*.
16 juillet : Balzac commence à écrire *La Cousine Bette*.
30 août-15 septembre : Balzac accompagne Mme Hanska à Mayence, d'où elle gagne Wiesbaden pendant qu'il rentre à Paris.
Septembre : **Petites misères de la vie conjugale. La Femme de soixante ans (Ire partie de l'Envers de l'histoire contemporaine) suivi de L'Enfant maudit.**
19 septembre : **Dernière livraison de l'édition Furne de La Comédie humaine.**
28 septembre : Balzac achète (à crédit) la maison de la rue Fortunée (actuelle rue Balzac).
8 octobre-3 décembre : *La Cousine Bette* dans *Le Constitutionnel*.
9-17 octobre : A Wiesbaden pour le mariage d'Anna et du comte Georges Mniszech.
11 octobre : *Lettre à Hippolyte Castille* dans *La Semaine*, pour défendre son œuvre accusée d'immoralité.
1er décembre : Balzac apprend que Mme Hanska a fait une fausse couche, et en est désespéré.
(Michelet publie *Le Peuple*, George Sand *La Mare au diable*.)

1847 (Fin janvier) : Balzac congédie Mme de Brugnol.
4 février : Balzac va chercher Mme Hanska à Francfort.
15 février : Balzac et Mme Hanska s'installent dans un appartement meublé loué pour deux mois rue Neuve-de-Berry.
18 mars-10 mai : *Le Cousin Pons* dans *Le Constitutionnel*.
7 avril-2 mai : Première partie du *Député d'Arcis* dans *L'Union monarchique*.
13 avril-4 mai : *La Dernière Incarnation de Vautrin* (dernière partie de *Splendeurs et misères des courtisanes*) dans *La Presse*.
15 avril : Installation rue Fortunée, dont le coûteux aménagement n'est pas encore terminé.
Début mai : Balzac reconduit Mme Hanska en Allemagne.
13 mai : Balzac est de retour à Paris, où il s'occupe surtout de l'aménagement de la rue Fortunée.
Juin : **Un drame dans les prisons (Où mènent les mauvais chemins, IIIe Partie de Splendeurs et misères des courtisanes).**

28 juin : Balzac malade fait son testament, léguant tout à Mme Hanska.
Juillet : **La Dernière Incarnation de Vautrin** (**IVe partie de Splendeurs et misères des courtisanes**).
5 septembre : Balzac quitte Paris pour Wierzchownia ; il restera en Ukraine jusqu'en janvier 1848.
Fin de l'année : **Le Provincial à Paris** (**Les Comédiens sans le savoir et Gaudissart II**). Début de la publication en librairie des **Parents pauvres** (**Le Cousin Pons et La Cousine Bette**).
(Émilie Brontë publie *Les Hauts de Hurlevent*.)

1848 (15 février) : Retour de Balzac à Paris.
23 février : Début de la Révolution de Février. Balzac va assister au pillage des Tuileries.
17 mars : Balzac candidat aux élections législatives.
Mi-mars-mi-mai : Contrecarré dans ses projets romanesques par les événements politiques, Balzac revient à ses projets pour le théâtre, et écrit *La Marâtre*.
25 mai : Première de *La Marâtre* au Théâtre Historique. Succès auprès des critiques, mais les événements politiques vident les salles ; les représentations cessent dès le 30 mai.
3 juin-6 juillet : Séjour à Saché, d'où Balzac perçoit les échos affaiblis des Journées de Juin — et les premiers symptômes d'une grave maladie de cœur.
8 juillet : Balzac assiste aux obsèques de Chateaubriand, mort le 6 juillet.
20 juillet-11 août : Reprise de *La Marâtre*.
1er août-3 septembre : *L'Initié* (IIe partie de *L'Envers de l'histoire contemporaine*) dans l'éphémère *Spectateur républicain*.
17 août : *Mercadet*, devenu *Le Faiseur*, est accepté par la Comédie-Française, mais ne sera finalement pas monté.
11 septembre : Balzac, candidat à l'Académie française, ne sera pas élu.
20 septembre : Balzac quitte Paris pour l'Ukraine, où il passera tout l'hiver avec Mme Hanska, puis toute l'année suivante, et jusqu'en avril 1850.
Fin de l'année : Fin de la publication des **Parents pauvres** (**Le Cousin Pons et la Cousine Bette**) comme XVIIe volume, en supplément, de l'édition Furne de *La Comédie humaine*.
(Dumas fils publie *La Dame aux Camélias* ; début de la publication des *Mémoires d'Outre-tombe*).

1849 : En Ukraine.
4 janvier : *Madame Marneffe ou le père prodigue*, adaptation de *La Cousine Bette* par Clairville, est créée au Théâtre du Gymnase.
11 et 18 janvier : Deux scrutins de l'Académie française sont défavorables à Balzac.
Février : La librairie Furne et Cie remet en vente *La Comédie humaine*.
30 avril : Balzac écrit à sa sœur qu'il souffre d'une « hypertrophie du cœur ».
Juin : « Affreuse crise ».
2 juillet : Le Tsar repousse la supplique de Mme Hanska : elle perdra ses biens si elle épouse Balzac.
Septembre-octobre : « Fièvre céphalalgique intermittente ».
Fin octobre : Grave bronchite.

1850 (Janvier) : Nouvelle bronchite, « rhume effroyable ».
14 mars : Balzac épouse Évelyne Hanska.
24 avril : Départ de Wierzchownia.
Mai : Séjour à Dresde et à Francfort.
20 ou 21 mai : Étrange arrivée rue Fortunée : toutes les lumières de la maison sont allumées, mais personne ne vient ouvrir, il faut aller quérir un serrurier ; au milieu du salon Balzac trouve son valet de chambre hébété, devenu fou.
30 mai : Consultation du docteur Nacquart, assisté de trois confrères.
1er juin : Balzac écrit sa dernière lettre.
4 juin : Balzac et sa femme se font donation réciproque de leurs biens en cas de décès.
9 juillet : Péritonite et pose de ventouses.
24 juillet : Début des ponctions, qui resteront inefficaces.
(5 août : Naissance de Guy de Maupassant.)
Dimanche 18 août, à 11 heures et demie du soir, mort d'Honoré de Balzac. Les obsèques ont lieu le 21 août, en l'église Saint-Philippe du Roule — convoi de troisième classe, mais Hugo, Dumas, Sainte-Beuve et Baroche, ministre de l'Intérieur, tiennent les cordons du poêle. Au Père-Lachaise, Victor Hugo prononce un vibrant hommage au génie de Balzac.

TABLE

Préface 7
La genèse du Cousin Pons 33
Histoire d'un texte 41
Note sur la présente édition 45

LE COUSIN PONS 47

1. Un glorieux débris de l'Empire 53
2. Un costume comme l'on en voit peu 56
3. La fin d'un Grand Prix de Rome 58
4. Où l'on voit qu'un bienfait est quelquefois perdu . 63
5. Les deux Casse-noisettes 68
6. Un homme exploité comme on en voit tant 73
7. Une des mille jouissances des collectionneurs 79
8. Où l'infortuné cousin se trouve très mal reçu 81
9. Une bonne trouvaille 85
10. Une fille à marier 90
11. Une des mille avanies que doit essuyer un pique-assiette 93
12. Spécimen de portier (mâle et femelle) 96
13. Profond étonnement 99
14. Un vivant exemple de la fable des *Deux Pigeons* . 101
15. Une chasse au testament 106
16. Un type allemand 109
17. Où l'on voit que les enfants prodigues finissent par devenir banquiers et millionnaires quand ils sont de Francfort-sur-Mein 112
18. Comment on fait fortune 117
19. A propos d'un éventail 119
20. Retour des beaux jours 123

21. Ce que coûte une femme 126
22. Où Pons apporte à la présidente un objet d'art un peu plus précieux qu'un éventail 130
23. Une idée allemande 134
24. Châteaux en Espagne 138
25. Pons enseveli sous le gravier 146
26. Le dernier coup 150
27. Le chagrin passe à l'état de jaunisse 154
28. L'or est une chimère (paroles de M. Scribe, musique de Meyerbeer, décors de Rémonencq) . 157
29. Iconographie du genre brocanteur 160
30. Où la Cibot commence sa première attaque 165
31. Beau trait de continence 169
32. Traité des sciences occultes 171
33. Le grand jeu 178
34. Un personnage des contes d'Hoffmann 181
35. Où l'on voit que les connaisseurs de peinture ne sont pas tous de l'Académie des Beaux-Arts . 186
36. Ragots et politiques des vieilles portières 192
37. Où l'on voit l'effet d'un beau bras 196
38. Exorde par insinuation 200
39. Corruption parlementée 203
40. Assaut d'astuce 208
41. Où le nœud se resserre 211
42. Histoire de tous les débuts à Paris 214
43. Tout vient à point à qui sait attendre 221
44. Un homme de loi 226
45. Un intérieur peu recommandable 229
46. Consultation non gratuite 233
47. Le fin mot de Fraisier 237
48. Où la Cibot est prise dans ses propres filets 241
49. La Cibot au théâtre 245
50. Une entreprise théâtrale fructueuse 249
51. Châteaux en Espagne 255
52. Le fraisier en fleurs 260
53. Conditions du marché 265
54. Avis aux vieux garçons 271
55. La Cibot se pose en victime 276
56. La part du lion 281
57. Où Schmucke s'élève jusqu'au trône de Dieu ... 287
58. Un crime punissable 293
59. Les ruses d'un testateur 300
60. Le testament postiche 305
61. Profond désappointement 311
62. Première catastrophe 316
63. Propositions fallacieuses 320

64. Où la femme Sauvage reparaît 324
65. La mort comme elle est 328
66. Sensibilité d'une garde-malade 333
67. Où l'on voit qu'il n'y a que les morts qu'on ne tourmente pas 337
68. Où l'on apprendra comment l'on meurt à Paris . 340
69. Un convoi de vieux garçon 345
70. La mort est un abreuvoir pour bien des gens à Paris 348
71. Pour ouvrir une succession, on ferme toutes les portes 351
72. Du danger de se mêler des affaires de la justice . 356
73. Apparition de trois hommes noirs 359
74. Les fruits du fraisier 363
75. Un intérieur peu confortable 367
76. Où le Gaudissard se montre généreux 371
77. Manière de rattraper une succession 374
Conclusion 379

Notes 385
Documents 393
Personnages reparaissant 397
Bibliographie 403
Chronologie 411

Imprimé en France par CPI
en avril 2018

Dépôt légal : mars 2015
N° d'édition : L.01EHPN000650.C003
N° d'impression : 147244